U0450769

海晏河清 3

风云万里会中天

我欲话时穷
非君谁与从
相思无尽处
樽酒几时重

天谢 著

长江出版社

图书在版编目（CIP）数据

海晏河清 . 3，风云万里会中天 / 天谢著 . — 武汉：长江出版社，2024.3
ISBN 978-7-5492-9368-1

Ⅰ. ①海… Ⅱ. ①天… Ⅲ. ①长篇小说－中国－当代
Ⅳ. ① I247.5

中国国家版本馆 CIP 数据核字 (2024) 第 050580 号

海晏河清 3·风云万里会中天   天谢 著

HAIYAN HEQING 3 · FENGYUN WANLI HUI ZHONGTIAN

出　　版	长江出版社
	（武汉解放大道 1863 号）
选题策划	欣欣向爱
市场发行	长江出版社发行部
网　　址	http://www.cjpress.cn
责任编辑	陈　辉
特约编辑	赵　迎
封面设计	宗　介
印　　刷	长沙鸿发印务实业有限公司
版　　次	2024 年 3 月第 1 版
印　　次	2024 年 4 月第 1 次印刷
开　　本	710mm×1000mm　1/16
印　　张	27
字　　数	543 千字
书　　号	ISBN 978-7-5492-9368-1
定　　价	54.80 元

版权所有，翻版必究。如有质量问题，请联系本社退换。
电话：027-82926557（总编室）027-82926806（市场营销部）

风云万里会中天

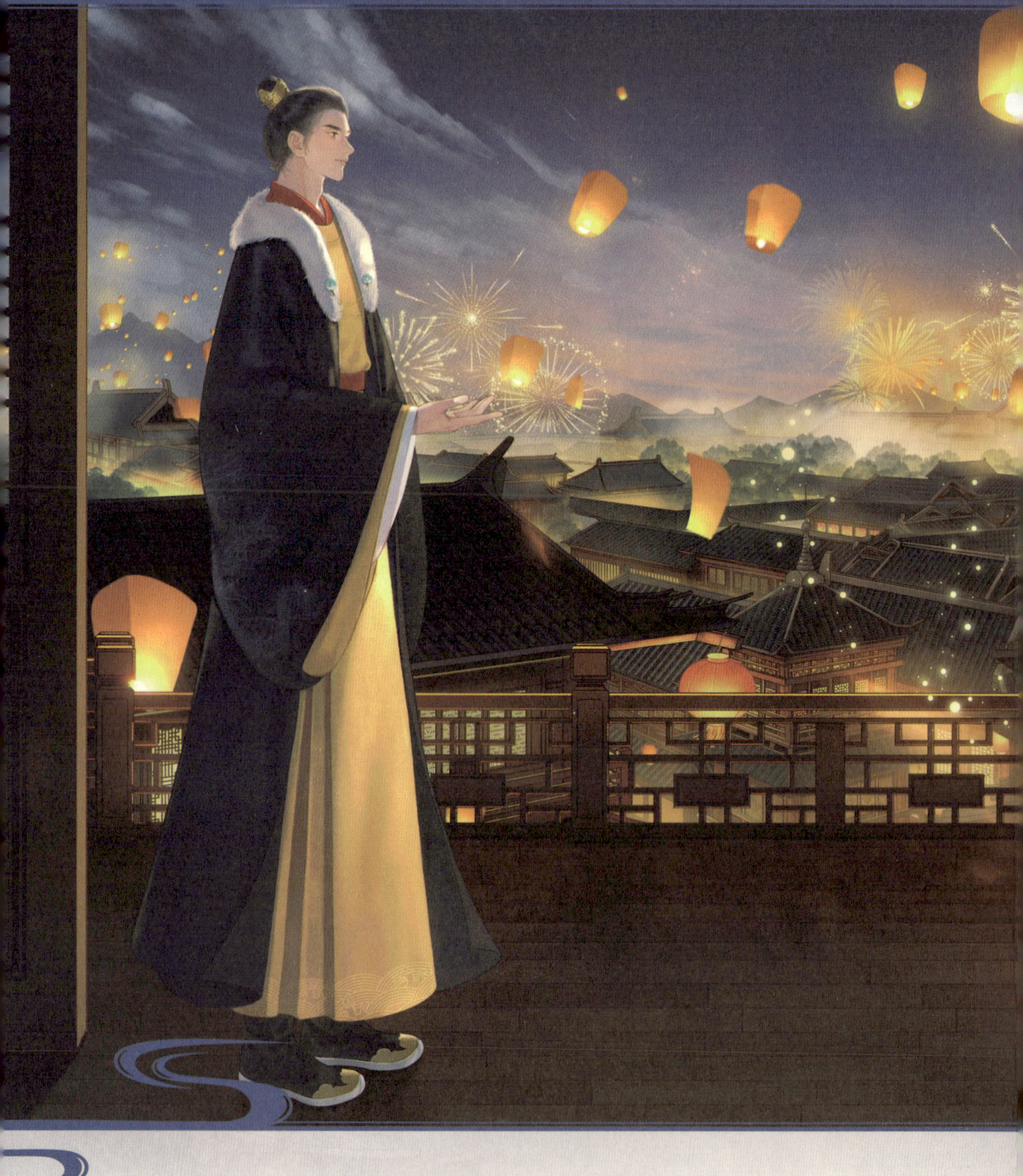

海晏河清

星辉与雪霰从天际飘落,是一场盛世的烟火,更是一个毕生的宏愿。苏晏仰天凝望,不知不觉热泪盈满眼眶。

章节	标题	页码
第九章	血瞳无名	207
第十章	七杀营主与真空教主	239
第十一章	花魁阮红蕉	272
第十二章	浑水摸鱼苏十二	297
第十三章	贵妃卫兰	320
第十四章	接应者沈柒	349
第十五章	黄金王子阿勒坦	387
番外	莫向棠棣花间	416

目录 CONTENTS

- 第一章 ◆ 世子阿鹜 001
- 第二章 ◆ 靖北将军朱槿城 027
- 第三章 ◆ 鹤先生 052
- 第四章 ◆ 夜不收 073
- 第五章 ◆ 弈者 097
- 第六章 ◆ 清倌挽红绡 121
- 第七章 ◆ 长夜守门人 148
- 第八章 ◆ 佚名战神 180

前情提要

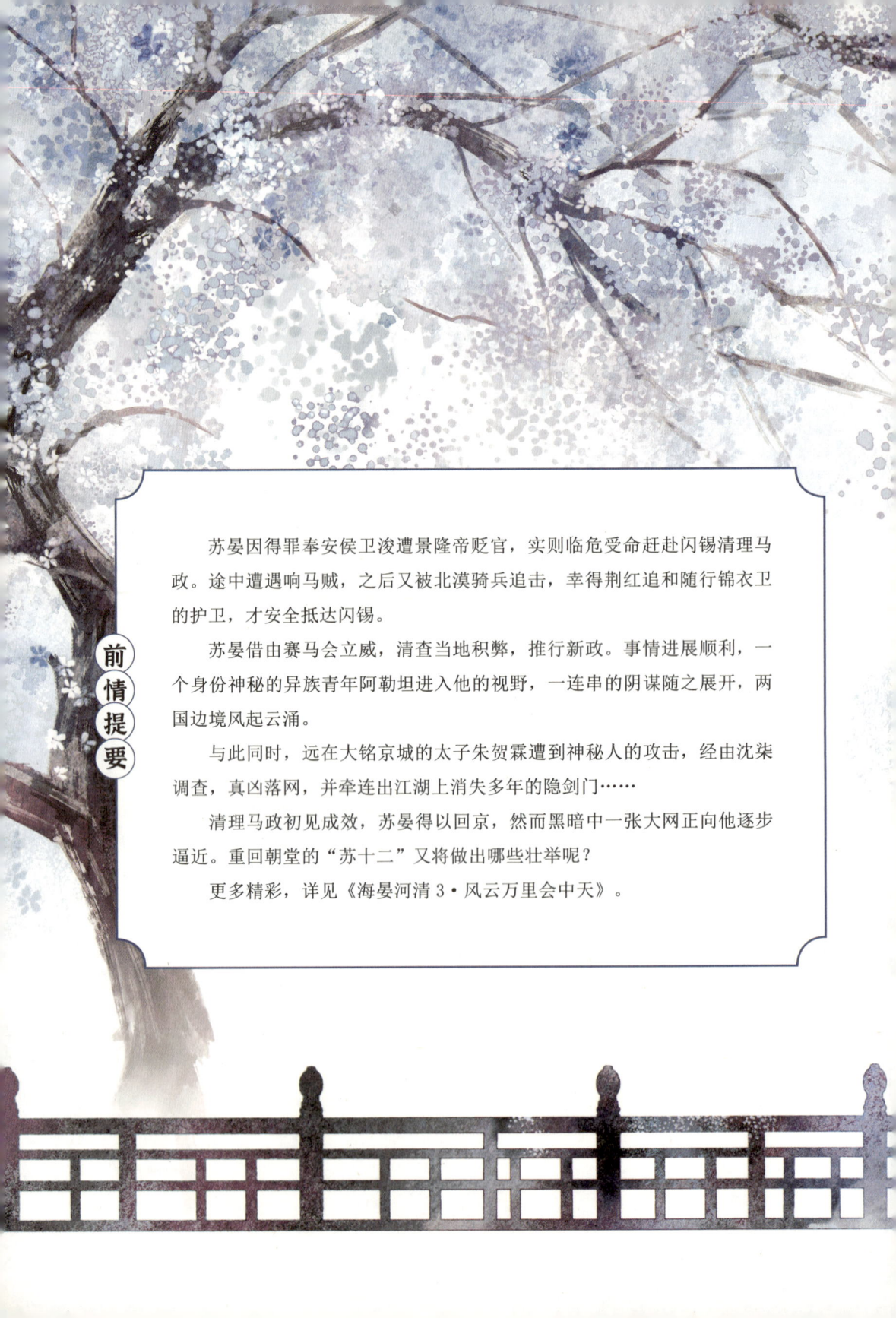

　　苏晏因得罪奉安侯卫浚遭景隆帝贬官，实则临危受命赶赴闪锡清理马政。途中遭遇响马贼，之后又被北漠骑兵追击，幸得荆红追和随行锦衣卫的护卫，才安全抵达闪锡。

　　苏晏借由赛马会立威，清查当地积弊，推行新政。事情进展顺利，一个身份神秘的异族青年阿勒坦进入他的视野，一连串的阴谋随之展开，两国边境风起云涌。

　　与此同时，远在大铭京城的太子朱贺霖遭到神秘人的攻击，经由沈柒调查，真凶落网，并牵连出江湖上消失多年的隐剑门……

　　清理马政初见成效，苏晏得以回京，然而黑暗中一张大网正向他逐步逼近。重回朝堂的"苏十二"又将做出哪些壮举呢？

　　更多精彩，详见《海晏河清3·风云万里会中天》。

第一章

世子阿鹜

从闪锡回京，半个月顶风冒雪、跋山涉水，刚抵京又马不停蹄地赶到宫中探望圣体，苏晏累得够呛，在东宫侧殿松软舒适的大床上倒头就睡，结果一觉睡到天色大亮。

完蛋了，睡过头，还要在朝会上述职呢！他掀开锦被赶忙下床，却见朱贺霖笑嘻嘻地走进来："醒了？天儿冷，怎么不多睡会儿？"

"今天不用上朝？"苏晏问。他记得皇帝年初就让太子随朝听政了，这时间段不该还在东宫啊。

朱贺霖大大咧咧地往他床沿一坐："腊月二十二啦，再过两天便是祭灶，谁还有心思做事。今年父皇恩准春假多放两日，从今日起一直到正月十八收灯，足足二十七天呢，听说各官署衙门今日举行封印礼，把印绶暂时封存起来，春假期间就不再办公了。"

将近一个月的年假……大铭官员福利待遇这么好！苏晏几乎热泪盈眶，问："那这二十七天，大家都做什么？"

"吃喝玩乐呗。"朱贺霖见苏晏起身穿衣，顺手把挂在衣架上的官服递给他，甚至还想帮他披上。

太子的服侍可受不得！苏晏赶忙侧身躲开，自己把衣服穿了。朱贺霖"喊"了一声，命宫女进来给他梳髻。

收拾停当、用过早膳后，苏晏准备出宫，说要回家准备过年事宜。朱贺霖虽然舍不得，但也没道理强留他，于是说："小爷送你出宫吧，从午门走。"

苏晏在午门挨过廷杖，一听就硌硬得很："为什么不走东华门？更近。"

朱贺霖笑道："带你去看好玩儿的啊。午门外正在搭鳌山，准备元宵的灯会，可壮观了，你一定没见过。"他拉着苏晏上了轿子，吩咐侍卫去午门外。

轿子行至左掖门时，苏晏从风吹开的帘缝中，看见一支仪仗队伍簇拥着辆凤辇从右掖门出去了。他猜测是某位宫妃，但不知是谁。

朱贺霖看他好奇，撩开帘子瞥了一眼："是卫氏。"

"卫贵妃？她出宫做什么？"按理说，皇帝妃嫔是不能随意出宫的，于是苏晏随口问了句。

朱贺霖面上露出看笑话的神情："前阵子她闹腾得厉害，一会儿说自己病了，一会儿又说二皇子病了，把父皇诱过去几趟，又弄些妖娆的宫女去侍候，把父皇惹恼了，干脆连她的面也不见。这两天听说她又来求见父皇，自称她母亲病了要回家省亲，也不知道是真是假，父皇懒得跟她掰扯，就同意她出宫回娘家。"

"二皇子呢？"苏晏问。

"没事，好着呢，如今在皇祖母那里。"朱贺霖心里有些不是滋味，"我去慈宁宫请安时，见皇祖母爱不释手地抱着，才八个月大，就成了二十多斤的小胖子，她从早抱到晚，也不嫌手腕疼。听成胜说，我还是婴孩时，她可没抱过几次。"

苏晏之前也听他说过，太后因为不喜欢先皇后，"厌屋及乌"也不待见他，不禁安慰地拍了拍他的胳膊："亲人相处也得看缘分，至少皇爷喜欢你。至于太后，你作为晚辈该做的都做到位了，最后结果如何就顺其自然吧。"

朱贺霖带着点自豪说："父皇可喜欢我了。我还在娘胎里时，父皇就对我母后许诺，说这一胎若是儿子，出生后就直接封为太子。"

苏晏感慨道："皇爷和先皇后感情一定很好。"

朱贺霖点点头："我听见老宫人闲话，说从没见过这么长情的皇帝。母后生前，父皇与她相敬如宾。母后仙逝之后，父皇四五年都没怎么宠幸嫔妃，直到被皇祖母和朝臣们催得不行了，才与淑妃生了一对双生公主。此后他几乎不近女色，整日忙于国事。

"两年多前，皇祖母硬把她的外甥女卫氏塞进后宫。说实话，她会生下龙嗣我还挺吃惊的，也不知那卫氏用了什么手段，还是父皇碍于这是皇祖母的意愿。"

苏晏知道景隆帝有二子三女，长公主柔裕是和娴妃生的，比太子大两岁，已有婚配。淑妃所出的两位双胞胎公主柔嘉、柔熙刚十岁，正是天真烂漫的年龄。还有就是卫贵妃生的小皇子了，端午节时她在东苑受惊早产，小皇子如今才八个月大，听朱贺霖的语气像是喂养得很好，白白胖胖，一点不像早产儿。

他也知道景隆帝敬重先皇后，所以后位才空悬至今。而皇帝对太子格外喜爱，除了血缘关系与性情相投之外，大概也掺杂了些移情的成分。确是长情，在无数朝秦暮楚甚至翻脸无情的皇帝中，景隆帝显得尤为难得。苏晏一时感慨万千，对那位"含显媚以送终，飘余响乎泰素"的先皇后，甚至生出了几分钦佩之意。

把浮想扫出大脑，苏晏问太子："你怀疑，卫贵妃之所以能诞下皇子，是太后在推波助澜？"

明明轿中只有两人，朱贺霖仍下意识地左右看看，对苏晏附耳微声道："我怀疑，太后一直怀着改立储君的心思。"

苏晏吃惊："怎么？"

朱贺霖脸色严肃："真的。发生了毒蛇暗杀那事之后，我就警惕起来，万事多留个心眼，不仅多关注卫贵妃和卫氏一族，也留意父皇和皇祖母那边。慈宁宫有个中年姑姑，与成胜交好，我让成胜与她套话，才知道，太后当年为何不喜欢我母后。"

苏晏用耐心倾听的姿态，等待他继续往下说。

"皇祖母还是秦王妃时，与先皇祖父的侧妃莫氏有过一场不死不休的争斗，最终皇祖母获胜，我父皇被封为秦王世子。后来太宗皇帝无嗣而崩，先皇祖父奉遗诏弟继兄位，接着顺理成章地立我父皇为太子。

"而莫氏被幽囚而死，她的两个儿子——信王和宁王，被冷落了好些年。直到我父皇登基，顾念手足之情，给予他们应有的荣贵。结果信王那个作死的东西，好日子才过几年哪就忘恩负义，妄图起兵谋逆，兵败仍死不悔改，最后被我父皇赐死。"

这些皇室秘辛，苏晏曾在梧桐水榭听豫王说过，此刻只能装作第一次听。他轻轻颔首，又问："这与先皇后有什么关系？"

"听慈宁宫那姑姑说，我母后的容貌、声音与说话时的神态，与那个莫氏颇有几分相像。母后出生那日，恰好是莫氏的死期。那姑姑曾听见太后私下问继尧和尚：'转世之说，为真为假？'继尧答：'是真。'"

苏晏失笑："继尧那个花和尚的话能信？听说他在灵光寺，被沈——北镇抚司的锦衣卫扒了皮子。"

"可当时，他还是宫里人人信服的大德高僧啊，装神弄鬼很有一套。皇祖母信佛也信道，对他的话很是看重。"朱贺霖郁闷地说。

苏晏在心底琢磨：太后怀疑先皇后是她前半辈子的宿敌莫氏的转世，哪怕这怀疑毫无依据，也够她后半辈子硌硬的。本来人死灯灭，偏偏太子长相不大像皇爷，可能像先皇后，性情又与她不投契，更是让太后不喜。难怪十几年来，她对太子始终没好脸色，还非得让皇帝娶她的外甥女，估计觉得二皇子才是她真正的孙子，双重血脉加倍亲。

但太后偏心归偏心，太子已经当了十几年的储君，皇爷又宠爱他，只要不严重失德，储君地位便不可动摇。皇爷看着清雅，却是个极有主见、说一不二的主，哪怕再孝顺，太后的好恶也左右不了国本。

苏晏摇摇头，忽然又想到——如果太后一意孤行呢？太子的确年少贪玩，但还远远够不上失德的门槛，如果太后和卫贵妃联手设套，非要让他从这门槛上翻过去呢？

苏晏皱起眉，觉得这个假想并非空穴来风。可问题是，只有千日做贼，没有千日防贼，万一后宫那俩娘们什么时候冷不丁给太子摆上一道，也够这心无城府的小鬼喝一壶的。

朱贺霖看他双眉越皱越紧，忍不住笑道："做什么愁眉苦脸的，替小爷我担心啊？你越担心，小爷我就越开心。"

苏晏朝他翻了个白眼："别总一副没心没肺的样子，多长点心眼吧！你刚说的，'毒蛇暗杀那事'是哪件事，怎么没人告诉我？"

朱贺霖嘴里说着最好他担心，实际上却不想他担心，当即扯开话题："哎，哎，到地方了，快下来看，鳌山都布置一大半了。"他叫停轿子，硬拉着苏晏下轿，在铺着石板的午门前广场上小跑起来。

跑到近前，苏晏才看清这鳌山，原来不是山，也没有乌龟，而是由匠人制造无数大大小小的花灯，铺设堆叠出造型，这造型像一只庞大如山丘的老王八……不，是老鳌，独占鳌头的鳌，因为时人觉着这玩意儿喜庆。

整个广场被花灯铺满，光从鳌山的骨架上看，就可以推测出成品有多么宏伟壮观。花灯千姿百态，到时再点上蜡烛，该是如何璀璨的景象。

朱贺霖喜滋滋地介绍："这些奇花、火炮的造型都经过精心设计，没有一个重样的，层层叠积起来，能有十三层，高达好几丈，比城门还高呢。待到元宵节，鳌山彩灯闪烁，焰火不停燃放，更有钟鼓司现场奏乐，宫娥们翩翩起舞，简直美不胜收。"

大铭朝春节联欢晚会？苏晏咋舌，问："这鳌山灯会对百姓开放吗？还是只给宫里欣赏？"

"对全城百姓开放。按旧例，父皇也会携文武百官到场，以示君民同乐，新年歌舞升平。"

苏晏看着广场上往来穿梭的匠人，问："举办这样一场灯会得消耗多少银子？"

朱贺霖从没想过银子的事，蒙了："啊？多少银子，小爷也不太清楚，至少得有数万两吧……或许不止，得十几万两……"

苏晏心痛得直咬牙："一个灯会十几万两，这是点灯还是烧钱哪？"

朱贺霖干笑："很……很贵吗？但我看年年都办啊，父皇也没说奢靡浪费，就连最抠门的户部尚书徐瑞麒，也没半个字反对。"

"徐尚书，他连给我的马政拨银，都要分期付款！我以为大铭财政有多紧张呢，在闪锡还各种开源节流，能抠搜的尽量抠搜，原来基建工程比不上门面工程！"苏晏生气了，拂袖往南边的承天门走，要徒步走出皇宫前廷。

朱贺霖惊觉触了他的逆鳞，赶紧追上去示好："哎，别生气。想开点嘛，你不知道京城百姓多喜欢鳌山灯会，到时万人空巷，全都来赏灯。君民其乐融融，百姓欢欣鼓舞，大国气象啊！"

苏晏其实也明白展现国力、鼓舞人心的重要性，只是心疼自己——财政拨款要得少了。下次搞建设、搞工程一定要狮子大开口，不把户部尚书徐瑞麒这只铁公鸡薅秃毛，他就不叫苏清河。

太子朝后方拼命招手，抬轿的侍卫原本按吩咐躲远，此刻忙不迭地赶上来。太子把苏晏拉上了轿子，说："我送你到奉天门外，再给你安排一辆马车。"

苏晏似笑非笑地问："要不要去我家过年？"

"好啊，好啊！"朱贺霖毫不犹豫地狂点头，"你家有什么好玩的？"

"做梦吧。好好待在宫里守着你爹，表现好了，给你封一大包压岁钱。"

朱贺霖立刻垮下了脸，苦兮兮道："无聊！对了，你是不是该去买年货了，要不小爷陪你去？"

苏晏看他一身便装，就知道他又打了白龙鱼服的歪主意，连连摇头："我不带你鬼混，免得又挨廷杖。"

朱贺霖拍胸脯打包票："父皇不会怪罪的。去年春假，我也在外面玩了好几天，父皇唠叨归唠叨，到底也没怎么样。万一真要罚，小爷我全替你顶了，哪怕是打板子，我也一下不落都替你挨。"

苏晏还是不同意。朱贺霖十分烦恼，扑过去死命挠他痒痒。苏晏笑到岔气，轿子都险些侧翻了，最终还是没拗过任性的太子爷，与他一道出了宫。

离祭灶还差两天，京城里年味就已经十分浓郁，街市上张灯结彩，热闹得很。

除了沿街店铺，还有许多推车提筐挎篮的商贩，从腌鸡腊肉、糟鹜风鱼等肉食，到桃杏瓜仁、栗枣枝圆等果品；从琉璃喇叭、小鼓竹马等玩具，到百种各色烟花爆竹……一应俱全，把行人的眼睛都看花了。

苏晏在皇宫门口的马车里换了身便服，与太子一同来到东市闲逛，十几名东宫侍卫尾随保护，唯恐他们被汹涌人流冲散了。

太子贪新鲜，看到什么中意就要买，小内侍富宝就很机灵地掏钱付账。

苏晏主要还是购买年货，并且很入乡随俗，让侍卫帮忙开了一张年货单，照着上面写的采买。买的酒就有屠苏酒、金华酒、羊羔酒；糕点有猪肉馒首、江米糕、楂糕耿饼；还有腌的野鸡、野鸭、鹿肉、兔肉；果品有松榛栗枣、秋波梨、频婆果、狮柑凤橘、橙片杨梅……

采买时，他连连说太多了吃不完，家里也没几口人。侍卫却笑道："过年嘛，可不就是尽情吃喝玩乐，一年辛苦挣的俸禄，现在不花什么时候花？"

说得好有道理……于是，无言以对的苏晏把单子上的年货全都买齐了。与太子买的新鲜玩意儿一起，满满当当塞了一车厢。

朱贺霖看人人头上都戴了金箔纸折成的饰物，多是蝴蝶、飞蛾、蚱蜢之类，于是买了一对蜻蜓的，自己戴一只，另一只就往苏晏的冠帽上别。

苏晏边笑边躲："这种傻乎乎的东西，别往我头上插。"

朱贺霖不依不饶地追他："这是'闹嚷嚷'，过年时人人都戴的，喜庆又应景。你看那些有钱人，还插了满头呢！"

苏晏嫌恶俗，打死也不戴。两人嘻嘻哈哈闹了一路，累了就坐在路边摊吃扁食，也就是馄饨。

道旁一辆马车缓缓行驶而过，忽然停住，又倒回来，歇在积雪的秃树下。

豫王挑开窗帘，盯着食肆摊子上两个正在说笑的锦衣少年，他微微眯起了眼，不知在盘算些什么。片刻后，他叫来跟随车后的两名年轻侍从，低声吩咐几句，而后马车又继续行驶，骨碌碌地离开了东市。

苏晏吃完一碗加葱花和胡椒粉的扁食，出了一身薄汗，想多坐会儿歇歇脚。朱贺霖不耐烦久坐，打算去前面不远处买烟花爆竹。苏晏不想去，就说留在原地等。

于是朱贺霖留下几名侍卫保护他，自己兴致勃勃地去了。苏晏点了盘冰糖霜梅慢慢嚼，随意地听坐在邻桌的两个后生闲聊。

高的一个说："老哥，官署都休假了，你还没回家歇呢？"

矮的答："我不是在天工院当役嘛，建得差不多了，年底赶工呢。上头说，须赶得及明年三月开办，所以春假只歇四五日，余下按日补贴三倍的柴火薪。"

高的咋舌："三倍，真阔气！那是做得的。对了，都说天工院建得宽敞堂皇，又不失幽深神妙，不亚于四大书院，果真如此？"

矮的笑道："既是好奇，自己去瞧瞧不就得了。虽然工地不让闲人随意进出，但站在浅草坡旁的山腰处往下看，一览无余。老哥带你去见识见识？"

高的于是撂了碗，催促道："这就走。"

两人结伴走了。

苏晏吐出个霜梅核儿，考虑着是不是该趁着还没过年，先去看天工院建得如何了。虽说他对豫王的秉性很是鄙薄，甚至怀疑对方忙着拈花惹草，根本没花心思在差事上，但听路人所言，又似乎办得不错。耳听为虚，眼见为实，干脆他明日就去外城西的浅草坡看看情况。

朱贺霖买了一大堆烟花爆竹回来，打算年夜在皇宫里放，不死心地问苏晏："反正你也没有亲人家眷在京城，不如来东宫过除夕？"

"那怎么行。"苏晏哂笑，"我又不是宗亲，也不是内官，哪有资格在皇宫里过除夕。

金窝银窝不如自己的狗窝,我看这年夜还是待在自己家里过。"

朱贺霖没辙,只能让侍卫把马车赶到苏府门口,帮忙将年货卸下车,运进院子,堆了满满两张八仙桌。

苏小北、苏小京听见动静,出来一看是太子殿下,忙不迭地叩头行礼。朱贺霖摆摆手,对苏晏道:"出来大半日了,怕父皇找我,我先回宫去,明日再来找你玩。"

苏晏知道太子爱凑热闹,担心告诉他明日计划的行程,他非得跟着去。外城不比内城繁华,野地又不好走,万一碰上什么蛇豸或强盗,伤了太子金躯,自己担不起这个责任。

于是他干脆不说,借口道:"明日我几个同年聚会,改日再陪小爷玩。"

太子只好和他重新约了祭灶后再聚,随后起身回宫。直到马车消失,两个小厮方才松了一大口气。苏小京跑到桌旁,东摸西摸,感慨道:"出了趟外差,果然不一样了,连年货都置办得这么高档——闪锡这趟奔波,大人赚了不少银子吧?"

苏晏笑骂:"尽知道瞎说!被你说的,好像大人我借出外差的机会敛财似的。这些都是太子殿下的赏赐。对了,荆红追呢?"

苏小北回答:"他刚还在呢,这下不露面,不知躲哪里去,许是不想叩见贵人。"

苏晏点头,吩咐他们收拾一下年货,就去荆红追所住的厢房。刚进门,他便感觉一阵轻风掠过,恍惚见荆红追的身影从窗外飘了进来。

"大人回来了。"不动声色地打量过苏晏,荆红追沉声道,"昨夜留宿东宫,大人没遇上什么麻烦吧?"

苏晏笑道:"我又不是第一次留宿东宫,能有什么麻烦。"

"市井传闻,说当朝太子骄纵跋扈,不是好相与的,又顽劣不堪,毫无未来天子气度。他真的没有为难大人?"

苏晏微微皱眉:"市井是这么传闻的?"

荆红追答:"属下在客栈、茶馆里听到的,大部分是这些说辞。人们不敢在明面上说,私底下偷偷地传。"

苏晏问:"这些传闻什么时候开始流传的?"

荆红追记性好,转眼就回忆起来:"去年我就开始有所耳闻。今年大约从五月之后,传得越来越广,就连太子好观春画、热衷与宫人秘戏这类事,都说得有鼻子有眼。"

苏晏恼火道:"那些人简直胡说八道!肆意诋毁储君,也不怕掉脑袋!"

他忽然冷静下来,心想五月这个节点似乎有些……卫贵妃产子,可不就是在端午?二皇子诞生后,关于太子的谣言就甚嚣尘上,两者之间很可能有关联。该不会又是卫氏一族故意找人传谣,在民间败坏太子名声,为将来的夺储造势铺路吧!

看来他得找个合适机会,狠狠扳回一城,最好能让对方"搬起石头砸自己的脚"。

荆红追琢磨着他的脸色，问："大人似乎十分信任与维护太子？"

苏晏在圆凳上坐下，招呼荆红追也坐。荆红追见他是要详谈的样子，便把壶放到炭火炉子上，开始煮水。

苏晏说："阿追，你对国事政务没兴趣，故而也不清楚朝野上下的形势。别的不说，我连殿试都没有考完，就被封为太子侍读、司经局洗马，可以说踏入仕途的第一步，就被打上了'太子党'的烙印，与卫氏的仇也越结越深。"

"大人现在骑虎难下？"荆红追问。

苏晏摇头："并非难下，而是根本不想下。太子是个好孩子，好好教导的话，将来必成一代明君。与之相比，二皇子尚且在襁褓中，资质与心性都还是未知数。主少国疑，立嫡不立庶、立长不立幼的道理，你应该懂。"

荆红追点头，随手把炉中炭火拨得更旺些。

"不只如此，二皇子的母族卫氏，除了已逝的前家主卫途还是个人物，剩下的是一蟹不如一蟹。卫演碌碌无为，卫浚恶贯满盈——"苏晏见荆红追挑拨炭火的手微微抖了一下，便知他心中那道坎还没过去。

但如今的荆红追已不是当初那个被仇恨日夜鞭笞的刺客吴名。他在苏晏身上学会了收敛锋芒，学会了不出击则已，一出击不只要取人性命，更要石破天惊。因为他要扳倒的不仅仅是卫浚一个人，还有包庇纵容卫浚的卫氏一族，不仅要为姐姐报私仇，更要为百姓除公害。

贴身侍卫平静道："大人请继续。"

苏晏欣慰地颔首，接着说道："卫贵妃的母亲秦夫人不辨是非；卫贵妃本人好使小性，爱争宠；太后是一杆摆不平的偏心秤，格外护短，想是有多轻视长孙，就有多溺爱幼孙。如此家风家教下长大的二皇子，又会是什么样的品行？恐怕到时即使皇爷再想纠偏，也因为日理万机，心有余而力不足。"

水开了。荆红追提壶沏茶，给苏晏和自己各倒了一杯。苏晏伸出两指，点了点桌面以示谢意。

"所以大人认为，让朱贺霖坐稳储君之位，才是于国于民最好的选择？"

苏晏望着茶杯上空袅袅升起的白烟，叹道："如果你有了一块精铁，只须淬炼一番，就可以铸成神兵利器，那么你会抛弃它，而去期待废旧矿坑里还没挖出来的不知质地是好是坏的原矿石吗？"

"不会。"荆红追很干脆地答，"十鸟在林，不如一鸟在手。"

苏晏笑了："而且此一'鸟'，已与我有了颇为深厚的感情。于公于私，我都要站在太子这边。"

茶水的温度已可堪入口，荆红追端起茶杯，送到苏晏手上："大人所站之处，便是属下的立足之地。"

苏晏悠悠地喝了口热茶，道："我现在也打消了劝你建功立业的念头。人生苦短，最难的是从心而行。将来你想站哪里，就站哪里；想跟着谁，就跟着谁吧。"

荆红追冷毅的面皮下透出了惊喜之色——这几乎算是一个许诺了，意味着苏大人默许了他终生追随的心愿。

厢房门外，苏小北的声音响起："大人，您兄弟差人投了张拜帖，说公干将回，要择日来拜访呢。"

苏晏微怔："什么兄弟？我是独子。"

"就是大人之前曾说过，要去'兄弟那里躲两天'的……"苏小北加重了咬字，"'兄弟'。"

他低头看了看名帖上的地址，心里默默补充道：住在静巷的那个浪蹄子！外室就外室呗，也不是多见不得人，做什么要假扮男人，还弄了个假官身，也不怕被衙门抓住。

沈柒要从大兴县回来了！苏晏腾地起身，走过去开门，接过拜帖后直接揣进怀里，向苏小北使了个眼色，又朝后方努了努嘴。

这要是苏小京，准会大声问："大人，你挤眉弄眼的做什么？"

但苏小北是个谨慎的人精，瞬间就领悟了大人的意思——不可让荆红追知晓。至于为什么不可，大人自然有大人的考量，他一个下人，听命行事就是了，何必多嘴？于是苏小北点点头，躬身告退。

苏晏倒也不是要防着荆红追，而是担心他和沈柒不由分说再打起来，说不准哪个身上又要挂彩。居中调停的难度似乎很大，苏晏抱着逃避心态，想着两人"王不见王"就好了嘛。等沈柒一回京，也别等他上门了，自己直接去北镇抚司和静巷找他，省得两厢碰面要拆家。

翌日上午，苏晏让小北备好马匹，与荆红追一同去了外城西的浅草坡。到那儿一看，依山傍水的灵光寺已被拆了个精光，取而代之的是一座正在施工的学院。

苏晏想俯瞰天工院全貌，于是荆红追施展轻功，在周围地势较高处找了个视野最开阔的观景点，是半山腰一块凸出来的大岩床。

从山脚有条小径可以通往此处，两人骑马而上，来到半山腰。苏晏见岩床边沿还设了铁链栏杆，大约为防游人坠落。铁链锃亮无锈，显然新置不久，或许是修建天工院的工程队给修的。

从这个角度看下去，整座天工院一览无余，占地面积比原本的灵光寺至少大了三倍。为了尽量保留两侧的溪流林野，书院是狭长纵深的走向，层层叠叠地向山岭上铺展上去，气势恢宏。

可以看出，书院的主体建筑和几大区域都已经修建完毕，工人们正在进行院内的景观建设。因为时值严冬，还没有迁入绿植，显得有些萧瑟，但可以想象，等开春后把园林建起来，又是一派清幽雅致的景象。

苏晏满意地点点头，轻声自语："还是会做事的嘛。"

荆红追问："大人在说谁？"

苏晏还未回答，后方雪林间传来一个低沉的声音："是在说本王吗？"

这相当有辨识度的嗓音，让苏晏耳朵享受的同时，头皮有些发麻。他很不情愿地转过身，拱手行礼："豫王殿下金安。"

荆红追眉峰一扬，将手指搭在了剑柄上——豫王藏身附近，他竟没能提前察觉！

曾经他被卫浚全城搜捕，不得已黑衣蒙面夜入豫王府避祸，意外撞见豫王并与之交手，打了几十个回合也没占到上风，那时他便知这位传闻中的花花太岁武艺惊人，一手长槊功夫堪称登峰造极。如今看来，豫王不只是槊法，就连内力也极为深厚。

高手对峙，胜负心油然升起，荆红追自问，能否杀得了豫王？思来想去，正面对敌的话，胜率不到三成。但若是潜伏暗杀，再强大的人也总有松懈的时候，只须让他抓住一点点破绽，成功率也许能有六七成。

荆红追心中刚泛起拔剑的念头，豫王就像警觉到某种战斗气息似的，将审视的目光投向他。

"苏御史的侍卫，本王在哪儿见过。"豫王语气笃定。

苏晏不知荆红追曾夜闯豫王府的事，但想起在灵光寺阿追扮女装刺杀卫浚时，豫王也在场，顿时担心被他认出来，徒生事端。

果然豫王盯着荆红追的眼睛看了片刻，"哧"地一笑："想起来了，好身手。你不屑本王的招揽，倒跑去做了苏御史的侍卫，果然是良禽择木而栖，有眼光。"

这话难免透出些不满之意，但还是调侃的成分居多。荆红追像个哑巴，木着脸不开口。

苏晏感觉到荆红追身上散发出的寒气，连忙上前一步，将他拦在身后，对豫王道："王爷如何会在这里？"

豫王笑道："相请不如偶遇，自然是因为你我的缘分在这里。"

苏晏觉得不对劲，心念一转，顿时明白过来，扁食摊上那两个聊天的后生，怕不就是豫王安排的，为的是把他从太子身边引开，来此处入套。

他心头暗恼，回以一个不客气的哂笑："只怕不是缘分，而是守株待兔。堂堂王爷都愿意做个荒废正业的农夫，下官这兔子当得也没什么可憋屈的，是吧，王爷？"

豫王假装听不懂嘲讽，面上依然带着慵懒的笑意："既然来了，何不参观一番，毕竟这天工院的建立，先得归功于苏御史，投入心血精力的人是你，本王只是你意愿的执行者。"

说着，朝苏晏伸出一只手，是邀请他并肩同行的姿势。

苏晏侧身避开对方的手，反做了个"你先请"的手势，带着明显的疏离。

豫王笑了笑，并不计较，翩然上马先行下山。

苏晏转头见荆红追盯着豫王的背影露出戒备之色，低声问："听豫王所言，你当面拒绝过他的招揽？"

荆红追点头："还夜入他的王府，掠走了个戏子，我本想拿来对付卫老狗。"

"豫王没把你当场留下，反而放你走了？"

荆红追再次点头。

苏晏若有所思："可见豫王虽不着调，但也并非小心眼之人。你倒不用担心他挟私报复。"

"属下不担心，甚至还有些动心，想找机会与他一较高下。"

苏晏失笑："不行啊！你就算技痒也不许找他过招，他可是亲王，万一蹭破点皮，你还得再上一次通缉榜——对了，'无名刺客'还没下榜呢，你低调点。"

荆红追这才收敛真气，点头答："大人放心，我知道轻重。"

两人也上马，须臾行至山麓，来到天工院的大门口。

豫王独身一骑，站在门口等苏晏，朝他颔首示意："随本王进来。"

三人步行进入天工院，见当门的照壁上，正反面各刻着一幅气势磅礴的浮雕。

正面是九州大陆——日月升腾，群星闪烁，山峦河川被光芒照耀。

背面是"世界地图"。是以苏晏当初手绘给皇帝和阁老们看的版本为基础，结合宫内珍藏的《大铭混一图》，并参考了在钦天监奉职的西夷传教士的意见绘制而成的，此地图将原本粗糙的几大洲版块的轮廓打磨得更为精细。

正面九州浮雕的旁边，刻着铁画银钩的八个大字："吾生有尽，真理无穷。"

这不是他在《天工院创办章程初稿》中草拟的院训吗？看字迹，应该是豫王的亲笔。苏晏上前，伸手轻抚这震撼人心的照壁。

豫王正色道："本王将此壁命名为'真理壁'。将来无论教官还是学子，一入天工院大门，便要默念院训，向戒壁行礼。"

苏晏摸着"世界地图"，慨然长叹："千里之行，始于足下。希望能从这里开始，走出我大铭'格物致知'的第一步！"

一路上豫王娓娓介绍着各个区域建筑群的特色与功用。苏晏发现天工院除了像普通学院那样有讲堂、教学斋、藏书阁、文庙、教官宅等常规建筑，还有器材仓库、药品仓库、冷窖、危险品仓库与独立的实验区域。

尤其是实验区域，按照他的预想，分别为堪舆（天文地理）、物理、化学、医学、轻工、机械等，并给危险系数较高的实验场地做了隔离保护。

这些内容在他的章程初稿中稍有提及，但因熬夜匆忙写就，写得并不是很清晰。可豫王却似乎揣摩透了他的构想，将蓝图补完后细致地呈现出来。

苏晏看得心潮起伏，不自觉地脚步加快了些，与豫王并肩而行。他问："我的手稿在你那里吧？"

豫王从怀中掏出一本青皮册子，递给他。

册子在这半年内被反复翻阅，封皮被摩挲得有些掉色，书脊的棉绳也断了几次，又用更坚韧的蚕丝鱼线重新装订。翻开后，每一页空白处都填满了蝇头小楷，这都是豫王批注的笔迹。

苏晏有些动容，仔细读了几页，发现批注不仅言之有物，还兼容数家理论，并不是很统一，不禁问："这本初稿，王爷可是请人来参详过？"

豫王颔首："本王奏请皇兄，向各州府颁发告示，聘请了一批王府客卿。那些人一部分是办过书院的博学大儒，更多的是民间的格物学人才，根据你的初稿进行修正与完善，编纂章程正稿。回头本王叫人把正稿给你送过去，你也提提意见，再看看哪些人可堪留用。

"至于这本初稿册子上的涂鸦，有些是和他们讨论时的所思所得。本王批注时并没有考虑得很清楚，前后矛盾之处，让清河见笑了。"

发布公告招揽人才，成立办学团队，连第一批教官都提前找到了，实在是高效率，行动力过人。

这下苏晏不得不承认——失算了。豫王不仅没糟蹋他的心血，还竭尽所能地将其发扬光大，光是初步取得的成果就已经超乎他的预期太多。

他手里握着册子，不由得重新审视豫王，觉得这人能文能武，确实有魄力又有才华，也不缺组织领导能力，要是能把个人作风整顿好，还是能做出一番成就的。

豫王从苏晏的眼神中读出了转变的情绪，微微一笑，忽然又提到院训："除了前门的'真理壁'，后门处还有一块'自誓碑'，你猜石碑上刻着什么？"

苏晏似乎心有所悟，但不好意思地摇摇头。

豫王笑道："看来清河猜到了。'真理烈焰灼手，愿为举火之人'。你的意志，便是这座学院的意志；你的誓言，便是所有教官学子的誓言。"

这话说的，好像天工院全然成了他意志的载体似的。苏晏不自在地向旁边侧过脸去，假装看山坡顶端的那座观景亭。

豫王又道："学院内还建有一座'溯源阁'，将悬挂建院以来诸位院长以及有关的勋士、名家的画像，以供后来学子瞻仰。清河作为创始人，理应领衔。"

这也太捧杀他了，苏晏此刻无论同意还是反对，都觉得赧然。

豫王看着他微微泛红的耳郭，又补充了句："说不定百世之后，各级各门类的天工院在九州遍地开花，一律都要立你的雕像，认你为祖师爷。"

苏晏汗颜中夹杂着莫名的激动，抿着嘴不说话，任凭一阵寒风将脸颊的热意吹散，却吹不熄心底翻涌的豪情。

豫王觉得这把"知音"的火烧得差不多了，再多说怕会过犹不及，于是抽出苏晏手里的册子，愉快地揣回怀里，心底慢慢盘算着自己的离京之计。

癸巳年，对于咸安侯卫演和奉安侯卫浚而言，可真是流年不利。

先是卫浚屡屡遭刺杀，刺客没捉着，反而弄伤豫亲王、冲撞了太子，自己还赔上一条胳膊。他想拿包庇刺客的苏十二出出气，又连累兄长卫演一同被皇帝下旨当众申饬。

整整一个月，京城的繁华街巷间都回荡着司礼监太监洪亮的斥责声。要不是太后实在看不过去，接连求了几次情，才让皇帝勉强同意收回了成命，他们的脸还不知要丢到猴年马月去。

卫家半年多在朝堂内外抬不起头。卫演干脆当了聋子和哑巴，下朝就走，一个屁都不敢放。卫浚剩下半条命，将养许久仍缠绵病榻，更不可能再去做那些欺男霸女的恶事。

世态炎凉，平日车水马龙的侯府，顿时萧条了许多。也就看在秦夫人还不时进宫陪伴太后的分上，卫家虽声势低迷，但还不至于一蹶不振。这不，借着过年的喜庆，加上卫贵妃省亲，咸安侯府又开始张灯结彩，再次充满了欢声笑语。

卫贵妃为全家人带来了振兴的希望，自己却没什么好心情。她把侍女撂在庭下，甫一进入母亲房间的密室，把身上罩的貂裘镶边桃红色彩绣花鸟纹披风一摘，就像小时候般往母亲怀里扎，吱吱哇哇地诉起苦来："妈，你闺女老憋屈了，这日子过得……人家看我外表光鲜，哪个知道我有多懊糟！自家爷们，整日连面都见不着，折腾得我那叫一个五脊六兽，就像掉了魂。真是老苦了，妈你看我这脸儿蔫瘪的……"

"哎哟，我的儿——"秦夫人刚要心疼，忽然重重咳了一声，"别说庆州话！打进宫前娘就对你千叮万嘱，得说官话，不然被人瞧不起！"

卫贵妃情急之下直冒方言，这下也反应过来，羞愧得红了脸，嘴硬道："反正也没旁人听见……说正事，娘，坐下说。"

母女俩落座后，秦夫人急切地问："怎么回事，皇爷不是挺宠爱你的吗，而且你还刚给他添了个小皇子不是？"

卫贵妃神情含怨："什么宠啊爱啊，都是假的，最是无情帝王家！"

"啧，好好说话，别一肚子怨气，能解决什么事？"秦夫人劝道。

卫贵妃稍微平复了情绪，将最近几个月备受冷落，甚至连圣面都见不着的情况，与母亲详详细细地说了一通。

秦夫人深深皱眉："不能啊。娘见你即使生完孩子，仍是花容月貌不减当年，皇爷早不嫌弃，怎么忽然就嫌弃了？"她脸色一变，神情古怪地凑到女儿耳畔，低声问，"皇爷是不是那方面……不行了？"

"哪方面？"卫贵妃茫然地看她。

"咳！就那——方面呗！男人嘛，到了这个年龄……"秦夫人很是尴尬。这话八卦的可不只是她的女婿兼外甥，更是一国之君，难免心虚又惶恐，要不是人在密室独对女儿，她是决计问不出口的。

卫贵妃听懂了，比她母亲更尴尬："哎呀娘，胡说什么呢，皇爷行得很！"转念又不甘心地咬了咬银牙，补充道，"就是性子冷。我也不知该怎么形容……反正就是心思不在后宫。"

"皇爷日理万机，不比寻常丈夫，你身为后妃，得看开点。"秦夫人说。

卫贵妃叹气："皇爷的确日理万机，但以前一个月好歹还能来永宁宫两三趟，甭管留不留宿，至少门面得做出来，我在宫中才抬得起头。可如今呢，就连看昭儿，皇爷都是叫嬷嬷抱去养心殿。"

"其他妃嫔呢？还有，宫里是不是又来了新人？"

"淑妃、娴妃、惠妃那里比我还冷。至于新人，这几年都不选秀女，哪儿来的新人？"

秦夫人也没辙了，只能再次劝慰女儿："有些男人是这样的，雄心壮志容不下儿女情长，不爱美人爱江山。尤其身为天子，要牧万民，若是愿意多分一些精力在后宫，那是后妃的福气；分不出，后妃们也只能受着，熬着。"

卫贵妃哽咽道："这得熬到什么时候！当初送我进宫前，娘和太后姨妈可不是这么说的。你说我年轻貌美，必定会得圣宠，提携卫氏一族飞黄腾达；姨妈也说只要我在宫中听她的话，就会多多帮衬，让我生下龙嗣……"

"你这不是已经生下龙嗣了吗？这可是自打朱贺霖降生以来，宫里的第一个也是唯一一个皇子！"秦夫人脸色反而平静了许多，"最重要的目的已经达到了，我和姐姐没白费心，你不该对我们有一丝半点怨言。

"还有，你得宠，那叫锦上添花。就算皇爷不再宠幸你，但也没宠幸其他妃嫔，这么一看你并没损失什么，依然风风光光当你的贵妃。你对天子只能顺从，想方设法服侍周到，千万不可意气用事，知道吗？"

卫贵妃噘着嘴，怏怏不乐地点头。

秦夫人欣慰地轻拍她的手背。卫贵妃想想又不甘愿，说："前两日皇爷头疾发作，我本以为可以借着侍疾的机会邀宠，结果蓝喜把来问安的妃子们都请回去了，我连皇爷的面都没见着。后来，我收买的一个小宫女来递消息说，皇爷连太医都赶出养心殿去，独独见了一个苏晏！"

"见了……谁？"

"苏晏！娘忘了，把二叔害惨了的那个苏十二！"

秦夫人脸色一沉，皱眉道："是他！不是说给撵出京了吗，怎么又回来了？"

"不但回来了，还风光得很，前脚刚侍过疾，也不知施了什么邪术，叫皇爷的头莫名其妙就不疼了。后脚就往东宫去，住了一宿。娘您说说，朱贺霖那小子好歹也十四五岁，不再是个小孩子了，还借口找侍读和玩伴，留外臣私下密谋，分明别有所图，皇爷也不管管？"

秦夫人琢磨片刻，拍桌下了定论："那是个祸害呀！"

卫贵妃无比赞同："我也觉着，那个苏晏就是个灾星，一日不把他除掉，我们卫家就一日不得安宁。"

"可问题是，皇爷和太子都护着他。明面上收拾他吧，外贬了又回来，暗地里动手吧，瞧你二叔如今那模样。"

"难道我们堂堂一门三公侯，就真拿一个黄口小儿没法子？"

秦夫人沉思片刻后，说："这事娘还得同你爹商量商量。"

卫贵妃露出一丝不易察觉的轻视："我爹？和他能商量出什么来。"

秦夫人道："你爹虽然拿不出什么主意，但前阵子你大兄给他找了个军师，是位极有韬略的先生，在庆州那边赫赫有名。"

老家人，天然就多了几分可靠感，秦夫人又亲自考验过他几次，简直惊才绝艳，天文地理无所不知，诸子百家无所不涉，还擅长用计，对他何止是满意。

卫贵妃有些不以为意："大兄憨头憨脑的，能找到什么好帮手。"

长宁伯卫阙是卫演已故前妻的儿子，算是卫贵妃的继兄，两人之间关系并不亲密。卫贵妃自负聪颖美貌，也看不上大兄的敦厚老实模样。

"但这事他还真办对了。"秦夫人起身说，"我这就把你说的这些情况，告诉你父亲，也与鹤先生一同参详参详。"

"鹤先生？"

"对，那位先生在家修行，自号云鹤居士，人称'云中白鹤'，所以又叫鹤先生。"

卫贵妃听过耳就算，没放在心上，起身道："那母亲和父亲慢慢商量，我回屋歇息了。"

秦夫人笑了："待会儿娘让婢女领一个人去你屋里。"

卫贵妃吓一跳："谁？不是那个鹤先生吧！"

"说什么没谱的话！娘这把年纪难道不知男女大防？是京师名妓阮红蕉，让她教你一些内媚之术，好把皇帝的心再争回来。"

卫贵妃小声嘟囔："堂堂贵女，将来的皇后，学什么风月伎俩，也不嫌有失身份。"但她到底还是有些心动，带着侍女回房去了。

黄昏时分，豫王从天工院回来，吩咐传膳。

豫王府左长史崔醒见主家神色舒朗，甚至还有那么点春风满面的意思，趁机向他请示府内过年时对宫内进献、陈谢及对外宴请等诸多事宜。

豫王不耐烦听这些琐事，大手一挥："你们左右长史自己商量着办。"

崔醒点头应下，又说："过年人手紧，招了一批仆役，其中有练家子请求当护院或侍卫。正巧有几名侍卫病退和丁忧了，正好填上空缺。"

王府的侍卫定额有限，经过逐年削减，如今藩王护卫最多三百人，亲王护卫五百人。朝廷还设"护卫指挥使司"，统诸王府护卫，以防止"尾大不掉"。

与开国初动不动就几万甲兵的镇边王军比起来，简直是天上地下。

当年豫王离开封地大潼，回京接受圈养时，六万靖北军在一部分中层将领的怂恿下，因为替主帅愤愤不平而险些哗变。还好豫王发现得及时，在火苗尚未燃起来之前就迅速扑灭，消息并未传到朝廷。

否则怕是连这五百护卫的名额都保不住。

最后豫王也只带了死活要跟随他的几百名帐下亲兵，回到京城，当了十年闲散王爷。其中韩奔曾是他从死人堆里救出来的传令兵，后来成了王府侍卫统领。

也正是这个韩奔，在他几乎失去理智，想要不计后果地冲出京畿界碑时，死死拦在了马前。

豫王道："交给韩奔，让他去筛人。替本王传一句话，'提高门槛，宁缺毋滥'。"

崔醒领命退下。

用过晚膳后，豫王准备去练武场，远远便见围了一大圈人，走近后还听到侍卫们七嘴八舌地点评。

"那小子，看着清秀，出手可狠，竟能和韩统领打成平手。"

"扯吧，分明是韩统领放水。"

"为什么，见人年纪小，嫩葱似的，怕一把给掐折了？哈哈哈。"

"啧，你们还别说，我总觉得放水的其实是新招的那小子，叫什么来着……有几招他明明可以乘胜追击，直接定胜负，可他却浪费了大好机会，莫不是怕赢了，让韩统领没面子？"

"哪儿啊，我觉得那小子是旧势用老，新势来不及生，才错失良机。"

"挺有看头？"豫王站在侍卫们身后问。

一名侍卫自然而然地回答："是啊，挺有看头。我押韩统领赢，你呢？"

豫王笑道："我谁也不押，因为谁也赢不了。"

"怎么可能——"说话的侍卫回头，见是豫王殿下，吓一跳赶忙行礼，"王爷！"

豫王托了一把他的胳膊,不让他屈膝,随即把手臂搭在侍卫的肩膀上,和他们一起看热闹。

场上,韩奔与新招的那名青年对了结结实实的一掌,各自向后退出丈远。韩奔手抚气血翻涌的胸口,笑道:"好小子,身手不错。"

那名青年不过弱冠之年,身材适中,长了一张清秀的娃娃脸,左颊有个月牙形的靥涡,笑起来的模样挺讨喜。他躬身抱拳说:"是统领好心,怕伤到小的,才让小的侥幸多撑了一会儿。"

韩奔问:"你叫什么名字?"

青年答:"回统领,小的名叫殷福。"

"惯用什么武器?"

"回统领,小的练的是家传的五丁开山掌。"

"不,你惯用的是剑。"围观者中,响起一个低沉浑厚的声音,高大的身影排众而出,"长约一尺的短剑。"

韩奔单膝点地,恭敬道:"见过殿下。"

殷福似乎有些错愕,迅速反应过来,也跟着行礼:"草民叩见豫王殿下。"

豫王吩咐韩奔:"给他拿一柄短剑。"

又从侍卫手中随意抽了根哨棒,对殷福说道:"尽你所能,不许留手,撑不过三招就自己滚蛋,本王不招废物。"

韩奔一听就知道,豫王看出殷福刚才留手了,这是要逼对方尽全力,故而以三招为约——他们殿下若是动真格,披挂上马、手持长槊,估计在场没人能走得过三招。这下也就是在练武场上探探对方的实力。

殷福接过剑,脸色变得严肃起来,竭尽全力地挡住了十招,在第十一招时,短剑脱手飞出。

豫王基本摸透了他的武功路数,喝问:"你或许幼年学掌,但中途改换学剑,而且是杀人剑。你究竟是什么来路?"

殷福捂着震伤的虎口,脸色转为沉痛,跪地道:"草民出身武学世家,幼年家中剧变,父母皆亡于隐剑门刺客之手,无奈另投门派改学了剑,只为有一日能为家人复仇。未等心愿达成,隐剑门已被朝廷剿灭,草民大仇得报,离开师门却没有谋生手段,衣食无着,故而来投王府,想求个安身立命之所。"

说着,他报出了门派名称与掌门人,是江湖上一个二流的用剑门派。

豫王朝韩奔点点头。韩奔知道,这是要他去调查、核实殷福的身份,确认对方所言为实,才会收入王府。

殷福顿首:"求王爷收留。"

豫王把哨棒往人群里一丢,淡淡道:"人先留下,如身份属实,让你当个护院侍卫。"

殷福大喜过望，连连谢恩。

"这小子归你了。"豫王对韩奔说，又转头骂一众侍卫，"该干什么干什么去！养你们看热闹的？一群瘪犊子！"

侍卫们被骂得舒坦，笑嘻嘻地四散，回各自岗位。韩奔领走了殷福。

豫王独自一人站在空旷的练武场上。

殷福走到院墙的月洞门边，忽然回首望了一眼练武场中央：曾经的骁将在火盆亮光下孑然而立，身后拉出一道长长的、深渊般的黑影。他轻轻压了压嘴角，转回头，脚步不停，眨眼消失在月洞门外。

韩奔做事风风火火，很快就把殷福的底细调查结果呈给了豫王。

身世、门派都是真实的。那个二流门派的老掌门新殁，眼见青黄不接要往三四流掉下去，韩奔轻易就拿到了该派的弟子名录，查到殷福入门时间是在八年前，与他父母亡故的时间基本一致。

韩奔放了心，回禀豫王："这人没问题。"

豫王正忙着逗娃，随口说："可以留下，交给你操练。"

他一句话刚说完，世子就在他大腿上尿了一大泡。豫王感觉热烘烘的湿意从长裤一直渗入双腿间，脸色有点发青，问奶妈："他都快两岁了，怎么还尿裤子？是不是个傻的？"

奶妈赶紧把世子抱起来，泼辣地回道："王爷，瞧您这话说的！世子还小，尿床尿裤很正常，您见哪家不满两岁的娃没尿湿过裤子？再说了，奴还没见过这么乖的小娃娃，不到两岁就会喊'爹买糖葫芦'，哪里不聪明了？"

"爹买糖芦（葫）芦，阿骜吃。"世子奶声奶气地说。

豫王挑眉，捏开他的小嘴，看上下两排没长齐的乳牙："整天催我买糖葫芦，又咬不动，糖汁黏黏糊糊抹我一身，烦人精。"

他动作随意，把世子红嘟嘟的小嘴捏变了形。奶妈不乐意了，抱着孩子侧身避开，瞪了豫王一眼。

豫王搓了搓手指，干笑一声，对世子说："你先去换裤子，然后爹带你上街。"

奶妈抱着世子去清理，豫王也打算沐浴更衣。

韩奔早就觉得王府里缺主母，各种内务无人统筹，世子还这么小，王爷又是个不靠谱的爹，这么下去不成事，于是再次规劝："横竖王妃不会回来了，殿下真不考虑立个侧妃？无论感不感兴趣，娶个贤良淑德的大家闺秀，至少能把世子照顾得更周到。"

豫王一脸的不以为意："几个奶妈不是把世子照顾得挺好，要什么累赘的后娘。再说，我这才刚洗脱了些浪荡子的风评，又去选什么侧妃。"

韩奔知道自家王爷这回像是认真的样子，竟然好几个月没浪迹花丛，连士子们邀请的宴饮都不去，一门心思投入天工院的建设，可以说是兢兢业业了。

他更知道王爷被圈在京城这十年心底不好过，又不得不提防着上面那位帝王的心思，干脆弄些手法自污，以免被各方忌惮。可到底意难平，心里怄气，于是专门找年轻美貌的文官做"知己"，明摆着给皇帝难堪。

为此韩奔也委婉劝过豫王几次，说毕竟与那些士子同朝为官，低头不见抬头见的，王爷倒是泰然自若，可皇爷瞧着多硌硬。

最后劝的那次，豫王正准备出门，去礼部赴恩荣宴，见识新科进士们，闻言哂笑："硌硬就对了。要么杀，要么放，非要圈着，那就别怪本王搅浑水，整天硌硬他。"

韩奔摇头，彻底放弃了劝说。

"你也别一脸无奈。指不定这批新科进士中能出一两个厉害人物，给本王来个醍醐灌顶，从此洗心革面，一心扑在政务上，也未可知啊。"豫王说着自己都嗤鼻的戏言，仰天大笑出门去。

抛出这话至今不过九个月，豫王就已经沉迷抢工部的饭碗了……韩奔有些好笑，王爷这究竟是一语成谶，还是打了自己的脸？

豫王微服出府，臂弯里夹着世子，去集市上闲逛，像个普通百姓家的新手父亲。世子被夹得小短腿儿直蹬，一哭就被父亲威胁不给买糖葫芦。小可怜为了糖葫芦，只好强忍着。

只要尿布包得够厚，豫王就觉得自己能搞定儿子。他没让侍卫跟随，一来离除夕只剩三四天，侍卫也要轮班回家过年；二来他艺高人胆大，无所畏惧。

这天是腊月二十六，是沈柒在拜帖中说好要回京的日子。苏晏为了避开上门拉壮丁的太子，一大早就穿戴整齐打算出门。

荆红追比他还早，在前院练剑，见状问："大人有事？请让属下陪同。"

苏晏暗暗吐槽：你陪？到时和沈柒两个都陪进医庐里！哦，大过年的，别人守夜，我守药罐子。

他脸上笑吟吟地说道："不必了，我去参加同年聚会，和崔状元他们。对了，我吩咐铁匠打制的九宫格火锅不知好了没有，你帮我去瞧瞧？若是今日可以完成，你就在场等他，顺道验一下热得够不够快、漏不漏水。"

荆红追答应了，又给苏晏雇了辆马车，送他上车后自己才走。

苏晏吩咐车夫："去北镇抚司。"

北镇抚司凶名赫赫，诏狱简直鬼神辟易，阴风能从门口的大石狮子嘴里吹出来，百姓连路过时都觉得瘆人。车夫打了个哆嗦："贵客这是要……"

"放心，不是去归案。"苏晏安慰他，"去访友。"

车夫这才把心放回肚子里，马鞭一甩，出发了。

街道上熙熙攘攘，挤满了过年的闲汉——全京城从朝臣到百姓，春假期间就没有一个不闲的，人人都在逛街购物、吃吃喝喝。光是这个月的酒水消耗量，就能占全年的一半。

马车为了避让人群，慢吞吞地行驶，苏晏坐得有些不耐烦，挑起车帘看旁边摊子。刚到大时雍坊的主路口，前面堵得水泄不通，车夫只好对苏晏说："实在对不住，前面过不去，要劳烦贵客自己走了。"

苏晏只好付了车钱，下车步行。走了一阵子，他在一个卖零嘴的小摊前，看到一个哇哇大哭的男童，孤零零地站着，手里还攥了一根咬得乱七八糟的糖葫芦。

苏晏见这孩子不过两岁大，身边也没个家人，怕是被人群挤散了。万一被人贩子盯上，连拍花都不用，直接给抱走卖掉，也太可怜。他恻隐心顿起，停住脚步，蹲下来问："小朋友，你的爹娘呢？"

小童兀自号啕，五官皱成一团。

苏晏问小贩，小贩也摇头表示不清楚。于是他买了个花花绿绿的孙猴子糖人，递过去。小童被糖人吸引，立刻不哭了，伸手去拿。忘记右手上还有东西，结果糖人拿到手，糖葫芦掉了。

苏晏见他小嘴一咧又要哭，赶忙又买了根糖葫芦，塞进他空的左手。小童这下心满意足，开始咬糖人。苏晏耐心问了几次，他才用奶音说："爹爹，王，阿鹜吃糖芦（葫）芦。"

苏晏猜测："你叫阿五？爹爹姓王？家在哪里，会走吗？"

小童摇头，继续吃。

看这小童打扮得富贵，剃光的小脑袋上戴着兔毛暖耳，脑门上方两个小发鬏用金银绞线扎成桃心形状，颈上还戴着金项圈，估计是京城富贵人家的孩子。

但只知道姓王、行五，偌大京师，要帮他找家人无异于大海捞针。苏晏没法子，打算抱这孩子去西城兵马司，让衙门里的人想办法把他送回家。

刚走了几步，小童忽然叫了声："爹爹！"苏晏顺着他的视线望去，人头攒动，不知他在喊哪个。朝那方向走了百步，小童又开始叫"爹"，苏晏就这么边走边找，逐渐偏离原定的路线。

这孩子虽然小，但虎头虎脑，结实得很，三十斤抱在手上，还扭来扭去乱动，时间久了苏晏也有些吃不消，在一间酒肆门口停下来，歇口气。

"你到底看没看见你爹啊？"苏晏微喘着问，"再找不到人，我就送你去兵马司官署。"

忽然听见背后有人叫了声"阿鹜"。小童吐出山楂块，循声望去，喊："爹爹！"两个小脚突然乱踢，想要从苏晏怀中下来。

苏晏正要转身，被他一挣扯，猝不及防之下险些失去平衡跌在店门旁边的条凳上。幸亏身后那人及时伸手，将大人小孩都揽住了，同时说道："这是我儿子，人多被冲散了，幸亏公子仗义相助，鄙人定当重谢。"

声音耳熟极了，苏晏回头看清对方的脸，脱口道："是你！"

豫王自从他下马车，就开始心血来潮地策划，算好时机把孩子丢在摊前，然后盯了他们一路，此刻只装作吃惊，异口同声道："是你！"

苏晏微怔后，从他怀中挣出来，把小童放在地上。小童扑向豫王抱大腿，开心地连声叫爹爹，苏晏这才相信，的确是豫王的孩子。

他忽地想起殿试后没多久，跟状元崔锦屏喝酒时，崔状元就八卦说叶东楼给豫王世子当西席，还说世子才岁许，路还走不稳当。如今半年多过去，豫王世子差不多两岁大，刚刚会说话。

豫王一身微服，朝苏晏拱手道："多谢苏先生替我捡回儿子。我今日独自带着儿子出门，办事时不小心把他给忘了。"

"举手之劳，王……公子不必挂怀。"苏晏暗中吐槽没见过这么不负责任的爹，出个门都能把娃弄丢，忍不住多说了一句，"孩子太小，还是得看紧点，既然出门不带侍卫，好歹有事要忙时把孩子先交给府中女眷照顾。"

苏晏的脸都黑成那样了，还考虑到自己微服出行，想必不愿被人知道真实身份，临出口时改了称呼，实在是……豫王失笑，低声解释："府中没有女眷。他娘生下他后没多久，就抛夫弃子离开了京城。"

苏晏皱眉："离家出走，被你气的？"

豫王一脸不堪回首："哪儿啊！她喜滋滋穿个七星道袍，出门大笑三声，说尘缘已了，要去追求金丹大道，毫不留恋就走了，只留下孩子和一封和离书。这孩子乳名'阿鹜'，就是她临走前取的，说只有心无旁骛，才能斩三尸，所以这'鹜'就留给我了。"

好好的王妃不当，去当女道士？当真是将荣华富贵视如粪土，七情六欲说断就断。苏晏感叹："真乃奇女子！"

什么金丹大道、斩三尸，说得有鼻子有眼，苏晏不禁笑问："王妃如今修成仙人了吗？"

"怎么，你也想修仙，想长生不老？"

"只是有些好奇而已。"

豫王不信那些虚无缥缈的玄道，顺手抱起世子，反而劝他："自古帝王多好证长生，长生却是个最荒谬的谎言，丹士方士之流无一不是骗子。清河何等聪明之人，难道信它？"

苏晏不仅不信，脑子里还塞满了世人五百年也无法理解的知识，听了豫王的话，顿时觉得对方是时下十分难得的清醒者。尤其是统治阶级，权势越大越迷恋尘世，一想到寿有尽时就恐慌得不行，所以历朝历代多有皇帝热衷炼丹、修道、吃红丸，即使英武如先帝——显祖皇帝，那样一个南征北战、挥斥八极的人物，到了老病缠身，为求延年续命也免不了求助鬼神之道。

皇帝尚且如此，天下百姓更是遇事无不求神拜佛。所以一个不迷信的王爷就凸显出了其可贵之处。苏晏反问："若是真有凡人难以想象的大道之力，你就不心动，不想见识见识它的神奇？"

豫王笑了："倘若有这股真力，它为何要给予我神奇，又需要从我这里取走什么作为交换？天地山川有玄妙，风雪雷电有威力，但未必有性灵。有性灵的，只有人，所以人才是万物之首。我不信鬼神、不信命，不信什么因果报应、生死轮回，只信人，信我自己。"

承认宇宙的力量，但不承认宇宙的意识，这点看法与苏晏不谋而合。

豫王见他微微点头，眉目间浮现赞许之色，态度与常人迥然不同，不禁有些动容——

幼年时，父皇母后因为他不肯叩拜天地而斥责他不敬神明。长大后，他身居高位，周围人即便听到他的狂悖之言也不敢反驳，但心里终归是不认同。

还不只如此，他甚至对景隆帝私下说过："鱼水之欢乃是人之天性，寡妇煎年不易，何须为过世之人守节。母后若是要养个把面首，只要不碍着国事政事，让她养就是了。"他还记得当时皇兄看他的眼神……一言难尽。

这类离经叛道的话若是同苏晏说，也许他能理解？豫王心底隐隐生出了某种期待。

他笑道："你帮我找回儿子，不好好酬谢一番，情理上也说不过去，不若我请你喝酒？这间酒肆就不错，他们家的羊羔酒别具一格，酒色莹白，味极甘滑，脂香浓郁，冬日饮用能健脾胃、补元气。"

苏晏不愿同豫王有过多私人牵扯，更兼要赶去给兄弟接风，哪里有空陪他喝酒，当即婉拒："并非在下不识抬举，实是有要事在身。贵人好意心领，回头得空了，由在下来做东。"

他拱手道别后就要转身离开，豫王再度心血来潮，忽然把怀里的孩子往他身上一抛。苏晏吓一跳，下意识地伸手抱住。

阿骛扒拉着苏晏的衣襟嗷嗷哭，可怜兮兮地叫着"爹、爹"。

豫王果断地说："阿骛喜欢你，要认你做干爹。过年府里杂乱，奶娘又回家了，孩子没人带，要不你就先替我看两天，等我备好谢礼送上门时，再把他'赎回去'。"

苏晏闻言一惊，随即怒上心头，觉得对方脑子有坑："这是你儿子，不是我儿子，随手就丢给我是什么意思？我又没有责任义务替你养！还说什么'赎回去'，合着我是强盗，是绑匪咯？"

豫王把只会缠着他要糖吃的小世子甩出去后，感觉浑身一轻，心道：你给太子当保姆都当得，怎么给我儿子就当不得？再说，小崽子如今会说话了，要找个真正的先生来开蒙，我看你苏清河再合适不过，不妨先让你二人相处几日，培养培养感情。

于是昔日的靖北将军拿出了战场上杀伐决断的气势，二话不说就走了。

苏晏抱着孩子追不上他，气得声音都抖了，骂声和孩子的哭声交织在一起，像个眼望负心丈夫扬长而去的弃妇："朱栩竟，你个浑蛋！连亲儿子都能丢掉不管的浑蛋——"

腊月的京城街头，苏晏在寒风中凌乱，胸前趴着个哭唧唧还抓着糖葫芦不放的奶娃。眼瞅着奶娃的亲爹消失在闹市中，他气得想杀人。

慢慢冷静下来后，苏晏一边哄着哭个不停的小世子，一边琢磨这会儿该怎么处理。把阿鹜送去兵马司，让衙役们送去豫王府？估计他们不敢接这个烫手山芋，怕是自己拐了世子栽赃。

直接去豫王府，把阿鹜交给门口守卫？似乎可行，就算豫王不接收，我把孩子往台阶上面一放就走，他们总不能眼睁睁看着嗷嗷哭的世子不管吧？

拿定主意后，苏晏用衣袖给世子抹干净满是泪的脸蛋，暗骂豫王没心肝，这么可爱的亲儿子也舍得说扔就扔，然后抱着孩子走去附近牙行雇马车。

走出几步，他又折返回来，问酒肆老板："你们店的羊羔酒真能健脾胃，补元气？"

"那是太能了！"老板挥舞着酒勺自夸，"我们店的羊羔酒，是全京城最出名的。"

苏晏转念道："给我来两坛。"

酒坛子不大，挂在腰带上不会太影响走路，就是要小心别被怀里的孩子踢掉。

豫王府离此不远，在东北方向的澄清坊。苏晏走到牙行，发现马车都被雇去运年货了，只好租了一匹温顺的老马，抱着孩子上了马背，从拥挤的街巷间慢吞吞溜达过去。

阿鹜被他搂在怀中，手里摇着新买的拨浪鼓，很开心地叫："骑大马，骑大马！"苏晏摸摸他的小脑袋，忍不住微笑。

正阳门大街上，一队锦衣卫缇骑刚从南城门驰入，见路上人多，勒马缓行。

沈柒办完差，连夜从京城郊县大兴赶回，眉眼间还带着一路烟尘与落雪的余迹。

他在十字路口停驻，对跟随的千户石檐霜与韦缨说："你们带队回衙门，我去办点私事。初七之前我就不去衙门了，你们安排好春假轮值人员，衙门内必须有人留守，诏狱的看管更不能松懈。"

两名千户应声而诺。

沈柒朝苏府所在的黄华坊方向行去，来到苏府门口，下马敲门。

苏小京啃着卤鸡爪来应门，口齿含糊："我们家大人不在，还请阁下改日再来。"

沈柒一怔，说："我之前投过拜帖，约好时间了。你家大人去了哪里？"

苏小京摇头。沈柒眉头微皱，又问："那个'冻梨脸'侍卫呢？"

苏小京扔掉鸡骨头，拿手帕擦擦嘴，噼里啪啦答："大人让他去铁匠铺取火锅啦。打了个新火锅,还是照大人亲手画的图纸打的,准备年夜饭吃火锅呢!"

"年夜饭……和谁吃?在哪里?"

苏小京奇怪地瞟了他一眼:"哪里?年夜饭当然在家里吃。大人、追哥,还有我和小北,咱家就四口人,没了。"

年夜饭,一家人……沈柒生出一瞬间的恍惚,又道:"先让我进门,在厅堂等他回来。"

苏小京把头摇得像拨浪鼓:"大人没说留客,我一个小厮可做不了大人的主。"

沈柒无奈,退而求其次:"那我给你家大人留封信,他一回来,还请务必转交。"

他从怀中掏出锦衣卫随身携带的炭棒和本子,言简意赅地写了几句,说自己明日还会来,另外,这几日都住在府邸,扫径以待贵客登门。撕下那页对折好,他想了想,随信附上十两纹银,递给苏小京:"小兄弟辛苦了,一点拜年礼,拿去买吃食。"

苏小京看他出手如此阔绰,眼睛都直了,很是心动,但最终还是摇头,只接过纸张:"我家大人说了,不要随便收陌生人的财礼。谁知道对方是送贿还是下饵呢,拿人手短。"

看门小厮抓过鸡爪的手指在纸张背面留下油汪汪的印记,沈柒眼角一抽,担心被苏晏嫌弃邋遢。

小九打小爱干净。当初在诏狱里,自己在他肩膀上蹭个血手印,他都要唧唧哝哝地擦洗半晌。这下子万一看纸张脏污,不愿沾手就直接丢了怎么办?

沈柒正打算再写一张,苏小京道了声"等大人回来就转交",关门落锁了。

凶名能止小儿夜啼的"催命七郎",在苏御史家的愣头青小厮面前吃了闭门羹,偏偏心里还生不出火气。

沈柒觉得年夜饭不能随意找下人凑桌,该与真正的家人一起吃。又想着,清河是否喜欢养狗?北镇抚司豢养了不少狪犬,又凶猛又灵气,每一条都比他那个桀骜刺头的侍卫听话、守本分。养侍卫不如养狗。

沈柒离开后,不多时,荆红追拎着一口九个格子的大锡锅步行回来。

在一个十字路口,苏晏与折返的沈柒碰个正着,都是一脸惊喜。

苏晏是喜大于惊,笑道:"七郎回来了,可巧在这里撞上。"

沈柒是惊大于喜,盯着他怀中的小娃娃,问:"谁家的孩子?怎么给你抱着?"

苏晏不想提让人糟心的豫王,还在想怎么糊弄过去。阿鹜似乎被沈柒吓到,往苏晏怀中一缩,叫道:"爹!"

沈柒:"!"

苏晏:"……"

阿鹜:"爹,爹。"

沈柒脸色沉下来："你儿子？谁给你生的，胭脂巷那个花魁？"

苏晏万万没料到，对方还能有这等联想，顿时愣住。

"去年夏天，你刚抵京赴考时，在她那里盘桓半年，今年三月出贡后才断了联系，休想瞒我。你怎能让一个青楼女子给你留嗣，把名声与仕途统统都不要了？！"

苏晏忙解释："不，不，我在阮红蕉那里也就喝喝花酒、听听小曲，没做别的……我为什么要对你解释啊，你又不是我爹。"

他想想觉得哪里不对，忽然反应过来："——你调查我？沈柒你想做什么？别在我这里犯职业病，我告诉你！"

何止是调查，沈柒还公器私用，动用了榕州府的锦衣卫暗哨，把苏晏祖宗八代和他出生至今的大事小事翻了个底朝天，细细记录在册子上。虽说始终没发现蹊跷之处，更无法证实他与沈晏之间有任何关联，但沈柒还是习惯性地时不时翻看几下记录册子，从窥探对方短短的十七年人生中，寻找自己的参与感。

而苏晏在入仕之前和名妓阮红蕉的那点暧昧，哪里逃得过锦衣卫的眼睛。

此刻沈柒生出了辣手摧花的杀心——之前逢场作戏也就罢了，一个青楼女子愿意珠胎暗结，留下苏晏的血脉，将来必要各种纠缠，坏他前程。不如先行除之，防患于未然。

苏晏敏锐地感觉到对方眼底的阴暗，下意识地搂住阿骛，提高音量："你想做什么？都说了和阮红蕉没关系，不是她生的！"

阿骛从他手中抠不到剩余的绿豆糕，着急地叫："爹，阿骛吃糕。"

沈柒："那是谁生的？爹能乱叫？"

苏晏叹口气："你别问这孩子是谁的，知道了保证心里更硌硬。反正就是当面恐怕不好还回去，只能暂时看顾一下，我准备找个合适的人，委托送还。"

"算了，你不想说，那我就不问。这小崽子可以先放在我家，让婢女照顾。"

苏晏也担心这么小的孩子，屎尿乱拉自己弄不来，给婢女照顾更合适，于是点头同意。

两人并排骑马而行。酒坛磕在胯骨上难受，苏晏接下来，递给沈柒："喏，火镰的回礼。"

苏晏一直想送点什么给沈柒，但挑来挑去总觉得不合适。沈柒借过他金丝软甲——其实是送，但他当时觉得太过珍贵，死活不肯收，最后在离京前又给还回去了。于是对方又送了火镰，作为离别礼。自己也不知道回点什么，去过的闪锡也没什么拿得出手的特产，都是各种饼啊糕啊柿子红枣，京城物流通畅，什么南北货没有？他本想再多考虑考虑，刚好给自己买了两坛羊羔酒，就转手送给对方吧，当作重逢礼。至于拜年礼，那得隆重得多，等想好了，初二三再送。

沈柒接过酒坛，闻了闻，挑眉道："羊羔酒？正好，边喝边聊。"

到了沈府，沈柒把阿骛从苏晏怀里提溜出来，扔给婢女，拉着苏晏直奔书房。隔着炕桌坐上榻，沈柒亲自斟酒，两人细细碎碎地聊着这半年来的经历。

苏晏啜饮着杯中酒，慢慢说道："北漠恐将有异变。如今看来京城里也不安宁，我一回来，就闻到蠢蠢欲动的气味……"

沈柒心领神会，沉声问："你始终站在太子那边，是皇帝的意思？"

苏晏道："皇爷与小爷父子情深。再说，我与卫家已是势同水火，绝不能叫他们野心得逞。七郎，我说句实话，偷偷说——"

他凑到沈柒耳边："朱贺霖是下一任的皇帝。这是天命——哪怕天命被篡改，我也要硬生生把它扳回正道。"

沈柒沉默片刻，说："他还差不少火候。而且，皇帝春秋鼎盛，未来几十年的事，不好说。我也说句实话——不要太早站队。天命深难问，帝心也一样，天有不测风云，谁也不知明天吹哪阵风。"

他停顿了一下，又补充："东宫被人盯上了，毒蛇案只是个开始。疯死的那个血瞳刺客，背后还不止一个隐剑门。太子或许活不过下一次刺杀。"

"我知道，但是……你就当我是个孤注一掷的赌徒。"苏晏看他，神情里带着期待，"我押朱贺霖。"

沈柒幽然注视他，面色阴晴难辨。就在苏晏认为他会一直沉默下去的时候，沈柒开口了："你押我跟。兄弟拿命陪你赌。"

第二章

靖北将军朱槿城

天际残阳如血，将阴霾下的荒原笼上一层铁锈色，风中依稀夹杂着羌笛声，呜咽如泣。

折断的长柄眉尖刀斜插在焦黑的土地，锁子甲下的残缺尸体早已僵冷，骨肉分离的手掌依然紧攥着一支断箭。

朱槿城突然嗳出一口气，缓缓睁眼。

……我还活着。他望着层云深处那越发黝黑的天幕，失神地想。

身下饱浸人血的泥土腥臭扑鼻。他双手动了动，抓住一把草根，一点点积蓄力量，片刻后支起身子站了起来，朝着遍地尸体的战场，发出一声怒吼。

这吼声还十分年轻，像只尚未成熟却不减爪牙之利的雄狮。他的面容犹带几分少年的稚气，此刻这份稚气却被眉眼间横溢的锋锐战意彻底压制。

他拔出插在血地里的漆黑马槊，大喝道："黑云突骑，集合——"

五十名探路突骑，与千名越岭偷袭的达延骑兵在乌兰山脚狭路相逢。他身为突骑领，不得不以十二岁稚龄扛起重担，指挥部下利用地形，迂回游击。

他在前锋以强弓劲矢，于极限射程外，一箭射杀对方首领，震慑敌军。

又冒险从五十突骑中，再分出十几骑绕到敌军后方，做出援军掩杀的假象，动摇对方军心。

整整缠斗了一日一夜，才让伤亡惨重的达延骑兵意识到，这块骨头又小又硬，还崩牙，实在不值得为此付出玉石俱焚的代价，于是在副首领的撤兵命令中溃败而走，无功折返。

而现今连同他自己，黑云突骑最后仅存区区六人。

这场被后世称为"乌兰山遭遇战"的小规模战斗，成为历史上以寡敌众遭遇战中的经典案例。然而在正史的寥寥数笔记录中，指挥者的名字却只有"不详"二字。

朱槿城静静等待，终于看见五个从血泊中爬起的人，摇摇晃晃地向他靠拢。

越来越近，他看见他们满是血污的对襟锁子甲，手里残破的兵刃，熏黑的痕迹掩不住青白的脸。

——那是死人的脸色。

风中羌笛声时断时续，如残魂夜哭。

战死的袍泽们向他伸出手，像枯槁的树枝，惨恻地逼问：

"殿下，为何要抛下我们？"

"殿下，塞上终年苦寒，你身在繁华京师，可还记得我们的埋骨之地？"

"殿下，战旌已失，军魂犹在，你为何不回来？"

"殿下……"

"将军……"

"主帅……"

无数呼唤声在他脑中回荡，幽微如风声过隙，却又震耳欲聋。

他用掌心紧紧捂住两耳，竟无法面对这些质问似的，临万军之阵而岿然不动的身躯，步步向后退却……

后方的天子都城香红缭绕，是烟花地，也是诛心牢。

他向着金粉装饰的天狱，不停地坠下去，坠下去——

豫王猛地坐起身，脸色发青，额上冷汗涔涔。他攥着厚软锦被，不断深呼吸，片刻后方才真正回魂，从噩梦重返人间。

有多久，没有梦到十几年前的战场了？逼真得就像再次身临其境。

窗户大开的寝殿外，远处仿佛传来极微弱的乐音，像羌笛，又像埙，尖锐地颤动着。

难以言喻的烦躁感在豫王的肺腑间翻涌，令他胸闷欲呕、头脑发涨，逐渐发酵成一股无法排解的戾气。

经年累积的压抑、不甘、憋屈乃至恨意，都被这股戾气激发，如石油遇明火，烧成了一片火海！豫王掀开锦被跃下床，连外衫也不披，快步穿过寝殿，一脚踹开了紧闭的殿门。

门板在一声巨响中四分五裂，木屑飞溅。

守夜的内监与侍女们从睡梦中惊醒，见自家王爷披发跣足，脸色铁青，恶鬼似的站在洞开的殿门口，一个个吓得变色。

他们在王府伺候数年，见惯了豫王或慵懒闲适，或风流浪荡的做派，却从未见过这般狰狰面目,简直如传闻中的阿修罗一般,不禁纷纷腿软跪地,叩头请罪。

被扑面的寒风一吹,那股恶气似乎消散了些,连带着烈焰焚身般的燥热也渐渐减弱。豫王遥望着黑暗天际的一两点寒星,神情有些恍惚。

他忽然问:"你们有没有听见什么声音?"

声音……踹门声?众人不敢回答,连连摇头。

豫王侧耳细听,那一线似笛似埙的奇诡声音并不存在,似乎方才只是个错觉,因着梦境而影响到现实。

他沉默良久,然后说:"没事了,本王突发噩梦,神思混乱时踹坏了门。明日着木匠定做一扇新的即可。今夜我去后殿睡,你们打理一下这里。"

巡夜侍卫匆匆赶来。为首的正是韩奔,他抱拳行礼:"殿下,出什么事了?"

这声"殿下",让豫王的手微颤了一下,吩咐道:"你随我来。"说着大步迈向后殿。

韩奔见他雪夜只穿着单薄的寝衣,赶紧从侍女手中接过厚披风和毡靴,追赶而去。

在走廊尽头,豫王停下脚步,转身望向韩奔,突兀地问:"你还记得十六年前乌兰山脚的那场遭遇战吗?"

韩奔愣住,须臾后才反应过来:"殿下说的是您十二岁时的初战?率五十黑云突骑,击溃了达延千名骑兵,卑职当然记得。"

"最后活了几人?"

"不计殿下,幸存五人。"

豫王追问:"他们还活着吗?"

韩奔迟疑片刻,摇了摇头:"时间太久,卑职不知。自殿下统领靖北军,将早年率领过的黑云突骑也编入其中。十年前,靖北军改弦更张,编制拆散后被几个边军卫所吸纳,各有领军。如今若再去寻找当年的老兵,怕是已生死两茫茫。"

玄色披风裹着豫王雕像似的身躯,在长久的屹立不动后,他用极为低沉的声音说:"我梦见他们了。"

短短六个字,韩奔突然泪水盈眶。

他连忙掩饰地转头拭去,答道:"卑职偶尔也会梦见往事,醒来也感慨,但毕竟已经过去了。"

"……不对。"

"什么?"

"过不去。"豫王面无表情地站立着,连指尖都不曾动一下,"他们的阴魂来质问我了。"

韩奔心头一惊,劝解道:"殿下刚刚做了噩梦?心思郁结易生梦,殿下还是看开点,放宽心。"

豫王梦呓般说道："那不像梦，太逼真……直到这一刻我还能嗅到血腥味，手上还残留着尸体的触感。"

韩奔觉得自家王爷今夜的精神状态有点不对劲，不放心地说："卑职去请府内的医官来，给王爷把个平安脉。"

豫王叫住了他："刚才，你可听到笛声？有点像羌笛，但又不是。"

韩奔回忆了一下，摇头："卑职只听见半夜零星的几声爆竹。王爷听见的丝竹声，大约是从教坊司那边飘过来的，为了元宵节鳌山灯会上的歌舞表演，教坊司的乐师和女乐们都在加紧排练。"

豫王皱眉，总觉得并非丝竹，但又说不清究竟是什么声音，便摇头道："算了。除夕将至，你们也别巡夜了，回去与家人团聚吧。"

韩奔微微笑道："选年关轮值的这批侍卫，哪里还有家？王府就是我们的家。"

豫王把手按在他肩膀上，轻叹："委屈你们了。"

韩奔半跪下来，一边为豫王踩在冰冷砖面的赤足穿上毡靴，一边回答："怎么就委屈了？以前在将军帐下当亲兵，整日操练，吃个饭都是囫囵的。如今在王府做侍卫，长胖十来斤，过去的腰带都束不住了。享福才是。"

豫王手上一用力，五指陷入他肩膀的肌肉中，沉声问："想不想回去吃苦？"

"想——"韩奔顿住，又笑笑，"想想就算了。在京城也挺好。"

豫王垂目看他，仿佛看透了自己的心，随即拍拍他的肩膀，转身离开。

韩奔目送豫王的背影消失，方才回到值守的侍卫中，继续巡夜。他扫了一眼队伍，问："新来的那小子呢？"

"殷福？"一名侍卫答，"之前在啊。后来闹肚子，你放他去出恭，忘记了？哦哦，人来了。"

韩奔见殷福从恭房方向走过来，蹙眉揉着腹部，脸色有些苍白。殷福看到他后，习惯性地见人就笑，半边脸颊上露出个月牙形的靥涡，透着几许天真的孩子气。

韩奔心软了一下，对殷福说："既然身体不舒服，就回房歇息，不用跟着巡了。"

"谢统领关心，但其他兄弟能做到的，我也能，不需要照顾。"殷福不肯回房，坚守岗位。

韩奔眼底掠过欣赏之意，说："行，若是你撑不住了再告诉我。"

豫王换了间寝殿，被侍女伺候着用热水泡完脚，重又躺回床上。他睁眼看着深色帐顶上银线绣的云海明月出关山，隔着十几年光阴，对战场上的幽魂喃喃低语：

"记得。

"不会抛下你们。

"塞上苦寒，却是心安之地。

"再等等，时机总会来。"

从沈府出来后，苏晏在路过的集市上买了不少年货，拎着去了陈实毓的医庐。

陈实毓悬壶济世，快过年了还开着医庐接待病人，见苏晏进来，微愣后起身迎接："苏大人从闪锡回来了，一路可都平安顺遂？"

苏晏笑着把年货放在桌上："前几日回来，放心，我不是来看病的，而是来看应虚先生的。"

陈实毓捋须而笑："苏大人仁厚，老朽愧不敢当，回头就把年礼送去贵府。"说话间又觉得他怀中娃娃眼熟，定睛一看，"这不是豫王世子？"

苏晏顺势把阿弩放在地上，任他爬条凳玩，对陈实毓拱手："世子与豫王殿下失散，无意间随着我走了，这事儿还得辛苦应虚先生，把孩子送回去。"

"苏大人不是与豫王殿下有旧，这是何意？"

苏晏尴尬地笑笑："有旧是有旧，但也有点龃龉，不方便碰面。还望应虚先生不嫌麻烦，帮我跑一趟豫王府。"

陈实毓答应了，并说愿意卖自己这张老脸，帮他在豫王面前尽量化解。

苏晏连连说不用，只要把世子送回豫王手上就行。

陈实毓受人之托，忠人之事，当即关了医庐，带着阿弩坐车来到豫王府，通报后进了门。

奶娘们听说世子回来，一拥而上抱起阿弩，又是亲又是哭，心疼他在外面受了委屈，甚至还有人小声骂了声："这爹是怎么当的，连个孩子都看不住！"

长史崔醒匆匆迎上来，拱手："应虚先生真是及时雨啊！在下正想命人去请先生哪。"

陈实毓怔道："怎么了，崔长史，可是你家王爷出了什么事？"

崔醒说："王爷这几日抱恙在身，夜里睡不好，噩梦不断，性情也变得暴躁许多。府内的医官开了宁神败火的药，不见效果，还望应虚先生前去看一看。"

陈实毓有些为难："老朽是外科大夫，不是内科……我先去看看什么情况吧，不行再找其他大夫。"

崔醒大喜，领着他前往后殿。

豫王坐在圆桌旁，抱着头，双肘撑在桌沿，一动不动。听见通报他方才抬头，疲惫地看了陈实毓一眼："毓翁来了。"

"四殿下。"陈实毓上前，在旁边的圆凳坐下，察颜观色。他见豫王精神有些萎靡，印堂无光，眼眶底下透着乌青，眼白布满血丝，像是邪火犯心的失寐之症，又切了脉搏——躁乱不安。

"殿下哪里感觉不适？"

"胸闷欲呕、头昏耳鸣、焦躁难宁，心里总憋着一股火气，恨不得暴起发难。有时分不清梦耶非耶，犹如庄周梦蝶。"

"长史说殿下噩梦不断，梦见什么了？"

"毓翁难道不知？"豫王用一双困兽般的眼睛看他，于重重束缚的绝望下闪着狂暴而锋锐的凶光，"此心不改，此志难夺，遇风为虎，乘云化龙——这不正是你亲口劝本王的吗？！"

陈实毓倒吸了口凉气，似乎发现了症结所在。

如果说豫王面上表现出的是一片泥泞沼泽，内心则是一条奔流的大江，如今这条江已泥沙浑浊、水位暴涨，滚滚洪峰即将冲垮理智的堤岸。

若无连日暴雨，江水不会忽然变成这样。

但他望闻问切后，尚未找到这异常状态的症结所在。

陈实毓皱眉捋须思索良久，然后才道："老朽先为殿下施针，降一降犯心邪火，再开些助眠药物。但这些都只能治标不能治本。除了己身，殿下可有感觉到外界有任何异常？譬如听见什么、看见什么、受了什么刺激？"

"笛声……"豫王按捺着胸口窜动的恶气，闭上双眼，"仿佛在梦境里，又仿佛在现实中；近在耳畔，又远在天际。醒后再去倾听，杳然无踪。"

"幻听？什么样的笛声？"

"诡异尖锐的颤音，令人心神也跟着震颤。"

陈实毓颔首："老朽回去琢磨琢磨，查找医书，看有没有相关的记载。现下先给殿下用针。对了，殿下要不要暂时去别院住上几日？换个环境，或许心境也就不同了。"

施完针后，陈实毓向豫王告辞，临走还留下医嘱，让他千万放松心情，尽量不要回忆往事，以免郁结伤神加重失寐之症。若他能换个环境，出去散散心更好。

散心？去哪里散，京畿的界碑？豫王自嘲地冷笑了一下，起身吩咐崔长史："着人打扫梧桐水榭，本王要过去小住。"

崔长史劝："水榭四面透风，夏日凉爽。可如今是严冬，湖面结冰，朔风灌宇，不堪居住。王爷要不还是去红梅暖阁？"

豫王挥挥手，让他退下。

崔长史只好派专门负责水榭的仆役前去打扫，再让婢女整理好需要带去的衣食用具，搬上马车。

豫王只带了个车夫，没让侍卫同行。

一干府臣、侍卫在王府门口，目送豫王的马车离开时，殷福小声问韩奔："统领，真不要我们跟随护卫吗？"

韩奔答："你是新来的，不知道梧桐水榭是禁地，没有王爷的允准，谁也不许接近。"

"可王爷的安危……"

"放心，王爷的身手你还不清楚？且水榭在大湖中央，周围淼淼烟波、平岸草野一览无余，就算有歹人欲行不轨，也难以潜伏接近。"

"这我就放心了。"殷福答。

韩奔斜眼看他："你才刚来没多久，就对王爷忠心耿耿，很好嘛。不过忠心可以，其他心思就免了。"

"什么其他心思？"殷福一脸懵懂。

韩奔板着脸道："攀龙附凤的心思。记住谨守本分，不该打听的，你一个字也别多打听。"

"你以为我是那等谄媚小人？狗眼看人低，哼！"殷福气鼓鼓地扭头走了。

"小样儿，还挺有脾气的。"韩奔对着他的背影"哼"了一声，神情倒是缓和不少。

殷福背对韩奔走向府内，面色微沉，琥珀色双眼如寒潭无波。

冬日的梧桐林，叶落殆尽，豫王把车夫打发走，独自穿过林子与曲折的木栈道，进入水榭。

此刻他头昏耳鸣，胸口烦闷，把头探出围廊，朝外干呕了一阵。寒风扑面袭来，凉如饮冰，一激之下，头脑似乎有些清醒。

湖面冰封如镜。豫王怔怔坐了一会儿，手掌在红漆栏杆上无意识地摩挲。

他起身，走到茶室。地板上夏日用的黄琉璃色簟席，已换成了暖和的吐蕃贡品地毯，由藏红花染就，颜色明丽，经久不褪。

各藩属地进贡之物，皇帝分赐时从来没有少过他的一份，故而朝野上下人皆道："天子亲爱手足，哪怕胞弟再嬉靡浪荡，天子仍宽仁以待。"

豫王低低地冷笑了一声。

他踩过地毯，和衣躺在矮榻，盖着鹅绒衾被辗转许久，终于睡着。

梦中他恍惚回到了恩荣宴，新科进士们纷纷举杯对皇帝歌功颂德，献诗献画以博圣悦。而人群缝隙中，露出角落里一张少年脸庞。少年同样身着进士冠服，却丝毫没有意识到这是个多么重要的出头机会，依旧我行我素地伸筷去夹满桌菜肴，吃得不亦乐乎。太子因此朝这少年进士狠狠瞪眼，对方则回以一个满不在乎的眼神。

那瞬间他心想：这是个妙人。

豫王缓缓睁眼……天亮了？

这一夜，梦境中没有铁马冰河，没有战场硝烟，没有鲜血残尸，也没有呜咽的羌笛声。

豫王坐起身，发现头昏、胸闷、反胃的症状有所减轻，体内那股烦躁的恶气也消散了不少。

于是他独自在水榭又待了一整日，直到入夜后爆竹齐鸣，声震云霄，连绵半个时辰也不停歇，才恍然想起——除夕夜到了。

万家团圆。

皇宫想必正照惯例举行盛大的除夕宫宴,他这个亲王告病缺席,估计真正会担心的也只有母后吧?

豫王府张灯结彩,大开筵席,戏班堂会连场不断。那些当官的、想当官的,有才名的、无才卖脸的,认识的、不认识的,流水般上门拜贺,大概不会料到,连王爷的一片衣角都见不着吧?

豫王忽然发笑。

他起身脱掉身上象征亲王威仪的蟠龙袍服与金冠,从衣柜中取出一套不起眼的纁色曳撒换上,离开水榭。

除夕夜,整个京城火树银花,炫目的烟火映亮了半片夜空。

苏晏府上的年夜饭,在开桌之前,迎来了一位径自上门蹭饭的不速之客。于主人而言,这个客算是自己人,不过是多添一双筷子而已。对于侍卫而言,这个客简直就是上门来挑衅他的。

于是苏府主人"按下葫芦浮起瓢",整整半个时辰都在试图做和事佬,最后忍无可忍地拍桌骂道:"大过年的,哪个再给老子添堵,管你是锦衣卫还是大剑客,都给老子滚出门去!"

付出了斯文扫地的代价,苏老爷终于按住了相见两相厌的"拆家二犬",换来一顿勉强算是平静的年夜饭。

与此同时,鸿胪寺即将掀起惊涛狂澜。

鸿胪寺主掌外宾之事,四名宛郁来使如今就住在官署的客舍中。

三更时分,窗外仍是喧嚣不断,整个京城到处都是噼里啪啦的鞭炮声与烟火的亮光。

宛郁使者凑在一桌,边喝酒吃烤肉,边用北漠语抱怨:"吵成这个样子,晚上还怎么睡觉?"

"到底什么时候才能拿到国书?赶紧上路回去。整天把我们圈在这破官署里,跟防贼似的!"

"要我说,就是直接开打,搞这些来来往往的花把式做什么?"

"中原百姓黏黏糊糊,皇帝态度也黏黏糊糊,叫人不痛快。"

"唉,少说几句吧,听说他们有个叫'锦衣卫'的探子机构,厉害着呢,万一偷听去皇帝面前告密,对我们也没什么好处。"

其中一个使者仰头喝光了酒,放下碗,忽然支起耳朵仔细听,皱眉问:"你们有没有听见……一种奇怪的笛声?"

正月初一寅时，东方未明，景隆帝便已起身。

按照祖制，皇帝先前往祖庙祭告，而后大驾出乾清门，浩浩荡荡的锦衣卫队簇拥着金辇升上三台，经过建极殿、中极殿，最后御奉天殿，端坐金銮宝座，接受臣民的新年朝拜。

这场在奉天殿举行的大朝会，王公百官均要来参礼。

苏晏因为回京后官职尚未变动，仍只是七品御史，所以没有参加大朝会的资格。他也乐得偷得浮生半日闲，初一在家睡懒觉。

睡到日上三竿，他就听见小北在屋外边敲门，边压低声音叫道："大人！大人快起来，出事了！"

苏晏一激灵睁开眼，匆忙着衣，开门问："出什么事？"

"褚侍卫从宫里来，说皇爷即刻要见大人。这大年初一就急着召见，不是大事是什么？大人，您心里可有数？"苏小北神色有些严肃。

苏小京虽然爱咋呼，脑子不拐弯，但至少有句话说对了，"伴君如伴虎"。对于宫里那两位手握生死大权的爷，苏小北也始终替自家大人存着一份忧心。

苏晏安慰地拍拍小北的肩膀："放心吧，就算有事，也连累不到大人我。你和小京这便给我准备官服，再打包点吃食，我在马车上用……等等！还有两份年礼，用黄绸子扎的那两份，帮我也一起搬上马车。"

他走到院下，遇到荆红追。荆红追说："大人去哪里？请让属下陪同。"

苏晏婉拒："我要进宫，带着你不方便，你就在家等我。"

荆红追不放心，说："属下就在午门外等着，大人一出宫就能看见。"

苏晏知道他固执，便同意了。

荆红追又问："皇帝突然召见，大人认为是公事，还是私事？"

"公事吧。"苏晏认为公事的可能性更大，但话一出口，又觉得帝心难测，自己还是不要托大，要做好应对所有可能性的准备。

宫里来的马车在苏府门口等着，苏晏走出门，见褚渊站在一旁等待，互相拜完年后，直接把他拉上了车。

苏晏问："这时间点皇爷该结束了外廷朝会，在内廷受贺才是，怎么突然传召我，是不是出事了？黑炭头，你得给我先透个底。"

他敢问，一来因为褚渊之前在闪锡一路随行，两人共患过难，也算有感情基础；二来，皇爷没有派传旨太监，而是派御前侍卫，有护卫他安全之意，说明此事有风险，他得未雨绸缪。

"不瞒苏大人，的确是出事了。但不是宫里，而是鸿胪寺。"

鸿胪寺？最近没到藩属各国的朝贡时间，鸿胪寺里只有宛郁使者，莫非——

"那几个正在等国书回复的宛郁人出事了？"

褚渊点头:"死了!数九天大半夜,那四人脱光衣物,跳下鸿胪寺内的锦鲤池,冻死了。"

苏晏裹着狐裘披风,联想到赤身跳冰水,忍不住打个激灵:"死得可真蹊跷!"

"可不是?偏偏又是除夕夜,鸿胪寺的官吏们都回家过年,只有几个仆役值守,结果直到今早,尸体才被发现。皇爷接到奏报时正在奉天殿朝会,我在御前侍卫,便命我来接大人入宫商议。"

苏晏一路上琢磨着这件怪事,所坐的马车直抵内廷,来到南书房外。

在前厅等候不多时,御驾便到了,景隆帝与太子一前一后地走进来。苏晏连忙起身,行了个叩拜大礼,贺道:"给皇爷、小爷拜年。吾主圣体康健,万寿无疆;吾朝风调雨顺,国泰民安。"

皇帝亲手扶起他:"来,里头叙话。"

进了御书房,三人分尊卑落座。内侍端上茶点后,其余人等全数退出殿门,连向来贴身伺候的蓝喜都没有留下。

皇帝对苏晏说:"鸿胪寺的事,你应该知道了。"

苏晏点头。

"宛郁使者之死,你怎么看?"

这熟悉的问法、平淡的语气,听不出半点个人喜恶,很"景隆帝"式。

曾经苏晏一听皇帝问这话,心就紧张得直抽抽。如今习惯成自然,更兼心里对皇帝多了几分亲近,他回答起来也就不觉紧张了。他在马车上已有所思考,这会儿从容回答:"有人不愿见我大铭与宛郁释嫌,想给这场冲突火上浇油。"

他没有进一步解释,反而问道:"记得皇爷曾对臣说,要用回复的国书麻痹黑朵萨满及其幕后主使,再另行遣人前去宛郁,秘密联系虎阔力,澄清昆勒王子遇刺之事,不知进行得如何?"

坐在旁边的朱贺霖第一次听说这事,刚想开口询问,转念又闭了嘴,先仔细听。

皇帝说:"国书已由内阁讨论草拟,待朕审过,交由司礼监誊写用印,本打算再拖延几日交予宛郁使者带回。密使也在腊月二十五派出,算算时间,连长城都还没出,至少还得一个月才能抵达宛郁部。"

苏晏道:"所以有人忍不住了。他不知国书里写了什么,担心干戈平息,于是一不做二不休,让宛郁使者死在大铭境内,死在鸿胪寺的官署里。"

"都说'两国交兵,不斩来使',而我大铭却连几个使者都不放过,何其残暴不仁,穷兵黩武——这就是凶手要达到的舆论效果。皇爷想啊,他为什么要用如此离奇荒诞的手法杀人?"

景隆帝转头看向太子,示意他来回答。

太子之前并未参与他们的讨论，只在朝会听政时，得知了一些大铭与宛郁之间的矛盾和如今的局势，眼下被父皇考查似的一看，顿时心里直打鼓，忍不住拿眼角余光去瞟苏晏。

苏晏鼓励地朝太子微微一笑。

他知道朱贺霖聪明，虽然心性有些跳脱不定，却拥有一种能看透事物本质的直觉和远见，这是天生的智慧。眼下太子所缺乏的只是历练，以及独当一面的自信。

朱贺霖读懂了他的笑意，果然心情大为镇定，快速思索后，说道："因为这是最让人百口莫辩的死法。假设使者死于刀剑或是毒药，我们还能下令捉拿刺客，给宛郁一个交代，而如今这个局面，我们要怎么说？说'是你们使者自己犯了疯病，大冬天脱衣跳水而死'吗？这个回答虽然明明是事实，可在宛郁看来，却是何其荒谬与傲慢！必然举部激怒，不死不休！这便是凶手想要达成的目的。"

皇帝颔首，对这个回答表示满意。

朱贺霖有点得意，更多的是疑虑："凶手如此阴险，父皇却一点都不着急，也不担心眼下局势，难道已有破解之法？"

皇帝举杯饮茶："急有何用。若是连天子都稳不住阵脚，叫底下的臣民如何定心？太子你记住，为君者，当喜怒不形于色。"

朱贺霖拱手表示受教，低头时却吐了吐舌头，发现苏晏在偷看，又朝他龇牙一笑。

苏晏怕皇帝发现他们互使眼色，赶紧收回目光，正襟危坐。

皇帝说："朕已命锦衣卫北镇抚司、大理寺联手彻查此案。苏晏，你可愿官复原职，继续任大理寺右少卿，替朕把这案子查清，揪出幕后黑手？"

既然皇爷有意让他接手此案，而再去闪锡至少也要等到三月份，中间还有两三个月的时间，督理闪锡马政并非那么迫切，反正清理马政也不是一蹴而就的。而宛郁与大铭的边事，眼下则是至关重要的时刻。苏晏也就应承下来，拱手道："臣定当竭尽全力。"

太子主动请缨："父皇，儿臣也想出力。让儿臣来督办此案，有什么情况也可及时向父皇汇报。"

景隆帝略一沉吟，点头允准，并派一队锦衣卫精锐给太子当护卫，要求他出宫时必须带上卫队，不得单独行动。

太子满口答应，且十分热衷于此事，一告退就拉着苏晏去勘察现场。

南书房内，蓝喜奉命去拟旨，正要告退，景隆帝忽然问："豫王告病几日了？"

蓝喜恭敬回禀："五日了。"

皇帝起身，掸了掸衣袖上不存在的灰尘："朕这个兄长也该去他府上探一探病，看究竟是病在身上，还是病在心里。"

景隆帝轻车简行，带了百名精锐护卫，前往豫王府。

府中左长史崔醍听闻守卫报信，忙不迭地出门跪迎圣驾。皇帝下车走进前院，并未见豫王身影，问道："豫王病得如此严重，竟起不得床接驾了？"

崔长史汗流浃背："王爷……王爷不在府中。"

皇帝笑了笑："看来四弟并无大碍，还能出门走动，如此朕也就放心了。他去了哪里？"

崔长史眼前一黑，顿首道："皇爷恕罪！王爷出门前并未告知去处，微臣着实不知啊！"

"出去多久了？"

"今日是第……第三日。"

皇帝在心底慢慢盘算过后，叫了褚渊过来吩咐几句，褚渊领命带着一队锦衣卫离开王府。皇帝往厅堂上一坐，对满院跪倒的王府官吏、侍从说道："不亲眼看一看豫王的病情，朕这个做兄长的，心实难安。朕就在这里等到天黑，看他什么时候回来。"

侍奉的宫人沏茶、上点心。蓝喜搬来一箱奏本，皇帝慢悠悠地边看边批，眼见日头一点点偏西，毫无急躁之色。

几名锦衣卫进进出出好几次，对皇帝附耳禀道："没有。"

"不在。"

"未找见。"

天色擦黑，满院灯火点燃，犹如无数浮海光槎，映照着一地礁石般俯首不敢动弹的人影。

蓝喜看看天色，提醒皇帝："皇爷，宫门要下钥了。"

皇帝微微颔首，继续翻阅奏本，似乎打定主意，非要等到豫王不可。

一名仆役跌跌撞撞地跑进院门，叫："王爷回来了！回来了！就在后殿里，醉酒睡着，小的刚进去洒扫，突然发现的！"

崔长史喝令他闭嘴，对皇帝顿首："微臣这就去唤醒王爷，过来接驾面圣。"

皇帝放下奏本，起身道："豫王从前可是千杯不醉的，这是喝了多少，连病体都不顾了？朕亲自去看他。"

在内侍与锦衣卫的簇拥下，皇帝走到廊下，方才对众人说了句"都平身吧"。崔长史拖着跪了一个多时辰，刺痛不已的两条腿，强撑着带路。

众人来到后殿门外，浓郁的酒气从门缝内逸散出来。

崔长史推了推，殿门从内闩着。

皇帝抬手制止了想要破门而入的锦衣卫，运劲在掌，猛地推开殿门。

门闩震落，门扉撞在两侧隔扇上，发出"砰"的一声响。

"砰"的一声，木门被推开，传令兵气喘吁吁地跪地禀报："将军，甘州兵变！"

朱槿城——由于兄长朱槿陛继位大宝,为避圣讳他按例改名,如今该叫"朱栩竟"了——从悬挂的边关地图前转身。油灯发出的昏黄光芒,映亮了这位少年成名的十五岁亲王殿下的脸。

这是一张极英俊的脸,眉眼锋锐,气度洒脱,最后一丝属于少年人的青涩也在战火的千锤百炼中被磨平。

在封地大潼,靖北军刚组建不久,他将昔日率领的黑云突骑并入其中,重新编练。在军中,他不喜被称为"殿下""王爷",要求士卒将领一律称他为"将军"。

日间巡视边堡回来,朱栩竟一身盔甲未卸,还在研究地图,闻言皱眉问:"为何兵变?眼下情况如何?"

传令兵喘匀气,简扼回答:"新任巡抚许隆见丰年米贱,擅自降低士兵军饷,导致总兵李茗私囤之粮卖不出去。李总兵鼓动士兵前去巡抚衙门请愿。请愿士兵被许巡抚杖责,导致群情激愤,军队哗变。镇守太监董节劝解未果,抛城而逃。李总兵放得出,收不住,士兵们杀了许巡抚后四处劫掠,烧毁衙门,洗劫兵器库和银库,释放狱囚。眼下甘州城大乱,已经完全失控!"

朱栩竟骂道:"许隆、李茗、董节,三个都该杀!拿我的令符,让偏将威海率右军出发,驰援甘州,镇压叛乱。"

传令兵领命后,又从怀中掏出一方圆柱形的小印,递过去:"这是李总兵手下托我一并带过来的,说将军一见便知。"

朱栩竟接过小印看了看刻字,蓦然变色:"这是皇兄的私印!圣驾……正在甘州?!"

他和朱槿陛都曾追随先帝征战北漠。朱槿陛登基后,在朝臣的劝说下减少了御驾亲征的次数,但偶尔也会亲自巡视九边重镇,谁料这次秘密巡到甘州,竟赶上了兵变。

"不早说!"朱栩竟想到皇兄深陷叛军领地,心急如焚,踹了传令兵一脚,"快,全军立刻拔营,救驾!"

火把长龙照亮了庚辰年秋夜的原野,朱栩竟率靖北军星夜急行,一骑黑马、一把长槊,率先突破甘州城门。

甘州城已是一片火海,杀红了眼的驻军们陷入了歇斯底里的疯狂,不分敌我,见人就砍,与靖北军展开了激烈的巷战。

埋伏在城内的达延探子乘机袭杀边堡守卫,准备接应达延骑兵入境,关防面临失守之危。

朱栩竟一边指挥靖北军作战,一边在城中搜寻圣驾,最后在边堡附近发现了锦衣卫的行踪。

"皇兄呢?"他将一名骑兵扫下马背,抖落槊头鲜血,大声催问。

那名锦衣卫捂着伤口答:"在南城阁上!"

南城阁建在边堡的月城门楼上，月城之外便是瀚海沙漠，达延骑兵纵横来去，一旦突破堡墙，甘州将彻底沦陷。

刚登基三年的年轻皇帝，在满城叛乱的硝烟中，率锦衣卫亲自镇守最后一道防线，与达延的密探小队厮杀在一处。

朱栩竟眼眶发烫，翻身下马，冲上南城阁。他手中长槊破空裂地，翻成一片黑浪，遇箭挡箭，遇人杀人！

一路敌阵如纸，被马槊撕出血肉横飞的口子，朱栩竟单人逆冲而上，犹如蛟龙分海，势不可当！

他在纷飞的血雨与断肢中，见到了身穿织金锦与黑漆铁方叶罩甲的朱槿陞。天子手持雁翎刀寒光闪过，一名敌军滚下门楼。

"二哥！"朱栩竟放声高呼。

朱槿陞循声回望，看清他的刹那间，露出了微微笑意。

"皇兄……"朱栩竟鼻腔酸楚，几乎落泪，"臣弟率军前来救驾！"

朱槿陞张口说了句什么，隔着十几丈的距离与厮杀声，朱栩竟听不清楚。但他在昏暗火光中看见，一名敌军沿着门楼外墙爬上来，将手中弓箭对准了朱槿陞的后背。

朱栩竟目眦尽裂，吼道："小心背后！"整个人如离弦之箭，向朱槿陞疾冲过去。

他的示警很及时，朱槿陞反手一刀削断箭矢，紧接着将那名敌军从楼上挑落。

朱栩竟冲到朱槿陞身边。长槊在狭窄的阁楼上施展不开，他将槊头往地板上一插，拔出腰刀，"臣弟护送皇兄下楼。"

说话间，脚下剧震，整座阁楼开始倾斜，竟是支柱被炸断了。

楼上众人顿时失去平衡，不由自主地向一侧摔去，在惨叫声中翻出栏杆。

朱栩竟一手抓住朱槿陞的胳膊，另一只手死死攀紧柱子，叫道："皇兄，抓稳了！"

朱槿陞听见他手臂关节咯咯作响，仿佛难堪重负，沉声道："放手。四五丈高，摔不死朕。"

朱栩竟咬牙笑，调侃："这可不好说，二哥当了皇帝，身娇肉贵不比从前——"

话音未落，忽见一杆长戟斜刺里戳过来，凶狠地朝朱槿陞的胸口攒去！

朱槿陞此刻正吊在朱栩竟的手上，悬空躲避不得，不得已挣脱他的手，向下滑坠。

而那戟尖闪着寒芒急追而去，不杀敌国之君誓不罢休。朱栩竟不假思索地松开柱子，朝下猛扑，抱住了朱槿陞，同时头也不回地将腰刀向后方掷去。

刀锋将那名持戟敌将钉在了倒塌的木柱子上。与此同时，戟尖也从朱栩竟的后背刺入，洞穿前胸。

朱槿陞抱着朱栩竟，后背重重砸在地面。

从震荡的眩晕中清醒后，他感觉胸前泡着温热的液体——那是从朱栩竟伤口处涌出的鲜血。

周围一片漆黑，朱槿隆伸手摸索，在朱栩竟的后背上摸到了歪斜的戟杆，脸色霎时变得煞白，颤声轻唤："槿……槿城？"

朱栩竟仿佛回魂般长吸口气，低声答："皇兄……二哥，我活不得了。"

皇帝走入寝殿，四下里横七竖八都是喝空的酒坛，酒气浓烈得好像打个火折子就能引爆。他踢开一个倒地的空酒坛，一步步走到床榻前。

豫王箕坐在床前的踏板上，双腿长长地伸出去，头枕着胳膊，搁在床沿，似乎沉醉不醒。

皇帝走到他身旁，停住脚步，俯身捏着他的下巴，抬起来，见豫王面白唇青，眉心紧皱，眼眶有些凹陷，烛火中显得阴影浓重，脸色很是憔悴难看。

随着皇帝的动作，豫王的眉头越皱越紧，神情焦灼不安，薄薄眼皮下，眼珠不停转动，仿佛深陷梦境，正苦苦挣扎。

——他梦见了什么？皇帝不太关心地想。

然后皇帝就听见了一声含糊而痛苦的梦呓：

"……二哥，我活不得了。"

这句话似曾相识，皇帝怔住了。隔着十三年逝去的时光，带着残留的硝烟血气，回忆如同浓雾一般迎面笼来。

"陛下！"

"皇爷！"

锦衣卫们围过来，想要搀扶朱槿隆。朱槿隆甩开他们的手，坐在残垣断壁间，怀中抱着昏迷不醒的朱栩竟，用前所未有的、焦急惶然的语气叫道："御医呢？！快传御医！"

朱栩竟半跪着，上半身扑在他怀里，脑袋沉甸甸地压在他的颈窝处，双手垂在地面，鲜血湿透战袍。

一名随驾御医小跑过来，满头大汗，检查朱栩竟前胸后背的伤口，无奈摇头："戟锋贯穿心脉……微臣无能，救不了代王殿下。"

"胡说八道什么！他还有救，御医，朕命你救活他！"二十二岁的年轻天子，在即将失去手足的痛楚中，失去了平日里的沉稳镇静，"救不活四弟，朕唯你是问！"

御医趴在地面，连连顿首："陛下恕罪，微臣真的是无能为力啊！"

朱槿隆用颤抖的手指，握住了朱栩竟后背上的戟杆。他贴着四弟冰凉的耳郭，喃喃低语："槿城，槿城，朕知道你不会死……打了这么多场胜仗，大风大浪都过来了，怎么可能栽在这里……朕不用你救，朕要你好好活着！槿城，你醒醒……"

御医老泪纵横："陛下，切莫拔戟。不拔，还能多撑片刻……"

朱栩竟慢慢睁眼，就这么伏在朱槿陛肩头，声若游丝："二哥，你登基那天，我说过……这万里锦绣江山，我会与你一同守护，我尽力了……"

"二哥知道，知道你放不下母后和我，放不下这江山社稷。"朱槿陛紧紧握住他满是血污的手掌，双目含泪，哽咽道，"算二哥求你，别死，只要你活下来，天下你我共治之……"

"毓翁来了！"副将威海领着一位白发白须的清癯老者匆匆赶来，边跑边叫。

周围的靖北军士兵纷纷露出激动的神色："是陈神医！"

"应虚老先生来了，将军有救了！"

朱槿陛心底涌起绝处逢生的惊喜，注视着陈实毓检查完伤势，急切地问："如何？"

陈实毓神情凝重："万幸偏了一点，没有割断心脉，但伤势十分凶险，老朽没有十足的把握。万一救不回来……"

"朕不怪你！"朱槿陛立刻道，"还请应虚先生尽力施救。只要能救活槿城，就当朕欠你一条命。你要什么赏赐，只要不损国体都可以！"

陈实毓拱手："陛下言重了。医者父母心，老朽定当竭尽全力。"

豫王忽然叫了一声，从梦境中惊醒。

皇帝恍惚回神，低头见自己的手还捏在对方冒着青色胡楂的下颌上。

豫王醒来的瞬间，警觉身边有人，下意识地翻身而起，同时挥拳攻击。

皇帝撒手，侧头避开这一击，脸颊被拳风扫得隐隐作痛。他沉声道："朱栩竟！"

豫王怔住，继而撤回劲力，懒洋洋地往床榻上一躺，哂道："圣驾亲临，臣弟不胜惶恐，无奈病体支离，不能起身行礼，还望皇兄恕罪。"

"既然豫王病体难支，躺着回话也无妨，朕不治你君前失仪之罪。"景隆帝并未被豫王不逊的姿态激怒，拎起旁边歪倒的玫瑰椅，往床前空地一放，坐上去，"朕还带来两名御医，让他们为你诊治诊治。"

太医院的两名院判奉旨入内，豫王无所谓地伸手给他们诊脉。

一通望闻问切，两名太医商议过后，给出的答案与之前陈实毓所言相差无几——失寐之症，盖因邪火犯心、郁结难舒引起。

御医退下去开方子，熬药。皇帝命他们关闭殿门，吩咐门外的锦衣卫未得上命，不得擅自入内，转而问豫王："你心中这股邪火是什么火？郁结又结在哪处？"

豫王肆无忌惮地答："皇兄何必明知故问？"

皇帝的脸色沉了下来："这阵子，你可出过京畿？"

豫王反问："没出过如何，出过又如何？"

"没出过，自然无事；出过，朕就把那块界碑搬到京城的城门口，甚至搬到你豫王府外。"皇帝淡淡道，"你毁约在先，就休怪朕不讲兄弟情面。"

豫王冷笑："皇兄想把我往死路上逼，一杯毒酒、一把匕首足矣，讲什么兄弟情面。"

皇帝一拍扶手，喝道："朱栩竟！朕看在你生病的分上，不计较你接二连三地犯上，可朕的忍耐也是有限度的。你躺着不肯好好说话，那就去太庙跪着说。"

豫王何尝不知自己言语冲撞，对天子大不敬，是极不明智的行为，但是此刻胸臆间浊气憋闷，邪火乱窜，连带思绪也开始混乱，只想着不计后果地泄愤。

皇帝见他不吭声，只面色越发青白难看，微微有些心软，缓和了语气："朕只想从你嘴里听一句实话，不想叫那些锦衣卫来查，是给你留面子。除夕之夜，你身在何处？托病失踪三日，又在做什么？"

豫王依稀又听见了鬼哭般的笛声，躁动的气血在经脉中横冲直撞，绞得他额际青筋跳动，连面容都有些狰狞扭曲了："皇兄希望我在哪里，我便在哪里好了，青楼楚馆，还是与某个逆贼的密会地点，随便皇兄编排，臣弟一应认下便是！"

皇帝一瞬间想叫锦衣卫进来，拖他去太庙，旨意出口前强行忍住，深深吸气，觉得自己千修万修的涵养，要在这个犯浑的弟弟身上毁于一旦。

景隆帝伸手揪住豫王散乱的衣襟，把他的上半身拽出床沿，用另一只手将旁边酒坛里残留的酒液泼在了他脸上。

冰冷酒水激得豫王打了个寒噤，迷乱的眼神似乎有几分清醒。他抹了一把脸上的酒液，定神看了皇帝片刻："看来皇兄今日所谓探病，是醉翁之意不在酒啊。怎么，除夕夜出什么惊动天听的大事了？"

"你难道不知？"

豫王绽出一个讥诮的笑容："原来皇兄是想听我全盘招认，说除夕夜我从王府失踪，就是为了去鸿胪寺杀那几个宛郁使臣，好借机挑起两国战火，以此获取重回军中的机会。好，我承认，全是我干的！如何，还不把我发配去'高墙'？"

"朱栩竟，你真是让朕失望透顶！"皇帝冷冷道，"你长年心怀积怨，不守礼法、不敬君主，将狎近官员作为报复朕的手段。这些朕都忍了，最多只是训诫，全因顾念着与你之间的手足亲情，顾念着你当年舍身相救的忠勇。可朕没想到，你竟一错再错，为重掌军权而不惜害国害民。'高墙'，那是太祖皇帝留给朱氏子孙的家牢，你也配姓朱！"

豫王脑子里嗡嗡地响，响得他眩晕欲吐。他趴在床沿干呕了一阵，垂死似的喘气，仿佛来自天子的多少愤怒与惩罚，都敌不过这一句锥心刺骨的"你也配姓朱"。

他以一个极其狼狈的姿势半挂在床沿，发簪落地，长发披散，心寒地笑出了声，笑得比哭还难听。

对大铭，对皇兄朱槿陞，他自认无愧于心，曾经几乎付出性命，却只换来一腔十年难平的意气和怨怼。

这股怨恨被手足之情、君臣之道压制了整整十年，如今就像再也遏制不住的燎原大火，在他的五脏六腑间烧得炎炎烈烈。

豫王笑够了，猛地抬起头，一双鹰隼般的眼睛蕴着寒光，从垂落脸侧的两道漆黑发帘间，毫不掩饰地望向皇帝。

"我不后悔当年舍命救皇兄，但后悔自己活了下来。"他咬着牙说道。

皇帝的手指针刺似的弹动了一下："你真想死？"

"我想死在那时，死在皇兄身边，让你永远亏欠我、亏欠母后，一辈子心怀愧疚。如此我在你心目中，就始终是那个赤胆忠心的四弟，而你在我心目中，也始终是那个骨肉情深的二哥，多好？"

"……你在指责朕如今薄情寡义？"

豫王嗤笑一声："皇兄不是薄情寡义，而是帝王心术，在龙椅上修炼了十五年，修炼成了一尊存天理灭人欲的神像。如何治国牧民、制衡朝堂，从来都是你的首要考虑，为此你防着藩王勋戚，防着文臣武将，防着内官锦衣卫，甚至防着母后和枕边人，从来没有真正信任过任何一个人。"

"那个人人都说得了圣眷的苏清河，你看重他的性情与才能，放手任他施展拳脚，关切他的安危而派亲卫长驱千里，难道对他当真如此信任？怕不是养来做棋眼的吧！"

"就算是你最喜爱的太子，一举一动也在你的监视之下，更别提我这个不省心的胞弟了！皇兄，你这辈子都在怀疑什么，又在提防着什么，还用我说吗？"

景隆帝面寒如霜，严厉道："朱栩竟，你要向朕要信任？你认为朕削了你的兵权，是打一开始就怀疑你有不臣之心，怕你拥兵自重，甚至谋朝篡位？"

话说到这份上，豫王反而无所顾忌了，起身下床，仗着身形比皇帝高大，刻意逼近。他冷笑："难道不是？"

"如果是，朕在初登基时，就该下旨夺了你的兵权，又怎会让你继续坐拥六万重甲，整整三年？"

"因为皇兄把臣弟安排在了削藩的最后一位。辽王、卫王、谷王、宁王……三年时间，皇兄一个一个地削去镇边亲王的兵权，将他们圈禁在藩地。最后才轮到臣弟，臣弟是不是该因此感激天恩，毕竟一母同胞，终归与其他兄弟不同。"豫王不无嘲讽地答。

皇帝压着火气，问："先帝遗诏，朕是否给你看过？"

"是。"

"'若诸王中有拥兵不臣者，当废除藩王镇边制，收拢诸王兵权归于朝廷'，信王谋逆，是否符合了遗诏中所言的削藩条件？"

"是。可谋逆的只是信王，皇兄再怎么猜忌其他藩王，也总该相信我！"

朱槿隉比他年长七岁，从幼年起，他就爱追着二哥的背影跑。秦王府中，父亲常年在外征战，几乎顾不上他们；母亲要管理王府，又与侧妃莫氏争斗了好些年，中间因为三哥朱槿轩离奇夭折而痛彻心扉，也不可能将全部精力都灌注在他们这两个儿子身上。

他和朱槿隉是互相扶持长大的，等年岁稍长，跟随父王与皇祖父北伐，在战场上继续守望相助。

怎么能因为一朝登大宝，将社稷稳固看得重于泰山，就使多年的深厚感情化为乌有？

或许在朱槿隉的眼中，自己首先是皇帝，其次才是父亲、儿子、兄长和丈夫。但在他朱槿城的眼中，朱槿隉首先是他的兄长，其次才是皇帝。

——正是因为如此，母后早就对他说过："城儿，当年母亲费尽心力，让你父亲立隉儿为世子。你父亲登基后，母亲又一力坚持，立他为太子，并不只是因为长幼有序，更是因为他比你更适合当皇帝。

"你是性情中人，洒脱来去，喜恶唯心，容易感情用事。而你的二哥不同，他很小的时候就知道，在责任与私欲之间该如何选择，也知道只有手执刑、德二柄御下治臣，心怜万民而非独爱一人，才能成为圣明的天下之主。

"母亲也知道，你认为我偏重他，他认为我偏疼你，但这颗为母之心，其实是一样的。"

一碗水尚且端不平，父母对诸子女怎么可能不偏心？倘若母后真的疼他，又怎会眼睁睁看他被皇兄困在京城整整十年，不发一言相劝？

豫王眼眶赤红，直视眼前身穿赭黄色十二团龙衮服的皇帝，心底翻涌的浓烈情绪，如火山如洪流直欲喷薄，最后只凝作滚烫的一句："我们可是同一个母亲的亲兄弟啊！"

皇帝纹丝不动地负手看他，令他想起太庙缭绕的香烟中先帝们的画像，神情庄重威严。他似乎从皇帝微红的眼角与湿润的双眼中，捕捉到一缕悲悯与无奈，但转瞬即逝，快得让他以为刚才只是错觉。

"诸王兵权尽卸，唯独剩你一个，世人会作何想？皇帝偏私胞弟，不惜矫拂遗诏，法外容情，那么将来他所判订的律令又该如何推行？

"再者，就算朕信任你，可又如何信任你手下六万靖北军？他们眼中只有主帅，只有军令，没有天子和朝廷法度。"

豫王正要反驳，皇帝抬手制止，继续道："有一件事，朕本不愿说，只当从未发生过。但眼下不说出来，你心里不服——

"十年前，朕才刚下令，让你回京为母后侍疾。关于军制改编尚还在讨论中，谣言便已传到大潼，说天子怀疑代王有不臣之心，要诓他回京按谋逆论处，届时整个靖北军将会被当作附逆，无人可以幸免。

"主帅不在，流言四起，在一部分不明真相的将领怂恿下，靖北军因替你鸣不平而险些哗变。要不是你听到风声，半途急急折返回去镇抚，继甘州兵变之后，又会出一场大潼兵变！"

豫王愣住，脸色大变。

"不同的是，甘州的兵是乱兵，容易镇压，而你大潼的兵却是一心为主的精锐铁骑！倘若你当时压制不住，部下直接举旗造反，打着拥立你的名号，将黄袍硬往你身上披，你骑虎难下该如何收场？又叫朕如何面对这两难局势？"

豫王脸色变得惨白。他万没有料到，十年前军中那团在烧起来前就被他扑灭的火苗，并非如他想得那般隐秘——皇帝什么都知道。

"这事要是发生在其他任何一个藩王身上，朕必顺水推舟，送他一场黄粱美梦，最后让谋逆者与野心家一同上法场！可就是因为是你朱栩竟，朕才把这事压了下来，暗令知情的几名重臣闭嘴噤声。最后朕另寻由头，将那几个惑乱军心的将领处死了事。

"你说，朕还不够信任你？不够偏袒你？朕防的不是某一个人，而是人心！"

豫王向后一趄趄，跌坐在床沿。

"所以皇兄终究还是忌我、防我，即使知道我无心争位，也要避免兵权旁落。既如此，当年又何必撒什么'天下你我共治之'这种弥天大谎，不嫌自己虚伪吗？"

皇帝深吸口气，尝试着将手掌放在他的肩膀上。豫王像被这股体温刺到似的，轻微地挣了一下，听见他的兄长说："朕当时……是真心的。"

如今呢？豫王没有问。他知道何为物是人非、身不由己，何为高处不胜寒。反正他也志不在此，从未奢望过天子之位，他要的不是"九鼎"，而是自由。

可藩王的身份，注定他不是被圈养在封地王府，就是被囚困在京城王府，天下之大之浩瀚深远，哪里有他的自由？！

"所以朕希望你即使在京城，也能襄助朕理政治国，将你的才智发挥在战场之外的其他地方。

"这些年来，凡朝会廷议，哪次参政名单里落下了你？可你来过几次？

"朕想让你办些实事，你却跟朕怄气，非但不肯接手任何差事，还沉湎声色、放浪形骸，以为自纵、自污就能叫朕放下戒心。可知朕捏着那些雪片般的弹劾奏章，一次又一次对你失望、为你头疼？

"为君分忧，为国效力，为民请命，这难道不是另一种意义上的'天下共治'？"

豫王像一段烧成了焦炭的乌木，在皇帝的掌心下沉默不语。

景隆帝叹道："幸亏出了个天工院。你愿意接手这差事，还办得有模有样，朕虽未公然褒奖过你，但心甚慰之。朕希望这是一个好兆头，可以慢慢化解你心中郁结。朕也希望你改过自新，不再拿无辜的朝臣官员发泄怨气。

"至于除夕夜鸿胪寺一案，你承认得太过干脆，倒像是在赌气了。朕会查清真相，不会平白冤了你。"

"查清之后呢？"豫王陡然抬脸，神情绝望又尖刻，像当年贯穿了心口的那柄长戟，"继续将我圈养在京城，直到老死？"

"不是圈养，而是留任。"

豫王的手将卧单紧攥成一团，指节因过于用力而泛白，手背青筋毕露，一字字咬牙道："恕难从命！"

皇帝扬眉含怒："放肆！朱栩竟，你可知抗旨的下场？"

"下场……赐死吗？臣弟无惧生死。"豫王惨笑着拉开衣襟，暴露出胸膛上累累旧疤，其中心口那一道尤为扎眼，"皇兄不如在此直接动手，省得又要下旨定罪，又要命人捉拿，大动干戈。"

他从枕下抽出短剑"钩鱼肠"，将剑柄塞进皇帝手里。

皇帝面色铁青，斥道："你这是求死？这是挟功逼君，还有没有一点为臣、为弟的良心？！"

豫王紧握着皇帝持剑的手，将锋利的剑锋往自己心口扎："有没有良心，皇兄剖出来看看就知道了。"

剑尖入肉，血流蜿蜒，皇帝再一次被犯浑的弟弟气得手抖："你看你这副德行，哪里像个亲王，分明是兵痞无赖！"

豫王从痛中尝到了从心所欲的快意，仿佛体内那股流窜的恶气也随鲜血一同涌了出去。他大笑道："人生在世，倘若不能从心所愿，而是把自己活成个无情无欲的神明，即使天下在握又有什么意思——你说是吧，皇兄？"

在豫王府某个偏僻的角落，夜色笼罩的阴影深处，殷福猝然一咳，喷出口乌血，向前趔趄两步，手按在嶙峋的山石上。

拈在指间的鹤骨笛，溅上了星星点点的血迹。

他努力运功调息，片刻后方才站稳。

这几日，除非豫王离府，否则每夜的笛音不曾断过。他以传声入密之法，将这笛音送至目标之人的耳中。

昨夜除夕在鸿胪寺，一曲同时操纵四人的迷魂飞音消耗了他太多真气，尚未来得及将养，今夜又见时机难得，明知勉强还是忍不住出手，导致气血逆冲，伤了心肺经脉。

豫王军伍出身意志坚定，只可徐徐图之，心急冒进反而会引起对方怀疑，导致功败垂成……殷福如此告诫自己。

他将鹤骨笛贴身藏好，擦拭干净嘴角血迹，深呼吸后，身影从黑暗中浮现，回到灯火幽微的小径上。

他刚走了几步，背后一个声音问："你在这里做什么？"

殷福心底微凛，不露声色地转身，轻声道："韩统领。"

韩奔手按腰刀走过来，上下打量他："这几天你脸色一直很难看，拉肚子还没好？"

殷福笑了笑："谢统领关心。我没事。"

"你有事。"韩奔语气加重，"除夕夜，轮值的侍卫在一起吃年夜饭，怎么独独不见你？你擅离职守，去了哪里？"

殷福把头一低，不说话，想绕过韩奔走开。

韩奔堵住他的去路："不把话说清楚，休想走。你是要对我交代，还是去王爷面前招认？"

殷福左突右进，都被对方挡住，寸步走不脱，便垂下头，鼻音浓重地说："要你管！"

"职责所在，我当然要管。"韩奔进一步逼迫，"说！昨夜去了哪里？做什么？"

殷福被逼出了哭腔，无奈道："我去祭拜父母了！当年我一家灭门就是除夕夜，父母尸骨无人收敛，至今不知归处。我只能去庙里遥遥祭拜，以全人子之心。我说完了，可以走了吗？"

韩奔沉默片刻，说："抱歉，是我冒犯。"

殷福含着泪，低头要走，一个不慎撞在他身上。韩奔下意识地伸手扶住，挨得近了，闻见他身上淡淡的血腥味。

"你受伤了？"韩奔问。

殷福说："没有。"

"那你身上这股血气是……癸水？"

殷福怔住，继而挥拳："你才是女人！"

韩奔握住他的拳头，感慨："逝者已矣，别伤心了。走，哥陪你喝几杯。"

殷福被他揽住肩膀带着走，嘴角微微勾起。

厢房内，一桌，一大坛酒，两人隔桌对饮。

"来，一醉解千愁，醉完哭完，心里就舒坦了。人生还长着呢，往前走，往前看，咱们不回头。"韩奔给殷福斟酒。

殷福喝了几大碗酒，满面酡红，已有六七分醉意。

韩奔一边陪他喝，一边一碗接一碗地倒。

"我喝不动了……头晕，我真的——"殷福趴在桌面，眼神迷离失焦，一副酩酊大醉的模样，嘴里叽里咕噜地呓语着。

韩奔怔怔地看了一会儿，上半身向前倾，温声问："你叫什么名字？"

"殷……福。"

酒坛是特制的上下两层，由斟酒者操纵机栝，决定倒出来的是上层的还是下层的。上层是正常的酒水，而下层的酒水里掺了洋金花汁液。

洋金花即曼陀罗，能麻醉止痛，因其有毒性，即使是外科大夫使用起来也十分谨慎。韩奔发现，洋金花除了可以麻醉，还会减弱人的意志力，剂量掌控好了，可以作为吐真药使用。从前在靖北军中与北漠诸部作战，他用自己配置的洋金花汁，从不少俘虏身上诈出过情报。其中有一小部分是失控的胡言乱语，但大部分是实话。

"你来豫王府有何目的？"

"来找……找……"

韩奔暗凛，凑得更近，仔细聆听。

"找……个安身立命的地方……"

韩奔心弦一松，继续问："你方才在做什么？"

"喝酒……喝不动了……不喝……"

"喝酒之前呢，为什么受伤？"

"练功岔气……咳血……我想我爹娘，爹娘……"

韩奔很想安慰地揉揉这小子的后脑勺，但仍硬下心肠继续逼问："王爷这几日犯病，是怎么回事？"

殷福喃喃重复着"怎么回事"，突然一声不吭，整个人往桌下滑落。

韩奔见药毒发作，忙从怀中掏出瓷瓶，将解药灌进他嘴里去。

殷福脸颊与脖颈潮红一片，难受地皱眉，似乎解药并未起效。韩奔担心伤了对方性命，忙俯下身去探他的颈侧脉搏。

此时，殷福陡然睁开了双眼。

这简直不是一双眼睛，而是黑夜海面的旋涡，是诸天斗转的星辰，无形而巨大的引力瞬间将人的意识吸入其中，飞旋、撕裂，搅成明昧不分的混沌。

韩奔石雕般僵着，似乎连呼吸都停滞了。

殷福嘲弄地扬起嘴角，揪住韩奔的衣襟拽下来，在他耳边低语："韩奔，你对殷福全心信任，与他情同手足，愿意为他赴汤蹈火做任何事。"

韩奔的身躯在殷福手中震动，似乎想从迷魂境中挣脱出来。

殷福没有搭理，而是在他耳边一遍又一遍地重复着这句话。他的声音轻柔而深幽，吐字间仿佛暗合了某种奇异的节奏，与鹤骨笛的笛声有着异曲同工之妙。

韩奔逐渐平静下来，又恢复成了一座石雕。

魇魅之术配合迷魂飞音，效果出奇地好，殷福满意地笑了。他收回功法，闭眼装睡。

片刻后，韩奔蓦然清醒，只觉自己之前失神了一两息，浑然不觉异样。

他低头看向地板上熟睡的青年，伸手揉了揉对方的脑袋，将殷福搬上床盖好棉被，随后拎着酒坛离开房间。

大门紧闭的后殿中，景隆帝用力甩开了豫王的手，连同那柄短剑，也飞射到墙壁上，"当"的一声入木三分。

锦衣卫听见兵刃风声，惊疑不定，但碍于圣谕不敢冲进来，于是在殿门外高声叩问："卑职待命！"

皇帝扬声道："无事。"

殿外又沉寂了。

皇帝转而对豫王下令："你先把病养好。若是再满嘴浑话，惹出事端，到时也别给朕做什么剖心明志的花样了，直接打折你两条腿，叫你寸步出不得府门！"说完拂袖而去。

殿门大开，严阵以待的锦衣卫终于松口气，簇拥着圣驾回宫。

豫王独处幽暗的寝殿，纹丝不动地坐在床沿。

府内下人探头探脑地观望了片刻，见炭盆早已熄灭，殿内冷得像冰窖一般。最后实在忍不住，也不等王爷吩咐，他们赶紧入内添加炭火，收拾酒坛，重新铺好床，把灯烛都点起来。

"阿骜睡了吗？"豫王忽然问。

侍女答："回王爷，世子还没睡，正和奶娘玩耍。是否需要奴婢把世子抱过来？"

豫王沉默了一下，摇头："算了，让他继续玩吧。你们收拾好了都出去，让本王一个人静静。"

侍女们服侍他沐浴更衣、包扎伤口，退下去后，重新关上殿门。

豫王喝完御医煎的药，躺在床上，嗅着金兽香炉里散发出的淡淡的宁神香，头脑逐渐清醒。

他慢慢琢磨起来：被噩梦与梦境里的笛声纠缠，已有五六日。其间唯独去水榭住的两个晚上，没有发噩梦，症状也减轻了许多。为何？

是因为水榭位于大湖中央，四面空旷，外人无法接近？

如果是，那么就意味着，笛声不是梦境的一部分，也并非幻听，而是人为。

是谁？谁在背后动手脚，激扬他的情绪，混乱他的意识？有何图谋？

豫王忽然想起，方才和皇帝两人闭门相处时，也依稀听见了笛声。以至于他与皇帝对话时，有好几次都险些控制不住，想要暴起发难，用杀戮与鲜血去平息那股郁愤的恶气。

　　失控感最强烈的一刻，就是皇帝揭穿了十年前那场军中哗变，他心头震荡，向后趔趄跌坐在床沿时，手指已然摸到了枕下短剑的剑柄。

　　那个时刻一旦拔剑，就不是什么剖心明志，而是……他不敢再往下想。

　　豫王骤然出了一身冷汗，从床上跃身而起，冲到殿门外，大声吩咐："韩奔呢？叫他过来！"

第三章

鹤先生

大年初一，午时。

苏晏与太子同乘一辆马车，在锦衣卫的护卫下，来到鸿胪寺。

北镇抚司的锦衣卫接到圣命，在他们之前赶至鸿胪寺，正在勘验现场。

苏晏一进月门，就看见冰雪覆盖的鲤池旁，沈柒身穿品红色织金飞鱼曳撒的身影。

沈柒平日里惯穿青蓝灰等冷色，一是沾血不显，二是性子使然，就连床上挂帐都是暗沉沉的鸦青色，今日为了节日应景地穿一身鲜艳的红，倒比往常更觉精神，面色也似乎柔和了几分。

苏晏朝沈柒点头示意，沈柒动了动嘴皮，但没出声唤他，将目光转向太子。

太子新换了一件簇新的正红色皮弁服，金冠、朱缨、绛纱袍，腰身被玉带束得紧，显出了猿背蜂腰的身形，再等两三年彻底长成，便是极为英武挺拔的男子体格。

"朱贺霖是下一任的皇帝。这是天命——哪怕天命被篡改，我也要硬生生把它拗回正道。"

"你就当我是个孤注一掷的赌徒。我押朱贺霖。"

苏晏的话再次回荡在耳畔，沈柒眼角抽动了一下，朝太子低头行礼。太子泰然地受了。

苏晏走近案发现场，准备先去看锦衣卫从池子里打捞出来的尸体。

在场的北镇抚司锦衣卫忙不迭地行礼，口称太子千岁。朱贺霖不耐烦地摆摆手："继续做你们的事，别管小爷。"

苏晏从沈柒身边走过，与他交换了个眼神。沈柒微微颔首，没有多说什么。

四名宛郁使者的尸体，脱得赤条条的，之前冻在结冰的池水里，这会儿白里透青，摆放在石板地面，看着很有些瘆人。

北镇抚司有自己的仵作，此刻正在做尸检，初步认为四人均是活的时候落水，冻溺而死，身体上并无任何伤痕。

池边散落着四个人的衣物，内衣外袍都有。苏晏端详了一会儿，感觉像是死者自己脱完丢在脚下的，内衣在下，外袍在上，旁边还有与牛皮靴靿吻合的脚印。

"这么大冷的天，除非被逼迫，否则不可能自己脱衣下池。"北镇抚司的一名查案锦衣卫说。

另一名锦衣卫道："可是北漠人性情刚烈，倘若被人逼迫自尽，势必暴怒反杀，再怎么也不可能身上毫无伤痕。你们看这附近，一点打斗的痕迹都没有，太蹊跷了。"

沈柒沉默地翻看完尸体，又跃上周围的墙头屋顶巡视一圈，似乎在寻找凶手留下的脚印，但并无收获。昨夜四更时分，下了场薄雪，即便有痕迹，如今也看不见了。

苏晏也觉得离奇，凶手究竟是怎么让这四人毫无反抗，自愿投水的？他搜肠刮肚地想……药物控制？精神洗脑？

大铭朝的武术厉害程度超乎了他的想象。他原本还以为，所谓真气什么的都是武侠话本里的杜撰，却从荆红追身上上了一课——竟然还真有剑气外放、魔魅之术这种近乎玄幻的功法。

苏晏一时也说不清，但他想到了一个可能性——这四名死者会不会就遇上了一个擅长施展迷魂术的凶手？

仵作请示完上官，把其中一具尸体搬进室内解剖，主要检查胃内有没有毒药。但取出胃容物后，发现只有冻成冰碴的肉脯和浊酒，拿去混在肉里喂狗，狗吃完仍活蹦乱跳，并无任何异状。

眼看日头西斜，天就要黑了，无论是房间、水池还是周围环境，连同对尸体的调查都无寸进，北镇抚司的锦衣卫们也有些焦躁起来。

内侍劝太子先回宫歇息。太子指着苏晏说："他一介文弱书生都没喊累，小爷我歇息什么？"

苏晏裹着狐裘披风，在檐下踱来踱去。太子拎着个朱漆描金龙凤纹手炉，塞进他手里，说："天太冷，你体质又虚，拿着暖手。"

"哈！"苏晏忽然叫出声，吓了朱贺霖一跳。

"可是想到了什么？"朱贺霖问。

苏晏朝他点点头，走到沈柒面前，交代了几句。

沈柒听完，命人将其他三具尸体也搬进验尸房内，关紧门窗，搬了好几个大炭盆进去，把炭火燃得极旺。房间内的温度迅速上升。

仵作迟疑道:"严冬天寒,尸体才能保存完好,若是温度太高,怕一两天就要开始腐烂了。"

苏晏道:"不必一两天,只须烘上半个一个时辰,尸体软化即可。叫几个人守在尸体旁别走开,仔细观察变化。"

没过半时辰,尸体就出现了变化,从四个人的耳孔内流出一点血水,量很少,不仔细瞧容易忽略。

"莫非耳孔里有伤?小的想起来了,之前有个案子,凶手用长钉戳刺受害者耳孔,钉入脑中致死,因为钉子深入耳孔,险些漏查了。"仵作用灯照来照去,却没有发现耳道内的异物。

苏晏说:"不是钉子。我怀疑是高频声波,把他们的鼓膜震破了,导致内耳出血。但出血量不大,又被冰冻住,不加热的话流不出来。"

"高频……声波是什么?"仵作茫然地问。

苏晏没搭理,自顾自地琢磨:高频声波会损伤听力,但不能控制人的行为。更大可能性是次声波,其振荡频率近似人体大脑的节律,产生谐振时,会强烈刺激大脑,使人神经错乱,陷入癫狂状态,这才能解释为何死者在大冬天会脱衣跳水……

他斟酌着用词,问沈柒:"江湖上有没有什么武功,能通过声音进行攻击,譬如什么碧海潮生曲、传音搜魂大法之类的。"

沈柒似笑非笑:"苏大人说的几种功法,下官闻所未闻。"

苏晏有点尴尬和失望。

沈柒又紧接着道:"但用音律作为攻击武器的,江湖上的确有这种路数。前朝有个用瑟的高手,自号'素女五十弦',据说乐音能隔空伤人。还有建立于本朝初年的天音派,就是用箫、笛、埙等乐器作为武器。"

"这个天音派,如今什么情况?"

"不存在了,大约二十年前便在江湖争斗中覆灭。"

苏晏问:"也就是说,现在江湖上几乎没有人能用音律攻击了?"

沈柒略一思索:"或许还有天音派的遗孤,也或许门人死绝但功法流传了下来。不好说,北镇抚司对江湖方面的情报收集,不如对朝堂那么细致。"

苏晏心道,我家里不就有个现成的江湖高手,问他呀。

"怎么,你怀疑宛郁使者的死,与音律有关?"

"我也不好说,总归是个值得怀疑的突破点。不妨从这里着手查一查。"

沈柒皱眉:"倘若真与江湖门派有关,那么背后的指使者就更该令人警惕了。因为对方既能控制江湖势力,又能摸透朝政走向,否则怎么会在我朝与宛郁产生嫌隙的紧要关头,精准地杀了宛郁使者，这分明是有的放矢。"

苏晏点头："我也担心这一点。我总有种预感，幕后之人在下一盘棋。宛郁、大铭朝廷、江湖……都是他棋盘上的星位，黑朵萨满、生死不明的宛郁王子、遇刺的小爷、疯死的血瞳刺客……或许还有更多我们不知道的角色，都是他的棋子。"

朱贺霖本来在一旁饶有兴趣地听江湖事，这会儿忍不住开口："以国土为棋盘，以各自势力为棋子，这个下棋的人很有魄力，也很可怕。"

苏晏说："你知道对弈时最可怕的是什么吗？你跟着对手的招数走，以为一步一步封死了他的活路，没想到收官时，他走过的每一手都连点成线，交织成一张大网，兜头把你罩住，瞬间定生死。"

朱贺霖想象了一下，有点悚然，但也更激起蓬勃斗志，笑道："那就来斗一斗，看最后胜负落谁家。"

沈柒见天黑风寒，又要开始下雪，对苏晏说："今日就到此为止吧，先回去用膳歇息，明日再查。"

苏晏赶在雪下大了之前回到家。

他刚下马车，便见大门开启，荆红追举着一把木芙蓉树皮制成的油纸伞迎上来。苏晏钻到伞下，笑道："阿追这是一直在候门，听见车轮声就出来了？"

荆红追细心地抖了抖他肩上雪花："大人再不回来，属下就要去鸿胪寺接人了。"

两人同撑一把伞，进了院子。花厅里，小北、小京已备好热汤热菜，放在炭火上煨着，等自家大人一回来就开饭。

苏晏洗漱完毕坐下来，小京一边布菜一边嘟囔："大年初一也不得安生，大人这官当得太累啦！明日能在家歇息了吗？"

"不能，案子还没有眉目呢。"苏晏灌了半碗热鸡汤，舒服地吐口气，胃里渐渐暖和起来，"别担心，你们大人不会亏待自己的，想偷懒时我也会偷啊。"

小北难得认同了小京一句："大人这样还叫偷懒的话，朝廷里就没有勤奋的官员了。官署都封印闭衙了，只有大人还在忙公事。"

"谁说的，皇爷身为一国之君不也还在忙碌国事，要说勤政，谁能比得过他。"苏晏安抚一位小厮，"你俩乖乖待在家里，该休息休息，该整理整理。等到正月十五，大人带你们去午门看鳌山灯会。"

吃完饭，苏晏吩咐荆红追来他房中一趟，有事要吩咐。

深夜，荆红追换了身深色的夜行衣，带着剑与暗器，轻车熟路地来到豫王府。

他不确定浮音是否真的听从了他的提议，去豫王府避祸，但总归是条线索。

王府深阔，仆役众多。以荆红追对浮音的了解，对方心高气傲，不可能去从事杂役等粗活，当侍卫的可能性更大。于是他直接潜入侍卫们居住的院子，一个个房间探过去。

普通侍卫睡的是四人一间的通铺，因为年假，不少床位空了。一部分侍卫正在巡夜，没轮到的就喝酒、打叶子牌、睡大觉。

荆红追花了些时间，才在其中一间较为宽敞精致的厢房里，找到了睡在床上的浮音。

这厢房明显是头目级别的人才能住的，看来他的师弟来了没多久，就在王府混得不错？荆红追悄然飘入房内，在满室酒香中，端起桌面残留了一点水痕的酒碗，仔细嗅了嗅。

他放下碗，走到床边，面无表情地注视床上的人，然后将剑柄用力拍在了隆起的被子上。

这下浮音不得不睁开双眼，轻笑道："师兄既然来看我，怎么不多看会儿，做什么非得把我打醒？"

荆红追在昔日同门面前成了一块无懈可击的坚冰，硬邦邦地说："问你一件事。"

"问吧。"浮音好整以暇地坐起身。

"昨夜你在哪里？"

"除夕？当然在王府里，我又无家可归，本想找师兄蹭顿年夜饭，但一想，师兄连那位大人的面都不愿让我见一下，估计更不肯留我吃饭了。我还是跟侍卫们扎堆吃饭吧。"

荆红追盯着他脸上细微的表情变化和眼神："想用迷魂飞音同时控制四个人，即使有魇魅之术的功法作为辅助，对你而言也十分吃力吧？还是说，在我离开七杀营之后，你又长进了不少？"

浮音一脸无辜地看他："师兄在说什么？我已经许久不吹笛了，上一次吹，还是引你相见的时候。至于这王府的人，控制来何用，给我加月钱吗？"

荆红追二话不说，猱身上前去扣他的脉门。

浮音纵身跃起，手持笛子从被底钻出，刺向荆红追的要穴，想要迫使他收手。

两人对彼此的功法和招数都烂熟于心，加之都不愿惊动屋外的侍卫，故而只是手上拆招，没弄出大动静。

十几个回合后，荆红追棋胜一招，右手剑锋抵住了浮音的颈侧，同时左手扣住他的脉门，去探他体内真气。

真气逆冲，气血不济，经脉内有不少尚未愈合的裂痕，像是内力损耗过度，被功法反噬的症状。荆红追笃定道："昨夜鸿胪寺死了的那四个宛郁人，就是你的手笔。"

浮音嘴角噙着微笑，眼底却如寒潭般幽深冰冷："怎么，师兄身为大铭人，难道还要为北蛮子打抱不平？"

荆红追道："我不管他们死活。只想知道这是不是七杀营的新任务？"

"隐剑门覆灭了，七杀营也深藏踪迹，我和他们撇清干系还来不及，哪会去接什么鬼任务。"

"那你为什么要出手？"

"看那几个宛郁人不顺眼行不行？北漠蛮夷，杀就杀了，又怎样。死在他们手里的中原人还少吗？"

荆红追冷冷道："你当初奉命去刺杀燎东总兵，可一点没有犹豫过。连边关失守你都不在乎，还会在乎其他中原人的性命？"

浮音笑道："师兄不也一样？咱们都是出没在黑夜里的鬼，什么时候在乎过活人的性命。可如今，师兄竟然也有了一颗爱国心，真有意思。"

荆红追面色越发凌厉，剑锋往下一压："不必废话，跟我走。"

"去哪里，报官？"浮音咯咯地笑出了声，"去告诉顺天府尹，我是隐剑门余孽，你也是。连同你们家苏大人，都逃不脱一个包庇罪。对了，我记得官府张榜公告，明明白白写着'凡与隐剑门过从密切者，均为从犯，法不轻饶'。这可是圣谕呢！看来师兄是恨主家，想拉他陪葬啊。"

荆红追咬住后槽牙，想一剑抹了师弟的脖子。

但到底还有一两分情面在。整个隐剑门，乃至七杀营，他唯一受过其恩惠、也对其施过恩惠的人，也就只有浮音了。

"不管你受谁的指使，目的何在，只要别妨碍我家大人，我就留你性命在。再有下次，休怪我剑下无情！"

浮音反问："怎么才叫妨碍？"

荆红追道："苏大人想护着谁，你就不准动谁；苏大人想护着这个国家，那么所有会引发社稷动荡的事情，你都不准沾手。如此，你我才能相安无事，我今日也可以放你一马。否则我就一剑杀了你，再毁尸灭迹，叫你谁也拖不下水。"

浮音沉思良久，似乎在不断地权衡利弊，随后服软道："我也不想同师兄闹到你死我活的地步。昨夜杀宛郁人，是我拿人钱财，替人消灾，不知会引发边关动荡。至于雇主身份，我不能透露，就算离开七杀营，行规也始终是行规，师兄你知道的。

"既然师兄把话说得这么明白了，我也不妨承诺，今后再不对牵涉到朝堂国政的人出手。哪怕迫于生计接单，也先确认对方是罪有应得，这下总行了吧？"

他说得恳切，荆红追也不想不教而诛，在今夜与他斗个你死我活，于是颔首道："记住你的承诺！找个合适的替罪羊，让苏大人把这案子顺利地断了。"

浮音满口答应，见荆红追转身要走，追上两步说道："师兄……"

话不投机半句多，荆红追并不想搭理他，但基于微薄的耐心，脚步仍停顿了一下。

"师兄有没有考虑过,离开这个泥潭,周游天下列国,海阔凭鱼跃,天高任鸟飞?"

荆红追想了想,说:"有。"

浮音眼底掠过一丝喜色,正欲再开口,却听对方坚定地说道:"那是在遇见苏大人之前。如今,他就是我的海,我的天。"

剑锋回鞘,荆红追毫不留恋地飘然离去。

浮音盯着他消失的方向,目光森冷。

纹丝不动地站了许久,他也施展轻功离开王府,没有惊动任何人。

在一条偏僻无人的小巷,浮音的身影从幽暗里现了形。他如幽灵般站在墙边,忽然蹲下身,在破破烂烂的墙根的不起眼处,用蘸着朱砂的食指,按了八个印痕。

印痕扇形排开,犹如一朵八瓣血莲,绽放于黑夜中。

"……最后我这么警告完他,就走了。"荆红追说。

苏晏坐在寝室床边的圈椅上,边听边思索。

贴身侍卫没回来,他就不放心去睡,喝酽茶提神,一直等到亥时。荆红追回来后,见他房间灯还亮着,于是也不等天明了,敲门进来回话,把今夜在豫王府遇到的情况一五一十全交代了。

苏晏似笑非笑:"你和你那位师弟当面有商有量的,一转头就把人家卖了,还有没有良心?"

荆红追神态自若:"刺客不需要良心。再说我现在是大人的侍卫,对大人有心就够了。"

苏晏大笑,拍了拍他的胳膊:"不错,立场摆得很正。你那般说辞,能稳住浮音吗?"

"暂时没问题。"荆红追答,"但我猜测,他会因我知晓此事而产生危机感,继续联系那个所谓的'雇主'。"

"你不相信他是拿钱卖命?"

"他不缺钱。他是个很会为自己筹谋打算的人,之前也接过不少刺杀权贵的单子,不可能没有私藏。"

苏晏点头:"既然不是为钱杀人,那他就是幕后黑手的爪牙了,也是棋盘上的一颗子。他为何要潜伏在豫王府?"

荆红追垂下眼皮,隐去自己一点祸水东引的私心,说:"他本想投靠大人,可我不想大人与被通缉的隐剑门有更多瓜葛,故而拒绝了。至于为什么去了豫王府,只有他自己清楚。"

苏晏沉吟:"杀宛郁使者,是为了进一步激发大铭与宛郁之间的矛盾,使边关战火重燃。倘若宛郁与达延联手进攻,边军卫所怕是兵力不足,京军三大营就得北调,届时京城的防御必然削弱……"

荆红追心下凛然："这是要夺都？"

"天子之城，想夺都哪有那么容易。我担心的是，幕后人不止杀死宛郁人这一招棋，他是几条棋路齐头并进啊。想想东宫遇刺案，万一小爷遭遇不测，对他有什么好处？"

"储君骤失，国本动摇？那就得另立太子了。"

苏晏道："皇爷膝下只有两个儿子，要是没了小爷，那就只剩下卫贵妃所出的二皇子朱贺昭。"

"卫氏！"荆红追眉头紧皱，杀气浮上眼底。

"朱贺昭尚是个襁褓中的婴儿，比年少气盛的朱贺霖好摆弄得多。卫家一直汲汲营营，想把二皇子送上太子位，到时卫贵妃就成了卫皇后，将来是卫太后，卫家可不就成了窦宪、梁冀了吗？"

荆红追很想问这两个人是谁，但没好意思问。

苏晏仿佛看穿了他心里的自惭，很自然地解释："一个是汉和帝的舅舅，一个是汉桓帝的舅舅，都是权倾朝野的外戚，因皇帝年幼、太后临朝而得到了辅政权。说是辅政，却能随意废立帝王，使外戚势力达到登峰造极的地步。"

荆红追听懂了，道："真到那一步，可不得天下大乱。"

苏晏颔首："可我看幕后人似乎还嫌乱得不够，又把爪子伸进了豫王府里。豫王虽然只是京城里一个闲散浪荡的亲王，但毕竟是皇爷唯一的同母兄弟。而且我在出京去闪锡的路上，听高朔说过，豫王从前的封地是九边之一的大潼，麾下曾有支军队，叫……叫什么来着……"

荆红追当时也在场，又有过耳不忘的本事，接口道："靖北军。"

"对，对。那样一个曾经领军征战的亲王，幕后人想打他的主意，其目的就很令人深思了。"

被苏晏这么一梳理，荆红追的思路顿时清晰了不少。他虽瞧不起豫王纨绔浪荡，但也不得不承认对方是个武功高强的厉害人物，也不知浮音能否在对方手上讨到好处。

苏晏却似乎有点担心："再锋利的刀剑十年不擦拭，也会锈蚀斑斑，变得迟钝。何况明枪易躲，暗箭难防，按你的说法，浮音虽然剑法与功力不及你，一手迷魂笛音却很是难缠。"

"大人……想提醒豫王，小心浮音？"荆红追问。

苏晏先是点点头，略一犹豫，又摇摇头："不行，不能打草惊蛇。浮音只是颗棋子，我要顺藤摸瓜，找到执棋的那只手——哪怕只触到一点指尖，对如今敌暗我明的局势而言，也是个重大的突破。豫王那边，希望他自己能争气些，别犯糊涂。"

"阿追。"苏晏正色道，"给你个任务。"

荆红追肃然挺直身躯："大人请吩咐。"

"盯紧浮音，看他跟谁联系，用何种方式联系。就从此刻开始，我要你十二个时辰盯着他，但不能被他察觉，能办到吗？"

"能。可是……"

荆红追有些犹豫："属下不在身边，大人的安全如何保障？莫忘了，浮音一开始的目标是大人你。可见，幕后人兴许也在打大人的主意。"

苏晏说："这个不用担心。明日我就进宫面圣，对皇爷说明此事，再临时借几个侍卫，应该不成问题。皇爷向来深谋远虑、智珠在握，想必能比我看得透彻。"

苏大人似乎是忘了，先前挨了廷杖和敲打后，他对景隆帝的评价可是"城府深、思虑重，更兼有疑心病"，如今用词的意思差不多，褒贬色彩却全然不同了。

见自家大人如此赞誉旁人，荆红追心里难免不服。但这一块又的确是他的短板，他不好说什么，也不好反驳打大人的脸，干脆不吭声。

苏晏见荆红追沉着脸，以为他想起了不堪的往事，于是问道："阿追，你从前在隐剑门过得如何，能否与我说一说？"

荆红追一怔，迟疑道："那不是什么好故事，大人确定要听我说？"

苏晏笑着点点头："对，我要听。而且要你努力回忆，一点一滴地说给我听。"

"为什么？"

"刚认识的时候，我冒失地问过你的师门，你没有告诉我。直到今夜我才知道，你出身隐剑门。因为牵扯了东宫刺杀案，隐剑门被朝廷剿灭，余党被通缉，而你早就叛出师门，与他们再没有半点干系。"

"……我担心连累大人。"

"不必担心，这道圣旨虽是皇爷震怒时亲口所下，但他也并非不讲道理的暴君。日后我寻个机会，向他解释清楚就无事了。反倒是你，我比较担心。"

"我现在挺好的，大人不必担心。"

"如果不回想往昔，的确挺好的。可我知道，你这里虽然结了疤，"苏晏敲了敲他的心口，"但深处还流着脓。什么时候你愿意割开这道疤，把里面久积的脓液排出来，才算是好彻底了。"

荆红追沉默了。

那些他本打算深深藏着、藏到死的血腥罪业，难道真要一一剖出来，展示给干干净净的苏大人看？苏大人会不会被吓到，会不会觉得他凶残、邪恶得令人作呕，就像一只披着人皮的鬼物？苏大人……还敢多看他一眼，留他在身边吗？

坦白过往可能导致的后果，令荆红追不寒而栗。

"阿追，别怕。"苏晏看穿了他的内心似的，温声道。

良久后，荆红追深吸了口气，说："大人若是真想听，那些只有在地狱里才能见到的场面，那些一步步剥除了人性只余兽性的过程，我就说给大人听。"

苏晏微微打了个寒战，但仍面不改色，起身拉着他一同坐在床前的木质踏板上："说吧。再痛苦你都亲身经历过了，而我只是从旁听一听，又有什么好害怕的呢？"

就着这个促膝长谈的姿势，荆红追用月下泉水般冷亮的声音，开始慢慢讲述。

说他刚进隐剑门时，是如何被人瞧不起，被当成"炮灰"各种作践。但他从未认命，而是豁出性命练功、练剑，终于在半年后脱胎换骨。

说他被选拔入七杀营，原以为只是个严苛的训练营，却没想接到的第一个任务，就是送一位被凌虐到奄奄一息的少女上路。

说他为了活下来，在"蛊斗"中，如何硬着心肠与同门拼杀，把自己变得更顽强、更冷酷、更懂得杀人的技巧。

说夏天滚烫的火炕、冬天冰冷的石板都很难睡。

说生血生肉有多腥臭，但饿肚子的感觉更不好受。

说他受制于七杀营时，曾经奉命暗杀过多少人，哪些是罪有应得，哪些是罪不至死，哪些是无辜受累。

说他为了给姐姐报仇，拼死叛逃出营时，遭遇了怎样的追杀。

说他怀着死志去刺杀卫浚老贼，想着大仇得报后，就结束这血腥罪恶的一生，下到黄泉去向姐姐再讨一顿鞭笞，一层层地狱堕下去赎罪。

说他临死前被苏大人捡了回去。

——就像在鬼门关口，勾住了阳世的最后一线天光。

苏晏全程静默地听完，然后长长地叹了一口气。

就在荆红追以为这声长叹意味着反感、失望与难以接受时，听见身旁的苏大人字字清晰地说了句："阿追，你是个了不起的人。"

了不起……荆红追蓦然生出了惶恐，大人这是在说反话？

却听苏晏继续道："如果我是你，大概只过上一年半载就已经精神崩溃了。可你却熬了整整七年，不仅没有崩溃，更是从兽窝与恶鬼群中闯出一条活路。你不仅活了下来，剑术有成，还保留了一颗良知未泯的心。

"活，比死困难得多。

"清醒，比麻木困难得多。

"良知未泯，也比丧尽天良困难得多。

"你从来都是选择走最艰难的那条路，不为钱财、权势、名利等任何外力所动，始终一往无前，始终执剑问心。"

荆红追几乎不敢看苏晏的脸，磕磕巴巴道："我……我没有大人说得这么……好……"

苏晏笑了，湿润的眼角在烛火中闪着柔和的微光。他注视荆红追，轻声说道："我很庆幸，在桥洞底下捡到了你。

"我也很庆幸，即使你遇到再多的非难，内心有多么惶惑与矛盾，也要坚持留在我身边。

"我感激你选择了我的人生路，作为你接下来要走的路。

"阿追，我不知道这条路的尽头是什么，如蒙不弃，我们一起走下去。"

荆红追忽然想起那一天——

他刚刚开始追随苏大人，进入严安城，看见活不下去的马户卖儿鬻女，让他回忆起自己饥饿的、孤苦无依的童年。

苏大人也是这样双手握着他的胳膊，眼眶泛红，并非廉价的同情，而是发自内心的心疼。

他当时极浅淡地笑了笑，说："我现在好了。"

苏大人安慰地抱了他一下，说："以后也会好。"

但他其实一直都没有好。正如苏大人所说，伤口愈合了，里面的脓液还存在，毒蛇般慢慢啃噬他的心。他像溺水的人抱着一根浮木，紧紧巴着苏大人，从对方身上汲取温热的生机。

他本来可以忍受黑夜，如果不曾见过白昼的光。

他自卑于自己的平庸，唾弃自己曾是个黑夜中的鬼影，然而苏大人说，他是个了不起的人。

原来苏大人并非"允许"他留在身边，而是"感激"。

荆红追觉得自己彻底好了。

而苏大人……苏晏……这世上再没有比他更好的人了。

翌日苏晏走出寝室时，发现荆红追已经离开了苏府。大概听命去盯梢浮音了吧，他想。阿追做事一贯有板有眼，靠谱得很。

见天色不早，苏晏开始研墨写奏章，准备走都察院的程序递送进宫，叩请面圣。皇帝又将他擢回了大理寺右少卿的位置，而且御史的官职依然保留着，御史有专门的进言门路，倒是更方便些。

奏章还没写完，宫里的旨意先到了，召他申时初进宫面圣。

这旨意来得巧，估计也是为了询问鸿胪寺一案的进展。苏晏让两个小厮打包好准备送给皇爷和小爷的年礼，坐着马车进了宫门，随即被接待他的内侍领到了乾清宫的东暖阁。

暖阁里不设炭盆，用的是"地龙"。即宫殿建造之时就在地面下留火道，冬日倒入燃烧的木炭将殿内的地砖烤热，室温便升高了。地下火道的尽头有排烟孔，通往殿外，故而室内只有暖意，并无烟气。

苏晏一进暖阁，就觉热气迎面扑来，打了个舒服的小哆嗦。

景隆帝正斜倚在罗汉榻的炕桌上看书。他没穿外衣,也没有束腰带,着一袭宽松的赭黄色大袖衬道袍,袍上暗绣卍字并莲瓣涡纹,有吉祥清净之意。他头上也只戴了个小巧的玉束发冠,两侧各插着一支小金簪,很有几分燕居闲适的韵味。

苏晏正要下跪行礼,皇帝抬起眼皮看了看他,把书又翻过一页:"免了。这是带了什么来见朕,沉甸甸的一大包。"

苏晏从满头汗的内侍手上取回那个大包袱,说:"是给皇爷的年礼。臣知道皇爷坐拥天下,什么也不缺,但毕竟过年,臣挑了应节的饮食、物件,聊表寸心。"

皇帝把书一合,挥挥手。自有内侍上前捧走书,放回书架,再躬身退出暖阁,关上殿门。

暖阁内只余一君一臣。皇帝用指尖轻点炕桌:"朕瞧瞧你的寸心。"

苏晏把大包袱放在炕桌上,打开包袱皮,边一样样取出,边介绍:

"这是闽中珠灯,家仆从老家带来的,《长物志》称之为灯中第一,正合皇爷元宵把玩。

"这是六安松萝茶,臣爱其回甘时的橄榄香味,与青橄榄同泡,香味更是浓郁。

"这是臣自己做的乳酪。将鹤觞酒、花露加入牛乳中,上火蒸制而成,风味独特,皇爷不妨品尝品尝。

"这是……"

还有一个漆画松鹤的八角攒盒,逐层放着核桃、榛子、柿饼、狮柑、凤橘、花彩糕果等贺年果品,谈不上多贵重,却是精挑细选,颇具心意。

皇帝微笑地看着、听着,信手从攒盒里取了个柿饼,咬一口,评道:"齁甜。"

苏晏为太甜的柿饼告了声罪。

皇帝不在意,自顾自地把手中柿饼吃完,柿蒂放在桌上,用帕子擦了擦嘴:"说正事,鸿胪寺一案的进展如何?"

苏晏将验尸结果、自己的推测与隐剑门余孽浮音的事一一禀报,但出于对通缉令的顾忌,没说荆红追的身份,只说自家侍卫奉命潜入豫王府查探出来的。

皇帝一边听,一边皱眉沉思:"难怪豫王这几日病得不轻。朕看他神志还算清醒,但情绪混乱,脾气暴躁,与朕说话时几次目露凶光,原来是迷魂笛音导致,并非他本意。"

"目露凶光"这四个字,让苏晏打了个激灵,似乎顿时明白了浮音的用意——

这是要诱使豫王在不甘与怨愤的情绪中沦陷,在失控状态下对皇爷出手?以豫王的武力,万一像宋太宗那样搞出个斧声烛影……不反也得反啊!

皇帝察觉到他的悚然,安慰道:"他没有发难,朕也无恙,不必担心。"

苏晏越想越不放心,昨晚他为了不打草惊蛇,打算将浮音的事先对豫王隐瞒,是不是一个错误的决定?

他向皇帝寻求解惑。

皇帝想了想，说："你说你的侍卫探查浮音所在的厢房时，发现碗里的残酒有问题？"

"对，他从残酒里嗅出了曼陀罗的气味。臣曾听应虚先生提过，曼陀罗除了麻醉镇痛，还能让人头脑混乱，意志力降低。臣怀疑，豫王府里有人对这浮音起了疑心，想用曼陀罗来套话。但我那侍卫也说了，这药对浮音并无效果，怕那人诱供不成，反遭其害。"苏晏道。

皇帝颔首："豫王治下甚严，此事想必是出自他的授意。即便不是他授意，他也应该会有所警觉，不会再轻易入彀。朕这个弟弟，只要不在风流事上栽跟头，就精明得很。"

既然皇爷认为不必太担心豫王，苏晏也就放下心来。

"你把侍卫派去盯梢浮音，顺藤摸瓜，做得不错。但如此一来，你身边无人护卫，朕也不放心。朕派些身手好、可靠能干的锦衣卫给你当临时护卫，如何？"

苏晏本就想向皇帝求借几个侍卫，毕竟他还是惜命的，自然是受赐谢恩。

他正要提出告退，皇帝却一脸正色地要他帮忙出谋划策，拉他去参详九边的舆图和大潼镇飞递而来的军报。

苏晏仔细看完军报，很是惊心："大潼总兵与副总兵都阵亡了？"

皇帝凝眉道："十日前，达延进犯大潼，达延太师脱火台亲自领兵，埋伏精锐于大虫岭，又以一百多骑老弱士兵作诱饵，引诱大潼总兵林樾出城。此役，总兵林樾与副总兵中伏战死，全军溃败。"

大潼乃是九边第一镇，是"拱卫神京"重要的西北屏障。若是大潼被破，敌军挥师南下后转向东，便能直逼京师，兵临城下！

苏晏紧张得手心冒汗，急问："然后呢，大潼守住了吗？"

皇帝颔首："脱火台纵兵杀人掠畜，至雁行关前，被大潼卫都指挥使耿乐率军击溃，退回北漠去了。"

苏晏这才松口气，叹道："臣在闪锡，就觉得今年入冬太早，大雪频频，天寒地冻。臣担心草原白灾严重，更激发北漠诸部的狼性，要南下劫掠，果然还是来'打秋风'了。"

"朕担心的，还不只是这些。光是达延年年侵掠，边防已不堪其扰，倘若宛郁与其联手——"皇帝的指尖从舆图上"达延"的地盘，一路向西北移动，点在"宛郁"上，"同时南下，穿过河套地区，进犯宁遐、绥远等镇，届时战线拉长，兵力势必吃紧。"

"宛郁和达延联不起手来。"苏晏不假思索地答。

"哦，为何？"皇帝挑眉，想知道他言之凿凿的背后，是何许观点。

苏晏有些语塞。总不能告诉景隆帝，因为他梦游五百年，知道整个铭朝时期，北漠的内部斗争都非常激烈，宛郁和达延这俩就是冤家死对头，必须掐死对方才能自己上位的那种。有时东风压倒西风，有时西风压倒东风。无论是哪方做大，都野心勃勃地滋扰过大铭，毕竟环境和经济的短板摆在那里，没有中原的物产提升生活水平，他们就得退回到奴隶时代去。

其间似乎出过一个惊才绝艳的人物，一统北漠，但也只有短短二三十年的时间。待那人身死，北漠再次分崩离析，从此再没有统一过。

那人叫什么来着……什么什么王子？还是什么什么汗王？记不清了。

"因为皇爷英明神武，必然不会坐视宛郁与达延联盟，轻易便可在二者之间搅风弄雨。"

景隆帝哂笑："这究竟是拍马屁，还是暗讽朕行事不够磊落？"

"兵不厌诈嘛。"苏晏讪讪地笑，"皇爷还有心情考臣，想必宛郁使者遇刺一案，心里已有应对之策。还请皇爷不吝赐教。"

"小机灵鬼儿。"皇帝随手敲了一下他的脑袋，问道，"你可知兀哈浪其人？"

苏晏一瞬间觉得这名字耳熟："臣肯定听过这名字！等等，臣回忆一下……"他习惯性地曲指抵着下颌摩挲，忽然灵台一亮，"想起来了！在闪锡的横凉子镇，袭击臣，害臣坠谷的那伙鞑子骑兵，打的就是兀哈浪的招牌！

"后来臣也向阿……昆勒王子了解过，那兀哈浪是达延太师脱火台的小儿子，一无是处又性喜渔色，在北漠诸部风评极差。"

皇帝说："不错。兀哈浪虽是个废物，却是脱火台最宠爱的女子所生，极得他的欢心。既然黑朵萨满能用宛郁王子的死来给大铭扣黑锅，那么大铭自然也可以用兀哈浪的死，把这口锅反扣回宛郁头上。

"达延的小汗王过于年幼，汗位形同虚设，太师掌控实权，其钟爱的幼子却因为意气之争，死在宛郁人手中。如此一来，宛郁与达延还能结盟得起来吗？"

以其人之道，还治其人之身，漂亮！苏晏忍不住在心里喝一声彩。

但随即又觉操作起来有难度——关山重重，北漠浩瀚，如何才能深入敌国，制造这样的混乱？

不比黑朵大巫本来就是北漠人，以萨满的身份潜藏在阿勒坦身边，苦心策划，伺机出手，才成功暗算了阿勒坦。

而大铭这边，又怎么接近兀哈浪，伪装成宛郁人出手，而不引起达延的怀疑？苏晏努力思索后，觉得只有派一支极隐秘、精干的间谍小队，混入宛郁内部，或许有可能办到。这些间谍，还得是北漠人的长相，才能掩人耳目。

他把自己的设想大致说给景隆帝听。

皇帝浅笑，语带赞赏："清河深知朕心。"说着，他从奏本中抽出一页纸，递给苏晏。

苏晏接过来，见三个大字——夜不收。

这是……苏晏震惊了，大铭最神秘、最传奇的特殊军队"夜不收"，原来的确是真实存在的！而且，他们不仅是隶属于边防守军的少数哨探，更是天子手握的鲜为人知的一支暗刃。

锦衣卫虽然无孔不入，谍报工作却基本只能对内；而对外的侦察、谍报，包括奇袭等特别行动,就交由夜不收去执行。

景隆帝说:"夜不收虽隐秘、精锐,但毕竟人数太少,各队力量分散,自前任首领阵亡后,朕一直没能找到出类拔萃的接任者。"

停顿了一下,他又道:"锦衣卫也一样,掌印指挥使的位置依然空悬。真是千金易得,一将难求啊。"

苏晏不由得暗自嘀咕:锦衣卫指挥使,我觉得那个谁挺合适的,可你又防得紧。

——当然他肯定不敢说出来,外臣不能结交内卫,要避讳。

"杀兀哈浪之事必须精心策划,确保万无一失。倘若时机与人手不合适,宁可不出手,也不能暴露己方身份,以免弄巧成拙。"皇帝说。

苏晏点头:"皇爷考虑周全。那么臣也要抓紧时间,尽快揪出浮音背后的黑手,这样可以给宛郁那边一个交代,也能拖延他们举兵进攻的时间。"

皇帝道:"万一来不及擒获黑手,诏狱里不是还有个被革了职的严城雪。宛郁的国书上,点名要他血债血偿。毕竟毒药是他制作的,昆勒王子的死他怎么也脱不了干系。必要时借他人头一用,也能拖延战事。"

苏晏凛然,一方面觉得严城雪虽然有罪,但这么死了,有点冤;另一方面也知道从国家利益的角度考虑,严城雪死了比活着合适。

他思来想去,毕竟是一条人命,能挽救还是尽量挽救,于是对景隆帝拱手道:"请皇爷暂不杀他,容臣琢磨出一个尽善尽美的法子,再来禀告。"

皇帝略一沉吟,允准了,但给了苏晏一个期限——在他三月初回闪锡之前。

倘若没有更好的法子,严城雪必须死。

苏晏应承下来。

皇帝说:"朕想再多给你一些时间,但局势等不起。因为朕怀疑,朕派出去的密使,很可能没法安全地把密函送到宛郁,亲手交给虎阔力。"

苏晏问:"皇爷怀疑黑朵萨满还会从中作梗?"

"朕更怀疑,如今宛郁究竟是谁在掌实权,是虎阔力还是别的什么人,都很难说。"

苏晏听出了弦外之音,沉默片刻,道:"失踪的昆勒王子要是活着回来,或许能改变宛郁的局面,抑或……将会面临更大的凶险。"

皇帝道:"朕听说,你在清水营与昆勒相识,还挺投缘?"

苏晏连忙答:"萍水相逢而已,异族之间又有隔阂,几次交谈也只为了马事。皇爷莫要再取笑臣了。"

"朕还听说,你与锦衣卫私交不错,连年夜饭都在一处吃。"

苏晏冷汗都要下来了,面上只是一脉恂恂:"臣家里人丁单薄,除夕夜只得两个小厮在筹备,同侪见我家冷清,上门送点年礼凑个热闹罢了,不想竟被人将闲话传到皇爷耳中,都是臣的罪过。"

皇帝放他一马似的笑了笑,挥手让他告退。

离开乾清宫后,苏晏劫后余生般吐了口长气,将备给太子的年礼送去东宫,算是全了臣礼。也幸亏朱贺霖不在东宫,否则他可没那么容易能赶在宫门下钥前离开。

与此同时,咸安侯府又迎来了省亲拜年的卫贵妃。

这下连秦夫人都有些坐不住了,问她"大儿子":"怎么回事,你不是祭灶那天刚来的吗,怎么回宫还没待几天,又来了?"

卫贵妃在母亲面前十分真性情,把在宫里的那些娇贵做派都不要了,气哼哼答:"也不知是三妃中哪个贱人提出的,说正月初二回娘家是举国之礼,不该独漏了妃嫔。皇爷体恤她们,就下旨恩赐后妃回娘家小住几日,说可以正月十五放灯前再回宫。"

秦夫人这才稍微松了口气:"既是所有妃嫔都有的体恤,也就不用担心独独遣走你一人了。"

卫贵妃道:"娘放心,我出宫后,还吩咐了两个伶俐的宫女内侍,多留意皇爷那边的动静,看有没有哪个狐狸精趁隙承宠。对了,娘和父亲那边商量得如何了?"

秦夫人说:"鹤先生出了一计,叫作釜底抽薪。"

"怎么说?"

"鹤先生说,君王的宠信再怎么鼎沸,遇新水则变冷,火势过旺则易烧干,不足为虑。真正要上心的,是储君,是国本。

"皇帝在朝会上允许太子听政,批奏本时允许太子旁观,甚至亲自教导他如何处理政务——对卫家而言,这些才是值得关注的。因为这对太子不只是历练,更是开出了一条窥探至高权力的通道。

"一个帝王的挚爱永远是权力。他与最靠近这个权力的储君之间,有着天底下最微妙的父子关系。

"这个'储'字意味深长,既是将来的继任者,又是当前最大的竞争者。正如陪都金陵,同样设立了一套朝廷班子,放在那里作为后备,似乎很安心,可若某天金陵突然有了争都之势,京城朝廷第一个容不得它。"

卫贵妃听得心神震颤,问:"可是,朱贺霖打小就受宠,到如今仍是一副没心没肺的模样,我看皇爷根本不防他。"

秦夫人笑了:"这个问题,我也问过鹤先生。"

卫贵妃的好奇心彻底被勾起来了:"他如何回答?"

"他说,一个合格的帝王,就该防着任何人。你认为,今上是不是合格的帝王?"

卫贵妃愣住，默默点头，有些难过地说："以前我往御书房送汤点时，皇爷若是在批红，第一反应都是先合上奏本，从不让我看上一眼。"

"看来鹤先生说得不错。他还说，不受宠的太子，时刻担心被废，备受煎熬；受宠的太子，始终得在野心难遏与谨小慎微间寻找平衡，又是一种煎熬。朱贺霖从小顺风顺水，只要给他一个足够难堪的挫败，他就很有可能自乱阵脚，越做越错，最终父子离心离德。"

"挫败……"卫贵妃琢磨良久，仍没有思路，"他幼年是顽劣，文官们以前没少抨击他好逸恶学、不守规矩，后来他脸皮厚了，不当一回事。这半年来倒是稳重了不少，除了时不时往宫外跑，也没犯过什么大错。娘，你说该从哪方面着手？总不能再像往东宫塞春画册子那般小打小闹。"

"所以才说要釜底抽薪。"

"怎么抽？"

"那得先弄明白，太子这口锅的'薪'是什么？"秦夫人慈爱地拍了拍卫贵妃的手背，"让他失去他最倚重的东西。"

母女俩谈了近一个时辰，见秦夫人精力不济露出疲态，卫贵妃便告辞离开，回自己房中歇息。

路过庭中时，忽然听见一声女子尖叫。

只见个年纪小的婢女，从园圃小径里冲出来，一边跳着拍打身上衣物，一边连哭带叫："出去！快出去！啊啊啊……"

卫贵妃以袖掩鼻退了两步，后方宫女连忙上前护住她。一名宫女喝道："大胆贱婢！敢在娘娘面前大声喧哗，惊吓凤驾！来人，拉下去，家法伺候！"

那名跳脚的婢女大哭，伏地乞罪："耗子钻奴婢衣领里了，不是故意喧哗……娘娘恕罪……"

卫贵妃皱眉不看她，吩咐道："脏死了。快带走，连人带鼠一同处理干净。"

当即便有侯府仆役听命上前，去拖地上的婢女。婢女挣扎求饶，扭动厉害了，一只皮毛黏糊糊的小老鼠从她裤管内掉出来，在地上打了个滚，慌不择路地蹿上了台阶。

老鼠很小，侍女们却吓得尖叫起来，护着卫贵妃连连后退。

小老鼠掉头换个方向逃跑，昏头昏脑地撞在一只底边绿缘的青黑色僧鞋上。

一只白皙清瘦的手从上方探下来，轻轻捉住了它，拢在掌心。

卫贵妃从侍女们围护的缝隙间，看清了对面那人的模样——

那是个眉目出尘的青年男子，长身玉立，姿态娴雅犹如白鹤照水。

他身穿样式古雅的长衫，素白布料上毫无纹样装饰，只绘着两行狂草墨字，仔细辨认，依稀是一句诗：梦里有时身化鹤，人间无数草为萤。

漆黑长发不冠不簪，流瀑般披泻在背，接近末端时以白绳束之。披发，被时人视为蛮夷打扮，或是狂士之态，可放在他身上，却没有半点违和与癫狂，反而飘飘然有仙气。

两侧廊柱上，明角灯散发出柔和的光，笼罩着一方小小的极乐世界。

云雾间的妙法天人拢着掌心，向她合十："贵妃娘娘。"

他就是鹤先生。卫贵妃笃定地想，近乎目眩神迷，仿佛魂魄被扯出体外，只说不出话。

"娘娘安好。"

卫贵妃终于回过神，有些慌乱地说："你手里，有只脏老鼠……"

还没说完，她就恨不得咬舌尖——这是什么话，半点不合她的身份，实在不知所谓！

男子淡淡一笑，如林下清风山间月："佛说众生平等，人是生灵，老鼠也是。又说皮囊唯臭秽，既然都是脏的，也就无分老鼠更脏些，还是人更脏些了。"

卫贵妃从不爱听僧人道士打机锋，觉得这些出家人不说人话，可听这男子说的每句，都有如天上纶音，字字动听。

她镇定心神，问："请问居士高姓大名？"

对方答："梦里身化鹤，世间寄人身，最后也不知是人是鹤了。就叫我鹤先生吧。"

卫贵妃觉得，这个名号真是十分适合他，既清净，又睿智。

鹤先生依然拢着掌心，说道："这只侯府家的小老鼠，可否赠予我？"

卫贵妃当即点头，猜测他悲天悯人，要将老鼠拿去放生。自己若是对婢女责罚过度，一比较倒显得刻薄了，于是转头吩咐仆役："把这婢女带下去，让她洗个澡换身衣裳，收拾干净。"

婢女绝处逢生，哽咽着叩头谢恩。

鹤先生微笑："娘娘身份尊贵，余不宜打扰，告退了。"言罢转身，大袖当风，翩然而去。

卫贵妃在冬夜寒风中，目送他的背影消失在回廊尽头，长而幽怨地叹了口气。

"娘娘有何吩咐？"侍女小心地恭问。

"回房吧。"卫贵妃说，"明日再去把阮红蕉唤来。"

鹤先生回到自己住的厢房，走到角落的衣柜处，打开柜门。柜子的最下层，有个藤条编制的缣箱。老藤条刷了桐油，坚韧无比，编制得细密，缝隙极小只能透气，从外看不清内中装了什么。鹤先生交代整理房间的下人，说内中是自己珍藏的经书，由高僧蘸血为墨书写而成，不可打湿也不可摔砸，以免亵渎佛祖。

下人们深以为然，经过衣柜时，还会双手合十，虔诚地拜上几拜。

鹤先生打开缣箱上的机关锁，开启一条缝，将掌心里的小老鼠送了进去，随后合上箱盖，重新上锁。

"众生皆苦，地狱常在。"他轻叹。

箱内回应般传出极轻微的一声"吱"，之后再无声息。

北漠腹地的乌兰山，风雪茫茫。

神树庞大的身躯亦被白雪覆盖，如同一座静默的山丘。

老萨满将长长的飘带缠绕在树干上，然后用驼骨制成的鼓槌，一下下敲起了抓鼓。在低沉庄重的鼓声间隙，他忽然听见了什么动静，停下击鼓，仔细倾听……是轻微的呻吟声，仿佛一个人——或是兽——从伏死的沉眠中刚刚苏醒。

老萨满浑浊的眼睛亮了起来，推动身下滑板，来到虬盘的树根间，他居住的石屋内。木板上躺着个魁梧男子，浑身裹着黑褐色药膏。每过三天待药膏彻底干硬后，老萨满会用鼓槌敲掉，再厚厚涂上一层新捣的药膏。至今他已经涂过三十次。

呻吟声便是这泥人传出。

老萨满依然用鼓槌，熟稔地敲打干硬的外壳，随着药膏碎块脱落，内中皮肤一点点露出来。那是一种十分奇特的肤色，比茶褐深，比炭黑浅，油亮而有光泽。腹部的树形刺青，由黑色变成了血红色，枝杈向胸口、后背攀爬蔓延，除了双肩之外，几乎占据了整个上半身。树根也由小腹处向两条大腿延伸，更显姿态雄伟。

老萨满摸了摸阿勒坦身上新的文身，对自己的手艺颇为满意。唯独破坏了整体协调感的，就是他左手臂上缠绕的缎带。缎带已经脏得看不出颜色，解开来后，下方的皮肤因为没有渗入足够的药膏，而呈现原本较浅的肤色，看着仿佛蛇蜕了几圈皮。

"我早跟你说了，会很难看。"老萨满嘀咕。

阿勒坦缓缓睁开双眼。他的瞳色也与之前截然不同了，从灰绿中微微带黄的橄榄石色，变成了澄亮浓郁的纯金。明明还是原本的身躯与五官，却又仿佛变成了另一个人。

"我睡了多久？"他用砾石般干硬的声音，低声问。

老萨满往他嘴里挤了一些绿色汁液，答："三个月，你醒得比我预想中的要早。"

阿勒坦吞咽着汁液，嗓音流畅了不少："我身上的毒解了吗？"

"解了。"老萨满说着，眼底闪过一丝狡狯的光，"但别忘了，你身上还有一种毒，血毒，并非药膏可以解的。"

阿勒坦坐起身，眼神有点茫然："什么血毒？"

"哦，你忘了这个。"老萨满并不感到意外，又解释了一遍，"你的刺青渗入了另一个人的血，因此强烈激发出染料中的药力救了你的命，但也使你受药力反噬。这种过犹不及的反噬会变成潜伏在你体内的致命的毒。在你醒来后的三年内，如果没有取得那人的心头血作药引，你照样会死。"

阿勒坦嗤笑一声："骗人。"

"你可以试试。三年后毒发时不要再来找我，我也无能为力。"老萨满说。

阿勒坦沉默片刻后起身，赤条条地站着，打量自己的身躯。

"我瘦了很多。"

"当然，三个月不动弹，只靠树果与肉汤维持。你现下还能站起来，我都觉得不可思议了。"

阿勒坦走出狭窄的石门，来到雪地上。他掬起地面上的积雪，用力擦拭全身，直到皮肤彻底洁净，微微发热，才穿上三个月前自己脱下的衣物。

裤子和长袍冻得硬邦邦的，他抖了抖，满不在乎地裹在身上。穿袖子时，他指着左臂上一圈圈蛇蜕似的浅痕，说："我觉得这里还有东西，应该是条缎带。"

老萨满把脏兮兮的缎带递过去。

阿勒坦在冰河里试图洗干净缎带，发现它因为药膏浸染，变成了墨绿色。他依稀记得，原本该是浅青色的，末端坠着叶形玉片，可如今玉片掉光了，颜色也无法恢复如初。

这缎带哪儿来的？看形状和长度，像是中原人系的发带。

谁的发带？为何缠绕在他的手臂上……脑袋深处隐隐作痛，阿勒坦甩了甩湿漉漉的白发，把那种令人不快的混沌与空荡感一同甩掉。

他对老萨满说："我要回宛郁部。但我不能用这副孱弱的身躯穿越雪原，要先把体力练回来。"

只有阿勒坦半个人高的老萨满，仰望着石堆子一般高大的青年，在心底"呵"了一声：孱弱的身躯？但他没有感觉被冒犯。积年的残疾与衰老的佝偻，并不能遏止他的灵魂向往长生天，每个灵魂都终将脱离肉体，在那里得到永恒。

老萨满说："那你还需要至少一个月时间。其间你得自己去狩猎，才有肉吃。"

阿勒坦拔出佩带的弯刀，看着依然锃亮的刀锋，漫不经心地问："黄羊与马鹿太温顺，我是不是该吃狼和熊，才能早日恢复力气？"

老萨满觉得苏醒后的阿勒坦，似乎与之前的性情有些不同了，但要具体说不同在哪里，又不是一两句能说得清的。

他说："你可以吃你能猎到的任何野兽，这是长生天对宛郁人的恩赐。"

石屋里没有存粮，阿勒坦喝完最后一碗野兔肉汤，就带着弓箭与弯刀出发了。

天黑时分，老萨满在石屋前燃起篝火，一边等待，一边用小刀削着茶杯粗细的树枝。雕刻品尚未成形，阿勒坦回来了，拖着一头冬眠被吵醒的戈壁熊，他浑身上下有十几条血淋淋的抓痕。

他放下熊尸，把弯刀往地面一扎，喘着粗气道："我真是躺太久了。"

老萨满抬起眼皮看了他一眼："止血药膏备好了，在你睡觉的地方。熊皮你剥，肉你割，我来煮。"

阿勒坦没反对，把熊尸拖到附近的冰河边，拾掇干净，带着熊皮与大块的肉回来，顺道给自己洗了个雪澡。

他去给自己上药。老萨满烹饪熊肉。

风雪停歇了。冰原之上,夜晚的苍穹高远又空阔。阿勒坦躺在篝火旁,漫天星河向他坠下来,他想用身体去承接。

他下意识地抚摸着手臂上缠绕的发带:"老巫,我总觉得我忘记了什么。"

"忘了什么?"

"一个……人。"

"是谁?"

"忘记了。"

"会忘记,那就说明不够重要。"老萨满头也不抬,给烤肉翻面,涂香料,"如果一个人足够重要,总有一天你会记起来的。"

"有道理。"沉默片刻,阿勒坦又问,"老巫,我能不能成为萨满?"

老萨满终于抬起满脸褶子与垂坠的眼皮,看了他一眼:"怎么,你不想当勇士?"

"勇士也可以是萨满,萨满也可以是勇士。为什么我不能拥有更多?"

"说得好,黄金王子。"老萨满一脸严肃地看他,"你可以叫我师父了。"

"师父。我该如何成为萨满,是不是要念什么经?"

老萨满笑了,用小刀把烤好的肉一片片削下来。他用嘶哑的声音哼唱:"没有字的经,是我的师父传授。没有书的经,是我的师父传授。没有纸的经,是我的师父传授。"

"萨满没有经书,只有师父和弟子。"老萨满声音苍老而平静,"我曾经有个弟子。后来,他砍断了我的双腿。"

阿勒坦往火堆里添柴的动作停滞了一下,沉声道:"你把你会的一切教给我,我替你报仇。"

第四章

夜不收

正月初三。

沈柒策马来到苏府门口，下马敲门。

片刻后苏小北应门，却没有请他进来。沈柒做了个"麻烦让路"的手势，苏小北却像路灯杆子一样堵在门前。

"苏大人不在家？去哪儿了？"沈柒问。

苏小北答："大人在家。闲着没事，看杂书呢。"

"那怎么不让我进去？你去禀报一声，就说七郎来了。"

苏小北有些古怪地笑了笑："大人事先吩咐了，若是沈同知登门，就告诉他，'莫说七郎，便是二郎神来，也不让进'。沈大人请自便。"

他正要关门，沈柒伸出手臂挡住："你家大人不查案了？"

"查啊。查案，当然要去官署。大人还说了，倘若沈同知问起案子，就告诉他，回家睡两天觉，等时机到了，这案子就迎刃而解了。"

苏小北说完，把沈柒的手臂推回去，关门落闩。

沈柒吃了闭门羹，皱眉思忖片刻，慢慢走下台阶。他骑着马来到苏府后门所在的小巷，吹了声短促的口哨。

不多时，屋檐的阴暗处钻出一个人影，从墙头翻下来，抱拳行礼："大人。"

正是锦衣卫探子高朔。

沈柒下马，问："昨日发生了什么事，苏府有何异动？"

高朔答："苏大人奉诏进宫面圣。"

"这个我知道。除此以外呢？"

"皇爷指派了四名御前侍卫，暂时充当他的护卫，就住在苏府前院。"

"这个我也知道。"

"其他的没了。昨夜苏府安静得很。因为大人交代了，只留意异动即可，不必时时监视，故而卑职没敢盯着苏大人。"

沈柒颔首，又开始琢磨苏小北方才说的几句话。

"是不是出什么事了？"高朔很少见上官露出这种不安的神色，忍不住问。

沈柒琢磨出了话中意思，微微冷笑："难怪不敢见我，这是要避讳啊。"

"避讳？避什么讳？昨天之前不都还好好的嘛，大人连年夜饭都是在苏府——"

沈柒抬手，阻止高朔继续说下去。

"他已经借小厮之口，告诉我原因了。"

"什么原因？卑职方才见大人叩门，便跳过墙头旁听了，没听到原因啊。"

"'莫说七郎，便是二郎神来，也不让进'——二郎，神，不让进。"沈柒面色冷峻，"还不够清楚？这是皇爷在盯着我和他了。御前侍卫就在前院，他不能明摆着说出来，于是用这话来暗示我。"

高朔这才意识到，在先帝的诸多儿子中，今上的确是行二。把天子说成是"神"，也不为过。

自家大人与苏大人之间的私交，他自然是一清二楚，闻言惊道："皇爷知道了？"

他想了想，恍然大悟："也是，如今掌印指挥使之位空悬，大人执掌北镇抚司，可以说是锦衣卫里实权第一。苏大人又是皇爷信重的文臣。这文臣与锦衣卫走得太近，对于天子而言，的确是个大忌。"

沈柒皱眉想了想："但清河还是约了我见面的时间与地点。"

啊？有吗？高朔开始怀疑自己的脑子是不是不太好使。

"两天后，北镇抚司。而且关于鸿胪寺那个案子，他还有了关键性的线索，到时便能见分晓。"

沈柒说完，翻身上马，吩咐道："你继续潜伏在附近，但要小心，别被御前侍卫发现。有什么异动，立刻禀报我。"

"是，大人。"高朔再次抱拳，随即纵身一跃，藏进了层层叠叠的屋宇间。

沈柒出了小巷，穿过热闹的街市，总觉得背后有一双双眼睛在窥视。他没有转头，骑着马继续往前走，回到家后，两天没有出门。

而苏晏这两日也不忙公事，除了睡觉，就是闲逛购物，吃吃喝喝。同僚们投递的拜年名刺收了一沓，也逐一回了名刺。他还特地备了好几份年礼，其中最贵重的，当属给名义上的"师祖"李乘风李阁老府上送去的。

其他相熟的官员，像翰林院的崔状元、都察院的贾御史、大理寺的田寺卿……都有份。甚至名妓阮红蕉，他也没忘了与她交往半年的情分，让小厮往胭脂胡同也送了一份年礼。

阮红蕉收多了达官贵人送的头面、珠宝和银子，这种正儿八经的年礼还是头一份。

她颇为意外地打开后，发现年礼是按大户人家兄弟姐妹间的规格备的，还附了一份手书，说明自己这半年多外派去了闪锡，并非因为当了官就自恃身份，不愿来看她。如今回京过年，又忙着公事，等过些日子得了闲，再抽空来拜个年。

字字真诚，毫无敷衍或调情之意，仿佛只当她是个谈得来的亲戚朋友。

阮红蕉抱着一盒不值钱的枣子、桂圆干，泪湿眼眶，对苏小北说："你们家大人……真不像个大人。"

苏小北会意，笑道："的确。我们两个小厮在苏大人面前，也总没个下人样子，都是他给惯的。"

阮红蕉不好意思地用帕子擦了擦眼角，说："奴家还以为他一朝跃了龙门，就……咳，不说矫情话。奴家是什么身份，自个儿不知道吗，今日迎来送往子弟争捧，明日人老珠黄门前冷落，还有什么可奢望的。也就是苏大人一片忧心，始终待奴家为寻常人，从未有过轻薄之举，也不会表面勾哄，内心鄙夷。"

她亲自走到后厨，拣了些香蕈、松子与海带、紫菜之类山海干货，并一些柑橘、橄榄与乳饼，用油纸包捆好，扎成两提，让苏小北带回去给苏晏，作为回礼。

"不怕小哥笑话，奴家送过男子簪过的花、喝过的酒盏，甚至是用过的肚兜，可从来没送过如此市井气的礼物，真像是好人家的媳妇一般。"阮红蕉脸颊微红，对苏小北说，"告诉苏大人，若是不方便，就别再来这烟柳地了，对他名声不好。他的好意，奴家一辈子记在心里。"

苏小北拎着油纸包回到家里，往苏大人面前直通通一递："喏，大人的风流债，小人给讨回来了。"

苏晏笑道："说的什么怪话。让你去送个拜年礼，你管人家是行首，还是魁首。"

苏小北说："阮行首倒是个明白人，让我转告大人别再去她那里，大人毕竟是官，去了对名声不好。"

苏晏敲了一下他的脑袋："知道啦，小管家。好不容易阿追不在，老爷我能快活几日，你又来叨叨。"

苏小北摸了摸额角，默默想：管家就管家，非得加个"小"字，大人是嫌我少年气？嗯，我得再成熟稳重些,才能替大人管好这个家。

到了正月初六清晨,沈柒出了家门,骑马直朝北镇抚司去。

辰时,苏府的马车停在北镇抚司门口。苏晏下了车,在四名御前侍卫的护送下,走进大堂。

他一团和气地朝沈柒拱手:"同知大人,拜年拜年。"

沈柒也回了个抱拳礼:"给苏大人拜年。"

两人分宾主落座,在堂上喝了两盏茶。四名侍卫,两个站在门外廊下,两个站在苏晏身后,一律面无表情,像镇守南天门的四大天王。

沈柒只当他们不存在,对苏晏道:"鸿胪寺一案,凶手是谁至今全无头绪,苏大人让我等一个迎刃而解的时机,是否查到了什么,心中已有定数?"

苏晏从茶点盘子里拈了颗蜜饯吃,觉得酸甜脆口,又拈了一颗,边吃边说:"这案子先放一边。我今天来北镇抚司,是想见一见诏狱里的两名囚犯。"

"谁?"

"严城雪与霍惇。"

沈柒起身道:"苏大人随我来。"

到了诏狱的甬道口,四名御前侍卫依然跟随着苏晏,沈柒伸手拦住:"诏狱重地,闲人免进。"

其中一名御前侍卫道:"我们是御前侍卫,不是闲人。"

沈柒道:"诏狱关押的都是极紧要的犯人,圣上早就有谕令,非刑官与涉案人士,一律不得入内。"

侍卫毫不退让:"皇爷也有口谕,让我们寸步不离地守护苏大人,绝不能让大人有半点闪失。"

沈柒冷着脸:"意思是说,我北镇抚司锦衣卫不可靠,不能保证苏大人的安全了?"

苏晏哂笑:"寸步不离未免夸张了,莫非本大人睡觉、沐浴、上茅厕,你们也要在一旁盯着?"

侍卫们忙对他抱拳:"不敢!我等粗人,说话不妥当,请苏大人海涵。"

苏晏道:"既然到人家的地盘,就别坏人家的规矩。你们就在诏狱入口等着吧,我向两名犯人问完话,便出来了,用不了多少工夫。"

侍卫们有些犹豫。毕竟皇爷在那句口谕后,又补了一句:"若是苏少卿坚持不用护卫,你们也不必强行跟随,先听他吩咐,回头再来禀报朕。"

于是为首那名御前侍卫低头道:"一切听苏大人的,我等就候在这里。苏大人若有任何吩咐,着人出来通传一声即可。"

苏晏点点头，说："辛苦了，回头请弟兄们上酒楼。"

他正要与沈柒同进诏狱，却见理刑千户韦缨急匆匆过来，边走嘴里边唤道："大人！同知大人！"

沈柒转头问："什么事？"

"有人来报案，说在鸿胪寺附近发现了贼人的线索。"

苏晏朝沈柒挑了挑眉："看，我说的迎刃而解的契机。"

"你是如何知道的？"沈柒问他。

因为浮音答应了阿追，要安排一个替罪羊。到现在他已经准备了两三天时间了，也差不多了。苏晏一副高深莫测状："当然是因为我身怀异术，未卜先知。"

沈柒不置可否地笑了笑。

苏晏说："你快去吧。我想单独向严城雪、霍惇问些话。"

沈柒点头转身，与四名按刀挺立的御前侍卫擦肩而过时，刻意对韦缨说了句："苏大人执意要单独审问犯人。他自认安全，我们却不能掉以轻心，去调派几名身手好的校尉下去。"

韦缨抱拳道："卑职这就去办。"

"报案之人呢？"

"在大堂上，是个更夫……"

两人说着话，走远了。

御前侍卫们互相对视了一眼，趁诏狱门口没人阻拦，鱼贯而入，去寻奉命保护的苏大人。

而此刻苏大人已经站在了关押严城雪的牢房门外。

为防串供，霍惇关押在离严城雪较远的另一间牢房。

苏晏吩咐狱卒："把牢门打开。再把霍惇带过来。"

牢门打开，一阵寒风刮了进来，卷起地面上散落的纸页，拍打在严城雪的脸上和囚衣上。严城雪将手中烧得只剩一角的纸页丢进炭盆，抬头望向牢门口，苍白发青的脸上，露出一点儿意外的神色。

"苏御史？"

苏晏走进来，打量囚室和犯人。

严、霍二人被押解进京，下入诏狱时，他曾写信交代过沈柒，这两人或许还能派上用场，不要磋磨得太狠。

如今看来，狱卒对他们还算优待。数九寒天，牢房里有火盆、木板床、被褥，矮桌上还放着一套成色不怎么样的笔墨纸砚。

苏晏走近，蹲下身，捡起地上满是墨迹的纸页："写什么呢？"

一名狱卒在他背后搭腔："谁知道呢，整日里写了烧、烧了写的，好像纸墨不要钱似的……"

旁边有个同伴用肘尖捅了捅他，示意他闭嘴，自己说道："苏大人小心，待小的们给他上了手铐脚镣，再靠近问话。"

严城雪嘲弄地一笑。

苏晏摆摆手："用不着。他一个瘦巴巴的文官，就算对我不利，我也打得过他。"

狱卒只好搬来一张太师椅，请苏晏坐下，又把地上乱七八糟的纸张都捡起来。

苏晏翻来翻去，仔细地看，逐渐看出了点门道。

"……你在写兵书？"他"啧"了一声，"你说你这人吧，本职工作不好好干，在行太仆寺尸位素餐，非跑去清水营插手军务，把霍惇的兵拿来自己练，结果练出的兵连自家主将都打。这叫什么，僭职越权，狗拿耗子！"

严城雪道："我本就对管理马政毫无兴趣，是得罪了人，才被贬去闪锡行太仆寺的。"

苏晏哂笑："那你怎么不自请辞官，把职位腾出来给想干的人？哦，舍不得官身和俸禄。于是你一边毫无作为，让闪锡马政荒废得一塌糊涂；一边自诩怀才不遇，为了过带兵的瘾，不惜把好友也拉下水，一同触犯国法军纪。是吧？"

严城雪青白瘦削的脸颊上，泛出了难堪的红晕，咬牙道："镶错了地方，再珍稀的明珠也如同鱼目，却不是明珠的错！"

苏晏大笑："你倒是自负得很。至今仍觉得明珠暗投，是朝廷辜负了你。"

严城雪紧抿薄唇，又揉皱了一张纸页，扔进炭火盆。火苗蹿起，眨眼间将纸吞个精光。

苏晏道："我不擅兵法，但也知道用兵讲究的是奇正相辅相成，以正合，以奇胜。你的练兵之法，只有奇，没有正。只讲究单兵能力与小团队的配合，而忽视全局策略与作战规划。只强调阴谋诡计的重要性，而没有高瞻远瞩的战略眼光。

"你的兵法，就像你这个人一样，偏激、刻薄、目光狭隘！"

严城雪满肚子不服，愤愤道："兵者诡道也，竖子不足与论！"

他心里越是恼恨，就越发"掉书袋"，气到抓狂就"之乎者也"全出来，霍惇深知他的脾性，到这时便不敢再忤逆他。

苏晏却不知且不在乎，故意轻蔑地抖了抖手中纸张："你这个德行，若真把几万大军交给你，用不了多久就得全军覆没。你啊，当个队正，带五十个人顶天，朝廷任你为行太仆寺卿，都是抬举你了！"

严城雪用拳头抵着胸口，剧烈地咳嗽起来。

"——苏大人！"背后传来急切的声音。

苏晏回头一看，霍惇一身囚衣，戴着手铐脚镣，被狱卒从另一间牢房押解过来。

霍惇对着他说话，眼神却落在严城雪身上，恳求道："大人口下饶人。老严少年时家乡遭逢大难，他在北蛮子的屠杀中落下病根，心肺虚弱经不得激，万望大人怜悯！"

苏晏心道：他制毒、制暗器，下令放箭射杀阿勒坦时，心肺可强壮得很哪。一朵食人花，只有你把他当白莲。

霍惇在哗啦啦的铁链声响中，向严城雪走近几步："老严，如今我们是阶下囚，苏大人是堂上官，该听的听，该受的受，不要再执拗了，否则也只是和自己过不去。"

严城雪急火攻心，咳完一大阵，惨白着脸，讥讽道："你自己过得去就过，即便把所有罪名都推在我身上也行，只不要管我！"

霍惇被他噎得够呛，眼底浮现出了怒意："你这人——怎么——这般好赖不分？"

严城雪冷冷道："我这人好赖不分，不值得费心，你又不是第一天才知道，何必自讨没趣。"

"好啦。"苏晏拊了一下掌，懒洋洋地道，"本官原还担心，你二人难兄难弟情逾骨肉，怕是会互相替对方揽罪，如今看来，是我多虑了。"

"节省时间，我就直接说了。宛郁的国书里，指名道姓要严城雪为他们的王子抵命。皇爷斟酌再三，决定用他的脑袋先缓和一下边关紧张的局势，以免宛郁与达延联手，举兵进犯。我想吧，好歹在闪锡半年也算相识一场，便请旨来送他一程。"

霍惇大惊："陛下真要杀他？他真不是谋刺宛郁王子的凶手，还望陛下明鉴啊！苏大人，你深知内情，求你向陛下分说清楚，老严他真是无辜的！"

苏晏淡淡道："事到如今，无不无辜重要吗？莫说他一颗罪官的脑袋，就是十颗二十颗，为了大局该砍也得砍。"

霍惇绝望地"扑通"一声跪下，膝行到苏晏面前，苦苦哀求："苏大人！我知道你深得陛下信重，只要你肯在陛下面前求个情，陛下一定会重新考虑的。要不这样，我把所有的罪都认了，反正阿勒坦的事我也脱不了干系。那些宛郁侍卫曾亲眼看到我和阿勒坦打斗，并且淬毒的暗器也是从我身上搜出来的，用我的脑袋去抵命，岂不是更名正言顺？"

严城雪猛地站起身，踉跄了两下，怒喝："我的事与你何干？休得在这里指手画脚！姓霍的，你想替我顶罪，也得看我领不领情。我宁可掉脑袋，也不想看到你这般软骨头的孬种模样，滚！滚出去！"

苏晏对霍惇摊手："听见没有，他叫你滚。"

霍惇咬着牙，只是跪着不动，对苏晏再次恳求："苏大人，老严这条命是好不容易从死人堆里捡回来的，就当上天有好生之德，让他过完应得的后半辈子吧。至于我，反正每次出战前都做好了马革裹尸的准备，这回掉个脑袋，或许比我打十次二十次仗，对大铭的用处更大。我不亏，真的！"

"你不亏，我亏。"苏晏说道，"看在你多年镇守清水营，未曾犯大错而有小功，又只是从犯的分上，我向皇爷求情，留你一条命，继续为国效力。你若是死了，我这情岂不是白求，面子岂不是白卖了？皇爷同意罢你的官职，降为最普通的兵卒，去边关服役——不是去其他卫所，而是去夜不收。"

霍惇还来不及反应，严城雪脸色乍变："那和送死有什么区别？夜不收昼夜在外，无分寒暑，深入敌区执行最危险的任务，九死一生。如今更是队伍凋零，连主官都没人接任。只怕他有命去，没命回！"

苏晏不为所动："你担心霍惇没命，如何就不能担心担心其他的兵卒？直到眼下，你我在燃着炭盆的室内说话，依然有不少夜不收正在冰天雪地的北漠执行任务，怎么，他们的命就不是命？只你家老霍的命金贵，他们就是贱命一条？再说了，反正你很快就要人头落地，哪怕他死在赴任的半路上你也看不到，有什么可担心的？"

霍惇急道："苏大人！我愿意去夜不收，做个任人调遣的底层哨探，但请留老严一条命。他虽为儒家士子出身，却极会练兵，带兵能力比我强多了，你留着他，比我有用！"

苏晏道："他能力如何我尚未看到，态度如何倒是板上钉钉。既不愿伏低做小，也不愿为我所用，留着做什么，浪费诏狱的牢饭？"

"别说了！"严城雪大步走到霍惇身边，一甩长袍的下摆，与他并排跪下，不甘又无奈地咬着牙，"苏大人早就嫌我倨傲刻薄，此番来诏狱，就是想给我个教训，狠狠磨一磨我这身臭硬骨头。如今苏大人如愿了，我严城雪，除了天地君亲师，没有跪过任何人，在此给苏大人磕头！"

他对着苏晏"咚咚咚"地连磕三个响头，用力之重，使得额头在粗糙坚硬的地面撞出血来。霍惇连忙来扶他，被他一把推开，继续道："这三个头，不为我自己可以苟延残喘，只为霍惇这个蠢货。他虽然蠢，但听话，枪法过人，作战勇猛，哪怕不当兵，做个侍卫也是绰绰有余。我看苏大人身边只有一个贴身侍卫——"

"可别，"苏晏立刻打断，"一个贴身侍卫就够本大人受的了，再多一个绝对吃不消……吃不消，吃不消。"

严城雪目露失望之色，愈发尖锐地说道："再不行，让他当个狱卒，也好过去夜不收。"

站在后方的狱卒："……"

苏晏含笑："你想为他求个出路？可惜你的膝盖没那么值钱。夜不收他是一定要去的。"

"我去！什么活我都干！"霍惇沉声说，"求苏大人留老严一命。"

严城雪不再说话，目光阴冷地盯着苏晏，像一条被逼入绝境，将全部毒液注入管牙，只待发出致命一击的毒蛇。

苏晏挥了挥手，示意狱卒退出牢房。

狱卒当即变了脸色，支吾道："苏大人，不是小的们不听命，实在是不敢走，同知大人下了严令，务必保证苏大人的安全。犯人虽然戴了手铐脚镣，可毕竟是练家子……"

"退下，接下来的话，不是你们该听的。"苏晏不容置疑地说。

狱卒仍在迟疑，四名御前侍卫从通道拐角处走过来，进入牢房，站在苏晏的身后。狱卒们这才松了口气，忙不迭地告退。

既然是皇帝指派的御前侍卫，苏晏也就没有必要对他们保密了。他对严城雪说道："夜不收他是一定要去的。但我可以把他的命交到你手上，由你来决定他的生死。"

"什么意思？"严城雪问。

"他所参与的任务，无论是个人，还是小队，都由你来做调度。所有的情报，事先都会送到你手上，你来分析敌情、判断形势、制定战术，他去执行。"

苏晏停顿了一下，向前倾身迫近严城雪，盯着他憔悴苍白脸上深陷的眼窝，轻而清晰地说："记住，霍惇的命就在你手里。你做错一处判断，下错一个指令，都会让他因你而死。"

严城雪攥住了衣摆，拳头捏得死紧，似乎连整个身躯都微微颤抖起来。

苏晏慢慢笑了："我刚才说过了，以你的能力，当个队正，带五十个人顶天。放心，夜不收从不大军出动，每次执行任务也就几人，最多十几人，人数多了，容易暴露目标。

"你严城雪，就从夜不收总旗做起，好好地接任务，安排旗下执行，但不许你跟着霍惇行动。因为你手无缚鸡之力，去了也只能拖累他。

"若是敢通敌叛国，霍家一门三十六口——"

苏晏拍了一下膝盖，起身对侍卫们道："走吧。"

"等等。"严城雪叫住了他，"你方才说，宛郁指名道姓要我的人头，你准备如何解决？"

苏晏侧头："我自有办法。你还是多考虑，凭借你那点剑走偏锋的练兵之术，该怎么一次次保住挚友的性命吧。"

看着苏晏带着护卫离开，霍惇庆幸地安慰道："没事，去就去。至少你我都能活着。"

严城雪用袖子一抹额头上的血迹，阴郁地说道："他本就没打算杀我们。这是要物尽其用呢！这个苏十二……"

霍惇说："无论如何，活着就还有机会。"

苏晏走出诏狱的甬道，深吸一口雪后冷彻的空气，觉得肺腑内污浊一清，不由得失笑道："大人我像不像个仗势欺人的反派？"

没有人应和他。

身后四名御前侍卫，是修成正果的四大天王，谨守玉帝旨意，绝不与凡人闲言碎语。苏晏觉得十分无趣，撇了撇嘴，想念起外表冷漠木讷，实则知情识趣的贴身侍卫。

他朝北镇抚司的大堂走去，四名御前侍卫紧紧跟随身后。

他到了堂外一问,得知沈柒亲自带了人马,去更夫指认的地点调查凶手下落,留下掌刑千户石檐霜镇守本司。

苏晏让他给沈柒带个话,说等抓到凶手,就这么把案给结了,若是还有什么疑惑,暂时先放一放,等自己这边有了清晰的眉目,定然据实相告。

石檐霜承诺一定把话带到,苏晏才带着护卫离开北镇抚司。

"夜不收……总旗。"景隆帝放下湖笔,在一旁的清水盆里洗干净双手。

桌面上,一幅气势恢宏的日照江山图已搭建好骨架,山川与城郭初现峥嵘。

苏晏收回叹赏的目光,有些不好意思地说:"臣未请示过皇爷,就自作主张了。"

内侍进殿奉茶。皇帝取了一杯普洱,示意把另一杯加了橄榄的松萝端给苏晏。他推开杯盖,轻轻吹了口气,道:"那就说说,你是怎么想的。说得好,朕不罚你。"

"这个严城雪,臣在闪锡就接触过,为人性烈气狭,刻薄倨傲,自视甚高。因少年时有过被达延人屠村的惨痛经历,对外夷尤其是北漠诸部深恶痛绝。此人虽眼界不高却心气不小,好施诡计,很有股子'宁叫我负天下人,不叫天下人负我'的狠毒劲儿。"

"既然如此,杀便杀了,又为何要给他机会?"皇帝问归问,语气中却无疑惑,倒像是考校。

"皇爷可知外科大夫用的曼陀罗?麻醉镇痛的良药是它,使人混乱惊厥的毒药也是它,端的看如何用。"苏晏喝了口茶润润嗓,继续说,"在闪锡时,臣就见识过严城雪练的兵,令下如山,哪怕箭头所指是自家上官,也无半点犹豫。只有具备极度的纪律性与服从性,才能做到这一点。他以文官之身越职练兵,名不正言不顺,依然能操纵兵士如臂使指,这令臣想起了一句话——士兵不需要思想,只需要绝对服从。"

皇帝"咀嚼"着这句话,微微颔首。

"此人虽然毛病很多,但对国对君的忠诚还是有的,且与好友霍惇羁绊极深,并非真正绝情绝义之人。那时臣便留了个心思,想把他心里那些歪的、刺的、坏的都削干净了,看还能不能用。"

苏晏将一沓写满字的纸页呈给皇帝:"昨日在诏狱,臣见到他写的兵书,思路奇诡,手法阴刻,为求胜一切皆可利用,是个剑走偏锋的鬼才。臣以为,这种人当不了大将,倒颇有几分毒谋士的风采。

"故而臣刻意当面贬低,激得他满心不服,力图证明自己的才能。又用霍惇的性命牵制他,使他投鼠忌器,不能再视兵卒性命为无物。最后将他安置在夜不收总旗的位置上,用夜不收迅捷、机动、锋锐、隐秘的队伍性质,去磨砺他的实战经验。

"臣给了他时间和适合的位置,去证明自己的忠诚与能力。倘若他能通过考验,累积军功层层晋升，将来未必不能争一争夜不收的主官之位。"

皇帝边听边仔细翻看纸页，感慨道："朕为之动容的并非此书，而是你苏清河。下位者谋事治事，上位者识人用人，清河又给了朕一个意外的惊喜。看来，朕之前对你的期待还不够高。"

苏晏惭愧地连说"不敢当，皇爷谬赞"，心道我哪敢班门弄斧？论起识人用人，乃至操弄权力人心之术，您才是深谙其道——

打击敌方势力，莫过于将其分化。

驾驭群臣，莫过于将其离间以制衡。

收服人心，莫过于恩威并重。

就这三条，您玩得比谁都厉害。我这算什么，关公面前耍大刀而已。

他恭恭敬敬地叩谢皇帝不罚之恩，恭恭敬敬地告退，临走前还对着皇帝的半成品画拍了几句马屁。

戌时将尽，寝室里的苏晏正打算吹熄蜡烛上床睡觉，紧闭的窗户响起"当当当"三下轻叩声。

他忙走过去打开窗闩。荆红追挟着雪花越窗而入，带进了一股寒意。

"阿追！"苏晏欣喜地唤道，伸手拂去他肩上落雪，拎起煨在火炉上的红枣茶，倒了一杯递过去。

荆红追一口气喝完，抹了抹嘴角，说："大人，属下回来复命。"

"你整整去了五日，很棘手？"

"还好。王府虽然护卫众多，但毕竟年假期间，戒备不算森严。且豫王最近神思不属，似乎心事重重，并未发现我藏在府内盯梢。"

苏晏问："豫王没出什么事吧？"

荆红追摇头："浮音的确以鹤骨笛吹奏迷魂飞音，使豫王头脑混乱、情绪失控。但豫王毕竟军伍出身，心志坚定，很快发现了蹊跷，开始在府内排查可疑人员。浮音龟缩着养伤，不敢再施展功法，也不敢轻举妄动，我一连等了五日，才在今天夜里尾随他出府。"

"他去了哪里？"

"先是在一条偏僻的暗巷中停留片刻，而后去了一家青楼。我翻墙进去，遍寻不见他，想是那青楼内部另有乾坤，也许是密室，或是通往外界的密道。我暂时没找到机关，不想打草惊蛇，于是又回到暗巷里仔细搜查，在墙根处发现了这个记号——"

荆红追取书桌上的狼毫笔，蘸着朱砂，在白纸上画出八道红印。红印呈现细长的椭圆形，扇形排列，像一朵血色莲花。

苏晏拿起纸张端详:"应是有什么别的含义,但光从图案上看不出。"

荆红追道:"属下也参不透。好在还可以继续调查那处古怪的青楼,我打算下次再潜入,抓住个知情人拷问一番。"

苏晏点头:"你要小心,见势不妙,先自保,走为上。"

把纸张折好后,苏晏转身走到衣柜前,将它塞进一个锦囊里,放在官服上,说道:"北镇抚司广集朝野内外情报,消息灵通。回头我找沈柒问问,看他认不认识这个图案。"

即便被迫同桌吃过年夜饭,荆红追还是听不得"沈柒"二字,顿觉身上被对方砍伤后愈合的刀疤又痒又痛。但毕竟关乎紧要之事,他对沈柒再怎么既恨且嫌,也尽力忍着不表现出来。

关上柜门,苏晏又道:"浮音那边,还得辛苦你继续盯着。倘若豫王先一步查到什么线索,你及时告诉我,我找机会去套话。不能让浮音那边暴露出你隐剑门的出身,以免节外生枝。"

贴身侍卫感动之余,觉得自己要是无能到需要让大人去找豫王套话,还不如一剑自我了断算了——或者一剑了断豫王,永绝后患。

翌日,苏晏又去了趟北镇抚司。

沈柒因为奉命查案,年假也不休了,自大年初一起,日日来官署坐镇。除了侦办宛郁使者一案,他还把一些陈年的卷宗也一起了结干净。

主官都来当值了,下属哪敢怠慢。于是,北镇抚司成了过年期间唯一正常运行的衙门。

沈同知的勤勉之名,也传到了负责官吏业绩考核的吏部考功司和都察院耳中。以至于在首辅李乘风亲口授予的"义士"之外,他又多了个"拼命七郎"的称号,倒把原先"催命七郎"的血腥气冲淡了不少。

苏晏带着"四大天王",往大堂一坐,将拎来的油纸包与木盒放在桌面,笑眯眯道:"沈大人好啊,大过年的还要来衙门办公,着实辛苦。沈大人之前差人送上门的年礼,鄙人已收到,这是一点回礼,不成敬意。"

沈柒嘴里客套:"苏大人客气了。区区微薄年礼,聊表心意而已,何劳苏大人再回赠。"

苏晏同样客套:"同朝为官,礼尚往来,应该的,应该的。"

一名机灵的小旗迅速上前,将年礼端到沈柒面前。

沈柒接过来,手指把油纸拨开一角,见是晒干的白莲子。他又打开盒盖瞥了一眼,里面放着岭南产鸡母珠串一条,黄澄澄玳瑁纹牛角篦梳一把,鲜红透润琥珀发簪一枚。

这些东西不算贵重,但也绝不廉价,与寻常年礼大不相同,更有一种精挑细选的心意在里面。沈柒满意地挑起嘴角,道了声谢。

苏晏紧接着说起了正经事:"听闻昨日有人报案说,发现鸿胪寺一案的嫌犯行踪?"

沈柒答："锦衣卫已于今日凌晨将嫌犯抓获，正在审讯。那人供认不讳，说四名宛郁使者均是被他用笛音诱使，落池冻溺而亡。动机是为死于北漠人手里的家人复仇。此案告破之顺利，实是出人意料，苏大人自称'未卜先知'，如今我是真信了。"

这嫌犯应该就是浮音答应阿追后找来的替罪羊了。苏晏心中有数，且觉得沈柒也发现了其中蹊跷，看破不说破，虽然不明全部内情，但仍配合他做戏。

他微笑道："这个案子，明面上可以结案了。好让凶手以为与阿追达成交易，麻痹大意之下，定会再度露出马脚。"

"那个江湖草莽。"沈柒皱眉，"与他又有何牵连？"

苏晏起身上前，做事态机密状，凑到沈柒耳边，将调查浮音之事一一道来。

此刻他声音细微，又以手掌遮掩口耳。四名御前侍卫站在几丈之外，只见两人密谈，却听不清言语内容。

不过，他们对此也并无好奇心，毕竟刑官谈论案情，避讳外人也正常。况且皇帝只吩咐他们跟随守护，必要时上报，并不要求他们掌握苏晏的一言一行。

苏晏和盘托出后，又从怀中锦囊里取出摹画的八瓣血莲图，递过去："北镇抚司广集情报，沈大人可见过这图案？"

沈柒打开纸张一看，瞳孔紧缩，当即答道："见过！"

他吩咐了心腹小旗几句。小旗出了大堂去书房，不久后取来另一页纸，交给苏晏。

苏晏打开，赫然发现上面也是一朵八瓣血莲，看笔法像是从什么地方拓印下来的。

沈柒道："苏大人可还记得，东宫刺杀案？"

"几个月前的案子，沈大人无端提起，莫非也与这图案有关？"苏晏问。

沈柒颔首："行刺太子的血瞳刺客，在被我抓获后疯了。陛下与太子为此驾临北镇抚司，亲审此人，确定他已丧失神志。可就在当场，这疯了的刺客突然大叫'打小爷，打小爷'。"

苏晏心下一凛："他都疯了，仍记得任务，可见被训练得有多彻底！他还说了什么？"

沈柒侦查本领精湛，擅长记忆人与事，一字不漏地复述："'是他，就是他！他跑了！该吃药了，吃药。要听话。死。不死。'"

苏晏逐字揣摩，喃喃道："'他'是谁，是指太子，还是其他什么人？谁跑了？'吃药'与'听话'结合起来看，像是幕后人控制手下刺客的手段。'死'与'不死'，又是何意……"

沈柒对比两朵别无二致的血莲，同样陷入思索：疯刺客嚼指自尽，为何要在牢房石墙上留下血莲记号？莫非他临死前短暂地恢复了神志，想要告诉旁人什么信息？这八瓣血莲是联络暗号，还是另有深意？覆灭的隐剑门背后，又藏着什么样的人物与势力……

"荆红追！"沈柒突然说。

"什么？"

"他是最接近真相的人。"

苏晏微微皱眉:"可他已经把知道的都告诉我了。我相信阿追,他连性命都能交给我,不会对我有所隐瞒。"

沈柒满心不痛快,冷笑道:"这可不好说。命固然重要,但对一些人而言,还有比命更重要的事物,譬如执念,譬如信仰。"

苏晏想了想,仍然摇头:"我还是认为,阿追没有隐瞒。或许因为他从隐剑门离开得早,后来很多隐秘事,他并不清楚。也或许所有的受训者都不明真相,他们只是被利用的工具。"

沈柒见他如此维护荆红追,心里憋火,又怀疑荆红追会辜负苏晏的信任,便想着:何不趁此机会把那草寇拿捏在手,叫他诏狱十八刑一样样受过去,就不信他能打熬得住,不给我老老实实地交代一切。

敌意与杀机刚从沈柒眼底一闪而过,就被苏晏敏锐地捕捉到了。他一把揪住沈柒的袖子,再次耳语:"我信任阿追,同样也信任你,否则就不会将他的出身告诉你。七郎,我们一荣俱荣,一损俱损,他又何尝不是,你若把他打成余孽,那我就是包庇罪。"

沈柒不快地咬牙,但也知道如今形势所困,若是借由剿灭隐剑门的机会除掉荆红追,无异于断苏晏一臂。为了不连累苏晏,自己非但不能抓荆红追,还得替他隐瞒。

也罢,既然眼下不合适,那他就暂且容忍。这把柄总归是被自己捏在手里,想收拾荆红追,日后有的是机会。

苏晏暂时按住了沈柒的杀心,松口气坐回到椅面上,端起茶杯说道:"浮音那边,我会让荆红追继续顺藤摸瓜,追踪幕后主使。至于血莲记号,辛苦沈大人深入调查,若有新的发现,还望及时告知。"

沈柒从油纸包里抠出几颗莲子,连同奇苦无比的莲心一同嚼下,咔咔作响:"皇爷既命我司与大理寺通力合作,让苏大人满意便是我的本职,谈何辛苦?苏大人放心,在下必竭尽全力。"

数日匆匆而过,眨眼到了正月十五元宵节。

这是年假的最后一天,整个京师上至官员下至百姓,都融入了狂欢般的节日氛围中。

入夜后,盛况空前的鳌山灯会拉开了序幕。从午门至承天门,甚至延伸到金水桥外大明门,整个狭长的广场都被各式各样的花灯占满。

这些灯并非简单悬挂或堆叠着,而是精心搭建成鳌山形状。由上万盏的小彩灯做底座,千光百色,仿佛银河铺地。小灯之上装饰着无数万紫千红的宫灯,各有各的造型,无一重复。

而在鳌山的顶端,五彩玉栅栏般的花灯组成"皇帝万岁"四个字,在夜空下熠熠生辉,唯有登上广场两侧的城楼,才能看清楚。

周围还有匠人制作的许多巨灯，迷宫一般，供人任意在其间穿梭游览。有些灯上放置灯谜，不仅文人骚客可以此吟诗作赋，百姓们也可猜谜领奖。

这一夜，京城无分贵贱，无分官民，无分男女，只一片灯海璀璨，满城欢歌笑语。

四品以上官员们身穿春节吉服，在午门集合，久候不见圣驾降临，便也渐渐四散开来赏灯。

苏晏正好奇地观看一个三英战吕布的走马灯，忽然被人从后方捂住双眼。

那人巴在他背上，压着嗓子问："猜猜我是谁？"

苏晏握住那人手腕，失笑道："小狗？"

"……再猜！"

"小猪？"

对方恼而撒手："是你小爷！"

所以我说小朱，没错啊。苏晏转身笑着拱手："原来是小爷，臣有眼不识泰山。"

只见朱贺霖穿一身石榴红色曳撒，帽顶缀着颗同色的璎珞，腰系鸾带，打扮得像富家公子哥，正一脸佯怒："你故意的！好哇，对小爷不敬，该罚！"

"怎么罚？"

"罚你……陪小爷挑灯。"朱贺霖说着，把苏晏感兴趣的那盏走马灯拎起来，拽着他同往鳌山深处去，"还要八盏，帮我挑最好看、最特别的。"

苏晏边走边问："要这么多灯做什么？"

朱贺霖飞扬的眉目间，笼上了一层怅然的愁云，他注视着手中的灯，沉声道："听宫里的老人说，母后生前喜爱灯，每逢佳节，坤宁宫便会悬挂各式彩灯，有些还是她亲手制作的。我不会做灯，只能在这灯会上挑选些好的，拿去她宫中挂起来，希望她在天之灵能看见，夜里给我托个梦。"

"孝惠慈章皇后……"苏晏微叹——小鬼这是想娘了。

先皇后生下太子没多久，就病逝了。朱贺霖从小母爱缺失，又无法从祖母那里得到慰藉，于是越发缅怀母亲。景隆帝体谅他的心情，加之对先皇后的敬重，便不再立后，就连坤宁宫也空置了十几年，一直保持着章皇后生前的样子。

每当朱贺霖思亲情切，或是心绪不宁时，便会去坤宁宫独坐，每逢节日也必去挂灯纪念。

苏晏知晓内情后，安慰地拍了拍朱贺霖的胳膊："我帮你挑，保证是全场最出彩的灯。"

两人比来比去又选了五盏灯，交给跟随的内侍提着，正待继续往下走，蓦然听见爆竹齐放，礼炮轰鸣，原来是圣驾御临午门，引得万千百姓沸腾起来。

广场上所有人都朝御驾方向下跪，山呼万岁，一时间犹如海啸山崩。苏晏见周围百姓个个激动得泪流满面，不断叩头喊着"万岁爷，万岁爷"，也不禁为此情景感到震撼，喃喃道：

"民心啊。"

朱贺霖神情中有敬服，有自豪，也有不甘示弱，郑重地发誓："将来我也能做到，而且还会做得更好。"

苏晏含笑点头："臣相信小爷。"

说话间，几名内侍寻了过来，见到苏晏，眼前一亮，上前说道："奴婢见过小爷。可算找着了，原来苏大人在这里，皇爷正召您呢。"

苏晏这才记起身为官员伴驾的使命，被太子一路拉着险些忘了，连忙应："这就来，这就来。"又对朱贺霖道，"还剩三盏灯，小爷自个儿先挑着，等臣侍完驾再来帮忙。不过估计那时候，小爷也挑好了。"

朱贺霖舍不得自家侍读，拉着个脸说："父皇在哪里赏灯，我也去侍驾。"

"在阙右门旁的城楼上。"内侍面露犹豫，"可皇爷只传唤了苏大人……"

朱贺霖瞪他："好阉奴！父皇不传唤，小爷我就不能上楼了？"

"是，是！奴婢糊涂！小爷请随奴婢来。"内侍点头哈腰地带路，把两人领至城楼下方。

朱贺霖拉着苏晏，正要上台阶，被三步一岗的御前侍卫拦住。

"皇爷有命，只召见苏大人，其他人未奉召不得上楼。"

朱贺霖怒道："我是太子！我想什么时候见父皇，就什么时候见！起开！"

侍卫半步不让："皇命在身，恕不能领东宫之命。小爷，得罪了。"

苏晏一把拉住朱贺霖，走开几步，低声劝道："大过节的，别生气。皇爷单独召见我，想必有事，小爷先在灯会玩着，回头我再去找你。"

朱贺霖无奈，只好悻悻然地走了。苏晏吐了口长气，回到墙根处，拾级而上。

城楼上，景隆帝着一袭团龙交领直身，龙袍是平日少见的苍色，如烟笼寒水，外披黑貂毛绳边的暗银色大氅，在一众大红大紫的喜庆服色中，透出了遗世独立的清澹之意。

皇帝背对着他，凭栏而立。苏晏正要行礼叩见，却听他淡淡说了句："苏清河，你过来。"

苏晏微怔后，轻步上前，站在皇帝后侧。

周围的内侍深深低头，躬身向台阶下退去，城楼上只余君臣二人。

皇帝朝城楼下方抬了抬下颌："你看。"

苏晏俯瞰午门前的广场：钟鼓司奏响礼乐，教坊司的女乐们在悠扬旋律中翩翩起舞，姿态婀娜，仿佛瑶池群仙。火树银花不夜天，歌舞升平，万民欢腾，一幅盛世画卷徐徐展开……

"'盛唐扬长帆，一句诗还一场醉'，八百年后，此景再现。"苏晏慨叹道，"全赖大铭国富民强，皇爷励精图治。"

景隆帝道："重任在肩，夙夜不敢忘先人之训诫，社稷之安宁。然朕有时觉得，自己活得像个大鳖。"

"哪有人说自己像王八的……"苏晏嘀咕。

"昔日女娲补天，斩巨鳌四足，以支撑天之四极，才将摇摇欲坠的苍穹稳定住。从此后，这撑天巨鳌便寸步难行，只得匍匐于大地中央，继续守护亿万生灵。"

苏晏听懂了皇帝的言下之意，不禁转头看皇帝沉静的侧脸。

皇帝接着说："也许鳌在倦极入睡之时，无数次梦回东海，在万顷碧波中肆意遨游，随心所欲，不必再负荷天地，也不必在意万灵眼光。"

苏晏眼底渐渐泛起薄雾："亿万生灵托赖于巨鳌，也发自内心地感激巨鳌。"

"但这托赖与感激，只会让巨鳌越发觉任重道远，并没有丝毫的轻松。能让它感到轻松的，只有东海梦境，可梦境易碎，难以挽留。醒后，它还是要回到宿命的轨道，日日夜夜支撑下去，直至寿尽方得解脱。"

苏晏心弦颤动，忍不住唤道："皇爷……"

三更钟鼓响，广场上爆竹齐鸣，烟花怒放，无数光芒飞上夜空，炸出一团团灿烂的星云。

"你送的年礼，朕很喜欢，想送你一份回礼，看——"皇帝指向夜空。

天花无数月中开，五彩祥云绕绛台。堕地忽惊星彩散，飞空旋作雨声来。

那么多的奇花火炮，在地面摆出相应的形状，升上天空，于夜幕中绽出星星点点，汇成了光芒璀璨的四个大字：

"海晏河清。"

星辉与雪霰从天际飘落，是一场盛世的烟火，更是一个毕生的宏愿，苏晏仰天凝望，不知不觉热泪盈满眼眶。

"娘快看，神仙在天上写字！"一个垂髫小儿拉着母亲的袖子，指天大叫。

无数人仰望夜空，被壮观瑰丽的四个大字冲击着心神。即使烟火光芒转瞬即逝，这个画面也将深深镌刻在所有人的记忆中。

"这得一口气放多少枚'起火飞天'，得多少人同时点燃啊！"

"摆在地上时也有讲究，须得是像雕版印刷的反刻，飞天后咱们才能看到正确的字形。"

有官员抚须笑道："海晏河清，时和岁丰，这是盛世的好兆头啊，哈哈哈！不知是内宫哪个衙门的手笔，心思奇巧。"

一个与他相识的内侍答："是皇爷亲下的旨意。"

"皇爷英明，以人为笔，以烟火为字，向天祈福，此举必能感动上苍，保佑我大铭国泰民安。"

更多官员附和道："是极是极，陛下圣明，万岁万岁万万岁！"

此刻，朱贺霖正站在阙左门旁的城楼上，朝匆匆赶来的富宝一伸手："拿来！"

富宝将不久前一个西洋教士传入大铭的窥筒递了过去。

窥筒如管形，管身层叠相套，使可伸缩，两端俱用玻璃，随所视物之远近以为长短。它不但可以窥天象，且能摄数里外物如在目前，故而又名望远镜。

因为传入的数量稀少，极为珍贵，目前也只皇宫中有两架。

朱贺霖将窥筒放在右眼前，正瞄着夜空中绽放的烟花，富宝骤然尖着嗓子叫了一声："小爷！小爷快看！走……走水了！"

朱贺霖一愣，转头眺望皇宫，果然见火光冲天，却不知是哪处宫阙。他把窥筒可伸缩的管身调到最长，片刻后失声道："是坤宁宫！"

"母后！"他惊叫着，紧握窥筒，几乎从城楼台阶上滚下去。

"小爷慢点，慢点！"富宝在后面喊道，跟随朱贺霖冲下城楼。

朱贺霖飞马长驱入午门，一路横冲直撞，便是到了禁门前都不曾下马，仗着太子身份硬闯进去。

坤宁宫在乾清宫以北，此刻烈焰熊熊，火光照亮半片夜空。殿前广场上，侍卫们呼喝着取水救火，内侍、宫女乱成一团。

朱贺霖滚鞍下马，就要往火场里冲。

旁边内侍死死拖住他，哀叫："小爷！小爷可不能进去，里面都烧塌了！"

"放开！都给我撒手！"朱贺霖眼眶赤红，目眦欲裂，嘴角肌肉都扭曲了，"母后的遗物都在正殿里！她穿过的衣物、戴过的首饰，还有她亲手给我缝制的虎头鞋，亲手做的灯……我好歹得救出一样来，一样也好啊！"

宫人哽咽劝道："正殿烧成这般模样，什么东西都化成灰了，小爷就算冲进去，也抢不出来……千金之体为重啊，小爷！"

朱贺霖奋力挣扎，被越来越多的宫人死死抱住，一个个哭天抢地，哀求劝阻。

悲痛之下，他像野兽般狂吼一声，从侍卫手中抢过空桶，冲向殿前的镏金大铁缸。

铁缸高四尺，直径五尺多，容量极大，注满清水以做镇火灭灾之用，故而又称"门海"。寒冬时节，铁缸要加棉套和缸盖，下方汉白玉基座里放置炭火，由专人看管，保证其昼夜不停地燃烧，防止缸内的存水结冰。

宫殿防火事关重大，门海保暖要一直持续到惊蛰才能结束。

朱贺霖把水桶往缸内一舀，竟砸在了坚冰之上。他难以置信地转头，质问："水呢？"一摸基座，炭火早已熄灭，缸底冰冷。

有宫女嗫嚅道："方才听说，负责看守炭火的两个小公公，不知怎的睡死了过去，直到火起才被摇醒，知道犯了大错，去乾清宫前的大缸里取水了。"

朱贺霖脸色铁青，又问："谁值夜？！如何起的火？"

宫人面面相觑，这个说是那个，那个说不是他而是另一个，吭吭哧哧，互相推诿。最后几个见推脱不过，伏地请罪，说是没留神，壁上挂的灯被风吹落，点燃门窗，才烧了起来。

朱贺霖勃然大怒："还不说实话！若只是没留神，一起火就会发现，着紧去扑救还来得及，如何烧得整个殿都塌了，才开始救火？！"

七八个宫人满脸惊慌失措，还在找借口脱罪，有说病的，有说被烟熏晕的，一律都称自己是心有余力不足，求太子恕罪。

朱贺霖死死咬着牙，等候打探情况的东宫侍卫来回禀。片刻后，侍卫回来复命，说问清楚了，因为元宵夜圣驾在午门外，宫门不下钥，只有禁军巡逻把守，不少宫人借此机会，假称贵人传他出去侍奉，偷偷溜出去赏灯。

这几个本该在坤宁宫值夜的宫人，也在偷溜的人的行列中。

见事败露，宫人们不得已大哭着承认——反正也没有娘娘可以侍奉，守着个空宫殿过元宵何其无聊，便起了玩心，相约溜出去逛灯会，就连宫殿如何起了火，也不清楚，更别说及时救火了。

"轰隆"一声，又一根主梁坍塌，飞舞的火星蹿上夜空，热浪扑面。

火光照着朱贺霖的脸。在这一瞬间，他仿佛被狂怒吞没，眼中放出狰狞的寒光。

就因为他们擅离职守，导致母后的遗物没有了，唯一可供缅怀的宫殿也被烧成灰烬！这些狗奴才，不敬先皇后，不忠本职，在储君面前还满口谎言，诸般推卸责任，企图逃避责罚……该死，统统都该死！

他伸手拔出侍卫腰间佩刀，二话不说，砍向为首那名最为狡赖的值夜内侍。

鲜血飞溅，那名内侍捂着咽喉，向旁栽倒。

其他宫人被吓到，尖叫四起，死亡面前全然忘了规矩，起身四散逃窜。

他们若是请罪求饶，或许还能稍稍平息东宫的怒火，如此畏罪奔逃，更是彻底激怒了太子。

朱贺霖三两步赶上去，又杀了一个。有个内侍昏头昏脑地回身，撞上了怒气冲冲的太子，也被一刀砍了。剩余的人被侍卫捉住，摁倒在地，哭号声震天。

景隆帝在仪仗队、众内官与御前侍卫的簇拥下，赶到坤宁宫时，见到的就是这一幕。

在场所有侍卫、宫人都赶忙跪地接驾，唯独朱贺霖拎着把滴血的腰刀，于熊熊火光中鸷然回顾，满面厉色，显出几分鹰视狼顾之相。

景隆帝一拍龙辇扶手，沉声喝道："太子！"

朱贺霖身躯一震，如梦初醒般，腰刀落地。

面前是火海，地上是血泊，皇帝沉痛地闭了闭眼，下令："全力救火，勿使迁燃其他宫殿。涉事人等，全部拿下，交由司礼监提督太监，待审明情况，按律惩处。"

停顿了一下，他又道："太子，随朕去养心殿。"

坤宁宫烧得面目全非，宫人彻夜灭火，喧嚣不断。毗邻的乾清宫不得清净，皇帝便移驾养心殿暂住。

朱贺霖低头站在殿门外，浑身烟火味，石榴红色曳撒下摆上溅染着斑斑血迹。

皇帝深吸口气，说："去沐浴更衣，把自己收拾干净了，再进来回话。"

内侍领着太子去偏殿。

一刻钟后，朱贺霖换了一身常服进殿。

景隆帝坐在罗汉榻上，手肘支着炕桌，指尖用力揉捏眉心。朱贺霖往他面前一跪，红着眼眶，哽咽道："父皇……"

皇帝闭着眼，没有搭理。

朱贺霖哀哀地又唤了声："父皇。"他膝行向前，手中紧攥住龙袍下摆，放声大哭，"父皇，母后没了，所有东西都没了……"

皇帝长长地叹了口气，声音里带着疲惫："起身吧。"

朱贺霖不肯起来，犹自伤心："连一片纸、一支钗都没留下，将来儿臣思念母后时，又该如何自处……"

皇帝道："你还是想想，经此一夜，东宫残暴之名传至朝堂内外，你该如何自处吧！"

朱贺霖第一次杀人，心中却丝毫没有惧意，含泪望着皇帝，反问："他们不敬母后，玩忽职守，难道不该杀？"

"就算该杀，也得依律来杀。的确，内侍不比外臣，说是家奴也不为过，但自古以来，除了暴君，几曾见天子或是储君亲手杀宫人？还连杀三人，有没有点为君的体面？你哪怕叫侍卫，将他们杖毙当场，也好过亲自动手。"

景隆帝摇摇头："杀几个犯错的下人事小，坏了心性事大。更麻烦的是，万一有人借此大做文章，用'上天有好生之德，太子残暴失德'的帽子来压你，一顶压不动，十顶、二十顶，百人千人，众口铄金，你又该如何自处？

"今夜之事，你太冲动了！"

朱贺霖这才觉察出不妥来，但悲恸情绪依然在心底蔓延，仿佛再次失去了母亲一般，只乖乖听训，不说话。

景隆帝俯身向前，拍了拍他的脑袋："你母后生前，以心地仁慈、善待宫人著称，而今你却让鲜血染红了她宫殿前的白石地面。她在天有灵，见此一幕，会如何想你？"

如此一问，朱贺霖方才羞愧难当，悲声大哭："母后，儿臣让你失望了……"

景隆帝等太子哭完一阵，才淡淡道："明日，你去太庙，去你母后灵牌前跪着，好好想明白，何为君王之道。"

他挥挥手，示意太子回去。

朱贺霖抽噎着，顿首告退，离开养心殿。

殿内只余皇帝一人。片刻后，蓝喜轻手轻脚地走进来，小声叩问："皇爷，汤池备好了，是否沐浴更衣？"

景隆帝闭目靠在垫子上，低声道："朕头疼。"

蓝喜心下一凛：皇爷素有头疾，一年要发作几次，但这次与上次大发作才间隔不到一个月，是前所未有地密集。而且，皇爷看着清雅平和，实则心性坚毅，哪怕疼得厉害时痛不欲生，也几乎不出声示弱。看来今夜太子所作所为，对他震动很大。

蓝喜上前，轻巧摘下冠帽，一边为皇帝按摩头部穴位，一边轻声劝解："小爷因坤宁宫被烧毁而发怒，实乃出自一片孝心，杀几个犯错的宫人，也是他们该当的，皇爷也别把这事看得太重了……您不是说过，小爷颇有先帝年少时的风采，先帝可是十岁就亲手杀过劫匪，就连豫王殿下，也是十二岁就上阵杀敌。小爷过年十五，血气方刚，杀人而面不改色，实为勇武——"

"别说了。"皇帝喝止。

蓝喜连忙告罪："是奴婢多嘴。"

皇帝沉默片刻，说："是朕这十几年来溺爱太过，没有好好锤炼他的心性。"

蓝喜不敢接话。

皇帝又道："宝剑锋从磨砺出，梅花香自苦寒来。"

蓝喜眼珠一转，说："梅花香归香，却不能入药。苏少卿曾献了个方子，说用白菊花煎水熏蒸头部，能大为缓解头疼，皇爷要不要试试？"

"苏晏进的方子？"皇帝缓缓出了口气，"试试吧。"

朱贺霖走到端本宫门口，忽然停住脚步，思索片刻，折向午门方向走去。

富宝气喘吁吁地追了上来，问："小爷要去哪里？"

朱贺霖红肿着双眼，说道："这事有点不对劲……我要去找苏晏。"

"可眼下已经四更，圣驾回宫，宫门下钥了。要不，等天亮再出宫？"

"天亮我就要去跪太庙，还不知父皇会罚我跪几天。不行，我现在就要见他！"

富宝知道太子一旦拿定主意，谁也劝不动，只得妥协："宫门钥匙在司钥长手中，没有圣命难开宫门。要不这样，奴婢就在门旁守着，等天亮一开门，奴婢立刻去找苏大人，请他去太庙见小爷？"

朱贺霖想来想去，没有更好的办法了，只好点头说："行。"

此刻的永宁宫，卫贵妃站在廊外台阶上，遥望坤宁宫方向，对着久未熄灭的火光露出艳丽笑容。

"这真是……元宵最美的一场烟花。"她娇声笑道。

因为皇宫失火，圣驾匆匆回宫，把苏晏落在了城楼上。苏晏朝火光的方向望了片刻，脚步匆匆地下了台阶。

广场上依然张灯结彩，短暂的骚动后，人群又恢复了原样。毕竟对普通民众而言，皇宫实在是个遥不可及的存在，即便发生火灾，也自有官兵们会处理。

苏晏走了十几步，忽然看见沈柒站在不远的灯火阑珊处，目光穿过人流投注过来。

这目光是夜色中的一盏孤灯、灯火中的一点寒影，苏晏下意识地快步迎上去，唤道："七郎，我在城楼上看见皇宫失火，你可知是哪座宫殿？"

沈柒道："目前尚不清楚。"

这火为何起得如此凑巧……苏晏注视沈柒，目露询问之色。

沈柒微微摇头，表示此事与他无关。

既然沈柒说不是，那就不是。宫殿由木料搭建，本就易燃，今夜又四处灯火，也许真是意外。

苏晏与他并肩而行，往金水桥方向走出广场，边走边谈事："听说你这几日都在追查八瓣血莲印记，可有收获？"

沈柒道："因为涉及隐剑门刺客，怀疑与江湖门派有关，北镇抚司将之与各门派的徽记逐一做了对比，几个图案近似的，经过调查都排除了嫌疑。目前尚无头绪。"

"或许……不是江湖门派呢？"苏晏思索后道，"阿追前几日对我说了些隐剑门与七杀营的旧事，我觉得那七杀营很值得琢磨。"

"怎么说？"

"隐剑门向天下广收弟子，多是无路可走的贫民与遭逢灾难变故之人，初步培养后，送入七杀营，再通过层层筛选，留下战斗力强的，淘汰弱小。那些通过考验留下来的隐剑门弟子，在训练中被磨灭人性，最后成为唯命是从的杀手，只受七杀营的操纵。"

沈柒领悟了他的意思："隐剑门只是爪牙，七杀营的营主才是幕后主使。"

苏晏点头。

"那么血莲印记，是否就是这些杀手之间互相联系的标志？倘若抓到了潜逃的七杀营营主，就能知晓其目的与势力，将之连根拔起。"沈柒顺着他的思路推进。

"只怕没那么简单。"苏晏轻叹口气，"我怀疑主使之上，还有主宰，那才是核心人物。主宰者隐身黑暗，能量巨大，拥有着极高的智慧与控制力，而七杀营不过是他更方便地操纵各个势力的工具。"

"谁是主宰？"沈柒问。

苏晏把双手一摊：“阿追连七杀营营主长什么模样都不清楚，更别提营主之上的人了。他说营主常年一袭红袍从头披到脚，戴着青铜面具，连手指尖也裹在黑革手套内，说话声音雌雄莫辨。”

"若是放荆红追回去，还能找到七杀营的驻地吗？"

苏晏忽然停下脚步，对沈柒正色道："我不会让他去的。"

"为何？"沈柒面上平静，将手背在身后，用力握紧了拳头。

"第一，朝廷剿灭了隐剑门，至今仍在通缉余孽。七杀营与隐剑门关系密切，不可能还安稳自处，我认为七杀营目前的处境比隐剑门更危险。"

沈柒接口："狡兔三窟，七杀营或许另有暗藏的驻地。荆红追毕竟出身其间，让他去找，说不定能混在余党里潜进去，找出营主的行踪。"

苏晏坚决地摇头："七郎，恕我不能同意。诚然，这个方法很有效。用最小的牺牲换取最大的利益，是你沈柒的风格，却不是我的。

"我要说的第二点就是，对我而言，阿追不只是侍卫，更是生死相依的家人。我不会把他当作工具来使用，明知前路凶险，仍差使他为我去卖命。这违背了我做人的原则。"

"一个穷途末路的草寇、被朝廷通缉的余孽，也配做你家人！"沈柒咬牙追问，"你真要为了这个所谓的'做人原则'，把大好前程搭进去？"

苏晏深吸口气，郑重说道："易地而处，倘若出身隐剑门的是你沈柒，无论谁向我提这个要求，要牺牲你来换取我的前程，我也绝不会同意。"

目光闪动间，沈柒松口道："既然你不同意，我也只能另想办法。荆红追不是还有个师弟吗？"

苏晏点头："浮音。阿追正盯着他。我估计，指使浮音的那个人，即便不是营主，也与七杀营关系匪浅。一旦顺藤摸瓜找到那个人，就可以将他们一齐抓捕归案。"

说话间，两人已经走出了大明门，来到内城中轴线的正阳门大街上。

"四更天了，一夜未眠，早点回家歇息。明日午后开衙，我再不调整作息，怕后天凌晨爬不起来，早朝迟到要挨廷杖。"苏晏打趣道，"不过七郎应是无此担忧，毕竟都察院都传遍了，说你连年假都不休，是一等一的勤勉官员。看来沈义士要改叫沈劳模了。"

劳模是何意？沈柒笑笑，没有追问，把北镇抚司停在街口的马车叫过来，送他回家。

苏小北和苏小京逛完灯会，早已回到家中，为自家大人准备好了洗沐用的热水，铺好床铺。荆红追却还没回来，不知是盯梢浮音，还是去打探上次说的那家青楼了。

苏晏迷迷糊糊睡了没多久，就被敲门声惊醒。

富宝的声音在门外响起："苏大人，苏大人！"

苏晏连忙披衣下床，走去开门。门外，站着苏小北和一身便服的富宝。

苏小北面色为难:"我跟富宝公公说了,大人才睡下一个时辰,可他非要——"

"无妨。"苏晏转而问富宝,"可是太子殿下找我?"

富宝点头,焦急道:"小爷被罚去跪太庙,嘱咐奴婢宫门一开就来找苏大人。"

"发生什么事了?"苏晏忙问。

富宝压低了嗓音答:"昨夜一把大火,把坤宁宫烧了!"

"坤宁宫!"苏晏一惊,"那不是先皇后的……"

富宝红着眼眶点头:"是。小爷当时就发作了,要冲入火场去抢救先皇后的遗物,还好被内侍们死死拖住。审问得知是坤宁宫的宫人擅离职守,偏偏守铁缸炭火的内侍又睡着了,门海冻结取不了水,才导致火灾难救,整座正殿付之一炬。小爷一怒之下,亲手连杀三人。后来皇爷到场,把小爷带去养心殿,不知说了什么,就罚他今日去跪太庙,也没说要跪多久。"

苏晏倒吸了一口气:"这事儿不对劲,巧合太多,又明摆着是冲太子去的。我这便去太庙见小爷。"

富宝道:"马车就停在门外,外头冷,大人多加件披风。"

苏晏穿戴整齐后,离府上了马车,朝太庙疾驰而去。

第五章

弈者

天色阴沉沉的，下起了鹅毛大雪。雪花在天地间纷纷扬扬，蔽人视线。

马车停在太庙大门外，苏晏身披大氅，将风帽遮住头脸，走下车，不多时头顶与肩头立刻落满了雪。

富宝打起伞为他遮雪。

苏晏伸手掸了掸肩头落雪，接过油纸伞，遗憾道："这场大雪下得真不及时，若是昨夜下就好了，也能阻一阻坤宁宫的火势。"

富宝点头叹息："是啊，好多事总是这么阴差阳错。"

他取东宫腰牌给守门的侍卫验看过后，自己打了把伞，与苏晏一同穿过琉璃门、玉带桥、戟门与殿前广场，直接前往供奉历代帝后神位的中殿。

太庙属内府神宫监管理，设掌印太监一人，其他内侍十余人。因为雪下得太大，这些内侍都躲在奉祀署里烤火，留两个轮值的，站在中殿的殿门外把守，负责给奉旨受罚的太子送三餐。

富宝给两个看守内侍塞了点银子，打发他们回避，随后推开殿门，招呼苏晏进来。

偌大的殿内，只在神位前燃了一个炭盆，朱贺霖跪在炭盆旁的蒲团上，抬头怔怔地望着孝惠慈皇后的神牌发呆。

苏晏脱下大氅抖了抖，随手交给富宝，走上前轻唤一声："小爷。"

朱贺霖回过神，没有转身，用手胡乱抹了几把脸，擦拭干净残留的泪痕："你来了。"

苏晏从旁拖了个蒲团过来,在他身边跪坐:"事情原委,富宝都告诉我了。"

朱贺霖深吸着气,极力平息痛哭过后的颤音:"昨夜咱们一起挑的那些花灯,如今连挂的地方都没有了。"

苏晏叹气,伸手揽住太子的肩膀,什么也没说。

"清河,我心里难受……"

"我知道。"苏晏拍抚太子的后背。

"我心里难受,不仅因为失去了母后住过的宫殿与所有遗物……更因为我不是个称职的太子,让母后的在天之灵失望了。"

朱贺霖的身躯颤抖得厉害,这个虚岁十五的少年,第一次感受到自己心底深藏的孤独与惶惑。

厌学好玩、任性恣肆,这些毛病其实朱贺霖自己都清楚,但他不想改,不想被礼制的条条框框约束,不想学父皇那样严以自律。他身在太子位,却不爱称孤道寡,即使经历过刺杀险死还生,心思与行事成熟了许多,本性依然是跳脱而不羁的。

一方面心知身为太子,一举一动不仅代表自己,更代表皇室的威仪与体面;另一方面又不想让真实的自己,被重重压制在威仪与体面的巨石之下。为此而生出的矛盾与烦闷,掩盖在飞扬骄纵的性情里,轻易不肯示人。

此刻他卸下属于储君的坚强和骄傲,像个寻常少年,向苏晏倾诉着内心深处的痛苦。

苏晏轻拍着少年肩背上逐渐丰隆的肌肉,诚挚地说道:"如果把'太子'当作职位,你的确不完美,甚至够不上贤良的标准,但你比任何一个努力经营贤良名声的太子都更加真实,更加有血有肉。

"先皇后圣灵,我无法猜测她心中所想。但我可以告诉你,朱贺霖,我从未对你失望过。我选择登上你这艘船,不仅因为私交情分,更因为我认定你是下一任的明君,能继续成就大铭盛世。你有远见,有才能,有勇气,欠缺的只是对心性的打磨,以及处事上的历练。

"我把身家性命押在你身上,并不意味着我是个孤注一掷的赌徒,而是相信自己的眼光——顺道厚着脸皮说一句,我看人的眼光向来都很准。"

朱贺霖眼眶潮湿,浑身肌肉都因为他这番话而紧绷,肺腑热血连带一颗炽烈的少年赤心,都似乎要从胸腔里跳出去。

"清河……"他哽咽道,"你真的相信我……能成就你心目中的太平盛世?"

"当然!"苏晏毫不犹豫地回答。

朱贺霖不断抽泣着,过了一会儿推开他,用袖口使劲擦了几下脸,郑重说道:"你跪好,对着我母后。"

苏晏不明所以,但仍依言,朝先皇后的神牌端端正正地跪好。

朱贺霖整了整冠帽与衣裳，与苏晏并肩跪着，对着神牌虔诚说道："母后，您看到我身边的人了吗？他叫苏晏，是我在这世上，除了父皇之外最重要的人。他信任我，关心我，情愿把性命前途都托付于我；而我也信任他，倚重他，想要竭尽全力实现我们共同的心愿。我誓与他永不相负，请母后做个见证！"

他转头命令苏晏："给我母后磕头，磕三个。"

苏晏脑子还有些发蒙。朱贺霖这番话，听起来情真意切，甚至可以称之为感人，可问题是——未来天子永不相负的誓言，哪里是那么好承受的？怕只怕此刻储君的少年血有多热，将来自己的权臣之血洒出来就有多凉。

朱贺霖恼他踌躇，瞪他道："快点，磕头！"

苏晏被催不过，双手按地，向神牌磕头。

朱贺霖脸色认真严肃，与他同起同落地磕了三个响头，而后一眨不眨地端视他："清河，此后你我便是性命一体，凡事你尽可以对我畅所欲言，不必有任何避讳。"

苏晏颔首："那我就直说了。昨夜小爷在火场亲手杀了三个宫人，绝非明智之举，但情有可原。事情既然已经发生，追悔无益，如今我们要考虑的，是它可能会造成怎样的后果，尽量做最坏的打算，才能想出最佳的应对之策。"

朱贺霖道："父皇昨夜也说过，杀几个犯错的下人事小，坏了心性事大。万一有人借此大做文章，说我残暴失德，不配太子之位，众口铄金，难免动摇东宫。"

"冰冻三尺，非一日之寒，想要扳倒东宫，光是拿这件事做文章，还远远不够。对方也知道这一点，更有可能是要造势。"

"造势？"

苏晏膝盖在蒲团上跪得痛，忍不住挪了挪。朱贺霖忙拉他盘腿坐下，听他继续说道："对。小爷想啊，文官之中尤其是几位太子太傅，对你有微词已经不是一天两天了，说你顽劣不爱读书，怕将来难担重任，是不是？"

朱贺霖点点头，又有些不爽："那些太傅讲学的确很枯燥啊，也不能全怪我。"

"关键不在这里，在于他们担心你难担重任。换句话说，江山社稷这个重担，他们早已默认你将来要去担，只是想进一步地匡正你、改造你。尤其是太子的老师们，皇爷替你选择了吏部李乘风李尚书、礼部严兴严尚书与内阁大学士杨亭，实是用心良苦。"

"有什么讲究？"

"吏部实权第一，礼部最为清贵，而杨大学士是内阁的中坚力量，又与李尚书走得近，这三位是朝堂重臣里的半壁江山啊！这些人如今担任太子太傅，等你将来登基了，他们便是太傅，位列三公，哪怕为了自己前程，也会力保你的储君之位。"

朱贺霖琢磨着，再次点头："的确，李太傅和严太傅骂我骂得最狠，但我听得出来，都是因为他们恨铁不成钢。不像某些言官御史，听着轻飘飘的几句，却是把我往污泥里贬低。"

"所以啊，小爷如今更该担心的是朝堂外，是民心。我这次回京，在市井间听了不少流言，像是有人故意传播，意在造势，坏小爷的民心根基。昨夜那件事，倘若再被有心人利用，只怕以讹传讹，越传越离谱，就不止是杀三个犯错的宫人了，而是杀三十个、三百个，虐杀，先奸后杀，怎么猎奇怎么散播。"

朱贺霖震惊："百姓们又不是没脑子，难道会相信如此离谱的造谣？"

苏晏笑了："小爷太低估人们对流言的热衷了。"

"倘若民间流言纷纷，愈演愈烈，朝堂部分官员受其怂恿、受利益驱使，亦上奏攻讦太子，甚至请陛下择贤而立，小爷该如何应对？"苏晏问。

朱贺霖猛一拍地板，怒道："他们有这么大的胆！不怕小爷发难，难道不怕惹怒父皇，一人赐一百廷杖，打死了事？"

"可有些言官头铁得很，巴不得来顿廷杖，好青史留名。"

"立长不立幼，立嫡不立庶，这是惯例，怎会轻易改变！"

"对，不会轻易改变，但不意味着绝对不变。他们一次扳不倒你，就一次又一次抓你的把柄，三天两头闹腾，皇爷不烦吗？不会觉得力不从心吗？万一太后也来插一脚，你觉得她会支持谁？是她不待见的先儿媳妇生的不待见的大孙子，还是亲外甥女生的宝贝二孙子？"

富宝在角落里听得心惊肉跳，暗自跺脚，恨不得冲过去捂住苏晏的嘴：苏大人哪！小爷让你畅所欲言，你还真的什么都不忌讳！这种话能说吗？莫说扎小爷的心，惹他发怒。万一被人听见，往太后面前一传，你有几个脑袋可以砍啊！

太后的偏心戳中了朱贺霖的难堪之处，一瞬间他涨红了脸，几乎要横眉怒目，但最终只是倾身过去，用力捂住苏晏的口鼻，低声道："我知道严重性了，好清河，你以后莫再拿自己的性命风险给我开窍，我是真怕了你了！"

苏晏抓住他的手背挪开，喘气道："开窍了就好。"

朱贺霖也在喘，是替他紧张的："你说，你说我该怎么做，都听你的。"

"我只是沿着这条线推算下去，说最坏的结果，但眼下形势还没到那份上。"苏晏在说话间，心中渐生出了主意，微微一笑，"他们想在'暴'这一字上做文章，我们也在另一个字上做，看谁的文章更花团锦簇，更打动人心。"

他贴近朱贺霖耳边，轻声细语……

朱贺霖听得双目圆睁，连连点头。

苏晏说："兵来将挡，水来土掩，就算挡住了，我也嫌被动。先把这事摆平，等日后找机会，咱们也主动出击，狠狠搞他们一下！"

朱贺霖一拍大腿："我知道接下来该怎么做，你放心，小爷能文能武，能屈能伸。"

苏晏这才放心，起身揉了揉膝盖："那我先走了，你继续跪吧。"

他从富宝手中接过大氅，重新披回身上，头也不回地走出太庙。

"听说了吗，宫里那事，就在元宵夜……"

"太惨了！那叫一个尸横遍地，整座广场全都被血染红了。据说好些小宫女死的时候，衣衫都是烂的……"

"真得不能再真。老婆子邻家表亲的侄子就在宫里当差，亲口说的。说那位太子爷啊，年纪不大，气性不小，一言不合就杀人，暴虐得很哪！"

"不仅暴虐，还顽劣不堪，不读圣贤书，见天儿胡闹，尽跟着宫女太监、武师伴读厮混。你们说，那位日后要是登基了，咱们老百姓的日子能好过？"

"万岁爷那么英明，怎么就生出个这样的……"

"好竹出歹笋嘛。再说，也不一定全是这样的，不是还有个二皇子吗？指不定能胜过这个。"

"那肯定胜过啊！毕竟比这个更暴虐荒淫的也不好找了，夏桀、商纣、周厉、秦二世，再加个赵王石虎，一只手数过来，没了。"

"嘘嘘嘘，都小声点，不要命了？就算不怕被官老爷听见，难道还不怕锦衣卫的番子？"

"升斗小民看天吃饭，刮风下雨打雷都得受着，说再多有什么用，散了散了。"

街头巷尾，散布着诸如此类的流言，民众口口相传，窃窃私语，成了他们茶余饭后的谈资。

不过两三天，流言几乎传遍了整个京城，就连官员家中的下人都忍不住互相闲话几句。

不少朝臣开始坐不住了，尤其是负责纠察百司百官、规谏皇帝的言官们。

言官，又称"风宪官""科道官"，是从文官中甄选出介直敢言、学识突出、通晓政务的，担任都察院御史和六科给事中。

这些人官职不高，俸禄更少得可怜，只生就了一口铁齿铜牙，秉持的是"国而忘家，忠而忘身"，追求的是"臣言已行，臣死何憾"。从中央到地方各级衙门，从皇帝、宗室到百官、百姓，从国家大事到社会生活，都在他们的监察和言事范围内。

坤宁宫大火，太子连杀三名宫人之事，巡城御史们于次日知晓，还在打听内情，城中民众便已物议如沸。

这下再不出动，岂不是显得他们比普通百姓还要迟钝？于是在正月十七，新年初的朝会上，都察院右佥都御史贾公济，打响了向太子开火的第一炮。

——对，就是这位贾御史，曾经揭发过东宫私藏小黄书，还落井下石弹劾过前锦衣卫指挥使冯去恶，虽然真正目的在于刷声望，冀求青史留名，但客观上的确助了苏晏一臂之力。

若是以为有了这点交情，贾御史就会在朝堂政事上给苏晏面子，那就大错特错了。他还巴不得苏晏，甚至更多的官员也搅和进这件事里，好扩大他的炮轰目标。

故而苏晏根本就没想找他私下沟通。

贾御史上疏，矛头直指太子，指责他顽劣怠学，行为暴戾，草菅人命，无好生之德。

顿时好几个御史附和，要求太子的老师们须对东宫严格管教，詹事府对太子学业勤加督促，恳请皇帝依律申饬惩戒，以安民心。

景隆帝没有立刻表态。

身为太子老师的礼部尚书严兴和内阁大学士杨亭此刻出列，替太子扳回一城。说宫人玩忽职守，导致坤宁宫正殿付之一炬，按律当斩。太子因先皇后宫殿与遗物烧毁，震怒杀之，算不得草菅人命。至于顽劣怠学，旧曾有，这半年来已经长进许多，何以不看现下只记从前？

又有官员跳出来上疏，说太子行事恣肆，视朝廷规矩、祖宗礼制如无物，引发民间非议，有损圣上名声。太子必须写罪己书，以谢天下。

吏部尚书李乘风反问，自古君王下罪己诏，无外乎三种情况：君臣错位、天灾降临、政权危难。太子为储君，当类同于此，那么究竟是触犯了这三种中的哪一种，必须写罪己书？

双方言辞交锋，好一通唇枪舌剑。

"……这些都是奴婢在奉天门亲耳所闻，朝会刚散，奴婢就赶紧过来禀报小爷。"

太庙的中殿内，富宝气喘吁吁地对朱贺霖说。

朱贺霖跪在蒲团上，仰头望着先皇后的神牌，听富宝描述朝会上部分官员，尤其是言官们对他的抨击，并未像往常那般气得跳脚，而是喃喃道："清河说得对。"

"什么？"

"清河说，别看李尚书、严尚书他们平时骂我骂得狠，可关键时刻会站出来替我挡枪的，还是他们。"

富宝挠了挠额角："这倒是真的。包括市井间的流言，奴婢也着人去打听了，的确也如苏大人所料，越传越离谱。连奴婢都听不下去，更不想转述给小爷知道，恐污了尊耳，还望小爷恕罪。"

朱贺霖冷哼一声："背后有人推波助澜，自然越传越离谱。"

"那该怎么办？不能任由他们败坏小爷的名声呀！"富宝急道。

朱贺霖没有回答，反问："朝堂上刀来剑往，父皇如何处之？"

富宝想了想，答："皇爷泰然处之。无论谁说话，他都不表态，最后把各方上的奏本一收了事。"

"不交议也不批答，留中不发。父皇对以前那些弹劾四王叔的奏本，也是这么处置的。"朱贺霖用力抿了抿嘴角，"父皇能泰然处之，小爷也能。"

他拿出一个信封，递给富宝："你跑趟苏府，把这个交给清河，就说小爷无须人'捉刀'，自己写好了。"

富宝没有多问，将信封郑重收入怀中，告退。

朱贺霖转头望向搁在身旁的矮几，上面摆放着湖笔与厚厚的一沓宣纸，并一碟朱砂、一碟金粉，还有一个没有墨条的空砚台。

愣怔片刻，他从袖中抽出一把匕首，刺破左手指尖。

鲜血当即涌出，用力挤压之下，一点点注入砚台中。

眼看砚台盛血过半，朱贺霖停住挤压，用布条包扎好手指，又往砚台里调入朱砂与金粉，磨成均匀的殷红色。

然后他以笔蘸之，在宣纸上用梵语端正地写下第一句：

"如是我闻。一时佛在忉利天，为母说法。"

《地藏本愿经》，记载了释迦牟尼佛为母亲摩耶夫人说法，赞扬地藏菩萨"地狱不空，誓不成佛，众生度尽，方证菩提"的宏大誓愿。

先皇后信佛，曾留下一本用梵语写就的地藏经，在那场坤宁宫大火中灰飞烟灭。

朱贺霖未必信佛，却因效仿母亲而自学了梵语，精通程度不亚于能翻译天竺经书的僧侣。

刺舌血或指尖血，拌朱砂、金粉为墨。血液容易干结，便须时刺时写，伤痕累叠；为使墨色不发黑，便须禁食荤腥与盐，身心两净。

如此呕心沥血，诚意书写——是为"血经"。

书房内，苏晏接过信封，对富宝道："富宝公公辛苦了，回去照顾小爷吧。剩下的交给我了。"

富宝对信封里的东西很是好奇，虽然没有问出口，心思却写在眼神里。

苏晏笑了笑，说："过一两日你就知道了——不只是你，所有人都会看到。"

富宝走后，苏晏打开信封，展开内中三张纸页仔细阅读。看完后，他慨叹道："字字椎心泣血。果然，再多的华丽辞藻，都比不上情真意切更打动人心啊。"

他走到书桌旁，将自己熬了一宿，参考了不少名家名篇，搜肠刮肚写的玩意儿三两下撕成碎片。

祭文体，本以用韵为正格。士大夫们所写的上台面的祭文，无不铺排藻饰，合韵合律。

但只有真正至痛彻心，不能为辞，方才不顾任何格律，变调为散体，使全文有吞声呜咽之态，无夸饰艳丽之辞。

万千文字，唯"情"字最为动人。

再怎么骈四俪六，也抵不过一句"庭有枇杷树，吾妻死之年所手植也，今已亭亭如盖矣"。

苏晏忍不住又读了一遍太子亲手写给先皇后的祭文，句句血泪，感人肺腑，写尽了幼年失怙的惶恐不安，以及对母亲无尽的痛悼与哀思。

其中梦回坤宁宫火场，与母亲亡魂的对话，边诉边泣，吞吐呜咽，交织着悲痛、自责、悔恨之情，格外具有震撼人心的力量。更难得的是，通篇没有任何艰深晦涩之处，用词直白平易，就连普通民众也能看懂。

——实在太优秀了！苏晏好不容易从代入感中挣脱出来，拍案大赞：小朱同学，你哪里是不会念书，不通文墨，你是平时根本没用心啊！

他把祭文折好，往怀里一揣，当即出门，去拜访同年好友崔锦屏。

崔锦屏高中状元后，照惯例于翰林院担任修撰一职。修撰为从六品，主要职责为掌修国史实录，进讲经史，草拟有关典礼的文稿。

他自诩才高八斗，做这等文牍差事十分浪费，故而一直想谋条出路。

曾经苏晏在殿试上因为一个对子，误打误撞得了皇帝的青眼，又与太子混得来，一跃而上成为从五品的洗马，后来扳倒了冯去恶，升任正四品大理寺少卿。崔状元对此羡慕有加，还向他请教过如何在官场出头。

苏晏让他去找"天线"。

崔状元得此点化，犹如枯木生花、顽石开窍，先是拜访了对他的策论十分欣赏的翰林院侍讲魏学士，又借魏学士的门生身份，搭上了吏部尚书李乘风这艘大船，终于得了个通政司参议的举荐，升为正五品。

通政司不如翰林院清贵，却是实权部门，负责内外章疏、臣民密封申诉等事项。

简单说来，就是拥有汇总来自地方官和京官们的奏本，整理后在早朝上统一呈给皇帝的权力。这是朝廷政治信息的一个重要中转站。

同样，经过内阁议定与皇帝批复的奏本，也由通政司与六科共同公开发抄，供在京各衙门互相传报。并选取其中重要的内容，如皇帝的谕旨、皇家各类消息、官吏的任免、臣僚的章奏，等等，制作成邸报发行。

这些邸报，再经由各地派驻京师的提塘官长，二次抄送，快马发往各省，进一步传至府县，让所有地方官员都能看到。邸报到了地方，传抄的人更多，不只是官员，就连乡绅子们也都争着传阅。

苏晏打的就是邸报的主意。

进了通政司衙门，他长驱直入找到崔锦屏。

崔锦屏见同年好友来拜访，大喜，拉着苏晏泡茶闲聊，又感谢了一番他的提点。

苏晏笑眯眯地问："崔参议如鱼得水乎？"

崔锦屏从来不惜锋芒，就实答："憾池子仍太小，不足以'龙跃金鳞终有时'。"

这是他在恩荣宴上作的诗。

另外两位作诗的一位榜眼与一位探花，都一诗成谶。

一个"独倚危楼最上重"——在东苑的高楼上遭人刺伤，摔死了。

一个"冷月千江照影空"——被刑部定性为畏罪自尽，空来人世一场。

崔锦屏唏嘘的同时，不免生出了点匪夷的念头，觉得自己也能一诗成谶。

由此看来，人活着就得有鸿鹄之志，奋翅鼓翼，小家与清高之态均不足取——他这么想着，也这么表现出来。

苏晏颔首："状元郎有奇志，我不及你。"

崔锦屏十分受用。

苏晏又说："我这里有个效力东宫的机会，你要不要试一试？"

"东宫？"崔锦屏对坤宁宫失火一事与市井间的流言也有所耳闻，今日朝会的争吵，他在奉天门看得一清二楚。

平心而论，他并未觉得太子做得多过分，顶多就是有失体面，而言官们那样组团狂喷的场面，令他很是错愕。

那可是储君，未来的天子！你们这么紧咬不放，能得什么好处？触怒皇帝不说，将来太子继位，第一个清算的就是你们！崔锦屏在心里呐喊，甚至也想出列插一脚，刚挪动脚步，就被顶头上司通政使察觉了，把他狠狠瞪了回去。

崔锦屏不服，觉得浪费了自己的政治才华。

没想到，机会拐个弯，又上门了。

"对，就说你想不想要？"苏晏问。

崔锦屏想了想，反问："为何不要？"

苏晏出于朋友之义，提醒："你可想清楚了，这事你一掺和进来，就不能再独善其身。"

崔锦屏大笑："我要什么独善其身！恨不得翻云弄雨呢。无风无浪，何显吾能？"

苏晏对他的傲言只是笑笑，取出信封递给他。

崔锦屏抽出纸页，细细阅读，良久后拍案叫道："写得好哇！"

"能得状元郎赞一声好，那就是真好了。"苏晏说，"不知这么好的祭文，又是出自东宫，邸报能不能抄录刊载？向天下发行？"

崔锦屏权衡片刻，铿然道："能！"

苏晏起身拱手："全赖崔大人了。"

崔锦屏握住他的手，感激道："清河兄何必客套。你我既是同年，又是志向相投的好友。你待我从来慷慨，无论是东宫的赏赐，还是升迁的机会，都想着携我一程，我当然也要识时务，方不负你一片苦心。"

苏晏笑道："屏山兄言重了。此后咱们互相帮衬，也好在各路东西南北风中站稳脚跟。"

崔锦屏雷厉风行，立刻命人刻印雕版，准备将这篇祭文刊载于最新一期的邸报上，后日便可以发行。

苏晏与他又寒暄几句后告辞，转去刚开衙的大理寺点卯，算是开始了新一年的工作。

春节余韵未尽，大理寺官署里一脉懒散气息，主官关寺卿主持过开印礼，象征性地训示完属下后就走了，不多时官吏们也开始一个个溜号。

左少卿闻征音来找苏晏寒暄，态度很是热情，明里暗里打探宫中事，套话技巧极为高明。

苏晏本就觉得与对方气场不合，更兼沈柒提醒过他，说此人口蜜腹剑是个伪君子，于是暗自警惕，尽拿些无关痛痒的话打哈哈，笑容满面，倒显得比对方还热情。

闻征音套来套去，什么有用的信息都没得到，也知道苏晏不是省油的灯，便假笑着告辞了。

苏晏应付完不喜欢的同僚，心情不太好，就想着见个喜欢的同僚换换心情。

他去了北镇抚司。

至于"四大金刚"，已经由明目张胆地跟随改为暗中保护。因为苏晏说，年假结束了，官署间走动频繁，他一个普普通通的四品京官，老让御前侍卫跟着，影响不好。

眼不见为净。加上与沈柒几次接触，皇帝那边也没什么反应，苏大人的胆子不自觉地开始肥起来。这不，一进北镇抚司，大堂也不坐了，他就直奔沈同知的廨舍。

他的马车刚到街口，沈柒就知道了，这会儿香茗沏好，果脯也摆好，就等着他上门。

苏晏罩了一件新做的绀青色披风，用霜后收干的盆栽小葫芦做披风纽子，显得格外别致。进屋后，火盆烧得暖和，他脱了披风挂在衣架上，笑吟吟地对书案后的沈柒说道："沈大人忙着呢？"

沈柒阴阳怪气道："不比苏大人忙，几处地方连轴转，最后才想到鄙衙，拨冗前来一见。"

苏晏早已对他的阴阳怪气免疫，自顾自地把果盘里小金橘的皮都啃了，用湿帕子擦完手，说道："你消息灵通，自然知道我这几日在忙活什么，想问问有没有相关情报。"

沈柒答："情报有，却不是免费的，拿什么来换？"

"春节开销大，俸禄都花光了，暂时没钱。"苏晏用商量的语气问，"能不能先赊着？"

沈柒做一脸凶恶状打量他，目光仿佛能穿透金石，叫苏晏不由得瑟缩了一下。

"行，先赊着，日后我连本带利讨回来。"

苏晏把屁股下的凳子往后挪了挪，干笑着等他说。

"坤宁宫的宫人全部被下了司礼监的刑房，由提督太监亲自拷问，不过听说并未审出什么幕后指使来。"沈柒说。

苏晏想了想："我不相信这是一场单纯的意外，只能说，幕后之人操作手法了得，没有留下痕迹。这些宫人只是被利用，并不知内情。"

沈柒颔首："提督太监也是这么禀告的。于是皇上下令，将元宵夜擅离职守的坤宁宫宫人，包括守炭火的两个内侍，全部杖毙。"

苏晏"咝"地吸了一口气，慢慢吐出，有些不忍地皱眉，却没说什么。

"朕这么做，是不是太狠心了？"景隆帝问。

蓝喜深深弯下腰："皇爷这么做，自然有皇爷的道理。更何况那些人本就犯了宫规，确实该严惩。"

皇帝一手端茶盏，一手执杯盖，轻推浮叶："你啊，跟随朕这么多年，还是只知逢迎，不知朕的用心。"

蓝喜抬头，表情恭敬，眼神里竟透着些心疼："奴婢知道，这都是为了小爷。皇爷下令杖毙，就等于给他们定了个罪无可赦，那么小爷杀其中三人，也算是明正典刑了。"

皇帝叹道："其实，朕从来就不是什么宽仁之君。此时此刻，朕也只不过是个父亲而已。"

蓝喜道："皇爷御极十五年，勤政爱民，优待臣子，天下人所公认。但天子毕竟是天子，不可能一味怀仁，否则如何治理大国万民。世间道理本就如此，正所谓慈不带兵，义不养财，善不为官，情不立事。"

皇帝啜饮一口清茶："既然天下人都说朕优待臣子，那么攻讦东宫的言官们，朕也该优待优待。蓝喜，传旨，今日朝堂上谏言的御史，每人赐银二两、朝靴一双。你再去写四个字，送去都察院，就写……'公忠体国'。"

蓝喜掩嘴而笑，应诺道："奴婢领旨，这就去办。"

他刚要告退，皇帝冷不丁又问："太子呢？"

"仍在太庙跪着，说是要给先皇后抄写经文。"蓝喜小心地问，"大雪天儿的，太庙里冷得很，是否让奴婢去把小爷请回来？"

皇帝说："不必，让他抄抄经，静静心也好。"

"赐银二两、朝靴一双？皇爷还真慷慨！"苏晏"扑哧"一笑，"也不知那些言官拿到赏赐时，是何等表情。"

沈柒哂道："除了叩谢天恩，还能怎样？"

苏晏越琢磨，越觉得皇帝这一手，实在损得很，简直可以说是恶趣味了。

"在皇爷看来，他们如此卖力表现，也就值个二两银子。朝靴是粉底皂靴，既可以解释为夸他们黑白分明，但因靴子白底在下，黑面在上，也可以解释为颠倒黑白。至于'公忠体国'

四个字,更是耐人寻味。"

这操作,又是另一种骚气……苏晏忍不住拍着大腿哈哈哈地笑了一通。

苏晏笑完,想起正事,说道:"还有两件事,要麻烦沈大人帮帮忙——"

他起身走到书案前,两手压在桌面,向前倾身,凑近沈柒耳畔,细细交代了几句。

沈柒不动声色地听完,说:"帮忙可以,但同样不能白帮。我这人情债,苏大人要不要继续赊着?"

"赊吧,虱子多了不咬,债多了不愁。"苏晏点点头,取衣架上的披风重新穿好,笑道,"沈大人,告辞了。"也不等回应,径自走了。

收到堪称寒酸的赏赐后,都察院的部分御史面面相觑,一时搞不清皇帝的用意。但再寒酸也是天恩,一个个叩头谢恩。贾御史率先琢磨过味儿来,拊掌道:"陛下素来溺爱太子,本官前次上疏纠参东宫,就挨了顿训斥。此次陛下非但没有训斥我等,还赐了财物,说明什么?"

"什么?"其他人问。

"说明陛下不快归不快,可还是得顾及皇室的脸面与名声,不得不安抚言官。相信只要我等坚守职责,敢于批鳞谏诤,陛下定能接受我等的规谏。"贾御史慷慨激昂地说道。

"有道理,所以我等一定不能退缩,当前仆后继,死而后已!"众御史纷纷给自己鼓气。

小团伙散去后,贾公济方才皱起眉,拎着御赐的一双皂靴,暗恼:陛下这是含沙射影呀!不过,就算真触怒陛下,该说的话、该弹的劾,我也一句不能少。这才是言官本色。

正此时,一名文书前来,送上今日邸报。

每期的邸报册子,贾公济都要逐字逐句细读,毕竟这是个极重要的朝廷信息来源。他翻了几页,忽然看到一篇祭文,看署名是出自太子之手,祭的是先孝惠慈皇后。

贾御史本对东宫的学识与文采不抱任何希望,谁料一眼看进去后,再也拔不出来。他一气呵成读完,愣怔半晌,张了张嘴,竟破天荒地成了一枚哑炮。

邸报传抄至京师各个衙门,很快从衙门传至士绅生员,不少人读完潸然泪下,深受感动,勾起对自家逝去的严慈与亲朋的悼念之情,乃至自发抄录,诵读不止,渐又从士林流传到了市井间。

"《祭先妣文》,读过了吗?没有?都去读一读,写得太好了呀!"

"奴家虽不识字,是请街头代笔先生读的,可奴家每一句都听懂了,不仅听懂,还听哭了……"

"不容易啊,刚出生不久就失去母亲,日日夜夜思念不得见,只能寄情于宫殿与遗物,谁料被一把火烧个精光,连个念想都没地方寄托了。"

"难怪一怒之下杀了宫人,原来是他们失职,才导致坤宁宫大火。我一个看守仓库的,元宵节照样老老实实当班,他们却敢偷跑去看灯,果真可恶。"

"什么酒后失德,砍杀了百十个,满地尸体……原来全是谣言。一共就杀了三个,还是犯了大错的。"、

"你没看官府告示,说那些宫人擅离职守,触犯宫规,对先皇后不敬,都给判了死刑。可见小爷杀的,本就是该死之人。"

"先生,还有《祭先妣文》的抄本吗?恳请借学生抄录一份。"

"叙先皇后之慈,一波三折,跌宕生姿;表遗人子之心,杜鹃啼血,催人泪下。品品,好好品品,什么叫出于肺腑者,不求工而自工!你们都用心学,今日窗课,背诵太子殿下的《祭先妣文》,每生抄写三遍,明日来学堂时上交。"

仿佛一夜之间,邸报上的这篇祭文如雨后春笋,传播得满城都是。不少人争相抄录,书铺里的纸张供不应求,几乎重现了洛阳纸贵的情景。街头也多了不少抄书人,只收取极其微薄的报酬,若是替人抄写这篇祭文,甚至愿意免费抄写。

这些抄书人,以及茶楼、酒馆、客栈里的一些闲话人,日出后在城内各处出现,日落后换上锦衣卫番子的青衣小帽,又回到了北镇抚司。

咸安侯府与奉安侯府里,自然也拿到了这份邸报,听闻士林与市井间对太子的舆论来了个大反转,前面的万千铺垫,以及费了许多时间、人力、物力的造势,都成了竹篮打水——一场空,卫演与秦夫人气得险些吐血。

而形同风烛的卫浚,得知苏晏被贬外放后又回京,还官复原职,就已经背过一回气了,好不容易抢救过来。这次的事,家人更是隐瞒着,不敢叫他知晓。

秦夫人出了一计:亡羊补牢。派人去各地提塘官长的抄报房,在二次抄录时动手脚,把祭文其中一些词句改成大逆不道之言,传去各州府县后,引发地方官绅检举,叫太子"吃不了兜着走"。

卫演深以为然,当即派人前往抄报房。

谁料,各处抄报房门口皆有锦衣卫把守,他们的人混不进去,只得灰溜溜地无功而返。

令他们更加恼恨的是,这事还没完,对方一招之后还有一招。

京城最大的寺庙延福寺,正月二十做法会,趁着万千民众拥来烧香拜佛时,展出了三部珍稀的血经。

其中两部血经,来自已经坐化的高僧大德,陈年墨迹已化作赭红色。

第三部血经的墨迹却是鲜艳的殷红色,带着微微金光,又全是以梵文写就,看着就格外有佛性灵光。

虔诚的信徒们与好事者不由得纷纷打听,这第三部地藏本愿血经究竟来自何方神圣,能

否请回去供奉？却被寺中僧人婉拒，说这部血经来自贵人，是特意供奉在佛前，为亡母祈福的，并非大师所写。

这部血经的主人是谁，成了个谜。

不久后，不知哪里泄露出消息，说血经出自当今太子殿下之手。

坤宁宫失火，太子自请前往太庙向先皇后谢罪，孝衣茹素，日夜不眠不休刺血抄经，唯求亡母在天之灵得以安宁，至今旬月仍抄写不绝，已容色枯槁，病体支离。

百善孝为先，孝道可以说是这个时代最基本的道德规范。不仅儒家提倡"孝悌也者，其为仁之本与"，百姓们也朴素地认为，但凡事亲至孝的，总不可能是坏人。

一时间，太子至孝之名传遍京师，民间人人称颂，一如当初"御门击鼓雪师冤，惩恶除奸十二陈"的苏清河。

这回不仅卫演与秦夫人又险些吐血，就连身在后宫的卫贵妃也气得抓狂，辛苦布局化为泡影，又无处诉苦，只得狠狠责罚宫人来泄愤。

勉强平复了情绪后，她叫心腹宫女去给母亲送信，说前计未成，想见鹤先生一面，请他再指点。

秦夫人去找鹤先生时，对方正在院中石桌旁抄写着什么。秦夫人探头一看，可不正是那篇见鬼的祭文，旁边还有一部不知从哪儿来的梵文血经。

秦夫人忍怒问："居士为何也在抄录此文？！"

鹤先生边写，边说道："我抄的不是祭文，而是敌情。"

"怎么说？"

"此人善于操控舆论，翻手云覆手雨，是难得的攻心高手。"鹤先生搁笔吹墨，对着那部血经双手合十，"吾有劲敌，如春在枝头。"

秦夫人："……请问居士，此话何解？"

"终日寻春不见春，芒鞋踏破岭头云。归来偶把梅花嗅，春在枝头已十分。"鹤先生微笑道，"他便是我要寻找的对手。"

太庙。

富宝夺过太子手中的匕首，哭求："小爷五指没有一块好皮肉了，让奴婢代替刺血吧！"

太子皱眉，夺回匕首："这是供奉母后的经书，血里都是为人子的一片真心，岂能让旁人代劳。"

他把左手翻来翻去地看，五指的确无处下刀了，于是在掌根处刺出口子，挤了些鲜血出来，盛在砚台内。富宝哽咽着给他包扎伤口。

殿门被推开，苏晏走进来。

朱贺霖转头，眼底一亮，笑道："你来啦！"

苏晏走到近前，示意富宝让开，他来包扎。富宝连忙擦拭眼泪，去旁边调朱砂血墨。

朱贺霖高兴地把伤手伸过去，问："外面情况如何？"

苏晏说："都在我们的计划之内。现在京城百姓人人称颂太子孝心，上疏的言官们见民意滔滔，也不好显得自己逆了民心，故而偃旗息鼓了。"

朱贺霖冷哼："那些人，上疏进谏是为了自己的名声，不进谏也是为了自己的名声，何尝是真的公忠体国？"

苏晏道："这几次朝会，我不发一言只是旁观，将每个人的言辞与神态都仔细琢磨过去，感觉都察院与六科的言官们，成分复杂。"

"怎么说？"

"有真心为国为民的，有疑似讪君卖直的，有一腔热血容易被人唆使的，也有稳坐钓鱼台态度暧昧不明的。还有一些我怀疑是被卫家拉拢收买，混在里面煽动人心的。

"不只是言官，勋贵中也有些人，与卫家暗中勾牵。毕竟卫家身后是太后这尊大佛，哪怕之前受皇爷的申饬，颜面大失，萎靡一阵子也就缓过气来了。那些勋贵出于身份，更容易与卫家结成天然同盟，一起去抱太后的大腿。"

朱贺霖想起皇祖母十几年如一日地对他态度冷淡，心里仍感到难过，但因为习惯了，并未将这点表现出来。他为皇祖母说话："太后人在后宫，不涉朝政，平日也只是拜佛信道，偶尔召和尚、道士进宫说法。她对卫家宽容，主要还是看在卫家往日襄助先帝有功，以及她妹妹秦夫人的面上。"

苏晏颔首："目前看来，太后的确不干政，顶多就是偏心、护短。皇爷孝顺太后没错，但对朝政的把控意识也很强，轻易不会让人左右决定。不过，太后不待见你，乐见——甚至是积极为二皇子的未来铺路，也是事实。"

朱贺霖知道他说得对，心里那簇难过的火焰也逐渐熄灭，凝成了一枚坚硬冰凉的种子，深深扎根在心底。

"老二还小，才十个月，刚会扶着东西走几步。"

"但皇爷还年轻。这才刚生了二皇子，卫家就忍不住了。再过十年、二十年，等二皇子长大了，有了一争之力，卫家的野心更是不可遏止。而太后到时又是什么态度，谁也不好说。"

朱贺霖摸着自己包扎好的伤口："我知道，你这是提醒我，要未雨绸缪。明枪易躲，暗箭难防，你放心，我不会再那么冲动了。"

苏晏笑道："小爷明白了就好。"

朱贺霖有点沮丧，又有点不服："小爷一直都明白得很，只是脾气上来控制不住。"

毕竟太子才十四五岁，还是个半大少年呢。苏晏感同身受地笑了笑，说："以后会慢慢控制住的，这得靠修炼。小爷看看皇爷。"

　　朱贺霖嘀咕："父皇是修炼成精的老狐狸，我如今还比不过。"

　　富宝吓一跳，细声提醒："小爷，冒犯圣上的话不能乱说！"

　　"在清河面前，说什么都无妨。"

　　朱贺霖又转头问苏晏："经书快要抄完了，我什么时候回宫？"

　　"不急，你就先住在太庙，等皇爷召你回宫。"

　　"可是我从养心殿的内侍处打听到，父皇并无此意，还说让我留在太庙静心。"

　　"长本事了啊，小爷，连圣意都敢刺探。"苏晏笑着调侃，"半年没见，个头见长，心眼也多了。"

　　"小爷再不多长几个心眼，迟早又要挨蛇咬。"

　　富宝又叫："哎呀，小爷，不吉利的话也不能乱说！"

　　朱贺霖不以为意地挥挥手："一边儿去，别插嘴。"富宝捂着嘴，退到殿内角落。

　　苏晏说道："皇爷未必愿意你在太庙茹素受冻。罚你跪太庙，是为了堵住悠悠众口，也是为了磨炼你的心性。若要召你回宫，他也要找个合适的契机，得有人给他递梯子。"

　　朱贺霖充满期待地看他。

　　苏晏摇头："别看我。这梯子不能我去递，得六部重臣、太子太傅们去递。"

　　出了太庙，苏晏刚要登车，从马车后方转出个十来岁的小内侍，行礼道："苏大人，圣上召你即刻进宫。"

　　苏晏觉得这人眼熟，多看两眼，蓦然想起是蓝喜身边的，名唤"多桂儿"，于是回礼道："有劳多公公传谕。"

　　多桂儿一入宫就被蓝喜收养，朝夕跟随伺候，给他做奴仆、做徒弟、做孙子，将来也做他的守孝人，平日里自然也听到、看到不少关于苏晏的事，知道这位年轻官员极得圣上青睐，是万万不能得罪的，连忙自谦："不敢当，不敢当，苏大人叫我多桂儿就好。要不，随我干爷爷，叫我毛崽子也行。"

　　苏晏笑道："多公公说笑了……行，行，我叫你多桂儿，别再作揖了。"

　　多桂儿这才直起了腰。

　　苏晏问："方不方便透露一下，皇爷召我何事？"

　　多桂儿摇头："奴婢不知。"

　　苏晏想了想，又问："皇爷心情如何？"

　　"圣上心情，奴婢不敢妄自揣测，但看脸色，还是挺平静的。"

苏晏心道，皇爷的脸色看上去十次有九次都是平静的，说了等于没说。他也不多问了，直接登车。

太庙位于外皇城的端门右侧，距离内宫不算太远。马车没多久就行驶到午门外。苏晏换乘备好的轿子，跟随多桂儿来到养心殿。

坤宁宫在清理火场废墟，皇帝嫌相邻的乾清宫嘈杂，又搬回养心殿去住。

苏晏进了内殿，见景隆帝坐在罗汉榻，正拈着棋子沉思，炕桌上摆着一副围棋残局。

他刚要下跪，皇帝开口道："免礼，过来。"

苏晏见皇帝专注看棋局，神情果然平静，心里也把不准对方是什么意思，便有些犹豫。

皇帝用棋子轻敲了一下棋盘："坐对面。"

苏晏看着罗汉榻扶手上的龙纹雕饰，小心翼翼地走过去，半边屁股挨在炕桌另一侧的榻面上。

皇帝示意他帮忙捡子。

两人把黑子和白子分别拣进棋奁里。皇帝问："会下棋吗？"

苏晏老实摇头："围棋不会。"

"换一副西洋棋，你陪朕手谈几局。"皇帝转头朝殿门处唤了声，"蓝喜。"

"不麻烦蓝公公了，臣就这么下……下五子棋吧！"

"五子棋？"

"对，小游戏，规则很简单。"苏晏三言两语把走棋规则说了。

皇帝点点头，说道："开始吧。"

苏晏让黑子给皇帝先下。皇帝不熟悉针对黑子的双三、活四、长连禁手，第一局苏晏轻易获胜。

他平日里西洋棋赢太子像吃豆子，故而与天子对弈，也丝毫不顾什么"非但不能赢，更要输得巧妙"之类的潜规则，一个大跳二下去，直接宣布："臣赢了。"

蓝喜在殿门口垂手而立，听得眼角一抽。

皇帝拣着黑子："再来一局，还是朕先手。"

这回几乎把整个棋盘都下满了，苏晏才觑到个空子："臣又赢了。"

蓝喜眼角又是一抽，恨不得把苏晏拎过来耳提面命——皇爷棋艺过人，从未有过败绩，你拿这么个不上台面的野路子去占便宜，也不怕惹恼皇爷要降罪。咱家入宫这么多年，还真没见过像你苏清河这样，给脸不要脸，回头还摆脸子的东西！

皇帝却笑了："好，再来一局，还是朕先手。"

第三局，皇帝对各种规则与走法已经成竹在胸，苏晏撑了几十目，输了。

第四局，苏晏换了先手黑子，让皇帝执白，又输了。

他不服气，黑白子轮着来，结果连输七八局。皇帝越发游刃有余，到最后每下一子都几乎不须思考，信手拈来。

苏晏抓起几个棋子，撒在棋盘上，投降："臣下不过皇爷，认输。"想想又觉得郁闷，"两边不在一个重量级上嘛，完全是碾压，以后也不玩儿了。"

皇帝笑道："是因为这五子棋的棋路简单，再怎么布局拆招，也不外乎'未雨绸缪'与'暗度陈仓'这八个字。"

苏晏觉得对方话里有话，没敢搭腔。

皇帝收回手，敲了敲棋盘："端走。把桌面上的那些密函与舆图拿过来。"

苏晏连忙起身，把棋盘与棋奁端到另一张桌上，顺道取来了皇帝要的东西。

景隆帝打开其中一份密函，递给他："你看看。"

苏晏匆匆浏览，见是边关情报，说宛郁使者尽数死在大铭，消息已传到宛郁境内，虎阔力大怒，打算一面发檄文，声讨大铭欺凌友邦；一面召集诸部，厉兵秣马，不日或将挥师南下。

"真要开战？"苏晏皱着眉，打开舆图比画，"宛郁若南下进犯，河套地区必将大乱，宁遐、绥远等军镇压力顿增不说，恐达延也会趁火打劫，再次袭击大潼与宣府。"

"朕之前那封密函，果然没能送到虎阔力手上，就连送信的密使都不知所终。朕命清水营的夜不收暗中查探，在宛郁本部找到了疑似密使的尸体，被当作奸细杀死，悬挂示众。"

"是虎阔力下令杀的？"

"不，查探到了，是黑朵萨满下的令。而且据哨探回禀，黑朵如今是虎阔力最信任的下属，被封为宛郁太师，出兵一事，也是他力促的。"

苏晏吐出口气，指尖在舆图上从宛郁到京城之间，画了一条线："这半年多来发生的桩桩件件——"

"臣曾经推测，幕后之人在下一盘棋。"

"小爷也说过，以国土为棋盘，以势力为棋子，这个下棋的人很有魄力，也很可怕。"

"如今，这个人——臣暂且给他取个代号，就叫'弈者'吧——所下的几条棋路，臣可以把它们都连起来了。"

景隆帝颔首："你说，朕听。"

"一条是储位。豢养刺客，暗杀太子，未果之后又利用朝中官员间的派系争斗，煽风点火，意欲动摇国本。

"一条是亲王。埋伏奸细于豫王府，利用其十年圈禁产生的憋屈与怨愤，扰乱其神志，欲诱使豫王对皇爷出手，哪怕不成功，也可以使兄弟离心，为下一步计划做打算。

"一条是宛郁。与黑朵萨满勾结，于清水营行刺宛郁王子昆勒，嫁祸大铭。又派宛郁死士伪装成达延骑兵，在境内劫掠时故意被我军擒获，显露出假的狼头刺青，好叫我们以为，虎阔力背信弃义，暗中进犯。如此两面挑拨，迫使宛郁与大铭开战。

"这还只是最明显的。另外是否还有隐藏的棋路，不好说。

"就说达延吧，这些年与我朝关系愈发敌对，朝廷几次绥抚不见成效，有没有这个'弈者'在其中推波助澜？

"还有马贼。臣去闪锡时，见马户苦于民牧而落草为寇，而何南、珊西、珊东由于黄河水灾等原因，也导致马贼为患。臣离开闪锡前，在席上无意中听魏巡抚说起，息安知府上报，王五、王六率领的响马盗向东进入何南，疑似与廖疯子一部会师。臣当时并未引起重视，如今想起来，这是个不妙的信号。背后会不会也有'弈者'的参与？"

"皇爷您瞧，"苏晏的指尖在北漠、京城与各州府之间游弋，"这些棋路其中各有交错，杀太子的血瞳刺客，与潜藏豫王府、杀害宛郁使者的浮音，同属于隐剑门与七杀营。隐剑门百余年传承，如今没落被人收归麾下，而七杀营创立至今，已十余年，也就是说——

"这个'弈者'，至少在十多年前就开始布局，在暗中慢慢积蓄力量，如今羽翼丰满，才将棋局整个铺开。"

"十多年前？"景隆帝面色凝重，陷入沉思，"这般苦心经营，非常人所能及。究竟是什么人，对朕、对大铭又有何企图？"

苏晏想了想，说道："能支撑一个人卧薪尝胆，十几年如一日，臣以为动力只有两个，一是复仇，一是野心。"

复仇……野心……景隆帝慢慢咀嚼着这两个词。

他忽然问道："苏晏，你如何知道七杀营创立的时间？"

苏晏心底一凛。这条情报是荆红追提供的。阿迥说他在七年前进入七杀营时，里面最年长的杀手，比他还要早入营五年。也就是说，七杀营创立至今，至少十二年了。

他下意识地没把数据说得过于准确，不料皇帝如此敏锐，依然捕捉到他话语中的疑窦。

但他不能暴露荆红追的出身。毕竟太子遇刺，皇帝震怒之下对隐剑门下了清剿令，余孽一个不留，无论什么身份都尽数诛杀。

哪怕将来他要为荆红追讨一个特赦，也不适合在此时，得等荆红追立功，缘着浮音这条线，抓住背后指使者之后。

苏晏拿定主意，对景隆帝躬身拱手："皇爷是否信臣？"

景隆帝微露不悦之色："苏卿竟还问这个问题！朕若不信你，朝政大事与你商议？边关密报任你阅览？诏狱重囚随你审讯？太子……"太子身边由你筹划？皇帝默默咽下了最后几个字。

苏晏心口发热，眼眶泛酸，依然保持着行礼的姿势："那就请皇爷在此事上也信任臣。

到该说的时候，臣一定披肝露胆，绝不会有一字隐瞒。"

换而言之，眼下时候未到，故而有所隐瞒。这亦是欺君之罪，苏晏知道，但为了阿追的性命，不得不这么做。

至于皇帝能否接受，是要治他的罪，还是要软硬兼施逼他吐露真相，苏晏心里似乎有些把握，又似乎踩在薄冰之上。而冰层并不如他所想的坚硬，或许下一刻就将彻底碎裂，令他坠入深渊。

他闭上眼，屏息等待判决。

皇帝负手慢慢踱到窗边，背对着他不说话。

苏晏只觉一片寂静，睁眼望着皇帝的背影，内心五味杂陈，知道皇帝再一次放过了他，心里却并不踏实——眼前透支而来的信任，似乎将来要用什么更巨大的代价去偿还。

"回去吧。"皇帝说，"朕要大张旗鼓地派使者，送国书去宛郁，向虎阔力说明使者被杀案的始末，将北镇抚司抓获的凶手交给他，另外，还要捎带上一颗人头。"

"……严城雪的人头？"

"对。这颗头，你去取。"

苏晏想了想，答："臣知道了。"

皇帝之前同意他收编严、霍二人入夜不收，如今又叫他取严城雪的人头，自然是只要一颗人头应付宛郁，具体事宜由他操作的意思。

"与宛郁一战，恐不可避免，但至少先拖延一段时间，也好准备粮草兵马，不至于仓促应战。豫王那边，朕会找他，你不必担心他被策反。"

苏晏再三犹豫后，依然问："皇爷是否想过，放豫王殿下出京回封地？"

皇帝沉默片刻，下了逐客令："去吧，抽空去拜访一下李首辅。"

苏晏拱手告退。走到殿门旁，他又回头望了一眼，皇帝仍负手站在窗边，纹丝不动。

他打开殿门，走到宽阔的围廊上，想着自己的最后一个问题，皇帝并未给出答案。

或许这个问题，皇帝自己心里也没有答案。

除了节假日，奉天门的常朝每日举行。为了苏大人能及时上朝，苏小京和苏小北习惯了早起。两人烧饭时，苏晏没事做，在院子里踢树干，练习唯一会的那招武学"叶底藏花鸳鸯腿"。

朝会上波澜不惊，之前上疏要求责罚太子的言官们集体失忆，除了六部主官提出商议的政务，只两件事值得一提。

一件是皇帝下谕，派使者团持回复的国书前往宛郁，出发时间定在三日后。

另一件是万年不上朝的豫王，居然来得比大半官员还早。

苏晏在过金水桥时，与豫王狭路相逢，看他穿了一身平日未见的朝服，五彩玉珠九缝皮弁帽、大红色绛纱袍，手捧白玉圭，显得格外有威仪。

苏晏正在犹豫要不要转身避开,对方已经迎上来。他只好躬身一揖:"给豫王殿下请安。"

豫王颔首,十分端庄地回了句:"苏少卿。"然后转身走了。

……就这么走了?一句不靠谱的话都没说?苏晏望着他的背影,有点难以置信。

话说回来,豫王的脸色看着好许多,眼底不见疲惫与憔悴,又恢复了丰神俊朗。不仅如此,往常总萦绕在眉宇间的一缕懒洋洋的浪荡气息,似乎也如风吹云散般消失了。

苏晏琢磨着,豫王想必已不再受迷魂笛音的困扰。浮音受了内伤,又被阿追死盯着,估计自顾不暇;也可能是豫王开始在府内排查嫌疑人,逼他不得不收手蛰伏。

他其实有点想向豫王套个话,了解豫王府内如今是什么情况,由此推测浮音有没有同党,同时也想旁敲侧击地提醒对方一下。但豫王走得果决,倒叫他找不着说话的机会,也就暂时作罢。

散朝后,苏晏去了北镇抚司诏狱。

地牢深处,狱卒把牢门打开,苏晏走入严城雪的牢房,背后跟着四名杀气凛凛的御前侍卫。

严城雪正在写满字的纸页上涂涂改改,抬头见苏晏目光冷冽,其中一名侍卫手上还端着木盘,木盘里放着半杯酒,顿时脸色惨白。

颤抖的笔尖在纸页上滴下墨点。他深吸口气,搁笔起身,神情如死水般平静:"陛下还是要杀我?"

苏晏面上带了点遗憾,答:"接到边关密报,宛郁正厉兵秣马,不日将挥师南下。皇爷决定用你的人头,拖延一些时间,好做应战准备。"

"大战有一半是因我而起,用我的人头祭旗,应该的。"严城雪抿了抿毫无血色的嘴唇,拱手道,"谢苏御史送我一程。"

死到临头,他反而平和了许多,不复刻薄之态与咄咄之词。

"我愿领死,只一个请求,还望苏御史成全。"

"你说。"

"此事别让老霍知道。就说,另安排我去执行其他任务,让他在夜不收安心做事,将来或有再见的一日。"

苏晏道:"你这样骗他,不好吧?再说,未必骗得过。"

严城雪苦笑:"能骗几时是几时。将来等他醒过神,也时过境迁。时间是冲淡别愁的良药。"

苏晏颔首:"我答应你。"

端着木盘的侍卫走上前。

"我选了烈性毒药,入喉毙命,让你少受点苦。"苏晏说。

严城雪又朝他作了一揖,二话不说,拿起木盘上的酒杯,一饮而尽。

酒液极苦,使得舌根涩麻,从食道一路烧进胃里,灼痛不已。严城雪展开衣袖向后倒去,神思模糊地想起,孩提时家乡传唱的童谣:

"蛮子来,大火起,火烧板屋响呼喽。爹走了,娘走了,窝铺里娃儿也带走。"

是啊,他本应与父母弟妹一同埋在村庄烧焦的土里,却撇下家人独活十多年,早就该走了……

呼啸的风雪声由远及近,夹杂着缥缈的呼唤声,逐渐清晰。

"老严,老严……"

严城雪蓦然睁眼,望着阴霾的天空,一脸茫然。

霍惇放大的脸从旁闯进了他的视线中,激动道:"老严,你醒了!"

严城雪在他的搀扶下慢慢坐起,发现身在行驶的板车上,他回头看,京城已被远远甩在身后。

赶马的车夫戴着一顶斗笠,用浓重的珊西口音说:"带车厢的马车都派光啦,板车凑合着坐。等到了下一个驿站,再看看有没有可以换的。"

严城雪喃喃道:"我还活着?"

霍惇答:"活着啊,就是昏睡许久,好不容易才叫醒你。"

严城雪想起那杯毒酒,很快反应过来,原来苏晏是故意吓唬,把他骗得好惨。

他从怀中摸出一份任命文书、一枚总旗腰牌,还有一张字条,上面写道:

"你二人此去北关,加入宣府夜不收,听候上官差遣,从此刀光剑影,再无退路。努力活着吧!"

严城雪愣怔片刻,微微冷笑:"好个苏晏。这下我不得不承他活命之情了。"

霍惇道:"苏御史还有一言,托我转达,说你的命不是他救的,是你自己挣来的。诏狱里你若向他乞求活命,那杯迷药就真的是毒酒了。'夜不收不出叛徒,也没有一个怕死的。'他让你把这句话记在你的练兵册子里。"

严城雪打开任命文书,见里面赫然写着一个新名字:"楼夜雪。"

"楼船夜雪瓜洲渡,铁马秋风大散关。塞上长城空自许,镜中衰鬓已先斑……"他低低吟道,"从今往后,世上再无严城雪,只有楼夜雪。"

霍惇挠了挠发鬓:"那我也不能再叫你老严了。叫老楼?感觉不好听……老夜?还行,就叫老夜吧!"

马拉板车在寒风中渐渐远去,成了天地尽头的一个小黑点。

"你就这么把严城雪放走,不怕皇上怪罪?"北镇抚司的花厅里,沈柒将一大碗热腾腾的八宝攒汤放在苏晏的面前。

苏晏先喝几大口加了黄酒的羊骨汤底,鲜香浓郁,又用筷子把山药和藕片拨到一边,挑肉圆子和鹌鹑蛋吃,边吃边道:"皇爷默许了。否则就不会叫我去取严城雪的人头,皇爷明知我想打磨他、用他。"

沈柒也给自己端了一碗,坐下来陪苏晏吃。他把肉圆子和鹌鹑蛋拨到对方碗里,顺道将山药和藕片夹过来。

"一个手无缚鸡之力的文官,你让他去夜不收,是去送命?"

"严城雪是条诡计多端的毒蛇,没那么容易死,何况他身边还有个霍惇。"苏晏从碗口抬起眼,看着武功高强的锦衣卫沈同知,"话说回来,你对'手无缚鸡之力的文官'有什么意见?"

沈柒笑了:"如果这文官姓苏,那就没意见。"

苏晏"喊"了一声,继续埋头喝汤。

上次去诏狱,他用霍惇的性命收服了严城雪,有意将二人送进夜不收。严城雪问,宛郁指名道姓要他的人头,苏御史准备如何解决?他回答——我自有办法。

那时候苏晏就生出了李代桃僵之计。

他找沈柒帮忙,将严城雪的画像,通过锦衣卫探子传至各州府的牢狱,寻找容貌近似的重犯。

时隔近一个月,终于在珊东的青州府找到一个与严城雪有六七分像的死囚,让锦衣卫秘密押送进京。

枭首后用石灰硝制,再长路迢迢送至宛郁,人头的五官轮廓难免会发生一些变形,与生前略有不同很正常。再说,近距离见过严城雪的宛郁人,只有阿勒坦的侍卫们,大半已死在狼口下,剩余几人随阿勒坦一同失踪了。哪怕黑朵萨满亲自辨认,也难辨真假。

虎阔力要的公道,已经附在国书后面送过去了,严城雪将从大铭彻底消失。大铭皇帝说匣子里的人头是他,那么就是他。

苏晏吃完汤,放下筷子,郑重地对沈柒道:"谢谢你,七郎。"

"一并赊着。"沈柒磨牙般咬着藕片,"日后连本带利,加倍还,我等着。"

苏晏想:九出十三归,利滚利啊这是,你不去放高利贷真是可惜了!

他用清水漱完口,说:"我要走了,去拜访一下李尚书。"

"李乘风?"沈柒盘算着,"也对,他名义上是你师公,又是内阁首辅,多走动走动,对你将来仕途有好处。"

"倒不是为了抱大腿。"苏晏用指尖轻叩桌面,"皇爷今日召见我,末了忽然叫我'抽空去拜访一下李首辅'。此言定有深意,我猜与太子有关。"

他起身把披风穿上，临走前回头笑道："不用送了，继续吃你的汤。"

沈柒见那四个御前侍卫仍候立在台阶下，不禁皱眉问："他们准备跟着你到什么时候？"

苏晏无奈地说道："等阿追回来，我向皇爷求个情，把这四大天王收了吧，成天儿老这么跟着，我也怪难受的。"

"荆红追还没回来？那个废物点心，是跟浮音私奔了？"

"——七郎。"

沈柒挑了挑眉："好，我不说了。你走吧。"

他目送苏晏消失在院门外，转身回到桌旁坐下，夹起一片脆藕，在牙齿间慢慢切得稀烂。

咔嚓。咔嚓。

是碎尸万段的声响。

"……我拿一个天大的秘密与你交换。

"这个秘密可以让天地翻覆，或许会带给你巨大的灾祸，但同时也是泼天的机缘，就看你有没有胆子听。

"……没有一个帝王能容得下知晓他秘密的人。而在你听到这个秘密的那一刻，就已经被我拉下了水。

"你可以去禀告皇帝，然后提心吊胆地等待他某天将你灭口。你也可以继续联络宁王，为他效力，将来他若真有腾飞之日，论功行赏，你就是从龙的勋臣，少不得封公封侯。"

他又听见冯去恶在耳边森冷而嘶哑地笑："如果你真的毫不动心，为何要等我把联络人的名字说出来后，才离开刑房呢？"

沈柒一掌将圆桌拍得四分五裂，弹起身向前滑步的同时，拔刀反手向后削去。

刀光雪亮，刀气凛冽，却只划破了一室寂静的空气。

沈柒侧转头，盯着空荡荡的房间，神情说不清是凶狠，还是凝重。

廊下站岗的锦衣卫听见屋内巨响，推门冲进来："大人，发生何事？"

"没什么，你们把地板收拾一下。"沈柒慢慢将刀收回鞘中，转身离开花厅。

他走到庭中，寒风迎面扑来，如万簇细针砭肤，胸口那股涌动的嗜杀之气方才平息了些。

冯去恶已经死了，那个惊天而危险的秘密，也将和他一起，永远埋葬在诏狱不见天日的幽暗中。

既然决定了不去触碰，就不该心生动摇，除非……

不，还没到那一步，沈柒对自己说。别忘了，清河把宝全押在了太子朱贺霖身上。即便自己真打算把赌桌整个掀了，也得事先问一问清河的意思。

第六章

清倌挽红绡

豫王府。

大清早,三十六名王府侍卫、仆役列成方阵,站在演武场上。

侍卫们都是练家子,一律双脚开立,挺胸收腹,站得笔直。相比之下,仆役们就局促得多,个个习惯性地哈着腰低头看脚,大气不敢喘。

豫王一身紫棠色织金蟠龙云海纹曳撒,腕上绑了硬革护臂,乌发束在头顶用一顶轻便的小冠固定住,显得英武而不失威仪。他从一排排侍卫的面前踱过,目光凛凛有兵戈之气,使得众人不敢逼视。

又一名仆役满头大汗地跑来,在园门口绊了一跤,连滚带爬地过来,站进队列最后一位。

"都来齐了?"豫王走到演武场边,问站在台阶下方的王府侍卫统领韩奔。

韩奔抱拳答:"新入府的侍卫与仆役共计四十人,到场三十七人。昨日两人请了病假,一人家中老母得了急症,请假回去照顾,因为王爷临时下了召集令,来不及赶回来。"

豫王颔首:"把未到者的名单写给我。"

当即有小厮端来笔墨纸砚,韩奔将三个人的姓名、职责与请假原因写下,交给豫王。

豫王接过纸页扫了一眼,下令:"逐一核实。"

一名管事来禀,说母亲得急症的那名仆役,昨日家里来人知会此事,当即向他请假,他同意后才走的。此人家就在外城西,这便派人飞马前去核实,半个时辰内可以回报。

另外两名请病假的侍卫,都是韩奔手上办理的手续,也都确认过病症,自行去求医了。

豫王指着名单上"殷福"两个字："这个名字有印象，是不是和我对过招？"

"是。他初来第一天，就有幸在王爷手下撑了十招。"韩奔回忆当时，失笑道，"王爷那时根本没认真打，连放水都谈不上，招猫逗狗而已。"

"这个殷福反应灵敏，招式狠辣，学的是杀人剑。不过当时他也没尽全力施展，反而刻意压制剑意里的杀气。"

"他哪儿敢啊。这小子剑法快利，性子却软乎得很。"

豫王望着韩奔，神情玩味："你似乎和他走得很近？"

韩奔低头："王爷言重了。他是个无父无母的孤儿，我看他可怜，平日多照顾两分。"

豫王慢慢转动着戴在右手大拇指上的坡形玉韘，和田墨玉在指节上透出冷凝光润的乌光："大年初一，皇兄来王府探病，圣驾离开后，本王召你问了些什么，你还记得吧？"

韩奔微怔，忙答道："记得。"

王爷认为近几日来，梦中听见的笛音是有人作祟，让他暗中留意府内有异动的人员，尤其是新入府的这批，但他查来查去，也并未发现任何蹊跷之处。

——除了他自己配制的吐真药剂少了一瓶。

他记得，药用在殷福身上了，但对方是无辜的，非但没有问出什么，还险些被药的毒性所伤。

——可那时为何会怀疑殷福呢？明明决定了要信任他，全力照看他……

"将军要奉圣命回京？愿请跟从守卫，否则卑职不放心。"

"你已是参将，我走之前会荐你为副将，将来做个总兵不好吗，何必非要自毁前程！跟我回京，顶多就是个王府侍卫，此生难有出头之日。"

"卑职本就是将军的帐下亲兵，这条命是被将军从死人堆里扒拉出来的，愿一生追随将军鞍前马后，哪怕只做个王府侍卫。"

"一生太漫长，今日之愿，未必是将来之愿。韩奔你记住，'诺不轻许，故我不负人'。"

是啊，诺不轻许。这辈子他只向一个人，许过一生的忠诚，那个人是黑云突骑的首领，是靖北军的将军，是代王朱槿城。除此之外，还有谁值得他付出全部？

回忆与思绪刚从意识深处浮起，就被掀起的狂涛巨浪狠拍下去，脑中似乎有个声音在对他说："韩奔，你对殷福全心信任，你与他情同手足，愿意为他赴汤蹈火做任何事。"

这声音越来越大，闷雷般在天地间滚动，将意识深处的异动牢牢镇压住。须臾之后，心底又恢复了黑暗与沉寂。

他仿佛只恍惚了一瞬，便听见豫王继续说道："当时本王命你筛查府内，最终并无所获。我相信你的忠心与能力，而且自此之后，笛音再未响起，故而我也不想大张旗鼓，只吩咐你继续留意。"

韩奔羞愧道："是卑职无能，未能揪出幕后黑手。"

豫王在沉思中皱眉："这事没这么简单，韩奔。鸿胪寺的事，你听说了吧。四名宛郁使者同时溺水而死，就在除夕夜，而且死因也和诡异的声音有关。我怀疑，暗算我的这个人，与鸿胪寺一案脱不了干系……除夕夜，谁不在王府？"

韩奔道："很多。除了轮值的，其他都回家过年了。"

"这个殷福在吗？"

韩奔低头，两腮肌肉极不协调地抽动了一下，最后答："他无家可归，就在府里过年。当夜去寺庙祭拜完父母，也就回来了。"

"你觉得他可信？"豫王问。

韩奔点头。豫王又开始转大拇指上的墨玉韘，片刻后说："你知道本王今日为何要突然召集他们？"

韩奔摇头。

"因为昨夜，大铭使团离开京城，前往宛郁递送回复的国书，随队押解一名人犯，还带了一颗人头。"

韩奔猛地抬眼看豫王："莫非……使团发生了什么事？"

豫王说："昨夜，有蒙面人偷偷潜入使团驻扎的营地，不知有何图谋。所幸皇兄事先做了防备，让百名最精干的御前侍卫打扮成使团随从，牢牢把守住国书和人犯，才没出什么大事。那蒙面人从御前侍卫的刀下溜走了，毫发无伤。"

韩奔皱眉道："御前侍卫可不是吃素的，看来此人身手十分了得。"

"倘若这件事也是府中吹笛者做的，那么只有等到今日天亮开城门，他才能进京城，再怎么飞马疾驰，也赶不及回王府。现在你知道，本王为什么要忽然召集这些侍卫和仆役了？"

"王爷是怀疑……请假的那三个人？"

"准确地说，我最怀疑的，是殷福。他的出身、师门、性情都太过普通，普通得配不上他刻意掩藏的剑法。"豫王拍了拍韩奔的肩膀，"我担心，你是'只缘身在此山中'，所以才问你，和他究竟是什么关系。"

韩奔如石雕般僵硬了一息，随即说道："卑职惭愧，这就去仔细彻查。他昨日腹痛，卑职发现时，已经痛得面无人色，痉挛虚脱，是我送他去的医馆。内科大夫诊断过，确是肠绞痛。卑职这便赶去那家医馆，看他情况如何。"

豫王听他这番话，言辞间依然透着对殷福的信任，只得颔首："你去吧。再找个大夫过去确诊一下——如果他人还在医馆的话。"

韩奔抱拳告退。

豫王望着他的背影，微微叹了口气。

在京城某条不起眼的小巷子，不起眼的墙根处，多了几道不起眼的暗红色指印。

一名身穿藕荷色交领袄、牙白色襕裙的高挑女子，从巷中走过，裙摆上绣的莲塘鹭鸶图样，随着步履款款摆动。

女子头戴挡风斗笠，斗笠边缘垂下的白色纱幔遮住了她的容貌，却遮不住她婀娜的身姿，令过路行人忍不住好奇，总希望她能撩开纱幔，好让人一睹芳容。

可惜女子全程都没有露面，有好事者一直尾随，见她走进了一家青楼，于是嘿嘿笑了几声，盘算着等有钱有闲时来，见识斗笠下的庐山真面目。

这家青楼在京城里不入流，生意冷清。

女子径自上二楼，走向过道尽头的房间。鸨母追上来，满脸堆笑地唤道："挽红绡——"

女子脚步不停。

"绡姐儿——"

女子推开了房门。

鸨母笑容渐敛，干咳一声，嫌弃地叫道："小红。"

女子转头，透过纱幔看她："什么事？"

鸨母心里嘀咕起来：给取的花名多好、多雅致，就不肯要，非得用土了吧唧的本名，这小娘子真是……白瞎了盘亮条顺，一点儿情调没有。当初觉得她能艳压群芳，一炮而红，这才答应了她的条件，指望本馆也能出个花魁。如今看来，悬！

鸨母腹诽归腹诽，白花花的脸上又挂起了笑，说道："小红啊，你来咱们院儿也有些日子了吧。"

"才第七天，不算有些日子。"

鸨母噎了一下："当时说好的，你卖身葬父，我也是一片好心，才答应你守孝期不接客。可我这做的也是糊口生意，实在养不了光吃饭不干活的，你看要不——"

小红打断了鸨母的话，语声脆硬，比普通女子的声音更低、更冷一些："你急着赚钱？"

鸨母又噎了一下："这个……谁不想赚钱啊？你不赚钱，吃啥喝啥，就说回头给你爹上坟，供品——"

小红再次打断了鸨母的话："就今晚。"

"——都买不起……什么，今晚？"

"对。但客人由我来挑。今晚我就站在大门对面的二楼外廊，把这枚珠花投给谁，就是谁。"

鸨母一愣过后，心花怒放："好，好，妈妈这便去准备，好让更多贵客来争头彩——我话可说在前头,你要是看中了掏不起梳拢费的穷小子,妈妈我可不答应!"

"放心,我会看人。"丢下冷冰冰的一句,小红走进房间,十分干脆地关上门。

鸨母"呸"了一口:"清高个屁!都到这来了……不过也好,不少官人就吃这一套,越清高越有人捧。老娘受点气就受吧,将来有银子入账就行。"

鸨母噔噔噔地冲下楼去做准备。房间内,小红摘下纱幔斗笠,露出一张浓妆艳抹的妖媚面容。

"她"走到桌旁,提笔在纸上画出一朵八瓣红色莲花似的图案,与印象中的图案仔细对比,发现花瓣长度有着微妙的不同。

之前那个图案,八个花瓣外长内短,今早发现的图案,花瓣却是内长外短,不知具体代表什么意思。是否花瓣的长短不一传递的是不同的信息?

"她"迅速记住新的图案,然后用烛火烧掉了纸页。

这次,绝不会让浮音从眼皮子底下溜掉,务必要顺藤摸瓜,找出背后的联络者。

医庐后院,客房的门帘被掀开,韩奔扫了一眼空荡荡的通铺,问大夫:"他人呢?"

老大夫道:"昨夜服完药,他就睡在这儿啊,今早也没见他出去。再说,都疼得动弹不得,他能去哪里,真是奇怪了。"

韩奔不甘心,前后转了一圈,仍没见到人,眉头深深地皱了起来。

随他而来的另一名中年大夫道:"大人,这个……病人既然不在,要不小人就先告辞?小人手上还有不少患者等着医治呢。"

韩奔沉着脸答:"劳烦再等等。"

他坐在床边,翻看被褥的折痕,的确是有人睡过的,但不能肯定睡了多久。

殷福去了哪里?莫非昨夜潜入使团驻地的蒙面人,真的是他……

帘子一动,殷福走进来,觑面与韩奔对了个眼,愣道:"韩统领?还未到散值时间,你怎么来了?"

韩奔起身走近,打量他略显苍白的脸色,见鼻尖还泛着受冻后的微红,问:"你昨夜去哪儿了?"

殷福说:"就睡在这儿啊。"

"刚才呢?我到处都没找着你。"

"哦,我觉着肚子饿,就去集市上喝了碗白粥。大夫说,粥可以喝。"

韩奔望向大夫。

老大夫点头:"的确可以。肠绞痛来得快,痛起来十分难忍,但去得也快,这位公子看来是没有大碍了。"

韩奔转头吩咐中年大夫:"劳烦大夫给他诊断病情。"

老大夫脸色不豫:"既然不相信老夫的医术,为何还要送到老夫的医庐来?下次还是另请高明好了!"言罢甩袖走了。

"我现在好多了,不需要再诊了吧?"

"再诊一次,更稳妥。"

殷福脸色仿佛又白了几分,慢慢坐到桌旁,伸出手腕。

中年大夫仔细把脉、按压腹部,一番望闻问切之后,对韩奔道:"眼下确已无碍。不过刚才那位大夫说得不错,肠绞痛来得快也去得快,如今小人也无法断定,之前究竟是什么情况。"

"多谢。"

中年大夫拱了拱手,也离开了客房。

殷福瞪着韩奔,咬牙问:"你怀疑我装病,为什么?怀疑我偷懒?王府护卫任务并不繁重,我没必要偷这个懒!"

韩奔移开眼神不看他,又问了一遍:"你昨夜究竟出没出城?"

殷福不应,走过去推搡他:"走开,这是我的铺位。"

韩奔刚起身,他就蹬掉鞋子,和衣躺进被窝里,把棉被一卷,裹住了全身,连脑袋都没露出来。

韩奔隔着被子摇了摇:"喂,问你话呢。"

被子下面的人一动不动。

韩奔有些恼了,揪住被角使劲掀开,见殷福眼圈泛红,用力咬着嘴唇,一副要哭不哭的样子。他本就长得稚气,这个样子更像个受了委屈的孩子,转身背对韩奔蜷着,不说话。

"……你哭啦?"韩奔有点手足无措,"我没说你一定是装病,就想问清楚,刚才你为什么不在。"

殷福带着点哭腔,小声道:"我说了,你又不信。你不信,又来问我。我就算再回答一次,你还是不信。干脆还是别问了,直接拿我去见官。"

韩奔叹口气,坐在床沿:"我信不信不重要,重要的是,王爷信不信。"

殷福僵硬了一瞬,慢慢转过身,用红通通的眼睛看他:"什么意思?王爷也怀疑我?怀疑我什么?"

韩奔道:"几次三番你都不在王府,要说全是巧合,别说王爷不相信,连我心里也打鼓,想听你说一句实话。"

"你想听实话?好,我告诉你……凑近点。"

"说。"韩奔把头低下去一些,盯着对方的脸,观察他说话时细微的眼神变化。

殷福笑了，左侧脸颊上的靥涡如天际月牙，清晰地展露出来。

"实话就是，"他的双眼泛起一层薄薄的血色，发动了魔魅之术，"韩奔，你对殷福全心信任，你与他情同手足，愿意为他赴汤蹈火做任何事。"

韩奔双目彻底失焦，表情木然地重复道："殷福，信任，手足，赴汤蹈火。"

殷福满意地勾起嘴角，又补充了一句："一生为他所用。"

韩奔浑身骤震，仿佛体内有股力量被某个字眼触发，开始在迷魂术的钳制下挣扎起来，连带着神情也痛苦地扭曲了："一生……诺不轻许，故我不……负人……不……一生追随将军……鞍前马后……不是殷福，不是……"

殷福死死盯着他的双眼，额角渗出细汗。

魔魅之术能短暂控制对方的神志，是一种极强大也极危险的功法，不仅十分损耗内力，而且容易被功法反噬，走火入魔成为发疯的"血瞳"。对方意志越坚定，抵抗得越厉害，施术者被反噬的概率越高。

上次他对韩奔施展时，可谓顺利，不料这次对方却顽强抵抗，以致他险些遭到反噬。

体内真气疯狂运转，他使出了十二分功力，拉锯良久，方才堪堪压制住对方的神志，再次加深了对其意识的控制。

见韩奔的神情重新恢复了木然，殷福只觉肺腑间气血翻涌，几乎要喷出血来。他收回功法，汗湿重衣，虚脱般喘着粗气，许久才缓过劲，开始闭目调息。

韩奔清醒过来，感觉自己似乎出神了一下，定睛再看殷福，发现他面色越发青白失色，连忙问："你没事吧？要不要我再去请大夫过来瞧瞧？"

"没事，我累了，想睡。"殷福不敢多说话，怕气息不稳引对方怀疑。

韩奔见他一脸疲惫，只得说："那你再睡会儿，我回王府复命了。"

殷福闭着眼点头，露出个感谢的轻微笑意。

韩奔给他掖好被角，轻手轻脚地走出房间。房门被细心地关紧。片刻后，殷福睁开眼睛，琥珀色的瞳仁冰冷死寂。

苏晏弯腰刚要上马车，苏小北从后方扯住了他的袖子，小声道："大人，这样不太好吧？大铭律不是写了，官员宿娼杖六十？"

"胡说什么，我又不是去过夜！拜访一下老熟人而已。之前答应了得空去看看，这都拖了多久，好歹去一趟，总不能失信于人。"苏晏转头瞪他，"你连《诗经》都读不全，哪里学来的大铭律！"

苏小北道："沈同知说的。还交代我，倘若大人要去胭脂胡同，须得拦住，以免大人落下犯律的污点，耽误前程。"

苏晏失笑："沈柒？说得冠冕堂皇，口吻跟我爹似的。再说，我就算和阮红蕉厮混了半年，也就真只是喝酒听曲，他以前去青楼，难道是去给姐儿们讲解大铭律的？还好意思管我。"

他指着苏小北，一脸严肃："你——不许当叛徒，否则用扫帚撵出去。你要是不愿赶车，就换小京来。"

苏小北不怕当家大老爷的官威，抿着嘴角，勉勉强强道："还是我来赶车吧，小京不靠谱。"

车轮骨碌碌碾着石板路面，不多时就到了胭脂胡同。

苏小北守在车旁，苏晏一身便服，熟门熟路地穿堂入室，在一众莺莺燕燕们"哎哟，苏公子，这都多久没来了"的招呼声中，笑眯眯地寒暄了几句，问："阮红蕉在吧？"

"在，在。"鸨母笑道，"还是原来的房间。苏公子——啊不，听说您春闱高中，如今是官身，该称呼苏大人了，难得如此长情，还惦念着我们阮小娘。"

苏晏笑笑，递给她一锭碎银："我想见她一面，聊会儿就走。"

"就只……聊会儿？要不留个宿吧，让她好好伺候大人。"鸨母殷勤劝道。

苏晏摆摆手，没跟她多说，直接来到阮红蕉房门前，敲门叫道："我的好姑娘，少爷来看你了。"

阮红蕉正在更衣，听见叫门声，匆忙系了腰带，一脸欣喜地过去应门。

房门打开，门外站着个俊美风流的青年，比先前那个俊秀文弱的少年公子高了些、壮了些，声音更沉，神情也更从容。

可不管形貌如何变化，会喊她"我的好姑娘"的，独独这一个。

阮红蕉不知不觉红了眼眶，掩饰地转身请他进来，一边说道："看奴家这身乱的，让公子见笑了。快坐，先喝点茶，等奴家把衣裳换好。"

苏晏见她袄裙外套了件褙子，臂弯里还挂着斗篷，问："我来得不巧，你要出门？"

阮红蕉把斗篷挂回衣架，说："原是答应了个相熟的老乡，要去她的馆子给新出道的清倌儿捧个场。既然公子……大人来了，奴家自然就不去了，这就叫婢女去回掉。"

"别，你原怎么安排就怎么安排，我就是来看看你，聊会儿天，不会待太久。"苏晏说。

阮红蕉神情失落："也是，大人如今做了官，不方便再来奴家这里。"

"并非出于这个原因。"

"不是？那莫非是大人成了亲，家中那位夫人悍妒，不让大人来青楼？"

苏晏失笑："哪儿来的夫人啊！我这半年东奔西跑，将来几年估计也是半点不得闲，别说成亲了，怕是连找你喝酒听曲的工夫都没有了。"

阮红蕉莞尔一笑："大人成天这么出外差，后宅岂不是无人照顾？若不嫌弃，奴家愿为大人执帚洒扫。奴家不求名分，只求大人想起奴家时过来看几眼、住几宿就好。"

这是……想给他做侍妾？苏晏吓一跳："我不是随便玩玩的那种人，这种事……得有感情，对吧，双方得对等，两厢情愿。"

阮红蕉佯作委屈，蹙眉伤心道："大人这么说，是和奴家没有感情，之前那半年都是逢场作戏？还是觉得身份不对等，嫌弃奴家蒲柳之姿，又是烟花女子，不配向大人自荐枕席？"

苏晏连忙解释："当然不是！咳，我的意思是，目前我还没有娶妻的打算，根本就没往那处想啊，怎么能耽误你……"

这个解释显然令阮红蕉始料未及："大人怎么会把奴家与娶妻相提并论？奴家是贱籍，决计做不了官员妻，做个侍妾都已经是抬举了。"

"可我更不打算纳妾啊。将来就算娶了妻，也当像我爹娘那样一生一世一双人，其他姑娘我就更不该去招惹了。"

阮红蕉异常失望，情不自禁地落下泪来："奴家明白了……大人并非瞧不起奴家，而是根本没对奴家生情……大人志在四海，对男女私情看得淡泊，是奴家着相了……"

苏晏听见阮红蕉轻微的啜泣声，心头生出了几分内疚与不忍，伸手揽住她的胳膊，安慰道："我认你做姐姐吧。"

"……什么？"阮红蕉怀疑自己听错了。

"你比我大两岁，咱们又聊得来，以后就以姐弟相称如何？若是厌倦了烟花生涯，我帮你赎身——不过我囊中羞涩，赎身钱你得自己出至少一半。杜十娘还有个百宝箱呢，你比她红，应该有私房钱吧？要是实在没有，我再想法子凑凑，但以后你得找份差事，慢慢还我，亲姐弟还明算账呢。"

阮红蕉又哭又笑："说的什么傻话！奴家当然有积蓄……不对，你身为四品大员，跟我这个烟花女子认什么姐姐！你是傻的？放着大好前途不要，想被人传闲话？这话切莫再提，我也不想离开胭脂巷，就这样挺好。你想来听我唱曲就来，不想来也没关系，只不要胡乱认亲。"

苏晏说："烟花女子怎么了，靠本事吃饭，比出卖灵魂的人好多了。你要是真不愿意，我也不勉强，不过私下叫一声，也没什么吧。叫'阮红蕉'，显得生分，叫'好姑娘'，又显得轻佻。不如就叫'阮姐姐'，以后就当亲戚来往，这样我与你独处时也不觉得别扭。你也别一口一个'大人'了，叫我表字就好。"

阮红蕉一颗心都要融化，哽咽着点头："那奴家还是继续称呼你公子吧。公子私下想怎么叫我都行，无论你当奴家是什么，奴家都当你是……是……"

她本想说"至亲"，说"弟弟"，但又担心高攀，犹豫半晌，觉得说什么都不合适，干脆不说了，反正心里明白就好。

苏晏用帕子给她擦干净眼泪，笑道："妆都哭花了，可怎么去给人家捧场，不怕被新出道的小娘子压了风头？"

阮红蕉轻捶他一下，走去镜前补妆，边上粉边说："公子可要同奴家一起去？那个小娘子奴家也见过一面，虽说遮着脸，光看姿态就是个美人。公子对奴家是太熟了没意思，见了她，说不准兴头就来了呢，刚好趁今夜把她梳拢了，清倌儿，干净。"

"没什么干不干净的，人又不是衣服。"苏晏没兴趣和一群寻欢客抢姑娘初夜，但到底对青楼的梳拢仪式有点好奇，不知是抛绣球或各家竞拍，还是由姑娘本人设下重重关卡考验，最后择一位心仪的。

阮红蕉手法娴熟地化好妆，披上斗篷，笑道："公子不嫌弃的话，就与奴家同乘一车，去瞧个热闹也是颇有趣的。"

苏晏略迟疑，就被她拉上了马车。

苏小北问："大人，不回府了？"

苏晏道："去瞧个热闹就回，你想看也可以跟过来，不想看就先回去休息。"

阮红蕉道："放心，回头奴家一定把你家大人完好无缺地送回去，保证一根头发都不掉。"

苏小北不放心，驾着马车跟在他们的车后面，一路往看热闹的地方去了。

"去了青楼？"沈柒皱眉，"还是和那个阮红蕉？"

高朔点头道："对，先是去了胭脂巷，后来又与阮红蕉同车，转去了另一家。据说那边有个新出道的清倌儿，今日梳拢。"

沈柒脸色阴沉：看来是把我的告诫都当耳旁风！眼下是什么形势他难道不知？皇帝、太子，满朝言官眼睛都盯着，风口浪尖上还敢到处鬼混，打算自毁前程了是吧！

高朔看上官的神色，心里有点发寒，踌躇地问："大人准备……"

"去瞧个热闹。"沈柒握着绣春刀的刀柄，起身说道。

韩奔回到王府复命，只说殷福昨夜待在医庐的客房里，并未出城，今早过去看见人，病还不大好，估计要再请一天假，明日才能回来。

豫王点了一下头，什么也没说。

当夜，他换了一身轻便的玄色曳撒，亲自来到医庐打探究竟，正巧碰见殷福做普普通通的布衣打扮，离开医庐后门，步法飘忽地穿街过巷、飞檐走壁，连归巢的鸟都没有惊动。

轻功不错，看来藏了不止一手，豫王暗道，悄无声息地尾随而去。

追着追着，他就见殷福走入了一家张灯结彩的青楼。

打扮得掩人耳目，一路还小心地抹去行踪，就为了去寻欢作乐？豫王略一思忖，决定跟进去，看他究竟在搞什么鬼花样。

临花阁有个新来的美貌清倌人今夜梳拢，这个消息在京城传开，引来不少寻欢客，争着要一拔头筹。

鸨母带着几个能说会道的姐儿迎在门外，见客似云来，笑得合不拢嘴。

"你们好好招呼客人，我去催一催红姑娘。"鸨母说着，带着院内养的打手，急匆匆上了二楼。

良家出身的姑娘，梳拢时十有八九会心生惧怕，甚至反悔，即便下定了决心吃这行饭，初次遇上这么大场面也难免露怯，她得多盯着，把人镇住。她身边还要再带两个健汉，万一姑娘闹起来，也好收拾。

谁料她刚上了楼梯，便见小红已然站在外廊的围栏前，打扮齐楚，脸上戴了面纱，指间夹着一朵海棠珠花。

鸨母第一次见如此上道的新人，心中欢喜，打发走打手，上前说道："好女儿，你可得看仔细了，别只贪青春年少，得挑又有钱又肯花销的金主，有官身、有权势的更好。"她悄悄指了指楼下人群中几位打扮富贵的客人，示意从这些人里挑一个。

小红恍若未闻，面纱上方一双动人的眼睛带着煞气，目光从人群中扫过，又投向大门口，似乎还没等来属意的。

鸨母知道她是个冷性子，多说无用，于是妥协道："那行，就再等一刻钟，一刻钟后就开始。否则下面客人们等急了，闹起来可不好看。"

她转身下楼，去安抚客人，顺道炒炒气氛。

不知谁叫了一声："阮行首来了！"

众人纷纷转头望过去，见两名婢女提灯开道，袅娜地走进来一个美人，白绫对襟袄，点翠缕金裙，云鬟慵绾、凤钗半卸，月色之下恍若春睡懒起的仙娥，可不是京师名妓阮红蕉。

鸨母迎上前："好妹子，多谢你来给老姐姐做面子。"

阮红蕉与她见了礼，又对周围客人们笑道："都看奴家做什么，奴家是来捧场的，又不是来抢风头的。看楼上的新美人呀！今晚哪位相公做了她的娇客，改明儿奴家这里请他吃酒听曲。"

她这番话，又把众人的视线引到了二楼，一干人连连起哄，催促好戏快点开场。

小红依然无动于衷，指间夹着珠花，只是不投。鸨母急得快跳脚，暗骂：这死丫头，在等玉皇大帝下凡呢？！

她正要上楼去催，门口又走进来一位年轻书生，端的是丰姿秀仪，风流天成。鸨母阅人无数，也忍不住暗暗喝了声彩：好人物！

阮红蕉向书生走过去，对鸨母说："这是苏公子，对你家红姑娘心仪得很，还望姐姐成人之美。"

苏晏连连摆手拒绝，干笑道："小生囊中羞涩，只是来瞧个热闹。"

鸨母一听他没钱，立刻打消兴趣，转头见小红直勾勾盯着这苏公子，心道：要坏！姐儿爱俏，万一非要倒贴他，这赔本买卖可亏大了！当即故意将自己挡在苏晏身前，不让小红有机会把珠花投他。

二楼外廊上，小红一手捏珠花，一手几乎将栏杆捏断。

今夜他的目标本是浮音。

前次他在暗巷中发现血莲印记，当夜浮音就进入这座临花阁，自己追上去时，对方行踪已失。他怀疑此间有机关密道，于是乔装成落难女子，自卖入馆，四处搜寻后却没有什么发现。

今日清晨血莲印记又现，他推测浮音夜里还会来，故而答应了鸨母的要求，想等浮音混在人群里进来时，用珠花投他。

如此浮音成了众人注目的焦点，便不好溜走，很有可能会顺水推舟去"挽红绡"的闺房，独处时将"她"放倒，再悄悄离开，自行其是。届时他就可以尾随盯梢，抓住与浮音联络的人。

谁想，苏大人竟然也来了！为这场乔装追捕，平添了波澜与变数。

荆红追不断告诫自己：正事要紧，今夜我不认识他，他不认识我。一个合格的刺客，眼中只有目标，没有闲人。

如此再三告诫之后，荆红追自以为控制住了情绪，下一刻却见堂中那花魁挽住了苏大人的胳膊，贴在他耳畔娇笑私语，而一向洁身自好的大人竟也没拒绝，反而与她调笑起来。

小红霍然扯下面纱，朝楼下露出一个要杀人似的冷笑。

楼下一众寻欢客顿时哗然：

"果然是个美人！"

"冷艳中自有一股凌厉之气，真是与众不同。"

"冰魂雪魄挽红绡，当为花中一绝。"

"看来京城行院要再添一位头牌了。"

"美则美矣，就是妆容太浓了些，总觉得不太……真实。"

这个异议声很快被淹没了，有人反驳道：

"想看素颜？回家让老婆洗洗脸，不就看见了？青楼女子，浓妆艳抹出风情，管她涂了几层粉，美就行了。"

苏晏也在看，且一眼就认出楼上"美人"，可不就是自家侍卫荆红追？

这位大侠反串上瘾了？果然女装只有零次和无数次……苏晏抹了一把脸，啼笑皆非地想，哪个倒霉鬼要是真当了"挽红绡"的娇客，怕不是一夜春宵的艳福，而是一剑穿心的劫难了。

阿追这是要做什么？苏晏暗忖，上次听他说，这家青楼有古怪，他在这里把浮音追丢了。眼下他做这般花样，想必是要出奇制胜……对，我还是不要坏他的事，只当作没认出来就好。

一念至此，苏晏移开目光，转头对阮红蕉说："我以为多美，也就那样，没你好看。"

阮红蕉十分受用，以袖掩口而笑："看来公子不喜欢这一款的，无妨，奴家再留意留意。"

周围喧哗，二人小声说话，以为没人听见。不料荆红追耳力过人，在楼上听得一清二楚，险些没收住手劲，把硬木栏杆捏出数道裂痕。

怀着哭笑不得的心情，荆红追僵着一张铅粉脸，目光掠过苏大人身后的大堂门口，视线穿过檐廊、庭院，蓦然看见了一道等待已久的身影。

——是浮音！他目力极好，隔着几十丈距离依然能看清一个仆役打扮的身影正穿过庭院。眼看对方拾级而上要从檐廊拐走，荆红追当即指尖一弹，珠花朝目标人物射去。

为了尽量不暴露身份，荆红追不敢在珠花里灌注太多内力，故而投掷出的速度也不快。灯火映照下，只见茶杯大小的金丝攒珍珠海棠花光彩闪耀，从空中滑过。

众客顿时欢呼起来，纷纷你挤我碰，还有甚者跳起身去抢夺。那珠花却仿佛长了眼睛，从无数只手挥舞的缝隙间穿过，直奔苏晏身后。

眼见海棠珠花要从苏晏头顶的青玉小冠擦过，斜刺里忽然生出一股阴风，只一扇，便叫珠花改变方向，向左侧偏去。

荆红追眼尖，见不知何时冒出个沈柒，就站在人群外围，脸色阴戾，狐疑的目光似乎想穿透他的伪装。

左侧几个寻欢客见珠花飞过来，连忙一拥而上。荆红追将手藏在袄裙大袖中，一缕真气趁机凌空射出，带动珠花再次改变方向。

苏晏嫌人多拥挤，正护着阮红蕉退到场边上，眼角余光忽然瞥见一点金光向自己射来，还没来得及反应，金光又偏走了。

众客像一群曲项讨食的鹅，挪来挪去，又是一通哄抢。

荆红追再次暗中出手。

沈柒不甘示弱，针锋相对地顶了回去。

有人骂道："这是扔珠花还是玩蹴鞠，怎么弹过来弹过去的？"

苏晏揽着阮红蕉，瞠目结舌地看着空中金光乱飞。

阮红蕉一样震惊，拿手绢掩着张开的檀口，突然感到如芒在背，回头见一名佩刀男子正盯着她，目光凶狠，杀气刺骨，顿时一声惊叫，吓得脚都软了，直往地板上滑落。

苏晏以为她出了什么事，连忙一把捞住她的腰肢，叫道："阮姐姐！"

这声"阮姐姐"，让空中两道互相较劲的真气仿佛劈叉一般，双双打了个滑。

珠花逃出生天，朝着大门方向飞去。

浮音一只脚刚踏上檐廊，就见暗器迎面射来，心道不好，眼前这么多人，我要是运功击碎或拨开，岂不是暴露了身份？他灵机一动，假装脚下踩空，"哎哟"一声往前扑倒。

珠花从他后背上方擦过，落在几丈外的庭院地面。

一众寻欢客愣住。

不知谁喊了一声："抢啊！"

人群蜂拥着挤出大堂，朝珠花落地处冲去。

一只长筒皂靴的靴底踩在了珠花上。

豫王谨慎地用帕子裹住珠花，捡起来端详："什么玩意儿？"

他跟踪浮音，见人进了临花阁大门，正尾随走入庭院，忽然见浮音摔倒，紧接着一点金光射出，落在自己面前地上，也不知对方遭了谁的暗算。

暗器似乎是……一朵珠花？

豫王正捏着珠花思索，一群人呼啦啦冲到他面前，同仇敌忾地盯着他，七嘴八舌地问：

"卖不卖？"

"多少钱肯卖？"

"尽管开价，老爷有的是银子！"

豫王以为一群大老爷们眼冒绿光地说要买他，感觉稀奇得很，笑了："只怕你们倾家荡产，赔上九族，也买不起。"

浮音爬起来，拍了拍衣衫上的灰尘和脚印，低头往檐廊边上溜走。他一身布衣打扮，脸又长得不显山不露水，乍一看与寻常仆役没什么两样。

日里听说临花阁入夜举办梳拢盛会，他还觉得正中下怀，毕竟人越多越杂乱，越能掩盖自己行踪。谁料出了场闹剧，害他一进门就险些被暗器打中、被客人踩踏。现在只希望谁也不要注意到他，让他顺顺利利地消失就好。

荆红追紧盯着浮音，下意识地将面纱重新戴上。虽然横插一杠的沈柒十分讨厌，但好歹有他在场，苏大人的安危也算有所保障，于是荆红追悄然离开二楼，追着浮音的脚步而去。

苏晏不认识浮音，也没有留意到在门口摔倒后爬起来的那名仆役，倒是一直关注着楼上的"小红姑娘"。见人影一会儿就没了，他连忙对阮红蕉说道："阮姐姐，这里有点乱，你还是先回胭脂巷。出门时麻烦和我那马车上的小厮交代一声，让他继续等着，我再过会儿就回去。"

阮红蕉在他的搀扶下站起，颤巍巍地问："公子，你在京城可有仇人？"

苏晏一愣："没有吧，我这人一贯与人为善……呃，其实也有，政敌，数量还不少。"

"公子回头看，你身后凶神恶煞的那厮，是仇人，还是政敌？"阮红蕉怯怯地用指尖点了点，小声道。

苏晏转身与沈柒打了个照面，一怔之后，有些心虚地干笑："都不是。那是我兄弟。"

阮红蕉这才松了口气，手指不抖了，收回来时很自然地转成兰花指，理了理发髻上快要掉落的凤钗："公子，你自己也说过了，亲姐弟明算账。这亲兄弟也一样，欠了人家多少钱，你赶紧还了吧，若真是囊中羞涩，奴家可以先帮你垫付。等你发了俸禄，再还奴家。"

苏晏哭笑不得，自顾自地说着"我去方便一下"，便要尿遁。

"站住！"沈柒喝住他，对阮红蕉阴冷一笑，"阮红蕉，我和你做笔交易，从此以后你不再见苏晏，你那因罪发配边军的哥哥，我就找人把他放回来，如何？"

阮红蕉骇然，后退了两步。她盯着沈柒的脸，似乎回想起了什么。

苏晏眉头微皱，说道："七郎，不要违法。再说，这不是交易，是折辱。"

"奴家想起来了，你是锦衣卫沈大人。"阮红蕉深吸口气，面色逐渐恢复平静，"沈大人若是勒令奴家不去见苏公子，民不与官斗，奴家可以听命。但公子来不来见奴家，那就是他自己的事了，只怕沈大人也强制不得。至于奴家那不成器的哥哥，就让他继续戍边赎罪吧，放回来也是害人。"

这番话回答得不卑不亢，莫说苏晏赞许地瞧了她一眼，就连沈柒心里也不免高看这花魁几分，觉得她思路清晰，胆色过人，针对她的那股杀意不禁淡了些。

沈柒漫不经心道："既如此，那你就别见他了，以免误他正事。"

阮红蕉神色有些黯然，转而变得豁达："明白了，奴家不会成为他的污点。"

她朝苏晏福了福身："奴家告辞了，公子保重。"方走了几步，又回头对沈柒说，"沈大人本就是我们胭脂巷的稀客，怕是今后再也不会来照顾姐妹们的生意了吧。"

沈柒森然道："还不走，是想吃牢饭？"

阮红蕉凭借自身性情与阅历强撑场面，到底还是怕他身上的戾气，被这一恐吓更是心有惴惴，不禁有些后悔，因为心底那点说不清道不明的惆怅苦涩，最后那几句话分明是挑事，万一真惹恼了沈柒，如何收场？

那可是锦衣卫北镇抚司的坐堂主官，大名鼎鼎的"催命七郎"！阮红蕉走出临花阁大门，被夜风一吹，才恍然觉得手脚发软，冷汗渗出。她半伏在婢女身上，用帕子拭着额角，感慨："祸从口出，唉，日后当谨言慎行。"

另一名婢女回望庭院里的人群，说："姑娘你看，那些客人不甘心，还在抢珠花哩。"

说话间，被人群围在中间的那名高大男子，轻轻松松地排众而出。

众人见他是个硬茬，便也只得死心。大部分奔着挽红绡来的客人悻然散去，还有些回到屋内继续寻欢作乐。

那男子随手将珠花揣进衣襟,往大堂走去。

灯笼的亮光下,阮红蕉瞧了个清楚,那人容貌过人,可以说是她所见过最英俊的男子,一身玄色曳撒并无华丽纹样,但布料上等、做工精细,不是寻常人家能穿的。心道:此人顾盼神飞,气度超凡。这小小的临花阁今日是照了什么福星,竟引来这许多大人物光临。

大厅内,沈柒脸色不善,满肚子责问,苏晏则是左顾右盼,只想找借口溜走,赫然又见到门外一张眼熟的脸孔,不禁低声叫道:"是豫王,他怎么也来了?!"

沈柒凛然望去。只见豫王走近,朝他们嘲谑地挑了挑眉:"二位真是好雅兴,携手逛青楼。怎么,同僚之情尚嫌不足,还想再领个同靴之谊?"

苏晏见豫王身穿便服,想是不愿暴露身份,故而没有行礼,讪讪地笑着回应:"偶遇,偶遇,都是来瞧热闹的。怎么,您如此身份,也来这种地方,凑这个热闹?"

豫王说:"并非凑热闹,而是追着一个人来的。"

苏晏敛了假笑,问:"那人是谁,浮音?"

"浮音,殷福。"豫王很快琢磨出其中三昧,"看来你们多少都知道些内情,只瞒着我一个?"

倘若说对豫王还有那么点过意不去,就落在这事上了。苏晏早就知道殷福的身份,却为了不打草惊蛇,而没有提醒豫王,等于是为了大局而将他置身险境,后来听阿追说,对方猝不及防下,吃了迷魂飞音的苦头。

苏晏心里有愧,好声好气地向豫王解释:"浮音之事,待到有空时,再向你慢慢说明。眼下最重要的,是追踪浮音,抓住联络他的人,顺藤摸瓜找到幕后指使者。"

豫王的想法与他不谋而合,遗憾道:"可惜被一枚珠花打乱计划,追丢了。"

苏晏摇头:"我猜已经有人追上去了。"

"谁?"

"……小红姑娘。就是你们今夜抢着要梳拢的那位清倌人。"

"我没抢。"沈柒和豫王同时自澄清白,互相敌视一眼,又异口同声地问道,"她是谁?"

苏晏坏笑:"我不告诉你们。"

沈柒气得牙痒。豫王大度地说:"既然是你的人,我就不问了——那个殷福我亲自试过,身手不错,一个青楼女子怕不是他对手。人在何处?我去追。"

苏晏道:"就在这临花阁里,要不我们三个分头去搜?"

沈柒道:"分头可以,但不是三个。我送你出门上马车,你先回去,剩下的交给我。"

豫王道:"交给我。"

苏晏不满:"凭什么把我这个当事人排除在外?"

沈柒与豫王同时脱口而出:"你不会武功。"

苏晏瞪他们:"你们才是一丘之貉吧?反正我不走,这件案子我不会置身事外。"

沈柒想了想,说:"也罢,又不是护不住。你跟紧我。"

豫王伸手拦住:"论武功,沈柒比我差得远,清河还是跟着我比较安全。"

沈柒冷笑:"你让他自己选?"

苏晏当即站到了沈柒身边,带点歉意地看了豫王一眼。

豫王倒是颇有风度,收手道:"那就兵分两路,哪边先找到,怎么通知对方?"

沈柒从怀中摸出一个锦衣卫专用的带特殊声响的烟花,丢给他。

豫王见沈柒和苏晏往东半边去了,自己准备往西半边。他把烟花收进衣襟,手指摸到个硬物,掏出来一看,是刚才捡到的珠花。

这人人抢的玩意儿,莫不就是那个什么小红姑娘的信物?

鸨母给败兴而归的客人们赔完不是,转回厅中,见豫王手拿珠花,便上下仔细打量。鸨母眼毒,看出这黑衣男子非富即贵,当即笑容满面地迎上来:"哎哟,原来今夜娇客在此,啧啧,看这通身的气派,与我们家红姑娘真是天作之合!"

"绡姐儿——挽红绡——"她朝二楼扯着嗓子喊,不见小红的身影,气恼起来,"这丫头死哪儿去了?该不会跑了吧?不行,老娘得赶紧去逮她!"

她转头吩咐两名姐儿:"你俩好好招呼娇客,待妈妈去把红姑娘找来。"说着,她急匆匆走了。

两名姐儿笑着左右夹了过来。豫王皱眉,把珠花往她们手里一丢:"我不好女色。"言罢抽身走了。

鸨母招呼几个打手跟着自己,四处找寻小红。

她走到后院一处偏房,忽然见龟公开了房门,正小心翼翼地示意一名年轻清秀的仆役进来。

鸨母登时大怒,冲上前去,一把拧住龟公的耳朵:"老乌龟!看你这副鬼鬼祟祟的模样,背地里又有什么腌臜事瞒着老娘?这是藏了多少私房钱,要叫个贼汉子偷偷运出去不成!呸,难怪都说不缺人了,还给老娘往馆里招这只兔儿,是要里应外合呀!"

那名仆役低着头,眼里闪过杀意。

龟公一边歪着脖子唉唉求饶,一边用哀求的眼神看那仆役,见对方无动于衷,眼神里又带上了威胁之意。

那仆役慢慢收了杀机,只站在一旁冷眼旁观。

鸨母劈头盖脸骂完,拧痛快了,把龟公轰进屋子,又对那名仆役喝道:"傻站着做什么?他招你进来干活,就得听老娘的吩咐。去,把红姑娘找出来,给今夜的恩客送过去!"

仆役低头回道:"小的刚来,不知哪位是红姑娘,也不知她的恩客是谁。"

鸨母正要形容一番，忽然瞥见荆红追转过廊角现了身，忙唤道："女儿，原来你在这里，叫妈妈好找！"

荆红追裙裾飘飞地走过来，面纱上方的双眼凛然有神，盯着那仆役："找到了。"

那仆役打量"小红姑娘"，目露疑虑之色。

"找到了，找到了，"鸨母乐滋滋道，"快去接客。女儿啊，你真是好眼光，珠花一投就投中了个大金主。妈妈跟你说，那客人又英俊又有钱，光是头上那根墨玉簪子——"

荆红追指尖一弹，鸨母戛然失声，晕倒在地。

龟公惊得大叫，跑过去抱起鸨母的头枕在自己膝上，试图唤醒她。

鸨母身后几名打手见状，连忙朝荆红追扑去，还没近身，就被他的真气震得向后跌出去，摔成一片。

那仆役直起腰身，露出一张带着靥涡的娃娃脸，目光凌厉，如临大敌："是你……师兄。"

荆红追扯下面纱，用冷而亮的男子声音道："这个日日懒卧在床不出门的龟公，就是你的联络人？他房间里藏着什么秘密？或者说，通向什么地方？"

鹤骨笛从袖中滑出。浮音自知剑法上不是师兄的对手，急速撤身向后飘开的同时，吹响了笛音。

尖锐诡异的笛音蓦然响起，与梦境中听见的几无分别，豫王下意识地捂住双耳。

很快他发现，这次的音律虽然听着刺耳难受，但没有使人烦躁眩晕和体内气血紊乱的效果，也许因为笛音针对的并不是他。

豫王放下手，仔细辨认笛音传来的方向，继续向西边院子追去。

劲风激荡，院中横七竖八躺着昏死的妓馆打手，灯笼滚了一地。豫王赶到时，正看见站在假山顶上的女子将长裙一撩，露出底下穿白绸裤的腿，不禁微怔。

只见她扯断系带，取下绑在大腿外侧的长剑，旋即霜刃出鞘，仿佛挑起一条倒悬的星河，向屋檐上的布衣男子卷去。

这就是清河说的小红姑娘？剑法着实凌厉，也颇为眼熟……豫王忽然想起，在灵光寺中砍断卫浚胳膊的女刺客，似乎正是这般体貌？

"他是个苦命人，又与我有些机缘与瓜葛，视我为恩公，我又怎能见死不救？"

言犹在耳，这下豫王可以肯定：刺杀卫浚的女刺客、夜探王府与他交过手的黑衣蒙面人，以及面前的青楼女子小红姑娘，都是苏晏的贴身侍卫——荆红追。

那厢，浮音为了避开这一剑，向后疾退，鞋底在屋脊上剐出两道深痕，碎瓦片四溅。他边退，边将全身真气都灌注在指间一根鹤骨上。

这鹤骨笛用秘药炮制过，坚逾金石，更兼能加强音波震动，是浮音的成名兵器。此刻全力施展之下,反而听不见任何声响,但周围飘飞的落叶、溅射的瓦片,都在这无声无形的威力中骤然碎成了齑粉——

荆红追剑锋回撤,往面前一挡,但仍被震得倒飞数丈,血丝从耳道内流出。

豫王不去援手,故意扬声问:"你行不行?不行换我上。"

荆红追髻散簪落,裙裾翻飞,一头长发如风中乌浪,冷冷道:"用不着。你去抓那个龟公,他是联络人。"

龟公在荆红追和浮音开战时,就背着鸨母回到屋内,企图从密道溜走。

但他被昏迷不醒的鸨母拖了后腿,刚开启机关,就见豫王踹门而入。龟公情急之下,从床底抽出镔铁棍,朝豫王挥来。

论功力,他也算江湖二流,一手腾蛇棍法如疾风骤雨,密而不乱,打羁而上。

可惜豫王精通槊法,棍较之恰如小巫见大巫,三两下就破了他的罩门。豫王反夺过棍子,棍尖抵在对方咽喉上:"还不束手就擒!问什么,就老老实实答什么,或许还能饶你一命。"

龟公见逃脱无望,只得求饶:"大人,我真的不知内情,就是个看门的。"

豫王哪里肯信,把人捆了扔在墙角,说:"我没耐烦审你,回头让你尝尝北镇抚司的酷刑,保管你连祖宗十八代都吐露干净。"

龟公吓得面如土色,拿脑袋往墙上撞。

豫王道:"逃命还要捎带个昏迷的,看来情深义重,你要是敢自戕,我就拿这老鸨去刑堂。"

龟公无计可施,只得一一回答了,说临花阁是隐剑门在京城的地下据点,他在此控守多年,和一个年齿渐长的鸨儿搭伙过日子,后又任她招揽烟花女子,在此做起皮肉生意,更加掩人耳目。他一直隐瞒身份,因此鸨母并不知情,只当他是个烂泥扶不上墙的懒汉,嘴里又骂又嫌,但依然愿意养他,故而大难临头时,他也舍不得丢下她。

"这里面是什么?"豫王指着他床后墙壁上的黝黑洞口。

"是一道机关暗门,连着密道。"

"密道通往何处?"

"通往……明堂。"

豫王一愣。

明堂乃是天子之庙,是历代帝王所建的重要礼仪建筑,用于朝会诸侯、发布政令、大享祭天等,所谓"天子造明堂,所以通神灵,感天地,正四时,出教化"。敢随便拿这个名字自称,简直狗胆包天。

他不由得嗤笑出声:"什么见不得光的鬼地方,也配叫明堂!"又问,"外面那个吹笛子的,是要通过密道去做什么,还是见什么人?"

"这个就不清楚了，小的就是个守门人，负责接应身怀七杀令牌的人进入密道。门规严苛，其他的事情小人就算想知道，也没那胆子去打探啊！求大人明察，放了我和我婆娘吧，我们这就离开京城，从此再也不与隐剑门或七杀营有任何瓜葛。"

豫王听说过隐剑门。据说企图暗杀太子的刺客就是隐剑门人，皇帝因此震怒，下令围剿诛尽，导致这个数百年传承的江湖门派一夜覆灭。却从未听说过七杀营、七杀令牌，他想，或许外面那个出身江湖的荆红追知道些什么。

豫王正想出去看战况如何，忽然房梁震动，"轰隆哗啦"的响声中，连屋顶带墙壁坍塌了下来。

原来荆红追和浮音打得激烈，把整栋厢房都轰塌了一大半。

外面隐隐传来"地龙翻身啦""快跑啊"之类的喧哗声，想是临花阁中众人见房屋无故轰然倒塌，以为地震了。

动静这么大，看来无须再放烟花通知另一边，豫王见剩下的半间屋子也要塌，把龟公和鸨母一手拎了一个，大步走出房门。

他这头刚踏进院子，那头浮音被打得无力招架，砸穿屋顶掉了下来。

浮音双臂抱头，在满是砖石瓦片的地面滚了几圈，刚巧滚到了开启的暗门附近，趁机钻了进去。

紧接着，荆红追携一道闪电般的剑光，也闯入了那道暗门。

剩下半间屋子难堪重负，终于彻底倒塌，成为废墟，将密道入口埋在了瓦砾木头中。

沈柒揽着苏晏，施展轻功飞掠过来。苏晏喘气问："人呢？"

豫王指了指身后坍塌的废墟："底下。"

苏晏大惊，叫了声"阿追"就要冲过去。沈柒牢牢握住他的胳膊，劝阻道："你扒不动的，搞不好还要塌。荆红追武功不错，不会轻易被压在下面，自己会出来。"

豫王说："屋里有扇连着密道的暗门，他要是追着浮音进去，怕短时间出不来。"

苏晏皱眉："敌暗我明，密道内又不知什么情况，不能让阿追一个人冒险，得赶紧把入口挖开，派人下去。"

沈柒见他语气急切，不禁嘲道："那草寇不是自恃剑术了得，劈棵合抱大树如同劈豆腐，有什么可担心的。"

苏晏一听，知道沈柒犹在记恨梅仙汤那次，阿追为报私仇把他刺伤一事，无奈地劝道："你要和他清算旧账，那也得他先活着回来不是？"

"用不着锦衣卫插手，"豫王挑衅般瞥了沈柒一眼，"殷福是本王府上的，本王自然要清理门户，这便去召集侍卫清理废墟，寻找入口。"

这一下倒激起了沈柒的胜负心，觉得帮不帮荆红追不重要了，重要的是要先豫王一步抓住浮音及他背后的指使者。

身后地面上，鸨母猛地惊醒，茫然坐起身，看清废墟后，尖叫起来："老娘的房子怎么塌了？哪个狗骨秃儿干的好事！被老娘拿住，管叫他拆了狗骨头当房梁也要给老娘重盖回来！"

转头见龟公被捆成粽子，她又叫："哎呀老杀才，你这是被仙人跳了？"

鸨母急忙去解龟公身上绑的绳索，被豫王阻止了："他涉及一桩要案，得去公堂。"

鸨母大惊，对豫王说："娇客！莫要捉弄我家里这个蠢头蠢脑的乌龟。若是因为红姑娘不肯伺候，我亲手把她绑在床上，随你怎么处置。"

……画面太惊悚，简直不敢想象，豫王一阵恶寒，喝道："闭嘴！"

苏晏挪开视线，有些不忍看豫王的表情。

沈柒哂笑："老鸨，你去把馆子清场了，等北镇抚司来接手此处。"

鸨母一听"北镇抚司"四个字，肝胆俱裂，连滚带爬地起来，跑了几步，又艰难地折回来，哭道："官爷，我男人就是个烂泥王八，没胆子犯案的，还望官爷明察。"

沈柒不耐烦地挥手，打发她走。

鸨母又看了一眼龟公，拿帕子抹着眼泪走了。结果不过片刻，她又折回来。

沈柒正在废墟上弯腰抬一根主梁，见状厉声问："还有何事？！"

鸨母腿软坐地，颤声道："外面……外面被官差包围了，说要……要抓嫖。"

苏晏失声道："抓嫖？"

"是啊，之前兵马司的差爷们隔三岔五来，说要搜查犯律嫖宿的官员，但每次塞点钱也就打发了。今夜不知怎的，乌泱泱来了好一群人马，堵着大门不让人走，说是收到举报，错不了。我好说歹说不管用，钱也不收，可怎么办……"

鸨母越想越怕："有几个熟客都是官身，有知县老爷、主事老爷，哦，最大的是个翰林老爷……要是被抓出来，我这馆子是要掏一大笔罚金的，这可如何是好？！"

她忽然看向沈柒："官爷刚才说是北镇抚司的？不会也算一个吧？"

沈柒沉下脸："胡扯什么，我是来查案的。"

豫王更是气定神闲。兵马司而已，他身为宗室纵是真被抓个当场，也是想走就走，顺道还能拎走一个苏晏，任谁也不敢拦着。

苏晏却另辟蹊径，一拍大腿："来得好！正愁没有人手，叫他们进来帮忙挖。"

结果，"抓嫖大队"真的被苏大人当作壮劳力来使用了。

理由是"北镇抚司和大理寺联手查案，两位孤胆官员便衣潜入临花阁暗访，发现此地暗藏蹊跷。疑犯遁入密道，现下需要兵马司配合，清理入口"。

南城兵马司指挥汪辞被唬得一愣一愣，又见豫亲王也在场，于是乖乖听命，叫手下立刻清理。

不多时，密道入口暴露出来。

几名兵丁拿着火把探路，苏晏要进去查看究竟，沈柒和豫王也随之进去了，接应的兵丁们殿后。

留下汪指挥带着人马，守在外面等消息。

密道四壁粗糙，像是只作为通路使用，并未花心思装饰。一行人曲曲折折走了大约两三里地，火把光亮中，依稀见前方豁然开朗，出现一个极宽阔的大厅。

厅内布局像寺庙大殿，中央有塑像、供桌，四壁有神龛，地面排放着一排排蒲团，最深处的墙壁上，似乎还有个影影绰绰的巨型图案。苏晏眯着眼遥看，图案似乎十分眼熟……

"那就是龟公所谓的'明堂'？"豫王说道。

探路的兵丁举着火把走进去，还没来得及站稳脚跟，大厅突然就爆炸了。

爆炸声在近乎封闭的空间响起，震耳欲聋，四壁摇撼不止，土块石屑到处溅射，烟尘漫空。

苏晏被冲击波击飞出去，半空中不知撞到什么，眼一黑就晕过去。

不知过了多久，他呛咳着苏醒过来，眼前伸手不见五指，只感觉身上趴着一人，身下似乎还垫着一人。

火折的微光亮起，沈柒从他上方翻身坐起，边咳边低声唤道："清河……清河！"

"我没事。"苏晏喘着气说，"多亏你帮我挡着，没被砸到吧？"

"没事。"沈柒说着，不动声色地按了按胸口作痛的肋骨。

苏晏又去摸身下那人，把火折子移过来一照，发现是豫王，还昏迷着，额角磕在石块上，流了不少血。

他知道爆炸发生时，自己定是得了二人相护才安然无恙，内心十分感激，连忙从干净的中单上撕下布条，去给豫王包扎伤口。

豫王呻吟一声，逐渐清醒，摸了摸额头上的绑带，哑声道："看来那大厅里预埋了火药。对方早已做好一旦曝光，就摧毁此处的准备。"

沈柒说："我方才借火把光亮窥见，大厅四壁上似乎还有门户可通。说不定密道不止一条，这个大厅是会合处，可惜炸塌了，不知那些密道又通往什么地方，是不是七杀营的其他据点。"

苏晏回忆："我看见深处的白墙上，有个巨大的图案，像是……一朵八瓣血莲？"

豫王说："无论怎样，大厅已经塌了，我们只能回头。倘若运气好，来时的通道没有跟着塌方，还能原路返回，不然就只能困在此处。"

苏晏想想，也只能回头试试了，叹息道："可怜那些兵丁，被炸得粉身碎骨，连收尸都没法收。"

两人搀着他站起来,苏晏头晕耳鸣,因为冲击波导致的后遗症一阵阵干呕。

沈柒道:"我背你。"

苏晏摆摆手,缓过这口气,用袖子擦了擦脸,说:"我能走,扶一下就行。"

他刚迈出步子,几张纸页从衣摆飘落,用火折照了照,像是什么经卷的残页,爆炸后落到他身上。他随手把纸页塞进衣襟内,左右手各扶着一个伤员,慢慢往来时路走去。

所幸来时的密道没有完全塌掉,几处地方还留有缝隙,可供单人侧身挤过。

一行人终于走出密道,仍从废墟的入口出来,回到临花阁的院子里。侥幸生还的兵丁们也逐一出了密道,比进去时人数少了大半。

汪指挥见他们灰头土脸的模样,吓了一大跳:"万幸两位大人都无恙……啊呀,王爷受伤了!"

豫王摆摆手:"一点皮肉伤,不必大惊小怪。"

苏晏忧心忡忡:"阿追不会有事吧……"

他怀疑阿追着浮音进入密道,在大厅遇上了什么关键人物,导致对方产生危机感,为防止身份暴露,于是引燃预埋的火药,把大厅与内中事物一炸了事。

这个做法狠辣果决,既堵住了其他密道,又能让后方追踪之人葬身地底。至于辛苦打造的暗堡,对方说毁去就毁去,弃卒保车,不外如是。

估计他们进入密道时,那人刚走不久。

只是不知,阿追如今身在何处,是否安全。

苏晏左思右想,觉得暂时也没法子联系上荆红追,只能等他脱身后回来找自己。另外,让兵马司留意城内各处,尤其以临花阁为中心,方圆两三里内,看是否对地面造成影响。

他刚交代完,外面气喘吁吁跑进来一个兵卒,向兵马司指挥禀报道:"大……大人……塌了……"

"什么塌了,说清楚!"汪指挥急问。

"白纸坊……地面塌了个大坑,许多民房倒陷,死伤无数……"

那正是南城兵马司管辖范围,汪指挥惊道:"怎么会突然地陷?!"

苏晏皱眉:"怕正是地下那场爆炸引起的连锁反应。"

话音未落,只见西南方向,天际明光亮如白昼,像一个大火球从地面升腾而起,与此同时,巨响之声如万雷齐鸣。

一时仿佛天崩地陷,脚下整块大地都剧烈地震颤起来。

兵卒们站立不稳摔成一片,苏晏被沈柒和豫王牢牢护住,才没撞到旁边的假山上去。

汪指挥手扶假山,带着哭腔叫:"白纸坊是兵部火药局所在!完了,完了,库存火药炸了！"

　　白纸坊位于内城西南边角，遍布着大大小小十几家民间造纸作坊，因此得名。兵部的火药局也设于此处，制作并储存火药，用于军队火器弹药的配发。

　　苏晏见爆炸声势惊人，紧接着又响起几声霹雳，应该是其余火药被点燃后的二次爆炸，但不知白纸坊破坏情况有多严重，范围波及多广，只能焦心地眺望西南方向。

　　好不容易等到串响与震感消失，他问沈柒："怎么办？"

　　沈柒道："爆炸巨响，几里外可闻，定然惊动天听。朝廷会调拨军队灭火救人，派专员调查情况，后续还要清理现场与安置灾民。涉及兵、工、户三部，这事儿可大了。"

　　苏晏见朝廷设有应灾机制，效率如何尚且不说，至少不会没人管，于是也冷静下来，陷入沉思。

　　汪指挥急忙向他们告辞："事发下官管辖地，职责在身，这便要去查看究竟，豫王殿下与诸位大人请恕我失陪。"

　　豫王挥手示意他赶紧去。

　　苏晏越想越头晕，忍不住扶着假山恶心作呕。

　　沈柒之前悄悄自查伤势，每一下吸气时胸廓外撑，便刺痛不已，摸着感觉胸肋没有断，估计是骨裂。骨裂可以自愈，但一段时间内会疼痛使不上力，他不想苏晏担心，故而没有吭声。

　　而豫王看着伤势明显，其实只伤在皮肉，流血止住之后，状态反比两人要好些。他对苏晏说："你家马车还停在大门外，走，我送你去毓翁处诊治。"

　　苏晏晕过吐过一阵，擦拭着不由自主溢出的泪水，低声道："我没事，轻度脑震荡，躺几天就好了……王爷赶紧去治疗伤口，以免发炎感染。"

　　沈柒忍痛扶住苏晏，对豫王道："下官自会送苏大人回府，不劳殿下费心。"

　　豫王看出他受了伤却不说破，哂笑："泥菩萨还想渡人过江？"

　　两个人谁也不肯先走，于是夹着苏晏一同上了马车。

　　苏小北正守在车旁，焦急等待自家大人出来，见三人别别扭扭地挤进车厢，一脸蒙。

　　换作是苏小京，肯定要叽叽喳喳叫起来。苏小北有一点胜过苏小京——很会看眼色与形势，知道不是多嘴的时候，只问了句："大人是要回府，还是去哪里？"

　　沈柒："回府。"

　　豫王："去医庐。"

　　苏晏："不，去午门。"

　　沈柒与豫王："去午门做什么？"

　　苏晏："四更天了，过去刚好赶上开宫门，我要进宫面圣。"

　　"你可歇着吧！"沈柒和豫王一人扶肩，一人抬脚，把他按在了长座椅上。

苏晏躺是躺下了，但车轮滚动，震得他脑袋又晕起来，呻吟道："我还想吐……"

他刚才连黄水都吐光了，哪里还能吐出东西来，干呕一阵后闭着眼忍受眩晕，嘴里哼哼唧唧转移注意力："我要给马车装个提速和避震系统……滚动轴承，橡胶轮胎……还有弹簧……天工院几月份可以开办……"

豫王还在琢磨他话中的奇怪字眼，忽然听他问起天工院，答："四月。不，三月，赶赶工，三月应该可以。"

苏晏声音虚弱："最好三月，赶在我离京去闪锡前。我有些想法和建议……"

"你还要去闪锡？"上次差点没把小命搭进去，沈柒不乐意了，"朝中这么多官员，就没有一个人能接手？"

"能是能，框架我都搭好了，细节也在魏巡抚的协助下逐步完善。但我最好还是再去一趟，夯实夯实，避免将来的专理马政御史接手时跑偏。我答应了皇爷，等过完万寿节，三月就出发。"

豫王也表示反对："天工院初办，百端待举，你作为创建者兼院长，如何能走掉不管？还是留在京城为好。这话你要是不好说，本王去向皇兄提。"

沈柒第一次真心认同豫王的说法，不过就此一句。

苏晏道："院长我可当不了，顶多当个名誉院长。我这人呢，点子是不少，但专业水平不行，博而不精，只会画饼。天工院得你这位亲王坐镇，才能保证不出事，另外还要请一位公认的大师当院长，才能服众。这位大师最好是科举'正道'出身，令文官们无可非议，但在格物学方面又要有卓越成就……难哪。"

豫王说："本王府中先前招揽了一批格物人才，到时你看看，可有合用的。"

"好。我还记得几个人名，但不知……平行……蝴蝶……"苏晏说着说着，没了声音，像是难抵脑伤，思绪不济而昏睡过去。

车厢里另外两人也安静下来，并嘱咐苏小北把车赶慢点，以免惊扰他。

不到两刻钟，苏晏因为一个颠簸惊醒过来，叫道："——尘爆！"

"什么？"

"可是做噩梦了？"

苏晏在二人搀扶下坐起身，深吸口气，慢慢说道："地下大厅的爆炸，不是火药。因为如果预埋了火药，没有定时装置，对方无法准确地在我们进入时引爆，除非留下一名死士，作为引爆者。"

"当时大厅周围除了我们，并没有其他人，这点我可以肯定。"豫王道，"所以才放心带你进去。"

沈柒也点了点头。

苏晏知道内功修炼到一定程度,耳力、眼力都较常人灵敏得多,甚至能感应到玄而又玄的"剑意""杀气",既然豫王和沈柒都说附近没有其他人,那就应该没人。

当时,荆红追、浮音,以及浮音要去见的幕后者,都早已离开。而他们因为从废墟里挖掘入口而耽误了时间,并没有赶上。

但那个幕后者离开之前,给追兵留下了一份"大礼"——

苏晏一念至此,开始翻看自己的衣襟、袖管,最后从衣缝内抠出一些白色粉末。

"二位高手,帮忙辨识一下?"

沈柒将白色粉末用指尖拈了一点,嗅了嗅:"……面粉。"

豫王用舌尖舔了一下:"的确是面粉。"

苏晏皱眉道:"果然是尘爆。"

"尘爆?"

"没错。幕后之人临走前,触发了大厅里的机关,只要连通临花阁密道的那扇门被人从外面推开,屋顶就会撒落大量面粉,在半封闭的空间里,遇到兵丁手上的明火,引发尘爆。

"而且,第一次尘爆后,气浪会把地面上堆积的粉尘吹起来,引发二次爆炸。二次爆炸的粉尘浓度会比第一次高,威力也更猛烈。"

豫王颔首:"朝廷对火药、火器管制得紧。民间除了制作烟花爆竹之外,不许大规模生产火药,哪怕配制出来,纯度也低。之前本王也有些怀疑,这隐剑门,还有什么七杀营,哪来手眼通天,能弄到许多火药?"

沈柒问:"白纸坊的火药库爆炸,莫非也是尘爆?"

苏晏摇头:"这我就不敢肯定了。但火药库本就是危险之地,定有重兵把守,对方能潜入其中,引爆库存火药,或许真有内应也说不定。"

沈柒道:"听闻边关异动频频,大铭与宛郁、达延或将开战。在这个微妙关头,兵部库存火药爆炸,备战又缺乏弹药,赈灾又糜耗人力物力,怎么看,都觉得对方用心险恶。"

北镇抚司擅长侦刺,消息灵通,苏晏也没问他从何得知边关军情的,认同地点头:"一石二鸟啊!或许还不止二鸟……"

马车在这时停住,小北唤道:"大人,到家了。"他跳下车辕,去搬步梯。

苏晏站起身,有些耳鸣,眼前一阵发黑。他喃喃道:"这脑震荡有点严重,好像近事遗忘了……我竟然想不起来,今夜去了哪里?为何而去?"

沈柒与豫王对视一眼,看到了对方眼底的担忧。

沈柒扶苏晏慢慢坐下,温声道:"今夜你和阮红蕉去了临花阁,我得知后不放心,也去了。"

豫王道:"本王跟踪殷福到临花阁,遇见你和沈柒,还有乔装成'小红姑娘'的荆红追。"

沈柒暗骂一声：就觉得什么红姑娘妖气得很，果然是那草寇男扮女装。贼鼠东西，迟早做了他！

苏晏恍惚想起大半，说："对，阿追乔装打探，也是因为浮音。他发现暗巷墙根处出现血莲印记的当夜，浮音就会去临花阁，所以今夜——"

后面的话戛然而止，苏晏怔了片刻，忽然一拳捶向车厢墙壁，咬牙道："——下得好一手棋！"

"怎么？"

"你想到什么？"

苏晏越想越郁闷，觉得自己不该犯这个错误："今夜，你、我、他，阿追、浮音……都成了那人的棋子，被牵制在这一隅。所有人的注意力都在这临花阁内，包括因为收到举报而赶来抓嫖的南城兵马司，这也削弱了白纸坊的夜间巡逻力量。"

"明修栈道，暗度陈仓。"苏晏叹道，"上次坤宁宫一局，他下'暴'，我下'孝'，赢了他一手。这次一个不察，被他扳回一局，用临花阁做幌子，把火药库炸了。我……我郁闷啊……"

沈柒劝道："既然是对弈，难免各有输赢。对方工于布局，环环相扣，我等一时不察落于下风，再破局反击便是，不必太过懊恼。"

豫王也道："百密尚且一疏，人又不是神仙，哪能事事未卜先知？"

苏晏依然情绪低落，扶着门框一步三摇地下了车，嘴里曼声长吟："出师——未捷——身先死，长使——英雄——泪满襟……"

豫王看了看沈柒，低声说："这事儿对清河打击有点大，怎么办？"

沈柒皱着眉琢磨："他遇上了劲敌，棋输一着又受伤，今夜怕是不好过。"

两人正担忧，苏小北把步梯搬回车上，咕哝了一句："想多了您二位。"

"什么意思？"豫王和沈柒转头瞪他。

忽听苏晏的声音从门内传来："小京，早饭好了没有？饿死我了！今天不吃春饼和胡辣汤，熬点青菜蛋花粥，老爷我刚吐了几场，要养养肠胃。"

停顿后，又听他补充一句："中午吃烤鸭、枸杞炖羊排，养完肠胃，得进补。"

沈柒与豫王："……"

苏小北："就说您二位想多了吧，大人没事。能吃能睡，还能继续'刚'。"

第七章

长夜守门人

　　苏晏吃了一小碗青菜蛋花粥，沐浴时趴在桶沿上不知不觉睡了过去。

　　苏小京进来添水时，见他睡得沉，便问苏小北："要不要叫醒大人？再迟就赶不上早朝了。"

　　苏小北道："头晕成那样，一路吐回来的，还上什么早朝。请假！"

　　两人合力把苏晏弄出浴桶，擦干净换上寝衣，塞进被窝里。中途苏晏惊醒，睁眼看了一下两个小厮，很放心地咕哝几声，又睡着了。

　　许是受了震荡的大脑也想得到更好的歇息，这一觉足足睡了六个时辰，苏晏朦胧转醒时，两眼放空地望着帐顶，不知今夕何夕。

　　房门被轻轻敲响，见屋内没反应，又加重敲了几下。门外传来苏小北压低而急切的唤声："大人！大人，圣驾到了！"

　　苏晏一惊，猛地坐起身："皇爷？怎么突然来了，在哪里？"

　　"在花厅喝茶。说是微服私访，还说让我们不要大张旗鼓地接驾。"

　　苏晏快速下床穿衣，在苏小北的搀扶下匆匆赶到花厅，果然见到一身文士打扮的景隆帝，正在抚弄窗边那盆报岁兰。

　　他连忙上前接驾。皇帝示意他不必行礼："坐吧，听说昨夜地下密道爆炸，你受了伤。"

　　"被震得有点头晕，没事，睡一觉好多了。"

　　苏晏陪了座，屏退自家小厮，又见皇帝让御前侍卫也退出花厅，是要密谈的模样。于是他将临花阁一事细细道来，然后说："臣怀疑，昨夜引爆火药库，与之前借坤宁宫大火生事的，是同一个人。"

皇帝颔首："你称之为'弈者'。"

"对。都怪臣不察，昨夜输了一手。"苏晏懊恼道，"皇爷微服出宫，可是去白纸坊暗访？不知情况如何？"

皇帝一声叹息。

昨夜三更时分，爆炸声震宫阙，景隆帝接连收到密报，先是御前侍卫说临花阁地下密道爆炸，导致地面塌陷，幸而追贼的豫王、沈柒与苏晏得以生还，并无大碍。

而后又有锦衣卫来报，说兵部火器库爆炸，白纸坊陷入火海，民众伤亡未知。

再后来，兵部来报，说五城兵马司兵卒尽出，正在灭火。

皇帝急召内阁诸位阁臣，以及兵部、工部、户部尚书商议，还另外指派了巡城御史，负责调查爆炸原因。故而今早奉天门罢朝，相关人员都赶去现场了。

如此大规模的爆炸，前所未有。皇帝不放心，天亮后带着侍卫微服去了白纸坊。

但见烟尘蔽空，昼如晦暝，坍塌的居舍绵延不绝，方圆两三里之内皆成废墟，死伤民众不计其数，断臂、折足、破头者枕藉于街，惨状难以言表。

苏晏听了，心情十分沉重："得赶紧隔离易燃易爆区域，防止连环爆炸，救助废墟里的幸存者，治疗伤患，安顿灾民。"

皇帝道："三部主官已着手去做了。附近的寺庙、道观已尽数敞开，容留灾民，兵马司还下了临时征发令，让全城大夫前往救治。除了药材，还有食水、衣被等物资，户部也在尽快统计应需，向国库支领，或向商户募集。"

苏晏这才放了半颗心，又提醒道："虽然天气寒冷，但也要小心瘟疫，死者与死畜的尸体应及时清理，避免腐烂污染水源与空气。"

"有道理，朕回头再从京军调拨一批兵士，负责清理尸体。只是死难者多面目全非，甚至连全尸都找不齐，无法确认身份的，只能统一焚毁。"

苏晏点头："如此臣也没什么可建议的了。臣如今要做的，是尽快把幕后的'弈者'逼出来，以免他再想出更歹毒的招数——为逞私欲而陷万民于水火，这般丧尽天良，此人一日不死，臣一日意气难平，心结难消！"

皇帝拍了拍他的肩膀，以示安抚："关于此人的身份，你有什么猜测？"

"臣尚不知他是谁，但怀疑有几个人物与势力，与他密切相关。"

"你说。"

"一个是七杀营营主。隐剑门虽然覆灭，但那只是摆在明面上的部分，如壁虎尾，必要时可以断之；内部的七杀营才是核心力量，营主未死，不少杀手仍在他的操纵下蛰伏暗处，不可不防。

"七杀营貌似以八瓣血莲为联络暗号。但臣昨夜下到地底，见到他们所谓的'明堂'，总觉得哪里不对劲，这血莲图案似乎不仅仅是联络方式那么简单……"

"明堂？"皇帝冷笑一声，"看来他们不仅胆子大，野心也不小。"

苏晏道："臣认为，只有弄清了动机，才能推测对方的行为。倘若烧毁坤宁宫与引爆火药库的就是一个杀手营的营主，那么他弄得天下大乱，图什么？是对大铭有血海深仇，还是对国器有所图谋？

"臣总觉得，他的身份与他的目的之间，还欠缺了些什么环节，不把这块重要的空白填上，就无法描绘出'弈者'真正的面目。"

皇帝思忖片刻，又问："你刚才说，'几个人物与势力'，还有呢？"

苏晏幽幽地看了皇帝一眼："臣不敢说。"

"是不是要讨一句'朕恕你无罪，直言无妨'？拿去吧。"

"臣还是不敢说。怕触怒了皇爷，口头的答应不作数。"

"……"

皇帝从袖内摸出一方圆柱形的私人小印，往苏晏怀里一丢："立字为据总算数了吧？章自己盖。"

玉印为绝品羊脂玉琢成，凝脂晶莹，洁白无瑕，印尾镂雕蟠龙，印头篆文刻着"景隆"二字年号。

苏晏第一反应：皇帝的私人印章，珍贵文物万金难求，妥妥的传家宝啊！又一想：我一个光棍能传给谁？再说，五百年后，我自己用过的碗也是文物好吗？可就算值个千八百万，我也享受不到。

这玉质手感太好，他握着三寸来长、两指粗细的玉印，厚着脸皮道："皇爷这是赐给臣了？"

皇帝笑骂："让你安心说话。你倒好，还想顺手牵羊，把朕的东西顺走。这是天子之印，你敢用？"

苏晏看他没有真发火，于是得寸进尺道："臣万万不敢用！皇爷御赐之物，臣必是要建龛供奉，以传百代的。多谢皇爷赐印！"

只有"奉天之宝""皇帝之宝"等二十四玺，才具有盖在圣旨上生效的功能。除此之外，宫中书房里的各种小印没有一百也有八十个，多是盖在书画上添趣，或者拿来把玩用的。皇帝没把区区一个私章放在心上，挥手道："收着吧。"

苏晏讨到了凭证，小心地收入怀中，这才接着道："如此臣就敢大着胆子继续说了。第二个，是卫家。或者说，是太后。"

皇帝手指扣在桌沿，紧了紧，没有立刻回应。

苏晏生怕触怒龙颜似的，补充道："当然，太后很可能并不知情，只是客观上成了推动行船的水流。"

皇帝慢而深地呼吸。

苏晏屏息等待，最后终于等来了一句"你继续说"。

他咬咬牙，决定犯一犯君臣大忌，万一赌错了……那只能怪自己判断失误，高估了自己的重要性和影响力。该承受怎样的后果，他一力承担就是。

"臣之所以认为，'弈者'与卫家有关，是因为这几次针对太子的布局与暗算，卫家是最大的得利者。"

皇帝忽然反问："你知道历朝历代争储，凡牵涉太深的臣子，是什么下场？"

苏晏脸色有些发白，下意识地伸手去摸怀中的玉印，哪怕隔着厚衣，那股坚硬也能给自己提供信念支撑似的。他低声道："臣知道。"

"可你还是要说……为了太子。"

苏晏低头："不仅为了太子，也是为了皇爷，为了江山社稷的稳固久安。"

皇帝注视他，目光复杂——疑虑、感佩、审视、权衡……兼而有之，即使苏晏此刻抬头看见，也很难尽数感悟。

他低头等了良久，依然等来一句"你继续说"。

"皇爷犀燃烛照，不会看不出卫家暗藏野心，这野心因为二皇子的出生而不可遏止地膨胀——但与其说是'不可遏止'，不如说是'不被遏止'。因为每次只有闹得太过分了，皇爷才会敲打警示，等对方吃痛缩回去，皇爷就不再追究。如此一来，卫家胆子更大，不仅有意拉拢勋贵与文官，甚至连部分言官如今都已是他的喉舌。

"皇爷对此，难道就没有警惕之心？

"刺杀太子谁会得利？

"市井间诽谤储君的流言是谁散播？

"坤宁宫大火是谁的设计？

"朝臣对太子的不满与指责，是谁在煽风点火？

"——这一切，皇爷难道心里真的没有数吗？还是明知而故纵？"

苏晏一句比一句问得犀利，看似气势逼人，实际上手心汗湿，一颗狗胆已经壮到麻木。

景隆帝吐出一口长气，声音低沉地说："换其他任何一个臣子，朕都不会任由他把这些话说完。但也只有你，看破还非要说破，说破还非要讨个答案——这个答案，有那么重要？"

"当然！"苏晏完全豁出去了，"这个答案决定了，臣是要继续和卫家斗，和'弈者'

斗,还是顺应天意,从此闲云野鹤,只求平安不谈抱负。"

皇帝"呵"了一声:"好个顺应天意!你要是真肯顺应朕的意思,何至于屡屡身陷险境?如今倒拿这个来说嘴。"

苏晏从椅上起身,跪在皇帝面前谢罪:"臣不识好歹,罔顾君恩,是一等一的傻子。"

皇帝垂目注视他许久,缓缓说道:"你不就是想知道朕的真实想法?朕不爱说,是天性使然,也是御下手段,你就非得逼朕说。就让朕好好地当一个孤家寡人,不好吗?!"

苏晏想起元宵夜在城楼上的一番君臣对话,斗胆回答:"皇爷自诩为孤家寡人,却对臣信任有加。故而臣不惜性命,愿剖心以报。臣这份心意虽微如水滴,亦想为撑天的巨鳌带来一丝东海潮声。"

他的最后一句话,似乎真正打动了面前这位天子,在此刻将帝心打开了一条罅隙:"苏晏,你可知何为'庄公养祸'?"

苏晏愣住。

他当然知道这个典故。春秋时期,郑庄公不得母亲武姜的喜爱。武姜喜爱次子叔段,便替他向庄公讨要京邑作为封地。臣子劝谏说,京邑比都城还大,不宜作为封地,恐对国君不利。庄公不采纳臣子谏言,称母亲的要求不敢反对。

人都道郑庄公是孝子,哪怕母亲武姜对弟弟叔段的宠爱明显逾矩,他也不出手干涉。于是叔段擅自扩大封地,不服王命。臣子屡屡劝谏郑庄公,请他惩戒弟弟。庄公依然毫无应对之举,只说:多行不义必自毙,他会自取灭亡,你们且看着。又过了些年,叔段修理城郭,招兵买马,造盔甲、武器与战车,准备偷袭郑国都城,谋夺国君之位。而武姜则打算在京城接应他,为他打开城门。郑庄公得知后,下令:可以动手了。于是发兵讨伐叔段。叔段不得人心,屡战屡败,最终逃亡他国,死在异乡。

皇帝追问:"郑庄公为何明知弟弟居心不良,依然予取予求了那么多年?"

苏晏若有所思:"故意养祸。把小祸患养成大祸患,铲除起来才能师出有名。"

"不只是师出有名。把祸患养到足够茂盛,你才会知道,它的根系有多深,上下左右的勾连有多庞大。到那时,才能连根拔起,将主恶连同党羽彻底铲除。"皇帝语声低沉。

苏晏微怔,而后打了个激灵。

"朕之前没有除去卫家,如今时机更是不合适。

"你觉得如果卫家倒了,那个把它当枪使的幕后之人,是会就此罢休,还是再找一件更强力的武器?

"就让卫家继续当'弈者'手中的棋。他下的步数越多,暴露得越快。"

苏晏喃喃道:"可我们只要一步没拆破,就要付出代价——譬如昨夜的爆炸。"

皇帝道:"所有成功都要付出代价。昨夜之事,朕也不愿见它发生,数千子民的性命,如果可以，朕宁可用自己的血肉去换。但有时太过于想避免牺牲，只会牺牲得更多。"

苏晏沉默片刻，说："臣会尽快弄清楚，幕后黑手的身份与真实目的。"

"卫家那边，朕也会命人加强监查。"

"两个侯府，手下、门客、往来者众多，一个个查，臣恐并非易事。"

皇帝笑了笑："朕设锦衣卫，就是做这个用的。"

苏晏问到了想要的答案，凛然之余，又觉得释然。景隆帝看着平和宽仁，实则城府深、思虑重，自己又不是第一天才知道，有什么好发怵的。

他正在安抚自己的内心，忽然肚子骨碌碌一阵饥鸣，这才想起，六个时辰前就喝了一小碗粥，眼下胃都要饿穿了。

为了掩饰尴尬，苏晏忙道："这会儿饭点都过了，皇爷尚未用膳吧。不嫌鄙舍简陋的话，还请皇爷施恩，赏脸进一些饮食？虽然都是粗茶淡饭，但也算干净爽口。"

皇帝不重口腹之欲，随意点了点头，算是恩准了，还赐他同桌而食。

昨夜，临花阁的龟公和鸨母双双被拿。北镇抚司的刑房能撬开铁人的口，证实了鸨母的确一无所知，而龟公终也熬不过，将他知晓的内情如数交代。

沈柒看着手下呈上来的证词，提炼出几点重要信息：

隐剑门与七杀营类似于门派的外门与内门的关系，一个在明，一个在暗。隐剑门靠门下产业为七杀营提供资金，招徕与输送人手，门主听从营主的指挥。隐剑门覆灭后，七杀营保留了大部分力量，而且资金支持依然存在，但不知钱从何而来。

七杀营的精锐杀手分为"天、地、玄"三个类别，总人数不太清楚。听说几百人是有的，个个都能独当一面。

京师的地下据点不止一处，密道都通往被炸毁的"明堂"。

每个据点都有守门人，龟公只知道其中两个，剩下几个不明身份。

昨夜之前，七杀营营主的确在京城，至于爆炸之后是否秘密离京，就不知道了。

没人见过营主的长相，更不知其性别、年龄与武功深浅，但所有心怀不服、挑战过他的杀手都死了。

"把这两人羁押在牢，好好看守。你和韦缨点五百人手，随我去抓另外两个守门人，看还能不能榨出点什么。"沈柒起身时牵动伤处，手扣胸口深吸气。

石檐霜忙道："大人有伤在身，且去歇息，这点小事，我和韦千户就能办妥，无须大人亲往。"

北镇抚司的医官给沈柒开了一剂膏药，让他敷贴伤处，说能散瘀活血镇痛，促进骨裂加速愈合，但药味儿很冲，隔着几层衣物还能闻到。

沈柒略一思索，说："也行。那你叫人烧点热水，我要沐浴更衣。"

他把自己清理干净，确认嗅不到膏药气味了，才骑马缓行，去了苏府。

之前他派人打听过数次，都说苏晏还在睡，前后睡了六个时辰还不醒。他忍不住担心，决定亲自去探访。

时值黄昏，京城的天空似乎仍被爆炸后的烟尘笼罩，暮色就显得格外溟溟，夹着风中隐隐飘来的哭声，令人心情沉重。

他刚行到巷口，便见苏府被一群侍卫打扮的汉子团团围住，戒备森严。沈柒看出这些不是普通侍卫，个个散发着精悍的锐气，像是在战场上受过洗礼的。

他心底一凛，似乎想到了什么，绕到苏府后巷，悄然跃上邻居家的屋顶。

高朔果然还藏身在檐牙间的阴影里，边啃着红枣，边伸着脖子使劲瞄向苏府后院。沈柒在他肩头拍了一下，吓得他枣核险些卡在喉管里。

吐掉了枣核，他忙低声向沈柒禀报："皇爷微服私访，就在主屋的花厅内，与苏大人密谈。"

果然。沈柒脸色凝重："谈多久了？"

"有两刻钟了，没见出来。"

说话间，花厅门被打开。不多时，苏府小厮与仆役打扮的内侍们从厨房出来，一盘盘菜肴流水般往厅里端。

高朔一脸羡慕地说："皇帝施恩于臣子，赐一同用膳，按说也算是惯例。可这惯例无论落在谁头上，都是天大的荣耀啊……"

"收声。"沈柒忍着胸肋间的剧痛，压低嗓音警告他，"窥伺与惊扰圣驾是什么罪？"

杀头的大罪！高朔紧紧闭上嘴巴。沈同知命他监视苏府，如有贼人潜入及时预警，可没叫他窥伺圣驾啊。这会儿真叫一个看也不是，不看也不是。

"继续盯着。待圣驾离开，再来报与我知。"

高朔看着沈柒几个纵跃消失在屋脊后，挠了挠后脑勺：不是说同知大人被爆炸震伤了骨头，怎么还跟没事人似的来去？这也太能打熬了吧，不愧是"拼命七郎"！

离开苏府后，沈柒既没有回北镇抚司，也没去药庐，而是悄然溜达到了夜间依然热闹的东市。

东市虽然热闹，街尾的馄饨摊子却萧条，盖因老板不会做生意，馄饨口味不咋样，葱花和醋还要另外算钱。加上老板的脑子似乎有点问题，找零也总是有三没二，以至于客人越来越少。

就这样，摊子仍风雨无阻地开着，大概勤能补拙，居然苟延残喘了好几年。

昏暗的灯笼下，沈柒从墙角暗处慢慢走过来，坐在歪斜的条凳上，把绣春刀搁在桌边。

中年老板肩头搭条脏棉巾，过来招呼客人："吃什么？"

沈柒道："面。"

"没有面，我这里只卖馄饨。"

"那你还问我吃什么？"

老板愣头愣脑地改口问："吃几碗馄饨？"

沈柒盯着他看："一碗，没有馅儿的猪肉馄饨。"

老板怔住，呆滞的眼珠一轮，像是木雕忽然活了起来。他说："客官请稍等。"

不多时，一碗煮好的馄饨皮摆在沈柒面前。老板说："有馅儿和没馅儿的一个价。葱和醋还得另外加钱，要吗？"

沈柒不回答，自顾自地往碗里加了一勺葱花、三滴醋，把馄饨皮吃完了。

老板在桌对面坐下来，脸上浮起笑意："北镇抚司锦衣卫同知，沈大人。就是您，把前任主官冯去恶冯大人送上了断头台。"

"你错了，不是断头，是腰斩。"沈柒冷冷道，"临死前，他告诉我一个天大的秘密。"

地面坍塌的大坑边缘，浮音手脚并用地从石块间爬了出来。他满是血口的手指紧握着鹤骨笛，奔跑几步，又脱力地栽倒。

正是黎明前夜色最深浓的时辰，西边天际的一钩残月，被爆炸后的冲天火光与黑云遮蔽。

剑光取代月光，划破夜色，直抵浮音的眉心。

荆红追仍是青楼女子的打扮，身上衣衫破烂，面上尘土、脂粉与污血糊作一处，只一双眼睛依然如晨星如冰河，湛然而冷漠。他说道："你输了。"

浮音喘着粗气，语声断断续续："走到今天这一步，我也不想的……"

荆红追道："但已经是这样了。"

"师兄，给我个痛快……"浮音伸出另一只手，想去扯他的裙摆。

荆红追向旁一侧，避开了："我会给你个痛快。"

浮音的眼神，像深水下的火光，微微亮起。

"但在那之前，你得把你所知道的一切，包括营主，还有营主背后的力量，全部交代清楚。"

"……你要对我逼供？还是要拿我去臭名昭著的北镇抚司用刑？"浮音脸上露出痛楚而扭曲的笑，笑着笑着，咳出几口乌血。他靠着一根倒塌的柱子艰难地坐起身，将染血的笛身攥在掌心，"师兄啊师兄，你总是这样，看似剑下留情，实际上却把我推向更痛苦的深渊……在七杀营'蛊斗'时如此，现下依然如此！"

荆红追听出他语气中郁烈的恨意，沉默了一下，问："你恨我，因为我当初向营主求情，留你一命？"

"求情？是啊，你的剑法从来都是最犀利有效、直取目标。你求情也一样，用最简单有效的说辞，打动营主。"

荆红追想起当时他对营主说的话：

营主见过几个从血瞳中恢复清醒的人？

他是不是个很好的研究对象？

这两个问题，让营主终于打破沉默，回答："不错。"

"你想起来了？我的确活了下来，是'蛊斗'中输了，却能继续活着的唯一一个杀手。但我宁可死在当场，死在你剑下！你以为我被编入另一个小队，所以几乎不再见到我？"

浮音吃力而尖锐地冷笑起来，靥涡拉扯在面颊上，像一条惨烈的伤疤："你错了，我真的如你所言，成了'很好的研究对象'。

"魔魅之术使我们强大，也使我们容易走火入魔。如何让疯癫的'血瞳'恢复理智，避免浪费，一直是营主想要解决的问题。现在一个绝佳的样品送到了他面前——你知道我经历了什么？"

浮音五指扣住地面碎石，但怎么也止不住指尖的抽搐，仿佛只是回忆当初的场景，就能令他如坠地狱。

"我被灌下各种各样的药，遭受百般折磨，被逼着在血瞳与清醒之间反复催发，以观察身体的反应与神志的变化……你知道当时的我多么痛苦和绝望，是怎样的求生不得，求死不能？"

荆红追眼底的寒潭依稀起了涟漪，但手中的剑依然平稳而冷锐："你恨我，当初没一剑解脱了你。"

浮音嘶声道："我难道不该恨你？你是逃出生天了，可我呢？依然身陷地狱，在生死苦熬的关头，还做梦你会折回来拉我一把！可我错了，你一去不回头，甚至一次都没想起来你还有一个对你师兄长师兄短的师弟！"

"我从没把隐剑门和七杀营当作师门。"荆红追道。

"的确，你也从没叫过我一声师弟。在你看来，那里是烂泥潭，挤满了一群人不人鬼不鬼的野兽、怪物！你好不容易重新过上了人的生活，当然要爱惜自身，爱惜你依附的主家，怎么还肯冒风险回来救我？"浮音尖刻地叫道。

荆红追用一种奇异的眼神看他，仿佛面前不是认识七年的同伴兼敌手，而是个不可理喻的陌生人。他露出了匪夷所思的神情："我能逃出来，为何你不能？

"我有什么义务，一定要回头去救你，救其他人？在你们听到一声令下，就会把剑刃刺进我胸口的情况下？

"'蛊斗'时倘若输的人是我，你会不会冒着触怒营主的风险，替我求情？

"你扪心自问，如果逃出来的是你浮音，会不会折回来救我？"

我会……不，我不会！如果那时我能挣脱噩梦，哪怕世上的人都死绝了，我也不会再回去……浮音身躯颤动了一下，思绪开始混乱，但仍强词道："可就算我逃出来，你也不肯收留，甚至不愿与我有任何牵连。"

荆红追扯了扯嘴角，露出一个讽刺的笑容："我为何要与你有牵连？"

"你最想保护的人，那就是你自己。

"而我也有最想保护的人。只要我还活着，还能拿得起剑，就绝不会让他身陷危险。如你所言，我曾是一头野兽、一个怪物，终于成了人，又怎么可能让其他野兽与怪物去接近他？"

浮音眼中最后一点微光，被浓厚的黑暗彻底吞没。

那黑暗沉淀到极致，又变成血一样的黏稠与腥恶。

浮音从鹤骨笛内，缓缓抽出一柄尖刺似的短剑，脸色惨白，瞳仁如血，像一个被仇恨与执念驱使的幽魂厉鬼："老规矩，赢的走，输的死。"

长夜将尽，天色从墨蓝转为靛蓝，又渐渐透出了鱼肚白。

荆红追身上多了七八道血口，但都只伤在皮肉。反观血瞳浮音，左肺中剑，咳嗽中带着血沫，显然已是强弩之末。

眼白布满血丝，瞳仁赤红得像要爆裂，浮音强行运转真气，将创口经脉堵住，左手挽笛还想再吹一曲迷魂飞音，被荆红追一剑刺破丹田。

他痛苦地尖叫一声，一边咳血，一边道："你废我修为，却不杀我，想严刑逼供？我偏不如你的愿……"

荆红追剑尖回撤，伸手点了他几处穴位止血："这可由不得你。如何处置，大人说了算。"

"你想知道营主的事？"浮音近乎失焦的眼睛，望向荆红追身后，忽然浮起一丝混杂着恶毒、快意与惨然的微笑，"好啊，你自己问他吧。"

尖锐的寒意顺着脊背爬上荆红追的后颈，他感到了前所未有的危机感——就在身后！

他一把抄住浮音的衣领，毫不犹豫地向前疾掠，然而前路已被一个高大的人影挡住。

那人头罩风帽，浑身上下被一袭红袍罩得严严实实，袖口外的双手戴着黑革手套。青铜面具遮住了他的眉目，下半张脸则掩盖在细密的黑色金属网罩内，隐约可见说话时翕动的嘴唇。

"天字二十三号。"红袍人的声音犹如沙砾摩擦，雌雄莫辨，"叛营者死。"

荆红追一身剑气如临大敌，乍然外放。布满黑白星云纹路的剑尖高速轻颤，发出低吟般的嗡鸣声。

强压之下，剑鸣铮铮。百折不回，有敌无我，有我无敌——这便是他的剑意。

酒杯从指间滑落，在地面摔得四分五裂，深红色葡萄酒液溅在衣摆，像一串新鲜的血迹。

苏晏恍惚清醒，告罪道："刚才臣突然心悸了一下……臣失礼。"

立刻有机灵的内侍上前打扫，念叨着"碎碎平安"。

皇帝见他面上血色尽失，便吩咐随驾的太医院院使汪春甫过来把脉。

"臣就是不小心手滑，没事的……"苏晏推托不得，被太医仔仔细细检查了一番。

汪院使诊后禀道："苏大人这是脑髓震动导致的气机逆乱。须知'脑为元神之府'，清窍郁闭而昏迷；气滞不畅而头痛；元神受郁而头昏、失忆；扰动胃气上逆而恶心呕吐……"

皇帝自己头疾发作时，不爱召太医，更不想听汪春甫讲医理，嫌他小题大做，此番却听得认真，问道："这些症状他都有，该如何治疗？"

汪院使难得有机会在御前说个痛快，洋洋洒洒地发挥了一阵，最后总结道："观其脉象，苏大人如今已无大恙，卧床静养十天半个月便可痊愈。"

苏晏小声嘟囔："我就说了没事啊，轻度脑震荡，自己会好的。"

"太医让你卧床静养，你就老实听医嘱，别再出门乱晃。半个月的病假，朕准了，明日不必再来上朝。"

皇帝漱口净手后，起身道："好好歇息，朕走了。不必送驾。"

说不必送驾，怎么可能真不送，好歹也要意思意思。苏晏从内侍手中接过斗篷，十分狗腿地披在皇帝肩上，接着退后一步，躬身行礼："恭送皇爷回宫。"

"先不回宫。"皇帝临行前说道，"听闻豫王昨夜也受了伤，朕既然出来了，顺便拐去他那里瞧瞧。"

圣驾离开后，苏晏转头问苏小京："咱家有没有阿胶之类补血的药材？"

小京想了想，答："好像有几包阿胶鹿茸粉，不记得是大人哪位同僚送的年礼。"

苏晏让他去找出来，给豫王府送去，就说是昨夜援护的谢礼。

苏小京翻出来一看，内中附了个方子，写道"阿胶、鹿茸、乌贼骨、当归、蒲黄。此五味粉，以酒送服，每日三匙，夜再服。治妇人漏下不止。"

他识字不多，读得东缺西落，于是提着一串药包出来，对苏晏说："大人，药都是好药，可总觉得有点不对劲……治什么人什么下不止来着？"

苏晏接过来一看，哦，治疗癸水太多导致的贫血。

"反正都是补血的药，有效果就行。"他忍笑挥挥手，让小京把药材包装得好看点，又将那方子放在药材的底下，"明日上午附上我的名帖，送去豫王府。"

苏小京、苏小北收拾花厅和厨房之际，苏晏则捧着一壶消食果茶，在院里那棵光秃秃的老桃树下踱来踱去,心想:阿追怎么还不回来?

东市街尾的馄饨摊子,灯笼在柱子上摇来摇去,焰火几乎熄灭,风过后又死灰复燃般亮起来。

老板那张平凡木讷的脸,在这忽明忽暗的光亮中,平添了几分诡诞。

他虚飘飘地说:"真没想到,冯去恶选择了送他下黄泉的人,作为他的继任者。"

沈柒反问:"你是宁王的人?"

老板道:"你也是了,从你找上我的这一刻开始。"

"一个庶出的前皇子,远在河南的藩王,有什么本钱在京城搅风弄雨?他是想步信王的后尘,也尝一尝今上赐的那杯鸩酒?"

"信王是不成功便成仁,但他绝不会白死。朱槿隆见不得光的秘密,总有一日会大白天下,到时人人都会知道,谁才是先帝血脉、正朔龙种,是真正的天下之主。"

沈柒笑了:"你以为我在乎这个?窃钩者诛,窃国者侯,无论谁坐在龙椅上,只要能给我想要的东西,我就当他手里的刀,为他做事。"

老板也笑了:"王爷最欣赏的,就是你这一点。说实话,自从你把冯去恶卖给景隆帝,换取自己一条命和青云直上的前程,王爷就开始注意你了。他说,沈柒此人,够狠、够聪明也够能隐忍,是个难得的人才。"

沈柒嘲讽:"你自己也说了,我如今青云直上,圣眷浓厚。北镇抚司在我手上,整个锦衣卫将来也是我囊中之物。我是疯了还是傻了,要学那个本末倒置的冯去恶,白白断送自己的性命?"

"你若是真的深得圣眷,锦衣卫掌印指挥使之位,就不会空悬至今。"老板一针见血地说道,"自开国以来,没有一个锦衣卫主官不是皇帝的心腹,也没有一个锦衣卫主官不是死于失去皇帝的信任。如今用得顺手时,尚且防得紧,只怕将来你这把太过锋利的刀,会被他毫不犹豫地丢进熔炉。"

"但至少眼下,我还是锦衣卫同知。"沈柒面不改色,目光却更加阴冷,"宁王又能给我什么?"

"那就得看你能立多大的功勋了。锦衣卫指挥使、五军都督、兵部尚书……只要功劳够大,封伯封侯,什么不可能?"

沈柒不答。

老板向前倾身,故意压低了声音:"王爷能给你的,同样也能给他——景隆帝微服私访的那个人。"

沈柒面色微变,右手握住了绣春刀的刀柄。

"相反，你若出卖了所知晓的秘密，王爷能从你这儿夺走的，圣眷、官职，甚至性命……同样也能从他那儿夺走。"

沈柒抽刀，带出一股寒光杀气，直削对方头颅。

老板举起筷子筒架住："论武功，我绝不是沈大人的对手。但沈大人真想取我性命？我只是个微不足道的看门人，身后这条路，才是沈大人你的康庄大道啊！"

刀锋在他脖颈处停住，沈柒峻声道："别盯着他，别惊扰他，更别打他的主意。否则就算是天王老子，我也要取其项上人头！"

煞气砭肤刺骨，老板后背已被冷汗打湿，面上装着不慌不忙："当然不会。王爷爱才，无论是沈大人，还是苏大人，都是他极为欣赏、一心重用的对象。沈大人若是能说动苏大人，也是大功一件。"

"与他无关！"沈柒断然说道。

老板从刀锋下缓缓后撤，起身道："既然沈大人不喜，这事儿咱就不提了。不过王爷雄才伟略，说不定将来某一天，苏大人也会主动来到我这小破摊子上，买一碗'不加馅儿的猪肉馄饨'呢。"

沈柒沉吟片刻，回刀入鞘，说："等我想清楚了，再来找你。"

老板知道十拿九稳了，便笑道："那小人就恭候沈大人的再次光临。"

沈柒将一把铜板扔在桌面，转身离去。

老板捡起铜板吹了吹，在耳边听响，然后一枚一枚收进衣兜，神情逐渐呆滞，又成了那个脑子不太好使的卖馄饨人。

沈柒走出十几步，忽然回头望向拐角处，借着灯笼的昏暗光线，看见个一闪即逝的身影。

那个位置，能将馄饨摊上发生的一切看得足够清楚；而且那个惊鸿一瞥的面容，似乎很有几分眼熟……

他极力回忆，忽然听见侧上方有个声音轻轻叫："大人！同知大人！"

沈柒抬眼，见高朔从屋檐上探头下来。

"禀报大人，圣驾从苏府离开了。"

沈柒做了个噤声的手势。两人悄然离开东市，直到进了锦衣卫暗线所住的一座空院，方才低声交谈起来。

"圣驾去了哪里？"

"这个目前我尚未探得，但看方向，不像是要回宫。"

沈柒略一沉吟，又问："你记得褚渊吗？"

"当然，我们闪锡一路同行，相处半年多，他背上几颗痣，痣上几根毛，我都知道。"

"他今日是否侍驾？"

高朔回想了一下："皇爷来苏府时，他也在御前侍卫的队伍里。"

"离开时呢？"

"我想想啊……大人稍等，我想想……好像没有……对，是没有。他站的位置距离皇爷很近，但出门时我并没有看见他。哎，那黑炭头去哪儿了？"

沈柒琢磨今晚这事儿，慢慢露出一丝冷笑："有人盯梢我。此人身手相当不错，以至于我到方才一刻才有所感觉，并借着灯笼的光瞥到了他的脸。"

"盯梢？是谁这么大胆，敢打同知大人的主意？"高朔急问。

"是褚渊。授意之人不言而喻。只是不知今夜他会如何上报，皇爷又知道了多少……"

"什么上报？知道什么？"高朔有点慌，"大人，你刚才不过是去摊子上吃了碗馄饨——"

沈柒抬手，制止他继续说，在短暂的权衡之后，拿定了主意："无论褚渊怎么上报，我都百口莫辩。凡未行而先泄者，事必不成，眼下唯一之计，就是先下手为强。"

"先……先下手……向谁下手……"高朔嘴唇哆嗦，连话都说不清了。

沈柒瞟了他一眼："当然是向皇爷。"

高朔头皮发麻脚发软，直接往地面栽去。

沈柒用刀鞘往他肋下一抵，似笑非笑："你想哪儿去了？我是要进宫，向皇爷面呈此事。"

高朔仿佛魂从鬼门关口溜达了一圈，又回到了体内，擦着额角冷汗，抱怨："大人，你可吓死我了！"

沈柒自顾自地想着心事。

高朔望着夜色中上官冷峻的侧脸，忽然发现自己跟随了这么多年，仍猜不透对方真实的心思。大概是因为同知大人惯常两面三刀……这词儿不好，虽然感觉没毛病……机关算尽……好像也不太对。

工于心计——对，就是这个，所以——他究竟要向皇爷面呈什么事？

高朔正满心疑窦，却听沈柒叹道："可惜了一个机会，只能用来做踏板。"

更可惜的是，以皇帝对他的疑心与防备，这个踏板只能保命，不能换取到真正的利益，沈柒遗憾地想。至于宁王那边，如果对方能过今夜这一关，才算与皇帝真有一斗之力。

浮音像条丧家之犬，藏身暗渠，从天亮一直躲到了天黑。

他失去了赖以自保的修为，靠着常年浸淫秘药的身体，以及经脉里残余的一点真气，勉强支撑着不被功法反噬，那双妖物般的血色瞳孔却再也无法恢复原样。

这瞳色就等于把隐剑门余孽的身份写在脸上，浮音不敢见光，怕被人发现后举报捉拿，仍逃不了北镇抚司诏狱的酷刑。

直到夜色降临，他才用一块破头巾半罩着脸，从药铺后院偷了些药材，躲进一处民房。

民房是韩奔中了迷魂术之后租下来的，为了方便"殷福"外出闲逛采买、去寺庙祭拜，或者休沐日不愿待在王府侍卫房间时歇脚用。

浮音潜入时，心情有些矛盾，既希望韩奔不在，又觉得如果韩奔在，或许能替他做点什么。

韩奔不在。浮音遗憾地松口气，烧水清洗中剑的伤口，一边根据自己的经验熬药。

每一口呼吸都火烧火燎地痛着，没有外科大夫，也没了辅助疗伤的真气，哪怕侥幸治好，只怕也会落下病根——但现在他已一无所有，谁还在乎这个呢？

左胸血肉模糊，他正试图用针线缝合创口，疼得龇牙咧嘴，房门忽然被推开。

韩奔在门外愣住，三步并作两步冲进来，急问："怎么伤成这样？"

浮音一惊，下意识抬头看他，又想起必须遮掩瞳色。

来不及了，韩奔已然看到，整个人像被雷击似的呆住，震惊道："血瞳……你是隐剑门刺客……"

若是功力在身，浮音自觉能拿住韩奔，但如今人为刀俎，他绝不能当鱼肉，得想尽一切办法自救。他研究过韩奔的性情与经历，知道对方最吃哪一套，当即从中单上撕下一块布条绑住双眼。

"别看我的眼睛！"他用看似倔强，实则慌乱失措的声音说道，"我不想害你……你走吧，别管我死活。"

韩奔深吸口气，往前走了两步，慢慢蹲下身："你真的是刺客？潜伏在王府，想对豫王殿下不利？笛子是不是你吹的？"

"是，都是我。我十恶不赦，罪该万死！"浮音破罐子破摔般低喝，"想为你家王爷报仇，就过来一刀杀了我，休想拿我去见官，我死也不去诏狱！"

韩奔刚把手指搭上刀柄，便见他遮眼的布条被瞬间打湿，盛不住的泪珠一颗颗滚落下来，衬着面颊上颤抖的靥涡与苍白的下颔，显得分外可怜。

韩奔不由自主地心软了，问："你是受人指使？是谁？供出那人，或许能将功赎罪，得到朝廷的宽宥。"

浮音哽咽道："我不说是个死，说了死得更惨……你别问了，就当好心做善事，给我一个痛快，让我早点解脱去投胎，只求下辈子别再受那些非人的折磨。我会感激你的，下辈子衔环结草来报。"

他一边说，一边极力在声音里渗入迷魂。但因真气枯竭，实在施展不了魔魅之术，只能指望上次施展的功法余威犹在，效果能尽量持续久一些。

韩奔犹豫良久，把了把他的脉门，随后叹道："你内力已散，恐熬不过诏狱的刑囚，日后也无力再被操纵着去害人。相识一场，我总不能眼睁睁看你上断头台……这样吧，你把知道的一切内情写在纸上，交给我。我安排人送你出京城，远离人烟，隐姓埋名，平平淡淡过完此生便是了。"

远离人烟，隐姓埋名，当个微如草芥的农夫、小贩？那跟死有什么区别？

浮音狠狠咬牙，为什么总是这样，相识多年的师兄也好，口口声声说会保护他的韩奔也罢，最后全都要弃他而去！凭什么他们就可以光明正大地活出个人样，而自己却要在兽巢厮杀，在泥沼沉浮，百般挣扎求生，最终还是落得如此下场！

——既然所有人都辜负他，就连老天也不肯给他一条活路，那就别怪他狠毒，就算死，也要拉上陪葬的。

韩奔解下外衣，披在浮音身上，又发愁道："你这双眼睛还能恢复原样吗？倘若不能，走到哪里都有被发现的危险，毕竟通缉令还在各州县张贴着……"

浮音二话不说，拔出他的腰刀，就往自己双眼戳去。

韩奔一把握住他的手腕，惊怒又痛惜："你这人怎么——我也是在想法子，何必偏激至此！这一刀下去，双目尽毁，可真就成个废人了……"

浮音放声大哭："我都是骗你的，你还管我做什么！你走吧，回王府继续当你的侍卫统领，我一个自作自受的罪徒，用不着你同情！"

韩奔被他哭得耳中嗡嗡直响，心塞难安，只能宽慰道："今夜你先留在这里，把具白书写好，回头我叫人给你送食水与药材。"

浮音怕他一去不回，扯着他衣摆不放："我伤势严重，怕难以自理，你能不能为我护卫一夜？"

韩奔迟疑后摇头："王府有事，我今夜走不得，须得赶回去。"

能有什么事？昨夜豫王也下了密道，莫非……浮音试探道："豫王受伤了，是因为昨夜的爆炸？"

"伤到了头，但无大碍。"

"那你为何不能留下？王爷就算身体不适，也是请医官，你去有什么用？"

韩奔皱起眉："我真得回去，圣上驾临，王府所有侍卫都要在岗值守。你乖乖听话，睡一觉就好了。"

景隆帝去了豫王府……

浮音眼底幽光闪动，很快蔓延成疯狂的荒火——这天底下，还有什么陪葬品比一国之君更为珍贵？同时把弑君罪名嫁祸给豫王，还能再搭上一个亲王给他陪葬！他几乎要失声大笑。

的确，他现在武功尽废、身负重伤，孱弱到就连韩奔都对他不屑设防，但七杀营的训练烙印在了骨子里，他依然掌握着不须动用武功就能杀人的技巧。

譬如说，毒。

"你带我回王府,我不想逃了,要亲自向王爷谢罪招供,以换取宽大处理。"浮音说。

韩奔一怔,答道:"如果这是你的决定,我也会支持。但今夜不合适,等明日上午,我带你回去。"

浮音强硬地说:"还就非得今夜不可了。韩奔,你不帮我,我就去死,届时你们什么情报都得不到。"

他扯下绑眼的布条,双瞳泛着血光,没有慑人的功法加持,但依然诡异:"韩奔,别忘了你对殷福发过的誓——你对他全心信任,情同手足,愿意为他赴汤蹈火做任何事。你这是要出尔反尔,活生生逼他去死?"

韩奔睁大了眼看浮音,神情矛盾而古怪,似乎觉得面前之人匪夷所思,可又没法不去管他,任其自生自灭。

韩奔脑海中仿佛萦绕着千言万语,却一时说不出话,随后长叹口气,伸手去按浮音的后颈要害处。

——韩奔要杀我?!浮音在极短的骇然后,心头涌起强烈的讥诮与失望,面上做虚弱脱力状,在对方触及之前,闭息栽倒。

韩奔本想点浮音后颈睡穴,忽然见他濒死昏厥,连鼻息也消散了,惊恸之下疏于防范,顿时感觉自己腰眼上轻微一痛。仿佛一点火星随着那刺痛渗入血脉,从体内开始灼烧,把他烧成熊熊火海——

韩奔浑身剧烈抽搐,张着嘴只说不出话。

浮音大口喘着粗气,拔出尖刺形状的淬毒短剑,用颤抖的手从韩奔衣襟内摸出侍卫统领的令牌。

他满心快意,眼眶却不知不觉地湿润起来,用力眨了眨眼皮,冷笑道:"我就知道你靠不住。不,应该说是魔魅之术靠不住,再怎么迷魂催发,也毕竟是外力加诸,一旦与对方本心相违背,便会破除。"

他用力将韩奔推倒在地,自己也踉跄了几步,忍不住问:"方才,你是什么时候挣脱迷魂术的?是我逼你今夜带我回王府的时候?你就那么想守护你家王爷,怕他担上弑君的罪名,被天下臣民讨伐?"

剧毒导致四肢痉挛,韩奔眼神痛楚又悲凉,翕动嘴唇艰难地说着什么。

浮音想走,但又不甘心没有得到答案,于是俯身细听——

"在推门……看到你的……那一刻……我就清醒了……我知道……不值得……也打算……直接拿你归案……但是,看你伤成那样,武功尽失……今后……死生无人在意……我不忍心……就想着……拉你……一把……"

我不忍心,就想着拉你一把。

浮音茫然地想着：他在说什么？假的，撒谎，没人会回头，师兄不会，韩奔也不会。这并非他的本意，只是迷魂术的作用。

韩奔就是个工具，如今既不能为我所用，还会阻碍我的计划，清理掉不是理所应当？

——他不可能真心救我。

——就算有那么点真心，他又能给我什么呢？富贵、权势、随心所欲的生活？不，我早知道，这些他都给不了。

——那么我想要的，究竟是什么？

失神间，短剑脱手落地。

韩奔用痉挛的手指，一点点蹭过地面，艰难地握住了尖细如刺的笛中剑，用尽全力，扎进了浮音的小腿。

浮音站不住，半跪下来，低头注视韩奔，很奇怪，竟没有感到太剧烈的疼痛。

大概是因为灌多了药，连身体的痛觉都麻木了，他想。

"韩奔……"他梦呓般唤道，"你要死了吗？"

但韩奔已说不出一个字，开始大口吐着夹杂内脏碎块的乌血。

"至少有你，来给我陪葬。"浮音轻声道，支撑生机的最后一口意气泄去，向下倒伏在地，"可惜啊，只有你一个……也好，也好。"

他喃喃说着，闭上了猩红如血的双眼。

梦中有笛声如清风绕绿枝。枝下有人，曾真心实意地想要送他回家。

戌时三刻，微服出宫的景隆帝回到了养心殿。

"朕不在的这段时间，可有什么要事？"皇帝一边洗脸净手，一边习惯性地问蓝喜。

蓝喜禀道："今日六部的奏本都送往内阁了，估计要到明日阁老们才会出具票拟，再送养心殿给皇爷御批。

"还有，前两日李尚书等阁臣再三奏请太子回宫，说玉体贵重，太庙毕竟少人服侍，不宜久居。皇爷不是说，把消息透露给小爷那边，看他是什么反应吗？"

皇帝把脸上的热棉巾挪开些，露出一双狭长的眼睛，眼睫上还沾着潮湿的水汽："朕猜猜，之前不肯回来，这下又肯了？"

"皇爷英明，猜得可真准！"蓝喜笑道，"小爷本来还说，在太庙为先皇后写经祈福，要住满七七四十九日，不肯回宫。昨夜爆炸过后，听闻养心殿窗槛与琉璃瓦掉落，唯恐伤及皇爷，今早急匆匆赶回来问安。但皇爷那时已经出宫了，奴婢好说歹说，才将小爷劝回端本宫呢，明日一早应该还会再来问安。小爷的孝心，那是有眼睛的人都能看出来。"

皇帝把棉巾搁在脸盆边缘，由宫女端下去："你也不必替他说好话。坤宁宫之事，朕还没有原谅他。"

"是，是，皇爷爱之深责之切，与小爷的纯孝之心，那是两码事，不能混同。"蓝喜圆滑地说。

皇帝笑骂："老阉奴，一句话捧了两边。还有什么事？"

蓝喜仿佛这才想起来："锦衣卫同知沈柒递了密报，说有要事，恳求面君。人就在禁门外候着，等了有……半个多时辰了吧。"

"沈柒？"皇帝略一沉吟，下令，"传他进来。"

蓝喜领了口谕，走出殿外，吩咐内侍去禁门传旨。

不多时，但见沈柒身穿藏蓝色御赐飞鱼服，随传旨内侍而来，在门外卸了绣春刀，稳步走入殿内。

皇帝先前赐他奏事时不必下跪，沈柒抱拳行礼，请了圣躬万安，方才说："臣有要事禀报。"

茶香浮动，皇帝坐在圈椅里，端起桌面的黄釉茶杯，淡淡道："什么事，说吧。"

沈柒盯着皇帝执杯的手指，语出惊人："宁王有不臣之心。"

执杯的手指一顿，皇帝问："何以见得？"

"宁王在京城安插细作，暗中窥伺朝政、拉拢朝臣，散播对天子与储君不利的谣言，实乃居心叵测，阴图不轨。万望圣上明察。"

"哦？"皇帝用杯盖推开浮叶，啜饮一口，"你是怎么知道的，他的细作拉拢你了？"

"皇爷料事如神。就在今夜，宁王细作向臣说了不少大逆不道的言论，意图诱臣改弦更张，为其效命。为了套他的话，臣还附和了几句。他话中骄狂悖逆之辞，臣不便一一言表，恐污圣听，但有一个称呼，引起了臣的注意。"

皇帝似乎很有兴趣，向他微微倾身："什么称呼？"

"'守门人'。他自称守门人，说背后是一条康庄大道。臣觉得这个字眼有些耳熟，思索良久，忽然想起——据守临花阁密道的龟公，也称自己为'守门人'。"

皇帝径自沉思：这个细节，尚未听御前侍卫禀报过。昨夜地下密道爆炸，沈柒、豫王和苏晏就在当场，是不是真的，一问便知，沈柒不可能、也没必要去撒一个会被人轻易拆穿的谎。至于细作之说的真假……

沈柒接着道："于是臣不禁怀疑，隐剑门、七杀营，与宁王之间有什么关联？昨夜火药库爆炸，甚至更早前的诸多意外，是否也与宁王有关？"

皇帝听了不置可否，反问："朕有一点不解，你是从何得知细作的身份？"

沈柒答："冯去恶在伏法前，于北镇抚司诏狱里招认的。他还告诉了我与联络人接头的地点与暗语。臣原本当他临死胡乱攀咬，并未详查那个所谓的联络人，昨夜接触之下，才发现当时他的证词极有可能是真实的。宁王不忿信王之死,一边在朝臣中寻找效忠者,一边培植江湖势力,蓄养死士。除了怀有僭乱之心,臣想不出还有其他意图。"

"冯去恶。"皇帝缓缓道,"这个名字,朕很久没有听到了……朕记得上一次听到这个名字,还是从你口中,似乎也和宁王归成一处?"

沈柒知道皇帝说的是哪一次。

去年六月底,苏晏即将离京前往闪锡的前一日。

那日,皇帝召沈柒问罪。沈柒为了掩盖"帝非龙种"这个足以令他被诛九族的惊天秘密,只说冯去恶对他招供曾是信王的人,后受宁王指使,构陷东宫、动摇国本;说自己未查出实证,不想受连累,故而没有及时上报给天子。

如此避重就轻,才躲过要命的死劫,扛下自作主张、隐瞒不报的罪名,去诏狱蹲了整整十五日。

沈柒还记得,当时景隆帝对他说:"至于宁王暗中收买京官与天子亲军,阴有所图之事,是否属实,朕自会派人调查。你就不必再管了。"

可为什么,至今大半年过去,皇帝却仿佛完全不记得这件事了一样,对此毫无举措?刚刚皇帝听他再一次提起宁王,甚至露出了喜怒莫测的神色……沈柒心底隐隐生出不祥的预感。

景隆帝将茶杯"砰"的一声放回桌面:"沈柒啊沈柒,你可知何为'聪明反被聪明误'?"

沈柒低头:"臣不知说错了什么,还请皇爷明示。"

皇帝起身,踱到他面前:"抬起头来,看着朕——朕给你解惑。"

沈柒转瞬间千百忍抑,直到确定神情与目光绝无异样了,才抬头,恭顺地望向天子含威不露的容颜。

皇帝直视他,说道:"宁王不可能僭乱。"

这句话说得十分笃定。沈柒微怔,不禁反问:"皇爷何出此言?"

"因为他没有造反的心力,更没有造反的理由——一个无嗣而将死之人,争这张龙椅,给谁坐?"

沈柒内心震惊,神情有些凝滞:"将……死?"

"否则,你以为朕这半年多以来毫无动静,是因为对此事不以为意?"皇帝沉声道,"宁王得了肺痨,命不久矣。"

那股不祥的预感越发浓厚,像漫天阴云,黑沉沉地朝他头顶压下来。沈柒攥紧了拳头,沙哑地问:"宁王远在何南封地,病情是否属实,还有待核查。"

"半年前,朕刚得知这个消息时,也是这么想的。于是派了慰问的官员,带太医院的三名太医前往何南,为宁王会诊。"

皇帝吩咐蓝喜："请汪院使过来。"

不久，汪春甫背着药箱赶到，还以为皇帝头疾又发作了，跑得上气不接下气。

皇帝道："汪院使也去了。让他给你说说宁王的病情吧。"

汪春甫这才反应过来，原来是让他来举证的。于是他又详细说了一遍当时的情况，然后总结道："宁王殿下所患，的的确确是痨瘵，而且病情深重，并非一日之症。臣敢以四十余年从医经验担保，诊断错不了。更何况，就算臣误诊，其他两位太医也不会都误诊吧？"

沈柒脑中嗡嗡作响，出于职业习惯，又问了句："确认是宁王本人？万一是个形容肖似的替身……"

汪春甫笑了："沈大人！宁王殿下才二十七岁。他还未出生的时候，老夫就已经是先帝秦王府里的医官了，如何会认不出是不是本人？他前胸连着肋下三颗红痣，老夫诊治时看得真切，错不了。"

痨瘵……是啊，一个得了绝症的藩王，又没有子嗣，有什么心力与理由谋逆篡位？

如此一来，宁王清洗了嫌疑，那么冯去恶的证词算什么？所谓的细作算什么？他沈柒今夜遇到的馄饨摊老板"守门人"，与暗中盯梢他的褚渊，又算什么？

沈柒面色寒凉，漠然道："臣要见褚渊，褚副统领。"

蓝喜尖声道："大胆！你想见谁，皇爷就要召见谁？哪个给你这么大的胆子，敢在御前如此狂妄嚣张？"

景隆帝摆了摆手："他想讨个究竟，朕给他便是。传褚渊。"

片刻后，褚渊一身袍甲进入殿内，抱拳道："臣奉召。"

皇帝朝沈柒抬了抬下颌："他问你什么，照实回答。"

"臣遵命。"

沈柒问："褚副统领今夜是否伴驾？"

褚渊道："是。"

"中途可有离开，去了哪里？"

"中途……对了，圣驾在……"褚渊目视皇帝，似乎在请示圣意。

皇帝颔首："照实说。"

"在苏大人府上时，我接到眼线密报，说打探到隐剑门余孽的异动，就在豫王府附近。于是我向皇爷禀告后提前一步离开，前往豫王府，通知豫王殿下加强防备，顺道在王府前的大街上接驾。"

所以，高朔说褚渊中途从伴驾队伍里消失，不知去了哪里，确有其事。但褚渊离开御前，并非奉命去盯梢他，而是去了豫王府……那么在馄饨摊附近，那个盯梢他的"褚渊"又是谁？

不，那个身影或许并不是褚渊，只是肤色、外貌有几分相似。灯光昏暗，又隔了十几步远，惊鸿一瞥之下，也不排除自己先入为主，有认错人的可能性。

——与其说是认错人，不如说是对方故意混淆视听，让他误以为盯梢者是褚渊，以为皇帝早已察觉。如此逼他为了自保，不得不抢先赶来交代情况，出首宁王。

——结果宁王早已在皇帝这里洗清嫌疑，只是他不知道而已。那么他对皇帝所说的一切，岂不都是无中生有的诬陷？

——诬陷亲王有僭乱谋逆之心，是何等的欺君大罪！

——退一万步说，就算皇帝宽仁，原谅他情急生乱，可将来他再提起冯去恶、宁王，甚至是隐剑门、七杀营之事，皇帝还会再相信他的话吗？

好厉害的局，把一个人的性情与举动算到了极致，他沈柒这回，栽得不冤！

沈柒长长地吐出口气，一撩衣摆，跪地行了个叩首礼："臣……有罪。"

皇帝挥手，示意汪春甫与褚渊都退下。

褚渊不放心，提醒道："皇爷龙体要紧……"暗示沈柒此人并不可靠，不可在无人护卫的情况下，让他接近。

皇帝却说："朕心里有数。"他俯视沈柒的后背，"沈同知在昨夜捕寇时受了骨伤，如今连抬臂都有困难，你有什么好担心的呢？"

褚渊这才告退。

皇帝折到书桌边，不疾不徐地写了一张手谕，折好封入信封，又用寥寥数笔写了张字条，连同信封一并递给蓝喜，示意他也退下。

蓝喜知道皇帝这是要和沈同知独处密谈，圣意已决，谁也劝不动，只得躬身告退。

到了殿外，他低头一看字条，上面写着："诏御前侍卫丁砚、齐墨来养心殿外候着，并赐二人手谕，即刻就办。"

殿内，沈柒跪在御前，一面急思对策，一面等待皇帝发落。

景隆帝踱到他面前，俯视他后背御赐的飞鱼补子。飞鱼龙头、双翼、鱼尾，似龙非龙，似蟒非蟒，《山海经》曰"服之不畏雷，可以御兵"。赐重臣"飞鱼"图案，便表示了皇帝的嘉奖与期许，并非寻常官员与锦衣卫能得到的。

沈柒接连几件大案办得好，此人有才，却没有敬畏之心，不仅对皇室没有，对律法纲常也没有。

"抬起头来。"皇帝说道。

沈柒驯顺地抬脸，皇帝却从那双深不见底的漆黑眼中，看见了一头被铁链重重锁住、咆哮撕咬的凶兽。

"沈柒，你虽办事得力，却心性阴戾，手段凶残。朕每次见到你时，就在惜才与除祸的心思之间反复衡量，可以说你能活到今日，朕也有些意外。"

沈柒道:"谢皇爷宽仁,臣必肝脑涂地以谢君恩。"

"不必给朕戴高帽。"景隆帝轻嘲地笑了笑,"可惜你没珍惜朕的这份宽容,机关算尽,反误性命。时至今日,朕是真容不得你了,给你个体面,回去吧。"

这是要让他自裁。的确是君王能留给臣子的最后一份体面……沈柒心底一片森寒。他是绝不甘心赴死的,更不愿死在如此窝囊的境地中。从小到大,他无数次从死的阴影里挣出一条生路,如今也一样不会束手待毙。

几个呼吸间的沉默,仿佛挨过了漫长的酷刑,沈柒缓缓将双手与额头抵在地面,重重地磕了三个响头。再抬脸时,他眼眶赤红,面色煞白,连嘴唇也颤抖起来:"臣……罪不至死。"

"罪不至死?"皇帝居高临下地看他,"你那是污蔑构陷藩王谋逆,抄家灭族的大罪。"

沈柒切切顿首:"臣有失察之罪,不慎落入奸人圈套,才将错误的情报禀告皇爷,损害了宁王殿下的清誉,但绝无刻意构陷之心。"

皇帝反问:"圈套?那你倒是说说,是谁设下的圈套,难不成是已成冢中枯骨的冯去恶?"

"冯去恶只是幕后者的一个卒子。他自称曾是信王的人,想必不假,因为臣也调查过,他的确是信王府幕僚出身,在任锦衣卫后将这出身隐藏了十几年。信王死后,有人打着宁王的旗号来暗中联系他,说宁王要替胞兄信王复仇,冯去恶信了,转而替此人做事,这才有了东苑叶东楼一案。临死前,冯去恶将'宁王谋反'这个秘密作为减刑的筹码告诉臣,臣以为他求生心切,也信了,却没有考虑到冯去恶也是被骗的一个——疏于判断,此臣之错一。"

"还有呢?"

"去年,皇爷命臣不要再插手此事,臣一直听命而行。然而半年多来,臣见朝廷对此毫无动静,不禁又开始怀疑宁王殿下究竟有没有谋反。反复琢磨之下,臣没有忍住,擅自接触了冯去恶口中的联络人,想要借此证实自己的判断,好立功升职——贪功冒进,此臣之错二。"

皇帝不动声色地问:"还有呢?"

"还有……皇爷睿略,万事胸有成竹,臣却枉自担心,唯恐奸人蒙蔽圣听,故而一而再,再而三地举报宁王殿下。自作聪明,此臣之错三。"

"臣有此三错,愿领责罚,但这一腔忠君爱国的碧血,万望皇爷明鉴!"沈柒说完,伏地不起。

"没了?就这么不痛不痒的三条罪名?甚至连罪名都谈不上,只能算失误。"皇帝冷笑不已,"把责任全推给了幕后的奸人,好个巧舌如簧的沈七郎!"

沈柒抬起头,脸上一片决死的平静:"臣以上所言,无一字不是出自肺腑。皇爷若是不信,臣任凭处置。但臣有一奢愿,求皇爷成全——"

皇帝踱开几步，坐到圈椅上："说。"

"臣奉命调查刺杀太子案、鸿胪寺案，追踪隐剑门余孽浮音，直至深入密道发现七杀营地下据点。感觉这一系列事件背后，似乎都有个庞大的黑影在操纵。臣竭尽所能地追查这个黑影，自觉正一步一步靠近，接下来，臣还想调查火药库爆炸案——

"倘若就此戛然而止，臣志愿难酬，虽死不能瞑目！

"故而臣恳请皇爷，让臣戴罪立功继续追查下去，等抓到了那个幕后黑手，皇爷想怎么处置臣，臣都欣然领受。"

皇帝沉默片刻，问："你查出什么了，幕后者的身份？动机？"

沈柒答："臣尚且不知幕后者是什么身份，动机为何，只能肯定一点——此人必然对皇爷，对小爷，甚至对江山社稷的稳固都具有极大的威胁。"

皇帝面上毫不动容："若是此人对朝堂上下都有恶意，操纵七杀营的刺客把柱国大臣们暗杀掉岂不是更直接，为何还要暗中拉拢部分朝臣。还是说，包括你在内的这些被笼络的目标，本就不忠于朕，才会让此人有隙可钻？

"所以你是对朕治国理政的手段不满呢，还是因为视为囊中之物的职位始终没能到手，故而对朕心怀怨望？"

两个选择都是诛心的送命题！沈柒苦苦陈情："臣对皇爷毫无怨望，只有一片忠心。臣是真无知，倘若知道宁王殿下身患痨瘵，今夜臣绝不会进宫面圣！臣会继续调查设局嫁祸、使计离间的幕后者，不畏生死，全忠尽职。"

"说来说去，你还是坚持自己只是受人蒙蔽，并非暗有图谋。"皇帝一拍桌案，起身道，"朕也懒得再听你表忠心了，是真忠还是伪忠，一试便知。"

沈柒一听事有转机，忙叩首道："臣愿领受一切考验。"

"朕这里有个任务，交由你去办。若是办好了，朕就赦免你诬陷宁王之罪。"

沈柒恭顺地说："请皇爷吩咐。"

皇帝再次走到他跟前，俯下身来，沉声说："苏晏不臣。"

沈柒今夜第一次真心实意地露出震惊之色，脱口道："什么？！"

"他仗着朕的宠信，竟敢妄议立储之事，甚至指责太后纵容卫家、打压太子、为二皇子铺路——那可是朕的生身母亲，他怎么敢！"皇帝面色沉肃，眼中却有怒浪涌动，"朕对他的确较其他臣子宽容，而他却得寸进尺，今日甚至逼朕自陈心思。你说，这是什么罪？"

沈柒瞬间汗透重衣，一股寒流直冲天灵盖，竟比自己方才险些被皇帝赐死更彻骨。他连连摇头，似乎完全不相信八面玲珑的苏晏竟会如此触碰天子逆鳞，可又觉得这确实是一片冰心的苏清河会做出的事——若不是真心信任景隆帝，又怎么会甘冒奇险、剖心剖肝地去为之筹谋？

可这份信任，在此刻的皇帝眼中，竟成了罪过。

沈柒从未有过哪一次，像此刻这般感到不值！清河与他不同，他本就没有心，所有的效忠也好、卖命也罢，都是为了自己能往上爬，因此哪怕遭到背叛与利用，也是自己技不如人，要么认栽，要么反杀。但清河的心，剔透如冰，赤忱如火，为国家百姓、信念抱负所付出的一切，不该遭此践踏，成为一个孤家寡人玩弄帝王心术的牺牲品！

彻骨寒意忽然消失了，一股漆黑的、疯狂的业火，在沈柒的灵魂深处疯狂地烧。

曾经有多少次，他觉得景隆帝是一片无垠的苍穹，浩瀚而威严地压在所有人的头顶。而自己，也许某天将成为撕裂苍穹的闪电，用短暂却决烈的光华，去抗击不可违逆的天意。

如今，这一天终于到来了。

沈柒收敛一切神色，冷酷地说："这是犯君不臣之罪，苏少卿未免太过狂妄了。皇爷需要臣做什么，但请下令。"

景隆帝盯着他的眼睛看了片刻，转身回到圈椅上，随手拿起一本棋谱敲了敲桌沿。

"你倒是不念交情，只奉皇命，这很好，不过朕还没打算叫你动手。苏晏虽恃才犯君，在朝堂中羽翼渐丰，甚至以一己之力严重影响了太子的心性，但目前朕还需要他继续挖出幕后那个妄图颠覆江山的'弈者'。所以在此之前，朕还是要继续容忍他、重用他，而你要做的，就是监视他、取信于他。

"待到将来有一日，朕一声令下，你能毫不留情地手起刀落，到那个时候，朕才会相信你的忠心。中途，但凡你口风不严或于心不忍，向他泄露半点玄机，朕就会对你彻底失望——你应当知道让朕失望的后果。"

"臣知道……"沈柒用力叩了个头，铿锵道，"但听君命，无有二话！"

皇帝微微一笑："既如此，你这便去苏晏府上。朕有一枚印信在他手里，不便当面收回，你去悄悄儿取回来，让他以为是自己保管不当，把印弄丢了。朕命两个御前侍卫，路上为你掌灯，你拿到印后，交于他二人即可。"

"臣遵旨。"

沈柒跪得太久，气血不通，膝盖刺痛到麻木。他强撑着起身，有些蹒跚地退出养心殿。

殿门重新关闭，皇帝忽然扬手，将一杯茶砸在他跪过的地方。

黄釉瓷杯碎裂，茶水溅到了龙袍的袍角上。

皇帝在一呼一吸间调整好情绪，唤蓝喜进来。须臾间，司礼监大太监佝偻着身子，碎步入殿，亲自趴在地上收拾碎瓷片。

"蓝喜，"皇帝的声音平静如湖面，"朕记得你点评过沈柒，说他是个枭才。枭是忤逆动物，恐难以驾驭。朕则说他是凶兽梼杌，见不得天光，却能震慑黑暗中的魑魅魍魉。且防且用，若反噬其主，则先行诛之。"

蓝喜垂着头："老奴愚钝，胡乱点评，让皇爷笑话了。"

"不，你与朕说得都没错。只是还少了一点——沈柒此人，未必怕死。他那种人，一旦受到外力所迫，从未想过海阔天空，而是更加偏激凶戾，不给他人与自己留退路，直至玉石俱焚。你看朕今夜逼一逼他，他会做出什么事来！"

蓝喜把地面的瓷片快速收拾干净了，方才起身用袖口印了印额角，关切地轻声说道："皇爷用心良苦，不要累着自己，早些歇息吧。"

沈柒在两名御前侍卫的监视下，策马驰过夜晚的街巷，全程面色阴沉不作声。

到了苏府围墙边的小巷内，沈柒丢下一句"劳烦二位在此稍候"，随即纵身从马背上跃起，如夜枭般从墙头掠进去。

夜深人静，小厮们与主人家都歇下了，府内一片寂静。过了半炷香工夫，沈柒又从墙头掠出来，落在马背上，而等候他的两名御前侍卫，连一袋水烟都还没抽完。

其中一名叫丁砚的侍卫开玩笑道："都说沈同知与苏少卿交好，果然对苏府熟门熟路，这要是我自个儿进去，怕是摸半宿也找不着东西藏哪儿。"

另一名叫齐墨的，直接朝沈柒伸出手："请交付卑职，我们二人还要进宫复命。"

沈柒不吭声，忽然催动马匹，朝巷外疾驰。

两名侍卫对视一眼，驱马赶上。丁砚低声喝道："沈大人这是何意，难道东西没拿到？那就再去一趟，莫要耽误了皇命。"

沈柒心底烧着一团狂暴的火，冷冷道："拿到了。"

"既然到手，为何不交出来？"齐墨厉声喝道，"都是奉命行事，不要为难我们！"

沈柒不应，催鞭愈急。一路驰到东市，远远见街尾的通惠河旁，唯独一个摊子还亮着灯笼，他眼底掠过一丝瘆人的杀机。

他在摊子前下马，一步一步走到桌旁，坐下。

两名侍卫见他终于停下，不由得松了口气，跟上来。丁砚有点不满地搔了搔头："原来是要来吃夜宵，早说嘛，害兄弟们紧张了一路，还以为要和大名鼎鼎的催命七郎打上一架呢。刚好肚子也饿了，"他转头看了看摊子旁的幡布，写着"馄饨"二字，于是叫道，"老板，来三碗猪肉馄饨，分量要足。"

齐墨显得沉稳些，但因两人都已摆碟布筷，他也只好坐下用餐，和丁砚一左一右，占据了方桌的两面，把沈柒夹在中间。

老板肩上搭着脏汗巾，慢吞吞走过来："三碗猪肉馄饨？"

"刚不是说了，你耳聋？"丁砚不耐烦地说。

"不，"沈柒冷冷开口，"一碗，没有馅儿的猪肉馄饨。"

丁砚顿时面露不悦："沈大人，两碗馄饨才几个铜板，要不要这么吝啬？"

老板注视沈柒，慢慢笑起来："我就说过，沈大人还会再来的。"

沈柒闭眼，再睁开时，仿佛做了一个艰难而巨大的决定，回答："我不仅来了，还带了两张投名状。"

两名侍卫听得莫名其妙，丁砚正要开口发问，沈柒手中绣春刀铿然出鞘，在他猝不及防之际，从桌下一刀掼进他的腹部。

丁砚也算机敏，虽来不及格挡，但在瞬间扭转身形，这一刀刺进旁肋，并未致命。

沈柒拔刀，血溅桌椅，丁砚手捂血流如注的伤口，踉跄后退，也拔出刀来。

齐墨抢身而上，挥刀直取沈柒。

老板连连后退，站到了墙根处，仿佛对眼前突来的血腥厮杀视若无睹，脸上还带着憨厚的笑容。

沈柒以一挡二仍占了上风，趁着空当先把负伤的丁砚捅了个透心凉，飞起一脚踹入河中。

齐墨见势不妙，施展轻功飞掠而走，想回去搬救兵。

沈柒抓起桌面竹筒中的一把筷子，天女散花般投掷出去。对方挽出一团刀光，削断了绝大部分筷子，但仍有一根筷子如坚硬的铁钎，洞穿了他的咽喉。

齐墨从屋顶翻滚落下，跌进了河里。

沈柒几步追到通惠河边，见漆黑的河面上映着残月，有丝丝缕缕的血色从水底冒出来，随即漫延了一大片。

老板从后方慢吞吞跟过来，说："要不要我找人帮你打捞？处理尸体，我挺在行。"

沈柒道："葬身鱼腹，尸骨无存，更省心。"

老板笑道："沈大人果然够狠，够决断，是个能做大事的。"

沈柒问："这两张投名状，够不够分量？"

"倘若不够呢？"老板反问，"你还能再杀几个？"

沈柒冷笑："你见过谁家买东西付定金，把全款都付了？再说，够不够，是你一个守门人说了算的？"

老板道："你想见我上线？可惜，得先过了景隆帝那关——派来监视你的两个侍卫不明不白地消失，难道他不会彻查？"

沈柒道："谁说'不明不白消失'，是与我一同遭到了隐剑门余孽的伏击，他二人英勇殉职，连尸首都找不回来。至于我，我比较幸运，只是受了重伤。"

他按了按自己愈发疼痛的骨裂处，吸口气，继续道："只须找个剑术高手，往我身上要害处刺几个洞，就行了。"

老板叹服，说："沈大人是真狠。也不必再找了，我这里有个派来压阵的，一等一的剑术高手——"

他吹了声古怪的口哨,唤道:"二十三号!"

一个鬼魅般的身影,从浓重的黑暗中蓦然浮现出来,似乎从来就是黑暗的一部分。黑衣风帽下,年轻男子面无表情,一双猩红色的眼睛宛如兽瞳,冰冷死寂,而又暗藏着极其危险与恐怖的爆发力。

"这是'血瞳无名',"老板略带得意地介绍,"七杀营顶尖的侠刺。"

说是批了半个月病假,可苏晏躺了两天就受不了了。

把微服私访的景隆帝送走后,翌日一早,他从马厩里牵了惯骑的那匹温顺白马,刚行到大街上,就见东城兵马司的一队人马急匆匆驰来,为首的是新上任的东城指挥郁寄松。

——原本的指挥石乐志去年被罢黜问罪了,罪名是渎职枉法,欺凌生民。但苏晏知道,其实是太子朱贺霖在皇帝面前狠狠告了他一状,说他是奉安侯卫浚的家奴。当然他自己屁股也不干净,奉了卫浚的命,以抓刺客的名义半夜在街上强行拦住太子的马车,也就怪不了太子整治他。

"郁指挥,可是东城这片出了什么事?"苏晏扬声唤道。

郁寄松认得大理寺右少卿苏晏,忙勒马抱拳:"苏大人安好。"

"是出了事。"他驱马上前几步,凑近苏晏低声道,"东市昨夜发生打斗,毁坏了好几处屋顶门户,也不知是哪方神圣,这么大的威力。下官手下的兵卒去勘查现场时,回报说,在附近房舍内发现一名穿飞鱼服的昏迷男子,重伤在身。"

苏晏一惊:"御赐飞鱼服?是谁?"

"北镇抚司,沈同知沈大人。"

医庐的后院,苏晏见陈实毓掀开帘子走出来,忙迎上去问:"应虚先生,他没事吧?"

陈实毓拱手叹道:"老朽拼尽全力……"

话未说完,前厅有个患者闯进来叫:"大夫,我娃儿不行了!快,快救人!"

陈实毓朝苏晏歉意地点点头,匆忙走了。

苏晏脚底发软,他趔趄了一下,冲进门帘内。帘子后方是宽大的主屋,隔成几间诊室,都关着门。

苏晏不假思索地推开最近的一扇门,见床上躺着的人已经用白布盖住头脸。他叫一声"七郎",惊恸攻心,眼前骤然发黑,整个人瘫软下去。

黑暗里似乎有人撑住了他下坠的身躯,模糊的声音唤道:"清河!清河!"

苏晏处于一种喘不过气的眩晕状态中,意识与外界之间仿佛隔着层厚厚的水幕,任何光线与声音渗进来后都是扭曲的。

那个声音坚持不懈地呼唤他,同时有股真气暖流从后背缓缓注入心脉,苏晏长长地吸了口气,回魂般睁开了双眼。

他看清说话的人是豫王,翕动几下嘴唇,只发不出声音。

豫王见他惨白的脸上终于恢复了一丝血色,边继续为他输送真气,边安慰:"放松,吸气……遇害的不是沈柒,而是我府上的侍卫统领。"

苏晏的神志这才归了位,缓过气后,急切问:"沈柒呢?"

"在最里面那间。"

苏晏二话不说冲过去,推开屋门,一眼就看见躺在床上的沈柒,赤膊缠着裹帘,下身盖一条棉被,正闭眼沉睡。他快步走到床边,摸了摸沈柒颈侧脉搏——温热的,跳动平稳。

心头大石终于落地,他坐在床边的矮凳上,抬袖擦拭额头上骤然渗出的汗水。

见到陈实毓进屋,苏晏忙起身拱手:"多谢应虚先生救命之恩。"

陈实毓回礼道:"苏大人太客气了。不是老朽手段高明,而是沈大人自身体格强健,求生欲又极为强烈。他身上三处剑伤,都在要害处,所幸没有伤及心脉,才能死里逃生。"

苏晏听得一背冷汗,喃喃道:"沈柒身手了得,竟还会被伤得这般严重,对方的武功该有多强!"

陈实毓手捋雪白的长须:"老朽不曾习武,但当过十几年的军医,后随豫王殿下奔走,耳濡目染,也能看出几分端倪。从伤口判断,这剑极为锋利,说是吹毛断发也不为过,且出剑速度极快,因此创面平整,缝合起来难度减轻不少。"

一个身怀神兵利器的剑术高手,莫非也是"弈者"的爪牙……这是意外撞上,还是对方盯上沈柒了?苏晏暗自担忧。

床榻上,沈柒低低呻吟一声。

陈实毓上前把了把脉,说:"他要醒了。之前给他喂过曼陀罗汤,寻常人能昏迷三四个时辰,以挨术后最为疼痛的时期。但他不受药力,这下有的忍了。"

沈柒眉头紧锁,面色痛苦,靠近床沿的手不断做出虚握的动作,苏晏想了想,将他从不离身的绣春刀递过去。沈柒握住刀柄,像是又有了再战的底气,顿时安静下来。

陈实毓见状,捋须道:"老朽还有其他伤患要料理,劳烦苏大人留在这里陪一陪沈大人。"说完离开了房间。

沈柒缓缓睁眼,看清苏晏后,眼神明显放松了不少,毫无血色的嘴唇做出个"没事"的口型。

苏晏赶紧给他倒了杯水,问:"伤你的是什么人?"

沈柒喝了几口水,找回点声音,嘶哑地答:"是荆红追。"

苏晏愣住："谁？"

"荆红追。"

"……"

苏晏强迫自己冷静下来，思来想去，依然觉得阿追做不出背着自己谋杀沈柒的勾当。况且之前阿追去追捕浮音，消失在临花阁密道内，从此杳无音信，无论追不追得到，都该回来向他复命才是，怎么会突然于夜市中出现，行刺沈柒？

他想到了一个实在不愿接受的可能性——荆红追落入七杀营手中，又成了那个只知完成任务的杀手"无名"。

"你具体说说，他看着是什么情况，可有何异样？"苏晏追问。

沈柒说："一张面无表情的死人脸，比之前更难看。"

苏晏无奈："事到如今，就不要再进行人身攻击了。"

人身攻击？沈柒指了指身上的伤口。

苏晏无言以对。

沈柒道："他的眼睛是血红色的，和之前刺杀太子的刺客一样。"

"血瞳？"苏晏心底"咯噔"一下，"他又被功法反噬，走火入魔了吗？"

"又？他曾经走火入魔过，你知道？你在场？"沈柒恼悻地眯起眼，"血瞳刺客就像只知杀戮的野兽，你见识过他的疯狗样，竟然还留他在身边？苏清河，你就这么喜欢轻身犯险？"

苏晏怕他伤口气崩，忙赔不是："是我不对，没有事先跟你说清楚情况。那个叫'魇魅之术'的功法，我怀疑有很大的问题……"

苏晏把功法的情况详细描述了一番，说："阿追答应过我，以后再也不施展，所以我才放心。他是个一诺千金的人，这次又变成血瞳，背后定然有蹊跷。你说，七杀营会不会掌握着什么秘法，哪怕手下刺客不施展功法，也会入魔？"

沈柒深思良久，忽然开口："药！"

"没错！"苏晏也想起来，"那个疯了的刺客的胡言乱语，也不全是疯话，他说'该吃药了，吃药，要听话'。七杀营不只用邪道功法，还用秘药控制手下的刺客，阿追这是着了他们的道！"

苏晏自觉找对了方向，思路就愈发清晰："浮音身手不如阿追，拿不住他。阿追追杀浮音眼皮都不眨一下，更不会因为轻信受骗。那么只有一个可能，那夜密道里另有个高手，制服了阿追。"

沈柒道："荆红追虽然一副死狗样，但身手出挑，在江湖一流里还是靠前的。昨夜他和我打斗时，身上只有些皮肉伤，也就是说，前夜密道遇敌，对方没花费多大力气就制住了他。

如此看来，那个人的功力简直深不可测。"

"那个人会是谁……莫非是七杀营的营主？"苏晏道。

沈柒也有此猜测，同时脱口而出："七杀营营主。"

屋门口有人刺耳地"嗤"了一声。苏晏转头望去，见豫王抱臂倚在门框，脸色阴郁。

"王爷为何会来此？"苏晏问完，才记起刚才对方说过，最靠外的那间诊室里的尸首，是他的王府侍卫统领？

豫王走进屋："想起来了？"

苏晏刚受了援手，不好意思地起身行礼："下官谢过王爷。方才是下官冒失，闹了笑话。敢问王爷的侍卫统领因何出事？"

豫王心情沉痛，说道："昨夜申时末，褚渊来王府通知，圣上不多时就会微服驾临。还说，接到眼线密报，附近恐有隐剑门余孽出没，让本王加强守备。本王当即召集王府侍卫，韩奔身为侍卫统领，接到传令后本该第一个到，却迟迟未至。

"待到皇兄离开王府回宫，本王便命人四下找寻韩奔，于今日上午在他租的一处民房里，找到了他的尸体。

"毓翁鉴定过，他死于淬毒的短剑，剑身形状奇特，只一尺多长，如刺如钎。腰部正面中剑，现场却并无打斗痕迹，本王怀疑刺杀他的人，是他的熟人甚至是信任之人，所以他才毫无防备。"

苏晏皱眉问："现场还有没有其他人或物？"

"从地面灰尘留下的痕迹看，应该还有一具尸体。或许是韩奔中剑后反杀，与对方同归于尽。但不知谁带走了那具尸体，连同凶器也不见影踪。"豫王答。

苏晏想了想，又问："浮音化名殷福进入王府后，韩奔与他关系如何？"

豫王满面阴霾，又是气恨，又是痛心："韩奔一直护着那小子，也不知中了什么邪。本王提醒过他，最后还是这样的结果……你怀疑，另一具尸体就是殷福？"

苏晏点头："浮音被阿追逼到走投无路，于是躲在韩奔租的屋子里，正巧与韩奔撞上。其实我觉得，韩奔未必到最后还护着他，否则也不会死在他手里。"

豫王长叹："韩奔追随我十五年，从我还是——算了，不提了。"

苏晏见他是打心眼儿里难过，自己也觉得不好受，只能尽量摆出理智分析的口吻："带走浮音尸体的，应该就是七杀营的人。只是有一点，我觉得有点蹊跷。"

"哪一点？"豫王问。

"褚渊接到眼线密报，说王府附近有隐剑门余孽出没——这个密报来得有些突兀，究竟是真是假？若是真的，那么这个余孽指的很可能就是受伤躲藏的浮音。若是假的，那就是故意把褚渊从皇爷身边引开，意欲何为？想要刺驾吗？可当夜又毫无动静。"

苏晏陷入深思。

沈柒的目光变得幽深。他知道对方意欲何为——榨干浮音最后的利用价值，把褚渊引开，再借由高朔之口告诉他这件事。让他相信盯梢的人就是褚渊，相信皇帝已经掌握了他与宁王联络人接头的事，从而迫使他为了洗白自身，进宫告发宁王，反而中了离间计，让皇帝更加怀疑他陷害藩王，意图不轨。

如此一来，他为求活命，只剩一条路可走，就是彻底投靠联络人背后的势力。

——对方得逞了。

他现在表面上是皇帝的心腹锦衣卫，北镇抚司主官，实际上却成了潜伏在朝廷里的一枚暗棋，等待着发挥作用的机会。

景隆帝老谋深算，而对方显然棋高一着，最后会斗成什么模样？沈柒心底浮起这个念头时，甚至有些阴沉的兴奋。

他望向苏晏——只要能保小九万全，他什么事都做得出来。

药童进屋帮忙换药时，沈柒趁苏晏离开的片刻空当，旋开绣春刀柄的底盖，从中空的刀柄内倒出一枚两指粗细的白玉蟠龙印。

印头刻着"景隆"二字，正是皇帝命他去悄悄取回的私印。沈柒思忖片刻，将印装回刀柄中，封好底盖。

这印不能继续留在苏晏那里，否则他就是抗旨；但也不能交还给皇帝，因为也许将来某一日，这枚天子之印能在关键时刻派上用场，救他或苏晏一命也未可知。

第八章

佚名战神

沈柒伤得严重，又涉及隐剑门余孽之事，景隆帝派了褚渊过来，名义上慰问伤情，实则盘问昨夜详情，以及两名御前侍卫的去向。

沈柒早想好一套天衣无缝的说辞，说被几名血瞳刺客包围，与之一番恶斗，两名侍卫不敌，以身殉国，葬身河底。而那枚天子私印，也在其中一名侍卫身上。

褚渊派人在他指认的水域打捞，忙活大半天，什么也没捞上来。

又因火药库爆炸牵连甚广，朝廷六部都在忙于救灾，皇帝无暇他顾，褚渊也只能接受这个调查结果，匆匆回宫复命去了。

苏晏送沈柒回沈府养伤。把沈柒交予婢女们安顿好之后，他十分抱歉地说："七郎，近来事务繁忙，白纸坊爆炸案我也要继续跟进，实在请不了假，待夜间再来看你。"

沈柒道："该过意不去的人是我。如此忙碌的时候，没法为你分忧解难。等过几日，这碍事的伤将养得差不多了，我就去找你。"

苏晏薄责："扯淡，你这身伤是几日能好的？老实在家养伤。倘若被我发现，你没躺足一个月，又出来折腾，休怪我骂人。"

沈柒笑："好，好，好。"

苏晏离开后，沈柒吩咐府里管事，去北镇抚司把他的两名心腹千户——石檐霜和韦缨叫来。

房门一关，三人密谈起来。

苏晏走出沈府，坐上雇佣的马车，忽然觉得自己成了单打独斗的好汉。

好汉归好汉，但在习惯了有人做伴之后，独行总有些孤单。

七郎受伤休养，阿追不在身边，皇爷忙于国事，小爷……小爷在做什么？总不能还在太庙抄经吧。他前几日拜访李首辅，委婉提议由对方出面请太子回宫。李乘风也有此意，说会带头上疏，给皇帝和太子都递个台阶下。

李乘风还饶有兴致地与他聊起了闪锡马政的相关事宜。可以看得出，李乘风也是觉得积弊已久之事需要风雷扫荡，是个虽年迈却不失锐气的改革派。

苏晏与这位内阁首辅兼吏部尚书，名义上是徒孙和师祖，实际上交情并不深，只因为殿试上对子引发打架一事，给双方分别落下了"初生牛犊不怕虎"和"老爷子脾气真暴"的初步印象。

之后，李乘风对苏晏的从政立场与行事手段都颇有关注，甚至对质疑苏晏的官员说出："御史杀一两个贪官污吏容易，救一方政、活一方民难。换你去接苏清河的差事，怕是连他一半成效都不及。你要是不信，老夫这就奏请陛下，也封你个专理御史，珊西的马政交给你试试？"

对方讷讷而退。

不少官员听闻，以为李首辅护短，取笑那人道："以后在李阁老面前，只合夸他教出个好徒孙，切记切记。"

真正能看出这项改革将在十年后带来巨大国家利益与良性发展的，也不过一部分有识之士，他们对苏晏百般推崇。

于是苏御史在朝堂上的口碑，从他扳倒冯去恶和提议创办天工院之后，越发两极分化得厉害。

骂他的说这小子不循孔孟之道，异想天开，借着理政搅乱地方，排除异己。夸他的说苏大人心怀社稷百姓，高瞻远瞩，实乃百年一出的奇才。

但骂他的官员，私下骂得再厉害，也不得不承认一点——苏晏极得圣宠，轻易不能得罪。就连派人假扮成盗匪，夜闯苏府要割他鼻子的卫家，也不会再怀着踩死蝼蚁的心态，用一些低级而轻视的手段对付他——改为釜底抽薪，从储君之位下手了。

马车陡然一停，苏晏险些撞到厢壁，问："出什么事？"

车夫答："前面有辆马车，挡了咱的路，看样子是有钱人家的。"

苏晏正掀开一侧车帘往外瞧，从另一侧帘子钻进来个人影，一把攥住他的手腕："哈哈，有没有吓你一跳？"

吓一跳没有，"说曹操，曹操到"却是真的。苏晏用力掰太子的手，蓦然发现这小鬼不仅个头见长，力气也大了，自己竟然掰不动。

朱贺霖得意道："能被你掰动，小爷这几年的武功就白练了。"

苏晏郁闷地嘀咕："全天下就只有我一个不会武功吗？"

他实在挣不开，最后只好投降："我输了，我输了，求小爷放我一马。"

朱贺霖这才收了几分劲力："这马车里逼仄得很，走，去小爷车上说话。"

苏晏还没来得及赞同或反对，就被他拉到了另一辆马车上。

太子的专属马车果然宽敞又舒适，铺着松软的毡毯，炭炉、茶点一样不缺。朱贺霖往苏晏手里塞了一包带骨鲍螺，说："我叫御膳房改进配方，做出了不同口味，有各种水果味，还有茶味，你试试？"

苏晏随手拈起一个吃，正是清香微涩的绿茶味，与牛乳融合出奇妙的口感。他满足地叹口气，说："我都多久没有品尝甜点的工夫了，谢谢小爷。话说回来，你刚从太庙回来，又偷溜出宫？"

"才不是偷溜。"朱贺霖边吃茶点边解释，"火药库爆炸，白纸坊一带受灾严重，要清理废墟还要重建房舍，不能一蹴而就。而数千灾民安顿不好，容易引发动乱。"

苏晏也觉得，把灾民安置在寺庙、道观，甚至是商行与衙门廊舍，毕竟只是应急之举。无人统筹管理的话，弊病不多久就会暴露出来。

且不说寄人篱下会导致人心惶惶，万一中间官员欺上瞒下，私吞赈灾物资，或者分配不均、运转失灵，那些缺衣少食、伤情得不到及时治疗的灾民，就会群起闹事，或偷或抢，或者干脆成了流匪。

朱贺霖说："所以我朝向来有个传统，京畿附近的赈灾，均由皇子甚至太子牵头操办。一来让宗室体会民间疾苦，二来也让民众感激皇室恩德。"

知道，笼络民心和涨声望的好机会嘛，苏晏心道。在皇子众多的情况下，这事交给哪位皇子去办，就能反映出皇帝对他的重视程度，估计是个抢破头的肥差。而本朝只有一个年龄稍长的太子朱贺霖，至于二皇子，还在蹒跚学步呢，自然不会考虑他。

朱贺霖道："小爷当仁不让，同时也必须办得漂漂亮亮。要让那些啰唆的言官都无可挑剔，也让卫氏早点死了争储的心。"

苏晏注视他，脸色有点严肃："还有一点最重要的，殿下没有提及。"

听他忽然改口叫"殿下"，朱贺霖心里就开始打鼓，仿佛面对每月一考的试卷般，再怎么准备充分，刚提笔时也是忐忑的。

他不由得坐直了身躯，正色道："最重要的，是这些灾民都能得到妥善安置，不但要救一时之急难，更要让他们对皇室、朝廷，对我大铭充满信心与归属感。要让他们把心都拧成一股绳，投入到新家园的建设中，才不会造成民心思变，人口流失。"

苏晏露出欣赏的微笑："殿下真的长大了，有了将来一国之君的风范。自古多少霸主，将民心当作交易的筹码、造势的手段，利用得了一时，利用不了一世。百姓容易使由之，但并非不知之，哪个统治者是真正让他们过上好日子的，他们心里清楚得很。只是中原百姓总体而言性情和顺，不被逼到绝路，就不会造反罢了。"

朱贺霖边听边点头，承诺道："清河你放心，小爷并没有把赈灾作为沽名钓誉的手段，一定会尽我所能地，让民众过上好日子。"

苏晏拍了拍间的点心碎屑，郑重拱手："殿下如若不改初心，臣必终生追随辅佐。"

朱贺霖兴奋地拍了一下坐垫："这话小爷记一辈子，你可要说到做到啊！"

太子的马车往白纸坊去，苏晏索性也跟去看看爆炸现场。

爆炸中心是火药局的库房，方圆百余丈炸成了深坑，根本看不出引发黑火药的是不是尘爆。冲击波向外辐射，两里内的房舍越靠近中心点，倒塌情况越严重。外围受波及的损坏情况稍微轻些，加以修缮就能稳固，内圈的整个白纸坊基本上要重建了。

京军们正在兵部与工部官员的指挥下，从民宅废墟里寻找幸存者，将破砖烂木源源不绝地填进深坑。

到处是残垣断壁，到处是烟熏火燎的痕迹，哭声与呼救声、呻吟声此起彼伏。

朱贺霖长于深宫，以往偷溜出来，满眼所见皆是京城的锦绣繁华，从未见过如此悲痛惨烈的场面，一副深受震撼的模样。

苏晏安慰地拍了拍他的胳膊，说道："相比河患、蝗灾、地震等天灾，这种人祸还算是危害相对轻的了。做好赈灾相关事宜，白纸坊不出一两年就能重建完毕，不必太过忧心。"

地震这些年几乎没有了。黄河倒是在珊东与南直隶屡次决口，几次治水定道均告失败，工部官员为了敲定新的治河方针，至今还在朝会上争吵不休，皇帝也因此感到十分头疼。

朱贺霖想到父皇所要面对的困难，顿时觉得自己此次的任务也没那么棘手了。

看过惨不忍睹的爆炸现场，与太子道别后，苏晏忧心忡忡地去了大理寺，找来一批精干的差役，让他们分别去京城各米面店打听，近段时间有没有人大批量收购面粉，都是些什么人。

傍晚，打探消息的差役纷纷回衙，向少卿大人禀报打探结果。

苏晏对比情报，发现大量购买面粉的时间集中在一个多月前，买家自称是异地粮商。他把名录集中抄下来，准备翌日去北镇抚司，让锦衣卫探子们逐一追踪，看能不能揪出背后的出资人，此人肯定与"弈者"脱不了干系。

一个多月前，正是去年年尾，他从闪锡回来的时间。

也就是说，他一回京就惊动了七杀营的营主，甚至是"弈者"，这是他们为了避免被他调查出更多内幕，提前布下了炸毁密道的后招。

这说明了什么？苏晏陷入沉思。

他在闪锡清水营对阿勒坦的援助，使得黑朵大巫想让阿勒坦直接死在大铭境内的诡计没有得逞，暂时压制住了宛郁和大铭的矛盾冲突，从而在一定程度上破坏了"弈者"的布局。

沈柒抓住了企图暗杀太子的血瞳刺客。而他在朝堂上斡旋，又从如沸的非议中挽救了太子岌岌可危的名声。这些也破坏了"弈者"动摇国本的计划。

他和沈柒、荆红追破解鸿胪寺一案，揪出了浮音这个卧底，进一步触痛了"弈者"的神经。

所以这些引发尘爆的面粉，从一开始的有备无患，到最后变成了"断尾求生"。

这是不是也从侧面说明了，虽然素未谋面，但"弈者"已经把他当作一个需要警惕的劲敌了？

所以对方控制荆红追、重伤沈柒，等于一口气削掉了他的左膀右臂。接下来，会怎么对付他？会像暗杀太子那样，直接弄死他吗？

……那似乎还挺容易的。

苏晏捏捏自己的细胳膊细腿，苦笑了一下，也不知道皇爷派来的那"四大金刚"护不护得住他。

散值后，他拐去沈府探望沈柒，被拉着用了晚膳。为了不影响重伤员养伤，他谢绝了沈柒的挽留，入夜后便回府了。

临睡前，苏晏格外谨慎地检查了门闩窗锁，为防万一，还在所有门窗上都绑了带铃铛的细线。

他在床上辗转许久，迷迷糊糊刚有了点睡意，铃铛蓦然响了两声，把他惊醒。

那是朝着后园方向的窗户，荆红追经常翻进翻出的那一扇。

是阿追逃回来了吗？

苏晏连外衣都顾不上披，光脚跳下床，冲到窗户边上，沉声喝道："谁？"

窗外没有动静。

他又叫了声："阿追？"

窗外一个浑厚而熟悉的嗓音道："是我。"

——豫王？苏晏有些吃惊。

"王爷夤夜私访，于礼不合。有什么话，明日天亮去大理寺官衙说。"

豫王隔着窗户说："清河误会了，本王不是来骚扰你的。"

"可王爷已经扰人清梦了。"

外面沉默片刻，声音变得低沉："本王今日送了韩奔最后一程，回来的路上见到你和太子同行，从白纸坊的废墟里出来，脸色凝重，想必心情也很糟糕。所以今夜本王来找你喝酒。"

苏晏微怔，道："酒入愁肠愁更愁，还是算了吧。"

"一醉解千愁。可惜本王千杯不醉，但求一醉都不能。你若是不放心，自己浅酌即可，只管死命灌我，能把我灌醉，我感谢你。"

苏晏听他话语中满是低落与苦闷，又想起白天在医庐，豫王说韩奔跟随了他十五年，想必不仅仅是主人与侍卫的关系。

十五年前，豫王还在军中，两人应该还是"岂曰无衣，与子同裳"的袍泽，难怪韩奔死了，他会那般难过。

苏晏叹口气，解下铃铛，打开窗户。

一阵冷风灌进来，他只穿了中单，还光着脚，不禁扭头打了个喷嚏。

豫王利落地翻进来，立刻关紧了窗户，说道："把外衣穿上。炭盆呢？我去点。"

苏晏里三层外三层地穿起来，坐在重新点燃的炭盆边烤火："这都二月开春了，还这么冷。"

"倒春寒嘛。"豫王随口答，把沉甸甸的两坛烈酒放在桌面，"来，灌醉我。"

苏晏倒一碗，他就仰头喝一碗，比喝水还快。

苏晏见他独自喝了大半坛，仍是半句废话没有，也给自己倒了一碗，慢慢喝完了。

"来，互相吐个苦水吧。"苏晏说。

"……我没苦水可吐。贵为亲王，锦衣玉食，能有什么苦水？"豫王往喉咙里又倒了一碗酒。

苏晏端起酒碗："我有个关于你的发现。"

"什么发现？"

"你平时说话自称'本王'，凡是装腔作势、拿腔拿调、话里有话的时候，就自称'孤王'。"

豫王停止灌酒，看向他："我有吗？"

苏晏点头："只有在没有任何心情去矫饰的时候，才会自称'我'。"

"你还漏说了一点——"

"哪一点？"

"还有放下戒备，譬如面对自己人的时候。"豫王把酒碗一推，直接抱着酒坛喝，一副恨不得立刻醉死当场的架势。

这酒相当烈，苏晏喝了两碗就觉得腹内如火烧，而豫王猛灌了一整坛，又去拍第二坛的封泥。

他也不怕急性酒精中毒……苏晏伸手去按坛口。

豫王哂笑："放心，喝不死的。"

喝死的人，在喝的时候都这么说。万一猝死在这里，那我的麻烦可就大了。苏晏把酒坛抢过来，给自己又倒了一碗——能分走多少是多少。

两人一个鲸吞，一个慢咽，两坛酒喝完，苏晏浑身燥热，脑袋有些发涨，自觉喝得差不多了，问豫王："你醉了没有？醉了就走吧……没醉也赶紧走。"

豫王站起身，看举动浑然无事，看眼神又仿佛有了四五分醉意，介于一种醒与醉之间的玄妙境界。

他把空酒坛咚地一放。

"走去哪儿？王府就是个铁笼子，京城是大一点的铁笼子，你让我继续回笼子里蹲着？"

苏晏道："京城是不是笼子，端的看你自己心里怎么想——"

"——嘘嘘，别说教，别学我那个满嘴大道理的皇兄。"豫王把食指竖在唇前，"我带你去看笼门。"

龙门？龙门石窟的龙门？是不是有点远……苏晏涨热的脑子有点转不过弯，只见豫王从旁边衣架上扯过来一件带风帽的斗篷，把他从头到脚一兜，就去开屋门。

"半夜出门，会惊动前院的御前侍——"话未说完，苏晏发现自己已经翻过墙头，在半空中飞掠了。

双脚悬空，他吓得死死抓住豫王的胳膊。豫王扣着他的肩头，笑道："别怕，摔不了你。"

苏晏怒道："放我下去，你喝醉了！"

"我没有。你看，我带着人，还能鹞子翻身。"

说着他就来了个悬空翻转，果然轻捷如鹞之旋飞。苏晏捂嘴："我要吐了！"

豫王这才稳住身形，停在一家酒肆的屋檐上，探身下去顺了坛酒，把苏晏一挟，又开始飞。

苏晏实在怕了这些飞来飞去的练家子，一边转脸躲避寒风，一边断断续续地问："你要去哪里……城门都关了。"

豫王右手提着人，左手拎着酒坛，浑身散发出酒气蒸腾的甜辛味，满不在乎地答："放心，什么城门和城墙都拦不住我。皇兄也知道这一点，所以用了更无形与诛心的力量。"

他从城门边的台阶掠上城楼，抛出一块令牌给围攻过来的守军表明身份，然后抓着对方垂下的绳索，从城墙顶溜了下去。

守军似乎已经习惯这位亲王时不时夜里出城散心的行为，反正也走不了多远，顶多在京畿溜达溜达，天不亮就回来了，故而十分麻利地配合。只是守军发现今夜豫王多带了个人，裹着斗篷不辨面目，但也无人敢追问。

等到风声过耳的飞掠感终于消失，双脚落了实地，苏晏用力推开豫王，扶着黑黢黢又冷又硬的什么东西，一阵反胃。

他第一次发现，原来人除了晕车晕船，还能晕轻功。

明明阿追带他飞的时候，一点都不晕的……这个狗王爷，根本不管他死活！混账东西！

豫王拍了拍他的后背，把酒坛递过去："喝几口，魂就定了。"

苏晏接过来灌了几口酒，把胃里的翻腾感压下去，喘着粗气道："总有一天我要把你脑袋拧下来当球踢！"

豫王大笑："幸亏你不是我的敌人，这里也不是战场。上次说这话的是北漠一个部落的首领野狸子，后来你猜怎么着，我把他的脑袋敲下来了，挂在旗杆上，给亲兵们当靶子练飞刀。"

苏晏含怒道："有什么好幸亏的！如果在战场上成了死敌，你一咕噜把我脑袋扫下来就是了，我又打不过你！"

豫王神情认真："你打不过我，但算得过我，我怕被你反杀。然后我完了，边关完了，大铭也完了。"

苏晏觉得他这种一本正经的样子比吊儿郎当的样子还让人头疼，于是把酒坛往他怀里一塞："你真喝醉啦！说的什么乱七八糟……龙门在哪里？看完我就回家睡觉了。"

"就在你手掌下。"豫王说。

苏晏转头看——原来是五里驿的那块花岗岩大石碑。夜色幽深，碑面"京畿重地"四个大字看不分明，但崩裂的边角却十分明显，自己正扶在那处缺角边缘。

他喃喃道："还没补好啊，驿丞真懒。"

豫王道："不是懒，而是不敢补。"

"回京路过此处时，阿追说过，这是用软鞭子抽的，一鞭下去开碑断石，却只削掉了边角，可见此人内力雄浑，又心怀顾忌。"苏晏轻抚嶙峋的断面。

豫王沉默片刻，说："我抽的。"

"嗯？嗯……"苏晏顿时明白了笼门的意思，"这块碑，是给你画的边界线？"

豫王颔首，背靠石碑坐在微微泛绿的草地上，屈起双腿，把酒坛搁在腿间，"十年前，皇兄竖了这块碑，我被迫立誓，终生不踏出此碑之外。

"至今十年了啊，回首恍如痴梦，梦中有纸醉金迷，有烟花风月，仿佛可以就这么浑浑噩噩地过完一生。却有天陡然发现，镜中的脸不是自己，而是一张眉目可憎的面具，我越是想撕下它，就越感到脱皮裂肉的疼痛……苏清河，这疼痛是你带给我的。"

苏晏安静地听，听到最后一句，不假思索道："这个锅我不背！"

豫王侧头斜睨他："这个锅还就得你背。你说我一个被软禁的亲王，本来就浪荡纨绔，好端端的，你非要和我说什么'浪子回头金不换'。好了，现在我清醒了，也更痛苦了，还不是你的错？"

"什么话这是……分明是倒打一耙！"苏晏刚平复的怒意又升起来，"朱栩竟，你大半夜拉我出来，是想直接把我气死，然后就地挖坑埋了我是吧？！"

豫王伸长胳膊，搭住他的肩膀，是个十分肝胆相照的姿势："怎么可能？哪天我要是被逼急了，憋疯了，做出什么自寻死路的蠢事，还得劳烦你事后帮我说说情，让皇兄别给我埋在皇陵里，我不想死后还要被他圈着。送我的骨灰去大潼吧，往长城底下一埋，就算变成孤魂野鬼，也会继续披甲执锐守国门。"

仿佛兜头一盆冷水，浇熄了满腔怒火，苏晏从这番话中听出了深深的厌倦与玉碎的决心，不禁皱眉道："何至于此！就算你真的对京城深恶痛绝，将来未必没有离开的机会，主要是要让皇爷信任你。"

"不是对京城，而是对这种永远被防备、被圈养的生活深恶痛绝。至于皇兄的信任……"豫王轻笑一声，"或许真有那么一天吧，十年后，二十年后，当我白发丛生、髀肉渐长，拿不动槊也骑不了马的时候，或许就能回到封地了。"

他向侧下方歪过头，用一种不太舒服的姿势，把头靠在苏晏的肩膀上，不胜酒力般闭上双眼，呢喃道："笛声消失，人舒服多了，但梦却一直在做。

"昨夜我梦见初见韩奔的情景了。还有他头一回随我上战场，就差点与我一同折在乌兰山脚下，再也回不来。"

"乌兰山……"苏晏觉得这个地名有点耳熟，似乎在哪里听过。

"对，乌兰山。"豫王平静而简洁地说起自己当年率领过的黑云突骑。

苏晏越听越觉得似曾相识，蓦然想起——那不是赫赫有名的"乌兰山遭遇战"吗？不止那一场以寡敌众的经典战役，还有好几场风格像是出自同一人之手的精彩战役，其指挥官的姓名都因为语焉不详的文字记载而失佚。苏晏原本猜测，那人是不是犯了什么大罪，被朝廷刻意抹杀了功绩。却万万没想到，正主竟然就是豫王朱栩竟——不，应该说是当年的代王朱槿城！

天啦，我旁边这个半醉不醉、要死要活、满嘴胡话的男人，就是自己曾经憧憬过的佚名战神！苏晏觉得一腔热血情怀有些凉，内心五味杂陈，说不出话。

豫王发出了梦呓般的低吟："夜阑卧听风吹雨……"

"……铁马冰河入梦来。"苏晏终于接受了这个掩埋于历史尘埃中的真相，怜悯地拍了拍对方的肩膀，"我收回之前说过的话，不是'将来未必没有离开的机会'，而是'将来肯定没有离开的机会'。"

因为你是战神，也是无名氏，是不被允许在史书上留名的人。

豫王发出了抽气般的笑声，像自嘲又像失望："连你也这么认为，看来这就是天意。"

苏晏拎起酒坛灌了自己几口酒，又把坛口凑到豫王嘴边："来，喝光这坛酒，哥来告诉你什么叫'我命由我不由天'。"

"'哥'？你管我叫哥还差不多。"豫王睁眼嗤笑，还是把整坛酒都喝了，然后将酒坛骨碌碌地踢出去。

苏晏打了个酒嗝，起身以手指天："就是哪怕阎王爷把刀架在我脖子上了，我依然能创造奇迹，重新开始一段新的人生！"指天的手指倏然移向豫王，苏晏厉声问，"朱栩竟，你真的想死？"

豫王沉默片刻，答："不想。我想回边关。"

"总有机会的，再耐心等等……别折腾你老哥，他够操心的了……"后面的话变成了听不清的叽里咕噜，苏晏在即将失去意识前突然惊醒，叫道，"我不要睡在野地……我要回家！"

说着他把斗篷一拢，摇摇晃晃地迈开步子，沿着黑灯瞎火的驿道往城门方向走。

就这么个醉醺醺的状态，怕是天亮都走不回去，豫王二话不说，上前把人一挟。苏晏抢在他飞掠出去之前叫了声："老司机开稳点，我晕车。"

苏晏醒来时，发现自己和衣躺在床上，连靴子都没脱。

天色尚未大亮，屋内仍是一片朦胧的靛蓝。角落里有灯光，透过遮挡物后变得更加昏暗，同时将一个影影绰绰的身形映在屏风上。

"谁？！"苏晏警惕喝道。

屏风后的男子当即回答："别紧张，是我。"

听见这声音，苏晏混沌的脑子逐渐清晰，想起京畿界碑旁的一场大醉，似乎是豫王送他回来的，但又感觉对方把他丢回寝室之后就离开了。苏晏疑惑道："王爷不是走了吗？"

豫王依然坐在屏风后方的书桌旁，语气仿佛漫不经心："我听见你关窗户时，又把铃铛系起来，是不是担心被七杀营的刺客暗杀？"

苏晏起身说："下官多谢王爷关心，但前院有侍卫把守，就不劳王爷费神了。"

豫王嗤道："那几名御前侍卫，除非让他们守在你屋子的房顶窗外，否则只要潜入一个血瞳刺客，他们根本来不及援手。"

苏晏知道豫王说得没错，如果七杀营营主有意要置他于死地，他就必须有高手贴身护卫，才能逃过劫难。

"我在外间放两张榻，每天让两名侍卫轮班守夜，总可以了。"苏晏说，"王爷玉体金贵，还是早点回府歇息。"

豫王不置可否，伸手把油灯拿过来些，照亮手中的东西。苏晏看着屏风上的影子，有些好奇地问："王爷在研究什么？"

桌面上除了几册普通书籍，没什么可看的呀。

豫王道："你过来瞧瞧，这东西哪儿来的？"

苏晏走到屏风后，见豫王手上拿的几张残破纸页，似乎有些眼熟。

"……想起来了，前两天不是顺着临花阁密道追浮音吗，地下'明堂'爆炸后，这东西被落到了我身上。当时我用火折子照过，像是什么经书残片，不知与七杀营有无关系，于是塞进怀里带了出来。"

苏晏俯身端详边缘烧焦的纸页残片，上面的字迹倒是挺清晰，但文字东丢西漏，上句不接下句很难读通，只能根据部分字眼，猜测是经文片段。

回来后他也仔细翻看过，并没有什么收获，就随手夹进了桌面书册里，几乎忘记了这事。

豫王取桌面白纸，将残片上的字眷写下来。

他的一手书法铁画银钩，放而不野，锋骨气度着实不凡。苏晏每次看，都觉有股慷慨豪迈的兵戈之气从纸上跃出，扑面而来。每看一次，他都不禁默默赞叹一次："好字！"

豫王眷抄完，把烧焦与破损处都空缺着，另取朱砂笔来填空。

"忽然参透……什么，未曾有天有地，先有什么什么……"

苏晏读得满头雾水，忍不住小声吐槽："先有宇宙大爆炸呗。"

豫王不明所以地笑了笑，跳过这句，继续尝试补完下一张残页：

山河有坏，这个安宁，明了□□，□□□□。

□□□□，也无众生。这个长存，□□□□。

他琢磨片刻，在空缺处分别写上："这个""永劫不坏""也无神佛""别无他物"。

苏晏又读了一遍，哂笑："连山河与众生都不放在眼里，好大的口气！"

豫王道："我也不确定填的字眼是否正确，但纵观上下文的文意，应该差不离。"

"口气虽大，用词却直白浅显，像是给文化水平不高的老百姓看的。"苏晏用指尖点了点，"所谓'这个'……到底是哪个？"

豫王摇摇头，两人继续看第三张。

第三张纸页较大，文字也相对比较完整，写着：

……天地未开，光明与黑暗已分，于是有青阳、红阳、白阳三际。而今便是"红阳"之际，明暗争斗不休，天下四处患起，恐怖大劫即将来临，唯有……

"这一段没头没尾，又故弄玄虚，怎么看怎么像神棍的套路。"苏晏嗤之以鼻地把它撇开，看最后一张。

第四张残页很小，烧得只剩一行字，上面写着：

"大劫在遇天地暗，红莲一现入真空。"

文字旁边，依稀还有暗红色痕迹，像是什么图案模糊的边缘。

苏晏盯着"红莲"二字，心下一动，从豫王手中抽走朱砂笔，先在白纸上临画出那图案模糊不清的边缘，再一点点向外勾勒，最后绘成了一朵盛放的八瓣血莲。

"不对啊……七杀营刺客的联络暗号，怎么又跟这神神道道的经文扯上关系了？"

他对照着两句偈语，越看这红莲图案，越觉得脑中迷雾重重，怎么拂也拂不散，恍惚觉得自己正左右手各捉着一条截然不同的绳子，怎么也没法将断面接到一起去。

"红莲图案究竟代表了什么……'大劫'指的是什么，'真空'又在何处？"苏晏眉头皱起，喃喃自语，"七杀营的地下据点里，为何会有'明堂'大厅，有神龛、蒲团和经书宝卷……还是不对呀，它究竟是杀手组织，还是邪教？"

"有何不对？"豫王反问，"为何不能既是杀手组织，又是邪教？或者更大的可能性是，这些刺客本就是邪教豢养的爪牙，无论他们自身知不知情。"

苏晏被他一句道破迷津，豁然开朗："难怪之前沈柒倾尽北镇抚司之力，在江湖门派与各势力中，怎么也查不出红莲图案的出处。却原来与门派无关，与教派有关！

"这地下大厅，并非专门给刺客们碰头用，因为大厅的布置仪式感太强，倒像是一处讲经传道的所在……难怪叫'明堂'！

"'天子造明堂，所以通神灵，感天地，正四时'没错，后面还有一句——'出教化'。

"将地下大厅名为'明堂'，不只要窃天命，更取的是'教化万民'之意！

从古至今，各种各样的教派多如牛毛，有光明正大跻身前台，甚至被统治者尊为护国之教的，譬如佛道二教。也有不被当权者承认，只能在民间秘密结社或是暗线发展的，其大大小小、有名有字的不下百千种。它们各有各的教义，但归根结底都是给教众描绘出一处无比美好的云中境，让他们为了谁也不知道能否实现的终极梦想去拼命努力，去流血牺牲。

信徒贡财卖命，教宗名利双收，甚至将这股势力利用起来，与武装力量相结合，进行一种亘古长存、屡战屡败的伟大事业——造反。

等等，不尽然是"屡战屡败"，也有成功的呀！

苏晏忽然想起大铭的开国皇帝，以布衣之身起于微末，造的不就是前朝的反？

据稗官野史中的记载，说这位太祖皇帝当年的起义军，也曾与某教派有勾连，用以激发民众对暴虐的前朝统治的斗争意志。不过等太祖登基称帝后，为了巩固政权，立刻就在民间封禁了这个龙蛇混杂的教派，赶尽杀绝。

不知那段陈年轶事，与这朵八瓣血莲有没有关系？

苏晏险些向豫王问出口：你们老朱家的祖宗秘史，你知道多少？

最后他还是被理智拖了回来。且不说一个心不在朝堂的闲散王爷，就算景隆帝也未必都知道。就算知道，也未必愿意告诉他，搞不好还要再打他一顿屁股，何苦？如果非要打听，也不能这么开门见山。

苏晏深吸一口气，将四张残页收拢了，重新夹回书册内，对豫王道："既然研究不透，就暂且放下。下官再不出门，就赶不及早朝了。"

豫王指了指自己的冠帽，透过乌纱隐约看见包裹伤口的纱布："尽职尽责的苏大人是否忘了，你我都还是伤员，这才歇了不到三天。皇兄直接放我半个月的休假，看来对你倒是苛刻得很。"

苏晏笑道:"王爷说错了。皇爷也让我休息半个月来着,可你看如今这局面,能歇得了吗?就算不去早朝站班,下官也得去大理寺,去北镇抚司。"

"北镇抚司?"

苏晏把案情调查的进展都告诉了他。

豫王当即道:"我同你去。"

苏晏道:"这是下官分内事,不劳烦——""王爷"两字还未出口,就被豫王打断。

"怎么就不是我的事了?七杀营派奸细潜伏在我王府,吹笛暗算我,还杀了韩奔,难道我就不能替他报仇?"

这个理由很正当,苏晏无话可说。

"那就先去北镇抚司吧。"

掌印主官沈同知不在,北镇抚司由镇抚使统管。这位镇抚使是冯案中少有的没被清算的原任,故而他很识相,把实权都放给了沈同知的心腹——石檐霜、韦缨两位千户。

两人正在谈事,忽然听校尉来报,说豫王殿下和苏大人来了。

韦缨愣道:"豫王?他来北镇抚司做什么?"

石檐霜也觉得奇怪:"苏大人倒是常客,但为何与豫王同时登门?我听说那两位并不是很对盘啊……"

不解归不解,亲王驾临还是要郑重迎接的。两人带着手下迎向大门外,却见豫王轻装便服,连侍卫都不带,就这么大步流星地走了进来。苏晏则不紧不慢地跟在他身后,从来不离左右的贴身侍卫也不见了。

石、韦二人正要行礼,豫王挥手道:"免了,大家的时间都宝贵,直接说正事。"

苏晏则是笑眯眯地拱手:"沈大人不在,两位千户大人辛苦了。关于白纸坊爆炸一案,本官这里有些线索,还望借用锦衣卫暗探查一查。"

他取出大理寺差役打听到的名单,递过去,简要地说明了内情。

韦缨听完,说:"年底突然大批购入面粉,几乎将京城粮铺的面粉库存清空,又都是以异地粮商的身份,果然有蹊跷。卑职这便安排人手,去逐一调查这些人,看粮商身份究竟是不是真的。"

苏晏点头:"还要查他们的货款从哪里来。"

石檐霜笑道:"苏大人放心,暗查人员与资金的秘密往来,我们北镇抚司最为拿手。"

你们不是栽赃嫁祸、严刑拷问最为拿手吗?苏晏正默默吐槽,又听对方补充了一句:"更何况同知大人仔细交代过,但凡苏大人的要求,我北镇抚司上下人等,无有不从。大人就放心吧,一两日内,必有回音。"

韦缨拍了一下脑门："说到爆炸案，卑职想起来，沈大人负伤前曾命我等，按临花阁龟公的口供前往两处地方，去抓另外两名'守门人'。"

"结果如何？"苏晏忙问。

"一个不知所终，估计在爆炸后就闻风而逃。另一个在抓捕的过程中自尽。那两条密道我们也下去探过，都因为地下大厅的爆炸塌方堵住了。"

苏晏遗憾地叹口气，又问："密道入口开在哪里？"

"一处在打铁铺，还有一处竟然就在人来人往的茶馆，都是市井间。"

苏晏与豫王对视一眼。豫王问："大隐隐于市？"苏晏没头没脑地答："从群众中来，到群众中去。"

"群……众？"石檐霜与韦缨"丈二和尚——摸不着头脑"。

苏晏解释道："那些密道不仅给七杀营的刺客进出，用以躲避官府通缉、与营主联络。更是教派的小头目们进入'明堂'的途径，他们在那里接受洗脑，再去民间传经布道。

"这种夜聚昼散的秘密集社，官府很难探查到。看来之前针对太子的流言，便是托赖于这么强的组织性，才能散布得如此迅速高效。"

石、韦二人基本上听懂了。开国以后，锦衣卫北镇抚司也办理过不少矫圣称神的案子，一律按照妖言惑众的重罪处置了，各地淫祠该拆的拆，"神使"与"异人"们该杀的杀，从未手软。这七杀营背后如果有邪教的影子，那还藏得挺深，手段也较其他同行高明。

苏晏分析道："目前的形势，是敌暗我明。我们在台面上，一举一动万众瞩目，而他们潜伏在黑暗中，随时都会在我们意想不到的地方和事件上出手。这是我们最为被动的地方。"

"那我们该怎么办？继续顺藤摸瓜？"韦缨问。

苏晏摇头："他们已经被惊动，把藤蔓给掐断了。我们再顺着摸，恐怕摸不到瓜，而会摸一手地雷。"

石檐霜眉头紧锁："是棘手得很。只能先从那些购买面粉的粮商查起，但愿这条藤蔓不要再被掐断。"

苏晏道："只要是人为的案子，我就不相信会天衣无缝。这次你们要派出最精干的暗探，务必不能打草惊蛇。这批粮商有好几个人，资金流通量大，应该能查出一些重要线索。

"我就赌幕后者的自负——自负地以为尘爆的原理只有他知道，以为其他人不可能及时反应过来。"

石檐霜与韦缨："尘爆？"

苏晏扶额："我不想再解释一遍了。你们知道该干什么就行。"

豫王看着不明所以但仍点头称是的两名锦衣卫千户，一股"清河所言，本王都知道"的优越感油然而生。他对两人说道："本王留个可靠侍卫在你们这里，一有消息就告知他，他自会及时禀报。"

一般大案要案，都是由大理寺、北镇抚司与刑部协作侦办。石檐霜有些疑惑："这案子，王爷也要管？"

豫王毫不客气地反问："本王不管，难道叫你们那个半死不活躺床养伤的沈同知来管？"

石檐霜与韦缨不忿主官被嘲，面对亲王却又不敢发作，只得低头称是。

出了北镇抚司大门，苏晏在马车旁略为踌躇，似乎还没想好下一步的行程。

豫王问他："在想什么？"

苏晏随口答："破局的招数。"他来回踱了十几步，仍未想到什么妙招，而且总觉得还有些地方自己没考虑到。

豫王看他像只追尾绕圈的猫，觉得甚是有趣，便提议道："要不去市井间走走，说不定会有收获。再说，灌了一夜酒，早午膳都还没用呢。"

苏晏想了想，说："也好，我们沿着东西两市走一圈，听听百姓们的谈话。"

于是，市集熙熙攘攘的人流间，多了两名身着锦绣曳撒的年轻男子，状似悠闲地并肩而行。

大爆炸过去了三四天，京城其他坊百姓的生活似乎又恢复了正常，但到底是死伤惨重的重大灾难，人们三五成群聚在一起时，也多在谈论白纸坊的惨状。

苏晏走走停停，不时驻足留意周围动静，听到的多是些毫无新意的滞后消息，以及耸人听闻的虚假爆料。这么看来，"吃瓜"文化还真是千百年大同小异。

豫王瞅准了一个干净的小吃摊子坐下来，招呼老板来两碗肉圆子鸡蛋头脑汤。他用指节敲了敲桌面，一副理所当然的语气："坐下来，吃完再说。"

苏晏也饿了，于是在对面位子坐下，拣了双齐长的筷子，用帕子擦了擦。

头脑汤热腾腾地端上来，两人胃口大开，低头专心拣肉圆子吃。不远处响起清脆的童声儿歌，无忧无虑的笑声夹杂在这市井烟火气之间，显得格外动人。

苏晏忽然放下筷子，侧耳细听。

四五个孩童从小巷里追逐着跑出来，边拍手边唱童谣："天地皆暗，日月无光……"

苏晏脸色逐渐变得凝重。他示意般看了一眼豫王，起身去隔壁店铺买了包芝麻糖，朝孩童们唤道："过来孩子们，哥哥请你们吃糖。"

孩童们欢呼着拥过去，一人分了两颗，迫不及待地塞进嘴里。苏晏蹲下身，问道："你们唱的什么歌谣，念一遍给哥哥听，好不好？"

一个缺门牙的男童咬着芝麻糖，大声说："我会念，'霹雳兆大劫，天地皆暗，日月无光'，后面的……后面的忘记了。"

另一个口齿更清晰的女童接着道："我知道！'真空救苦难，红莲现世，混沌重开'。"

苏晏又追问:"是谁教你们唱的?"

孩童们七嘴八舌道:

"大人教的。"

"很多人都在唱。"

"会唱的才是聪明娃,不会唱的都是傻瓜。"

"哥哥你会不会唱?"

"不会。哥哥不够聪明。"苏晏笑了笑,把糖都分给他们。孩童们瓜分完糖果,又嬉笑着跑开了。

豫王故意问:"谁说你不聪明?我一巴掌也抽他跳个胡旋舞。"

"也?上个被你抽的是谁?"

"妖僧继尧。"

苏晏笑了:"干得好。这回又有更大的'妖怪'送上门给你抽了。"

他拔腿要走,又回过头,不太舍得地看了看那碗刚吃了两口的头脑汤,自我安慰:"事再急要,也不在乎吃碗汤的这点时间。"

豫王赞同:"说得对。"

两人回到座位,边吃边聊,吃得快,聊得也跳跃。

豫王问:"童谣而已,为何如此紧张?"

苏晏道:"这不是童谣,是某种征兆。"

"征兆?"

"自古以来,借鬼神、异怪说事,最能迷惑人心。"

豫王略一思索:"'狐鸣呼曰:大楚兴,陈胜王'?"

苏晏颔首:"对,除了借狐狸,也借谶纬之学——'刘秀当为天子';还有借神仙之口——'赵家天子杨家将''谁说当今无真主,两个皇帝一担挑'。"

豫王沉声道:"刘秀和赵家兄弟,都成事了。"

苏晏道:"亡国之音,也多起于童谣。譬如'月将升,日将浸,檿弧箕服,实亡周国',是说阴盛阳衰,周朝会被卖桑弓、箕箭袋的人颠覆。周宣王为此在全国捕杀卖弓箭的人,认为这样就能逃过亡国之劫。后来一对卖桑弓、箕箭袋的夫妇,在逃亡路上捡了个被遗弃的女婴,将她抚养成人,取名褒姒。"

"周幽王烽火戏诸侯……亡国之谶谣,应在了周宣王儿子身上。"豫王感慨。

"还有一首童谣,流行于隋末,'杨花落,李花开;桃李子,有天下'。杨广因此杀了一大批姓李的人。"

"可他没想到,最后断送隋朝江山的竟是当时还任唐国公的李渊。"豫王露出质疑之色,

"这就是玄之又玄的预言？"

苏晏笃定地说："不，这是舆论战！"

他仰头喝完最后一口汤，把碗往桌面一摆，豪气干云："打架我不行，搞这些，我还真没怕过谁！也不想想老子上辈子是干什么的——"

豫王似笑非笑看他："敢问苏大人上辈子是干什么的？"

苏晏把差点溜出口的后半句咽了回去，干笑："上辈子……上辈子是卖红薯的，所以这辈子当了官。"

他起身说："我先走了，你慢慢吃。"

豫王不吃了，也起身："去哪里？"

"进宫面圣。我认为你还是别作陪，这样你好我也好。"

"找我皇兄作甚？"

"讨个新官职当当。而且，我想到把幕后者引出来的办法了。"

"两位客官，两位——喂！"老板追在他们身后骂，"还没给钱呢！吃霸王餐啊，你们这两个人模狗样的玩意儿！"

豫王哈哈笑着，头也不回地掷出一块银锭，"当"的一声镶进桌角。老板眼睛都瞪直了，片刻后才反应过来，这是个大人物，给的餐费百倍不止！他大喜过望，趴在桌沿手齿并用地抠银子。

"白纸坊爆炸案……联合调查组……组长？这是个什么官职，朕可闻所未闻。"养心殿内，景隆帝从锦衣卫呈递的密报上抬起眼，注视着进宫求官的某位臣子。

苏晏解释道："就是个临时的职位。抽调精干成立专案组，由臣负责牵头与统理，刑部、大理寺、北镇抚司的人手也由臣按需调用。专案组名义上调查的是白纸坊爆炸案，但实际上针对的是七杀营及背后更深层的力量。

"等到将来案件水落石出，罪魁祸首伏法，这个联合调查组就会解散，所有人员各自归位，所以说是临时的。

"另外，臣还需要朝廷下拨一笔专项资金，用于调查组的各项正当开支。"

景隆帝听明白了，苏晏想要一个没有品阶的实权。这实权虽仅限于对付"弈者"，但决定权与自由度却极大。

事情不做则已，做就要当决策者，最不喜受人掣肘——的确是苏晏的风格。

皇帝心里赞赏，面上却只淡淡："不准。"

"——为何？"这个回答出乎苏晏的意料。之前去闪锡，皇帝给他的权力比这要大多了。那时他连求都没有求，皇帝就毫不眨眼地给了一纸"唯尔所统"的圣旨和先斩后奏的尚方剑，如今怎么突然小气起来了？

就在苏晏开始反省自己是不是真的过于恃宠而骄，以致皇帝想要限制他、敲打他的时候，景隆帝起身，走到他面前。

皇帝都站着了，身为臣子怎能再端坐？苏晏赶紧把茶杯一搁，起身行礼。

"觉得朕小气？"皇帝问。

"没有没有，岂敢岂敢，"苏晏惴惴地答，"是臣突发奇想，要求得有些过分。"

"知道为何朕这次不愿放权给你？"

苏晏没有马上接腔，乖乖等待皇帝继续说。

"因为你讨要的不是权力，而是风险。如今敌暗我明，万千冷箭在暗处对着台面上的人，你把自己推上去当出头鸟，这与把自己架在柴堆上烤有何区别？"

皇帝一针见血。苏晏羞愧："其实也没有那么危险……再说，皇爷和小爷才是台面上最大的靶子，您二位都不怕，臣怕什么？"

皇帝摇头："闪锡之事还没给足你教训？案子要查，幕后黑手也要抓，却不是让你不要命地去抓！"

"皇爷放心，臣惜命得很，哪里是什么视死如归的人，这次身边一定多带一些侍卫。"苏晏见皇帝不为所动，自己的计划刚萌芽就要夭折，一急之下补充道，"豫王殿下也要查这个案子，与我一道行动，多少是个保障。"

皇帝轻笑一声："朕这四弟，天生膂力绝伦，武艺了得，的确是个好保障。只是朕倒不知，你和他什么时候冰释前嫌，甚至可以携手对敌了？临花阁密道爆炸，共过患难的那次；还是纵酒翻墙，夜游京畿的那次？"

明知皇帝疑心病重，这不是自己往枪口上撞吗？苏晏吭哧吭哧答："冤冤相报何时了，臣也不是那么小心眼的人……"转而又换了个一副大义凛然的腔调，"臣的一己安危不足挂齿，即将到来的危机才是国之大事。皇爷可知臣今日在市井民间听到了怎样的流言？"

"苏御史，无须吊朕胃口。"皇帝语气微嘲，走到桌旁，捡起方才搁下的密报，"你先过来看看这个。"

苏晏讪讪地走过去，接过密报翻开，眉头顿时皱了起来："二月初二，顺天府、保定府等地，夜间均发生不明原因的爆炸？初二……三天前，正是白纸坊大爆炸的那个夜晚！"

皇帝颔首："这是各地锦衣卫快马加鞭传来的密报，但因两府距离京师最近，故而消息来得最快。其他州府是否也在同一日发生爆炸，尚未可知。"

二月二，龙抬头。

大劫在遇天地暗，红莲一现入真空。

山河有坏，这个安宁……也无神佛，也无众生。

西南方向，巨响之声如万雷齐鸣，天际明光亮如白昼，像一个大火球从地面升腾而起，又像……一朵红莲在虚空盛放。

许多闪念纷至沓来，在脑中飞旋，苏晏抓住了其中一点灵光，喃喃道："我明白了！"

他急匆匆提笔，铺纸蘸墨，飞快写下"霹雳兆大劫，天地皆暗，日月无光。真空救苦难，红莲现世，混沌重开"两行草字。

"皇爷请看，这是近段时间在京城流传的童谣。"苏晏把毛笔一搁，指着纸面上淋漓的墨迹，"这里的'霹雳'不是雷鸣，而是爆炸的巨响，'红莲'也不是记号，而是指爆炸的火光。

"'天地皆暗，日月无光'不仅形容爆炸后的情景，更暗喻如今政局昏暗。'日月'合之为'明'，谐音国号'铭'，日月无光是说国君或储君无德。这两句童谣，把爆炸说成是预示大劫来临的征兆，把'真空'说是上天派来救苦救难、重开混沌的使者，用心十分险恶！

"更为险恶的是，这童谣并非在白纸坊大爆炸之后才开始流传的，而是之前。"

皇帝冷静地说道："也就是说，幕后之人早就策划好，要在二月初二这一夜，在京城与其他府城制造爆炸，用以印证他'红莲现世'的谶谣。"

苏晏拳头一捶桌面："为了舆论造势，不惜涂炭生灵，将千百个活生生的性命都做了他棋盘上的弃子，何等自私冷酷，简直反人类！"

又想起那四张经书残页，他喃喃道："'大劫在遇天地暗，红莲一现入真空'。这教派如果真的存在，怕不是名叫'红莲教'，或者'真空教'？"

皇帝面色微微一变。苏晏敏锐地捕捉到这个微表情，试探地问："皇爷听说过这个名字？是红莲，还是真空？"

景隆帝沉默不语，指尖在桌沿有规律地轻叩。苏晏知道，这是天子心事乱而未决时的小动作，于是耐心地静待一个不知是否会给出的答案。

良久后，皇帝道："真空教。"

所谓真空，并非物理学上的真空现象，而是演化了世间万物的无极，是宇宙的根本。简单说来，就是那个存在于所有教派中的，圆满极乐而虚无缥缈的云中境。

苏晏或许怀疑过，人死后会不会有灵魂，如果灵魂也是一种能量，那么根据能量守恒定律，它又会去哪里？但无论如何，肯定不是去这个用万千鲜血与生命为基石堆砌起来的"真空"。

"邪教！"他恨恨地骂道。

皇帝道："所以在我朝初建时，太祖皇帝就下令严禁真空教在民间传道。其首领，时人称'真空教教主'，也在不久后伏法。"

那么，野史中说太祖皇帝的起义军也借过某教派的势，最后卸磨杀驴，是真的吗？是否就是这个真空教？苏晏没敢继续问，怕问得太多，自己的脑袋不保。

他想了想，试探地问："臣之前猜测，'弈者'筹谋了至少十余年，动机不是'野心'，就是'复仇'。如此看来，会不会是向大铭宗室复仇？这个'弈者'，会不会就是新任的真空教教主？"

这两个问题，是对铭太祖帝王手段的隐晦求证，景隆帝看了苏晏一眼，神情深沉难测。

苏晏自知在老虎头上拔毛，紧张得手心冒汗。片刻后，他终于听见天子不喜不怒地答了一句："也许。"

够了。这个"也许"，是景隆帝能给他的最明确的答案，也是一个手段同样雄峻的帝王，能给臣子的最大宽容与信任。

苏晏深深躬身，拱手道："多谢皇爷。"让他知道在与谁作战，该如何打赢这场战役。

皇帝直视他，沉声说了句："彼时是彼时，今日是今日。"

"臣知道。"

"太祖是太祖，朕是朕。"

苏晏微微笑了："臣也知道。"

皇帝叹口气："你是不是……更想离大铭宗室，离权力的旋涡远一些？"

苏晏道："臣已身在风口浪尖，只能迎风破浪而行。臣不怕！"

皇帝沉默良久，最后长叹："想做什么，就去做吧！记住，朕是擎天之柱，有朕在，天塌不下来。"

苏晏深吸口气，让胸中的火不至于烧得太烈，朗声答："臣遵旨！"

走出养心殿，苏晏在宫门外遇见了他的便宜世叔，脚步匆匆地从东南方向过来。

"蓝公公。"他朝对方拱手，"公公这是从外朝过来的？"

蓝喜一甩浮尘："可不是。皇爷召内阁重臣未时一刻觐见，阁老们还没来呢，苏大人先来了。唉，真是一石激起千层浪啊。"

苏晏听着觉得有内情，凑过去问："怎么说？小侄因伤在身，这几日都未参朝，还请世叔告知。"

蓝喜左右看看没人，示意他走到拐角处，低声道："火药库炸得离奇，据圣上委派的巡城御史调查，当夜库中守卫森严，并未有外人进出，更不曾执明火入库，这爆炸究竟是如何发生的，谁也说不清楚。朝野上下因此议论纷纷，人心惶惶哪！"

苏晏点头："小侄也从民间听到了些流言蜚语，什么'红莲一现混沌开'之类，蓝公公可听说过？"

"当然，比这些更荒谬的都有。"蓝喜不敢提及"天谴"二字。

京城内各种流言，朝臣们多少都有所耳闻。

一部分官员惊疑不定，对流言只当没听见，也不去乱传。

另一部分官员将这爆炸当作了党同伐异的好机会，开始攻讦政敌：文官上书骂宦官与外戚倒行逆施，招致天谴。与宦官亲近的一些勋戚，上书骂某些文官贪污受贿，故而上天降责。武官们素来地位低，谁也不敢招惹，也不想蹚浑水。而在自诩清流的言官们眼中，除了他们这些御史和给事中，其他人都有可能是乱臣贼子。

于是人人借机生事，朝堂上好一通唇枪舌剑，血雨腥风。

苏晏听得咋舌，又问："朝会上，皇爷什么反应？"

蓝喜苦笑："皇爷？皇爷也没能逃过满殿飞的唾沫星子。"

"怎么？难道连皇爷也骂？"

"都察院右佥都御史贾公济贾大人带头的一干言官，上书称白纸坊爆炸是'上天示儆天之子'，要求国君与储君反躬自省，不仅要追究兵部与工部相关官员的责任，还要下罪己诏，以安民心。"

"罪己诏？"苏晏吓一跳，"要不要这么上纲上线！"

"上纲上线是何意？"蓝喜不解地问。

"就是，呃……小题大做。"

蓝喜叹口气："这种事吧，古来有之。自汉文帝以来，七十多位帝王都下过罪己诏，多是因为水旱疾疫祸及天下，大势所逼。"

苏晏其实也知道，像地震、大旱这类天灾，危害巨大又治理无门。就因为天子受命于天，但凡有人力无法抵抗的灾祸，自然都是皇帝的锅。所以历史上那么多皇帝热衷制造"祥瑞"，好证明自己是政通人和的明君；而有些倒霉的皇帝，在位一生天灾不断，就会被诋诟为"天子失德，上苍降罪"。

由此可见，当皇帝，运气也很重要。运气太差的皇帝，再精明能干也白搭。

故而长久以来形成了一个传统——一旦有大灾大祸或政权不稳，要么朝臣们逼皇帝下罪己诏，要么皇帝把罪己诏当成撒手锏，危急时刻丢出去，安定民心，平息舆论，多少管点用。

不过就算是走过场的罪己诏，苏晏也相信景隆帝绝不会下。

当初，登基不久的景隆帝要抬先帝的庙号，引得朝堂沸议。恰逢关中大地震，文臣与言官们以"天谴"为由逼他下罪己诏，甚至连具体文字都替他拟好了，只须盖个印玺即可。在这种满朝逼谏的情况下，年轻的天子都没有屈服，硬是顶住了压力，又与太后联手，反逼着一批倚老卖老、操纵国策的朝臣辞官，这才将朝堂话语权牢牢掌握在自己手里。

如今十几年过去，天子威望日重，有人还想故技重施，岂不是自找苦吃？

苏晏笃定地说："贾大人要倒霉了。"

蓝喜在他面前不复御前伺候时的谨小慎微，呵呵道："玩火者必自焚。贾大人惯来讪君卖直,一心求个青史留名,这下只怕非但留不了名,连乌纱帽都留不住。"

一纸圣旨,专案联合调查组就能在大理寺挂牌,但人员、资金调配等前期准备,还需要几日时间。

而且交代北镇抚司去打探的关键线索尚未有回复,苏晏左右无事,翌日出现在了奉天门,想看看朝会上究竟是个什么情况。

他没有穿大理寺右少卿的四品官服,穿了件崭新的青色御史常服,胸前的补子是神兽獬豸图案,意喻言官的公正无私。

在奉天门广场上排队站好,等待圣驾临朝时,贾公济一回头,看见了都察院队伍里的苏晏,愣道:"苏大人,站错位置了吧?"

苏晏假装左顾右盼,又低头看看胸前补子:"没错呀,难道下官不再是监察御史与闪锡巡抚御史,被撤职了?"

朝中臣子身兼数职的大有人在,但站班排位都是以最高职位为准。有时就算平起平坐,也要争一争谁的兼职含金量更高。

曾经有位尚书兼任通政使,认为另一位尚书兼任都察院都御史,站班不该排在自己前面,与对方在朝会上吵嘴,为争站位当场打了起来。

可从未见过自降身份,四品少卿非要往七品御史堆里扎的……这苏十二,还真是朵奇葩。

贾公济促狭心起,走到苏晏身边,说道:"既然苏大人以御史身份为豪,那就该秉承谏臣的一脉作风,介直敢言,不畏强权。回头在朝会上,本官带头上谏,苏御史可不能置身事外,更不能拖后腿。"

苏晏端然拱手,正色道:"身为御史,理当拨乱反正,直陈时弊。但听上官吩咐,无有二话。"

贾公济对他的表态十分满意,心道:没白把他拉进御史队伍里来,果然是个俊杰。

"贾大人且放一百个心。"苏晏朝他笑了笑,提醒,"圣驾到了。"

贾公济赶紧归了位。苏晏抄着袖子,看他斗志昂扬的背影,嘿嘿一笑。

甲午年二月初六的奉天门早朝上,景隆帝先是听取六部所奏的各项事务,继而向户部与工部询问了白纸坊救灾与清理的进展情况,还当场嘱咐担任赈灾总理的太子,要及时安置灾民,保障民生。所涉众臣纷纷表态会恪尽职守,不负圣恩。

苏晏足足等了一个半时辰,终于在朝会接近尾声时,等到了贾御史的重拳出击。

还挺沉得住气嘛。苏晏望着贾公济越众而出的身影,扭了扭站酸的脚底,打起十二分精神。

果然，贾公济先是叩问，他与一干御史之前上疏的奏本为何留中不发，随后又旧事重提，恳请皇帝不仅要颁发圣旨追究相关大臣的责任，更要诚心斋戒沐浴，亲赴太庙祭拜，求得上苍的宽恕。最重要的是，得下罪己诏。

当然，他所用的措辞还是委婉的："非是天子之政有所失、行有所过，而是上天示儆，降以灾变，以致百姓死伤无数，人心惶惶……"

言下之意就是——这事儿不是皇帝的错，但上天既然表示不满，用大爆炸作为警告，为了安定民心，就委屈皇帝下一份罪己诏吧！圣人尚且三省其身，皇帝也带着储君一起反省反省，有则改之、无则加勉多好。

言词十分诚挚且慷慨，贾御史说到最后顿首不止，大呼："周武王、唐太宗尚且言'百姓有过，在予一人'，圣上宽仁甚于周王唐宗，必不忍见苍生受苦！"

不少言官纷纷出列声援，劝谏皇帝以天下百姓为重，颁发罪己诏，平息上天的愤怒，如此大铭定能长治久安，万事消弭。

苏晏为官任职以来，第一次见到如此大型的"以理杀人"现场——

你是个明君，就得有身为明君的自觉，就得像历史上那些明君一样，遇蝗灾生吃蝗虫，遇旱灾光脚祈雨。人家宋理宗都能因为彗星滑过夜空的不祥预兆，而发罪己诏痛自刻责，避正殿、减常膳，以示侧身修行之意，你景隆帝可比他贤明多了，怎么就不能呢？

说得多么大义凛然，简直把"严以律人，宽以待己"发挥到了极致。

广场中央跪了一片谏官，请愿之声此起彼伏。

文武大臣面面相觑，各怀心思，有的内心赞同但碍于天子在上不好说出口，有的虽感觉不妥但不愿去和言官对喷。

阁老们则十分持重，毕竟在这种事上不好太快表态，还是得先看皇帝的意思——万一皇帝愿意为了平息舆论而下诏呢？自己太早跳出来反对，岂不是枉做好人，回头还得背上一个"媚上布利"的骂名。故而就连性情最急躁的次辅焦阳都一声不吭。

至于首辅李乘风，毕竟年纪大了，前几日因为连夜议事受了风寒，一病不起。否则依老爷子的脾气，能暴跳如雷地用象牙笏板砸贾御史的脑袋。

贾公济左右看了看，在乌泱泱的请愿人头中不见苏晏，又转头在队伍里找，发现苏晏孤零零地站着，遂用眼神示意他跟紧了别掉队。

苏晏在袖子里把指节捏得咔咔响，面上却淡定得很，嘴角甚至微微翘起，仍是平时未语三分笑的模样。

他的视线越过众臣，遥望玉阶之上的天子，隔得太远看不清景隆帝的眉目神情，却仿佛感受到了对方投注在他身上的目光。

坐在御座左下侧的太子朱贺霖怫然起身，正要发难。景隆帝转过脸看他，说道："坐下。"

"可是——"

"坐下。"景隆帝加重了语气。

太子不甘心地坐回去。

景隆帝道:"朕的事在眼下,你的事在将来,急什么?眼下你且多听、多看,将来有你发挥的时候。"

蓝喜站在皇帝身后侍奉,心里"咯噔"一下:皇爷这话可不好琢磨啊,像是劝小爷不急着发作,先学着;又隐隐有不满太子急于操权之意……可他们父子一贯亲厚,莫非是他会错了意思?

不好说。自坤宁宫一事后,皇爷对小爷的态度似乎有所改变,罚小爷去太庙近一个月,不见心疼。小爷回宫后来问安,因为刺血抄经容色颇为憔悴,皇爷也只是淡淡地过问两句,不像从前那般寒暖上心……啧,天家父子,真不好说。蓝喜微不可察地摇摇头。

谏官们在下方跪求:"请陛下以天儆为戒,以苍生为念!"

"请下罪己诏,使人心定,天意回!"

"难道圣上爱惜自己的颜面,更胜过社稷之安稳、百姓之性命吗?"

不少人说着说着,泪如雨下,感泣不已。有几名御史激动到难以自持,以额触地,在青砖地面留下斑斑血痕。

苏晏冷眼看着面前的群体歇斯底里症,想建议朝廷给他们颁发一个"感动自我"奖。

贾御史见他还不挺身而出,眼神从催促转为了失望与鄙夷。

苏晏朝他笑笑,抖了抖袖子,郑重出列,就在贾御史身旁不远处站定。

满朝皆知大理寺苏少卿乃是皇帝面前的红人,深得圣眷。如今看这架势,像也是要加入劝谏队伍的,连御史服都穿上了——莫非皇帝其实早有下诏的意思?还是苏晏宁可舍了圣宠不要,也要成就犯上直谏的铮铮美名?

众臣暗中各种猜测,却听苏晏抬脸望向御座,气定神闲地问:"臣该死,竟忘了万寿节是什么时候?"

……万寿节?

万寿节与天儆,与罪己诏什么关系!在这个节骨眼上,问此风牛马不相及的问题,他苏十二是不是脑子抽风了?

蓝喜轻微地"咝"了一声,去看景隆帝的脸色。

景隆帝对他微微颔首。

于是蓝喜上前两步,尖声说道:"万寿节是二月十四。"

"二月十四。"苏晏掐着指头一算,"距今不过七八日!"

天子寿辰,乃是与元旦、冬至并称为三大节的重大节日,依律天下诸州府当宴乐休假三日，朝野同欢。按惯例，京城的匠人们将以彩画、布匹装饰街巷，圣上登楼赏花海与歌舞，百官结彩香案、捧觞献贺。

"如此隆重佳节，须得精心筹备，可臣看宫中毫无动静，再不准备，可就来不及了。"

景隆帝目光微闪，唇边似乎露出一丝若有若无的笑意。

蓝喜也琢磨出了点什么，一时来不及细想，照着直觉答："皇爷素来提倡简朴，曾道寿辰乃是个人之贺，不愿以此为由大肆操办，加重百姓负担。故而万寿节向来只在宫中设家宴。当日，群臣于奉天殿上寿行拜礼，并受赐茶汤，如此而已，无须多加筹备。"

"原来如此。"苏晏一脸认真地点头，又道，"天子举动，乃是臣民之表率。皇爷尚简朴，臣子们也当戒奢靡，既如此，为何就在大前天，贾御史贾大人喜得麟儿，却要大操大办，重金请来戏班登台，腾龙舞狮、锣鼓欢腾，广开流水席大宴亲朋同僚，整整庆祝了两日呢？"

贾公济一怔，从地上爬起来，怒视苏晏："苏十二你什么意思？这是要弹劾本官？本官年逾四旬，方才艰难得一子嗣，大喜之下难免声势浩大一些，怎么就触犯律例了？"

苏晏忙摇头："非也非也，贾大人此举乃人之常情，可以理解。另外我还要替贾大人辟个谣——听闻京城内有些官员私下流言，说令郎是贾大人从灵光寺求来的，实大谬矣！

"去年七月，贾大人的确去过灵光寺向继尧大师——不好意思，这继尧是定了罪的钦犯，不能再称'大师'了——向妖僧继尧求子，但并未携夫人同行。锦衣卫办案时，继尧把他所结交的官员情况都交代清楚了，的的确确未曾骗到贾大人头上。所以贾夫人与孩子都是清白无辜的，还请某些官员不要在背后乱嚼舌根，败坏人家的名誉。"

贾公济脸上红一阵白一阵。

去灵光寺求子一事，是他有眼无珠、误信奸邪的人生污点。灵光寺和尚骗奸信女事发后，他还为自己没有陷得太深，没有送夫人入虎口而庆幸不已，也巴不得此事随着继尧的死和灵光寺的拆除而烟消云散，不会有人知晓。

可惜天下没有不透风的墙，这事到底还是流出去了，有官员私底下取笑他喜得"罗汉子"，贾公济也只能打落牙齿往肚里咽，当作没听见。

此番众目睽睽之下，苏晏把这事捅破，诚然是替自己辟了谣——北镇抚司经手的案子，内情如何，苏晏作为整顿过锦衣卫的人，又与亲办此案的沈柒交好，由他嘴里说出来，自然更具有说服力。

但你苏十二也不看看，眼下是澄清这事的合适时机吗？

在他慷慨激昂痛陈国事时，拿替他的私事辟谣来扰乱视听，是何居心？！叫他这张老脸往哪里搁！

贾公济瞪着苏晏，额角青筋暴突，又不好当众以怨报德地骂对方多管闲事，只能悻悻然道："多谢苏大人为我澄清此事，但这是朝会，苏大人东拉西扯，未免有公私不分、本末倒置之嫌。"

意思是，苏十二要么脑子拎不清，要么别有用心，大家别上他的当。

苏晏不以为意地笑了笑，又道："辟谣只是顺带，我不过是想劝贾大人一句——借着令郎诞生宴收受的贺礼，不少是贵重的金银玉器、古玩珍藏，还是要退回去的。须知天下没有白吃的午餐，那些与大人非亲非故的人平白送上厚礼，还不是指望着大人以言官御史的身份为其说话？贾大人无论是成了他们遮掩罪失的工具，还是成了他们攻击敌人的武器，总归违背了'铁面无私、秉公除暴'的言官操守。

"忠言逆耳，下官一片好意，还望贾御史莫要生气。"

贾御史何止生气，简直又气又羞，气得七窍冒烟，羞得无地自容。

听着周围官员窃窃私语，依稀说着"变相受贿""道貌岸然"之类字眼，贾御史恨不得广场上立刻裂开一条地缝，让他钻进去，好避开旁人的如刀唇舌。

苏晏又把视线移向跪了一地的御史们。

二三十人，均是都察院内与贾公济走得近的，平日朝堂上没少见他们蹦跶。

这些御史脸颊上还挂着慷慨赴义、何惜此身的热血与热泪，在他针刺般的目光下，不禁有些瑟缩。

苏晏慢慢踱着步，在每个人身边都绕了半圈，逐一点评：

"薛御史，你去巡抚宣府时，任意逮捕、杖责当地将校数十人，'凌虐武将'的罪名怎么也跑不了，是吧？

"贺楼御史，之前朝廷命举荐贤能，怎么你所举荐的，全都是你的老乡？你们家乡特产'贤能'？

"还有你，黄御史，明知赭黄为天子专属的禁色，为了享受一把高高在上的虚荣，穿赭黄纻丝衣招摇过市，锦衣卫没抓你问罪，是否至今仍心存侥幸？

"唐御史……"

被点名的御史一脸惊骇，浑然不知自己的把柄是怎么被对方抓住的。

再想到"锦衣卫"三个字，不禁个个面如土色。锦衣卫知道，难道皇帝会不知？不过是皇帝借着苏晏的口，找到个最好的时机发落他们罢了！

"要说，人人都有过错，何以单单逼着'非政有失，非行有过'的皇爷下罪己诏？你们又如何知道，上天不是因为你们的德不配位而下的示儆？

"要不这样吧，你们都各自先写一份罪己书，把自己那些污点都写出来，痛责己过，发誓洗心革面，从此做个对得起胸前獬豸补子、对得起民脂民膏俸禄的好官。再张贴在两市的通告栏上，公之于众。你们觉得如何？"

苏晏逐渐提高了声量："怎么都不吭声？请诸位大人以天儆为诫，以苍生为念！

"难道诸位大人爱惜自己的颜面,更胜过社稷之安稳、百姓之性命吗?"

砸出去的话反弹回自己脸上,这些言官难堪至极。

苏晏转身望向左右两班文武大臣,扬声道:"金无足赤,谁敢说自己十全十美?既如此,大家都一起反省反省,有则改之、无则加勉多好。干脆就开一个反省大会,深刻剖析自己的对错得失,我相信上天一定会被我们的诚意打动,如此大铭定能长治久安,万事消弭。"

"荒谬!"群臣中有人大声驳斥,"国家岂是靠什么'反省大会'就能治理好的?上天如果能被几句自省、一纸谢罪打动,从此消灾赐福,又何须百姓辛苦劳作,官吏恪尽职守,君王勤勉朝政?"

苏晏抚掌道:"说得好!实干兴邦,空谈误国,那诸位为何还要纠缠于一纸罪己诏,不去各自的岗位上尽力作为?"

玉阶上,沉默许久的景隆帝发话了:

"传朕旨意,特设'专案联合调查组',命大理寺右少卿苏晏为组长,调查白纸坊爆炸一案,凡涉及的刑部、大理寺、北镇抚司、都察院等人员,无论品阶职位,皆听任其调用,违者以抗旨论处。

"白纸坊大爆炸,是天灾还是人祸,真相总会大白。苏晏,朕命你务必查个水落石出,使罪魁祸首伏法,以正天下。"

苏晏端正下跪:"臣领旨!"

"至于你们——"皇帝扫视被苏晏逐一点名的那些御史,失望地叹口气,拂袖起身,"按律处置,该迁贬的迁贬,该撤职的撤职。退朝。"

第九章

血瞳无名

大理寺官署大门旁,挂起了一块"联合调查组办事处"的牌匾。

左少卿闻征音站在牌匾前,乜斜着御笔亲书的这几个字,酸溜溜地说道:"少年幸进,哗众取宠。"

"闻大人在说什么呢?"背后苏晏的声音幽幽地响起。

闻征音当即转身,笑容满面:"说苏大人奇思妙想,这个联合调查……专案组的主意可谓是前无古人。"

"后有来者就好。本官要去办案了,先行一步。"苏晏拱拱手,带着身后几十名奉命保护他的御前侍卫,上马离开。

他一走,闻征音面上的笑容就消失了,对着从台阶走下来的大理寺卿关畔说道:"关大人您看,苏少卿真是忙得很,咱们衙里的事务他漫不经心,接的可都是钦定的要案。别说我这个同侪了,就连顶头上司您,他也没放在眼里呀。"

关畔不咸不淡地"嗯"了一声。

闻征音知道这位关寺卿是个不爱惹事的老实人,但苏晏行事如此嚣张,他就不信了,就算是泥人还没两分土性!

见闻征音看看自己,仿佛在期待一个他中意的回答,关畔挪了挪腰上的束带,反问:"初六的朝会,你没去?"

闻征音道:"去了呀。"

"去了，还没看明白？"

"明白，特别明白，苏少卿最擅长抓人把柄，想收拾谁，就收拾谁。"

关畔又问："既如此，你与他争什么？争将来这大理寺卿的位置？"

闻征音有些发窘："下官并无此意，实是为关大人您鸣不平……"

关畔拍了拍他的肩膀，语重心长地唤他表字："林钟啊，你真以为他能看得上大理寺卿的位置？"

闻征音一怔。

"你别看苏晏一副文质风流的模样，其实行事果决，又好行偏门、出奇招。那种人，要么爬得高，要么摔得狠。无论如何都与你我不是一路人。"

关畔在进轿子前，搁下最后一句话："不如学老夫冷眼旁观。楼起不去沾光，楼塌连累不到，左右都与我无关。"

闻征音站在原地盘算片刻，心想：有道理啊！不顺眼归不顺眼，我又何必与他争这个长短？他能爬上去，我不妨抱一腿，他要摔下来，我也乐得踩一脚。关畔这老白菜帮子，看着三棍子打不出屁，还颇有一套明哲保身的处世之道。

苏晏行到街口，见锦衣卫千户石檐霜、韦缨从旁边巷子拐出来，几人碰了个面。

"准备得如何？"苏晏问。

石檐霜抢着答："一切按大人的吩咐，保证不出任何纰漏。"

几天前他们从购买面粉的异地粮商入手，追查到资金来源是一家钱庄，再深挖下去，发现钱庄的大老板是奉安侯卫浚的妻弟。卫浚虽是个色中饿鬼，糟糠之妻却贤惠且识相，故而没被下堂。其妻弟商户出身，与奉安侯府走得颇近。

"我们按大人说的，悄悄绑走了卫浚的妻弟万鑫，并模仿他的字迹给侯府留书一封，说是去外地谈生意。所以卫家到现在都还没发现。"当时韦缨如此回禀道，"人就下在诏狱的秘牢中，足以避人耳目。"

根本不用上诏狱十八刑，刚动几下鞭子，万鑫就一把鼻涕一把眼泪地全给交代了：

钱是他出的，来自卫家两位侯爷的授意。至于买那么多面粉做什么用，他就不清楚了。

万鑫承认自己加入真空教，还不惜斥巨资捐了个"香长"。"香长"算是教内的二级头目，之下是一般教众，之上有"传头"，再往上就是教主。教主尊容他从未见过，但三位"传头"其中的一位，他远远见过一次，对方身披红袍，脸覆面具，难辨男女老少。

这般形容与阿追的描述几乎一致，让苏晏想起了一个人——七杀营营主。

而七杀营与真空教的关系，也越发清晰起来。

万鑫是个人证，一方面可以证明白纸坊爆炸案的背后另有黑手，另一方面可以证明卫家与七杀营、真空教有关联。但他在教内地位太低，所知甚少；而卫家那边只须牺牲卫浚的妻族，"一概不知、痛心疾首、大义灭亲"三连发，就能洗脱干系。

总之分量还是不足，证据也不够确凿。石檐霜与韦缨发起愁来。

苏晏道："愁什么。像万鑫那种市井商贾出身的人，在教内对上不够资格，对下还不打成一片？千百教众就是千百商机呀，换作我是他，能把每个教众都忽悠瘸了来买拐杖。"

两位千户听懂了苏大人的意思——上层够不着，就往下挖，教众们的确是喽啰，但也是一教的根系。

对万鑫的审讯继续进行，按照苏晏的话说，"软硬兼施，要把他灵魂都掏空"，最后得到了许多杂七杂八的情报。

擅长情报甄别与分类工作的沈同知在家养伤，苏大人只好亲自上阵，按重要级别分为了三类。其中一条看似不起眼的信息，引起了他的注意——

万鑫曾奉教内指令，花钱从礼部的祠祭清吏司，购买了一张法名"继尧"的度牒，给一个初抵京的和尚，时间在三年多前。

……妖僧继尧也是真空教的人？

三年多前继尧来到京城，在灵光寺站稳脚跟后，找到了进宫的契机，又凭借好皮相与一手幻术，攀上了太后这艘大船。要不是他急功近利，要将自己打造成"活佛降世"，被沈柒拆穿了灵光寺求子的真相，因而命丧北镇抚司，搞不好连太后都会被他带偏。

到那个时候，继尧会如何在宫中兴风作浪，想想都瘆人。

——同时也意味着，除了朝野内外，真空教还盯上了后宫，早已将暗桩给钉进去了！

——幸亏七郎拔得利索！

——难怪真空教会如此恨沈柒，派了数个血瞳杀手来围攻他，把他打到重伤。

苏晏把前后的事联系起来一想，茅塞顿开——这又是真空教图谋不轨的一个铁证。

另外还有不少关于教众的鸡毛蒜皮的小事，苏晏也从中找到了突破点，挑选了其中一批人写在名单上，交给两位千户。

韦缨看着名单，问："大人，这些……都是平民百姓啊，真能派上用场？"

苏晏道："真空教在民间秘密结社，广泛传播，靠的就是这些身为平民百姓的教众。水能载舟，亦能覆舟的道理，你们应该懂。"

韦缨抱拳道："卑职晓得了，这就去寻人。"

苏晏叮嘱："千万别动粗，好好说道理，说不通就以财物相授。他们都是受蒙蔽的苦主，是受害者。"

韦缨与石檐霜点头："苏大人放心。"

如此数日后，各方面都安排妥当了，苏晏以"专案联合调查组"的名义，在京城最繁华的东市街口，搭设高台。他又命人满城张贴告示，通知百姓们前来参观公审大会，说要揭开白纸坊大爆炸的真相。

这件从名称到做派都异常新鲜的稀奇事，迅速激发了京城百姓的好奇心。

百姓的娱乐生活实在匮乏得很，平日里但凡官府有什么动静，无论是进士游街，还是死囚砍头，都能引得万人空巷，人人跑来瞧热闹。

这次的公审大会，还有一个多时辰才开始时，会场周围就被百姓围得里三层外三层，全靠五城兵马司的兵卒们辛苦维持秩序。

仪仗队鸣锣开道，官轿入场。主审官苏晏苏大人与另两名副审官入座，万众瞩目的公审大会终于开始了。

奇怪的是，说是公审，却不押出嫌犯，而是在清理出的一大片空地上搞起了花样。

用木料上糊以白纸做成的碧纱橱，在广场中央围成一块两丈见方的空地，就像四面半透明的落地屏风。然后兵卒们进入碧纱橱，往地面倾倒了厚厚一层白色粉末。

有好事者大声问："那是什么东西？"

兵卒用指头挑起来舔了舔，又抓起一把递给他。那人尝了尝，笑道："是面粉！"

顿时有不少百姓索要。苏晏示意兵卒们分别给十来人尝试，证实的确是面粉。

在"多可惜啊，好好的面粉，怎么就直接倒地上了"的惋惜声中，兵卒们倒完了好几麻袋的面粉，又在碧纱橱的中央放了一盏点燃的油灯。

接着，在碧纱橱的顶上再糊以一层白纸，形成了个相对封闭的内部空间。

民众们越看越好奇——夏天纳凉用的围栏式家具，连顶上都盖住了，那还怎么纳凉？里面又是面粉，又是灯火的，是要做饭？

哎，怎么人都撤出来了？碧纱橱的底部还连通了一根管子，一直连到好几丈外的打铁用的大风箱……葫芦里卖的究竟是什么药？

百姓们正议论纷纷，鼓手敲了三声鼓，场内外顿时一片肃静。

苏晏从主审官的座位上起身，扬声道："本官给诸位父老乡亲提个醒，一会儿风箱鼓动，便会有霹雳降临，还请大家做好心理准备，可别吓得抱头鼠窜。"

不少人哈哈大笑，有说"只听说求雨、求晴的，大人莫不是要求雷"，有说"哪个胆子小的打雷都怕，又不是奶娃娃"，还有的说"不可能，要真能呼风唤雷，还当什么官儿，早升仙去了"。

两个副审官一个是刑部郎中，一个是都察院御史，听众人越说越不像话，皱眉正要命人喊话制止，被苏晏用眼神安抚住。

苏晏朝人群大声道："都看清楚了？碧纱橱内只有面粉与灯火，开始鼓风了，所有人都往后退，当心做了亏心事被雷劈。"

百姓们又是哈哈一通笑。兵卒们尽职尽责地将人墙向后推移，直至退至场上事先画出的油漆红线之外。

几名壮汉卖力地鼓风，呼哧呼哧，呼哧呼哧，气流通过管道冲进碧纱橱，逐渐将地面的面粉吹起，纷纷扬扬弥漫了整个密闭空间，像在里面下了一场人工小雪。

到底是要做什么……众人十分好奇地屏息凝神。

一片安静中，骤然炸出了一声晴天霹雳！

碧纱橱内猛地爆炸，火光冲天，纸屑与薄木条四分五裂，向周围溅射，落在地面上还燃烧着火苗。

"——爆炸了！"民众惊叫起来，下意识地以袖掩面，恐慌地向后退去。

又是几声沉重的鼓响，兵卒们以哨棍顿地，齐声反复喊道："镇定！镇定！平安无事！"

见只是碧纱橱炸个稀烂，空地周围还好端端的，百姓们也逐渐恢复了冷静，对眼前发生的一切感到匪夷所思，互相议论起来。

有个儒服方巾的老者忍不住排众而出，向台上的苏晏欠身拱手，说道："碧纱橱内并无火药，只面粉与烛火，如何一鼓风就爆炸？莫非大人真有通天之力，能以神威引来霹雳不成？"

苏晏拱手道："并非本官有奇能异术，其实这是一场小型尘爆。"

他将尘爆的原理与造成的后果，深入浅出地解释了一通。百姓们似懂非懂，但事实摆在眼前——大量粉尘弥漫在密闭或半封闭空间，遇到明火就会爆炸，威力巨大。

苏晏道："一个小小的碧纱橱尚且如此，如果是火药局的库房呢？"

"的确，御史们的调查结果是无人进入过火药库，更不可能点燃库存火药。故而流言四起，说白纸坊的爆炸乃是天降霹雳以兆大劫。而本官今日也造出一个'霹雳'给大家伙瞧瞧，看看究竟是天意，还是人为！"

儒服方巾的老者似乎在邻里间颇有声望，代表众人再次发问："大人的意思是，白纸坊爆炸就是一场尘爆？如何办得到？"

苏晏道："很简单，只须潜入邻近火药库的空房内，制造一场比这大十倍的尘爆，从而引燃火药库，就能造成连环爆炸。你们那天晚上听见的爆炸声，是不是第一声并不太响亮，第二声最是震耳欲聋，紧接着一连串爆炸声逐渐减弱？"

众人回忆起来，纷纷点头称是。

"因为第一声爆炸就是尘爆，紧接着火药库库存被引燃，所以后面的爆炸才声震数里，最后发生的一串小爆炸是因为主库之外的零散库存也被牵连到了。"

"大人分析得在理。"老者捋须颔首，"如此说来，白纸坊爆炸是人为的了，究竟什么人如此歹毒，做下这等涂炭生灵的恶行？他又是为了什么？"

"那就得先问问案发前大量购买面粉的这些人了。"苏晏命人将拴成一串的粮商们带上来，在台上并排而立。

粮商们喊冤，说自己只是替人做了笔生意，拿钱买面粉而已，其他一概不知情。

"替谁做生意？"

"通济钱庄！"

"钱庄的大老板又是谁？"

"是万鑫，万老板……卫侯爷的内弟。"

卫侯爷！京城卫家两位侯爷——咸安侯、奉安侯，那可都是响当当的国戚，怎么牵扯进爆炸案里去了？百姓们哗然了。

苏晏板起脸，厉声道："好哇，全无证据，也敢胡乱攀扯国戚，可知这是掉脑袋的大罪？！"

粮商们叫苦连天：

"小人说的句句属实，大人明鉴哪！"

"的确是从通济钱庄取的钱，宝钞上还有钤记呢，实打实的证据！"

"小人当真不知爆炸案是怎么回事，或许万老板也不知情呢？"

"有道理，究竟万鑫知不知情，恐怕还得找他本人来问一问。"苏晏摸着光溜溜的下巴，沉吟道，"可这万鑫毕竟是奉安侯卫浚的内弟，本官若是传他来审问，只怕要得罪奉安侯……"

离高台较近的部分民众听见了他的"自语"，不知哪来一股血气在胸中涌动。

许是因为奉安侯在民间肆意掠美，臭名昭著，引发了不少公愤；而这位年纪轻轻的苏大人在京城声名赫赫，敲过登闻鼓为恩师鸣冤，都说他是一片忠肝义胆。百姓们不明朝堂上的势力纠葛，也不在乎，他们只认一个朴素真理——强抢民女的是狗贼，忠勇双全的是好官。

故而有大胆的后生叫起来："大人！可是'御门击鼓雪师冤，惩恶除奸十二陈'的苏大人？素闻苏大人不畏强权，可不能因为卫家势大，就不了了之啊！"

"说得对！要是连苏大人都退缩了，还有谁敢拔那头恶虎的胡须？"

"既然查案，就要查到底，也让大家伙都知道白纸坊爆炸案的真相。"

"大人要为草民在爆炸案中死去的家人做主啊！"

"求苏大人为民做主……"

"苏大人……"

民情汹涌，民心如火，苏晏感动得双目湿润，拱手承诺："本官必不辜负诸位父老乡亲的恳托，纵有千难万险，也绝不退缩！"

台下一片叫好声。

副审官的桌案后，刑部郎中左光弼翻了个隐晦的白眼，对都察院御史楚丘说："我算是看明白了，今儿我们是来干吗的。"

楚丘年不过三旬，是个山眉水眼的俊雅模样，六年前一甲进士出身，先入了翰林，后来放着清贵前程不要，自请去都察院担任御史，至今仍是七品。他闻言说道："来干吗的，近之兄倒是把话说个明白。"

左光弼道："来当陪衬的呗。看这台上台下一出出戏唱的，苏十二的声望又要往上涨了。"

"你这是影射他笼络民心，市恩贾义？"

"难道不是？"

楚丘轻哂："那也得有恩可市，有义可贾。今日这场公审，苏清河与卫家的仇怨真正上台亮相，不死不休，连同太后那边，也算公然得罪了。近之兄可愿意冒着同样的风险，去向平民百姓市一市这个恩？"

左光弼被他反问得有些窘然，涨红了脸："灵川兄，这样说可就没意思了。他苏清河与你不过几面之缘，有我同你亲厚？"

"亲厚自然是比不过的。不过近之兄，看到那獬豸了吗？"楚丘朝苏晏后背的官服补子抬了抬下巴，"他穿的是言官的袍服，也就意味着是以御史的身份办的案。此案若能载入史册，就是给我朝言官的功绩添上浓墨重彩的一笔。公义大于私情啊，近之兄。"

言官们有着强烈的群体意识，素爱抱团，这点左光弼是知道的，但依然感到不满："也不见得这苏晏就当自己是言官一员了，要不前几日怎么在朝会上突然揭发贾公济贾御史，致其被撤职查办？当心他也在背后捅你刀子。"

楚丘忽然心生反感——这左近之不知是在官场上混久了还是怎么的，竟也变得妒贤嫉能，令他感觉面目可憎。

他忍着不快，语气生硬地说："言官团结一致，非为群体利益，而是为了更加坚定地履行监督与纠察之职，前赴后继，正本清源。似贾公济那般，将职责作为个人沽名钓誉的工具，实不配称为'言官'！就算苏御史不发难，我楚灵川迟早也要参他一本！"

左光弼被打了脸，悻悻然闭嘴，再不理会昔日友人。

故友离心，对此楚丘也不太介意，毕竟"道不同，不相为谋"。他能自愿从培养"储相"的翰林院出来，甘心做一个默默无闻的御史，走的本就是一条寻常官员不能理解的路——不羡青云，只持风骨。

苏晏不知自己与台下民众互动的这当儿，身后两位副审官的情义差不多已经吵没了。他顺水推舟，让锦衣卫拿了驾帖去通济钱庄传唤万鑫，实际上是去诏狱把人提溜出来，带到公审大会上。

要说万鑫此人也是趋利避害的一把好手，原本死也不肯上台做证，唯恐激怒乃至坑害了卫家，连累他再无好亲戚可以攀附。石檐霜本欲对他动刑，苏晏阻止道："这种人，凡事只为自己打算，就算此刻畏刑屈服，等上了台搞不好要变卦。就得把利害关系给他整明白了，他才会主动配合。"

于是万鑫"意外"从两名锦衣卫的私下交谈中,得知了案件内情:卫家要反!被真空教利用着犯君刺驾,是诛九族的大罪!且不说皇帝龙颜震怒,太后那边就算有秦夫人的关系在,也绝饶恕不了谋逆者。

万鑫本就怀疑,那场大爆炸和卫家、真空教脱不了干系。谁想卫家是真昏头,竟然要谋逆!如此一来,为了自己不被牵连至抄家灭族,除了配合专案调查组,再也没有第二条活路可走。

他一把鼻涕一把眼泪地对苏晏表态,说要将功折罪,只要能把他从这案子里摘出来,留他一家老小的性命。至于姐姐、姐夫,事到临头也顾不得了。况且是他们隐瞒在先,自己总不能为他们的疯狂与荒唐行为陪葬。

苏晏恭喜他做出了正确的选择,然后让石檐霜对他耳提面命了一番。

于是在公审大会上,锦衣卫将万鑫带到。万鑫在苏晏的连串审问下,先是狡赖一通,最后"被逼无奈"供出了指使者。

——即便是事先谈好的条件,他还是留了个心眼,丝毫没有提及卫家,只说全是受真空教的胁迫行事。

"真空教"这三个字,就这么以令百姓们猝不及防的方式,出现在爆炸案公审大会的现场。

许多人震惊失语,面面相觑,在人群中形成一股股窃窃私语的潜流。

苏晏一看这情形,就知道京城百姓信奉真空教的不在少数,且中毒颇深,并不相信万鑫的证词。

但是无妨,所谓迷信,就是用来一步一步打破的。或许第一下敲击,只能微微震动,紧接着第二下、第三下……许多下,持之以恒地敲击,总有骤然碎裂的时候。

苏晏皱眉朝万鑫喝道:"真空教早在开国之初就被官府取缔,哪里又来的什么真空教?!莫不是你假托一个空头教派,妄图脱罪?"

太祖皇帝曾经下令禁止真空教传道,百姓都是知道的,故而只敢私底下信奉,明面上绝不敢说。

苏晏这一问,窃窃私语声更小了,现场陷入了诡异的沉静。

万鑫大声叫:"草民冤枉!草民就是有天大的胆子,黑心烂肺,也做不出炸死数千人这种罪大恶极的事来啊!真的是教内'传头'的授意,草民有……有香长令牌为证!"

他"扑通"跪下,从怀中掏出一枚正面刻着八瓣莲花与"香长"二字,背面刻着"大劫在遇天地暗,红莲一现入真空"两行字的牙牌,呈给苏晏。

苏晏接过来翻看完毕,又让锦衣卫手持令牌,沿着人群边缘展示了一圈。

人群中有人低声道："的确是圣莲令……我在其他香长手中也见过，一模一样的。"

"你也是'大众'？"

"是啊，看来都是教友……你们说，爆炸案真的是……是教主的意思？"

"不能吧！经书宝卷上不是说，我教破的是黑暗，杀的是邪魔，救的是众生，怎么反把白纸坊上千无辜百姓给炸死了呢？这不可能……"

"都说这场爆炸来得离奇，是天谴，是红阳大劫到来的预兆。可刚才咱们也看到了，分明是那什么尘……尘爆引发的。似乎与天谴没什么关系啊？难道都是骗人的？"

"可不敢胡说！别忘了如果本心动摇，非但不能免劫，死后还回不了真空界，要永生永世沦为畜生。"

"也许是哪个'传头'败坏了，擅作主张，陷教主于不义？"

"有可能……可是也不对，教主若是连这点伎俩都看不破、制止不了，又如何自称'佛陀现世，引领众生'？"

一时间众说纷纭，许多百姓陷入了真假难辨的迷雾中。

苏晏把牙牌收进证物袋，又说道："光凭一面牌子，却也不是什么确凿的铁证。你指认一个不存在的教派是爆炸案的真凶，未免荒谬。且不说别的，要真是真空教所为，动机何在？"

万鑫背了半天的说辞，这会儿派上用场，当即回答道："为了印证谶谣啊！白纸坊一炸，可不就是'霹雳兆大劫，天地皆暗，日月无光'吗？"

人群中有个孩童用清脆的声音，跟着唱起来："'真空救苦难，红莲现世，混沌重开'。"

孩子嘻嘻哈哈地说："阿娘，刚才碧纱橱也炸出了一朵好大的红莲呢！是不是也算大劫的预兆啊？"

周围民众纷纷转头看他。孩童的母亲吓一跳，连忙捂住他的嘴："别乱说话！小孩子家家的知道什么。"

那孩童不高兴了，挣扎着掰开娘亲的手掌，大喊大叫："我没乱说！你们大人也是这么说的，说那天晚上的大爆炸是天谴。那天的是，今天的爆炸怎么就不是了？"

仿佛一语惊醒梦中人，好些人面上露出了骇然、怀疑、愤怒乃至羞惭的神色。信徒们有骤然清醒的，有冥顽不灵的，有捶胸顿足的，有当场晕厥的，有骂的，有反骂的，乱哄哄的，吵闹成了一片。

苏晏见局面逐渐失控，连忙命兵卒维持秩序，鼓手把大鼓接连敲了十几通，暂时压制住了乱潮。

"本官见大家各有各的想法，既然谁也说服不了谁，何不交由老天爷来评判？看这个被官府取缔的真空教，究竟真是替天行道，还是假借天命行人事，故意制造爆炸，用来印证他们编造出来的谣言。"

苏晏说完，就有人高声问："如何评判？老天爷就算开口，我们凡夫俗子也听不见哪！难道真会派个神人，从天而降？"

"本官听闻，天意往往托于神迹。这样吧，本官就在这高台之上，在众目睽睽之下，问一问天意。"

兵卒们拿来两根长长的竿子，绑住一方宽幅白布，又请了几名工于书画的先生，照着令牌上的图案，在白布上用朱砂绘制了一朵巨大的八瓣红莲。

苏晏亲自抄起拖把似的大笔，用黑墨绕着红莲涂了一大圈，圈内再写上一个硕大的"骗"字。竿子竖起，挑着白布展开，红莲印记上的黑圈和"骗"字格外显眼，百丈外都能看见。

苏晏把大笔一搁，扬声道："据说真空教的圣莲印记乃是上天赐予，本官亵渎圣莲，老天爷若震怒，必会降下雷霆，烧毁这块被污染的白布，惩罚本官。

"本官就在这台上等两个时辰，等到入夜后的戌时。倘若真有天雷来劈、天火来烧，那就是老天爷在为真空教正名。倘若风平浪静，无事发生，就说明老天爷对真空教不屑一顾，要借本官的手，来惩戒这个假教。

"大家以为如何？

"那位'佛陀现世'的真空教教主，究竟能不能发大威能，感通天地，引来雷霆，咱们拭目以待——"

场外百姓们闹哄哄的，说什么的都有。苏晏撂完话，不管下面怎么闹腾，回到案桌后面喝茶歇息。

两个副审官都盯着他，左郎中脸色阴晴不定，楚御史蹙眉若有所思。

苏晏笑道："我这边还得枯坐两个时辰，二位大人若是另有公事，可自便。"

楚丘想了想，说："我有些好奇，苏大人以天意为刀枪，向真空教的这份宣战，将会如何收场。敢请奉陪到底。"

左光弼本已起身要走，听完又坐了回来："既然楚御史这么说了，那么本官也不妨耐着性子等一等，看天雷最后劈到谁。"

三人各自喝茶、看书、写写画画，彼此间也不交谈。

场中百姓有不耐久等，渐渐散去的；也有听到奇闻，陆续从四面八方赶来看热闹的；更有回家吃个晚饭，带着板凳、花生、瓜子、茶水，又来现场占个好位置，等待结果的。

石板路上、沿街大门外的台阶、井栏间，甚至连屋檐上都攀上去不少人，就想着爬得高，看得清楚。

夜色逐渐降临，时间一刻一刻过去，从申时到酉时，又到了戌时。

风清气和，月朗星稀，一点要打雷的迹象都没有。

苏晏掏出西洋珐琅怀表看了看，八点多快九点了，于是起身宣布："看来老天爷对真空教和它的教主真的是不屑一顾，连簇小火花都不愿显灵——"

话未说完，但见人群中有个少年指着西方天际惊叫："快看！流星——"

苏晏猛地转头，余光瞥见一道流光划破夜空，向高台急速飞来，不知是何物。

"不是流星，是天火！天火要来烧了！"

"是神迹！"

——果然来了！可惜，困兽之斗而已。苏晏大喝一声："弓箭手！"

当即众矢齐发，但都没有射中那团流光。

眼见流光向着高台上的白布坠落。人群边缘，身着便服的豫王不屑地一笑，手上的三石强弓松弦放箭。

箭矢飞射而出，在半空中与那团流光相遇，但并未将其击散，而是扎进它的边缘，带着它牢牢钉在了街口牌坊的木横梁上。

这强度与精准兼备的功力，简直神乎其技，令苏晏咋舌。

众人呆愣之后，纷纷向牌坊围拢过去。兵卒们拦着人墙，排开一条通路，让苏晏进来。

左光斗和楚丘从愕然中回过神，坐不住了，也跟着进来看究竟。

所有人都在抬头看，被箭矢钉住的，是个大乌鸦形状的奇怪物件，背部与翅膀上粘的火油布，仍在冒着火光，腹部则绑着两管火药筒。那支准头惊人的箭，完美地避开了火药筒，穿过乌鸦的翅膀钉在了木头上。

看到火药筒，民众吓得连连后退。

苏晏失笑，转头对人群说道："都来见识一下，这是我大铭军队使用的火器，叫作'神火飞鸦'。靠'起火'的推力，将飞鸦射至百丈开外，飞鸦落地或者触物时，内部装填的火药被点燃，引发爆炸。爆炸时的响声，可不就像雷劈吗？

"求不到神迹，就用'神火飞鸦'来冒充。真空教真是用心良苦啊！"

短暂的沉默后，不知谁大叫了一声："骗子教！"

顿时响应声此起彼伏：

"假教！"

"邪教！"

"害死了那么多人，杀千刀的真空教！"

"骗子教！"

"骗子教！"

"骗子教"这三个字，最后汇成了整齐划一的声音洪流，在东市街巷上空久久回荡。道路两侧灯笼的光芒，映亮了一张张愤怒的脸。

苏晏的视线越过牌坊后方，在台阶旁的石狮子边上，看见豫王挽弓的身影。豫王朝他晃了晃手中的强弓，扬起剑眉，懒洋洋地一笑。

这场上了次日邸报头条的公审大会，前后历经三个时辰，直到苏晏当众宣布，会对白纸坊爆炸案的最大嫌疑犯——真空教彻查到底，将一干主脑缉拿审讯，而其余从犯，哪怕是权贵勋戚也绝不姑息后，才在百姓如雷的呼声中落幕。

高台没有马上拆除，但降下的白布被一部分民众扯去，在地面上践踏泄愤，红莲印记与墨字上踩满了污渍。

苏晏见到这一幕，思维忽然跳跃，想到街巷墙根隐蔽处的那些红莲印记，以后怕是一画出来，就会被人同样圈出、斜杆画掉，或是依葫芦画瓢也写个"骗"字，顿时忍俊不禁。

"苏御史。"有人唤了声。

他转身，见刑部郎中左光弼不知何时已经走了，出声的是都察院御史楚丘，便也招呼道："楚御史。"

楚丘道："苏御史勇气可嘉，可想好接下来如何应对报复与反击？卫家有太后撑腰，真空教盘根错节又隐于市野，这明枪与暗箭都齐活了。"

苏晏想起景隆帝也曾说过，他这是把自己架在柴堆上烧，于是颔首："多谢楚大人提醒。然道之所在，虽千万人，吾往矣。"

这一句援引得恰到好处，楚丘闻之肃然，拱手道："公为我同道中人。"

苏晏入朝为官一年，因为身兼御史，对都察院的情况也有所了解，认为这位楚御史是真正具有清流风骨的言官，故而以调查组的名义将他抽调过来参与办案。此番接触之后，苏晏对他观感更好，于是正色回礼："闻道有先后，楚大人是我前辈。"

楚丘道："不过稍长几岁，'前辈'二字不敢当，唤我表字'灵川'即可。"

苏晏笑道："那灵川兄也叫我'清河'吧。"

相逢虽一揖，意气已千秋。两人相视而笑，算是交上朋友了。

百姓们尽皆散去后，苏晏也不乘官轿了，就坐马车，由侍卫护送着回府。

都说趁热打铁，舆论战也一样。公审大会只是个开始。在苏晏的策划下，京城五个城区，由各自的兵马司具体操作，在闹市搭建"真空教受害者报案专区"，当众受理起了诉状。

一开始百姓们都在瞧热闹，就算有冤屈，也没人敢当出头鸟。

这时候，苏晏事前让石檐霜和韦缨去找寻的那些苦主就派上用场了。果然如他所料，万鑫骨子里是个生意人，接触过大量教众想要开发商机，所以提供的证词虽琐碎但真实。

譬如某香长以传道为名骗奸女信徒啦；某百姓发了癔症的家人被教众当作邪魔，活活烧死啦；哪些教众为了治病消业砸锅卖铁，最后弄得家破人亡啦……林林总总，不一而足。

这些苦主求告无门，又畏于真空教的"法力"，只能打落牙齿肚里咽。不想来了一批锦衣卫，各种劝说，又拿出钱财做什么"勇于揭发黑恶势力奖励金"，连诉状都帮忙写好了，让他们去五城兵马司设置的专区报案。

终于有几个苦主被说通，去递了诉状，并按要求当众控诉真空教的罪行，果然事后拿到了奖金。

见别人尝到甜头，但凡受过其害的，无论是不是教众，都来告状了。

只见报案专区的高台上，这边的妇女哭哭啼啼告教徒强暴，那边的翁媪老泪纵横哭喊儿子快回魂，更有些丢了板凳、锅铲、看门狗的，也都赖在真空教的头上。

各种黑料一传十，十传百，在京城与近畿地区滚雪球似的越滚越大，成了真空教祸国殃民的铁证。

世事往往如此，一旦口碑崩盘，人人落井下石，就再难起复。

于是越来越多的民众闻风赶来，你挤我搡争着告状。各种揭发的字条、举报的信息，锦衣卫更是清点到手酸。

更有剽悍习武的汉子，直接绑了真空教的小头目过来请功，领取专案组设下的第二类奖金——"国民见义勇为奖励金"。

被抓的真空教小头目，十分倒霉地率先承受了百姓们的愤怒，不由分说先挨一通臭鸡蛋、烂叶子的狂轰滥炸。这情形，真叫一个树倒猢狲散，墙倒众人推，最后只落了个一地鸡毛的下场。

"看到了吧，这就是民众的力量。正所谓，将敌人淹没在人民战争的海洋——"苏晏刚下马车，就不慎踩到地上的烂菜叶，险些来了一记滑铲，幸亏旁边的石檐霜眼明手快，一把薅住他的衣领。

站稳后整理衣襟的苏晏有些尴尬，干咳一声，转移话题："那个，昨日公审大会你们安排的那几个托儿不错，神情自然，台词合理——"

"不好意思，苏大人，"石檐霜讪讪地打断了他的话，"其实，那几个不是托儿，真的是百姓。锦衣卫的确在人群中安插了暗探，结果没想到当时民众被大人的情绪感染带动，个个说话'无心插柳'。我们的人只率先喊了几声'骗子教'，也没派上什么大用场……"

苏晏愣住：这配合度真是，神了！不愧是京城，天子脚下，老百姓的思想觉悟就是高。

也不知二月初二那天，同样发生爆炸的其他府城，又是什么情况。他得赶紧把这套舆论战的模式整理上报，让皇爷尽快发往各地，大力推广。

今天他为了这事儿没上早朝，但自有人给他通风报信。昨天闹出那么大的动静，连卫浚的内弟都下狱做了污点证人，卫家不可能不知道，今日朝会上竟然风平浪静，卫氏一党没有一个官员上疏抨击他，甚至连谈及此事的都没有。

苏晏认为，事出反常必有妖。但妖在哪里，又会在什么时候突然跳出来给他致命一击，目前尚未可知，只能自己提高警惕。

倒是都察院这边，以楚丘为首的一干御史，弹劾奉安侯卫浚指使内弟万鑫，勾结被朝廷取缔的真空教，是白纸坊爆炸案的从犯。

卫浚因伤残不能上朝自辩，便托兄长咸安侯卫演给皇帝上了封血书，果然如苏晏所料，"一概不知、痛心疾首、大义灭亲"三弹连发，求朝廷秉公直断，把他内弟给正法了。总之全是万鑫的错，与他卫家无关。

万鑫在诏狱中被告知此事，气得破口大骂"吃完包子就咬人的断臂老猪狗"，并对苏晏表示："我竭尽全力不牵连卫家，只举报真空教，他却要把我弃卒保车？既然你不仁就休怪我不义！他以为我眼里只有银子，其他的什么都不知道？卫家那些腌臜事，光是指头缝里漏出的，都够他卫浚上三次斩首台。"

苏晏笑眯眯答："就算你报复了卫浚，还有卫演、卫贵妃，伸个指头都能把你像碾蚂蚁似的碾死。"

万鑫大哭道："看在小人将功折罪的分上，苏大人救小人一命！"

苏晏拍了拍他的肩膀，安慰道："其实我挺喜欢生意人，'利'来'利'往，明明白白，比那些道貌岸然的伪君子可爱多了。眼下对你而言，诏狱才是最安全的地方，你暂且待在此处，我命狱卒善待你。关于卫家，你把知道的一切写下来给我，我保证你能活命。"

万鑫此时除了相信他、寄望他，再无别的活路，只好按苏晏说的，绞尽脑汁去写卫家的罪行恶迹。

苏晏知道光凭这些，还不足以从根上打垮卫家，非得要拿出铁打的证据，证明其有不臣之心、行谋逆之举，让太后断了对他们的支持才行。

想要完成这个任务，还是得从真空教身上入手。

只要能抓住教主，把真空教勾结卫家，指使继尧诓惑太后、行刺储君、火烧坤宁宫、散布谋反流言等等旧账全翻出来，卫家就彻底完了。

如果我是真空教教主，辛苦经营多年的基业在京城被连根拔起，会不会想把那个叫苏晏的罪魁祸首宰掉？答案是必然的，甚至把他碎尸万段的心都有！

我手下有七杀营，那么多刺客倾巢出动，隔空放冷箭；饭菜里下毒；乔装成守夜侍卫，让他半夜上个厕所，马桶里都能扎出一把刀来……杀人方法多得是。

苏晏换位思考后，起了一身白毛汗，觉得从今开始，自己的每一次呼吸都可能吸进致命毒雾。

所谓刀尖上跳舞、悬崖上走钢丝，不外如是。

不知怎的，苏晏就想到了沈柒。想他当初决定扳倒冯去恶时，是否也是这样的心情。

沈柒会紧张，会害怕吗？

在受梳洗酷刑的时候，会后悔吗？

一个那么拼命活下去、努力往上爬的人，是怎样克服求生的本能，愿意放弃所有，去保另一个人的性命前程？

苏晏发出一声揪心的叹息。他在子夜时分的卧房内独自愣怔片刻，从心底涌出一股强烈的冲动——他要去见沈柒。

苏晏匆匆披上一件不起眼的藏青色斗篷，出了房门去马厩牵马。

守夜的御前侍卫被惊动，队长忙问："大人深夜去哪里？"

"去西城。"苏晏道，"点三五个人，换身布衣跟着我，尽量不要引人耳目。"

侍卫队长想劝他多带些人，刚要开口，苏晏凑到他耳畔，低声叮嘱了几句。队长听完点点头："一切听从大人吩咐。"

夜色深重，街巷空荡荡的，马蹄声踏过石板地面残留的水洼，溅起串串水花。

四名缇骑，将一名身披斗篷的人护在中间，向西策马飞驰。

苏府所在的黄华坊与沈府所在的小时雍坊之间，隔着大半个皇城，无法走直线。只能先向西，横穿澄清坊与南薰坊，到皇城外的东安门，再沿着玉河拐到皇城正南的长安门大街，绕过西苑的围墙，才能到达小时雍坊。

平日街上人来人往，马车只能慢慢溜达时，苏晏都没觉得不耐烦，今夜快马畅行，却感觉往沈府的这条路格外漫长。

仿佛飞驰了许久，苏晏忽然勒马缓行，问身边侍卫："怎么还没到？"

其中一名侍卫答："就快到了。大人左手边是大时雍坊，右手边这道宫墙内是西苑的太液池，再往前行一段路，就到小时雍坊了。"

"大时雍坊……"苏晏沉吟，"之前太子殿下遇刺，似乎就在大时雍坊的小巷中。"

"是的。大人为何忽然提及此事，可是有什么新发现？"

苏晏转头望向黑黢黢的坊间小巷，阡陌纵横，都隐没在一片沉寂的夜色中。他轻声道："龟公的证词说，这京城内通往地下'明堂'的密道入口有好几处，他只知道其中两处。公审大会之后，有教徒幡然醒悟，又举报了另外几处教内集会的地下窝点，散布在五城各坊。

"我仔细看过北镇抚司汇总的情报，唯独不见提到大时雍坊，你知道为什么？"

侍卫一脸茫然地看他，似乎不解话中未尽之意："卑职愚钝，还请大人明示。"

苏晏暗叹口气。

他有时思维过于活泛，导致言语上有些跳跃，跟不上节奏的人听了，就难免觉得莫名其妙。但换作是七郎、阿追，哪怕是豫王，都能一点就透地明白他的意思，甚至还能举一反三。

还有皇爷，他总觉得与皇爷交谈就如弈棋，对方似乎永远比他多想了一步，多藏了一招。

所以有些话他甚至都不用说出口，皇爷就能心领神会。

而太子朱贺霖，虽然因为年纪小，心性未定，经常想一出是一出，但那种天马行空、无拘无束的气质，是在等级森严的深宫里难得能养出的奇珍。

——总而言之，他是被这几位能人养刁了胃口，才挑剔起了与其他人之间的默契程度，真是"由俭入奢易，由奢入俭难"啊。

苏晏有点没精打采地自言自语："因为它是漏网之鱼呗。大时雍坊内必有真空教的据点，而且还是普通教众和下级头目接触不到的层次，所以才没有被揭发出来。"

侍卫诧然："既如此，此地危险不宜久留，大人还是尽快回府吧，等明天白天再来，安全些。"

爆炸案后，京城加强了巡夜力度，不但五城兵马司，连京军也组队出来巡逻。他们方才这一路，就遇到了四次阻拦盘问，出示了大理寺的印信才过的关，而七杀营或是真空教的余孽想要满城流窜，难度可谓不小。

尽管如此，四名侍卫依然不敢放松警惕，听到苏晏说他们这会儿就踩着兽巢的边缘，无不面色凝重。

"继续往前走，还去小时雍坊。"苏晏笑了笑，"送到嘴边的肉，真空教居然还没露出獠牙朝我扑上来，大概在琢磨这是不是个圈套。让他们琢磨去吧。"

他重又扬鞭催马，向西疾驰，侍卫们无奈，只得打马跟上。

不多时过了皇城与西苑，进入大、小时雍坊交界的巷子。前方是一座石拱桥，苏晏正要下马牵行而过，旁边一名侍卫暮然叫了声"小心"，纵身将他扑倒——

从桥洞下无声无息射出的一支冷箭，箭头漆黑，擦着苏晏的身侧飞过去。要不是侍卫反应敏锐，及时出手，这一箭怕是见血封喉。

其余三名侍卫纷纷拔刀，护着苏晏撤离。却见二三十个人影，从桥洞下、附近屋脊上、道旁林木间鬼魅般蹿出。人影均身穿黑色劲装，黑巾蒙面，手中剑刃带起一股森冷的杀气，向侍卫们刺来。

这四名侍卫见对方人数多，剑招刁钻毒辣，彼此间配合默契且无一字废话，显然是训练有素的刺客，心下凛然。但他们能侍奉御前，本身武功就出众，也是经过风浪的，即便敌众我寡之下猝然应战，也不至于慌乱。

扑倒苏晏的那名侍卫，带着苏晏纵身上马，毫不犹豫地朝着来时路飞驰，只要沿着长安门大街来到皇城附近，必然有守军可以求救。

而另外三名侍卫则死死拖缠住追击的刺客，拼着受伤殒命，也要给他们争取求援的时间。

苏晏不是初次遇险，但这种下一秒剑光扫过，死亡降临的感觉，依然让他胸口揪紧，心脏狂跳。他深深吸气，从怀中摸出一枚锦衣卫专用的烟火，迅速点燃。

烟火带着尖锐的哨响，直冲云霄，一团红光在黑夜中极其醒目。

几支黑箭从后方激射而来，侍卫俯身把苏晏紧压在马背上，避过箭矢后，将缰绳塞进苏晏手里，在呼啸的夜风中大声说："万一卑职落马，大人不要惊慌，就这样趴在马背上继续朝东跑，很快就能遇到守军！"

"——你听！"苏晏说道。

侍卫听见了马蹄声……不仅来自身下的马匹，还有无数蹄声的重叠，如惊蛰时节天际滚动的闷雷，连带着石板地面也震颤起来……

"是援军！"侍卫欣喜若狂地叫起来。

"不，是伏兵。"苏晏望着前方潮水般涌来的锦衣卫缇骑，目光亮如星芒，"敌暗我明，与其时刻担心暗中冷箭，不如引蛇出洞。今夜辛苦你们四人，与我一同当了回诱饵。"

侍卫一时失了言语，心里不知是佩服还是怵然。

苏晏怕他误会，以为自己轻忽人命，忙解释道："并非有意拿你们作饵，而是我本来就要出门，便想着多留个后手，也好应对突发情况。"

侍卫叹道："大人这是只拿自己一人做了诱饵，何必心中生疚？遇到危险，我等身负武功，打不过逃就是了，大人你呢？可曾想过我等若是胆小怕死，撇下大人自己逃走，大人又该如何是好？"

苏晏笑了起来："我知道无论再怎样，你们也不会弃我不顾。诸位都是忠义之士，否则皇爷怎么会派你们来保护我呢？"

说话间，锦衣卫人马已从他们身边掠过，直扑后方追杀而来的黑衣刺客。

出门前被苏晏叮嘱过的那名侍卫队长策马近前，紧张地打量了一番苏晏，见他安然无恙，方才松口气，抱拳道："卑职幸不辱命，及时安排好援军，就埋伏在大时雍坊对面，临近西苑的宝钞局。只等大人的信号就立即行动。"

苏晏掉转马头，随他们一同追缉刺客，说道："这些黑衣人估计都是七杀营的杀手，留活口，我还要逐一审问。"

队长当即传令下去。

苏晏再次来到遇袭的石桥边，见黑衣人边打边退，似乎想突围逃脱，却屡次被缠斗的锦衣卫挡回去，意在活捉。

几名黑衣刺客被逼到绝路，咬碎了藏在口中的药丸的蜡壳，随即挂剑跪地，浑身一阵抽搐。

苏晏连忙扬声道："别让他们自尽！"

锦衣卫冲过去想撬开刺客们的牙关，却见这些人瞳孔逐渐变成血红色，发出痛苦的怒吼，体内真气激荡，功力在片刻间节节攀升。

"血瞳！"一名锦衣卫叫起来，"切勿与他们对视，小心别中了迷魂术！"

服药后激发了血瞳状态的刺客疯狂凶暴，傀儡般不知疼痛，又能轻易施展魔魅之术，极难对付。转眼便有离得太近的锦衣卫不慎中招，意识陷入迷魂境，不分敌我地发动攻击，场面顿时一阵混乱。

侍卫们见状，连连催促苏晏离开。

苏晏也知道眼下的情况，自己留下无益，反倒还要让众人分心来保护他，于是在侍卫们的掩护下，撤离战圈。

沿着河岸离开时，从黑暗的水面下冷不丁射出一条飞爪百练索，扣住苏晏的肩头，将他从疾驰的马背上猛地拽入河里，"扑通"一声溅出巨大的水花。

侍卫们大惊，纷纷飞身跳入河中，在水花白浪中拒敌寻人。

可是直到水面恢复平静，他们依然没找到苏晏的身影，十分懊恼且不甘地推测，河中那名刺客将苏大人拖入水后，当即随水流游走，离开了此处河段。

此人水性好，身手不容小觑，更为可怕的是意志之坚定顽强，全程隐忍潜伏，最后抓住了转瞬即逝的时机。此人能将重重保护之下的苏晏攫走，一击得手后毫不恋战地远遁，在进与退的把握上堪称精妙。

侍卫队长面色铁青，咬牙下令："找！分两队人，仔细搜索上游和下游，河里岸上都要找，务必要将苏大人安全救回，否则就等着提头面圣吧！"

马背上的苏晏只觉左肩一痛，下一瞬人已被拽入河中，落水的瞬间只来得及屏住呼吸。

水下有个人挟持着他快速游动，苏晏猜测是那批七杀营刺客其中之一。他奋力挣扎，对方的臂弯却像焊牢的铁架似的无法撼动。

刚刚开春，河水寒意刺骨，他一口气憋到头，肺部刺痛，死命扑腾着想要呼吸，却被紧紧钳制着。直到即将溺水，对方才大发慈悲地把他的脸托出水面，刚换完气，又被拖回水里。

如是再三，苏晏难受至极，胸口憋闷得快要炸掉，只恨不得直接晕过去。

就在他自认为坚持不住的时候，终于离开了河面。此刻他精疲力竭，剧烈地呛咳着，像一口软趴趴的麻袋，面朝下被人夹着走。至于走去哪里，他已无力关注，况且周围漆黑一片，什么景物也看不清。

那刺客似乎身负上乘轻功，带个人依然脚步如飞，不多时似乎进入什么屋宇内，将他直接丢在满是裂痕的石板地面上。

地面上燃着一团篝火，苏晏被扔在火堆旁。吸饱了水的厚斗篷沉甸甸地压在身上，他解开系带扯掉斗篷，好容易顺过气，翻身的同时迅速扫视四周，依稀看清是一座颓败道观的正殿。

山墙倾斜，香炉翻倒，到处是蛛网灰尘，庙里供奉着破破烂烂的三清神像，昏暗火光中仿佛正歪头瞪视他。

苏晏强迫自己冷静下来，望向绑架他的刺客——对方的大半张脸都藏在黑色金属细网编制的面具后，一身黑衣湿漉漉地贴在身上。

他从黑衣裹着的劲瘦身形、面具上方露出的那双眼睛，一下子就认出对方，失声叫道："阿追！"

刺客没有回应，一双眼瞳猩红如血，冷硬似坚冰，又透出野兽般嗜血的杀气。

苏晏手脚冰凉，不仅仅是因为在料峭的寒夜全身湿透。他知道阿追现在是七杀营的功法走火入魔导致的血瞳状态。

之前荆红追在灵州清水营也入魔过，但与此刻的情形却似乎有所不同——那次虽然神志错乱、性情大变，但好歹还认得他。而这一次，这双血瞳看他的眼神，就像看一粒石子、一截枯枝，是摒弃了温度的绝对冷漠。

苏晏按捺着心中不祥的感觉，放轻语气："阿追，你还认得我吧？我是苏晏苏清河，你开个口，同我说句话……"他一边说着，一边起身接近对方。

他把手慢慢放在阿追的面具上，见对方没有抗拒，心下一喜，便想摘掉那古怪的面具。

就在这时，血瞳刺客陡然出手，一把扼住他的脖子，几乎把他拎得双脚悬空。

苏晏脸颊涨得通红，使劲扒拉对方铁钳般的指掌，脚尖徒劳地乱踢，仍被掐了个半死。

即将窒息时，对方终于松了手，他重又掉落回地面，狼狈地蜷着身，爆发出比呛水更为剧烈的咳嗽。

濒死瞬间，苏晏被恐惧的阴影笼罩，并且第一次发现，原来荆红追被剥夺了属于人的一切意志与情感之后，剩下的部分，竟比野兽更加残酷，简直是一架锋铄而高效的杀戮机器。

面前这个戴着面具的刺客，再也不是那个目光坚定地说着"此生当为大人驱策"的阿追。

苏晏一边咳嗽，一边从心底涌起难以言喻的愤怒，这愤怒像烈火一样灼烧着肺腑，吞没了所有的惊疑与恐惧。

——这是我自己从黑暗里一步步带到阳光下的人，现在他们要把他重新变成鬼！

"你是个灵魂真正自由的人。

"你从来都是选择走最困难的那条路，不为钱财、权势、名利等任何外力所动，始终一往无前，始终执剑问心。"

——言犹在耳，他们却剥夺了阿追身上，他最为重视与钦佩的特质。

正如一柄好不容易淬去死气，终于可以归鞘的剑，却被硬生生砸碎了剑鞘，将只余锋利的剑身，成了他们肆意修改与操控的武器！

苏晏的身躯在怒与恨中微微颤抖。

他愿意付出一己之身所能付出的任何代价，换回荆红追的灵魂。他发誓哪怕上天入地，也要把七杀营、真空教、卫家,包括藏在最深处的"弈者"彻底铲除与埋葬。

篝火映照苏晏的脸,他的眼中亮着比这火焰更加决烈的光。

苏晏坐起身,见荆红追正弯腰把一丛枝杈放在火堆上烤。光亮似乎照不进血瞳刺客的面具与夜行衣,他沉默与冰冷得像个鬼影。

"阿追,你在做什么?"苏晏努力用平常的语气问。

对方没有理会他,举起手里的东西看了看,仿佛觉得有些烧过头,在空中轻扇了几下。

苏晏这才看清了那东西:一捆三尺多长的弯曲铁线,是用许多根细铁丝拧扎起来的,多余而凸出的铁丝头,拗成了旁逸斜出的形状,像丛生而干枯的荆棘枝杈,又像冬日窗玻璃上冻结出的冰晶树。

但因为材质是冰冷的金属,又比自然造物的美感多了几分狰狞与诡异。

苏晏沉着脸看它。无论这玩意儿是什么,放在眼下的情形中,怎么看怎么像刑具。可是作为棘鞭没必要灼烧,作为烙铁又没必要拗造型,总感觉会有更糟糕的用途……

血瞳无名一言不发地跨过火堆,一手捏着烧热的铁线捆,一手去扯苏晏身上的厚外袍。

苏晏拼命伸手阻拦,唤道:"阿追,你醒醒!七杀营是不是也给你喂了药?别受他们操纵,想想你是谁,你真正的意愿是什么?!"

他的反抗在对方看来比刀俎上的鱼肉更加无力。血瞳无名只用单只手,就轻而易举地将他面朝下按在地上,手持烧红的铁线捆,目光仿佛屠夫看肉,评估着下刀的最佳部位。

寒意与愤怒交织在一起,苏晏陡然明白了幕后操纵者的用意——

这束枝杈形状的滚烫铁线,烙在皮肉上形成的纹路,与雷击后出现在人体表面的闪电纹路极为相似。

真空教的确迫切地想置他于死地,但不是用刀剑与毒药,而是用"天谴"。

他现在就可以想象出翌日锦衣卫发现他尸体时的情景,以及此后天下间难以禁绝的流言——白纸坊爆炸案的主审官苏晏,因为妄斥真空为邪教、亵渎圣莲、缉捕教宗,激怒上天降以雷霆之罚,被雷火劈死在荒郊野外。

要是再添点什么"有蛟龙自河内出,以爪攫其肩飞去"或是"裸身触雷,所着官服自动褪去,整齐叠在旁边"之类的猎奇细节,保准流传得更广。

苏晏下意识地摸了摸左肩的伤口,疼得一哆嗦——飞爪扣住肩头时,划出五道见血抓痕,幸亏衣服穿得厚还加了斗篷,而荆红追将他凌空拽起时用了些巧劲,故而只是皮肉伤,没有伤到骨头。

饶是如此,也疼得厉害,在冰冷的河水里浸久了,肩头破衣下的几瓣伤口泡得发白,像孩儿嘴似的咧着,渗出淡红色的血水。

这会儿挣扎的动作激烈了,牵动伤口深处的血管,流出的血逐渐又变多变浓,染红了一大片白衣。

血瞳无名单手按住苏晏的后颈，正要将烧热的铁线捆往他后背上烙，蓦然见素白中单染满鲜红的血，明显地怔了一怔。

苏晏顿时回忆起来，当初在灵州清水营，走火入魔的荆红追被他用瓷壶狠砸脑门也若无其事，但见到他那被碎瓷片戳破的掌心里流出的血，一个刺激之下，经脉内逆冲的真气归了位，居然恢复了正常。

——谁能想到，曾经刀尖舐血，杀人不眨眼的刺客，竟会害怕从自家大人体内涌出的鲜血呢？

就这么极短的一瞬失神，被苏晏抓住机会，从血瞳无名掌下挣脱。

血瞳无名手里捏着逐渐冷却的凶器，继瞬间的愣怔之后，陷入短暂的茫然，仿佛有什么事情出了错。

近在鼻端的血味刺激着他，极为熟悉又隐隐不安的味道……他用空着的那只手摘掉金属网面具，这味道就更明显了。他不由自主地嗅着，像头饥饿而迷茫的野兽。

苏晏手捂肩伤，疼得直抽气，但没有试图躲避逃走，只是退到了篝火后面。

"阿追，你说过'此生当为大人驱策'，说过要终身追随我左右——"他的语声中带着哀伤的颤抖，"我当真了，每个字都当真了，你可不能骗我，更不能杀我。

"你要是骗了我，杀了我……我不难受，两眼一闭我什么都不知道了。但万一有天你清醒过来，该是何等的悔恨和痛苦呢？我怕到时候，你也活不得了。"

苏晏不顾被迷魂的危险，与他的血瞳对视，轻声道："阿追，看着我——我是谁？好好想想，我是谁？"

血瞳里映着一个人的身影。无名在想，这个人是谁？

这个人是他要杀的目标，连死法都被规定，必须一丝不苟地执行。

这个人和其他杀过的人一样，使他无动于衷；却又和其他杀过的人全然不一样，叫他把握不定。

这个人轻轻地送了几句话，竟比戳他一刀还要有力。

他该让这个人受尽痛楚，可又不想对方吃疼；他该毫不犹豫地杀掉这个人，可又不想对方死。

"想"这个动作，于他仿佛很奢侈，是空口袋里孤零零的铜板，一旦透支就会引发体内流窜的真气，使他剧痛难忍。而此刻，两股意念在脑中翻搅厮杀，要杀出个最终的赢家，更是恨不得炸了他的头颅。

想要平息这股剧痛，最快、最有效的办法就是"不想"。

唯命是从就好，把身心交给杀戮的本能去支配。

从窗洞飘进来的雨丝洒了苏晏一脸。外面的雨丝很快变成雨帘，继而变成瓢泼大雨，惊雷在头顶炸响，仿佛要把这摇摇欲坠的小观宇劈作齑粉。

血瞳无名向前一步，将手中的铁线捆再次伸入篝火中烧红。苏晏感到一阵令人绝望的眩晕，终于动用了曾经设计好的保命手段，伸手从衣领内摸出一根细长的黑色革绳。

革绳的末端，系着一枚乌沉沉的铁哨子。

这个哨子链本该以内力甩出，遇风疾响，鸣声尖锐刺耳。然而苏晏不通武功，没有内力，只能放在唇间，用特殊的技巧吹响。

哨声响起，迅速变得尖锐刺耳，仿佛极锋利的刀尖划过琉璃墙。苏晏听起来只是难受，而血瞳无名听见这哨声，却像泰山迎面压下一般，双手掩耳发出一声难以忍受的尖啸——

"大人，这是我离开七杀营时，从营主库房里偷走的控魂哨。原本以为再也用不上了，没想……"荆红追在第一次走火入魔变成血瞳状态，险些误伤苏晏后，便取出了一枚铁哨子给他，"这个哨子对寻常人没什么用，却是控制血瞳的利器，可以驱使他们狂暴，亦可以带给他们极致的痛楚，短时剥夺他们的战斗力。

"大人，我教你两种使用的技巧，你就随身带着这个哨子。倘若哪天，属下又成了血瞳，想要伤害大人，你就吹响它，镇压我……或是激发我体内全部的力量，为你挡住劲敌。"

苏晏不肯带着，不想用这邪门玩意儿控制荆红追，更不愿驱使对方透支力量去御敌，即使是在对方入魔的状态下。

但荆红追决死坚持，不仅逼他贴身戴在脖颈上，更是将自己身上唯一的罩门如实相告——"万一我入魔，大人除了吹响铁哨，还要趁我短时无力，用我教过的鸳鸯腿全力踢击我右腿内侧的血海穴，那是我罩门所在。罩门一破，我至少一两个时辰提不起真气，大人就趁机逃离。"

言犹在耳，苏晏忍着泪水，将铁哨吹出一阵闷雷轰鸣般的低音。

血瞳无名躬身抱头，脑海中似乎有一股意识在凶狠撞击，想要破开无形的障壁。这股意识与接收到的指令相冲突，使他浑身经脉像被寸寸碾碎，强行拼接起来，然后再一次被碾碎——极致的痛楚令他发出了浑不似人声的惨叫。

苏晏深深吸气，抬腿踢击对方的血海穴，将对方踢得踉跄倒地，从四肢末端开始抽搐起来。

电光划破天际，照得一殿惨白，转眼又被黑暗吞没。骤亮与骤暗之间，残旧掉彩的三清尊神俯身注视着天底下的迷途之人，目光像怜悯又像嘲谑。

苏晏没有趁机逃离。他放下哨子，一步步接近血瞳无名，蹲下身，将手掌覆上对方的脸，盖住了那双猩红血瞳，低低地唤了声："阿追。"

仿佛叫了千百次，自然而然，心口相应，平淡中藏着温情。

阿追。

你的好我知道。

我永远不会为了任何人牺牲你，包括我自己。

阿追，你是个了不起的人。

我不知道这条路的尽头是什么，如蒙不弃，我们一起走下去。

篝火被挟着水汽的夜风吹得将熄未熄，火光十分昏暗。苏晏忽然听见荆红追的声音，在雨夜的幽暗中响起。

"大……人。"

声音干涩沙哑，仿佛因许久未开口而生了锈。

苏晏乍惊还喜，又从欣喜中生出了心痛。他抹了一把满脸的泪痕和雨渍，颤声问："阿追，你想起我是谁了吗？"

苏晏慢慢移开手掌。有如醍醐灌顶，魇梦骤醒，血瞳无名眼中的猩红色终于散去——

他是荆红追，只属于一个人的贴身侍卫。

"大人。"

苏晏低头看他："阿追？"

荆红追艰难地翻身，半跪于地，含泪俯首在他所认定的信仰面前："属下在，大人有什么吩咐？"

荆红追把篝火重新烧旺，先把外袍快速烘干了披在苏晏身上，然后拧干斗篷，架在火边烤着。忙活完，他又检查了一遍苏晏肩头的伤口。

那五道抓痕看着长，其实不算深，血已经止住了，凝固成暗褐色的血痂，看着没什么大碍。但因为在河水里泡过，回去得立刻上药，以防伤口发炎。

折腾了大半夜，苏晏筋疲力尽，仍强打精神与荆红追说话，问他前阵子是怎么落到七杀营手里的。

荆红追说是营主亲自出的手。原来他那夜追着浮音进了临花阁密道，交手时地下发生爆炸，密道坍塌，两人从地陷处钻了出来，又继续打。

浮音不是他的对手，被他刺穿丹田废了修为。营主就在此刻出现。

他从未和营主交过手，不知其功力深浅，锐意一战之下，才发现营主武功深不可测，自己拼尽全力也不能敌，最后被对方制住，灌下秘药。而浮音拖着伤重之身，趁机跑了。

"秘药是怎么回事？"苏晏问。

荆红追道："我在七杀营的那几年，见过那些杀手服药，却不是这一种。他们之前服的，是催发真气，短时间提升功力的药。我总觉得练武不能走捷径，否则根基不稳，故而每次都把药偷偷吐掉，从未真吃下去。

"这次的秘药却是我从未见过的,一吃下去,不仅会直接进入血瞳状态,神志也会变得混混沌沌。若不听命行事,体内真气乱窜,经脉欲裂,痛苦难忍。"

荆红追皱起眉,怀疑新药与浮音有关。对方曾说过,被营主拿去做了几年药人,生不如死,莫不就是在研究这种药?

"若非大人出手相救,恐怕我迟早也要变成发疯的血瞳刺客。"荆红追想起之前对苏晏的所作所为,余悸未消,"属下打伤大人,还险些害了大人性命……请大人狠狠责罚。"

苏晏大度地说:"不怪你。我一见你变成血瞳,就直接把你划到精神病那一档,精神病犯病时杀人不负刑事责任。"

荆红追不明其意,但不妨碍他听出苏晏在揶揄。他十分严肃地保证:"不会再有下次了。"

苏晏问:"怎么个'不会'法?上次你也说过,再不施展魔魅之术,结果服了药,情况更糟。"

荆红追决然道:"我会杀了营主,毁掉所有秘药,彻底铲除七杀营。其他的刺客,若是不来碍事,我就放他们一条生路;若是与我为敌,一并杀了。"

饶是他已杀气内敛,还是刺得苏晏打了个激灵,寒栗尽出。

"你知道营主到底是谁?你见过他的模样?"

荆红追答:"没见过。但在打斗时,我抓掉了他的面具,摸到了他的脸。只要再让我摸到那张脸,就能立刻辨识出来。"

苏晏心想,这可太厉害了,可是京城几十万人,我总不能让你一个个地摸过去吧。

荆红追听他咕哝了一句什么,低头看时,发现苏晏蜷着身体已经沉沉地睡着了。屋外风雨交加,电闪雷鸣。屋内火光跳跃,荆红追就这么守着苏晏,纹丝不动地坐到了天亮。

苏晏在风雨飘摇的小破观宇中睡得酣甜,不知外面一夜急乱,锦衣卫与禁军几乎将整个京城掀了个底朝天,上天入地也要把他耙出来。

天光大亮时雨停了,荆红追带着苏晏施展轻功,离开郊外山头来到外城附近。此时许多兵马司的士卒仍沿着河道搜寻,可惜昨夜大雷雨,把所有痕迹都冲没了。

苏晏见马背上一个身影眼熟,远远叫道:"七郎——"

那人闻声遥望,策马飞驰而来。

一人一马须臾驰到面前,果然是沈柒。苏晏迎上去,见他面青唇白,眼里满是血丝,嘴唇皲裂出道道口子,神情凌厉又憔悴,仿佛一夜之间受了极大的打击,全靠肺腑间一股顽狠而执拗的意气支撑着。

苏晏连忙扶着沈柒下了马,在他深色曳撒上摸了一手的暗红血迹。

"你伤口裂了!"苏晏急道,"快给我看看!"

沈柒恍若未闻，将再次失而复得的小九弟紧紧抱在怀里，唯恐手一松，人又不翼而飞。"没事就好，"他在苏晏耳边低声喃喃，声音嘶哑得可怕，"没事就好……"

那股意气一散，整个人脱力般往下滑，苏晏用全身气力撑住他，眼角潮湿："我没事，反倒是你，这才将养几日就出门，还骑马，自己伤得有多重，心里没个数吗？"

沈柒喘着粗气，只说了四个字："我不放心。"

派去搜救苏晏的禁军与锦衣卫再多、再精锐，他也放不下这颗被钢索勒在半空中的心。七杀营与真空教有多恨苏晏，落在那些人手上会是什么样的下场，他自虐般强迫自己想了一遍又一遍，甚至做了最坏的打算——活要见人，死要见尸。

万幸清河安然无恙地回来了。沈柒长出了口气，头垂在苏晏的肩膀上。

苏晏使劲架住他，急切地说："阿追，搭把手。"

旁边的枯树下，荆红追面无表情地抱剑而立，一身破衣烂衫被风吹着，很有股子绝世剑客决战前的况味。总而言之就是敌不动，我不动；敌倒下了，我还是没动。比的就是个高冷范儿。

苏晏怒道："装什么装！过来帮我看看他的伤口。"

见自家大人真生气了，荆红追才走过来，用剑鞘的末端去戳沈柒的伤处。

苏晏拍开剑，把沈柒平放下来，解开对方的腰带和衣襟，露出胸膛与腹部缠绕着的染血裹帘。

荆红追闭着眼都知道沈柒伤在何处，剑刃入肉几分，割断哪些血脉，避开哪些要害——因为就是他下的手。

那时他还是血瞳无名，听命行事，收到的指令就是重伤对方但不能致死。

至于为什么不多不少刺了三剑——就跟当初被沈柒追缉，挨了对方三刀一样；以及为什么剑锋洞穿锦衣卫的飞鱼服时，自己即使在神志混沌的状态下，依然能生出快意……谁知道呢？

苏晏去解裹帘，着急之下绕来绕去解不开。又见血越渗越多，他的手指颤抖得厉害，用近乎哀求的语气叫了声："阿追——"

荆红追迫于无奈，出手点了沈柒身上几处穴位止血，又把自身真气输入对方心脉，助其疗伤。

片刻之后，沈柒煞白的脸上渐有了血色，先忍痛皱眉，而后缓缓睁眼。

荆红追当即收回手，在衣摆上嫌弃地擦了好几下。

沈柒仿佛一头嗅到敌意的孤狼，戒备的眼神从荆红追的剑上扫过，转到苏晏的脸上时，已是雪化冰消的二月天。苏晏心弦一松，说："我送你回府，再请应虚先生过来重新诊治。"

这般光景，马是骑不得了，锦衣卫们弄来一辆马车，将主官抬进车厢。

沈柒紧握苏晏的手腕不放，似乎生怕松个手，人又丢了。苏晏看他有点应激反应，只好任由他先握着,却见荆红追也挤进车厢。

沈柒冷漠道:"这里没你的位置。"

荆红追不理他,对苏晏说:"他要是快死了,我还能再给续上一口气。"

苏晏转头与沈柒商量:"要不……就给阿追腾个位置?"

沈柒恨然咬牙,喘了会儿粗气,又说:"我一看他就伤口疼。"

苏晏迟疑了一下:"那要不,你闭眼?"转头见荆红追抱剑瞑目,入定高僧一般坐在对面,"像他这样,眼不见为净。"

马车行了一大段路,周围人声渐嘈杂,估摸已进内城,忽然冷不丁停了下来。

一名锦衣卫在车窗外低声禀告:"大人,有内侍来传旨,请苏大人下车接旨。"

沈柒握着苏晏的手腕紧了一紧,嘲道:"人在深宫坐,消息倒是灵通得很。"

"慎言。"苏晏半是提醒半是安抚地拍了拍他的手背,把自己的手腕抽出来。

闹出这么大阵仗,连禁军都派出来了,皇爷不可能不知道,估计他和荆红追刚一露面,立刻就有密报送到御前。皇爷担心他,召他问询情况,也在情理之中。

临下车前,苏晏对荆红追道:"阿追,给你个任务。"

荆红追睁眼,望向自家大人。

"替我送沈同知回府,如若伤情有变,还望你援手救急。还有,应虚先生诊治完怎么说,也麻烦你回头转述给我。"

荆红追听得脸色一黑。

苏晏也知道他与沈柒之间旧怨颇深,不找机会化解化解,以后天天见面像斗鸡,就算他们两人受得了,自己也受不了。

于是转头他又对沈柒道:"七郎,我也给你个任务——拿出伤员该有的样子,老老实实接受治疗,不准再乱跑。我回来之前,就让阿追看着你,你俩别掐架。"

沈柒的脸色也黑了。

苏晏掀帘下车,剩两个宿敌共处一室,大眼瞪小眼。

荆红追不自觉地握住剑柄。沈柒艰难坐起身,冷笑:"怎么,还想杀我不成!"

"杀你很难吗?"荆红追反问,"眼下的你连我一招都挡不住,比杀条狗还容易。"

"那你为何还不动手?"

"……"

"你怕清河恨你,怪罪你。"沈柒慢条斯理道,"你非但杀不了我,还得像下人一样伺候我,很憋屈是不是?"

荆红追眼中寒光闪动,似乎下一瞬就要拔剑。而杀人剑一旦拔出,不饮血就不回鞘。

他来回拉锯良久,最后还是理智占了上风——大人郑重托付在前,他若在这种时候对沈柒下手，就不是了断私人仇怨了，而是对大人的辜负与背叛。

几番深呼吸后，荆红追把杀机咽回肚子里，甩出了无师自通的诛心之言："你暗中投靠七杀营背后的势力，先杀御前侍卫做投名状，为避免皇帝起疑，又故意把自己弄得重伤，作了场被刺客围攻的好戏——这一切，大人知不知道？"

沈柒僵着脸，寒声反问："你修炼的功法有极大的隐患，一旦失控就将成为杀人傀儡。就连那场我被刺客重伤的戏，也是你与我联手搭的台子——这一切，清河又知不知道？"

两人各自握着对方的把柄，互相逼视之下，竟是谁也压制不了谁。车厢内一片剑拔弩张的沉寂。

终于是荆红追先开了口："大人心里装着江山社稷、天下苍生，你要是反其道而行，将来必会害得大人伤心失望。我看你也不算太蠢，究竟是真昏了头，还是在玩什么鬼把戏？"

沈柒反唇相讥："你一个七杀营的爪牙，今日降，明日叛，后日说不准又给擒去洗了脑，自己尚且站不稳脚跟，有何颜面指责我的立场？"

荆红追深吸口气，沉声道："功法之事，我自会想办法。至于你，要不是看在大人的面子上，我根本不会与你多费口舌。你若是行差踏错，将来与大人为敌，我必亲手杀你！"

沈柒张了张嘴，忽然又闭上，沉默片刻之后，说道："管好你自己就行了。与其盯着我，不如想想你这被通缉的余孽该如何隐瞒身份！"

荆红追平视他，神情认真又冷酷："谁害大人，我就除掉谁——也包括我自己。"

苏晏下了马车，见一名内侍候在道旁，迎上去道："公公辛苦，是圣旨，还是口谕？"

内侍答："是一封手书，特赐苏大人不必跪接。"

苏晏脱去身上满是泥渍与血迹的斗篷，整了整衣冠，双手掌心向上，恭敬地接了过来。

内侍躬身退走。苏晏打开折了几折的信纸，见果然是御笔，只是字迹有些潦草仓促，行文也不正式：

"昨夜朕接到急报，说你在大时雍坊遇袭，被掳失踪。朕立即派出禁军与锦衣卫满城搜寻，在养心殿等他们复命。从二更等到三更，三更等到四更，等到天都亮了，依然没有你的消息。"

苏晏一脸羞愧，低声告罪："是臣疏忽大意，让皇爷担心了。"

"朕御极十五年，没有大病痛从不罢早朝，今日也不能例外。于是朕去了奉天门听政，可听来听去，只觉下方的朝臣嘤嘤嗡嗡，竟听不清他们说些什么，只吵得朕头疼。幸亏这时候消息来了，说你安然无恙。

"别的官员，朕巴不得他们个个都公忠体国，而唯独你，苏清河，朕希望你私心再重些，多考虑考虑自己的安危，何其矛盾啊。

"想到这样的险境，之后你也许还会再次身陷，朕不禁开始怀疑放权给你，是不是明智之举，为一弈者而损我国士，是不是得不偿失。

"苏晏，你别让朕失望，更不要让朕后悔。"

"纵千难万险，臣一定能办到，皇爷放心吧。"苏晏喃喃说着，将手书重新折好，郑重放入怀中。

荆红追护送沈柒先一步回沈府救治了，苏晏坐着锦衣卫找来的马车径自回家。苏小北和苏小京担惊受怕了一整夜，终于见大人回来，抱着大哭一通，然后才发现六神无主之下，连饭都忘记烧了。

苏晏安慰他们："没事，先找点金疮药，我包扎一下伤口。"

于是两个小厮分头行动，一个上街买粥和面，另一个找来外伤药给苏晏包扎。苏晏仔细查看自己肩头的五道抓痕，皮开肉绽带着干涸的血痂，看着有些瘆人，但感觉没有伤及筋骨，只要不感染，将养十天半个月就能愈合如初。

他处理完自己的皮肉伤，在苏小北的服侍下擦身更衣后，正打算出门去看沈柒的伤势。还没坐上马车呢，就见太子骑着那匹心爱的红鬃马狂飙而来，身后追着几十名疲于奔命的侍从。

朱贺霖远远看见苏晏，眼睛顿时亮了，马都没停稳就飞身跃下，上上下下打量，连珠炮似的问："有没有事？有没有哪里伤到？那些刺客把你抓去后有没有折磨你？小爷给你报仇，把他们一个个都活剥了皮，碎尸万段！"

这份关心因为太过紧张，听起来有些晦气与暴力，但苏晏依然感动，说："没事，就只是划破点皮，已经包扎过了，放心吧。"

朱贺霖这才松口气，抬袖擦了擦额上的热汗，嘟囔道："可把小爷的魂都吓飞了……小爷昨夜打算带侍卫出宫去找你，可司钥长死活不肯开宫门，搬出父皇的旨令来压我，真是天杀的！"

苏晏笑道："小爷有心了，臣真的很感激。"

"今早宫门一开，小爷就冲了出来。他们沿着河道搜，我就不，叫兵马司把大时雍坊给封了，一寸一寸地耙。上次我遇刺也在大时雍坊，搞不好那里就有七杀营的地下据点。你说过这叫什么……对，灯下黑，小爷就想也许刺客并没有把你劫出城去。"朱贺霖沮丧地叹口气，"结果小爷猜错了，你真的在城外。倒是歪打正着，在大时雍坊挖出了那处窝点，抓了真空教的几个头目。"

苏晏说："小爷的推测很有道理啊。换作是我，水下就安排两拨人，一拨顺着河道往城外，弄出些水花吸引追兵，另一拨就带着俘虏悄悄潜回大时雍坊。这样更稳妥，也能拖延更长时间，就算追兵最后找到，人都已经片成片儿涮火锅了。"

朱贺霖脸上懊恼之色尽消，笑骂："胡说八道！哪有人站在刺客的立场上，反过来设计自己死法的！"

苏晏见朱贺霖不再因此介怀，且遇事懂得思考对策，还给自己添了份功绩，也觉得高兴。

他正想夸太子几句，忽然一阵恶寒从后背飞蹿至四肢，身体不由自主地打战，整个人都有些发飘。

朱贺霖以为他冻着了，命侍卫拿随带的披风给他披上："没事吧？"

"没……没……没事。"苏晏抓着衣襟把自己裹紧，上下牙直打架，"大概是昨夜落水受寒，喝点姜汤就好……"

说话间，一大队缇骑朝着他们飞驰而来，为首的高大男子骑一匹黑色骏马，金冠玄裳，眼熟得很。

朱贺霖眼神好，道："是四王叔！"

苏晏刚回头，疾驰的黑骐已与他擦肩。豫王弯下腰长臂一舒，直接把苏晏提到了马鞍上，连人带马如离弦的箭般掠过，留下一串朗笑声："告辞了，太子殿下。"

朱贺霖一怔过后，大怒："好哇，敢从小爷手里抢人！"他立刻翻身上马，追着豫王而去。

东宫侍卫又只得疲于奔命地追在太子身后，叫道："小爷慢点，地上滑！"

苏晏只觉眼前一花，几个眨眼的腾云驾雾后，已经身在奔驰的马背上。

豫王手控缰绳策马疾驰，笑问："有没有吓到？"

身后的苏晏有点恼火："乱开什么玩笑？我正与太子说话呢，你这么抢了就跑，吓我一跳不说，太子不要面子的？"

"管他的，我连他爹的面子都未必给。"豫王说，"你只是吓一跳，而我是吓了一夜外加一上午，带着王府侍卫满城找人，你说你要不要补偿我？"

想要补偿做梦吧！苏晏被颠得伤口疼，一抬头见豫王衣领是歪的，发髻也没绾齐整，好几缕乱发挣脱出来，随风飘动。

他印象中的豫王，风流浪荡，颇重视仪容，更兼打理整洁。除了被浮音的迷魂笛音弄得憔悴不堪的那几日，还从没见过这般不修边幅的模样。

再怎样，人家也是一夜没睡出来寻他的。苏晏不自觉缓和了语气，低声说："累王爷挂心了，下官惭愧得很。"

豫王道："那些御前侍卫，一个个在宫里养尊处优久了，最多就是演武场上练点把式，祭天祭祖时跟着护护驾，再锋利的枪头都迟钝了，也就表面光。"

苏晏觉得皇爷派来的那些侍卫，其实没他说得那么不堪，自己会被掳走，一来事发突然，刹那间猝不及防；二来荆红追身手过人，潜伏、突袭、遁逃又是他的拿手强项。倘若换个刺客，未必能得手。

不过，苏晏这会儿自觉欠了豫王的人情，不会去驳对方的面子，于是自省："是我疏忽大意了，计划不够周全。"

"我都打听过了。你这招引蛇出洞用得不错，可惜犯了两个错误，这要是放在战场上，很可能因为一子错，满盘皆落索。"豫王毫不客气地说道。

苏晏被批评，却并无任何不满，很诚心地请教："愿闻其详。"

豫王道："第一，你对敌方突袭的时间与地点把握不够准确，伏兵埋得太远。幸亏那些刺客中没有特别厉害的角色，换作是我，一箭就把马上的侍卫和你射个对穿，哪里容得了你去搬救兵。"

苏晏暗道：特别厉害的其实也有，在水底埋伏着呢。幸亏阿追即使入魔也没对我狠下杀手，否则就像豫王说的，我怕是等不及伏兵来救了。

他点头道："王爷说得对，还有呢？"

"第二，伏兵已将刺客包围，我方看似胜券在握，但变数往往就发生在胜利的前夕。你若是身怀绝技，艺高人胆大，倒不妨去压阵，提提士气。可你是个手无缚鸡之力的文弱书生，就要更加谨慎沉稳，不该在那时折返战斗现场，导致被人擒贼先擒王。"

苏晏脸皮发热，也承认他说得在理，但不知第几次被人吐槽"手无缚鸡之力"，面子上过不去，嘴里嘀咕着："谁是贼王呢！王爷污蔑下官，下官可要上疏弹劾了。"

豫王哈哈大笑，故意控着马身上下颠簸。

苏晏差点被颠散了架，方才恶寒现在燥热，被风吹着貌似松快了些，但身上虚汗冒得更多，口干咽痛像在生吞流沙。

曾经的经验告诉他，这像是发烧的前兆，而且是发作很快的高烧。苏晏每口气吐出来都觉得自己在喷火，晕乎乎地抬手抓住了豫王的衣袖，声音虚弱："我……我难受……"话没说完，猛打了一串寒战，就从马背上一头栽了下去。

追在后方的朱贺霖吓得大喊一声，见豫王伸手向后一抄，堪堪把人捞住了。

沈府。

沈柒被受了惊吓的一众仆役抬进主房，婢女们打水的打水、脱衣的脱衣，在房间内穿梭忙碌。

荆红追抱着剑，倚靠在窗边冷眼旁观。

被派去请大夫的沈府管事急匆匆赶回来，禀道："应虚先生说手上有病人，抽不开身，派了徒弟过来给大人复诊。"

沈柒无所谓，让管事带人进来。

这徒弟是个年富力强的中年大夫，手脚麻利，检查完沈柒身上的伤势，说话像硬珠子似的一颗颗往外蹦："伤口又裂了！血管又破了！沈大人再这么作践自己，神仙难救！"

沈柒黑着脸，旁边的管事打圆场："还望大夫尽力救治我家大人，妙手回春。"

中年大夫把完脉，道："放心，沈大人死不了！体内有股外来的真气保着心脉。我再给他重新缝合伤口，灌点汤药，过几日又能枯枝发新芽，继续作践自己。"

关键时候，医者便如同生死判官，管事忍着气不敢发作，赔笑道："不会，不会，大夫放心，我家大人这回一定谨遵医嘱，好好养伤。"

中年大夫的脸色这才好看了些，给沈柒治伤、开药。

临走前丢下一句："在床上躺足一个月，少一天都不行！"

一个月！沈柒满怀杀气地瞪着帐顶。

荆红追走过来，带着点幸灾乐祸，用剑鞘拍了拍他的胳膊："我回去向大人复命，你就老老实实当一个月的废物吧。"

景隆帝下了朝，换乘肩辇回内廷。

蓝喜在奉天门外守候许久，忙上前扶皇帝登辇。

皇帝挥了挥手，示意不用搀扶。

蓝喜吩咐抬辇的内侍务必要保持平稳，自家跟在辇旁，边走边一脸担心："皇爷昨夜头疼了一宿，今日却依旧还要早朝。龙体要紧哪，奴婢这便差人去传太医来？"

皇帝斜倚扶手，以手支额，双眼微微闭合，声音里透出了一丝疲惫："不必了，太医瞧来瞧去也就那样，开的药方医不好也治不死，但求个稳妥罢了，效果还不如苏晏的一条烫棉巾呢。"

"苏少卿手上不少偏方、奇方着实管用，连应虚先生也对他在医道上的见解颇为推崇呢。"蓝喜转了转眼珠，含笑道，"听说他安然无恙回来，要不奴婢去传他进宫，再给皇爷热敷一下？"

皇帝睁眼瞥了他一下，重又闭上："不必了。苏晏受了点轻伤，让他好好歇着吧。"

蓝喜见风使舵，立刻答："是，奴婢回头让太医去一趟苏府，再带些温补气血的药材。"

皇帝淡淡地"嗯"了一声，既没说准，也没说不准。蓝公公暗喜，知道自己又揣摩到位，皇爷看着不置可否，其实圣心甚悦。

在轻微晃动的肩辇上，皇帝打起了盹儿。不多时到了养心殿前的玉阶下，肩辇落地。皇帝抬起眼皮，说了句："朕睡了这么久？都什么时辰了？"

蓝喜觉得有些奇怪：皇爷方才也就眯了一刻多钟，哪里久了？大概是睡迷糊了。他笑道："回皇爷，巳时还未过尽呢，回到养心殿，刚好让御膳房上午膳。"

皇帝在肩辇上猛然站起身，睁大了眼睛，八风不动的面上竟似出现了一丝龟裂。

蓝喜见他茫然四顾，似乎在寻找什么，脚下还微微打了个趔趄，忙上前搀扶住："皇爷，可是头又疼了？"

皇帝一把握住了蓝喜的手腕。好几个呼吸之后，他才低声说道："蓝喜，扶朕回殿。"

蓝喜扶着皇帝，心底总有点不对劲的感觉，但具体又说不清。

皇帝在第一级台阶处，脚尖踢到了阶侧，整个身体向前倾。蓝喜轻呼一声"皇爷小心"，好在皇帝反应敏捷，立刻稳住了身形。

蓝喜关切道："皇爷想必是头疼得紧了，来，奴婢背您上去。"

"不必，朕还没病到不能走的地步。"

这话说得重了。蓝喜马屁拍到马腿上，一惊之下正要谢罪，皇爷忽然说了句："养心殿前有六级台阶。"

蓝喜一愣：这不是明摆着的吗？皇爷今日怎么回事，跟失了魂似的，嘴里恭敬道："皇爷说得对，是六级。"

皇帝松开他的手腕，一步步走上台阶，在门槛前略微停顿后，抬腿迈入。

蓝喜紧随其后，心里那点古怪感越发明显，却听皇帝头也不回地说："传汪春甫。"

皇爷终于愿意宣太医了，蓝喜还没来得及高兴太久，又听皇帝改口道："算了，朕有些犯困，等睡醒再说。"

皇帝慢慢步入内殿，内侍们上前用热毛巾给他擦手脸，为他宽衣解带。

"午膳……"蓝喜犹豫道。

"先不用。"皇帝往床榻上一躺，闭目不再言语。

蓝喜上前给他掖好被角，没有退下，而是在床帷外候了许久，直到听见皇帝的呼吸变得沉而悠长，方才蹑手蹑脚地离开内殿。

皇帝这一觉睡了两个多时辰，申时才醒。

侍立的宫人听闻床帷内有了动静，轻声叩问："皇爷可是要起身？"

帷幄掀开，皇帝眯眼望向殿门处射进的天光，看见无数细小的飞尘如游丝般在光线中浮动。

宫人似乎从皇帝脸上看到如释重负的神色，一愣神后，又不见了。

皇帝的神色恬淡沉静一如往常，吩咐道："洗沐，传膳。"

宫人想起蓝公公交代的话，又问了句："那汪院使那边，皇爷还传召吗？"

"……不必了。"皇帝说。

第十章

七杀营主与真空教主

火盆内烈焰熊熊，火光仍无法照亮房间深处的幽暗。

幽暗中站立着一个人，红袍遮住脚背，斗篷罩脸，只露出半张纹路古怪的青铜面具。

跪在他面前的几名男子做普通百姓打扮，捧上木盘，盘中叠放着不少纸页、撕破的布帛甚至是削下来的墙皮，每样物件上面都印着八瓣红莲的图案，有的端正，有的潦草，但一律都是用血指印拼成的。

"这些都是教内兄弟被捕前留下的，以示对真空的虔诚，对教主的忠心。他们有的被下入大狱，有的当场殉道成仁。如今我教在京城根基动摇，损失惨重，教众也流失了十之七八，还有脱教后反带着锦衣卫来清剿各处据点的叛徒……恳请连传头向教主禀明情况，求教主为我等指一条明路啊！"

几名男子顿首不止。

红袍人沉默片刻，用男女莫辨的嗓音道："本座知道了，这便去请示教主。尔等静候指令。"

那几人感激地叩完头，退下去了。

红袍人慢慢抓起木盘上满是红莲血印的物件，扬手丢进了火盆里。

"虔诚与忠心"很快在火舌舔舐下化为灰烬。

红袍人冷哼道："成事不足，败事有余。"随即转身消失在幽暗中。

深夜，外城通惠河边的柳树下，身披蓑衣、头戴斗笠的男子正坐在石块上钓鱼。

红袍人鬼魅般的身影从树后闪出，走到距离垂纶者一丈外，停下脚步。

"真是好兴致。"红袍人开口道，"京城风雨飘摇，教主还有心情夜钓。"

蓑衣男子转过头，斗笠下的侧脸被水面上倒映的月色笼罩，竟也像微微发着光——是鹤先生。他轻轻抖了抖青竹钓竿，声音清雅："你看这明月夜杨柳岸，波光粼粼，景色如何？"

红袍人似乎对一切风花雪月都毫无感触，干巴巴地回了个："好。"

"很静谧，很美好，仿佛能洗涤人的心灵，对吧？"

红袍人没有搭腔。

鹤先生笑了笑，又说："去年七月，几日之内陆陆续续漂起了百来具婴儿尸体的，也正是这条河。那么你说它是美好，还是恶臭？是安静，还是喧闹？"

"想说什么，直接说。"红袍人的声音像发自一台冰冷的机械。

鹤先生提起竿，一尾银色小鱼在鱼钩上扭动挣扎。他望着那条离水的鱼，轻声道："河就是河。想让它投尸断流，它就会投尸断流；想让它碧波荡漾，它就会碧波荡漾。只看我怎么用。"

"那么眼下京城这浑水，你准备怎么办？"红袍人道，"真空教在京秘密经营数年，吸纳了不少教众，如今因为一个苏晏，大势尽去，树倒猢狲散。你身为教主，难道就没有比钓鱼、打机锋更重要的事要做？"

鹤先生将小鱼脱钩，丢进鱼篓里："连营主不是已经替我去做了吗？先是以'神火飞鸦'去炸苏晏立起的白幡，而后动用七杀营刺杀苏晏，最后不是都没成功？哦，还丢了个肉包子。"

肉包子打狗——有去无回。红袍人知道他指的是天字二十三号刺客——无名。

无名是七杀营身手最出色的杀手，也是叛徒。他想榨干对方最后一点利用价值，擒住后当即灌了秘药。服此药者将沦为丧失神志的血瞳刺客，只知听命杀人，从无例外，谁料对方掳走苏晏后，一夜之间居然脱离了血瞳状态，又变回苏晏身边的走狗。

这是他身为营主的大失误，堪称耻辱，被鹤先生轻描淡写地说起，红袍人目光乍寒，体内真气横溢，杀机隐现："别忘了，我只是名义上顶了个教内'传头'的头衔。既不是你的属下，更不是信徒，我们之间是合作关系。

"京城如今这局面，我怀疑真空教根本无力回天，更别说完成当初约定好的计划了。此间之事，我都会逐一禀告给主上定夺！"

鹤先生站起身，竹叶编织的蓑衣下露出墨字白衫的一角。他将鱼篓拎在手上，云淡风轻地说道："与我合作的是他，你还没这个资格。他派你是来匡助我，听我差遣，而不是让你擅作主张。你想如何禀报都由你，但接下来所有行动必须听我的。"

红袍人不说话，面具下的双眼透出两道冷光。

鹤先生含笑唤道："你认为如何，连营主……连青寒？"

营主纹丝不动，仿佛一座披着红袍的雕像，片刻后沉闷地吐出两个字："可以。"

鹤先生将鱼篓系在腰间，钓竿斜插在身后，就像一个最普通的渔夫，趿着木屐往城内走去。

营主不远不近地走在他身后。

春夜愈发柔和的风，吹拂着鹤先生的鬓角，带起丝缕长长的散发。他像是与人闲聊，又像自言自语，轻声道："苏晏是我的劲敌。"

营主道："劲敌难道不该除之后快？"

鹤先生道："一局棋，好不容易碰到个旗鼓相当的对手，不酣畅淋漓地战个几十回合，岂不可惜？"

营主冷冷道："所以你是为了过足棋瘾，不惜耽误主上的大业？你已连输两大手，连棋盘都快要被人掀了，再这么玩下去，只怕多年筹谋付之一炬。届时你自己财势两空不说，主上那边必定震怒，我受责罚不说，恐怕你也没有好果子吃。"

鹤先生又笑了："弈者，不能只看一招一子的得失，必要的时候放弃一角，才能盘活大片。苏晏如今风头正劲，得到皇帝宠信与鼎力支持，其人又花样百出，正是气运旺盛的时候。既然一连两次挫不动他，不如先避其锋芒。"

"避其锋芒？京城偌大基业，难道要全部放弃？"

"并非如此。"鹤先生解释道，"继散播谶谣之后，二月初二在京城与各地引发的爆炸，只是造势的第二步而已。就算成功，不过是在芸芸众生的心中埋下恐慌的种子，让它萌发一点芽尖，动摇皇室的民心。想要夺权，并不能仅仅依靠蒙昧而易变的民心，首要在储君，其次在战乱。

"先把储君之位握在手里，再让几场战争同时爆发，内忧外患之下，便有了对景隆帝下手的机会。

"景隆一去，新帝临危受命，主少国疑。人心惶惶之际，再给信王翻案，将'那件事'借着十三年前的手足相残之事，借着幸存下来的秦王府老人的口，猛然抛出去——必然天下震动！

"景隆帝或许积年威望不易撼动，可新帝呢？只是个毛孩子。若非看在皇嗣龙脉的分上，谁会服他？倘若'伪龙'之说流传天下，你说朝野内外会不会诸多猜疑，各地藩王会不会蠢蠢欲动？届时——"

鹤先生没有再说下去，营主已经明了了。

但比起将来，他更看重当下，于是又问："你所说一切的前提，都在于储君。可朱贺霖的地位却稳固得很，你身入卫府有几个月了，也不见二皇子那边有何起色，又如何说？"

鹤先生反问："你以为白纸坊爆炸，仅仅是为了印证谶谣？"

"难道不是？"

"当然不只。"鹤先生慢悠悠地踩着脚下初春的草色，走近内城。

城门口的两名小兵见到他，非但没有盘问，还主动地将城门打开，迎他进去。鹤先生用手指虚虚地在他们眉心各点了一下，道："永劫不坏。"

两名小兵激动得热泪盈眶，跪地虔诚答："万法真空！"

城门在身后徐徐关闭。

鹤先生没有就着刚才的话继续说，而是问营主："苏晏那边，你有什么想法？"

营主道："无名为他背叛七杀营，这两个人都得死。必要时，我可以亲自出手。"

鹤先生笑微微道："我说了苏晏气运正旺，你若不信，大可再试。听说他受伤发病，正在自家宅邸将养，你要是能直接杀了他，也省去我不少事。"

苏府如今被御前侍卫与锦衣卫围成了个铁桶，身边又有个熟知七杀营功法的武功高手无名。营主盘算了一下，觉得倘若剩余的七杀营刺客全部出动，拖住侍卫，而他亲自出手对付无名，再在大军赶到之前速杀苏晏，还是有六七成胜算的。

于是他说道："你且看着。"

鹤先生悠然补充了一句："苏晏身边，还有个豫王，据说两人关系匪浅。"

营主脚步微滞："朱栩竟……当年的靖北军首领。"

"连迷魂飞音都没能魇住他，可见十年来他的功力不退反进——再加上这一个，你真有把握于重重守卫中杀掉苏晏，全身而退？"

营主沉默了，须臾又道："他们能守得了一时，守不了一世。除非苏晏永远龟缩在一室，只要他冒头，就有机会袭杀。"

"话是没错。"鹤先生道，"可这么一来，我布的沈柒这手棋，不就白费心思了吗？他若知道苏晏死于七杀营之手，必然会变成一条疯狗，死也要和我们同归于尽。此人对我有大用，得先留着。"

营主道："你想在朝臣中埋暗棋，又不是非沈柒不可。"

"沈柒的职位、性情、手段，包括与苏晏间的瓜葛，还有景隆帝对他的态度，构成了一个微妙的三角关系，注定了他比任何一个朝臣都更适合当这枚暗棋。"

虽然鹤先生力推沈柒，但营主怀疑，依照对方狡兔三窟的习惯，朝中的暗棋必然布了不止一颗。鹤先生愿意告知他的暗棋只有沈柒，因为沈柒是借助七杀营的力量收服的，故而不得不向他透露。

这种露一手、藏一手的做派，令营主暗中不喜，更加怀疑鹤先生与主上的所谓"合作"别有用心。

但他无权拷问鹤先生，只能将一切禀报上去。

鹤先生脚步看似缓慢悠闲，却不知施展的是哪派身法，颇有点"缩地成寸"的感觉，没多久就来到了咸安侯府附近，他对营主说："到此为止，不必再送。"

明知与他一路同行只为盘问，说这种话硌硬谁？营主冷笑一声，消失在黑暗的街巷中。

鹤先生敲了几下门。应门的仆役见到他，满脸堆笑："先生回来了！这一身打扮，是去河边钓鱼了？"

鹤先生脱下斗笠、蓑衣，递给他，笑容温和："一时兴起，劳烦小哥给我开门了。"

仆役连连道："不麻烦，不麻烦。先生这鱼篓沉甸甸的，看来收获颇丰啊。"

鹤先生从鱼篓中拎出一条尺把长的草鱼，递给他："就这条最大，送与小哥。"

仆役摆手："这可不成。先生辛苦钓的鱼，小人怎好收下。要不小人这便拿去厨房，用这鱼给先生做道夜宵？"

"你没听说过，醉翁之意不在酒？同样，钓叟之意也不在鱼。拿去吧，再多说便无趣了。"

仆役见推辞不过，接过鱼，又连连道谢。

鹤先生拎着轻飘飘的鱼篓，潇洒地走了。仆役在他身后喃喃道："可真是个菩萨样的人物啊！"

回到自己所住的厢房，鹤先生走到角落的衣柜处，打开柜门，又取出了那个藤条编制的缣箱。

他打开缣箱上的机关锁，开启一条缝，随后将拇指宽的小银鱼一条条送进去。

鱼还活着，在箱底的木屑上弹跳，发出此起彼伏的沙沙和噗噗响。但很快，响声越来越稀薄，最后消失了，箱内又恢复了平静。

鹤先生双手合十，叹息："众生皆苦，地狱常在。"

他走到角落的架子边，在脸盆里洗干净手，用白棉巾擦了擦，坐回到书桌前。

他在铺开的一张白纸上，用飘逸出尘的笔迹写下"尘爆"二字，又在旁边画了个圆圈，圈内写个"骗"字，然后吹干墨迹。

书桌上有个打开的匣子，内中放着一页血经，还有他誊写的太子名篇《祭先妣文》。鹤先生将新写好的纸张一并放进去，扣上匣盖。

匣子旁边摆放着一副残棋。他随手拈起白子，不知想到了什么，垂目微笑，向着对面虚空中不存在的对手，轻声道："你一连下了两手好棋，现在该轮到我了。"

"滚！都给本宫滚出去！"一个翡翠胭脂盒被砸在地面，摔得四分五裂。

一对吓得脸色发白的年轻男女，衣衫也来不及穿好，连滚带爬地退出殿门。

"你为什么不滚？"卫贵妃瞪视阮红蕉。她的鬓发有些凌乱，主腰上的纽扣也松了，盛怒之下，眉眼间的燥火仿佛下一刻就要扑面而出。

阮红蕉知道对方只须动一动檀口，自己就会悄无声息地去做深宫枯井内的一缕幽魂，心里说不畏惧是假的。但她毕竟见识过风浪，连北镇抚司主官的戾气都曾当面领受过，一对比，卫贵妃的怒火似乎也没那么可怕了。

她款款上前，将卫贵妃外披的薄衫往脖颈处拢了拢，遮住肩带，语气柔婉而不失真挚："两个泼弟子没分寸，撵出去受罚就是了，娘娘万不可气坏了身子。须知咱们女子娇嫩，最是经不得气，气郁不仅伤身，肤色也会变暗沉呢。"

卫贵妃当即摸了摸脸，又转身去照镜子，见镜面中自己横眉怒目的确有损颜色，忙以指腹轻揉眼眶。

阮红蕉扶她坐下，取了桌面的金篦梳，为她轻柔地梳理青丝。镜中映出两张美人面容，并蒂莲似的好看。

"娘娘真是美艳无双，"阮红蕉赞叹道，"奴家阅美无数，到了娘娘这里，才知自己之前眼界多么狭小。"

卫贵妃吃了劝又受了哄，怒气不觉消去大半。

这阮红蕉乃是京师名妓，据说琴棋诗画歌舞无一不妙，又精通待人之道，很得士林追捧。秦夫人听闻她艳名，便招来自家侯府，想给自家有失宠之虞的女儿，上一上"如何让男人神魂颠倒"的课。

卫贵妃本来心里有些排斥，觉得让青楼女子来教导自己，简直滑稽。但秦夫人劝道："男女之间那档子事，可不分贵贱。否则为何连宋徽宗都流连青楼，难道三宫六院就没有美人了吗？还不是李师师有魅力、有手段。乖女儿，你就权当再学一门技艺，要知道男人没有一个不贪欢的，回头你把皇爷身子伺候舒爽了，心也就回来了。"

卫贵妃被母亲说得有点心动，便见了这阮花魁，果然是有容貌、有手段，相处时也让人感觉舒服。

几次教习之后，卫贵妃几乎把她当作了抚慰深宫寂寞的女伴，莫说时不时招来逗唱解闷，就连去佛寺烧香也要带着。

今日那两个青楼弟子在演示时失言，说者无意、听者有心，把本就憋火的卫贵妃惹恼了，故而迁怒阮红蕉。

而阮红蕉似乎完全不受影响，仍用赞赏的语气说："连身为女子的奴家都情不自禁为娘娘心动，更何况男人呢？"

卫贵妃忍不住吐起了苦水："说得倒好听。来回教习好几次，也不见得有用，皇爷依然不临幸……什么内媚之术，学了也是白学！"

阮红蕉道："娘娘得先把皇爷引来呀，见面三分情，气氛烘托起来了，才好继续后面的事。"

"本宫如何不知！皇爷最近来永宁宫的次数倒是比之前多了，但本宫瞧他为的还是看望昭儿，偶尔一两次留宿也是在偏殿。外头不明内情的人，还以为本宫复宠了，又开始各种献媚。其实呢，内中苦涩只有本宫自己知道。"

"'山不来就我，我便去就山'，娘娘。既然都在一处院落了，半夜爬个床也不是什么难事。"

"试啦！没用。"卫贵妃叹气，"御前侍卫说是要加强戒备以防邪教行刺，日夜守在殿门，害本宫连龙床的边都挨不上。"

"是有点棘手。"阮红蕉蹙起眉尖，很是为她烦恼与绸缪的模样，"不过皇爷愿意来娘娘这儿，总归是好事，只要人在，多少有隙可入。"

卫贵妃神色舒展了不少："这倒也是。其他几宫不说，都冷习惯了，可太子那边，皇爷之前可是夜夜叫去养心殿学习政务的，如今也不大召见了。听说朱贺霖可失落得很呢。"

她直呼太子名讳，按宫规是不敬之罪。阮红蕉却只当没听见，替卫贵妃梳理好头发，又拿桂花油细细涂抹保养："二皇子乖巧可爱，当然更讨皇爷欢心。民间不都说了，爹娘爱幺儿。"

卫贵妃笑起来："是呀，昭儿自己争气，眉眼生得像皇爷，又聪明伶俐，太后简直把他爱进心尖。我瞧皇爷看他时，目光也格外柔和。你说，皇爷喜欢昭儿，能胜过朱……太子吗？"

这话，哪怕对方问得，自己也答不得。阮红蕉后背冷汗湿透衣衫，用理所应当的口吻说："皇家是天，奴家是泥。泥哪里能知晓天意，顶多也就生条枝杆，开朵花儿，被娘娘摘去插鬓角，得皇爷赞一声'人比花娇'，就算是祖上积福了。"

卫贵妃此刻真是爱煞了她，反手握住她的柔荑，往自己肩上放："你替本宫揉揉肩，推推背。"

阮红蕉不仅照做了，还做得比卫贵妃说的更多、更舒服……

卫贵妃双眼微合，眼尾胭脂拖出一抹动情的飞红，回想起在侯府庭院的回廊下，与鹤先生的初见。

朦胧的灵光，缥缈的云雾，双手合十的妙法天人向她凝目——那一幕场景始终在她心底挥之不去，却未给她带来任何清净，反倒生出一股热流在胸口潆洄，时不时熨烫得骨缝酥软。

"红蕉，本宫真正想要的，是另一人。"卫贵妃用微微沙哑的嗓音说道。

"奴家知道，是皇爷。"

卫贵妃低笑一声，带着浓浓的自嘲意味："皇爷？他是本宫这辈子的依靠与盼头，可惜，等不来了。就算本宫主动贴上去，也只会自取其辱。既如此，本宫又如何甘心虚耗青春，等着一场永远不会下的雨？"

阮红蕉听出言下之意，打了个激灵。卫贵妃为何要将这心思告诉她？阮红蕉念头百转，心里紧张，语调中却没有半点慌乱，轻声问："娘娘的意思是……"

"侯府内有个门客，是个气韵非凡的居士，本宫一见他便觉前世孽缘未了，想与他今生再续上一续，好成全这份因果。但他心意如何，本宫实不好亲口去问，想差遣婢女去，又担心她们笨口拙舌，反倒坏事。你这般身份，去探个口风、牵线搭桥却是再合适不过。"

我这般身份！阮红蕉在心底冷笑，是了，再怎么用校书、花魁、行首、大家等风雅之词来粉饰，实际上还不是个鸨儿？卫贵妃愿意将此事交付她去做，还真是看得起她了。

阮红蕉心底异样地平静，口中柔声应承："娘娘尽管将他名字告诉奴家。"

"他叫……鹤先生。"卫贵妃忽然抓住阮红蕉的手腕，盯着她的脸，"此事倘若有第四个人知晓，你可知后果？"

阮红蕉被她攥得手腕生疼，面不改色地说道："娘娘放心，单凭今日之事，奴家已是万死。娘娘恩情在上，奴家愿为娘娘效力。"

卫贵妃松了手，妩媚一笑："替本宫更衣。"

落水受寒与肩伤内外交迫，导致苏晏突发高热。

所幸在名医好药的灌溉之下，这场高烧来得快，去得也快，苏晏昏睡大半天，夜里发了一身大汗，翌日上午热度便退了下来。可到底元气损耗得多了，整个人还有些头晕乏力，只能怏怏地躺在床上，饭来张口，衣来伸手。

没滋没味地用了半碗白粥，苏晏问贴身侍卫："七郎的伤怎么样啦？"

药石罔然，回天乏术。荆红追很想如此回答，但又怕图一时之快惹怒大人，只好老老实实地回答："重新缝了伤口，大夫说至少躺一个月。但依属下看，那厮体质堪比蜚蠊，又有内力辅助疗伤，估计用不了一个月。"

蜚蠊就是蟑螂，以生命力顽强著称。这个类比十分刻薄，但也不是一点根据都没有……可还是太毒舌了吧，苏晏很是无语。

"真空教有什么动静？"

荆红追答："真空教在京城内的教众脱离大半，不少头目落网，剩下的惶惶如丧家之犬，躲避锦衣卫的追捕。营主自上次与我一战后，再未现身。而真空教教主更是藏得深，一点线索都查不到。我们都怀疑，真空教会狗急跳墙对大人下手，故而加强了府邸内外的守卫。"

"'我们'是……你和沈柒？你们不狗咬……呃，不拆家啦？"

其实是因为彼此捏住了对方的把柄，两人正处在一种短暂而危险的平衡中。但荆红追并不想在大人面前提起，便很侠气地说了句："他重伤在身，我胜之不武。"

窗外有个声音响起："为何不告诉他，本王也有份？"

苏晏惊道:"豫王?"

他记得昏迷前是在豫王的马背上。醒后听小厮们说,他是被豫王和太子一道送回家的。

还以为豫王早已回王府,却不想人不仅在他家,还非常无耻地听起了墙角。

苏晏用眼神示意荆红追。荆红追走到窗边,硬邦邦地下逐客令:"王爷到底何时回府?我家大人病中不宜见客。"

豫王哂笑,声音仿佛消失在窗外,须臾他推门进来,对苏晏说:"为防真空教刺客反攻,本王打算在此多留几日。清河还想知道什么,尽管问。"

苏晏也不和他客气,问道:"朝中风向如何?卫家呢?"

"吹东西南北风。朝臣们当众扯皮、吵嘴和拉偏架,聒噪得很——不过朝堂一贯闹哄哄,我看皇兄也习惯了。"豫王搬了张靠背椅在床前,大马金刀地一坐,伸手将想要起身穿衣的苏晏摁了回去。

荆红追手握剑柄,寒气凛冽地盯着豫王的爪子,若非苏晏朝他使眼色,三尺青锋早已出鞘。

豫王朝荆红追戏谑地挑了挑眉,继续说道:"真空教现在是一颗谁也不敢沾惹的毒瘤,朝臣们都使劲把自己撇干净。卫家也不例外,上了两道疏,一道再次强调'大义灭亲,以正国法',另一道称'虽无纵容之意,却有裙带之实',自请降禄一级,以儆效尤。"

苏晏冷笑:"好个自罚三杯。"

"母后也为卫家说项,说谁家没有一两个赖亲戚,哪个犯法,就处置哪个,要是搞连坐,那牵扯得可就广了。"

苏晏琢磨着太后的意思是提醒皇帝,自己也与卫家有姻亲关系,不可做绝。

"万鑫还在诏狱写我要的卫家罪行材料,现在不能杀,而且我答应过他,将功折罪……皇爷表态了吗?"

"嘴上没表,行动上表了。"

"怎么说?"

豫王向前倾身,凑过去故意压低嗓子:"宫里传言,卫贵妃复宠了。皇兄一连三夜留宿永宁宫,这可是前所未有的盛宠!"

苏晏微怔了一下,随即露出莫测的神情,平静地吐出四个字:"耐人寻味。"

豫王似笑非笑问:"清河此言何意?"

苏晏道:"你不觉得,卫贵妃复宠的时机有些微妙吗?卫家劣迹斑斑,皇爷并非不知,如今又被牵扯进真空教一案,可谓是处于舆论的风口浪尖。王爷也说了,朝堂上吹什么风的都有,我猜过去,大抵分为几类。"

"哪几类?"

"揣摩圣意、顺从懿旨、党同伐异、见风使舵、独善其身、公道人心。"

豫王略一思索：可不是嘛！抱皇帝大腿派、抱太后大腿派、抱团派、骑墙派、自保派，最后一种最难得，那是真正将道德法律与国家利益摆在前面的。

他越想越觉得概括精妙，清河小小年纪，倒是生了一双慧眼，将朝堂上纷纷纭纭看得透彻。

就连对朝堂之事并无兴趣的荆红追，看似面无表情地抱剑站在窗边，实际上也在竖着耳朵听苏晏说话。

苏晏接着道："越是局势混乱、意见不一的时候，皇爷的态度就越发重要，可以说是大部分臣子的风向标。"

豫王颔首："皇兄看似温和宽容，实则刚愎自用——"

"是有主见。"苏晏插嘴。

豫王噎了一下，撇了撇嘴角："实则强势。可有趣的是，一旦事关各股势力之争，他的态度往往暧昧不清，让臣子们捉摸不透；要么就是抱着他那套制衡之术，时而抬举，时而打压。"

苏晏从中听出贬义，反问道："你不认同？"

豫王向后倚在椅背上，懒洋洋地一笑："本王有什么资格'认同'或是'不认同'？不在其位，不谋其政。"

苏晏隐隐意识到，豫王摘了那副风流放荡的面具，脱了那身金枝玉叶的华裳，骨子里却是个性情中人，是个不屑于玩弄权术的战士。但他又不完全是耿直与端正的，否则也不会在"兵者诡道"的战场上无往不胜。只是这种"诡道"，算的是策略，而非人心。

这样的人，让他回到战场上，会绽放出什么样的光彩？

苏晏陷入了短暂的失神，直到豫王逗猫似的去挠他下巴，而荆红追一脸窝火地将剑鞘横在两人之间，才回过神来。

"王爷还请自重！阿追，去搬张椅子坐，老站着腿不酸？"

苏晏敷衍地打发了两人，将话题又引回皇帝身上："卫贵妃在这个关键时刻复宠，那便是皇爷向太后和朝臣们释放出的一个信号——他打算继续抬举卫家。为什么？"

从万鑫手里得到的那些证据，我该不该在这个时候提交上去？苏晏一时也有些拿不定主意。

豫王想了想，说："也许是看在二皇子的分上。那孩子的确伶俐可爱，我瞧着，比贺霖小时候说话利索。"

苏晏警觉道："王爷的意思是，皇爷认为二皇子是可造之才，故而不想太过追究他母家的责任，以免断了二皇子将来在朝中的支援？"

豫王身为皇帝胞弟，既是太子的亲叔父，也是二皇子的亲叔父。近来太子与卫氏之间愈发明显的矛盾，他一向不沾边也不在乎。这种态度，也导致两边的臣属们都心怀忌惮，轻易不来攀扯，以免暴露了自己的立场。

而此刻苏晏却对着他，将立储之争毫不避讳地说了出来。

清河并非交浅言深的性格，这话问出来，潜意识中已经将自己划归到他的阵营内，当真是"同袍"了！豫王按捺着欣喜，说道："不好说，皇兄心思深得很。但目前看来，无论卫贵妃是不是真的复宠，皇兄想通过此事让朝臣们明白——卫家不会因为真空教的事垮台，二皇子大有希望。"

苏晏长长地吸了一口气，沉默片刻方才问道："太子对此什么态度？"

本来朱贺霖昨日也坚持要等苏晏从昏迷中醒来，结果宫里来人传圣谕，敦促赈灾事宜，他只好不放心地叮嘱了一番，赶回宫去复命。

此后豫王守在苏府，还没有见过他。

于是豫王答："尚未可知。"

苏晏在心里慢慢琢磨这件事，总觉得有些违和。

地道爆炸后，他因为脑震荡在家中休息，皇帝曾微服上门探望。因为皇帝送了他一枚代表信任与承诺的私印，他不惜犯君臣大忌，点明卫家有争储的野心，将自己卷入一场危险的战争。

皇帝当时是如何对他说的呢？

——就让卫家继续当"弈者"手中的棋，他下的步数越多，暴露得越快。

——把祸患养到足够茂盛，你才会知道，它的根系有多深，上下左右的勾连有多庞大。到那时，才能连根拔起，将主恶连同党羽彻底铲除。

皇帝极少对人说掏心窝的话，再亲近的臣子，也习惯性地先掂量对方在秤盘里的分量，再决定让对方知道多少、往哪个方向去。可不知为何，苏晏总觉得，皇帝对他说的这些话并非出于权术，而是真心。

那么眼下这个架势，皇爷究竟是有什么打算，是继续放长线钓大鱼，还是又有了新的想法……

前十五年对太子的宠爱，是否更多是因为只有这一棵独苗，没的挑选；而现在又有了二皇子，所以动了让他们竞争上位的心思？

卫家背后最大的支持力是太后。皇帝与太后多年来母慈子孝，据说他刚登基时被一批老臣压制，还是与太后联手，才夺取了朝堂话语权，如此看来，太后应该是与自己大儿子站在一条战线上。皇帝是否出于对太后的感情与回报心理，所以改变了主意，想要放过卫家？

苏晏脑子里两种推测绞缠争斗，左右难定。

如果他就这么直接去问景隆帝，或许会得到一个相对清晰的答案，再不济也会有提示。但直觉告诉他，这是个愚蠢的念头。

苏晏知道皇爷对他深怀期望，否则也不会煞费苦心地教导他、磨砺他，恩威并施地引着他在朝堂中一步步成长起来。

在弈棋时，皇爷从不放水，而他自己也要努力，才能接住对方的招数，不说大获全胜，至少也要做到平分秋色。

苏晏长出一口气，由着本心，在两种推测中做出决断，以及规划自己接下来要做的事。

荆红追见他长久地凝眉不语，问："大人病体未愈，是否感到疲累？还是多歇息。"说着扶他躺回枕头上。

苏晏也觉得体虚，想多了头晕，顺势躺下。豫王识趣地起身："你好好歇着，傍晚我再来看你。"

傍晚？这会儿已经是午后了。苏晏说："还请王爷回府休息。下官不敢劳烦王爷来回奔波，也着实受不得这般厚爱。"

豫王轻笑一声："不劳烦，也就是一条巷子的距离，谈不上奔波。"

什么意思？就算相邻的两个坊，他家和豫王府之间也远不止一条巷子的距离吧？

苏晏疑惑地睁大了眼睛。豫王觉得他这个模样有趣，笑道："眼下京城局势动荡，真空教余孽未除，你的安危要紧。你家后门对面的空宅子，本王买了下来，暂且住一阵子。今后就是邻居了，还望清河多多关照。"

苏晏："……"

有钱了不起啊？就可以为所欲为？

"清河若是还不放心，隔壁有人住的房子我也可以高价买下，让侍卫们住进来。要不，给你换个住处吧，你这小院也太局促了些，王府附近有个空置的大宅院我看不错，不如搬过去？"

苏晏无奈地说道："心意领了，我还是自己赚钱买房，心里踏实。"

豫王走后，荆红追在床前半蹲下来，很认真地对苏晏说："光靠大人那点俸禄，想买大宅院怕是得攒二十年。除非大人去当贪官，那多少房子都有。可属下知道大人当不了贪官，所以……我会努力赚钱，给大人买房的。"

苏晏又想笑，又有些感动，伸手抚摸贴身侍卫的头："别忘了你已经金盆洗手，不再接杀人的单子。所以你打算努力赚我付的月例银子吗？"

荆红追愣住，有些难为情地低声道："属下不需要大人养。我也能反过来养大人。"

苏晏笑道："行，万一哪天我失业，就靠你养活了。"

荆红追觉得自家大人前途无量，决计不可能失业，但哪怕这句话只是苏晏随口说说，依然令他心满意足。

不知是铁桶似的守卫令人知难而退，还是真空教已经自顾不暇，想找罪魁祸首报仇也是有心无力，苏府内外一片诡异的风平浪静。

苏晏米虫似的躺了两天，再也躺不住了。

"今天得有十二了吧？"他问。

荆红追纠正："十三了。"

"明日二月十四，万寿节！"苏晏皱起了眉，"按惯例，万寿节之后一个月内，刑狱不能见血腥，所以各地会约定俗成地将定案的死刑犯赶在节前正法。"

某刺杀国戚的重罪逃犯事不关己地回答："哦。"

"哦什么哦！"苏晏不满地敲了一下桌面，"你知不知道我在考虑什么？"

"知道。属下昨日已给沈柒手下的两个千户递了纸条，让他们务必找借口，把万鑫的性命留到明日之后。这样大人又可以再多一个月的运作时间。"

苏晏点点头："还有万鑫提供的证据，锦衣卫那边收集与核对得如何？"

"差不多了。大人还是决定要提交？什么时候？"

苏晏走到荆红追面前，平视对方乌黑冷冽的双眼："阿追，你不高兴吗？你一心想把卫浚碎尸万段，是我一直压制着你的复仇心，还对你承诺，要将卫浚的罪行公告于天下，让他伏法受诛，被万人唾弃，得到应有的惩处。我甚至对你夸下海口，说不仅要铲除卫浚，更要扳倒卫氏一族。

"现在，该到我兑现承诺的时候了。可你并没有露出快慰之色，你在想什么？"

荆红追修长的手指握紧了剑柄。

他做梦都想亲手将卫老贼剥皮拆骨，为惨死的姐姐报仇，也为平息自己体内日夜灼烧的毒与恨。

这血债一日不讨还，他耳中的哭声就一日不会消失。

——既如此，他此刻为何反倒忧心忡忡？

"大人……"荆红追沉默良久终于开口，嗓音有些干涩，"能否把证据交给属下，属下自行去顺天府衙告状。"

苏晏摇头："不妥。你身上还背着两个通缉令。再说，府尹问你哪里来的证据，你如何回答？"

荆红追答不出，片刻后又道："那就让北镇抚司去做，就说是万鑫要告御状，揭发卫浚恶行。"

"万鑫没这个胆。再说，如此一来等于把该我承担的责任，转嫁给北镇抚司主官。七郎还重伤在床，难道要他去当庭对质？"

苏晏笑了笑，把手放在荆红追的肩头："阿追，我知道你在担心什么。我和豫王讨论的那些,你也都听到了。你担心皇爷为了二皇子要保卫家,而我此刻去上疏弹劾,不仅同时得罪皇爷与太后,还可能被当作出头鸟来整治。"

荆红追道:"属下的担心难道是多余的?大人若是私下提交罪证给刑部也就罢了,还打算当众弹劾。万一狗皇帝铁了心要包庇卫家,大人此举,岂不是拿自己的身躯去堵炮口。"

"可现在不弹劾,就错过了这个扳倒他们的好时机。要是能从两个侯府内搜出与真空教勾结的人证物证,便是铁板钉钉的谋逆大罪,哪怕是太后也保不了他们。"苏晏耐心地分析道,"万鑫曾听侯府管事酒后失言,说'侯爷身边有个天底下最厉害的军师',还说'二皇子身受不动真空的庇佑,有天子之福',这些全都写在证词里了。但凡皇爷还有那么点惩戒卫家的心思,就不会视而不见。"

荆红追反问:"你这是拿命在赌皇帝的心思?"

苏晏道:"我这是在做我认为应该做的事。"

荆红追的手在剑柄上攥得指节发白,咬牙道:"我今夜便去杀了卫浚与卫演。"

苏晏摇头失笑:"就算你得了手,我也一样会上疏。这已经不是你的私怨了。往小里说,卫家是我在仕途上必须要打倒的拦路虎;往大里说,这颗毒瘤不除,太子有累卵之危,国家有逆乱之祸。"

道理荆红追都懂,可为什么冒风险的偏偏得是苏大人?每次都是这样。他才不过十七八岁,操心的事比七八十岁的老尚书还多,身上的伤还没好透,又要去以唇为枪、以笔为剑的朝堂,而朝堂之凶险,并不比真正的战场少一分!

荆红追忽然生出了刹那的妄念,想要不顾一切地带着大人远走高飞,离开险风恶浪,离开权势争斗,去过平静安稳的日子。

但妄念毕竟只是一支不能见光的冷箭,他不能因为自以为是的好意,断了大人的仕途。

荆红追慢慢松了握剑的手,半跪下来,立誓般说道:"大人想做什么,就做什么。哪怕前方刀山火海,属下亦全力护从。"

"又不把自己的命当命了。"苏晏露出并不认同的神色,弯腰扶他起身,"要真是刀山火海,你陪着我也是同死,不如能活一个是一个。"

苏晏出门坐上马车,准备去一趟端本宫。

端本宫在外廷东侧,拿着太子给的腰牌,直接从东华门进去,比从午门走近得多。

朱贺霖去文华殿听课未归,苏晏就坐在殿内等他,喝着茶与富宝闲聊。

富宝说:"苏大人可好久没来东宫了,小爷以前总念叨总念叨。近阵子不怎么念了,有时就盯着虚空愣神,也不知想什么心事,眼神挺吓人。"

"吓人?"苏晏忍不住笑起来,"请恕鄙人难以想象。"

富宝不好意思地挠了挠后脑勺，改口道："不是那种吓人，就是……咳，奴婢也不知怎么形容才准确。就是觉得小爷大了，心思多了，有时连奴婢也不知他在想什么，那眼神就有点像皇爷。"

"像也正常，毕竟是父子。"

苏晏喝了口茶，又问："小爷这一两日心情如何？"

富宝答："不太笑，但也没发脾气砸东西。还……好吧。"最后三个字，他的语气不是很肯定。

说话间，太子回宫了。在殿外就听内侍说苏大人来了，兴冲冲地快步进来，声在人前："清河！清河在哪儿？"

看到苏晏，他又拉下脸露出不满之色："前两日你还发高烧，不好好在家歇着，到处跑做什么？有事差人告知一声，我去找你呀。"

苏晏学了贴身侍卫的狗样子，面无表情道："哦。"随即起身要走。

朱贺霖连忙拉住他的手腕："来都来了，别走！"见苏晏不为所动，又凑到他耳边低声说，"这么多宫人看着，给小爷点面子啊。"

苏晏"扑哧"一笑，拱手行礼："臣苏晏拜见太子殿下，给殿下请安。"

朱贺霖也笑了，挥手打发周围的宫人："下去，下去，都离殿门远点，一点儿眼力见没有！"

宫人们忙不迭地退出殿外，只留成胜与富宝两人把守殿门。一老一少俩公公，在门外两侧面对面垂手候立，成胜朝殿内努了努嘴："小厨要不要备苏大人的午膳？"

富宝想了想，建议道："把晚膳也备了吧？"

殿内，朱贺霖习惯性地把苏晏往榻上拉，靴一脱，腿一盘，什么君臣礼仪都不要了。

苏晏从果盘里拣了枚金橘果脯，边吃边说："我要弹劾卫家。"

朱贺霖并未露出惊讶之色，只是皱起眉头。他一贯无忧无虑的脸上难得露出这个表情，显得有些成熟。然而成熟就意味着将要面对更多的责任、取舍与烦恼。

"什么时候？"他问。

苏晏答："万寿节后的第一次朝会。"

朱贺霖又问："有多少把握？"

苏晏笑了笑，没有回答。

朱贺霖的眉头皱得更紧了。指尖的果脯落入掌心，他紧紧攥住拳头，说："我觉得这不是个好时机。"

"为何？"苏晏反问。

朱贺霖沉默了一小会儿，有些难堪地答："父皇……待我已大不如前。"

方才与富宝的聊天中，苏晏也捕捉到了一点蛛丝马迹。他递了个安抚的眼神："小爷忘了，我以前就与你说过，因为皇爷知道幼鹰是不能总捂在鸟巢里的。"

朱贺霖摇头："不一样，父子连心，这次我能清楚地感觉到，父皇的心离我越来越远了。就从……从坤宁宫失火之后。"

眼前依稀浮现出映亮夜空的熊熊大火，宫殿前广场上一片漫延的血泊，宫人的哭喊声与他的怒吼声在火光中回荡。朱贺霖难过地低语："有些错一旦犯下，是不是就无法回头，也再不能得到原谅？

"我一定是让父皇失望到极点了，所以这一个月来，他几乎没踏足东宫，夜里也不再召我去养心殿学习政务，就连我每天去问安时，他也常托词不见。即使见了面，他也只例行公事地问几句课业与赈灾的事。"

苏晏总觉得不至于。景隆帝宠爱了太子十五年，多少次顽劣胡闹、鸡飞狗跳都容忍了，怎么会因为太子痛失母亲遗物后、怒而杀人而断了父子之情。

倒不是说杀人这件事不严重，而是在这个时代，宫人只是皇室眼中的家奴，没有任何一个皇帝会为犯了错的宫人去责罚太子，顶多就是在心性方面有所不满。而且太子去太庙跪了大半个月，抄血经为先皇后祈福，皇爷再大的气也该消了。

苏晏把自己的想法说了出来。朱贺霖却道："父皇不是生我的气，他只是……情淡了，分到别处去了。"

"二皇子？"苏晏问。

朱贺霖深吸口气，极力维持不在意的神情，嘴角却不受控制地紧抿着："这一个月来，父皇去了十次永宁宫，间隔越来越密集，最后一连三夜都留宿在永宁宫。我听宫人们私底下说，老二眉眼长开了，越发像父皇，无论说话、走路都比寻常孩童要伶俐得多，说他是紫微照命、天生慧根。"

又是帝星，又是慧根，这套路还真耳熟得很，苏晏轻"呵"了一声。他拍了拍朱贺霖的胳膊："放心，二皇子哪怕生成个弥勒佛模样，我朝'立嫡立长，嫡在长前'的祖制也不会改。"

朱贺霖点头，又道："我倒不是考虑老二是否对储君之位有威胁，而是一想到父皇这样，心里真不是滋味。"

就像生来受宠的孩子，忽然发现父母不再爱他了一样。苏晏完全能理解他患得患失的心情，却不能任由他这么消沉下去。

"既如此，你做个成全父亲心意的孝子，加倍敦爱弟弟就好了。"苏晏语声冷淡，"将来皇爷若是真生出了易储之心，你便双手奉上东宫之位，去做个像你四王叔那样的闲散王爷。"

"——不行！"朱贺霖猛地提高声量，从圆睁的眼中放出一道厉光，"我是名正言顺的太子！要做个好皇帝，将来成为盛世明君，这个志向从我知人事时就已立下，怎么可能说放弃就放弃！今日我若让出东宫之位，明日让出的就可能是我的性命！"

苏晏哂笑："这一点你倒是看得挺透彻。"去年在东苑，两人坦诚约定同舟共济时，他就认为朱贺霖有未雨绸缪的远见，果然没有让他失望。

朱贺霖道："我和四王叔不一样。他是嫡次子，本就没有资格继承皇位，当年又手握兵权，极易生变。这些年父皇圈着他，除了自由什么都能给他，那是父皇的仁慈。

"而老二的背后是狼子野心的卫家。倘若让老二猎取高位，我这个嫡长子活着一日，便一日是他得位不正的证明，他们能容得下我才怪！将来只有我朱贺霖继位，才能避免发生骨肉相残的惨剧。"

苏晏反问："你都知道的道理，难道皇爷不知？"

朱贺霖怔住，喃喃道："你说得对……我不该对父皇生出疑心。"

"你也不该对自己生出菲薄之心。"苏晏板着脸道，"这岂不是说我苏清河有眼无珠，不懂择人？"

一丝羞愧从眼底掠过，朱贺霖展眉笑了，又恢复了往日的勃勃英气。他目光明亮，语气坚定："无论父皇是爱我，还是更爱朱贺昭，我都要做好一国太子的本职，修身养性，勤学政务。该争的时候，有勇有谋地去争；不该让的时候，绝对寸步不让！"

"好！"苏晏喝了声彩，"这也正是我想对小爷说的。扳倒卫家，或许这不是个最成熟的时机，却是我能努力筹谋到的最有希望的时机。也许一次不会成功，只要还有命在，我就学那些台谏先贤。

"前朝奸相专权乱政，大批言官奋起抗争，交章弹劾，言辞激烈，二十年间从未停歇过。虽然付出了惨重的代价，或被杀害，或杖责流放，但交劾不止，终使奸相得到了应有的下场。

"这才是言官应有的风骨！我既穿了这身獬豸补子的御史袍，就要担得起相应的责任。"

"清河！"朱贺霖情不自禁地倾身，攥得湿漉漉的果脯从掌心滚落榻面。他似乎要哭了，极力克制着内心激动，瓮声说，"你觉得应该去，那就去吧，小爷也要做小爷该做的事。"

苏晏没有留在东宫用午膳。小厨的精心花样都白准备了，富宝有点失望，太子却神情平静，吃光了两人份的饭菜。

"明日是万寿节，献给父皇的寿礼可都备齐了？"他问。

成胜答："回小爷，早几日都备齐了。老奴检查了好几次，保证十全十美。"

太子说道："再加一样——我要亲手做一盏灯。你去把曾经在坤宁宫服侍过的老宫人找来，让他们同我说说，母后最喜爱的青莲灯是怎么做的。"

苏晏依然从东华门出宫，坐马车回到家里。

荆红追人在门外，一见他便道："属下正准备去皇城门外等大人。"

"出了什么事？"苏晏边与他并肩走入宅院，边问。

荆红追道："北镇抚司的暗探传来消息，说刑部郎中左大人拿着文书，要提走万鑫。"

"左光弼？"苏晏琢磨道，"我成立专案组时，刑部就说如此大案，依律他们不能不参与审理，派了郎中左光弼来当副审官。我瞧那左郎中对案件的真相未必有多热衷，一双招子老在背后盯我，像是想找碴。公审大会后他更是拂袖而去，与光风霁月的御史楚丘一比，倒落了下乘——听说那两人还是好友？感觉有点奇怪。"

"大人不问万鑫有没有被提走？"

苏晏笑了起来："万鑫要是那么容易被刑部提走，我就去找七郎算账，问问他北镇抚司的锦衣卫是不是不中用了。"

荆红追十分佩服："都在大人的预料之中。北镇抚司把人扣得死死的，说锦衣卫只奉皇命，让刑部拿着圣旨来提人。左光弼争不过，大怒而去，还放言让北镇抚司沈柒等着刑部尚书王大人的弹劾奏本。"

"刑部尚书王提芮王大人……倒是个刚正不阿的强项仙鹤。"

苏晏想起在东苑，叶东楼一案中，自己被冯去恶设计成了嫌疑犯。王尚书讯问起他来，不讲情面只认证据，谁的面子也不给，把豫王也一并当作了嫌疑犯来审，那叫一个执法严明。

像那种人，不大可能去做卫家手里的刀。也许背后另有什么内情，是他所不知道的。

"无论如何，绝不能把万鑫交给其他人。哪怕太后懿旨来，我也要搬出皇爷之前给专案组的圣旨据理力争。"

二月十四，万寿圣节，雨过初晴。吉神宜趋：岁德，天恩，天贵，大明。

帝临奉天殿。朝臣诣阙称贺，行三十三拜礼，捧觞祝皇帝万寿。皇帝赐百官茶汤。

贺寿过程庄重而不冗长，主要还是因为景隆帝并不注重繁文缛节，将前朝的仪式简化了许多。

主体仪式过后，便是各自献礼的时间，官员们也明显放松了不少，纷纷将寿礼呈上。

自从前几年有个外官拍马屁拍到马腿上——他进贡了一棵一丈多高的东海红珊瑚树，被皇帝责问"为采一树，伤亡海人几多"，以致被巡抚御史扒出其搜刮民脂的罪行丢了官，之后就再也没有人敢争献奇珍，以免引火烧身。

上好儒雅，故而百官所献寿礼多是以诗词歌赋、书帖丹青为主。内侍分门别类收了。

苏晏的寿礼也在其中，是一本几近失传的古曲谱，就放在"乐"那一列。除了有计划地整人和被攻击时疯狂反击之外，本质上他是个不爱出风头的，递完乐谱后就默默回到队列里。

待到众臣送完了寿礼，皇帝下旨："送完就散了吧，万寿节按例休沐三日。二月十七再上朝。"

蓝喜被这话提醒，左顾右盼后，碎步走到皇帝身边，低声禀道："太子殿下还未到。"

皇帝看了看天色："这都快午时了，他还没来，看来是不打算来了。"

苏晏心悸了一下，觉得不对劲——如此重要的日子，朱贺霖为何没有到场？莫说身为太子，只身为儿子也不可能不给父亲祝寿啊！定是出了什么意外，把他绊住了。

此举万一被人抓住把柄，攻讦他目无君父，不臣不孝，那就麻烦了！

苏晏很是焦急，就想着早点散场，自己好去东宫找太子，若是不在宫里就去宫外市集上找，一定要让他赶在入夜前回来祝寿，哪怕私下磕几个头也好。

正在此时，一名内侍急匆匆小跑入殿，"扑通"往御前一跪，喘气禀道："皇爷，皇爷，小爷出事了……不是，是灾民出事了……"

景隆帝皱眉，沉声道："说清楚到底是谁出事，出了什么事！"

那内侍战战兢兢伏身，将事情一一道来。

原来就在今晨，义善局施粥后不过半个时辰，许多灾民就出现了呕吐、腹泻乃至发热抽搐的现象，个别症状严重的昏迷濒死。义善局是由太子牵头户部与兵马司，为了赈灾临时成立的，太子听闻此事后，当即出宫去了现场。

病倒的灾民数百之计，医师没有足够的人手进行救治，现场哭声与呻吟声响成一片。太子带着侍卫队伍到场时，有人叫了声"他是赈灾总理"，于是灾民们纷纷拥上前，攀扯马身求他救命。

东宫侍卫唯恐混乱中伤及太子，阻拦隔离时误伤了几人，于是灾民们的情绪更加激动。其他几处安置点的灾民听闻后也都冲了过来要说法，太子被围在恐慌愤怒的人群中，如陷沸汤。

其中一名侍卫匆匆赶回皇宫上报，当值的内侍知道事态紧急，不得已进殿禀报，冲撞了皇帝的贺寿礼。

景隆帝霍然起身，伫立片刻，又缓缓坐回龙椅，皱眉露出不快之色，说道："太子已经不是小孩子了，倘若连这点事都办不好，还能指望他什么？"

看样子，他是不想管这事了，只看太子如何摆平。

文武百官面面相觑，神色复杂地窃窃私语。内阁辅臣杨亭率先站出来，劝皇帝以太子安危为重，派兵前去镇抚乱民。皇帝沉默不应。

见此情景，便有几名朝臣出列，颂扬皇帝对太子的磨砺与考验乃是琢玉之举，十分圣明，反过来劝杨亭不可因妇人之仁，耽误了太子殿下的历练。

杨亭则反驳，琢玉也得用相应的工具，要控制好力道，否则就是碎玉了，坚持请皇帝下旨。

景隆帝冷淡地道："万寿圣节，普天同庆，百官献礼，太子献给朕的寿礼却是一场民乱，怎么，还要朕亲自领兵前去接收？"

杨亭被反问得无言以对，只能以太子老师的身份，替太子向皇帝谢罪，同时再次恳求皇帝以父子情分为重。

朝臣们你一言我一语，有说太子行事鲁莽，激发民变；有说太子生性机敏，相信他能处理好；有说事发蹊跷，灾民中有人借机生乱，须得派兵镇压；有说百姓先灾后病，如雪上加霜，得着紧征召大夫前去医治……

苏晏默默旁观，发现众臣从立场上隐隐分成了两派。

太子以前因为贪玩厌学，没少挨文官与言官们的骂，但昔日那般情况，与眼下显露出的苗头又有所不同——尤其是平日里与卫家走得近的那些官员，如今更是从皇帝的当下表现中汲取了力量似的，一个个话中有话，对太子的态度与其说是"谏过"，不如说是"攻伐"。

这时，因为身体不适提前回文渊阁休息的首辅李乘风闻讯赶来，在大殿上直接问皇帝："万一太子殿下有个闪失，陛下过了气头之后，可会后悔？"

景隆帝方才脸色微变地松了口，派锦衣卫前去救场，又指名苏晏："你既是白纸坊爆炸案的专案组负责人，灾民的后续安顿也应当多加关注，随锦衣卫去瞧瞧究竟是什么情况，再来回禀朕。"

苏晏本就想找个机会溜去看太子，这个口谕正中下怀，当即领命离开了奉天殿。

出了午门，他车也不坐了，快马加鞭疾驰往义善局。

义善局设在城西，毗邻几个灾民安置点。苏晏赶到时，见场院内乌泱泱一片人，有站的有坐的，有席地而躺的，到处是痛苦呻吟与啜泣声，院外还里三层外三层地围着许多人。

太子被包围在人群中央，正面对几名跪地的官吏说着什么，一身朱红色织金云龙曳撒格外抢眼。

苏晏见现场的人多归多，但并没有乱到不可收拾的程度，局面似乎已经控制住，不由得松了口气，排众而入。

"小爷！"他隔着人墙高声唤道。

朱贺霖闻声回头，看清他时仿佛整张脸都亮了起来，道："清河！过来，到我这边来，当心挤着。"

侍卫们让出条通道，苏晏走过去，先打量过太子："小爷没事就好。"又问，"消息传到奉天殿，皇爷命我来察看情况，锦衣卫随后会到。究竟是怎么回事？"

"你问他！"朱贺霖抬腿一踢跪在面前的男子，把他踹了个倒仰。

苏晏见那男子做佐杂官打扮，满脸汗水与泪水，脸色因恐惧而变得煞白，被踹后赶忙跪回去，筛糠似的发抖，话也说不清了。在他身后还有两名小吏，也是一副惊慌失措的模样。

周围灾民愤怒地叫起来："杀了他！杀了这个狗官！"

"谁能想到，外子在大爆炸中死里逃生，却没能逃过渎职的贪官污吏！"

"这些人都该千刀万剐，太子殿下可要为我等百姓做主啊！"

朱贺霖朝百姓们点头示意，又转向苏晏，解释道："我怀疑问题出在粥里，让医师检验，却没验出毒来。"

苏晏知道时下所谓的验毒，只能验出砒霜之类含硫的，其他毒素基本验不出。

果然朱贺霖又道："于是我便去仓库里检查存粮，发现全是霉变的陈米，都发黑发臭了，拿明矾水淘一淘，就煮成杂粮粥来赈灾。灾民吃这种玩意儿，不害病才怪了！我查过，户部下拨的赈灾米没问题，到了义善局就成了发霉的，中间定有人将米倒卖，再以次充好。"

他边说，边满面怒容，就连苏晏也心生义愤：看来这种发国难财的行为，无分古今，历朝历代都有。

"此人仅是个杂佐官，没这么大能力与胆子独自做下此事，背后定然有指使者。小爷我方才审问他半晌，他又是哭又是抖的，就是不肯交代，看来不给点厉害是不行了。"

说话间，锦衣卫队伍赶到现场，将整个场院团团围住。朱贺霖见了，心念一转，对那几名义善局的官吏道："再不说实话，送你们去北镇抚司，让你们尝尝诏狱大刑的滋味！"

那名官员像是惊骇到了极点，忽然就不抖了，抬脸看了太子一眼。

他面色惨白，衬得眼珠子极黑，目光中又有种难言的深意，看得苏晏心底一怵。就在这霎时间，那人突然朝太子重重磕了几个头，猛然起身。

侍卫以为他要暴起发难，连忙围成一圈护住太子，却不料他向斜刺里冲出去，毫不犹豫地跳进了院中一口水井中。

"投井啦！"人群中爆出了声惊呼。

苏晏叫道："快！快救人！"

侍卫们反应过来，其中两个水性好的，当即找来粗麻绳绑在腰间，吊着下到井中去救人，摸来摸去没摸着。

"那人怕是完全不会水，沉下去了。我潜下去再找找。"两名侍卫交替着潜下井底找人。

半晌后，其中一名侍卫浮上来，抹了把湿淋淋的脸，大声喊道："小爷，卑职没摸到人，却摸到个古怪的东西，要不要拉上来看看？"

朱贺霖往井口探身："什么古怪东西？"

"不清楚，摸着像柱子，竖立着，半截埋在泥里。"

"柱子？"朱贺霖转头看苏晏，苏晏回以疑惑的眼神，于是太子下令，"那就拉上来看看。"

侍卫又潜下去，将粗麻绳紧紧绑在那东西上，井外一队人用力拉，颇费了番工夫，总算将那东西拽出水面，一点点拖出了井口。

原来是根一人多高、汤盆粗细的石柱，不知在井底待了多久，表面积满水垢，隐约看出上面有凌乱的凹痕。

侍卫们继续捞人，太子绕着横倒在地的怪异石柱转圈研究，越发觉得凹痕有"说法"，吩咐手下："用小刀把上面的脏东西刮干净。"

不多时，水垢与藻类被刮除得七七八八，石柱上的刻痕显露出来，像是几个古意盎然的字迹。

朱贺霖让人竖起柱子，把切割开的字连起来，读道："刀口日亡天下……什么意思？"

这件横生枝节的怪事，苏晏总觉得味儿不对，有种似曾相识的套路感。他还在寻找这种感觉，周围的人已经七嘴八舌地讨论起来：

"'刀口日'是哪一日？日干支里有这个？"

"什么'亡天下'，听起来就不吉利。"

"你们说这柱子到底怎么来的？这口井用了好几十年吧，可从不知道底下还埋着这东西。"

"谁知道呢，也许是老天爷安排的。"

苏晏打了个激灵，知道这种感觉是什么了——造反的神棍惯用的谶言，一种方式是童谣，另一种方式就是依托异物。

群策群力，很快有了突破点，一名东宫侍卫灵机一动，叫道："'刀口日'合起来，不就是个'昭'字吗？'昭亡天下'，这莫不是说，姓昭的人会是灭亡大——"

他突然噤声。

朱贺霖皱眉瞪他："什么意思？你给小爷说清楚！"

那名侍卫死命摇头，不敢再多说一个字。

民众中有人琢磨道："这位兵大爷的说法挺有道理……除了姓昭的，也可能是名字里带'昭'的……"

名字里带"昭"？朱贺霖不知想到了什么，脸色大变。

"小爷在想什么？"苏晏问他。

朱贺霖连连摇头，吩咐侍卫扯匹布来将石柱裹上捆好，放在马车上带回宫去。

那名官员的尸体从井底被打捞出来。死人不会做证，底下的小吏们又一问三不知，以次充好、倒卖赈米的黑手只能再想办法去查。当务之急还是救治生病的灾民。

好在锦衣卫人数众多，分批去请大夫、买药材、架大锅熬药。甘草解毒汤一碗碗分发下去，大多数中毒灾民的病情得到控制，症状开始减轻，性命无碍了。

朱贺霖松了口气，又尽心安抚了一通民心，说回头就让户部送一批新米过来，并承诺定会彻查此事，将所有犯罪者包括官吏绳之以法，才在灾民们的感激声中离开义善局。

苏晏与太子策马并肩而行，一路上都在沉思。

这下轮到朱贺霖问他:"你在想什么?"

苏晏摇头:"暂时说不清,总归不是什么好预感。今天这件事蹊跷得很,我只怕不仅是事里藏事,更是局里有局。"

朱贺霖说道:"小爷也觉得不对劲。且不说赈米,就说这莫名其妙的石柱,还有上面更加莫名其妙的字迹,'刀口日亡天下'……'昭亡天下',你知道我想到了谁?老二,朱贺昭。"

苏晏忽然勒马,看着朱贺霖,神情难以言喻。

朱贺霖被他看得心发慌,问:"怎么了?我的确是忍不住这么联想的啊。"

苏晏嘴唇翕动了几下,最后低声道:"小爷,你听我一句劝。把那柱子毁了吧,回头千万别提这事,尤其是在皇爷面前。"

朱贺霖愣了愣,反问:"为何?再说,这事在场所有人都看见了,千人千嘴,我不说,别人就不会说了吗?"

"犯不着,小爷,真的。"苏晏用力握住了他的胳膊,"我说句掏心窝的话,这不是以毒攻毒,而是个要命的昏招!你若是事先问问我的意见,我会坚决反对。这种手段,能管一时,不能管一世;能瞒过天下人,瞒不过皇爷。"

朱贺霖终于回过味来,大怒:"你以为这事是我设计的?"

不等苏晏反应,他气得一鞭狠狠抽在马臀,扬尘而去。

被太子的马蹄扬了一脸灰,苏晏臊眉耷眼地擦完脸,并不想追上去,就溜溜达达地往前走。

不多时,见前方一骑绝尘而来,竟是去而复返的朱贺霖。

朱贺霖在他身旁勒住缰绳,仍是顶着一张气鼓鼓的脸。苏晏干笑一声:"小爷还在生我的气哪?是我出言不逊,以下犯上了,我向小爷赔罪。"

朱贺霖用马鞭不轻不重地抽了一下苏晏的大腿,在他"嗒"的呼痛声中,脸色缓和了些,闷声说道:"你才不是出言不逊,你是出言试探。出了这种事,你第一个怀疑的是我,我知道为什么。"

他素来脑子活泛,负气之下飞驰出去后,被风一吹冷静下来,觉得应该和苏晏说个明白,便当机立断地回头了。

苏晏也收敛了假笑,正色道:"因为这种事流传出去,很容易被传成个矛头直指二皇子的谶谣。百姓多迷信,哪怕不迷信的,也多少抱着'宁可信其有,不可信其无'的态度。任其发展下去,对二皇子的声誉是个大打击,甚至可能引发朝野上下人心动荡。这一点,太子心里肯定清楚。"

朱贺霖点头,又不甘地补充了一句:"真不是我安排的。"

苏晏道："可谁会听小爷的辩解呢？毕竟你是第一受益人。当一件事、一个案子发生，受益者会首先成为怀疑对象，因为他有动机，怀疑他是人之常情。就连我，与小爷不可谓不亲近，第一个反应也是'莫不是小爷近来因被皇爷冷落而心生郁闷，又受了红莲童谣的启发，学了不该学的手段'？"

"我的确郁闷，并且绝对不想和老二讲什么谦让。"朱贺霖断然道，"但就算这手段再奏效，我也不稀罕用！"

苏晏问："为何？"

朱贺霖满脑子想法一时没想好如何表达，最后憋出了句："装神弄鬼的伎俩，像条冷冰冰的蛇，恶心死了。"

他从小喜欢各种带皮毛的动物，尤其是皇城西苑里豢养的虎、豹，还有狩猎用的犬，而对蛇、蜥蜴等爬行动物十分不喜，能用这个来比喻，可见深恶痛绝。

苏晏朗声大笑，末了拱手，端端正正地行了个礼："臣为自己的怀疑与试探，向太子殿下赔罪。"

朱贺霖心里已经释怀，却仍板着个脸，威胁道："下不为例。日后要是再怀疑小爷——哪怕只一丁点，小爷就用这个——"他扬了扬手里的马鞭，"狠狠收拾你一顿。记住了？"

苏晏丝毫不怕他，笑道："记住了，记住了。"

朱贺霖这才彻底息怒，"哧"的一声也笑了。他掉转马头，继续与苏晏并肩而行。

而苏晏似乎并不打算让这件事过去，仍在琢磨：石柱谶谣既然不是太子所为，那就是另两种可能了。第一，是卫家的政敌或太子的支持者，受了真空教的启发，以彼之道还施彼身。第二，就是真空教自己做下的，目的是嫁祸太子，陷他于不义。如果真是这样，看来二皇子在他们眼中，也不过是个可以随时牺牲掉的工具。

无论是哪种，最关键的是，得要皇爷相信太子与此事无关。

这事要是发生在坤宁宫大火之前，苏晏相信皇爷定然会维护太子，可如今这对父子之间似乎生出了嫌隙。皇爷对此会是什么反应……眼下连他也说不准了。

苏晏默默叹口气。

朱贺霖仿佛猜到他心中所想，反过来安慰道："别担心，我会将此事照实禀报父皇。清者自清，父皇会相信我的。"

两人回到皇宫，侍卫们在太子的吩咐下，将装载着石柱的马车停靠在外廷，同去养心殿旁的南书房面圣。

走在宫道时，他们与一名锦衣卫首领迎面遇上，那人立刻退向道旁行礼："太子殿下千岁。"朱贺霖问："从南书房出来的？"那人说："是。"朱贺霖点点头，继续往前走。

"今日之事，父皇想必都知道了，而且细节之处比现场的人也差不离。"等到那名锦衣卫走远，朱贺霖停下脚步，转头看苏晏，"你说，父皇会信我吗？"

苏晏道："小爷是什么性情，皇爷比我更清楚。回头问起来，小爷无须为了避嫌而掩饰什么——但记住只说见闻，至于所有的推测、猜想统统不要提。"

"为何？"

"怎么说呢……倘若言辞也是一场战争，先暴露自己的意图或底牌，就等于先暴露了己方阵地。"

朱贺霖苦笑了一下："近来我在父皇面前都有些不会说话了。以前我只以为我们是父子，如今才恍然发觉，'父子'之前，尚有'君臣'。唉，帝王家，怎么就不能像平民家一样呢？"

苏晏想来想去，最后只回答了一句："西夷有句谚语——'欲戴皇冠，必承其重'。"

朱贺霖回味片刻，缓缓点头。

到了南书房，景隆帝没有马上召见，两人就在殿门外候着。

不多时，几名锦衣卫合力抬着那根石柱过来，就立在阶下的空地上，掀开柱身上裹覆的布，然后在场地外侧列队站好。

两人走过去，在明亮的光线中再次仔细打量石柱，见柱身两端的夔牛雷纹被斑驳的藻痕覆盖，显得中间被清理出来的字迹刻痕也十分古老。

"做旧的手法还挺老到。"苏晏嘀咕。

"那么你觉得是什么人的手法？"背后有个声音蓦然响起。

苏晏吓一跳，回头见景隆帝不知何时出了殿，就站在他们身后，连忙见礼。

"臣不过随口说说，现下也是一头雾水。"他谨慎地回答。

皇帝又问："如若不是人为，那就是天意了？"

朱贺霖忽然开了口，决然道："儿臣并不认为是天意！"

皇帝将目光转而望向他："哦，太子怎么想？"

苏晏把手藏在衣袖里，悄悄扯太子的袍角，示意他先打个太极，不要表态。

但太子仍继续说道："父皇可还记得，真空教借童谣四处传播谋逆流言之事？儿臣觉得，今日石柱之事与其异曲同工，很可能出自同一人的手笔。"

苏晏暗叹，上前一步正欲开口，皇帝对他道："苏晏，你先去书房等朕。"

可他总归还是有些不放心太子这边，犹豫着想找个借口留下，皇帝的声音沉了下来："苏少卿——"

苏晏知道圣意已决，只得拱手道："臣遵旨。"他深深地看了朱贺霖一眼，步上台阶，进了南书房。

皇帝对太子道："你继续说。"

太子将视线从苏晏的背影上移回来，说道："今日之事，始于赈米调包，当事官员已投井而亡，死无对证，但儿臣觉得还得继续查下去。户部拨的米，经过几道关卡？接手的人分别是谁？哪道关卡可能有疏漏，或是弄出了不寻常的动静？那名官员有什么背景，平时与哪些人往来？如此逐一追查，定会有所发现。"

皇帝颔首："说得不错，确实有长进了。继续。"

"将赈米调包之人，定然也与这根石柱有关。不然那名官员为何要当众自尽？为何偏偏选择投井的死法？仿佛……就是为了用自己的性命引出这根石柱似的。"

皇帝叹道："是啊。他为何偏要选择投井，且明知必死，投井之前又为何要向你磕头呢？"

朱贺霖愣住。惊惶求饶时，磕头之举并不突兀，故而他当时并未留意，如今听皇帝提起，才依稀想起来。确是如此，那官员既怀死志，又何必磕这个头？

"他是在表明心志，还是在交代遗言？"皇帝追问。

太子茫然答："我……我不知道。真不知道……"

皇帝进而逼问："他的遗言是什么？是不是在恳求'君命已行，万勿祸及我亲属族人'？"

太子猛地后退一步，愀然变色："父皇这是在——这是在审讯儿臣？！"

"真要是审讯你，按律交给刑、寺、院三司，他们若是不敢审，还有锦衣卫北镇抚司，何必朕亲自来问？"景隆帝深吸口气，像是按捺着心中怒火，声音低沉而威严，"朕来问你，是还把你当儿子！你却来反问朕，是不把朕当君父了？"

众目睽睽之下，小爷挨了皇爷前所未有的严厉申饬，在场的内侍无不屏息低头，把腰身心惊胆战向后拱，就连锦衣卫们也眼露惊疑。

话说到这份上，太子只得跪地请罪，求父皇息怒。

皇帝叹道："贺霖啊贺霖，从小老师们教你圣人之道，你却对念书毫无兴趣，就算拿起书册，不是话本就是兵书。如今恶果终显，没学到'己所不欲，勿施于人'，倒把'以彼之道，还施彼身'学了个十足十。"

"父皇这话的意思，莫不是早就知道先前关于儿臣残暴不仁的谣言，是从哪里流出来的？不然何来的'以彼之道'！"太子双目圆睁，惊怒地反问，"父皇明知真相，却不为儿臣主持公道，将传播流言者依律处置，反而任由他朝儿臣一次又一次地使明枪暗箭？"

皇帝俯身，伸手捏住了太子的下颌："你口中的'他'是谁？你的弟弟？他还不到两岁，你就这般容不下？'刀口日亡天下'，好啊，书也没有完全白读，至少还知道前朝是如何覆灭的！"

前朝统治暴虐，天灾人祸，民不聊生。朝廷强征民夫修治黄河决口，结果民工挖河时，挖出了一个独眼石人，身上刻着一句话："莫道石人一只眼，挑动黄河天下反"。此谶谣一出，当即传遍天下，百姓纷纷响应，涌现出好几支起义队伍，举起了反抗朝廷的大旗。

事后有人考证，认为独眼石人就是第一支起义军的两名首领埋下的，讲究的是"天降异象，师出有名"，而天下百姓也都吃这一套。虽然这两人所率起义军并未成功，却成为朝代更迭的吹哨人。大铭太祖皇帝也因此从布衣寒微中崛起，平荡乱世，最后一统天下。

无数前车之鉴，使得皇帝们对于谶谣与异象极为敏感。还有不少皇帝热衷表彰与制造"祥瑞"，为的就是证明自己是顺应天意的正统，行的是天道。

同样，对利用谶谣与异象挑动民心的势力也就倍加深恶痛绝——这就是开国之初，真空教被太祖皇帝下令取缔，教主遭朝廷剿杀的原因之一。

太子从"前朝覆灭"四个字中，听出了事情的严重性，知道此事触及了皇帝最厌怒的那个点。他含泪大声道："儿臣没有！他们用这种鬼蜮伎俩对付儿臣，儿臣即使再愤愤不平，也从不曾想过以牙还牙，因为儿臣同样痛恨与不齿这种伎俩。父皇为何不信儿臣？"

说到最后，他眼中那滴摇摇欲坠的倔强的泪终于落下来，滴在皇帝的手指上。皇帝像被烫到似的皱了皱眉，收回手，语气缓和了些："既然你这么说了，朕给你个自证清白的机会——你说这件事是真空教所为，那就把罪魁祸首绑到朕面前来，一问便知真相。"

缉捕真空教教主？天下之大，芸芸众生，人在何处？太子在极短暂的错愕后，眼中放出坚定而锐利的光芒，铿然道："儿臣愿担此重任，必不叫父皇失望！"

"别说得好像朕委以重任似的，你在朕这里可还没洗清嫌疑。"皇帝泼了他一盆凉水，"昭儿那边，为了避嫌你就不要再去看他了。今天这事传开之后，朝野内外必有对他不利的流言，你要想办法去制止，倘若任由流言蔓延，朕就默认是你的授意。"

太子心里难受极了，却不得不接受这苛刻的条件。

皇帝在转身前又道："另外，别什么事都拉着苏晏，他自己的差事都忙不过来，更没空给你收拾残局。"

皇帝回到了南书房内，太子还跪在阶下不动。富宝从藏身的廊角小跑过来，扶他起身："小爷从天没亮忙活到现在，一口食水都还没进呢，奴婢让小厨煲了滋补汤，要不这就回宫去？"

太子仿佛没听清他说了什么，神色有些迷茫。

富宝掸完他膝盖处的灰，担心地问："小爷的脸色不太好，没事吧？"

"没事。"太子望向紧闭的殿门，"清河还在里面……"

"唉，小爷，您先顾着自己吧。"富宝劝道，"苏大人向皇爷回完话，一会儿就出来了。奴婢让人守在殿门外，苏大人一出来，就请他去东宫。"

太子想了想，摇头道："不必了。父皇最后一句话分明在警告我，别把清河拉下水。父皇考虑得对，这事搞不好要弄得满城风雨，我不能连累他。"

他又看了一眼殿门，转身走了几步，喃喃自问："我的贺寿礼还没送呢，父皇就一点儿也想不起来？"

富宝的眼眶忽然就湿润了，强忍着鼻腔酸涩，说道："皇爷现下许是太忙，小爷要不等入夜后再去养心殿请安送礼？"

太子闭了一下眼，又迅速睁开，挺直腰身，拿出了连最啰唆的礼部老大臣都无从挑剔的仪度，向东宫走去。

南书房内，苏晏从打开一条缝的窗户往外窥视院中情况，并竖着耳朵努力偷听。这举动失礼得很，但他毫不在乎殿内宫人们的眼光。

见皇帝拾级而上，他连忙回到座位端正坐好，端起茶杯，假装气定神闲。

皇帝进入殿内，苏晏立刻放下茶杯，起身行礼。皇帝叫他坐下："继续喝你的茶。"又吩咐宫人，"给朕也上一盏加橄榄的松萝。"

宫人们忙将备好的普洱换成新沏的松萝，皇帝挥挥衣袖，示意他们都退下。

"在窗边偷看了？"皇帝问。

苏晏不好意思地笑笑："什么都瞒不过皇爷。"

"朕猜的。依你的性子，牵挂这个，牵挂那个，谁也放不下，还能放得下太子？"

方才隔得远了，听不大清楚，只见到太子下跪，想是皇帝动了怒。这会儿从皇帝的脸色里又看不出所以然，苏晏讷讷地答："臣身上尚有东宫侍读一职，对小爷尽职是本分。不过，无论是侍读还是少卿，首先是皇爷的臣子，自然是先紧着皇爷这边的差使。"

"滑头！"皇帝哂笑，转了话风问，"肩头的伤如何了？听说你回去后发热，躺了两天。"

"结痂了。一点皮肉伤不碍事。发热也是因为落水受寒，喝点汤药就好了。"

"一大早就进宫贺寿，又出宫忙活了大半天，饿不饿？"

苏晏是真饿，但又不好意思说饿。皇帝笑笑，唤内侍取来两盘点心，让他配着热茶吃。

咬了几口茶香浓郁的龙井酥，苏晏抬头看站在面前的皇帝，有点尴尬。

"皇爷……"他拈起一枚递过去，"要不您也用一块？"

皇帝含笑摇头，回到御案后的龙椅上坐下，随手拿了个奏本翻阅，执笔批朱。

这个举动大为缓解了苏晏的尴尬，他快速吃完一盘点心平息饥火，用帕子擦干净手上的碎屑，指着另一盘点心道："太子殿下同样忙活了大半日，不若皇爷也赐他一盘？"

皇帝眼皮不抬地回答："放心，东宫什么都有，堂堂太子还能挨饿不成？"

太子自然是不会挨饿的，但在受训斥后，若能得到父皇所赐之物，哪怕是微不足道的一盘点心，也算是一种安抚。

显然皇帝并没有要安抚太子的意思。苏晏不死心，又道："臣之前赶到义善局，见乱势已平，太子殿下亲自安抚民众，就连当面冲撞了他的几个百姓也不曾见责，这般宽宏度量定是继承了皇爷的。"

"也不一定，许是继承他母亲呢。"皇帝淡淡道，"朕讲究的是赏善罚恶，可不是什么时候都宽宏的。"

拐弯抹角地说情失败，皇帝似乎铁了心要敲打太子，苏晏无可奈何，只能暂时作罢。

皇帝却不打算善罢甘休，把奏本一搁："你这太子侍读当得真是尽职尽责，时时刻刻把他记挂在心。不如说说，朕这个大儿子，你觉得如何？"

——感觉又是一道送命题啊！说太子有多好，皇帝听了未必高兴，可要是说太子不好，又落了这位当爹的面子。同样，说他勇，有黩武之嫌；说他智，暗指其有心机；说他仁……这不是讽刺刚骂过太子的皇帝吗？

我这官儿当的，真是太难了。苏晏心念数转，从容地回答："太子殿下是个实诚的孩子。"

"太子可不把自己当孩子，总想着证明给朕看，他已经是个能与朕分庭抗礼的成人了。"

"分庭抗礼"这个词用得微妙，苏晏忙道："太子与天底下任何一个想向父母证明自己的少年并没有两样，再怎么努力，也不过是为了得到父母的一声赞许罢了。"

皇帝面上似笑非笑："说来说去，你心里还是向着他。也难怪，岁数差不离，总归更加聊得来。"

苏晏讨好地答："岁数是差不离，性情差得有点多，太子直爽，臣又经常不识抬举，惹怒太子是常有的事。好在太子大度不计较，气过后也就算了。非要说臣心里向着谁，那当然是我大铭的江山社稷，臣时刻不敢忘记家国。"

回答倒是无懈可击。皇帝微嘲地看着苏晏，说道："朕即江山。"

苏晏只能顺着皇帝的话头："那要这么说，臣一片丹心的确全是向着皇爷的。吾皇万岁万岁万万岁。"

每天不知要听多少遍"万万岁"，怎么从他嘴里说出来，就听着这么别扭？皇帝用难以言表的神情看苏晏，招了招手："过来。"

苏晏放下茶杯，有点忐忑地走到御案前面。

"再近点。"

苏晏又挪近了些，肚子都要抵着桌沿了。皇帝拿起桌角的一本奏章，塞进苏晏手里："把这奏章念给朕听。"

苏晏打开奏章，断断续续念了几行，诧道："是弹劾我的？说我与隐剑门有瓜葛，自编自演了真空教的谋逆谶谣，伪绩邀功……放他娘的狗屁！"

皇帝惩戒似的一奏本敲在他脑门。苏晏捂着额角"嗷"的一声痛呼，连忙谢罪："臣失言，不该在君前秽语。"

皇帝又拿了三四本奏章，往他手边一丢："都是弹劾你的。"

苏晏逐一浏览，发现弹劾的罪名五花八门，从佞颜媚上到党同伐异，甚至还有一本骂他故意住在小宅子里，也不雇仆役，是假以清廉来沽名钓誉。

苏晏刚开始还气得不行，越看越觉得荒谬，到最后几乎看笑了："这些——都是什么狗屁玩意儿？"他不屑地撇了撇嘴角，"对不住皇爷，臣又没忍住爆了粗口，有污圣听。"

皇帝却道："其实朕有时也想这么骂骂人，只是碍于君仪，不好骂出口而已。"

苏晏问："皇爷拿这些奏本给臣看，是希望臣有则改之，无则加勉？"

皇帝指了指另一侧桌角："看那边。"

苏晏转头去瞧，见厚厚的一摞奏本，足足有十几份，有点震惊："全都是骂我的？不会吧……我有这么讨人嫌？"

皇帝失笑："不，那些是弹劾诸位阁臣的。尤其是首辅李乘风，一人独占了半数不止。"

"阁老也挨骂？"

"朕都挨骂，阁老如何不挨骂？从我朝建立至今，历任首辅无论功绩多少、为人如何，就没有一个没挨过骂的。"

"所以，皇爷是想告诉臣，被弹劾不要慌，有人骂我，我再反骂回去就是了，而且要比他们骂得更凶残，罗织的罪名更严重？"

"胡言乱语！"皇帝佯怒又要拍他脑门，眼里却带着笑，"朕是想告诉你，该怎么做就怎么做，不必因为受人弹劾而自乱阵脚，或是投鼠忌器。这些奏本，只有朕批个'准'字才是奏本，否则它们就是一堆废纸。"

苏晏怔住。

"记住，朕是擎天之柱，有朕在，天塌不下来。"

苏晏再一次深刻地感受到这句话的分量，不仅是对国家、朝堂，更是对他这个艰难跋涉于激流中的臣子。他忍不住眼眶泛红，刚想说句衷心感谢的话，殿外依稀传来声响，似乎有人在尖声唤着什么。

又一声更加清晰的叫声，隔着殿门传进来，是蓝喜公公的尖细嗓子："皇爷！太后来了，懿驾已至庭下——"

太后？景隆帝与苏晏均是一怔。

太后喜静，常居慈宁宫，不太经常到处走动，顶多就是召些和尚、道士进宫说法传道。养心殿她偶尔会去，御书房却是第一次来，且还来得如此急促，连声招呼也不打，想必是有的放矢。

景隆帝略一思索，对苏晏道："眼下你不宜面见太后，先避一避。"

苏晏巴不得。他甚至怀疑太后一见了他，会二话不说命人将他拿下大刑伺候，为卫家出口恶气。他当即领命躲到了书房深处，藏身在一道垂幔后面。

殿外，太后的声音依稀传进门扉："……把皇帝独自撇在书房，你们这些奴婢却在外头躲懒，是什么道理？"

在宫人们不甚清晰的解释声中，太后不悦地提高了声量："政事再怎么要紧，皇帝身边也不能没人伺候。打开殿门，我有事找皇帝……你们谁敢拦？"

门开了，一道人影逆光步入，身后的宫人们紧接着又将殿门关闭。

太后走到了书房门口的屏风处，皇帝拂袖将案上的奏本扫在地上，假意发怒："说了不要烦朕，让朕一个人清净清净，你们却在外头百般喧哗，是想抗旨？"

"是我。"太后的身影从屏风后转出，身后跟着两名贴身宫女。

景隆帝面露意外之色，站起身来，行礼道："原来是母后来了，母后万安。"

太后看着御案附近一片狼藉，奏本、笔砚等散落满地，一方面怀疑依皇帝的性情，不至于发这么大的脾气；另一方面想到庭下那根石柱，又觉得皇帝火发得在她意料之中。

"皇帝，政事再棘手也不值得动怒，保重龙体啊。"

"多谢母后教诲，儿子知道了。"

太后颔首请他落座，自己也拣了张御案下首的圈椅坐了。

皇帝道："母后有事吩咐儿子，派人来传个话便是，何至于劳动玉体。"

"吩咐谈不上，就是听到些流言，想向皇帝求证。方才我在庭下见到那根立起来的石柱子，看来证据确凿了。"

皇帝垂下眼皮："母后所指的流言，莫不是今早才发生的义善局那件事，竟如此迅速就传进了慈宁宫？"

太后当然不好直接说，卫贵妃抱着孩子哭哭啼啼地来求她做主，说话间，明里暗里地将此事的幕后指使者指向太子。太后本就格外偏爱小孙儿，如今越发怀疑太子气量狭小无法容人，故而使出这等毁人根基的伎俩，丝毫不顾念兄弟情分。

太后自己有两个儿子，二人相处并不算太融洽，使得她将兄弟情分看得尤重，石柱之事若真是太子所为，那便是犯了她的忌讳。

"别管我是怎么知道的，先说说，这事你打算如何处置？"

皇帝答道："母后放心，此事儿子定会妥善解决。"

太后没得到满意的回答，霍然起身，一步步走到皇帝所坐的御椅旁停住，疾言厉色："皇帝对太子溺爱了十五年，如今还打算继续下去吗？他才这点年纪，就已强横霸道得容不下幼弟，将来大权在握时，岂不是要祸起萧墙！"

皇帝皱眉："母后未免有些担心过头，贺霖……不至于。"

太后说："他不像你！我一直就觉得，他不像你，无论长相还是性情。长得倒是颇似几分他娘，可性情却自成一家。你对待弟弟如何，这些年母后都看在眼里，不管城儿心里如何

269

不满，母后都站在你这边，始终不置一词。因为母后知道，你断不会害他。"

皇帝轻叹："可四弟不信朕。朕禁锢了他十年，摧毁了他最为重视的自由与征战沙场的雄心壮志。他怨恨朕，也是情理之中。"

"你是替我担了这份埋怨，母后心里清楚。"太后的语气柔和了下来，伸手去抚摸皇帝放在御案上的拳头。皇帝的拳头紧了紧，似乎想收回去，但又松弛了。太后接着说，"当年大潼险些兵变，我唯恐城儿被军心挟持，干出糊涂事，也担忧你疑心他、防备乃至制裁他，这才装病，让你召他回来侍疾的。"

皇帝沉默片刻，道："朕还记得母后当时说的那句话。记了十几年。"

太后点头："是，我说过——我不要一个死了的名垂青史的亲王将军，只要一个活着的儿子。

"城儿十二岁跟随先帝出征漠北，六年来历经大小战役无数，几度险死还生，身上每添加一道伤痕，就像用刀尖在我心底也狠狠划了一道。善泳者溺于水，自古至今，哪有一辈子的常胜将军？将军百战死，马革裹尸还，我有多少次从噩梦中惊醒，冷汗涔涔，仿佛见他的每一面都是最后一面。这种折磨，我实在是无法忍受，才借着军中哗变的机会，让你召他回来。"

皇帝微微摇头："若非朕放心不下他手中的兵权，也不会强硬地将他圈在京城，所以不能说是替母后担了他的这份埋怨，而是朕该当的。"

太后欣慰地拍了拍皇帝的手背："城儿虽然心里有怨气，但还是识大体、重大局的，你们相安无事，就是母后最乐见的。可换作是太子呢？幼弟尚且牙牙学语，他就恨不得除之后快，如此性情暴虐、心胸狭窄，非人君之德——皇帝，你好好考虑考虑。"

考虑什么？是如何教诲太子，还是再斟酌国本，太后没有明说。

但皇帝听出了言下之意，再度沉默。

藏身垂幔后的苏晏也听明白了，太后对太子的不满已经累积到相当的程度，哪怕二皇子只是个天赋与性情尚且不得而知的幼童，也不能影响她心里天平的偏移。

除此之外，还有一件事令他诧然——圈着豫王不肯让他领兵的原因，除了皇帝无可避免的戒备心，更多的竟然是因为太后的爱子之心！

豫王因此始终怨恨着他的兄长，却不知背后一锤定音者另有其人。

而太后，这十年间眼看着豫王对皇帝诸多非议与挑衅，看着豫王寻花问柳、浪荡度日，却始终不发一言解释，究竟是为了成全自己一个母慈子孝的人伦之乐；还是觉得既然是儿子，一个替母亲担责、一个使母亲得偿所愿，都是天经地义？

与豫王喝酒时，苏晏曾听他随口提过，说他一直以来就觉得母后偏爱皇兄，不知为何，皇兄却觉得母后偏爱的是他。两兄弟幼年时因此没少争过嘴。

可从眼下的情形看，连苏晏也有些迷糊了——太后真正心爱的，究竟是谁？

或许这种"爱"，就是一个母亲能控制子女的最强大的力量。

苏晏默然不动，心情忽然变得低落，也不知是为了谁。

皇帝终于开了口："朕会仔细考虑。母后辛苦，早些回宫歇息吧。"

太后知道她这个大儿子生性沉稳，从不随口应承，便放了一半心，临走前又道："殿外那根石柱，看着就一股子邪气，不是什么好东西。我让人将它砸碎扔进河里，再请两位大师来作作法，消一消这宫中的妖氛瘴气。"

苏晏自嘲一笑：在太后心里，"一股子邪气""不是什么好东西"的，除了太子之外，大概也包括非要和卫家干仗的他吧。

终于挨到太后离开，苏晏从垂幔后出来，朝皇帝伏地告罪："臣失礼至极，擅自听了太后与皇爷的私语。"

皇帝起身去扶他："是朕允准的。"

苏晏恳切道："皇爷宽仁，臣谢恩领受。只是臣还是要多一句嘴——外面那根柱子，连同牵连出的一串后续与内幕，才是棘手的大事，不知皇爷心里是否有数？"

皇帝注视着他，问了句："你信不信朕？"

苏晏想了想，认真地回答："信。"

皇帝淡淡一笑："那就继续信。"

出了御书房，苏晏犹豫着要不要去一趟东宫，看望挨了训斥的朱贺霖。且石柱谶谣这件事必须妥善解决，他也想问问太子心里有何计划，但又担心自己现在身处旋涡，去了反而会给对方带来麻烦。想必太子也需要时间消化今日之事，自己还是先回家，回头找富宝传个口信，再约碰面的时间与地点好了。

今日是二月十四，一波三折的万寿节。

休沐三日后，二月十七日的朝会上，他准备对明面上的部分敌人主动出击。

第十一章

花魁阮红蕉

咸安侯府。

鹤先生从回廊走来，见一名侯府婢女候在他房门外。

此外还有一位身穿白绫袄儿、蓝缎裙的女子凭栏而立，似乎正欣赏着院中的那棵大樱花树。她乌云般的发髻上珠翠堆盈、凤钗半卸，光是婀娜的背影就足以令无数男子想入非非。

但鹤先生的目光只在她身上一扫而过，眼神淡然得就像扫过一块石头。

婢女福了福身，说道："先生安好。这位是从永宁宫来的阮姑姑，奉娘娘懿旨，来与先生议事。"

鹤先生点头，温和地答："我知道了，辛苦姑娘久候，你去吧。"

婢女脸颊微红，福身告退。

"不知贵妃娘娘派阮姑姑来，要与我商议什么？"鹤先生招呼背对着他的女子。

那女子款款转身，含笑而视，端的是眉如柳叶唇如樱，杏仁眼儿芙蓉面，虽不比卫贵妃的娇艳无双，却又更添一股风情与意蕴。

"先生要与奴家在廊下谈事？"女子说话时语调柔美，尾音微颤，像一道勾人的滑弦。

鹤先生垂目凝思了一瞬，打开房门，做了个请进的手势："姑姑请。"

阮红蕉进了门，与他分宾主落座后，方才说起正题："奴家奉娘娘之命来见先生，此为娘娘的鸾凤璎珞，请先生惠鉴。"

鹤先生接过来仔细翻看，的确是卫贵妃常悬于腰间宫绦上用以压裙幅的璎珞串，与他见面的那几次，也都挂着。

他将璎珞串还给阮红蕉，阮红蕉却故意不接，接着道："娘娘想问先生，可知昨日义善局井中出石柱之事？"

鹤先生将鸾凤璎珞放在茶几上，点燃小炉里的檀香，在氤氲升起的白烟中从容地答："此事一夜之间传遍京城，市井间不少流言称其为天降异象，暗指二皇子乃是不祥之人，将来会给大铭带来灾祸。想必娘娘听闻后，凤体不安。"

"可不是，娘娘急得一宿没睡好。"阮红蕉说，"那石柱虽已在太后的授意下砸碎沉了河，但流言难断，恐大为损害二皇子声誉。二皇子还只是个稚童，何以要承担如此恶名？娘娘想不通，让奴家来找先生，询问此事究竟是不是人为？有何解决之道？"

鹤先生亲手为阮红蕉沏了茶，待她端杯啜饮后露出满意之色，方才说道："娘娘信它是天意，那就是天意；当它是人为，那就是人为。"

阮红蕉莞尔一笑："奴家是俗人，先生与我打机锋真个叫对牛弹琴。先生的话，奴家是否可以理解为是人借天意行事呢？"

"姑姑真是天生慧根。"

"娘娘说先生睿智，可知此事何人所为？"

鹤先生道："我想娘娘心中已有怀疑对象，实不必再来问我。"

阮红蕉轻叹："先生果然万事在心。娘娘说，那石柱是被太子发现的，毁了二皇子的名声，也是太子得利最大。做局之人除了太子，她不做第二想。如今流言纷纷，敢问先生可有破局之策？"

香烟袅袅，鹤先生起身走到琴案旁，在蒲团上跏趺而坐，乌发瀑布般披散在素白的长衫上。他拨动琴弦，发出了一连串金石似的脆响："倘若只是见招拆招，永远落于被动。其实解决之道，我在早前就已经对侯爷、夫人与娘娘说过了，如今还是那四个字，见机诸般化用而已。"

"奴家愚钝，也未曾听娘娘提起，敢问先生是哪四个字？"

"'釜底抽薪'。"鹤先生一边抚琴，一边淡然道，"与其苦思如何破局，不如把做局之人直接端了，不就是釜底抽薪吗？"

阮红蕉眉头微皱："太子毕竟是太子，如何端得了？"

"先削其臂膀，使其剧痛且自顾不暇，再断其根基，一劳永逸。"

"太子的臂膀……"

鹤先生只手按弦暂停琴音，注视着阮红蕉，缓缓道："大理寺少卿苏晏，苏清河。"

阮红蕉心下一凛，险些露出惊撼之色。所幸她心思机巧，当即举袖掩住半张脸，娇笑道："奴家听过这名字，也在进士游街时见过那位苏大人，真是个好俊俏的少年郎。可惜了。"

"可惜什么？"

"可惜他站错了队。既然不能为娘娘所用，那就如先生所言，削了吧。"

古琴声又悠悠响起，鹤先生双目微合，指尖在琴弦间拨动，似已物我两忘。

阮红蕉走近他，倚着琴案斜坐在蒲团上，蓝色裙裾海浪般铺了一地，倾身轻语："具体如何操作，请先生赐教。"

鹤先生闭目不语，一曲《风入松》终了，方才转头，对阮红蕉附耳道来。

阮红蕉越听越心惊，面上却露出钦佩之色，随后颔首道："奴家这便回宫，将先生之言转告娘娘。还请先生等奴家的回复。"

她起身福了一福，走出两步后蓦然想起什么似的，又回转过来，从袖中取出一卷色白如绫、坚韧如帛的高丽贡纸，递给鹤先生："此乃娘娘亲自手书的经文与所作注释，知道先生精于佛道，特送来请先生指点。先生有何见解，都可以写在上面，下次见面时交由奴家带回宫去。"

不等鹤先生回复，她将纸卷往对方怀里一放，径自走了。

鹤先生展开纸卷，见上面是明王与明妃相互搂抱、手足叠合的画像，下方只一行字："《大日经疏九》曰：'复次若男女交会因缘种子托于胎藏而不失坏，即是相加持义'。是为何意，万望先生赐教。"

这哪里是经文，分明是借由密宗双修之法，表明求欢之意，卫贵妃竟然对他动了这样的心思……鹤先生挑眉，又望向阮红蕉遗留在茶几上的那串鸾凤璎珞，别有深意地笑了笑，走到书桌旁打开放战利品与收藏品的匣子，将纸卷与璎珞也一并锁了进去。

阮红蕉出了侯府，忽然双脚一软，幸亏被婢女及时扶住。

婢女掏出帕子，擦拭她额际冒出的细密汗珠，关切地问："姑娘这是怎么了？可要去看大夫？"

阮红蕉深吸口气，沉声道："不必。先送我回胭脂巷，我得好好想清楚，再计划行事。"

胭脂巷。闺房里圆桌旁的地面上，撒落一地花生壳。阮红蕉失神似的盯着桌面上的朱漆攒盒，纤细手指将一颗颗剥好的花生送进嘴里。

攒盒是苏晏送的年礼，里面的花生、核桃、红枣等果品她吃得很珍惜，每天只吃一点，到现在个把月过去，业已所剩无几。

她蹙着眉咀嚼，像是陷入迷惘，又像在做一个颇为艰难与危险的选择。

"咯"的一声微响，她把指尖连同花生一起咬了，尝到了满嘴的血腥味。像在冥冥中做了个决定，她握紧拳头霍然起身，走到门口唤贴身婢女进来，附耳详细交代。

苏小北习惯在苏府后门巷子里的货郎处买调味品。这天傍晚他去买黄豆酱，回来时连酱料都来不及放下，直接前往主人卧房，当着苏晏的面，在罐子里东掏西掏，掏出一个荔枝大小的蜜蜡丸子。

"货郎这么舍得，买罐黄豆酱还附赠乌鸡白凤丸啊？"苏晏一边看书，一边坐等吃饭，随口道。

苏小北不与自家大人逗趣，神情显得有些严肃："我遇到了阮行首的侍女，装扮得像个大户人家的杂役，也来货郎处买酱。我买哪罐，她就看中哪罐，非要跟我换。"

"那你呢？"

"换就换呗，我跟个小丫头计较什么。"苏小北似乎忘记了自己也才十五岁，老气横秋地说，"付了钱我就走，那丫头却偷偷告诉我，'姑娘说罐子里有东西关乎人命，请你家大人务必要看'。喏，我给大人掏出来了，看不看随大人。"

苏晏接过来用清水冲洗干净，打开蜜蜡壳子，从中抽出一卷小字条。

字条上是阮红蕉写的蝇头小楷：

当心万鑫有变，留意侯府鹤先生。

苏晏怔了怔。以他与阮红蕉的关系，想必对方不会诓骗他，但阮红蕉又是从何得来的情报？这情报是真实的，还是烟幕弹？为何不与他当面说清楚？

苏晏手捻字条思索片刻，将之投进了煮茶的小火炉内，眨眼间字条被烧成灰烬。

苏小北问："大人为何烧这字条，莫非阮行首写了什么不中听的话？"

苏晏摇头："没有，阮姐姐让我当心万鑫有变，留意侯府鹤先生。我有些担心阮姐姐，她用这么隐蔽的方式给我传递情报，估计是怕被人盯梢，所以我也要阅后即焚。以她的性情与行事手段来看，这条情报的真实性比较大，但这也说明了一点——情报的来源与获取方式比较危险。她再怎么老练，也不过是个双十年华的姑娘，我实在不愿见她冒这种风险。"

"那怎么办？"苏小北脸色还算平静，心里难免有些慌张，紧接着问，"大人是不是要根据她提供的情报去做安排？公审大会那天我也去了，见过万鑫，觉得此人眼神闪烁、说话圆滑，不是个实诚人，的确有临阵倒戈的可能。"

苏晏想了想，回答："万鑫已经把书面材料全都交给我了，北镇抚司从中挖出了不少卫氏犯法的铁证，就算他在公堂上反悔，矢口否认，也改变不了大局。"

苏小北还是不太放心："如果……如果他死了呢，北镇抚司会不会有逼供致死的嫌疑？"

苏晏摇头："万一他死了，卫家杀人灭口的嫌疑比我们还大。因为他们曾上疏撇清干系、请斩万鑫，刑部却迟迟提不走人。要是万鑫死了，我就一口咬定是卫家唯恐罪行败露，狗急跳墙，从动机上说完全合理。"

"最重要的一点是，我们没有对万鑫动过任何刑，这在尸体上可以查出来，他交了证词又不曾受刑，还得上公堂做证，北镇抚司保护他还来不及，怎么可能杀人？如此一对比，卫家百口莫辩。"

"那么这个'有变'，究竟指的是什么？"苏小北百思不得其解，"阮行首也真是的，为什么不能多写几个字，把话说清楚。"

苏晏道："也许她也不知详情，只知道有人要对万鑫下手……其实比起万鑫，我更在意的是'鹤先生'这个人。这人什么来头，阮姐姐为何独独叫我留意他？"

房门被敲了两声，荆红追的声音在门外响起："大人，吃午饭了。"

苏晏走过去打开门，笑道："来得正好，一起商量个事。"

商量什么？荆红追一头雾水地被他拽进了房里。听苏晏说完前情，荆红追答："我没听说过此人的名号，应该不是江湖中人。"

苏晏道："也许是个化名，就像你用过的'吴名'一样。既然阮姐姐让我留意他，此人身上定有古怪。阿追，你方便去查一查吗？"

荆红追点头："除非他一步不出侯府，否则我定能盯住他。"

"那他要真的足不出户呢？"苏小北问。

荆红追瞥了他一眼："那就得深夜潜入侯府，相对会麻烦些，但也不是查不到。"

苏晏琢磨片刻，说："那就拜托阿追先查一查那个人，看是什么底细。另外万鑫那边，我们先按兵不动，了解清楚情况再说。"

午饭后，荆红追出去了一下午，入夜时分回来，对苏晏回禀道："那个鹤先生是去年冬月从庆州来投靠侯府的。据说在当地是个赫赫有名的军师智囊，连达延太师脱火台都想笼络他，但他不愿为达延效命，就来到了京城。因为是老家人，又有儿子卫阙的引荐，卫演将其奉为上宾，待遇比普通门客高得多。"

"据接触过他的仆役说，那人是个彬彬有礼的年轻居士，瞧着二十六七岁，至于在侯府具体负责些什么，没有人知道。"荆红追洗干净手和脸，坐到饭桌旁，"整个下午我没见他离开过侯府，准备半夜摸进去看看，是什么模样的。"

苏晏思忖后摇头："你还是先别去。别忘了七杀营营主还在京城，你上次在他手上吃了大亏，万一再给撞上……"他忽然一怔，突发奇想地问，"等等，那个鹤先生该不会就是营主吧？"

荆红追被他问得也有些恍神，仔细回忆完，并不能肯定："营主藏头遮尾，从未显露过真实相貌与声音，我虽与之交过手，仍未能尽知其武功底细。不过我摸到过营主的脸，那个鹤先生是不是营主，得摸过才知道。"

苏小京正在布菜，闻言"扑哧"一声笑了，调侃道："你摸过？皮滑不滑，肉嫩不嫩，手感好不好？会不会是个女的呀？"

苏晏瞪他:"跟你追哥瞎扯什么?没大没小的。"

苏小京吐了吐舌头。

荆红追面无表情地答:"皮肉不算光滑细嫩,但有弹性,脸上没有胡子,也没有明显的皱纹和伤疤,估摸在二十到四十岁之间。但七年前,营主就已经有这等功力,所以我推测他的年龄在三十几岁。"

苏小京见这人逗不起来,又挨了大人的眼刀,自觉没趣,转身去盛饭。

苏小北说:"小京还是个啥都不懂的屁蛋,大人别管他,继续说正事。"

苏晏转头问荆红追:"所以你今夜想潜入侯府摸摸看?万一真是营主,能拿得下他吗?别又被抓去洗脑了。"

荆红追面上掠过懊恼之色,低声道:"我知道七杀营的功法是个隐患,大人放心,我会解决这个问题的。"

苏晏怕他自责,忙安慰道:"其实也没那么严重,那个什么魔魅之术,把它封了不用就是。等以后我们铲除了七杀营,你也就不用担心受心法或药物影响而走火入魔了。"

荆红追没有吭声。

苏晏道:"还是先别去,以免打草惊蛇。"

"万鑫那边呢?"苏小北问。

苏晏思忖后做了决定:"别管,就当阮姐姐没传过消息。对了,你想法子暗中通知她,让她别再通风报信,自保要紧,有什么困难及时告诉我,千万别做以身犯险的事。"

苏小北为难:"这样行吗?万一大人因此错过了重要的情报……"

"情报和她的性命,我选择后者。"苏晏低头喝了口热腾腾的花菇乌鸡汤,"再说,那个鹤先生倘若真与七杀营、真空教有关,恐怕没那么容易让她泄露情报。这次的消息,搞不好是对她的试探,我们按兵不动,她才安全。"

苏小北听明白了,点头道:"那就当不知道。大人吃鸡腿。"

阮红蕉一宿没睡好觉,清晨起来多用了好几层粉,才遮住眼眶下的乌青。

婢女终于带来苏晏那边的回话,也只有两行小字:

  姐姐安全为要,望尽快抽身,消息切勿再传。如需保护或离京,及时知会,我定全力护你周全。

阮红蕉愣怔半晌,把字条移近烛火,将焚毁时又改变主意,小心地收进了贴身的荷包内。

她坐在桌旁,开始用小锤子敲核桃。婢女不解地问:"姑娘不回个信?"

"不用回了。"

"那以后还需要继续送吗?"

"以后……奴家有没有'以后'不知道,但是他必须有。"阮红蕉将一颗剥开的核桃仁送进嘴里，眼里依稀闪着泪光。

奉安侯府。

深夜，窗外响起了鸟翅拍打的细微声响。鹤先生在长衫外罩了件披风，走过去把窗户打开。

一只体型小巧的黑羽雀鸟，悄无声息地钻了进来，停在他手上，亲热地啄他的手指。

鹤先生轻抚黑雀的尾翎，从脚爪上解下小竹筒，又拿出个盛着谷物的小碗让它自己啄食。

打开小竹筒，他从中抽出一卷字条，上面写着：

万鑫未被提审，诏狱也未加强戒备。苏晏没有异动，一切如昨。

鹤先生有点诧异地挑了挑眉：阮红蕉没有向苏晏通风报信？看来她真是卫贵妃的人。

临花阁清倌梳拢那夜，阮红蕉是与苏晏一前一后进来的。按说像阮红蕉那种级别的名妓，交往甚广，大半个朝堂的官员都与她有过应酬，会认识苏晏也在情理之中。

他还不放心，让人调查了一下，发现两人去年就认识了，苏晏在会试之前与她黏糊得很，当了官后就立刻疏远了她，几乎不再去胭脂巷，应该是怕惹人非议，影响仕途。

如此看来，两人间也是露水情，也许阮红蕉因此对苏晏心生不满，更不可能向对方通风报信。

自己的试探落了空，但谨慎点，总归没坏处。

鹤先生销毁了字条，将小竹筒重新系回黑雀脚爪上。黑雀吃饱后还舍不得走，歪着脑袋，转动黑眼珠，对着鹤先生左看右看。

鹤先生微微一笑，说："你吃饱了，我的环儿还没吃饱呢。"

他走到衣柜旁，打开柜门，抱出一个藤箱。

藤箱刚放到桌面，黑雀就像嗅到了什么极可怕的气味，浑身羽毛都奓了开来，尖鸣一声，从半开的窗户疾掠出去。

"众生皆贪生畏死，禽兽亦如是。"鹤先生笑着关上窗户。

万鑫疯了。

无论是真疯，还是装疯，总归是手舞足蹈、语无伦次，不可能再上公堂指证卫氏。

苏晏听到这个消息时，人正在沈府，探望卧床养伤的沈柒——其时沈柒练完疗伤的内功，正尝试着比画招式，听说苏晏来了，赶紧又躺回床上，同时吩咐婢女端参汤进来，好叫苏晏能应他要求亲手喂一喂。

"这招厉害。"苏晏边拿着勺子喂参汤，边叹道，"万鑫要是死了，卫家有杀人灭口之嫌；要是不死，卫家又担心他出面做证。干脆就给弄疯，谁会相信一个疯子的证词呢？且疯病前兆多臆想，这下连带他之前提供的证据，真实性都存疑了。"

沈柒也觉得这个手段阴邪却管用，换作是他，大概也能想到做出。但从敌人手中施展出来，就令人很不愉快了。

"好在万鑫提供的信息，锦衣卫事先已经去查证过，留存了不少证物，也暗中联络上十几名苦主与证人。这些并不会因万鑫的发疯而作废。"沈柒道。

苏晏点头："损失有点大，但并非不能承受。"

如果提前布防，将万鑫隔离起来，也许就不会出这种事。然而他选择放弃这个情报，先保证阮红蕉的安全。苏晏问自己是否感到后悔——答案是"不"。

鱼与熊掌不可兼得，他做出了最贴合本心的那个选择。

"明日就是二月十七了。"沈柒说。

"是。如今我有了参朝的资格，不用再击登闻鼓了。"苏晏放下空碗，伸了个懒腰，"我要让他们瞧瞧，苏十二还是苏十二。"

沈柒皱眉："朝堂如战场，这次不能与你并肩作战，我心里不舒服。"

"七郎已经为我做得够多了，整个北镇抚司上下任我差遣，若是没有你的命令，我怎么可能指挥得动那些锦衣卫暗探？"

"明日早朝，你有几分把握？"沈柒问。

苏晏笑道："我没算。只当这是件无论是十分把握还是毫无把握都必须尽力去做的事。之前我也紧张，一遍遍地盘计是否有疏漏，直到皇爷给我看了御案上的奏本——

"那些奏本，十本里有八本都在弹劾他人。我朝臣子骂架成风，专好抨击他人，既然如此，我姑且当一当最大的炮台，看谁骂得过谁。如此一想，我就半点紧张也没有了。"

沈柒低笑出声："苏大人智勇双全，舌尖上有千军万马，看来卑职只能在后方为你摇旗呐喊，鼓舞士气。"

"'千军万马'未免太夸张，"苏晏一拍大腿起身，满怀斗志地说道，"且看我明日如何舌战群儒。"

二月十七，万寿节后的第一次常朝听政依然在奉天门进行。

苏晏穿一身獬豸补子的御史服，站在都察院的队伍里。

——上次他这么穿着上朝时，出其不意地横插一刀，把逼迫皇帝下罪己诏的贾公济等人给放倒了。这次不知又要收拾哪个倒霉蛋，但愿不是我。

——圣人之道为而不争，他这么好斗，迟早要翻船。

——朝堂沉浊已久，就需要这股一往无前的锋锐之气来涤荡，我当与他通力施为。

——又有好戏看了。

朝臣们想法各不相同。

苏晏神态自若地站在队列中，等六部主官一一向皇帝奏对完毕，蓝喜唱礼"有事启奏，无事退朝"时，他出列道："臣奉圣命成立专案组，查办白纸坊大爆炸一案，现已基本查清真相，特此上疏，向陛下复命。"

景隆帝道："如此大爆炸前所未有，整个京城为之撼动，白纸坊几成废墟，百姓死伤数千人，实乃我朝之难。有不少人传言，是因时局混沌，大劫将至，故上天降此灾祸示儆于朕。苏卿奉朕命清查此案，有何发现与结论，即便只是推测也尽管道来，不必有任何忌讳。"

苏晏大胆问道："若是涉及重臣勋贵，乃至皇亲国戚呢？"

景隆帝道："倘若处处掣肘，如何真相大白？无论涉及何人，你只管说，朕先赦你直言无罪。"

苏晏连忙行礼谢恩。挺直腰身后，他凝望玉阶上方的圣驾，又环视广场上的群臣，朗声道："想要弄清白纸坊大爆炸的真相，就要从去年八月的东宫遇刺案说起。"

去年的东宫遇刺案？那不是早就抓到刺客，查明是隐剑门所为吗？皇爷还因此下旨剿灭隐剑门。如今隐剑门彻底覆灭，余孽也逐一落网，怎么苏十二这里又翻起了旧账？

不少朝臣交头接耳，窃窃私语起来。

苏晏招手唤了两名小内侍过来，从怀中掏出叠好的布帛，打开来足有三尺见方，让内侍们拉着两头，展示给众人看。

白色布帛上是朱砂绘制的椭圆形印记，八瓣印记扇形排列，像一朵巨大的血莲花，足以让边缘的站班官员看得一清二楚。

"行刺太子的血瞳刺客，死之前在诏狱的墙壁上留下了这样的图案。这个神秘的图案究竟是什么意思？是某种联络暗号？还是特殊的身份标志？锦衣卫们百思不得其解。直到半年后的正月，这个图案又一次出现在京城偏僻小巷的墙根处。画下它的，是一个隐藏身份、潜伏在豫王府的吹笛人……"

众人的胃口不由得被吊起，个个竖起了耳朵像是在听说书。苏晏以一种制造悬疑的口吻，将内情娓娓道来：

刺客因为血瞳功法，被证实是隐剑门人，临死前留下了八瓣血莲的图案。

隐剑门余孽浮音化名殷福，应招豫王府侍卫，暗中以笛声扰乱豫王神志，意图挑拨天子与亲王的兄弟之情——这就是春节前后豫王大病一场，连除夕夜都无法参加宫宴的原因。

众臣不少都知道豫王抱恙之事，纷纷点头："是啊，王爷那阵子脸色难看得很，脾气也暴躁，原来是中了迷魂笛音！"

浮音在京城暗巷墙根留下血莲印记，苏晏的侍卫据此追踪到临花阁，发现地下密道连通着一座用于布道的明堂。苏晏、豫王、沈柒三人下到明堂后，地道发生爆炸，他们死里逃生，意外带出了几张经书残片。

经书残片的原件，与经过豫王与苏晏联手补充过的完整版，先是呈现给皇帝御览，接着传示众臣。

"诸位大人请看，这就是真空教的'宝卷'，无论是传道偈语，还是血莲图案都对得上号。大家留意其中这一句——'大劫在遇天地暗，红莲一现入真空'，怎么样，耳不耳熟？哪位大人还记得，白纸坊爆炸之前，京城大街小巷流传的童谣唱的是什么？"

经过苏晏的提醒，有一名年轻官员拍了拍脑门，说道："我想起来了，是'霹雳兆'——"他陡然闭嘴，忐忑地看了一眼御座，就想缩回队列里去。

景隆帝及时道："恕你无罪，说。"

那名官员声音小了许多："霹雳兆大劫，天地皆暗，日月无光；真空救苦难，红莲现世，混沌重开。"紧接着赶忙补了一句，"此童谣实乃妖言惑众，无稽之谈！臣连转述都觉得羞于开口。"

他强烈的求生欲使皇帝多看了他一眼。

这一眼给了年轻官员莫大的激励，于是他转而对苏晏说道："很明显，真空教在京城私挖暗道，秘密经营，又四下散布流言，实乃大逆不道的邪教。听说苏大人在前几日的公审大会上扒了邪教的皮，如今真空教在京畿地区已是人人喊打。"

苏晏颔首："那么为真空教提供资金支援的钱庄老板万鑫，诸位大人也都知道吧？"

——戏肉来了！几名或知晓部分内情，或猜测到他与卫氏迟早要撕破脸的朝臣，不约而同地转头望向卫演，看他是什么反应。

果然卫演抢先一步站了出来，大声应道："诸位大人不但知道，还知道老夫大义灭亲，上疏恳请陛下按律处置万鑫，以正纲纪。怎么，你一个黄口小儿还想学商鞅搞连坐法，要替陛下诛他三族不成？！"

商鞅怎么死的，被君主五马分尸，这是赤裸裸的诅咒！苏晏淡定回击："我可没这么说，咸安侯不必急着替我表态嘛。似侯爷这般年纪，首重养生，整天气急败坏的，当心爆了血管——我这是关心，卫家两位侯爷已经倒下一个，另一个可不能再出事了。"

卫演本来还没那么恼火，被他这么一"关心"，想起被削断手臂成了废人的弟弟，气得脸色涨红。苏晏指着卫演额角跳动的青筋，失色道："血管真要爆了，快！谁去拿冰块来镇一下！"

这声喊得太情切，左右官员也有些慌了，忙不迭地簇拥过去扶卫演。卫演直甩手，叫道："老夫好得很，别听那小瘪犊子瞎嚷嚷！"真是气得不轻，别说顾不得朝会仪度，连乡音都冒出来了。

眼看朝会又要往常见的掐架场面一路奔去，景隆帝重重地咳嗽一声。

所有人都低眉敛目地退回原位，场中央忍怒的卫演与一脸无辜的苏晏便格外凸显了出来。

景隆帝说道："苏晏，你对咸安侯的关心适可而止，朕还等着你继续复命。"

"臣遵旨。"苏晏朝御座拱了拱手，接着道，"万鑫被捕入狱后，专案组的几名审理官动之以情、晓之以理，终于唤醒了他的良知。他决定大义灭亲，检举卫家犯下的十二条罪行。"

又是十二条？这是要坐实了"苏十二"啊。不少朝臣用一言难尽的眼神望向苏晏。还有"大义灭亲"这个词，不是咸安侯刚刚用的？这苏十二故意的吧，着实刻薄。

苏晏不管旁人眼光，一鼓作气，爆竹串子似的噼里啪啦往下说："万鑫揭发咸安侯与奉安侯通过奏讨庄田、残盐买补、开设私店等手段牟取暴利，是通济钱庄背后最大的老板。

"所谓残盐买补，实乃侵夺正课，将国家税收窃为私财，实为蠹虫行径。另外，我朝律令，官员不得经商与民争利。可两位侯爵却蔑视法度、横行无忌，挑动后宫说项，向陛下讨要庄田不成，便公然抢夺民产，因此打死、打伤平民不下数十人！"

周围官员纷纷抽了口气——本朝官员勋贵们贪墨受贿或是假公济私常见，但背负几十条人命债的却是罕见得很。哪怕是当初气焰熏天的冯去恶，想收拾什么人也得先罗织罪名，按流程下驾帖才派出缇骑捉拿。倘若咸安侯与奉安侯因抢夺田产就公然打死百姓，可谓嚣张至极！

卫演当即叱责："血口喷人！老夫与奉安侯什么时候占田害民？为何这么多年不见有人去衙门鸣冤告状？分明是你编造罪名诬陷老夫。污蔑国戚是什么罪？你苏十二既然熟读大铭律，不妨也来说一说！"

苏晏微微冷笑："我既然会弹劾你们，自然有实证。两位侯爷若以为将苦主家属驱逐至外地，贬为贱籍丐户任人摧楚，就能掩盖自己的罪行，那么我不妨告诉你，我已找到这些人中的大部分，他们如今都在顺天府衙门外，排队等着状告两位侯爷呢！"

"那是你苏晏找的托儿！"卫演道，"因为奉安侯曾经弹劾过你勾结江湖草寇，蓄养死士谋刺他，你便怀恨在心，不仅要置他于死地，还想把整个卫家拖下水。这是你排除异己的惯用手段！看似大义凛然，实际上最为假仁假义！"

苏晏反问："那还请咸安侯仔细说说，我如何假仁假义？是不是像二位侯爷这样，每年得朝廷所发禄米一千两百石，开销却是俸禄的千倍不止，名下住宅与园林加起来比皇宫东西两苑还大，养了数千仆婢以供自己享乐？巨额财产来源不明，不是强取豪夺来的，难道还是天上掉下来的？那天上怎么不也掉个庄园给我，以至于我拿着二十四石的月俸，只能住二百两银子买的一套小宅子？"

府邸与庄园是明摆着的，不仅京师，各地还有卫家的田产，这方面卫演无从辩驳，只能一口咬定："那些都是老夫祖上传下来的！"

苏晏大笑：骗鬼呢，豫王早在去年，在梧桐水榭，就已经把你卫家的老底都揭给我看啦！

"早年庆州沦陷于达延马蹄下,卫老爷子去世后,二位无力率领庆州军,接连溃败之下不得不逃至京城恳请先帝收留。别说偌大家产了,哪怕还有些金银细软,都不至于抵达京城时整个队伍只剩百余人,连盔甲都穿不齐!你的祖上财产莫不是随风寄过来的?"

卫演冷不防被人揭了老底,窘迫得面红耳赤。

"整整二十年,你们卫家在我大铭搜刮了多少民脂民膏,才把自己养成一个盛阀大族?"苏晏毫不客气地指着他的鼻子,"上梁不正下梁歪,你们卫家的族子舍人在京杭运河上阻挠贸易,为垄断漕运利益拷掠无辜,简直是水匪恶霸,弄得两岸百姓怨谤载途。状子告到有司衙门,被你们强行压下。如今有部分状纸辗转到了我手里,咸安侯可要亲眼看看,也让诸位大人见识一下卫家的厉害?"

朝臣们议论的声音越来越大,几乎盖过了卫演急促的辩白声。

两侧侍立的锦衣卫大汉将军以金瓜顿地,发出统一的震响,才将这股声浪压制下来。

苏晏趁热打铁,再次逼问:"还有奉安侯,这些年来强抢奸淫了多少民女?他的侯府内建有专供淫乐的艳房,不少反抗激烈不顺他心意的女子,暗中被杀、被逼自尽。整个奉安侯府深夜尽是女子冤魂的啼哭声,你身为兄长有没有听见?"

最后一句话语气阴森,有如冤魂附体,卫演不由自主地后退半步,仍咬着牙道:"奉安侯如今病体难支,哪怕你随便捏造什么罪名,他也难当面对质。但他再怎么老病,侯爵依然是侯爵,不是你红口白牙就能污蔑的!"

苏晏冷笑:"证据?我当然也有。我身边有个侍卫叫荆红追,他的亲姐姐荆红桃,就是在奉安侯手上被一条衣带活活绞死的!苦主如今也在顺天府衙门外,等着告卫浚的状呢!"

他朝场边的一名校尉抬手示意,便有一队锦衣卫搬了好几个木箱走进广场,放在砖石地面上。他打开箱盖,向众臣展示箱中各种状子、证词、血书与遗物。

众人围上前观看,更是哗然。

卫演有如芒刺在背,也想看个究竟,又觉得堵心,同时还焦急难当,在心底埋怨该来的人怎么还不来。

一名负责传话的内侍在此刻悄悄走到蓝喜身边,小声说了几句。蓝喜转而对景隆帝禀道:"皇爷,长宁伯卫阙在午门外求见。因为过了入朝时间,禁军不放他进来。但他自称,有极为要紧的事要禀明皇爷。"

卫阙是卫演的儿子,卫贵妃的长兄。此来必为苏晏弹劾卫家之事。

但于情于理,又不能不准他上朝说话,于是景隆帝颔首道:"宣。"

不多时,卫阙一身伯爵朝服,手持笏板与奏本,大步流星地来到奉天门广场,向御座行礼。

与父亲和叔父比起来,长宁伯卫阙要低调与收敛得多,甚至被人戏称为"老实人"。他平时在朝堂上很少说话,偶尔参与政事讨论,言辞也谦逊,故而朝臣们对他印象颇佳。

景隆帝问:"长宁伯早朝不是告了假,怎么又半途赶来了?"

卫阙道:"臣有本要奏。"

景隆帝微微颔首,左右内侍下去将奏本取来,上呈给皇帝。皇帝打开迅速浏览,只看到中段,就把奏本一合,说道:"奏本朕收了。但今日朝会拖得太久,朕略感疲乏,需要歇口气。退朝后,长宁伯来一趟御书房,再与朕详细分说。"

皇帝起身要离开御座,卫阙却提高了声量,一嗓子吼道:"臣卫阙——弹劾大理寺少卿苏晏苏清河,不仅容留隐剑门余孽,收为心腹死士,更指使其与真空教勾结,名义上查案,实为伪绩邀功,愚弄陛下与天下臣民!陛下曾经颁发过旨意,凡与隐剑门过从密切者,无论权贵均以余孽论处,不知这旨意还作不作数?"

一语震惊场中文武百官。

众人原本以为,长宁伯卫阙是来为卫家陈辩的。毕竟苏晏指控的罪名十分严重,提供的证据也都清晰可查,这种事一旦摊到了台面上,哪怕皇帝看在卫贵妃的面子上要保卫家,也并不是那么轻而易举,要付出圣名大损的代价。

除了极力撇清干系,再求皇帝与太后顾念亲戚之情与卫老爷子的功勋之外,似乎并没有更有效的脱身办法。

谁知卫阙非但没有向皇帝做任何辩解或请求,反而将炮口对准苏晏,狠狠开了一炮。

看不出来啊,"老实人"竟还有这么狠辣的一招!背后是哪位高人指点?还是说,某位高高在上的存在终于忍无可忍,要借着卫家的手把这个上下蹦跶的苏十二给收拾了?

朝堂老油条们立刻想到了太后,再看御座上的皇帝八风不动的神情、不置可否的模样,决定在局势不明的情况下,先保持观望态度。

老谋深算的与左右逢源的都沉默了,剩下那些立场分明的顿时开始各自站队。

攀附卫家的纷纷站出来附和卫阙,有说苏晏私藏钦犯图谋不轨,说他贼喊捉贼、勾结真空教策划了白纸坊爆炸案。他们也曾上疏过,可那些奏本却一律留中不发,究竟陛下圣意如何,还请明示云云。

还有说卫途率领庆州军曾为先帝扫荡北疆,是从龙的勋臣,如今陛下若是因为"一些过失"而治罪他的儿子,显得朝廷寡恩,怕会寒了天下勋臣的心。且卫演是卫贵妃的父亲、二皇子的外祖父,他的正妻又是太后的亲妹妹,就算为了天家颜面着想,也不宜苛责。

——这部分大多是与卫家沾亲带故的勋贵与国戚,以及隶属次辅焦阳、王千禾一派系的文官。

其中不少人参与了利益分配。还有些老臣经历过先帝秦王时期的正妃之争、今上初登基时期的国策之争,与太后在经年累月的利益交换与人情纠葛中早已结成同盟,最后选择站在太后所支持的卫家这边。

另一边，力挺苏晏的官员们也站出来，对卫家目无法纪、蠹国害民的罪行表示极大愤慨，请求皇帝依律惩处，否则如何还天下百姓一个公道。说卫家对苏晏的指控捕风捉影，分明是被弹劾后的恶意打击报复。

——这部分的主力是以都察院御史楚丘为首的一众言官，以及隶属首辅李乘风、次辅杨亭派系的文官。

今科状元郎、通政司参议崔锦屏也没能忍住。

同年、同门、同乡，这"三同"本来就是朝中官员们最重要的关系纽带，崔状元自觉与苏晏有同年之谊、朋友之义，加之邸报一事他已经表明了站在太子这边，于是抓住这次表现的机会，不顾顶头上司拼命使眼色阻止，袖子一撸也下场"开火"。

两边唾沫星子对喷中，苏晏与卫家父子互视了一眼，都从对方脸上看到了"不是你死、便是我亡"的觉悟与决心。

玉阶上，蓝喜尖着嗓子叫了声："肃静！御前奏对，谁敢失仪？"朝会上两方冲撞的狂浪终于被压制住，暂时恢复了平静。

所有臣僚的视线都投向了御座，似乎在等待皇帝表态，哪怕只是轻微的一个动作，或者简单的几个字，都会引发这些久浸朝堂的人精对圣意的揣测。

苏晏在卫阙刚开口时心底一凛，但又立刻意识到，这并不是什么出人意料的罪名，尤其是阿追隐剑门出身的身份，就像个定时炸弹，迟早是要引爆的。

曾经他考虑过要向皇帝坦白，但话临到嘴边又咽了回去，一来担心自己对荆红追的维护是在送人头，使得皇帝又有了发落对象；二来也是希望阿追再多立些功劳，将来万一暴露了，好抵消身份的原罪。

此事当时若是坦白了，给皇爷一个缓冲和心理准备，也许比在朝堂上猛地被人掀盖子要好。不知皇爷现下是什么心情……这个念头在苏晏脑中一闪而逝，但事已至此，多想无益，只能尽他所能地把"势"扳回来。

苏晏趁众臣的注意力都在皇帝身上，朝站在证物箱旁的一名锦衣卫校尉挪近两步，极轻、极快地说了句："去找沈柒。"

……苏大人这是让他去找同知大人？他要说什么、做什么？那名校尉怔了怔，但旁边的官员已经望了过来，他不好多问，便微微点头表示得令，觑隙悄悄退出广场。

御座上，景隆帝的声音喜怒莫测，只一脉庄严："朕看诸卿在弹劾与指摘他人之前，得先学学朝堂的规矩——还是说，你们觉得习惯成自然，就不需要规矩了？"

众臣连忙屈身行礼，口称："臣不敢，请陛下恕罪。"

卫阙拱手道："还请陛下容臣继续禀奏，弹劾苏少卿并非捕风捉影，臣有铁证——"

"卫伯爷！"苏晏骤然开口，声音清亮高亢，打断了卫阙的话，"陛下方才说的，你没听见?"

卫阙正按部就班地进入下一个环节,被这莫名其妙的当头棒敲得有些发蒙:"陛下说的……我听见了呀。"

"没有吧。"苏晏逼近几步,气势十足,"陛下方才明明说了,要讲'规矩'。请问朝堂上奏对的规矩是什么?是不是臣子奉旨向陛下复命时,其他人仗着自己官衔更高就可以随意打断、转移话题,不让陛下将回复听完?

"是不是陛下听什么、不听什么、听到几分几成,都要由你来说了算?

"老百姓尚且知道什么叫'先来后到',你不知道?这就是你们卫家的门风?这就是你卫阙对陛下的忠敬之心?难怪都说卫家跋扈,甚至不把陛下放在眼里!"

连珠炮似的逼问把卫阙彻底绕进去了:"我没有,我不是,我对陛下的忠敬之心,天日可表……"

卫演见儿子乱了阵脚,心里暗骂这苏晏刁钻得很,无论说什么他都能鸡蛋里挑骨头,一顶顶帽子堂而皇之地往他们头上扣,果然是个天生吃"言官饭"的。

可不能由着他把控了节奏!卫演上前两步,正要开口把风向转回来。不料苏晏无视他的存在,直接把脸转向御座,朗声道:"向陛下的复命被人随意打断,臣有轻忽之过。请陛下宽恕,容臣继续禀奏。"

景隆帝压住了嘴角扬起的些微弧度:"是得讲个先来后到,朕只有两只耳朵,事总得一件一件地听。长宁伯,你等苏少卿说完了,再说不迟。"

卫阙如同喉咙里噎了个鸡蛋,憋屈地望向他老爹。

卫演低声道:"稳住。他这是故意拖延。但再怎么拖也有个头,等他说完我们再发难不迟。"

卫阙深吸口气,点头。

苏晏朝御座拱手后,又滔滔不绝地说起来,仿佛卫阙方才的弹劾对他而言连放屁都不是。

众臣见他一副气定神闲的模样,也不由得猜测此人究竟是脸皮太厚,心理素质太强;还是早有准备,卫阙对他的攻讦其实也在他的算计中?

也罢,继续看。

"罪行其五,去年端午节东苑射柳,卫浚趁陛下与百官皆在校场,色欲熏心于龙德殿后殿的廊庑内奸淫宫女,事后又逼迫奉冯去恶之命来保护他的锦衣卫替他杀人善后。所幸那名锦衣卫心存仁义,虽迫于卫浚与冯去恶的淫威不敢举报,却私下将那可怜的宫女从投缳自尽的绝境中救下,暂时送出宫去避祸。如今此女仍在人世,手中更有卫浚施暴时从他衣上扯下的绶环可以为证……"

往通俗里说,宫女可以看作是尚未有名分的皇帝的女人,一旦被皇帝看中后临幸,便有了升为嫔妃的资格。故而奸淫宫女的罪名可比奸淫民女大得多，那是往皇帝头上戴隐形的绿帽——

也无怪乎苏晏此言一出，场中众臣满脸错愕，望向卫家父子的眼神，就好像他们身上涂了一层屎，自己要是不及时避开，也会被那股恶臭沾染到。

卫演涨红了脸，一半因为苏晏咄咄逼人，一半是被自家弟弟气的。他知道卫浚好色，但没想到竟狗胆包天地动了宫中的女子，还留下了当事人与物证！这叫他们如何自辩澄清？

卫阙还有几分廉耻心，更是恨不得钻进地缝里去。

"罪行其六……"

"罪行其七……"

桩桩件件，苏晏都说得条理清晰，且证据确凿，不由得听的人不信。更值得一提的是，所言细节非常详尽，以至于光是三个罪名，就讲了足足一个时辰。直到日上中天，他还没讲完。

朝臣们三更起床，四更天就在午门集中准备上朝，吃的那点早餐到现在早就消化光了。此刻若是走到人群中，能听见一片饥肠辘辘的空鸣声，可碍于朝会礼仪，又不能在言行举止上显露出来。

不少人又累又饿，满心期盼着朝会早点结束，至于苏十二和卫家的这场战斗——爱谁赢谁赢吧，本官只想回家吃饭！

可惜这位苏御史斗志昂扬，还在滔滔不绝地"开炮"，一口水没喝，依然口齿清晰、字正腔圆，眼见日头开始偏斜了才讲到"罪行其十"，这是要耗一整天的意思啊！

体弱的朝臣眼前一阵发黑，终于有个身体一晃，软倒在地，激起一片惊呼。

景隆帝朝蓝喜递了个眼神。

蓝喜心领神会，拂尘一甩，高声唱道："日已过午，陛下退朝。尚未及禀奏之事，明日早朝继续——"

明日？苏十二这场弹劾，该不会跟折子戏似的，还得一连唱三天吧？这谁耗得起啊！卫演和卫阙眼前也发黑了——别说拖到明日，只要一下朝，这小瘪犊子就能找到机会，去处理那个余孽侍卫，到时他们没了人证，还怎么弹劾？

不行，得尽快通知鹤先生，将荆红追及时拿下！卫阙捏着奏本的手指微微颤抖。

卫演深吸口气，低声对儿子说："放心，鹤先生深谋远虑，既然教你这般弹劾，定然另有后手。说不定那个隐剑门余孽已经被他抓住了。"

卫阙颔首："但愿如此。但叔父奸淫宫女那事——"

卫演气恨道："他自己不争气，平白把这么荒唐龌龊的罪行往敌人手里送，自作孽不可活。实在保不住他的话，那就再安排，总之不能拖累你我父子和你妹妹。"

皇帝下了御座离开，百官按顺序退朝，苏晏让几名锦衣卫扛起证物箱子跟他走，准备明日再战。

眼下他有迫在眉睫的问题，必须马上解决。

但愿七郎与我有默契，知道我担心的是什么，苏晏暗想。从卫阙上朝到现在，时间已经过去一个半时辰，可千万要赶得及！

荆红追站在街角，望着不远处顺天府衙的大门，一手握剑，一手伸到怀中，指尖触碰到折叠好的状纸。

状纸是昨日苏大人亲自为他写的，告的是奉安侯卫浚强抢与囚禁民女，奸杀他的姐姐荆红桃。

"这东西根本没有用。"他说，"自古官官相护，卫老贼又是国戚，顺天府尹也不敢开罪他，更别说秉公执法了。"

苏大人答："有没有用，试过才知道。都说下民易虐，但还有句话叫水能覆舟，谁也不能小看了百姓的力量。"

荆红追依然不想去。

苏晏只好劝解："你就当是帮我。我劝说了不少苦主去顺天府衙投状纸，这也是弹劾计划的一部分，你就去帮忙照看一下，以免他们还没进府衙大门，就被卫家的走狗拦住。"

听他这么说，荆红追才点头，拿起状纸二话不说走了。

眼下苏大人早朝未归，他恪守承诺，将状告卫家的苦主们一个个护送进衙门，轮到自己的时候反而踌躇起来。

从前，作为一个童年饥困的平民、浪迹江湖的刺客，荆红追从未指望与相信过官府，甚至对朝廷衙门有种天然的排斥心理，如今也一样。

做苏大人的侍卫，也与他的官身毫无关系，仅仅是为了留在他的身边。

留在他的身边，就必须尽量去理解与认同他的观念。苏大人说过：杀一个人血债血偿容易，但以公义为武器铲除一方恶势力，让无数潜在受害者避免被凌虐的命运，不是更有意义吗？

荆红追站在无人的街角，把这句话翻来覆去想了很久，最后迈步向府衙走去。

他刚走了几步，蓦然听见一阵幽微而诡异的笛声，磷火般在空中飘浮，若隐若现。

这笛声，像是出自浮音的鹤骨笛？荆红追一怔。

但浮音已经死了，就算死不见尸，亲手刺入丹田的那一剑，他也极为肯定废掉了对方的修为。所以吹笛人不是浮音……是谁在装神弄鬼？！

荆红追闭目聆听，长剑骤然出鞘，如划破苍穹的一道电光，朝侧方屋脊上疾射而去。

吹笛人在屋脊上现了形，头戴斗笠遮住了面目，脚步飘忽地避开攻势，但一角衣摆被凛列的剑气擦过，瞬间碎成了齑粉。

荆红追没有一句多余的话，动作也丝毫没有迟疑，只是进攻，剑光如惊涛怒浪般接连席卷而去——对方有何意图，等他把人打到毫无还手之力了，自然会知道。

吹笛人接连避开纵横的剑气，身上多了好几道血痕，但仍吹奏不停。

笛音使人气血翻腾，胸口涌起一股恶躁之火，连带体内真气也开始滞涩甚至逆行，显然是以魔魅之术的功法吹奏出的迷魂飞音。荆红追越发肯定对方不是浮音，因为此人功力要比浮音深厚得多。

是七杀营的天字刺客！荆红追目中寒芒掠过，剑刃裹挟着强烈的杀气长驱直入，以飞鸿难追的迅疾与飞瀑难遏的气势，刺向吹笛人的咽喉。

这一剑灿烂而锋锐，仿佛死亡本身凝结成的光影。

吹笛人避无可避，按孔的手指因这惊人的剑气而变得僵硬不听使唤，笛声也陡然停滞——他以为自己必死无疑，直到一名蓦然出现的红袍人挡在他面前，接住了这道剑光。

"营主……"吹笛人死里逃生，失声唤道。

荆红追撤剑回防，冷冷盯着面前的七杀营营主。

之前追踪浮音时，营主突然出现，以高深莫测的武功击败并擒住了他，给他灌下秘药。

那是他与营主的第一次交手，只支撑了百余回合。恢复神志后，他一遍又一遍地回忆着对方出手的招式，极力寻求破解之道，苏府后院生起的剑光因此彻夜不休。

如今他再次面对营主，未必有胜的把握，但至少有了一战之力。

营主没有立刻出手，雌雄难辨的声音从面具下传出："二十三号，你的剑法又精进了……一个绝佳的坯子，可惜心太野，想法太多，看来的确只有'血瞳'才最适合你。"

荆红追冷冷道："少废话！出手吧。"话音未落，剑气撩起屋顶千百瓦片，暴雨般向对方疾射而去。

营主挥动血红长袍的大袖，卷起劲气罡风，那些瓦片未近身就纷纷炸裂开来。

一点剑芒就在这漫天粉尘中，如冲破迷雾的明光，带着断恩仇的锐利与舍生死的气势，飞向七杀营营主。这一剑之快、之烈、之决绝，似乎已经脱离了剑刃本身的束缚，从有形的"器"化为无形的"道"，隐隐窥见了人剑合一之上的另一重境界。

这样的一剑，连营主都不能轻率对待。

倒有几分老罗锅"无剑无我"的味道了。营主在剑光亮起的瞬间，不禁想起隐剑门的门主。那老罗锅对待门下数千弟子犹如择菜，觉得长势旺盛的就多薅几把，觉得不堪造就的半眼不会多看。恐怕他到死都没想到，最后得了他剑法精髓的，竟然是个刚入门就被评为末等资质，被直接丢进七杀营自生自灭的穷小子——

可惜，火候还差了不少。

营主从长袍内抽出一对刃身锋锐、形状扭曲的断肠钩，戴着黑色革套的手指握在月牙状的手柄上。

剑光袭来之时，他的左手钩就像从沉睡中醒来的蛟龙，骤然活转，角度刁钻地一架一挂，獠牙似的钩尖便紧扣住荆红追的剑身，使其动弹不得；右手钩刃同时削向对方的脖子。

左手钩控制敌人兵器，右手钩取敌性命，一招毙敌，故而他的这对钩又名"两殿阎罗"。

荆红追若想避开这斩首的一钩，就必须抽剑回防。但钩刃如扣如锁，从中拔剑很是费力，且他的剑意落在了"一往无前"四个字上，一旦生出退却之心，气势与战意都将大为折损，甚至会导致战未竟而心先败。

生死关头，荆红追的应对令营主始料未及——他松手弃剑，右掌运劲猛击剑柄末端，竟是把长剑当作一枚灌注了真气的炮弹，仗着乌兹钢极为坚硬的质地强行冲破扣锁，向营主心口轰去。

钩刃削断对方脖子的同时，剑尖也必将洞穿自己的胸口，营主不得不反手变招，击飞即将穿胸的剑锋。

而荆红追的身影如轻烟、如鬼魅，从营主身前飘走，同时从袖口内甩出一柄惯用的柳叶飞刀，手腕一抖，向吹笛人的咽喉射去——

刺向营主的那一剑只是声东击西，他真正要下手的目标是吹笛人。

"噗"的一声轻响，吹笛人的咽喉开出了一小朵猩艳的血花，扰人心志的诡音终于停歇，鹤骨笛从他指间无力地掉落。荆红追随即射出第二支灌注了真气的飞刀，要将那根笛子在半空击个粉碎。

不知从何处传来一声遗憾的轻叹。

荆红追心下凛然。

他看见一只修长白皙的手，从吹笛人的身后伸出，拨弦似的随手一弹，就将他的飞刀击落。这只手看起来很年轻、清瘦，主人应是个风雅的乐师或文士，却用言语难以形容的迅捷接住了那根鹤骨笛。

戴着大斗笠的吹笛人的尸体此刻堪堪倒地，而掩藏于他身后的那个人，此刻也堪堪转身，只留下个白衣散发、手拈长笛的背影。

这个人，看似飘逸，却散发着比营主更危险的气息。荆红追哑着嗓子问："你是谁？"

白衣男子背对着他，轻笑一声，将鹤骨笛举到唇边，开始吹奏。

胸口像被巨锤重重敲击，肺腑尽碎似的剧痛袭来，荆红追猛地喷出一口鲜血。尖锐诡异的笛音飞旋着直往他耳鼓里钻，如箭矢般冲进他的头颅，要将他的脑浆连同意识搅个稀烂。

荆红追难忍到了极处，紧紧捂住双耳。

但笛音不仅是刺入头颅的"箭矢"，更是在经脉中攒动的无数"钢针"，推动真气逆行，将他牢牢压制住的魔魅之术的功法再度激活……

眼前似乎泛起猩红色的雾气，使得整个世界都笼罩在血光中。荆红追半跪在地，用手掌紧紧覆盖住双眼，在与混乱与剧痛的极力对抗中，发出困兽般低沉惨厉的咆哮。

营主走过来，将钩刃抵在他的后颈，语气平板地说道："没想到吧，能强制你进入血瞳状态的，除了秘药，还有迷魂飞音。但浮音不行，他功力低微，简直有辱天音派掌门的名声。"

浮音……天音派……荆红追在疼痛中模模糊糊想起，调查鸿胪寺宛郁使者投水案时，苏大人曾经说过，他拜托北镇抚司去调查江湖上用音律作为攻击手段的门派，沈柒给了他一个答案——天音派。但这个门派大约二十年前便在江湖争斗中覆灭。

二十年前……与浮音出生的年份大致吻合。在七杀营时，浮音偶尔也对他说起过，父母在除夕被人上门寻仇，一夜之间家破人亡，自己才沦落江湖，投身隐剑门的。

由此看来，浮音很可能是天音派遗孤，所以才能靠着祖传的功法，将魔魅之术融入音律中，从而研创出迷魂飞音。

但这份新的功法，与浮音本人一样沦为了助纣为虐的工具。并且在他死后，仍为祸人间。

眼球在灼烧，逆行的真气如同刮骨钢刀，更为难忍的是，神志与意识正在离他而去，荆红追痛苦地喘息着，指尖在石板地面抓出道道血痕。

"少一分抵抗，就少一分痛苦。"营主将长剑踢到他的手边，"拿起剑——血瞳无名。"

荆红追从喉咙深处挤出破碎的嘶喊："我不是……血瞳无名……我是，荆红追！"

营主命令道："拿起剑！走到集市中去，让所有人看到你的血瞳。鲜血飞溅、惨叫四起，尽你所能地去杀戮，这就是你的命！"

一名锦衣卫校尉翻身下马，脚步匆匆地进入沈府，表明奉苏大人之命来传话后，立刻见到了沈柒。

沈柒劈面就问："可是朝会上出了什么事？"

校尉将长宁伯卫阙忽然赶来弹劾苏晏之事，仔细描述了一通，又道："苏大人只对卑职说了去找沈大人，别的什么也没交代。"

沈柒皱眉思索片刻，吩咐道："你先回午门守着，等苏大人一下朝就来禀报。"

校尉应承后告退。

沈柒深吸口气，强忍着尚未痊愈的伤口传来的痛楚，起身道："来人，更衣。"

婢女们给他穿上曳撒之前，沈柒把那件苏晏又还了回来的金丝软甲贴肉穿好，既能防兵刃，又能束缚伤口不至崩裂。

他的心腹探子高朔方才在门外听了个大概，进屋问道："大人，这是要去做什么？"

沈柒反问："你说呢？"

高朔想了想，说："卫家能查出荆红追的出身，背后定然有知晓内情之人的提点。如今他们把这当作了攻击苏大人的武器，事情看起来有些麻烦。"

"你知道更大的麻烦是什么？"

"卑职愚钝，请大人明示。"

沈柒扣好腰带，将绣春刀一提，就往屋外走。高朔连忙跟上。沈柒边走边说："荆红追那个狗东西的出身是洗不白的。哪怕清河再怎么证明他早已叛出师门，对七杀营反戈相向，甚至在查办真空教中立下天大功劳，也抵不过他万一再次走火入魔，被人操纵着疯狂杀戮。到那时，清河才真叫百口莫辩！"

高朔倒抽了口凉气："那该怎么办？苏大人派人来知会大人，想是也预料到这一点，希望大人能捞荆红追一把。"

沈柒冷笑："捞他一把？不，我要杀他，赶在真空教动手，惹出无可挽回的祸端之前。"

高朔托着他的胳膊助他上马。沈柒皱眉，摸了摸被扯痛的伤处，神情狠戾："立刻去调锦衣卫的刀阵队，随我同去顺天府衙。"

笛音回荡在偏僻的小巷上空，刺耳而诡厉。

荆红追竭尽全力对抗着体内汹涌逆窜的真气，血丝从七窍内缓缓流出。他像一头垂死而不屈的野兽，用指尖稀烂的手紧紧攥住剑柄，向着七杀营营主攻出了一剑又一剑，每一剑都仿佛在燃烧他的神志与生命。

营主轻而易举地击落他的长剑，将剑踩在脚下："从你踏进隐剑门的第一步，修炼七杀营功法的第一天开始，你的命运就已经注定。反抗或接受，最后的结果都一样，何必做徒劳无功的挣扎。"

荆红追喘着粗气，在一片迷离的血色视野中，看见了剑锋上星云般的纹路——在灵州浩瀚的星空下，秋风带着草原上霜叶的气息吹拂过长城的烽火台，吹起了苏大人脸颊旁的碎发。那时的他手中有剑，身边有想要守护的人，沉默而幸福。

他曾经死寂荒芜，后来以为得到了世间的最好，可如今却发现，自己终究还是要被拖回鬼域里去。

出生、童年、染血的剑、惨死的姐姐与潮湿的桥洞，在命运的洪流中，一个人的抗争是多么渺小，但他始终都是那个不肯屈服的亡命徒。他把自己竭力争夺到的生机与力量，毫无保留地交到了一个人的手上，现在他同样愿意为了那个人，毫无保留地摧毁它。

沈柒策马飞驰，身后紧跟着一大队锦衣卫缇骑，如狂风卷过街道，摊贩与行人们惊慌躲避。

他隐隐听见笛音，与临花阁那夜浮音所奏的极为相似，但又较之更为凌厉，令人肺腑间气血紊乱。沈柒从怀中掏出一块黄连丢进嘴里嚼，奇苦无比的味道直冲天灵盖，缓解了烦躁眩晕的感觉。

仅仅受余音波及，就能产生如此强烈的冲击，被笛音针对的荆红追，恐怕这关难过。沈柒皱着眉，遥望向顺天府衙高高的屋脊。

藏身市井的探子回来禀报："离府衙不远的一条小巷中，发现正在打斗的两人，屋顶上似乎还有一个人，周围劲气充盈，卑职难以靠近侦察。"

沈柒下令道："全队包围那条巷子，下马，结阵！"

缇骑队伍跟随他再次提速，游龙般围住了巷头巷尾。巷子狭窄，马匹难以入内，缇骑们翻身下马，抽出腰间的绣春刀，结阵步步逼近。

但无处不在的笛音同样影响到了他们的意识与真气运行，不少人难忍强烈刺激，露出痛苦之色。高朔手捂双耳，叫道："用布条把耳朵堵起来！堵起来会好受一些……"

于是缇骑们纷纷从衣摆上撕下布条，团成团往耳孔里塞。

沈柒远远就看见荆红追的狼狈模样与那双猩红的眼睛，心下一沉：还是来迟一步，这厮已经入魔成为血瞳刺客，功力提升一大截不说，人也会变得狂暴不要命，这下怕是难杀了。

荆红追仿佛站在悬崖边，背后有无数冤魂的手在推搡他，要把他推下万劫不复的深渊。他趔趄着向前扑，在坠落的那一刻，双手死死扣住了断崖的边缘。

所有为"人"的一切，全靠指尖的那点微力维系着，正如此刻他血色双瞳中仅存的一线清明。

营主的靴底碾住了他的一只手："锦衣卫来了，来得正好，用他们来磨一磨你的剑。我知道你准备好了，对吧，无名？我帮你数三下——一。"

荆红追发出了不甘又痛苦的嘶吼，从眼角淌下大颗大颗的血泪。

"二。"

"还给你们……"

营主低头俯视他："你说什么？大点声。"

荆红追牙关紧咬，将全身劲气灌注在唯独能动的那只手，一掌拍在了丹田处。

"还给你们！魔魅之术、冲神诀、七杀剑法——所有隐剑门与七杀营的功法心法，我不要了！"

丹田内真气剧烈震动起来，如同一团旋转不休的气云，从凝实变得越来越松散，最后淡薄到彻底消失……

"你——散功了？"营主感到震惊，连同伪声都露出了破绽，"你居然宁可当一个废人，都不肯回到七杀营……蠢货！天大的蠢货！"

荆红追眼中的血色逐渐散去,更深的无力感笼罩全身。这种感觉,就像一个健步如飞的壮汉,突然变成了瘫痪在床的病叟;像一只翱翔云端的鹰隼,突然双翼折断,摔落在尘泥中。

他知道他失去的是什么,是从向死而生的磨砺中拼杀出的强大力量,是他在这世间的立身之本与自由来去的最大倚仗,也是他在苏晏身边能够发挥出的最重要的作用。

这些力量得来得如此艰难,失去得却如此容易。

荆红追拳头紧握,惨烈地大笑起来:"没了这些功法,你们就无法再用笛音与秘药控制我,更无法利用我来对付苏大人……计划到了最关键的一步突然受挫,感觉如何?是不是很恼火、很憋气?"

笛音停歇了。屋脊上的白衣人垂下鹤骨笛,风中传来一声轻叹:"花落徒余馥,云散空长天。"

他的人影也随这阵风飘忽而去。

"除了功法,把命也还来!"营主眼中杀气大盛,断肠钩如水面一弯扭曲的残月倒影,向荆红追脖子削去。

荆红追功力散尽,但招式与对敌技巧仍在,当即抽剑格挡。可惜长剑如今缺乏真气的加持,相触的瞬间被钩刃击飞出去,因着剑本身坚而韧的质地倒是没有断裂。

这一挡,为荆红追争取到了极短暂而关键的时间。

锦衣卫的缇骑没有了笛音的干扰,从四面八方围拢过来,绣春刀雪亮的锋刃映照四壁,刀光如水。

高朔喝道:"什么贼子,敢当街行凶,还不束手就擒!"

荆红追以袖擦拭眼角口鼻血迹,冷冷道:"他是七杀营营主,官府通缉榜上排名第二的反贼。"

高朔一惊,继而大喜:"哟呵,这个桃子摘大了!"

营主森冷的声音从青铜面具下传出:"那也得摘得到才行。"言毕手中双钩抡出两道寒光,一名试图从背后偷袭他的锦衣卫缇骑顿时血溅当场。

其他锦衣卫见状,打起了十二分警惕,不再单打独斗,而是以训练有素的步伐与招式结为刀阵,合力对敌。

小巷中只见刀光翻飞如狂狼,而钩刃则如一叶扁舟在浪尖穿梭,屡屡穿波劈浪,带起血花。

荆红追吃力地喘口气,起身拾起被击飞的长剑,跌跌撞撞地走出战圈。

感觉到身后沈柒不怀好意的目光,他盯着前方砖墙上顽固的苔痕,漠然问:"你想怎样?"

沈柒手按刀柄,从后方一步步逼近:"你真的散功了?让我探一探脉门。"

荆红追侧过脸,将剑锋指向他:"就你这满身伤,我只用剑招不用内力,一样赢你。"

沈柒冷笑："也只剩嘴硬了。方才被人打成了死狗样的又是谁？"

荆红追沉默许久，忽然将长剑往沈柒身上一抛。

沈柒抬手接住，嘲道："弃剑投降？"

荆红追道："把这剑带回去，还给苏大人。剑是他花了三百两黄金买给我的，如今我用不了了，物归原主。"

三百两黄金！就住那么座小破宅子，家里连个像样的摆设都没有，竟能拿出、也舍得拿出三百两黄金给侍卫买一把剑？买给我的两坛羊羔酒也才三两银子呢！沈柒恨得牙根发痒，盘计着趁他病要他命，干脆就在这里把人结果了，回头推说是七杀营营主下的手。

刀锋推出寸许，又听荆红追说道："大人若是知道了今日之事，怕是会心里难过。你不要说实话，就说赶到现场时，我已经走了。"

"你要走？不是死活都要赖在他身边，这下怎么就离开得那么干脆？"沈柒半是嘲弄，半是狐疑。

荆红追面无表情，像一座被坚冰层层包裹的石雕，硬邦邦地说道："我走之后，大人的安全就交给你了。你得用你的命去护着他。"

"这还用你说！"

荆红追又一次沉默了。片刻后，他说："告诉大人，我去追寻我的'道'了。原本我以为我的'道'就是苏大人，经此一战我才发现，只有剑才是我毕生的追求。不能当面拜别，我很抱歉，希望他海涵。"

他说完，头也不回地向前走，脚步有些踉跄、有些僵硬，脊梁却挺得笔直。

沈柒目视他孤旷的背影逐渐远去，眼神复杂。

那厢，营主见锦衣卫人多势众，所结刀阵又颇为棘手，哪怕自己可以尽数诛杀也得耗费些时间，恐拖久了朝廷大批援军赶到。于是觑了个机会突出重围，运起轻功朝城外方向疾掠而走。锦衣卫们如何甘心被他走脱，当即上马追击。

高朔也想上马去追，忽然见自家主官站在墙边，手中还拿着荆红追的佩剑。他迟疑一下，走过去问："大人，你放那草寇走了？"

沈柒俯身拾起剑鞘，将黑白交织的剑身送入鞘中，若有所思地说道："这种时候，他走了，比死了好。"

高朔想了想，又问："他为何要离开？如若真的功力尽失，昔日仇家闻风上门，岂不是要命？现在苏大人是他最好的依靠。"

沈柒道："荆红追此人虽然多余又讨嫌，却是个真正的硬骨头。他自觉成了废人，无法再行护卫之职，留在清河身边反而成了拖累，所以干脆一走了之。"

高朔方才依稀也听见荆红追最后几句话，心中感慨万分："他让大人替他转达的理由，不近人情到了极点，苏大人听了想必会心中生怨。何必呢？"

沈柒的大拇指在刀柄上慢慢摩挲，垂目道："既然这是他的心愿，那我就一字不落地转达，让他求仁得仁。"

荆红追漫无目的地走在街巷，周围的人或行色匆匆，或指指点点，都像与他隔着重重帘幕，依稀可见又毫无意义。

他第一次觉得天地如此空旷，剑不在手中，似乎连心都丢失了，只余一具皮囊在尘世间踟蹰行走。

——他要走去哪里？

余生——那么漫长而无望的余生，煎人的岁月，又该如何熬到尽头呢？

荆红追突然停下脚步，回首望向皇城方向，仿佛看见苏大人一身朝服，从金水桥上从容走来，注视着他微微一笑，说："阿追，劳你久等啦。"

大人，我愿意等，高兴等，多久都行。但请你不要等我……你可以怨我、恨我，最终连这怨恨都被时间带走，彻底忘记我。

第十二章

浑水摸鱼苏十二

苏晏一身朝服,步态端正地走过金水桥,出了午门,远远见到等候在马车旁啃干粮的苏小北,眼睛一亮,提起袍摆就朝对方飞奔过去。

"快,给我喝两口!"他从苏小北手中抢过装满清茶的水壶,咕嘟咕嘟狠灌一通。

苏小北心惊肉跳地叫:"慢点儿!大人慢点儿喝,当心呛着——"

苏晏一口气灌下半壶,用袖子抹了抹嘴角,长舒口气:"连说了两个时辰,差点儿没把你老爷我渴死。"

今日朝会格外漫长,足足三个时辰才散朝,也就是说,大人一个人就占用了朝会三分之二的时间……他可真能说!苏小北钦佩地望着苏晏:"大人成功了?"

苏晏道:"朝会上的情况之后再说,现在还有更急的事,咱们先上车,立刻去顺天府衙。"

苏小北没有多问,当即坐上车辕准备赶车,苏晏抱着水壶钻进车厢。

马车刚启动,车门忽然被拉开,一个矫健的身影跳了上来。车身没多大晃动,苏晏却在看清对方的瞬间,一口水喷在壶口,倒溅了自己一脸。

"看见本王就这么激动?"豫王戏谑道。

苏晏懒得跟他掰扯,边举袖擦脸边问:"王爷这是从哪儿冒出来的?"印象中今日朝会上没看到豫王啊。不过这位爷的风格一贯都是爱来就来、爱走就走,参不参朝都不奇怪。

豫王道:"今日母后召我进宫作陪,故而朝会上卫阙劾你的事,我也是刚刚得知,便过来找你了。这事你打算如何解决?"

苏晏知道豫王原本对卫家的态度有些鄙薄,但看在太后的面子上,也不至于和卫家敌对。太子与二皇子的势力之争他两边不插手。直到不久前,真空教派浮音潜伏王府,挑起豫王和皇帝的争端,甚至意图让他弑君造反,而浮音临死前又拉韩奔垫背,这才彻底激怒了豫王,被真空教当枪使的卫家在他眼里就成了死不足惜的货色。

至少在这件事上,豫王的确是他的盟友,所以苏晏也没隐瞒,如实道:"有人在后背给卫家支着,且此人必与七杀营和真空教有关,不然他们如何得知荆红追的出身?"

这份干脆劲儿取悦了豫王,他故意沉下脸:"你那狗皮膏药侍卫果然是隐剑门余孽。你帮着他隐瞒身份,连本王也蒙在鼓里,如今事发,看谁救得了你!"

苏晏半点儿不带怕,还朝他翻了个白眼:"阿追早八百年前就叛出师门了,浮音那事多亏有他调查追踪,才发现了地下密道。七杀营的情报大部分也是他提供的,若论以功抵过,他立下的功比过可多出一半还有余。"

豫王轻哂:"既如此,你为何不把这番话在朝会上大大方方说出来,偏要使个拖字诀?"

"因为时机与势头都不对。'天时、地利、人和,三者不得,虽胜有殃',孙子这话是真理啊。"苏晏在朝会上站久了,这会儿腰酸腿痛,于是往座椅旁的软垫上一瘫,活像条没骨头的蛇。

在那些重视礼仪的士子眼里,他这叫有辱斯文。但豫王比他还洒脱随性,含笑道:"愿闻其详。"

"卫阙以荆红追的出身作为攻击点,此刻我无论矢口否认还是替阿追辩解,都落了下风,很容易被对方牵着鼻子走。我置若罔闻,朝臣们就会有两种理解——苏十二心虚了,不敢回应;苏十二只当他狗放屁,根本懒得理。如此信疑参半,总比我和他争个脸红脖子粗,让所有人越发觉得真有这回事要好得多。"

豫王琢磨完,颔首:"有道理。有时'不理睬'反而是一种更有力的回击。"

"不只如此。我故意打断对方的势头,不让他有一鼓作气的机会,就要把节奏掌握在自己手里。今日是我在向皇爷复命,是我先弹劾卫家,只要皇爷不发话阻止,卫演和卫阙不想听也得听!"

"所以你整整骂了卫家两个时辰,逼着一侯一伯与满朝文武不得不从头听到尾,连带我皇兄也得饿着肚子奉陪到底?"豫王哈哈大笑,"干得好!"

苏晏叹口气:"我这也是不得已的法子。事出突然,我需要时间思考对策,也需要找人去核实阿追的情况,以免落入对方设的局。我让抬证物箱的锦衣卫帮我给沈柒传消息,就是希望他能领会我的意思,先确保阿追那边不出事。"

豫王笑声顿时收敛了,神情有些一言难尽:"你让沈柒去救荆红追?"

苏晏回了个"这有什么不对"的眼神:"沈柒是唯一知道内情的人,且又与我在一条船上，不找他找谁？"

"你就不怕他俩一言不合打起来，彼此都想趁机解决对方？"

"解决什么解决？"苏晏用力一拍椅面，"如今大敌当前，个人恩怨都得先放一边，若是你砍我舵盘、我烧你船帆，这条船不等敌军开炮就立马翻在自己人手里，到时大家一起玩完！这么简单的道理，我不信他们两人不懂。"

豫王无话可说的同时，又觉得心里不是滋味：沈柒当初可是毫不犹豫地拒绝他的拉拢。如今若是沈柒与荆红追联手，就意味着对方并非只愿单打独斗，而是不愿选择他这个盟友。这究竟是因为瞧他不起，还是出于某种顾忌不想与皇室搅和在一起，只有沈柒自己心里清楚了。

怀着一股微妙的不爽，豫王问："那么你这是要去哪里？"

苏晏说："顺天府衙。之前我让阿追保护告状的苦主，且他自己也有状子要递，顺利的话，这会儿他应该还在府衙大堂，如若不在……就很可能被七杀营与真空教盯上了。"

事态紧急，苏小北把马车赶得飞快，半个时辰后终于赶到府衙。

苏晏让豫王在马车上等着，自己官服在身，轻易就进了门。今日是府丞坐堂。这位府丞姓毛，年纪四旬左右，与他这个大理寺少卿官阶相当。两人按平级行了礼，苏晏说明来意。

"今日确有许多人来投状纸，还在衙门外击鼓鸣冤，告的都是……"毛府丞十分为难地叹口气，"卫家两位侯爷。一个个都是血案、大案。府尹大人收了状纸头疼得很，这不，让本官暂代堂上事务，他在后方张罗，也好先探一探卫家的口风。"

苏晏一听就听出门道了——敢情这位副职在不动声色地给正职上眼药呢。不然为何要说给他听？言下之意就是：我们这上司不行，胆小畏难又无能，一接到状告国戚的棘手案子就把我拉出来顶锅。而且他还怕得罪卫家，先去找被告通风报信了。

果然毛府丞紧接着就问："苏大人刚下朝来，敢问风向哪方、天色如何？"

这是在问他，朝臣们对此是什么看法，皇帝又是什么意思呢？苏晏一边心想此君说话真是深谙"雾里看花"之道，一边打哈哈："风向由来多变幻，天色嘛……也无风雨也无晴。"

毛府丞一愣，心道：这苏少卿不过十七八的毛头小子，怎么说话比我还老油条？

苏晏向前微微倾身，用极为诚挚的语气说："毛大人，咱俩都是副职，有些掏心窝的话，咱们彼此说说也无妨——有些棘手公务，主官若不愿担责任，那么咱们副官不仅要干活，还要随时准备背锅，这种事各府各衙都一样。"

毛府丞心有戚戚地点头："苏大人可有什么好招数，传授传授？"

苏晏放下茶盏，道："什么好招数，都抵不过两个字——流程。但凡公务只要按章办、按流程办，就错不了。哪怕最后错了，也错不在咱们。顺天府接到状子，按律走什么流程，那就一步一步走啊，遇到阻力了，实在走不动了，就把奏章往上一提交，让上头指明方向，不就把责任撇干净了吗？总比巴巴地去讨好原告或被告中的任何一方，最后落得两边不是人的要好。"

毛府丞茅塞顿开："有道理！苏大人真乃少年老成，稳得很哪。"

"哪里哪里，还不都是磨出来的。"苏晏做了个研墨的动作，两人不约而同地笑了。

见气氛良好，苏晏又问起了今日那些原告的大致情况，从中并没有发现与荆红追形貌吻合的原告与相关的案子，便起身告辞。

毛府丞送他离开时，默默感叹：这样年少不气盛，有头脑又有分寸的人物，难怪得了圣上青眼。

苏晏一出府衙大门，脸色便沉了下来。钻进车厢后，他对豫王说："荆红追出事了！"

"怎么说？"

"他答应了我要来顺天府衙告状。他答应我的事，无论如何都会做到，除非……"苏晏忧心忡忡地皱眉，"我刚也问了府衙门口的守卫，说是没看见锦衣卫人马来去。我担心沈柒那边没对接上，中间出了什么岔子。"

豫王丝毫不想管荆红追与沈柒，但又见不得苏晏这副愁眉苦脸的模样，暗叹一声，道："先换身衣服，我带你去四周转转，看能不能找到什么线索。"

线索就在离府衙不远的巷子里。

苏晏对着地面还来不及清理的斑斑血迹直吸气，豫王前后兜了一圈，还跳上屋脊仔细查看，回到苏晏身边说道："有两个高手在此处打斗过，用的是剑，屋顶上留下的那道巨大裂痕就是剑气所致。还有巷子周围，你看墙上有不少新鲜的血迹和划痕，分明是进行过围斗，人数还不少。"

苏晏心生不祥的预感，转头就往回走。

豫王追上来，问："去哪里？"

"北镇抚司。"

两人刚走出巷子，与追击七杀营营主未果、只好打道回府的一队锦衣卫迎面碰上。苏晏抬头看马背上脸色有些苍白的锦衣卫首领，视线又从他腰间左侧的绣春刀，移到右侧所佩的一柄与中原兵器造型迥异的长剑上，诧然道："那是阿追的剑！"

沈柒看见他与豫王一道，脸色就不太好看了，再听这话，不禁微微冷笑："胡说，这是我的剑。"

苏晏哭笑不得："别开玩笑了七郎，这真是阿追的剑，剑名'誓约'。"

沈柒阴着一张脸，冷冷道："这是我的剑，剑名'三百金'！"

苏晏："……"

豫王怀着微妙的挑拨之意，凑到苏晏耳边："一把剑两人抢？你说给谁就给谁，心虚什么？"

苏晏讷讷道："我不心虚，我心慌。阿追是剑客，剑在人在的那种。"他稳住心神，问沈柒，"阿追人呢？"

沈柒目光闪了闪："此处人多嘴杂，不便说话，先回家。"

"告诉大人，我去追寻我的'道'了。原本我以为我的'道'就是苏大人，经此一战我才发现，只有剑才是我毕生的追求。不能当面拜别，我很抱歉，希望他海涵。"

"——原话我一字不差地转达到了。"沈柒说。

苏府的客厅中一片沉寂。

这事是真是假，单凭沈柒的一面之词可不太好判断。若是真的，有人在作死；若是假的，另一个人马上就要倒霉了……豫王挑了挑眉，露出个介于幸灾乐祸与作壁上观之间的哂笑。

苏晏端茶盏的手僵在胸前，惊愕地睁大了双眼，望着沈柒："七郎，你在开玩笑？"

沈柒面无表情地答："拿他开玩笑？没兴趣。"

苏晏难以置信地摇头："这不可能！阿追不会就这么一走了之，且不说他对我立过终身追随的誓言，就说眼下正是扳倒卫家与七杀营、真空教的关键时刻，他大仇未报，怎么可能不顾一切地就这么走了，去追寻什么'剑道'？"

"事实如此。他走了，走得很干脆，连这把剑也不要了。"

苏晏将目光转向桌面上的长剑：它被保养得很好，一如刚买下来的时候，只能从剑柄上包浆似的透润光泽中，看出被人时时紧握与摩挲的痕迹。

他还清楚记得阿追收到这把剑时的神情——

"这柄剑就叫'誓约'吧，很合适。"荆红追手握剑柄，抬眼看他，立誓般严肃说道，"剑名如剑心。若违此心，剑道则不成，我将终生不再使剑。"

"'剑名如剑心'，言犹在耳……阿追是个心性坚毅到近乎死心眼的人，我不信他会出尔反尔。"苏晏喃喃道，"这事一定另有隐情。"

可目睹一切的是七郎，说这事另有隐情，不就是在怀疑七郎？苏晏一时间心乱如麻，既不相信情深义重的七郎会欺骗他，也不相信生死相随的阿追会不辞而别。

果然这话一出口，沈柒的脸色就变了。

豫王"恰到好处"地接了苏晏的话茬："这是舵盘被砍了，还是船帆被烧了？"

此刻苏晏的脑子凌乱且钝痛，花了几秒钟才反应过来，豫王这是暗指沈柒与荆红追辜负了他之前的信任，大敌当前非但没有同舟共济，还疑似内斗导致其中一方离开。

沈柒也听出不是好话，但没有出言解释，只朝豫王发出了一声轻微的、令人遍体生寒的冷笑。

苏晏竟被他笑出了一丝负罪感——这事要真和七郎没关系，我这么责问，他听了会伤心吧？可阿追临走前与营主、吹笛人的一战，只有七郎和他的手下是知情人，他告诉我的就一定是真相吗？

苏晏头痛、心痛，久未进食的胃也痛，又有股说不出的难过与恼怒夹杂在这疼痛里，搅得他不得安生。

观望已久的苏小京从门外探进头，大概被客厅内凝重的气氛影响，说话时也不再大大咧咧："大人，开饭了……要不，先吃饱了再谈事？"

苏晏把手里的茶杯往桌面一搁："你们先吃，我没什么胃口，待会儿再说。小京，好好招呼王爷和沈大人。"言罢大步流星地离开客厅。

沈柒和豫王见苏晏情绪低落、举止反常，如何放心让他一个人待着，当即起身追上去。

两人追到东侧厢房，见苏晏进了荆红追的房间，反手"砰"一声把门锁上了。

沈柒略一犹豫，敲了几下房门。没人开门，他无声地叹口气，劝道："人各有志，不能强求。那草……荆红追要走就随他去，清河，看开点。"

门内依然没有任何回应。

豫王也上前说道："要不你先出来吃个饭？从四更天饿到现在可怎么行。"

过了良久，房内才传出苏晏略显疲惫的声音："我知道了。你们让我静一静，把脑子理清楚，行不行？"

吃了闭门羹的两人，不甘又无奈地对视了一眼。

豫王低声道："这事你就不能先压一压，或者就说荆红追为了暂避风头先躲起来几日？对卫家的弹劾尚未完成，荆红追这么不负责任地一走，清河在情绪上受了打击，影响明日朝会上的发挥怎么办？"

"我本想先瞒一瞒，谁知么不凑巧，两头撞上。"沈柒盯着紧闭的房门看，目光像一柄想要撬开门缝的刀子，"清河分得清事情的轻重缓急。不过是走了一个侍卫，清河也许会不习惯，会恼火，甚至会有些难过，但他是个既聪明又练达的人，缘尽人散、覆水难收的道理，我相信他用不了多久就能想通。"

他口中聪明练达的苏清河此时正在荆红追的房内，憋着一肚子的委屈与火气四下翻搜。

上次不辞而别，好歹还留下一封亲笔信，这回就托沈柒转述了两句话——还不是人话——算什么事！该死的荆红追，这最好只是个玩笑，不然等你回来，头都给你拧掉！

苏晏气冲冲地找了许久，没发现任何异常与遗留物。荆红追的房间就像他本人一样，坚硬、整齐、利落，没有任何花哨多余的装饰，唯独在床边柜内留存了一葫芦酒。

拿起酒葫芦，苏晏泄气地坐在床沿，拔开盖子猛灌了一口。

入口绵醇，酒劲十足，但余味有点酸——是自酿的红曲酒。

他忽然想起去年六月初七的生辰，荆红追就拎着这么一葫芦酒拦在自己面前，冷毅的脸上隐隐透着紧张与期待，仿佛下一刻就要转身逃走，但最后还是把葫芦递过来，低声道："祝大人身体康健，福寿绵延。"

"绵延个屁，还不是说断就断，说走就走。"苏晏喃喃道，一口接一口地往嘴里倒酒，喝得又急又狼狈，酒液洒得满衣襟都是，"我管你有什么理由、什么苦衷，这么一走了之就是辜负我！你不相信我能解决麻烦，不相信我能接受变故，也不相信我在面临取舍时的选择，你就想着有事自己扛。

"榆木脑袋！我以为至少还有你会比较听话，让人省心，结果呢？有一个算一个，全是白眼狼……"

苏晏叽叽咕咕地骂着，恶狠狠吞咽着酒液，脸颊与脖颈很快就浮起了大片红晕。

房门外，沈柒与豫王越等越觉得心里发慌。忽然听见房内"咚"的一声，像什么硬物砸在地板上的声音，豫王忍不住了："不行，本王要进去瞧瞧。"

沈柒在他说话时掌劲一推，震断了门闩，直接推门进去。

两人转过屏风，一眼就见苏晏垂着脑袋坐在床沿，地上躺着个湿漉漉的空葫芦，满屋子都是蒸腾的酒气。

空腹喝了这么多酒？沈柒与豫王连忙上前查看苏晏的情况。要说苏晏平时酒量还行，不是很烈性的酒，慢慢喝的话，两三斤不成问题，但眼下他喝的是急酒、闷酒，就特别容易上头。

豫王抬起苏晏的下颌，果然见他满脸酡红、眼神迷离，至少有了八分醉意。

"借酒浇愁啊。"千杯不醉的豫王半是苦涩、半是感慨地叹了一句，"能喝醉……也挺好。"

"好什么，闷酒伤身。"沈柒摸了摸苏晏发烫的额头，皱眉道，"我去找小厮熬醒酒汤。"

他刚要转身，被苏晏叫住。

"先……先别走……"苏晏一边双手在空中胡乱比画了个人形，一边大着舌头说，"我就想问……问问，见到我家侍卫了吗？我那么大的一个侍卫呢？"

沈柒："……"

豫王："……"

"怎么丢了，你们谁……谁见到了？是不是你们藏……藏起来了？快还我！"

豫王左右看看，见桌面有壶冷茶，把壶盖一掀就想泼他。

沈柒一把拦住："他喝醉了！醉话作不得数。"

"酒后吐真言。"豫王悻悻然磨着牙，"他心里就只记挂着走了的侍卫，站在面前的大活人却视而不见，还倒打一耙！"

沈柒心里也不是滋味，冷着脸道："人也好，东西也好，没了以后就格外念他的好处，这不是人之常情？"

"那你打算让他这么一直这样念着？"豫王嗤道。

沈柒用衣袖擦去苏晏头发上的酒渍，语气低缓而平静，平静中又渗出一丝带血腥味的寒意："这就像皮肤上的赘生物，等到合适的时机一刀割去，或许他会痛一阵，但伤口终究会痊愈。"

豫王琢磨着沈柒的言下之意，不仅仿佛嗅到了血腥气，还感觉到一股阴狠偏执的戾气，越发觉得此人不是好东西。

苏晏发起了酒疯。他发酒疯的方式比较特别，既非寻衅滋事的"武疯"，亦非喋喋不休的"文疯"，他疯得特别入戏。

"卿本佳人，奈何为贼？"他拽着沈柒的衣袖，气势昂然地问。

沈柒一怔，安抚他："我不是贼，我是七郎。你喝醉了，好好睡一觉就没事了。"

苏晏拍掉了对方的手："台词错了！你得回答'成就是王，败就是贼'。"

沈柒无奈："成就是王，败就是贼。"

苏晏露出一副凛然之色："贼就是贼！"

沈柒："……"

豫王忍俊不禁。

苏晏："请。"

沈柒："请？"

苏晏："这句台词对了。接……接着。"

接什么？谁知道醉酒之人脑子里在想什么？被逼无奈的沈柒盯着苏晏的后颈，盘算着点他的睡穴能不能结束这场不知所云的对戏。

豫王抱着看好戏的心态，一把将苏晏拉到自己身边："对，接着，让他继续说。"

苏晏瞪沈柒："你继续说！"

沈柒深深叹气："说什么？"

苏晏十分不满："你到底做没做功课？就这么几句台词老是记不住！"他打了个酒嗝，挥挥手，"算了，算了，看你还是个新人，我就勉为其难给你说说戏吧……话说有一位剑神。"

"剑神？"豫王挑眉——怎么又扯到神仙了？

"对，剑神。'神'指的是他在剑道上的境界，跟……跟神仙没关系……不要打断我，让我说完。你这人真烦！"

"好，好，好，你说。"豫王苦笑着，扶他坐在桌旁的圆凳上。

沈柒眯着眼，若有所思地看着苏晏。

苏晏迷离的目光仿佛穿透这个时代，投射进了另一个玄妙世界："剑神品格孤高，是远山的冰雪，是冬夜的流星。剑对他而言不是武器，而是他奉献一生的'道'。人世间的成败与名利对他不值一哂，剑术对决时那一瞬间所能窥见的巅峰才是永恒。"

剑神把剑道当作信仰，所以才能成就那样的境界。沈柒瞥了一眼腰间的绣春刀。刀就是刀，是杀人武器，不是什么"道"，至少对他而言绝对不是。

——这世上有没有某件事物，让他对它的痴迷与热爱可以超越一切乃至自己的生命？豫王问自己。胸口早已愈合的陈年疤痕再次发作起来，又麻又痒，带着隐隐的刺痛。

"剑神经过了常人无法想象的艰苦磨炼，却离他想要到达的巅峰还差一些距离，无论再怎么努力，那一步距离始终迈不过去。"

"那他该怎么办？"豫王沉声问。

苏晏一脸"年轻人，你很上进"的表情，拍了拍他的肩膀："问得好。这个问题，连剑神自己也不知道，不然他早就到达巅峰了。直到有一天，他遇见了命中注定的一个女人。

"他忽然有所顿悟——他的剑是冰冷的，这是否就是阻碍他问道的瓶颈？于是雪从山顶飘下地面，神从云端降到尘世，他和那个女子相爱、成婚、生子，逐渐成为有烟火气的人，而他的剑也有了温度。为了想要守护的人，他的剑变得更快、更利、更强大——他用'入情'，突破了之前那个'无情'的瓶颈。"

豫王微微笑道："那不是很好吗？"

沈柒反而露出了不以为然的神色："如果他真的追求剑道，就绝不会停下脚步。一切的暂留，都只是为了走得更远。"

"年轻人，你很优秀！对人物角色的理解很深！"苏晏用力一拍大腿，却因用力过猛，疼得龇牙咧嘴，但不妨碍他继续说戏，"有一天，剑神接到了来自另一位剑仙的挑战。两人对剑道的理解不同，这是赌上生命乃至信仰的一战。

"虽然后来因为阴谋，这惊世骇俗的一战没法真正完成，但剑神却发现了自己的不对劲之处——他放不下孕妻，担忧战死后无人照顾妻儿，这份担忧成了捆绑在剑上的沉重枷锁。

"带他突破瓶颈的'入情'，如今却成了另一个更大的瓶颈，将他推得离所追求的剑道越来越远……"

豫王有些感同身受，追问："然后呢？他在'剑'与'情'之间如何选择？"

"你猜？"苏晏朝他呵呵一笑。

"也许选'情'？毕竟情之所至，神仙难逃。"豫王猜测。

沈柒却摇头："他会选'剑'，虽然这选择很艰难，但刻在一个人骨子里的本质，不会改变。"

苏晏边狂笑边打嗝儿："你们都猜错了，哈哈哈……剑神之所以成为剑神，自然是达到了我等凡人难以企及的境界！没有天人交战，没有艰难选择，他自然而然地领悟出了'出情'！所以他毫无牵挂地离开妻儿，重回剑神境界并达到了剑术的巅峰。从此天下再无可战之对手，他忍受并享受着这份寂寞，剑道大成。"

"'情'这玩意儿，从自然地有了，再到自然地没了，最后成就了'道'，简直就是个天底下最鬼斧神工的工具——你们说是不是？"苏晏笑得几乎流出了眼泪。

沈柒与豫王终于意识到了：在苏晏看来，荆红追在关键时刻抛下他去寻道，不仅是背弃誓言，更是一种对人之真情的利用。当初他对苏晏有多么信仰，如今的决绝离去就有多么伤人。苏晏从未束缚过荆红追，甚至希望他将来能走出自己的路，但这并不意味着荆红追就可以在一次又一次地宣誓追随之后，在完完全全获得苏晏的信赖之后，用一个冷酷的、毫无人情味儿的理由不辞而别。

苏晏笑够了，用衣袖胡乱抹着脸，又开始语无伦次地骂："狗屁，拿他跟剑神比，简直抬举上天了……没这命，得这病，说的就是你这混账……问个屁道，先问自己下顿饭有没有着落，晚上睡哪里再说！"

他又猛地抬头，对沈柒喝道："剑在哪里？拿过来！不要就不要，还个鬼，砸碎得了！"

沈柒二话不说，起身要去拿剑来砸。

苏晏反悔了，一把薅住沈柒的衣摆："三百两黄金啊！一千五百两白银！他不稀罕，我心疼！别砸，送给你——"他转头又看看豫王，觉得这位仁兄也颇为顺眼，"还有你，你俩平分。"

"谢大人赏赐。"豫王拿出了对待小世子也不曾有的耐心哄道，"好了，戏讲完了，大人也累了，该歇息了。"

"我不想睡，我还要喝！"苏晏摇摇晃晃起身，一脚踩中了空酒葫芦，整个人往前扑，豫王急忙接住，低头看时，发现人已经昏睡过去了。

豫王沉默片刻，叹息道："倘若有一天，离开的人是我，他会不会也这么伤心？"

沈柒捂着余痛未消的伤口，替苏晏回答："他也会喝酒，不过是庆祝的酒。"

豫王乜斜沈柒："荆红追离开的原因，恐怕没那么玄乎吧？清河现在是心神大乱没法仔细思考，等日后深究起来，本王等着看你如何收场。"

沈柒冷冷道："这是我和他之间的事，不劳王爷费心。既然主人家睡着了不便待客，王爷请回。"

豫王双臂环抱，与沈柒针锋相对："这是苏府，不是沈府，你也是客，凭什么我走你不走？"

瘫在圈椅上已经睡着的苏晏被吵到，皱眉唧哝："都走吧，都走吧，我一个人更好……狗咬狗，一嘴毛。"

狗……咬狗？剑拔弩张的两人当即熄了火，并感到憋屈——他们两人都是狗，难道荆红追不是？"失去的永远是最好的"果然是真理……

"还有你，走了就别回来，敢回来打爆你的狗头！"

两人的心态顿时平衡了。

至于再次呼呼大睡的苏晏……一醉解千愁，也许酒醒以后，他就能彻底放下，不再为荆红追的背离而难过了，沈柒想。

午时三刻，景隆帝刚下朝，没有返回养心殿，而是就近去了外廷的南书房。尚膳监的内侍早已等待许久，收到消息后连忙将膳食端往南书房，琳琅摆满一桌。

侍驾的蓝喜腿都饿软了，景隆帝却不急着动筷子。蓝喜忍着饥火，劝道："皇爷，从五更上朝到现在，将近四个时辰了，趁热用膳吧，龙体要紧啊。"

殿外一名御前侍卫赶来回禀。皇帝传他进来，问："叫你暗中带过来的人呢？"

那侍卫惭愧地答："朝会后人流拥挤，臣追着苏大人过了金水桥，见他一溜烟往马车跑。臣正要近前，却被豫王殿下的侍卫拦住，一通胡搅蛮缠。等臣摆脱了他们，苏大人的马车已经驶得没影了。"

皇帝又问："豫王呢？"

侍卫答："臣远远看着，豫王殿下似乎也上了苏大人的马车。"

皇帝略一沉吟，挥手示意他退下。

蓝喜觑着皇帝的脸色，讨好道："皇爷想召苏少卿，奴婢这就着人去苏府传口谕。"

皇帝摇头："卫家与满朝文武都盯着这件事，此刻再把他从外头召进宫，动静太大。"

蓝喜也知道苏晏在今日朝会上掀起了轩然大波，矛头直指国戚卫家，甚至牵连到卫贵妃和二皇子。但比这件事更令人咋舌，也更使景隆帝始料未及的，是卫阙对苏晏的指控。这个指控严重与险恶到会让苏晏赔进一条性命，使皇爷辛苦栽培出的一股朝堂力量中途夭折。难怪皇爷此刻要急召苏晏。

皇帝一按扶手，起身道："算了，朕还是出去一趟，这桌膳食就赐给你们分用了。"

出宫？蓝喜忙不迭地跟上。景隆帝转头瞥了他一眼："你就不必跟着了。让人备好马车，挑两个办事谨慎的侍卫做车夫。"

蓝喜只好领旨，下去安排。

不多时，一辆宽敞的马车骨碌碌地驶出了东华门，朝城东方向去。

未时的街道相对宽敞，此去黄华坊不过小半个时辰。皇帝身穿便服，在车厢内就着茶水吃了几块点心，又躺在矮榻上假寐了片刻，枕骨两侧的绞痛感大为减轻。

近来他似乎已经习惯了时不时发作的头疾，只要不是钻心刺骨的那般剧痛，就能面不改色，连近身服侍的宫人都看不出端倪。

等他整理好仪容，马车也停了下来，侍卫搬来步梯放在车门下方。

车门打开，皇帝刚走下两级台阶，忽然扶住了门框。侍卫以为步梯没放平稳，连忙伸手去搀扶。皇帝却深吸口气，抽回手，从怀中摸出一块帕子，捂在口鼻处，沉声道："你们就候在这里。"

说着他转身又回到车厢里去了。

两名御前侍卫面面相觑。其中一个使劲嗅了嗅空气，狐疑道："没闻到什么异味……啊，莫不是街对面那个卖臭豆腐的摊子太臭了？我去让他们挪个地儿。"

一名侍卫去驱赶摊贩。另一名侍卫则望向不远处的院落大门，门楣上写着"苏府"两个字。他知道这是大理寺右少卿苏大人的府邸，也知道太祖皇帝喜欢微服私访臣子们的住处，心情好了还留下来与臣子对酌几杯，但皇爷矜持，极少这么做。至于这次皇爷私访所为何事，他就算心中再好奇，也绝不会问出口。

皇帝关紧车门，才把帕子拿下来。他摸了摸帕子，指尖触碰到些许温热的潮湿，不禁眉头紧皱、神色凝重，目光却显得有些茫然。

眼前一切事物的轮廓仿佛消失了，只以光与影、明与暗的形式存在着，使他的迷蒙视线仿佛穿透尘世，进入到另一个世界。

皇帝闭上眼，静静地站立了许久。再睁眼时，尘世的形状与色彩又浮现出来，他低头看手中锦帕上几团晕开的殷红血迹。

车厢内有镜子，就钉在洗脸盆架的后壁上，皇帝走过去，仔细盯着镜中的自己，然后用锦帕蘸了清水，将鼻下的血迹擦拭干净。

他将锦帕叠起来收入怀中，转身走到车窗边，掀开帘子对侍卫说："去明时坊，应虚先生的医庐。"

前面就是苏府了，过门而不入，要转道？两名侍卫没敢多问，跳上车辕，驾着马车向南边的明时坊驶去。

天色擦黑，陈实毓正收拾着诊桌上的药方记录，吩咐药童去把门关上。

今日医庐关得早，因为他答应了内人，要去喝亲戚家小孩儿的满月酒。屋内的灯火被一盏盏吹熄，陈实毓背着应急药箱正准备离开，忽然听见了敲门声。

药童放声说："大夫有事，今夜不看病啦，请明日再来。"

敲门声依然不疾不徐却坚定地响着。

药童有点生气："都说了不看病，也不看伤，怎么听不懂？"

"好了，别叫了，许是十万火急的重伤，救人如救火，迟一点回去也无妨。"陈实毓拍了拍小药童的脑袋，走过去亲自开门。

木门"吱呀"一声开启。屋内昏暗，站在门外的男子的眉目隐在了阴影里，两盏晕黄的灯光只隐约照亮他的轮廓。陈实毓见对方站姿挺拔，呼吸声听起来均匀沉稳，不像是伤员，于是客气地说道："这位客人，老夫另有急事，医庐要关门了，还请明日再来。"

两名提灯的侍卫从那名男子的背后转出来，刚想开口呵斥，被那人伸手阻止。

那人伸手摘下斗篷的兜帽，低声唤道："应虚先生。"

声音颇为耳熟，陈实毓借着灯光看清对方的脸，手中药箱砰然坠地："皇……"

男子微微颔首："进去说。"

主家大夫不走，药童也走不了，在院子里一边嘀嘀咕咕一边碾药材。两名带刀侍卫守在紧闭的门外，脸色严肃，目光警惕。

诊室内灯火明亮，两人对案而坐。

陈实毓诊完脉，又仔细检查过景隆帝的眼耳口鼻，随后讨要染血的帕子，辨认颜色，嗅了嗅气味。

他偶尔进出宫廷，曾听宫人们说过皇帝的头痛痼疾，但皇帝并未下旨请他诊治，且太医院高手云集，他也就没有主动请缨。

此番皇帝微服冒夜前来医庐，实在出乎他的意料。陈实毓隐约意识到，皇帝不愿意被宫中人知道自己的病情，包括太医。

景隆帝言简意赅地讲述完最近出现的新症状，问道："忽而眼前发黑不可视物，忽而又清晰如常，究竟是何原因？"

陈实毓拈须沉吟片刻，答："看似是眼睛的问题，但草民仔细检查过皇爷的双眼，并未发现任何病变症状。那么极大可能是由头疾引发的。"

"那么鼻内无故出血呢，也是头疾引发的？"

"有这个可能。现下是春季，雨水多天气潮湿，基本不会因鼻腔干燥而出血。且从皇爷的脉象看，体内阴阳平和，阳气略亢盛，但没到肝火虚旺的程度，也不太可能导致流鼻血。草民思来想去，有一个推测，不知说不说得。"

皇帝笑了笑："说吧，朕不是讳疾忌医之人。应虚先生的人品与医术，朕是信得过的。"

陈实毓拱手谢恩，方才道："草民斗胆一问，皇爷的头疾究竟恶化到什么地步了？"

皇帝叹道："朕患头疾已有数年之久，从一年发作两三次，到后来一个月发作两三次，汤药、针灸、艾灸……太医提出的治疗方法朕都试过了，依然不能根治。近来不仅发作频繁，疼痛感也越发强烈，尤其是在劳累或心绪起伏之后。"

陈实毓劝道："皇爷日理万机，操劳过度有损元气。按照内科的说法，人的身体讲究的是天人合一，五运六气皆协调才能健康，并非头痛医头、脚痛医脚。"

皇帝反问："那么外科呢？"

"外科……"陈实毓犹豫了一会儿，最终还是决定遵从医职，该说的必须要说，"外科将人看作骨、肉、髓、筋、血等部分的组合，但这些部分彼此之间也不是孤立的，牵一发而动全身。其中最为精微复杂、最为难以探测与诊治的，就是脑。"

"这话似曾相识，朕听清河说过类似的。他所献的热敷与熏蒸法都很有效，但也只能缓解一时。"

陈实毓听了更是愁眉不展："苏大人对医理颇有见地，手上也有神妙的偏方，若是连他的方法都不管用，那么这病就更加棘手了。容草民说句实话——皇爷的头疾未必是常说的风邪入侵所致，但隔着颅骨，内中具体什么情况实未可知。草民除了以内科手段继续汤药调理，辅以针灸等，也并无更好的法子。"

皇帝心中失望，脸上并未表现丝毫，淡淡道："昔年曹公头风严重，神医华佗献开颅之术以期根治顽疾，曹公疑其有意谋害，将其下入狱中，最终处死。此事应虚先生如何看待？"

陈实毓心惊不已，但也依稀预料到皇帝会有此一问。他斟酌片刻，开口道："华神医的《青囊经》因此失传，是我中华医术的巨大损失。即使传了下来，他提的疗法，别人也未必敢施行，就算斗胆去施行，也没有那份能力保证治疗成功。"

皇帝目视他："应虚先生被称为'当世圣手'，是不敢，还是不能？"

陈实毓拱手告罪："草民枉有几分薄名，实则望华神医项背不及，不敢，也不能。"

皇帝沉默良久，面色如同密云不雨的天空。

就在陈实毓心中忐忑，以为龙颜将怒时，皇帝忽然起身，神情平静："既然应虚先生这么说了，朕也不好强人所难，此事就到此为止，只当朕从未来过。"

眼见皇帝即将走出诊室，陈实毓终于忍不住开口："皇爷，要不请苏大人过来，草民与他一同商议商议，看能不能另辟蹊径？"

"不必了。"皇帝脚步停顿，微转了头，语气平和却不容抗拒，"此事还望应虚先生替朕保密，在苏晏面前不可提及一字，否则朕可是要罚你的。"

陈实毓知道这句轻飘飘的话中蕴含的分量，当即伏地行大礼道："无论是恪守医德，还是谨遵圣旨，草民都绝不会透露求医者的相关信息，还请皇爷放心。"

皇帝颔首，走之前留下一句："倘若有什么新的想法，再来求见朕。"

陈实毓恭送皇帝出门，直到对方所乘坐的马车隐没在夜色中，方才举袖擦了擦额际的细汗，自疚道："平生唯恨无妙手，不能医尽天下人。"

药童在他背后听了，不服气地说："先生所著《外科本义》，被天下外科大夫引为经典，先生这双手若不算妙手，那全天下还有妙手吗？"

陈实毓连连摇头:"医道如海,老夫不过沧海一粟。"

景隆帝的病症,他着实是想好好钻研,尝试寻找新的疗法,但又有诸多顾忌,不好大包大揽。原本想着与苏大人探讨一番,或许能有所顿悟,但皇爷又严令不许泄露此事,他也只好三缄其口。

药童催促道:"先生还不快回家,夫人等急了,又要发落您。上次夫人让先生回家路上顺道买菜,结果先生忘了个精光,跑去义庄解剖无主的尸首,带着一身臭气回去,夫人是如何生气的,先生您忘啦?"

陈实毓打了个激灵,忽然灵光闪过,想起义庄昨日停了具尸体,据说是头疾严重,癫痫而亡。不如趁此机会,剖开死者颅骨,看看脑中病灶究竟是怎么回事。

他平日动的多是骨肉之间的手术,从未试过开颅。但对医术的求知欲与精诚之心推动着他,他迫不及待地把门一关,背着药箱急匆匆上了马车。

药童在后面叫:"先生,方向错啦!家在这边!"

陈实毓头也不回地说:"你替我去向夫人赔个不是,就说老夫有急事要处理,让儿子陪她去喝满月酒!"

"外科圣手"陈实毓陈大夫半夜三更带着满脑子惊叹、疑惑与一身尸臭回到家,被他的荆人狠狠数落了半响不提。

微服的景隆帝终究没去苏府,乘坐马车回到皇宫后,叫来几名极精干的锦衣卫,让他们分别调查苏晏身边那个叫荆红追的侍卫,以及卫家究竟是从何人处得知荆红追身份的。

临睡前,永宁宫的内侍来禀告,说贵妃娘娘明日想去延福寺为抱恙的母亲祈福,恳请皇帝允准。

蓝喜传完话,皇帝微微皱眉:"卫贵妃近来频繁出宫,这秦夫人病成什么样了?"

蓝喜答:"听说是有些不好。太后那边也派人瞧过几次,赐了不少药材。秦夫人只得这么一个亲生女儿,贵妃娘娘心系母疾,想着祈福尽孝,也是人之常情。"

皇帝颔首:"倒是个有心的,随她去吧。"

蓝喜眼珠子转了转,又道:"皇爷自个儿膝下就有几位一等一孝顺的龙子凤女,也许贵妃娘娘受了他们的感召,正所谓'不是一家人,不进一家门'嘛。"

皇帝由他服侍脱了外袍,似笑非笑:"朕的哪个儿子女儿,又给你塞好处,让你帮着说好话?"

蓝喜忙道:"绝无此事。奴婢没这个胆,更没这个面子,皇爷取笑了。"

"太子这几日都在忙什么?"皇帝更换寝衣时,仿佛随口问了句。

蓝喜答:"奴婢人在宫内,不知宫外事。太子殿下每日酉时左右都来养心殿请安,只是皇爷忙于政务，总不凑巧。"

皇帝微叹口气。最近他的确忙，里里外外一件件事盘根错节，若是不能顺利解决，必成心腹之患，哪怕不患在眼下，也必患在将来。

"既然是你接待的，总不会一无所知，说说吧。"

"是。奴婢听东宫侍从说，太子殿下一面调查义善局调包赈粮案，在户部那些老大人手里很是受了些磋磨；一面还要遏制石柱上的妖言在京城流传，抓了不少趁机兴风作浪的神棍与混混，忙得整个人都瘦了一圈。不过人倒显得更精神了，那股子稚气一脱，嘿，还真有皇爷当储君时的几分风采……"

景隆帝轻嗤一声："好了，马屁就不用拍了。明日你替朕去向太子传句话——好好办事，课业也不能落下，至于每日请安能免则免，朕不差你那点摆在面上的孝心。"

蓝喜听了心里"咯噔"一下，嘴里应承着，脑中习惯性地开始揣摩圣意：只听前半句，颇怀严父之心，再听后半句，又似乎含有讽刺意味……如今皇爷对东宫态度模糊，究竟是待见，还是不待见呢？常年随侍皇帝的大太监也有些把不准了。

他唯一能肯定的是，连他都捉摸不定，朝堂上那些大人就更加众说纷纭。要不要提醒一下苏世侄，让他别死心塌地绑在太子这条船上？给自己多一个选择，将来才有退路。蓝喜退下去时，心里如此盘计着。

刚出养心殿的殿门，蓝喜便见卫贵妃下了轿，带着几名宫女与一个女伴，移步上阶。他忙笑着迎上去："奴婢见过贵妃娘娘。"

卫贵妃对皇帝身边这位大太监颇为客气，回道："见大伴刚刚出来，想必皇爷还未歇息，可否通传一声，就说本宫有事要面圣。"

蓝喜顺杆子上树，有意表功："贵妃娘娘可是为了明日去延福寺祈福一事而来？奴婢已经禀报过皇爷，皇爷应允了。奴婢正打算去永宁宫给娘娘回话呢。"

卫贵妃感谢过他，又道："除了此事，还有别的话要说，劳烦大伴了。"

蓝喜只得折返殿内，见景隆帝还未睡下，正拥着被子倚在床头看一本薄册子。他用眼角余光瞥去，发现既不是书籍也不是奏章，似乎是一份关于吏治改革的手稿，看字迹像是出自苏晏笔下。他不敢多看，把卫贵妃求见的事禀告皇帝。

皇帝翻过一页，口中淡淡道："就说朕睡下了，让她也早些回宫歇息。"

蓝喜还在心里琢磨着，皇爷前阵子三天两头留宿永宁宫，虽说不临幸，但也给了卫贵妃天大的脸面。可自从出了刻字石柱那事，皇爷在大庭广众下将太子训斥了一通，又把苏晏召进御书房密谈。太后突然驾临时，苏晏也不知怎么搞的，竟躲到垂幔后面去了……

转念后，他躬身回道："是，奴婢这便去传话。"

卫贵妃在殿外走廊上焦心等待，手指把锦帕绞来绞去。随侍的阮红蕉安抚她道："娘娘莫急，一会儿就出来了。"卫贵妃摸了摸鬓角的凤钗，问："方才轿子颠得厉害，你看我头饰歪没歪？"

阮红蕉笑道："一点没歪，都好好的，妆容也精致极了。皇爷见了定会眼前一亮。"

说话间，蓝喜出了殿门，卫贵妃忙摆好从容的姿势，却见这位大太监十分自然地回道："娘娘，皇爷已经睡下，被奴婢打扰了虽未发火，但心情不太好。不过，皇爷还是念着娘娘的，叮嘱娘娘早些回宫歇息。"

卫贵妃心里失望，不禁又问了声："皇爷真的不见我？"

蓝喜赔笑："许是时辰不对，要不娘娘改日午后再来？"

"时辰不对？一天十二时辰，个个时辰都不对……"

阮红蕉偷偷扯了一下卫贵妃的袖子。卫贵妃惊觉失言，忙朝蓝喜笑了笑，说："那本宫就先回去了，等从寺庙祈福回来，再来求见皇爷。"

她强打精神，姿态万千地下了台阶，一坐进轿子，脸就垮了，几乎是立刻哭了出来。

阮红蕉用帕子给她擦眼泪，嘴里柔声哄劝着。卫贵妃啜泣道："这下你看到了，本宫在他面前就是个笑话……什么圣眷荣宠，什么光耀门楣，都是假的！在他眼里，本宫还比不上一摞奏本中看！我这下算是死心了……你说，你们民间的夫妻也都是这样的？"

阮红蕉安慰她："帝王与后妃自然与民间夫妻不同，要守的规矩更多。要不娘娘试着换个角度看待——今上励精图治、勤政爱民，是天下百姓的福祉。娘娘作为后妃侍奉皇爷安康，不也是对社稷的一份大功劳吗？"

卫贵妃含着泪，"呵"的一声冷笑："后宫不得干政，社稷又与我何干？我是个女子，求的是伉俪情深，只想要一个爱我、陪伴我的丈夫。"

你若是真的只求这个，当初为何要进宫？应当找个门当户对的男子嫁了，过平常小夫妻的生活。明知后宫妃嫔众多，皇帝不可能独宠一个，为了家族的福荫，抱着争宠的心态进了宫，失宠后又埋怨没能两全其美，何必呢？阮红蕉心里不以为然，面上却露出感同身受之色。

卫贵妃敏感而尖锐地问道："你这是什么脸色，同情本宫？本宫母仪天下，需要你一个烟花女子的同情？！"

阮红蕉知道此刻说什么都是错——方才她见到卫贵妃碰了一鼻子灰，对方面子挂不住，所以要拿她发落。

她反应很快，用对方关心的另一件事转移注意力："明日延福寺之事，奴家已经都按娘娘的吩咐办妥了。"

卫贵妃果然眼中一亮，拭干泪痕问："他愿意来见我？"

阮红蕉道："何止愿意。娘娘上次送的璎珞与经文，他也收了，看来是襄王有意呀。"

其实她去侯府向鹤先生转达卫贵妃的邀请时，鹤先生并不见得热切，反而露出了一抹玩味的神色。他没有多加追问,只神态自若地双手合十:"谨遵娘娘懿旨。"

浸淫欢场多年,阮红蕉能轻易分辨出男女之间究竟是两情相悦还是逢场作戏,鹤先生的反应令她心生异样,隐隐有股风雨将来似的不安。但她并未将这种感觉告诉卫贵妃——且不说立场相对,即便她提醒了,对方也听不进去。

卫贵妃深吸口气,鲜妍的容光又回到了脸上。

"你能做初一,我就能做十五!"她伸手拔下鬓角那支御赐的凤钗,丢在了裙襕上——如今她已不再关心它歪不歪了。

阮红蕉带着些惧色说:"奴家的一条贱命,今后可全赖娘娘保全了。"

卫贵妃道:"怕什么!古往今来这种事多了,只要小心隐秘,你给本宫把口风闭紧,要不了你的命。"

阮红蕉谢过恩,心里盘算着要不要把两人私会之事告知苏大人。

苏晏大醉一场,在昏沉沉的头痛中醒来时,窗外天色已经黑透。

趿着鞋下了床,他连外衣都没穿,晕乎乎走到门边,边开门边唤:"小北!小京!"

刚巧苏小京捧着一个装满热水的铜脸盆走过来,见状道:"大人醒啦。正好洗把脸,赶紧吃饭,都饿一天了。"

苏晏酒醉方醒,无半点胃口,左右看看,问:"那两人呢?"

苏小京忍笑,反问:"哪两人?"

苏晏瞪他:"逗我玩儿呢?别以为我喝醉了就什么都忘光。人呢?"

谁知苏小京跟突然抽了风似的,非跟他转车轱辘话:"什么人?"

苏晏气得将脸上的湿棉巾丢回盆里:"还能有谁,沈柒和豫王啊!"

苏小京拍手笑:"哈哈,沈大人赢了!"

苏晏怔住:"什么赢了?"

苏小京说:"沈大人和豫王殿下之前对赌,苏大人醒了先提起谁的名字呢。"他没好意思说,这事自己也掺和了一份子——两头吃红包。

苏晏:"……"

苏晏:"无不无聊!啊?有病吧,那两个,比我这喝醉酒的还莫名其妙!让他们都滚蛋!"

结果两个闻声赶来的无聊男子非但没有滚蛋,还强摁着苏大人吃了一碗养胃的小米粥。

晚饭后,苏大人瘫在圈椅上,揉着额角说:"赌注是什么?我没收了。"

沈柒朝豫王伸手。豫王没理他,从怀中掏出一份房契,直接递给苏晏。原来是他之前为了就近保护苏晏,顺带躲避真空教的暗算,所买下的苏府邻居家的院子。

苏晏不知他们赌得这么大，忙道："我开玩笑的。你们也别闹了，该谁的还是谁的。"

豫王哂笑着将房契塞进他怀里："拿着。回头等这事过去，把两个院子打通了，扩一扩宅邸。全京城就没有哪个四品官像你住得这么逼仄。你若是不扩宅，让那些官阶比你低、宅院比你大的官员如何自处？"

苏晏也知道在官场上鹤立鸡群不是什么好事，知道的人说他为官清廉，不知道的还诽谤他沽名钓誉呢。

他有些难为情地说道："那就当下官赊的，以后按市价分期付款还给王爷。"

豫王笑而摇头："愿赌服输。清河想败坏本王的赌品，门都没有。"

沈柒也道："这是他输给我的，跟他没关系了，你要借也是向我借。"

苏晏失笑："我竟不知，原来七郎是个这么赖皮的人。得了，我一边付一半，这样总可以吧？"

沈柒想着，只要能把豫王这个不请自来的邻居撵走，别整天在苏晏面前晃来晃去，再赖皮的行径他也干得出来。至于豫王有没有顺水推舟赚人情的意思，这一套也得清河肯吃才行得通。

窗外梆子敲了四更，苏晏起身道："我该参朝了。"

豫王道："本王今日也要去早朝。"

沈柒觉得卫家必然还有后手，也想同去。苏晏却笑道："放心，你在家好好养伤。省得皇爷见你才养半个月就到处跑，还以为之前的重伤是弄虚作假呢，万一削了你的功劳怎么办？"

沈柒不在乎功劳。但苏晏最后还是以"留你做后方援军"为由说服了他。

豫王先行一步，回府更换朝服。苏晏走到客厅门口又折回来，朝沈柒一伸手："剑给我。"

沈柒挑了挑眉，解下腰间绣春刀递给他。

"装什么傻。说的是阿追的剑，不是你的刀。"苏晏说。

给你留着睹物思人？沈柒老大不高兴，但苏晏坚持索要，他只好取出藏起来的那柄长剑："你又不会使剑，拿回去作甚？"

苏晏沉着脸，敲了敲剑鞘："好歹也是我花三百两黄金买的，哪天银子不够花销，就把它倒手卖了。"

沈柒脸上露出笑意："我认识不少牙人，这便拿去做个录注，若有合适的买家问起，就让他们联系你家小厮？"

"我说的是'哪天'！"苏晏把剑往怀中一抱，冷着脸走了，也不知是生谁的气。

苏晏回到自己的卧房，从床底下拖出个木箱子，打开箱盖将长剑"誓约"放了进去。盯着箱盖发了一会儿呆，他打起精神，拍了拍自己的脸：缘来缘去，会者定离。而且眼下还有那么多的正事、紧要事,私事必须暂时先放一边。

苏晏把储物箱推回原位,换好上朝的官服,头也不回地离开了房间。

今日的奉天门早朝,气氛似乎格外严肃,就连平常最爱多嘴的那几个官员也不咬耳朵了,几乎满朝注目的焦点,都在把弹劾搞成了连场戏的大理寺少卿苏晏身上。

苏晏仍是一身御史袍服,手捧笏板,神态自若地站在都察院的队列中,等待着朝会开始。

他对周围的各种目光视而不见,自然也包括从卫演、卫阙处投来的愤恨与怨毒的眼神。

今日阁老们来得齐整,连首辅李乘风都抱病上朝,被皇帝赐了座。李乘风坐着,时不时以手巾掩嘴咳嗽几声。

苏晏知道,在场的众多朝臣,还有那些品阶不足以上朝的官员,不仅仅是这场戏的看客,同时也是某个人或某方势力的同盟者、背叛者,是某种贪欲或某个理想的逐利者、卫道者,随时都会亲自下场,或是暗中角力。

他看似站在戏台的正中央,但整个官场体系与官员,以及左右了国家意志的皇帝,才是这场戏的主体。

景隆帝升御座,百官行过三跪九叩的大礼,朝会便开始了。

按说该由内阁辅臣与六部重臣先行奏事,但今日从君到臣都心知肚明,苏晏与卫家的这场弹劾战还要持续下去。故而一开始,就有人向皇帝奏请,要求控制每位官员发言的时间。

"朝会政务繁博,千头万绪都需要商议与定夺,若任由某些官员口若悬河,从头到尾都是他的声音,那么其他事务要拖到几时才能解决?再说,谁还不会长篇大论?人人都学此风气,今后朝会成什么样?"

这话颇有道理,众臣纷纷附和。提议者是言官里的给事中,维持朝会秩序在他职责范围之内,皇帝听了也只能颔首称善,要求今后众臣启事、奏答都要言简意赅。

"针对你呢,苏大人。"身边一名御史小声地提醒苏晏。

苏晏笑了笑,没说话。

另一名御史也凑过来道:"无妨,苏大人尽管说,今早我吃了足足四个大馒头才来的,能顶好些时辰。"

苏晏望着他几乎束不住的肚皮,有些不好意思地眨了眨眼:"放心,今日朝会不会太久。"

话音方落,便见长宁伯卫阙抢先出列,对御座拱手:"陛下圣明,此谕令扼制了某些人冗词赘句,故意拖延时间。臣昨日就深受其害,该说的话一句都没来得及说,就散朝了。今日可容臣先禀,以示陛下的公平公正。"

景隆帝见苏晏并无强烈反应,便道:"准。"

苏晏听完，心想这卫阙果然还是继续弹劾他容留钦犯、蓄养死士，勾结邪教、伪绩邀功。卫阙称昨日顺天府衙附近，该名余孽与其他匪徒内斗，最后在锦衣卫的围剿中逃之夭夭，此事有不少衙役与百姓都亲眼见到。

苏晏反问："衙役与百姓们亲眼见到的，只是官兵围剿匪徒，至于谁是谁，他们如何分辨？再说，哪方是敌，哪方是友，带队的锦衣卫首领最为清楚，伯爷如此言之凿凿，莫非是有沈同知的证词为依据？"

朝中谁人不知苏晏与沈柒二人交好，别说是找沈柒做证，卫阙连北镇抚司的大门都不敢迈进去，去哪里拿这份证词？

因为荆红追的逃脱，利用他入魔血洗市井给苏晏定罪的原计划不得已流产，卫家连夜修改了弹劾的内容，证据确凿的程度降低了不少，这才陷入了这般不尴不尬的困境。

"苏御史收容钦犯，总是不争的事实。"卫阙死死抓着荆红追的身份说事。

既然人已经跑了，苏晏也调整了应对策略，不必在此刻为荆红追洗白，以免被带入对方的节奏，只说自己认识与聘用荆红追时，并不知其真实身份——这也是实话。

而这一年来，也未见荆红追有任何劣迹，反而为官府办案出了不少力。至于对方是忠是奸，也得把人抓捕归案了才能判断定夺，如何在不明内情的情况下，就把污水往他苏清河头上泼？这是要栽赃陷害？

"那名隐剑门余孽既是你的心腹侍卫，要说你对他的身份一无所知，谁信？"咸安侯卫演忍不住叱责，"当着陛下的面强词狡辩，苏晏，你这可是欺君之罪！"

苏晏下意识地望了一眼御座上的景隆帝。之前明明有机会将荆红追的身份据实相告，他却出于种种考量对皇爷隐瞒，对此他的确有些心虚。

景隆帝神色平淡，依旧是"也无风雨也无晴"。

苏晏这才微松口气，又转而望向站在宗亲队列中的豫王——因为留在京城的成年皇室宗亲仅豫王一人，所以他就站在那一帮子公侯国戚的前方，日常袖手旁观，像个不管事的"名誉长老"。

此刻"名誉长老"被"无辜"拖下了水。苏晏朝他拱手道："豫王殿下，咸安侯影射您同样犯了欺君之罪，对此您有什么要说的？"

"本王？欺君？"豫王指了指自己，又把嘲弄的目光投向卫演，"咸安侯是这个意思？"

卫演大怒："苏十二，你是读书人还是市井流氓！这样打着老夫的旗号胡乱攀咬，分明是愚弄陛下，愚弄满朝文武！"

苏晏正色道："我说错什么了？明明是侯爷自己说的，收了不明身份的通缉犯做侍卫，就是勾结贼匪，是欺君罔上。这不就是影射豫王殿下收隐剑门余孽浮音做王府侍卫，同样犯了这些罪行？"

卫演愣住了。他根本没想到豫王那一茬，期期艾艾道："那不一样，王爷……王爷不知对方身份……"

"凭什么王爷可以不知，我就不行？你的意思是说我苏清河比豫王殿下聪明、有眼力，还是豫王殿下比我愚笨、识人不明？"苏晏追问。

卫演："……"说的是一个意思吗？豫王是什么人，皇爷的胞弟，一等一的混世魔王，这是硬要给我泼脏水啊！

苏晏继续咄咄逼人："我说卫侯爷，做人不能这么双重标准。除非你今日把我和豫王殿下都弹劾了，下官便真信你是一心为公；否则你就是罗织罪名、蓄意陷害，是对我揭发卫家恶行的打击报复！"

豫王十分配合地朝卫演冷笑："咸安侯若是觉得本王有何过失，大大方方地上疏弹劾便是，何必如此指桑骂槐？"

卫演忙朝他拱手："老夫绝无此意，殿下明鉴！"

苏晏又道："下官听闻卫家两侯府门客如云，有一部分是从庆州投奔来的。庆州早年沦陷，如今正在达延的占领之下，侯爷就能保证贵府门客里没有一个达延的奸细？下官可是听闻，有奸细混进了侯府门客里。要不这样，侯爷提交一份庆州籍的门客名单，让大理寺逐一调查核实，一来验证侯爷所言，二来也为了侯爷自身的安全。侯爷你看如何？"

言官有风闻奏事的权利，苏晏身为御史提出这个要求，也不算很离谱。

卫演脸色微变。他府中的确有不少从庆州来的幕僚，鹤先生就是最得他看重的一个。苏晏这般一针见血，莫非是发现了什么？

"侯爷这表情，是信不过大理寺呀！"苏晏朝主官大理寺卿关畔拱手，"大理寺在关大人治下，法令严明，屡破要案，难道侯爷对此另有看法？"

关畔独善其身，最怕牵扯进这些朝堂争斗里，此刻眼观鼻，鼻观心，只做个木偶泥塑。

苏晏本就没指望他配合，转而又向刑部尚书王提芮道："侯爷许是更信任刑部。尚书大人意下如何？"

王提芮虽不吃他浑水摸鱼这一套，但出于公义，仍表态道："一切看陛下的意思，刑部责无旁贷。"

往常大案三司会审，都察院亦有权参与判决。主官左、右都御史也是厉害的嘴炮，只是之前被贾公济压了风头。如今贾公济被免职，这两位的存在感就凸显了出来，一个跃跃欲试地想要加入战斗，另一个受了卫家的好处，竭力转圜。

于是御史们更加明显地分成了两派，一派以有心纠察与整肃官纪的右都御史为首——苏大人的新朋友，参加过公审大会的御史楚丘便是其得力干将。

一派以与卫家暗中交好的左都御史为首。虽说附和他的言官人数不及前者，但左都御史比右都御史官职略高,还是能"官大一级压死人"。

于是言官们开始内战,建言的建言,驳斥的驳斥,再次在朝堂上吵翻了天,把好端端的朝会秩序又给搅乱了。锦衣卫们不得不以金瓜敲击地面,才将声浪压下来。

苏晏偷偷朝景隆帝摊了摊手,表示不关他的事,是他们自己吵起来的。

景隆帝警告似的看了他一眼,目光中却藏了笑意。他轻咳一声,场中当即安静下来。

"苏晏与豫王误招了通缉犯做侍卫,不知者无罪。咸安侯与奉安侯身为国之重臣,无确凿证据也不宜搜查侯府。此事两边都不必再提。"

皇帝发了话,看似不偏不倚,但苏晏心里清楚得很——这杆秤明显是偏到他这边的,毕竟他与荆红追相处一年,卫家有心准备,定能收集到不少证据;而他对卫家门客中藏有奸细的指控,与其说是"风闻",不如说只是猜测。

猜测七杀营与真空教的重要人物,就藏身在那些门客里,但他目前还没有拿到实证。

等于皇帝拿他的一个"风闻奏事",换了卫家对他的一个实质性指控,同时还顺他的口风把豫王拉下水,给他保驾护航。

苏晏心里又感动又感激,朝皇帝行礼道:"臣遵旨。"

卫演和卫阙还能怎样呢,也只能跟着道一句"臣遵旨"了。

苏晏又老话重提:"可是陛下,臣昨日的复命尚未完成,才说到卫家的第十条罪行。这个,做事有始有终,要不就让臣把剩下那两条说完?"

还弹劾?!卫演和卫阙只恨不得扑过去撕了苏晏。

面对满朝因为他而饿过肚子的大臣们不善的目光,苏晏干笑一声:"很快!今日很快。下官保证,两刻钟内一定说完,绝不违了皇爷新下的谕令。"

第十三章

贵妃卫兰

城东延福寺是一座历史悠久的古刹，香火鼎盛，近来因展览血经而声名愈炽。

这日延福寺一大早就闭山门、扫山道，不接待寻常香客与游人，专心迎候贵妃娘娘的凤驾。

辰时末，凤驾前呼后拥地过了山门，卫贵妃改乘六人抬的肩舆，到达寺庙的大殿前，方才在宫女们的搀扶下下了地。

延福寺的住持带着僧人们亲自相迎。卫贵妃在大雄宝殿里上香、祷告后，一众僧人便齐坐在殿内为她的母亲诵经祈福。

诵经时间颇长，自然不能让贵妃干等着，住持便将她请入一间布置精美的静室，让她稍事休息，等诵完经举行祈祓仪式，再请她来前殿。

僧人离开后，卫贵妃朝随侍的阮红蕉使了个眼色。

阮红蕉心领神会，打发侍卫与宫女们拦在各个方向的通道上，禁止任何人接近，自己与贴身婢女则寸步不离地守在静室门口。

卫贵妃满意地点了点头，推门而入，反手下了门闩。

她抚了抚云鬓，又检视过自己的衣衫与裙裾，心底一股忐忑感油然而生，正如初次入宫去见皇帝的那天。

转过屏风，隔着珠帘，她看见了正在打坐的白衣男子。男子面前置琴，身侧燃香，背后窗纸上绘着云雾缥缈的灵山飞瀑，衬得他不似凡人。

卫贵妃痴痴地看了一会儿，方才回过神，咬着嘴唇唤道："先生。"

鹤先生睁开双眼，朝她微微一笑："娘娘安好。"

守在门外的阮红蕉沉吟片刻，招手叫自己的婢女过来，附耳道："你去替我向苏大人家小厮传个话，就说……'凤鹤会东寺'。出去时自然点儿，别引人耳目。"

婢女点点头，默念牢记后，又不放心地叮嘱了声："姑娘一个人小心，婢子去去就回。"便转身离开了。

阮红蕉本不觉得如何，被婢女这么一关心，反倒有点儿紧张了。她暗想：做都做了，干脆做到底，找机会去听听他们说了些什么。

她绕着静室外围走了一圈，见门户紧闭，又贴在窗纸外聆听，听不清里面的动静，只得皱眉另寻良策。

朝会上，苏晏把他所弹劾的最后两点说完，还真只用了两刻钟。

"……伏望陛下听臣之言，察卫氏之奸，为天下除贼。卫氏一族蠹国已久，其势力盘根错节、牵连甚广，臣请立专案组严查，主犯置以专权重罪以正国法，从犯谕以致仕削籍以全国体。内贼既去，则朝政可清矣！"苏晏伏地向御座行了大礼。

苏晏长跪不起，青色朝服上所绣的神兽獬豸怒目圆睁。景隆帝沉默地注视着他跪伏的背影。

场中一时间鸦雀无声，官员们似乎都在观望与等待，又似乎正酝酿着一场席卷朝野的风暴。

"陛下，臣有话要说。"刑部郎中左光弼打破寂静，站了出来，"苏少卿所弹劾的卫家罪行，其来源并不可靠！"

众人闻言，吃惊地望向他。

左光弼继续道："之前苏少卿举办的公审大会，大家应该都知道，其中最重要的一个人证，就是奉安侯的内弟万鑫。此人不仅揭发真空教阴谋，连带也检举了卫家，向苏少卿提供了大量的证词与情报。"

"苏大人，我说得没错吧？"

苏晏站起身，平静地说："不错。"

左光弼微微冷笑，提高了声量："诸公可知，那万鑫已经疯了！"

"疯了？"

"真的假的，如何就疯了？"

御史楚丘当即挺身而出："公审大会当日，你我同在场上，那万鑫神志清醒、言辞清晰，并不是个疯子。左大人何出此言!"

左光弼望着昔日好友,道不同不相为谋,从今往后,他们便是政敌了——他在心里遗憾地叹了口气。

"万鑫自从被北镇抚司秘密逮捕,就一直关押在诏狱内。本官拿着刑部文书前去提人,北镇抚司却诸多推诿搪塞,只不肯放人,这是谁的授意,应该不用本官多说吧?"

左光弼转而目视苏晏:"这万鑫任由你们捏扁搓圆,自然是想要什么供词,就有什么供词。北镇抚司有的是整治犯人的阴招,他熬不过被逼疯,也在情理之中。"

"苏大人,倘若本官是在撒谎,就请你把万鑫放出来,让诸公亲眼一见,看究竟疯是没疯!"

苏晏面沉如水。

万鑫的确疯了,但他是疯在提交了证词之后,疯在卫家与鹤先生的设局里。自从苏晏在阮红蕉所传递的情报与她的性命之间选择了后者,就知道这一刻必然要来。

左光弼逼问:"苏大人为何不应答,是默认了本官所言属实?"

"我愧对万鑫。"苏晏沉声道。

群臣当即嘤嘤嗡嗡地议论起来,苏晏提高了声量:"我答应过万鑫,要保证他的人身安全,还说过如今诏狱对他而言是最安全的地方。为了让他能够活着出堂做证,我没让刑部把人提走,只因担心他在转移的半途遭遇暗算。但百密终有一疏,对方没有选择杀人灭口,而是用了另一种更加阴毒的招数。

"万鑫在提供了供词之后,被人药疯,这是专案组的工作失误,作为组长我理当对此负责。

"但他提供的证据是有效的,因为这些都不是孤证,另有许多证物与受害者可以互相验证与补充。这个叫作'证据链',就像铁链环环相扣,并不因其中一环有瑕,而全盘否定了其他环。

"另外,弄疯了万鑫的人是谁,受谁指使,如何潜入的诏狱,北镇抚司中是否有其内应,我还会继续追查到底,势必还万鑫一个公道!"

证据链?在场的刑官们琢磨着这个新鲜词儿,觉得颇有意思,不禁微微颔首。

的确,孤证不立。万鑫的供词是个重要证据,却并非唯一证据。

但左光弼仍咬着这点不放:"证据来源不明,最重要的证人也神志不清。依本官看来,苏少卿对卫家两位侯爷的弹劾,有借案攀咬之嫌疑,其言不足以取信,还望陛下明察!"

"勋戚重臣不可任人轻辱诬陷,望陛下明察!"不少官员纷纷下跪,声援卫家。

"陛下,卫氏恶行累累有目共睹,请诛国贼,以正纲纪!"另一些官员也叩首请愿。

景隆帝缓缓开口:"此事……阁老们怎么看?"

首辅李乘风刚想说话，喉咙痛痒难当，又用手巾捂着嘴咳嗽起来。

次辅焦阳抢先说："兹事体大，不可草率定夺，陛下不如派人另行查察。"

景隆帝道："焦次辅的意思是，也立个专案专查？"

焦阳一听，担心又让苏十二当了组长，忙补充："苏少卿与卫侯素有私怨，恐不能持心以公，理当避嫌。"

景隆帝沉吟片刻，刚要开口，蓝喜那边得了小内侍的传话，碎步移到御座边上，低声禀告："皇爷，太后那边有请。"

"你让人回话，说下朝后朕就去慈宁宫。"皇帝回道。

蓝喜为难地说："太后急症发作，请皇爷……一刻不得耽搁，立马就过去。"

景隆帝不再说话。蓝喜躬身低头，不敢看天子的脸色，只从加深加重的呼吸声中听出，圣心不豫。

短暂的沉默后，皇帝起身道："散朝！"

这场持续了两日，牵涉人员众多，声势颇为浩大的弹劾，双方各执一词、互相攻讦，最后皇帝没有任何表态就宣布退朝，有那么些虎头蛇尾的意思。

苏晏混在退朝的人流里通过金水桥，边走边推测：蓝喜究竟向皇爷禀报了什么，才使得今日朝会草草收场？

豫王从后方大步赶上，对他附耳道："母后急召，我也要去慈宁宫探望。待会儿上了马车，你就直接回家，哪儿也不要拐，你府上有我留下的侍卫，附近也有皇兄暗中派来的锦衣卫，比较安全。"

苏晏点头，真心道谢。

豫王不放心，又叮嘱道："今日之后，你要格外小心。兽类在遇险反扑时，最为凶残。"

苏晏再次点头，微笑道："王爷放心，下官惜命得很，行事一定慎之又慎。"

豫王深深看了苏晏一眼，转身逆着人流，在朝臣们的侧身避让中，向巍峨堂皇的深宫大殿走去。他的背影雄拔傲岸，却又显得寂寥，像卸甲的凋兵、孤旅的征人。

"夜阑卧听风吹雨，铁马冰河入梦来……"豫王醉后的低吟声犹在耳畔，苏晏怔怔地看了片刻，惊觉出神，忙收回视线，揣着一颗五味杂陈的心，回到了自家的马车上。

今日驾车送他上朝的是苏小京。苏小京比苏小北活泼也孩子气，见状调侃："大人怎么魂不守舍的，难道是打嘴仗打输了？"

苏晏轻叹一声："变数太多，输赢难料。"

苏小京扬鞭催马，轻快地说道："大人有本事，运气也好，每每都能化险为夷，这次也不例外。"

"你就这么相信大人我？"

"当然啦。与其担心大人打输,不如多考虑考虑今晚吃什么,小北哥最近老爱蒸包子,快把我也吃成个包子了。要不,今晚我们吃烤羊排吧……"少年清亮快活的声音,随着马蹄与车轮声远去。

刚推开院门,苏小北就闻声从门房里迎出来,说道:"大人,有个事儿,看样子还挺重要。"

"什么事?"

"包子蒸坏了?"

苏晏与苏小京同时问。

"去,去,自己去厨房拿包子吃,别妨碍我和大人说正事。"苏小北把苏小京撵走了。

他先把大门关紧,拉着苏晏走到厅中,方才说道:"阮行首的贴身婢女,就是之前非要和我换黄豆酱的那个,今早又来传话了。因为大人不在,我僭越收了字条,就等大人回来。"

苏晏道:"我上次叫阮姐姐注意安全,别再偷传消息,她怎么就不听呢。"

苏小北将字条递给他:"阮行首有自己的想法,就算大人也左右不得。"

苏晏接过字条,展开看,上面只有五个字:凤鹤会东寺。

他稍一思索,皱眉道:"卫贵妃好大的胆子!竟干出这种荒唐事,她是被猪油蒙了心?"

苏小北问:"卫氏干了蠢事、荒唐事,大人不乐见吗?敌人出昏招,难道不是我们的好机会?"

苏晏叹道:"要是不涉及皇爷的颜面,我自然乐见。"

苏小北不太明白,又问:"那我们要不要抓住这个机会?"

"机会自然不能错过,但得找个更合适的切入点,容我想想……"

慈宁宫。

隔着纱幔,榻上的人影看不分明,只能听见太后沉凝的声音从帷幄后方传出:"皇帝来了。"

"是。"景隆帝坐在榻前的圆凳上,问,"母后身体如何了?"

太后又问:"城儿呢?"

"儿臣在此。"豫王大步走进寝殿,朝皇帝行过礼,在另一侧的圆凳上落座,"母后急召,儿臣片刻不敢耽搁。"

"把帘子卷起来吧。"太后说。

当即有宫人上前卷起帘子,挂在玉钩上。太后斜倚在垫高的床头,面上并无病容,神情却郁郁寡欢。她平日妆容华丽精致,年过五旬看起来只像四旬美妇,此刻却铅华尽卸,显露出眉梢眼角难以抹平的细纹。

景隆帝见状有点意外,却又仿佛早有预料,问道:"不知母后所患是何急症?朕传了太医院的汪院使与另两个院判过来,好给母后仔细会诊。"

太后以手支额,微叹口气:"心病。"

"什么心病,竟让母后连妆容都不打理了?"豫王拖着凳子往前移了移,倾身端详,"不过母后无须上妆也是美的,儿臣生得像母后,真是赚到了。"

太后几乎被他逗笑了:"贫嘴!什么时候才能稳重、正经起来,学学你皇兄。"

"别,我可不敢学他。"豫王瞟了一眼端坐着的皇帝,"母后有什么心病,不妨说出来,让儿臣为您分忧。"

太后道:"你们知道今天是什么日子?"

豫王想来想去,不太肯定地问:"哪位菩萨……还是仙君的生辰?母后信的神佛太多,恕儿臣实在认不清也记不住。"

"尽给我插科打诨。"太后惩罚似的拍打了一下他的手背,"二十七年前的今日,我妹妹仓促出嫁,嫁给了比她年长整整一轮的卫演。"

景隆帝与豫王都知道昔日秦王府之事。

当时,他们的母后正面临侧妃争位的大危机。

还只是秦王的父皇也同时面临着危险与机遇。

秦王的长兄——铭太宗皇帝登基仅三年就病逝,并未留下任何子嗣。兄死弟及,太祖皇帝的其他十几个儿子,就成了合理合法的继任者人选。

去掉出身低微的、能力平庸的,还有七位皇子有一争之力。他们的父皇就是其中之一。

姨母的出嫁,换取到了整个庆州军对秦王的支持。

庆州毗邻达延部落,尚未完全归顺,常随边关战势摇摆不定,是镇边诸王费心争夺的关塞势力之一。当时庆州军的统领,是卫演的父亲卫途。

卫途老而弥坚,能征善战。正是因为与秦王府的联姻,才使卫途下定决心率部投靠,最终将他们的父皇护送上了龙椅。

从龙之功仅次于定鼎,可以说,卫家功不可没。

"妹妹出嫁的那天,拉着我的手说,'姐姐,我嫁给谁不重要,重要的是你得好好的,继续做秦王的正妃,让你的儿子当上世子。只有这样,我们才有出头之日。'我还记得,那时她强忍着眼泪说话的模样,也知道她早已有了心仪之人,却为了我挥剑斩情丝。"太后目光蒙眬,仿佛陷入了久远的回忆,"后来,卫家果然不负她的期望。卫演虽平庸,却对她百依百顺,卫途也因此重新审视你们父皇的分量,最终成了将他推上皇位的力量中最为强大的一股。"

景隆帝沉默良久,道:"母后,朕知道卫家曾经的功劳。所以这些年他们享尽了荣华富贵,想赐田加禄,朕允了,想把女儿送进宫,朕也娶了。整整二十年啊,母后,朕对他们的诸多不法恶行都是从轻发落，甚至睁只眼闭只眼。可他们却不知收敛，越来越放肆，越来越贪婪，难道非要将江山社稷拱手相送，才能抵得上当年的功劳吗？"

太后拍着榻面，异常严峻地叫了声："皇帝！"

"儿子失言，请母后息怒。"景隆帝退让道。

太后深吸口气，再度开口时，声音里显出了苍老："我分得清孰轻孰重！今日与你说这些，是希望你不要把事情做绝，给卫家留一条生路。我也会亲自告诫他们夫妻俩适可而止，能保一世荣华已是天恩浩荡，不可再贪图其他。"

"那么之前卫家所犯下的罪行呢？母后可曾看过言官们上疏历数的罪状，那些枉死的百姓——"

"百姓有亿万万，"太后打断了皇帝的话，"可我只有这么一门亲戚！"

景隆帝不再说话。

眼看气氛有些僵持，豫王打圆场道："母后护短，皇兄难道不知？小时候我俩与信王打架，无论起因是什么，母后哪次不是护着我们，与他母亲针锋相对？"

太后不太满意地瞪了豫王一眼："什么护短，我那是护犊子！如今也一样。二皇子将将满周岁，他需要一个在后宫能说得上话的生母，也需要一个在朝堂上能站得住脚的母族。把这些都剥夺了，让昭儿将来如何立足？"

"立足？"景隆帝慢慢琢磨着这两个字的分量，"他是庶子，又是幼子，能立在何处？或者说，母后希望他立在何处？"

"皇帝！"太后沉痛地说，"人家瓜蔓上长了一大串，尚且挑挑拣拣，留下最大最甜的做种。你这儿就生了两颗，怎么就不挑不拣，先长哪个就留哪个了呢？万一这个又酸又苦，另一个又被你提前剔除了，来年还能有什么收成？"

景隆帝沉默良久，道："母后的喜恶，真是十五年如一日啊。"

"看脾气、看学业、看心性，母后的眼光都没偏差到哪里去，你再看看最近出的石柱之事，还不能证明当年所求的卦象应验了吗？"

"卦象？什么卦象？应验了什么？"豫王好奇地问。

景隆帝摇头："鬼神之言，姑妄听之，不可尽信。"

太后说："无论你信不信，反正我信！"

豫王还想追问，太后朝大宫女琼姑使了个眼色。琼姑当即将豫王请到一边，小声道："王爷莫再追问太后，触痛了她的伤心事。"

"那究竟是怎么回事，你告诉我。"豫王坚持。

琼姑无奈，只好简单说道："先章皇后刚入宫时，太后第一眼见她就惊怒不喜，盖因她生得酷似先帝的侧妃莫氏。"

"莫氏？信王与宁王的生母，当年与母后争正妃之位的那个？"

"正是。太后特地打听了先皇后的生辰八字，竟与莫氏死的那日一模一样，连时辰都分毫无差——"

"等等！"豫王打断了琼姑的话，"我听说莫氏事发后被父皇幽囚，抑郁而终，被仆役发现时都已死了两三天。母后如何知道她死的准确时辰——"

豫王忽然消了声，眼神变得深邃难测。他想到了唯一的可能：莫氏其实是死在他母后手中。

琼姑只当作没听见，接着道："太后寝食难安，还找了大师来卜卦，卦象也很不好。太后本想打发先皇后出宫，但皇爷对她的性情、为人与学识都颇为满意，最终还是定了她的正宫位分。大婚那夜，太后托病不出面，其实喝了很多酒，喝醉后一直咒骂莫氏，又颠来倒去地同三殿下说话……"

"三殿下……你是说，我早夭的三哥？"豫王诧然道，"母后始终记挂着他……"

琼姑红着眼圈，叹气："那是太后最大的心病。三殿下的夭折，莫氏是罪魁祸首。试想，杀子仇人的转世又要嫁给她的另一个儿子，还生下一个长相肖似的孙子，她如何咽得下这口气？"

"转世之说虚无缥缈，我不信。"豫王摇头。

"可太后信！奴婢也信。"琼姑道，"而且奴婢知道，太后只要看着太子那张脸，就会想起先皇后，想起莫氏，想起早夭的三殿下，对她而言每时每刻都是煎熬！"

榻旁，太后握住了皇帝的手，恳切地说道："陞儿，母后也没强求什么。只是希望再多等几年，等二皇子长大，你再对比看看是什么情况。倘若在此之前，他的母族就因获罪一蹶不振，那他就真的一点盼头也没有了。同样是儿子，手心手背都是肉的感受，难道你不懂吗？"

景隆帝任由她握着手，依然不吭声。

太后近乎绝望地说了句："我当初选择你做世子，不仅仅因为你更年长、更合适！"

这句脱口而出的话，与没说出口的潜台词，像支利箭穿透了皇帝的心。

不仅仅因为你更年长、更合适——更因为我在两兄弟间偏爱你。所以我不得不承受"手心手背都是肉"的痛苦与愧疚，承受你弟弟对我的隐怨与不满。如今作为报答，你就不能多看重几分你的小儿子？

皇帝的脸微微泛青，又转为了毫无血色的蜡白。他先是以极大的力气，将太后的手捏得咯咯响，很快又松开，火燎般收了回来。

有那么一瞬间，他用难以言喻的目光瞥了一眼正在与琼姑说话的豫王。那目光里似乎藏着某种深切的痛楚，又似乎只是既成事实的漠然。

他用平淡的语气回答："母后恩情，儿子无以回报，理当听从母后的忠告。"

"那么对卫家的诸多弹劾，又该如何处置？"太后问。

皇帝咬紧的牙根骤然松开，似有似无地笑了一下："自然是全数驳回。"

"又该如何回复臣子的质疑呢？"太后又问。

"这一点，母后不是已经教过儿子了？"皇帝说，"'朕只有这么一门亲戚，此事不必再提。'"

太后欣慰地笑了。她疼爱地拍了拍皇帝的手："母后没有白疼你。眼下你姨母病得不轻，着实也经不起刺激，等她病情稍有好转，母后亲自去训诫她和她丈夫，让卫家多多收敛，莫要再使你为难。"

皇帝起身，拱手道："儿子就不多打扰母后歇息了，母后万安，儿子告退。"

豫王从琼姑处了解完旧事，见皇帝告退，想了想，也行了告退之礼。

出了慈宁宫，他大步追上皇帝，促狭似的打量对方平静中透着沉郁的脸色："皇兄，母后为了对你说体己话，还故意把我支到一旁。此刻该摆这副脸色的应该是我才对，怎么相反了呢？"

皇帝停住脚步，转头望向豫王。

豫王不明所以地挑了挑眉，目光毫不退缩地迎击而上。

皇帝审视了片刻，忽然抬手，拈下豫王肩头的点点飞絮。"飞絮恼人，但也说明春到了。"他说。

"可不是，万寿节都过了，皇兄又老了一岁。"豫王答。

皇帝没同他计较，反而淡淡地笑了笑，弹掉了指尖的柳絮："此物看似洁白如雪，却轻薄得不堪一触……若使化为萍逐水，不如且作絮沾泥。去它该去的地方吧！"

被捻成团的柳絮落到了地面，很快就与草叶泥土混作了一处，也不过是个普通种子而已。

豫王若有所思地望着那团柳絮，"哧"了一声："越是应有尽有，就越爱端着、越矫情。"

延福寺内，某间静室的门悄然开启。阮红蕉迎上去，托住了卫贵妃向前伸出的手。

卫贵妃迈过门槛，长长地吐了口气。

从她进入静室到这会儿出来，已经过去了整整一个时辰。阮红蕉不动声色地打量她，发现她衣衫整齐，鬓发丝毫未乱，双目却秋波涟涟，脸颊上泛着春情未褪的潮红。

饶是她久经人事，也一时没能确定，这孤男寡女暗处一室，究竟有没有共赴巫山？

她犹豫了一下，低声问："娘娘这下是要再去大殿，还是回宫？"

卫贵妃偏过头看她，难以平息的热切仍在眼底荡漾，连声调也透出一缕亢奋的余韵："你说，对一个女子而言，最重要的是什么？"

阮红蕉顺着她的心思猜测："愿得一心人，白头不相离？"

卫贵妃摇头："那只是锦上添花。本宫终于想明白了，为何要将自己的人生押在某个男子身上，去赌一个虚无缥缈的永不变心呢？哪怕对方是皇帝，也不值得。倘若天底下还有男子值得本宫去信赖与托付，那么如今只有一个人——"

是……屋里的鹤先生？阮红蕉以目视门。

卫贵妃再次摇头："是本宫的亲生儿子，昭儿。"

"鹤先生说得没错，鱼与熊掌不可兼得。本宫若不能抛弃杂念，专心致志地去为昭儿铺路，若心中还有诸多顾忌与放不下，最后就会落得两手空空。"她低头注视自己指尖鲜红的蔻丹，这蔻丹在葱白似的指头上像一片片无人怜惜的落英，"我在宫里不敢染这么正的红色，因为太后喜欢用这个颜色。

"太后喜欢什么，无须吩咐，就有人巴巴地去置办，从千里迢迢送至京城的琼花，到进进出出宫门的和尚道士。她那国事为重的儿子，对此发过一声责难吗？却偏偏对我母族苛刻如斯。归根到底，母子才是真正的一心人啊！"

卫贵妃忽地轻笑一声："本宫对你说这个做什么。你一个烟花女子，这辈子恐怕都不会有个能上台面的儿子，也就省了这方面的筹谋与心血了。"

阮红蕉心底恨苦得泣血，面上却带着无所谓的神色："娘娘说得是。奴家这般出身，只求一生衣食无忧，哪里还管得了什么子嗣，万一怀上了，还得愁着怎么处理掉呢。"

卫贵妃含笑道："本宫看重你，就是因为你识时务，摆得对位置。你帮本宫办成一件事，我便消了你的贱籍，赐你个贵女的身份。"

阮红蕉像是被这意外之喜砸晕了头，惊道："娘娘！奴家何德何能，竟得此大恩，必肝脑涂地以报！"

她顺势下跪，朝卫贵妃不断叩首谢恩。卫贵妃按住了她的肩膀，说："本宫的话还没说完。"

阮红蕉感激涕零："请娘娘示下。"

卫贵妃道："这件事说难也难，说不难……依你的手段，此事交予你再合适不过，只是要冒满门抄斩，甚至株连九族的风险，你敢不敢？"

阮红蕉先是一怔，随即面上涌起决绝之色："富贵险中求。像奴家这般低贱身份，哪天人老珠黄无人捧场了，怕是连顿饱饭都吃不上。再说，奴家有什么满门可言？父母生前卖我，哥哥犯法被流放，族人以我为耻，我还管他们性命？不如放手一搏！"

卫贵妃满意地点点头，扶起她，从袖中摸出一个小瓷瓶，放在她手中。

"这是什么？"阮红蕉问。

卫贵妃反问："你可知石柱谶谣之事？"

阮红蕉犹疑地说道："奴家听过市井上的一些流言……不过娘娘放心，此事太过荒谬，大多数百姓并不会相信。"

她所说的，与事实正相反，大多数百姓热衷传谣与添油加醋，说得有鼻子有眼。

卫贵妃此刻已不在意，她有更加紧要的事要筹划。

"这件事，太子正在调查，哼，贼喊捉贼而已。但他必须做出点成绩给他父皇看，为此不惜得罪户部，审查了不少涉及义善局的官员。有官员心虚，想方设法去打通太子的关节，所暗送的珠宝、美人都被太子留作了指控他们行贿的证据。"

阮红蕉道："看来太子年纪虽轻，却是软硬不吃。"

卫贵妃道："哪有无懈可击的人，何况他才十五岁。今夜太子就在义善局查阅资料，并未回宫，正是你的大好机会。"

"奴家该做什么？"阮红蕉问。

卫贵妃附耳说道："今夜你便是那投井官员的女儿，去私下求见太子，说父亲临死前曾将内情告知与你，所以你要找太子为父亲申冤。以这个理由，太子一定会见你。"

阮红蕉边听边点头："奴家不仅要见到太子，还要想法子与他独处……那么这个瓶子里？"

"蛇毒。"卫贵妃话音森冷，"只要你能在他身上抓出一道伤口，此毒沾染上去，见血封喉。"

阮红蕉听得心惊肉跳，极力控制着不露出异色，低笑道："娘娘说得对，奴家的确是最合适的人选。奴家虽是个弱女子，可抓伤过不少孔武有力的大汉，偏偏他们还求之不得，恨不得多挨几下呢。"

卫贵妃勾起红润的嘴角："你的本事本宫如何不知。太子正是血气方刚的年纪，必然更容易中招。事成之后，本宫会派人接应你，从义善局下方的密道离开。再弄一具赤裸的少女尸体在太子旁边，做出为父报仇、同归于尽的布置。如此一来，那朱贺霖不仅命丧九泉，名声也尽毁。"

阮红蕉接口道："且百姓又多了更离奇的谈资，届时还有谁会再去谈论石柱之事呢！"

卫贵妃握了握她的手指："你真是本宫的知心人。"

阮红蕉暗道：只怕我这知心人，一旦成事，死得比谁都快。

"娘娘放心，奴家定不辱使命。"她收好瓶子，又扶住了卫贵妃的手，同往大殿方向走去。宫女侍卫们见贵妃启驾，未得传唤，只能不远不近地跟在后面。

阮红蕉心中有了决意，假作担心："奴婢忽然想起一事，幼年曾听乡人们说，蛇毒容易腐坏，天气越热越不易保存。这瓶中之毒能否撑到入夜不坏？"

"这个本宫就不清楚了，不过既然是鹤先生亲手萃取与调制，想必也考虑到了这点。你回去后，拿活物一试便知。"

"万一试过之后发现失效,奴家再去哪里找同样的蛇毒呢?可以直接找鹤先生吗?"

卫贵妃想了想,道:"当然找他。你这么一问,本宫忽然想起来,那只被鹤先生讨要走的小耗子……原来如此,不是放生,而是杀生啊。"

她掩嘴而笑:"亏他还是个居士,如此行径……倒更有趣了。也是,他要真是个守清规戒律,又怎会——"后半句咽回去不提。

"小耗子?"阮红蕉脑中灵光闪过,"鹤先生养蛇?什么蛇,养在哪里?"

"他不怎么出门,许是养在侯府客房里吧,你去找过他,没看见吗?"

阮红蕉摇头:"未曾见。奴家怕蛇,还是别见的好。"

卫贵妃道:"有什么可怕。小时候界壁儿钻过来条蛇,我给抓着尾巴一抖,骨节就散了架,贼麻溜……"她惊觉失言,忙咳嗽一声,雍容地进了大雄宝殿。

一踏入闺房,阮红蕉就吩咐婢女:"给我煮一壶茶。"

婢女当即架起红泥小火炉,将壶盛满水放在炉子上烧。

等水开的工夫,她又让婢女去后院抓了两只鸡,先将其中一只公鸡割破脖子,从怀中掏出那个瓷瓶,小心地抹上瓶内带泡沫的淡黄液体。公鸡惨叫几声,没多久就抽搐而死。

水冒泡了,阮红蕉将瓷瓶丢进壶里,咕嘟咕嘟煮了好一会儿,才用筷子夹出来。

她又如法对待了一只母鸡。母鸡受惊吓,拍打翅膀到处乱窜,半点事也没有。

果然是蛇毒,煮开就失效了。阮红蕉垂目思忖片刻,叫来贴身婢女,让她等天黑就偷偷出门,去找苏大人传个话。

自己则重新更衣打扮,带上那个瓷瓶,坐着马车前往咸安侯府。

鹤先生竟敢挑唆卫贵妃谋害太子殿下,此人绝不只是侯府门客这么简单。阮红蕉怀疑他的房间内不仅有蛇和卫贵妃私送的求爱信物,恐怕也少不了能揭露其真实身份的东西。只要能找到这类东西,哪怕只是一张与同伙传信的字条,就能定他的罪。

事不宜迟,若是拖到今夜与卫贵妃约定好的时间,她还未按计划出发去义善局见太子,对方定然起疑。自己丢了性命事小,太子若是遇害,那才叫石破天惊的大事。

阮红蕉乘坐的马车消失在逐渐降临的暮色中。

天色擦黑,院中灯火燃起,照着老桃树下的一方烧烤炉。

苏晏正在捣鼓自制烧烤酱,时不时提醒苏小京给架子上的羊排翻个面,以免烤焦。

"小北哥怎么还不回来?再这么磨蹭下去,羊排熟了都还没入味呢!"苏小京不满地嘀咕。

院门被打开,苏小北快步走入,身后还跟着个脚步匆促的小货郎。

"叫你买胡椒,你怎么把货郎都带回来了?快点,快点,给我胡椒粉……哎,小货郎,你担子呢?"

苏小北拉着苏晏往厅中去。那货郎竟也紧跟着上了台阶。

苏小京在他们身后扯着嗓子叫:"干什么这是……我要的胡椒粉呢?"

"闭嘴吧你。"苏小北掏出个油纸包往后一丢。

苏小京赶忙接住,还想再抱怨几句,忽然闻到一股焦味:"哎哟,我的羊排!"

客厅中,货郎摘下头巾,露出一张清秀的少女面庞。她忐忑地说:"苏大人,奴是阮姑娘的婢女,前两次字条,便是奴递给这位小哥的。这次姑娘叫奴来找大人,务必将她的话当面带到……"

"快!小北,去把豫王留下的侍卫全都集中起来,后门待命!"苏晏急匆匆冲下台阶,一边赶往马厩,一边下令,"阿追,阿追!"

苏小北提醒他:"追哥已经走了,大人……"

苏晏脚步刹那停顿,酸楚之色在面上一闪而过,随即改口:"你叫小京去通知侍卫集合,然后立刻去一趟沈府,告诉沈柒——"

话音未落,便听斜上方有个声音唤道:"苏大人!要找沈大人,使唤卑职便是了。"

苏晏抬头一看,高朔趴在邻居家的檐角上——不,现在房契在他手上,也算是他家的。高朔正探头探脑地往这边看。

"高朔?你怎么还趴我房顶……算了,不是说这个的时候。我确实缺人手,你来得正好。"

高朔见苏晏不怪罪,忙从屋顶跃下:"有什么事,大人尽管吩咐。"

苏晏快速打量他:"你武功如何?"

"大人这话问的,闪锡一路上您不是亲眼见着了?卑职什么时候给沈大人丢过脸?说句不谦虚的话,至少不比褚渊那黑炭头差。"高朔答道。

苏晏不通武学,分辨不出荆红追口中的一流二流,既然七郎能和阿追打得不分伯仲,想必他的心腹探子武功也不赖,便说:"那好,你帮我做一件事。胭脂巷的阮红蕉,你认不认得?"

高朔笑道:"花魁呀,当然认得。我为了听她唱曲儿……不是,我为了搜集情报,去过几趟胭脂巷。"

"好,那我就拜托你潜入咸安侯府,找到阮红蕉,将她安全带到这里来。"

"偌大的侯府,大人可有更准确的信息?"

苏晏说:"侯府门客中有个叫鹤先生的,阮红蕉应是去见他了,你可以先从此人所住的房间找起。事态紧急,要快!否则恐怕阮红蕉有性命之虞。"

高朔点头道："大人放心，卑职必尽力完成任务。"

苏晏叮嘱："要小心。那个鹤先生不是普通角色，你看看能不能找几个帮手。"

高朔道："大人放心，还有两个锦衣卫探子在附近，我招呼他们同去。沈大人那边，我也会着人去通知。"

苏小北气喘吁吁地跑过来："大人，侍卫集合完毕。"

"走，我们去义善局。"苏晏出了后门，翻身上马，"无论鹤先生是不是那个'弈者'，都要做好对方多管齐下的准备。我怕阮红蕉只是其中一步棋，他另有后手。"

"太子绝不能出事！"他扬鞭催马，在呼啸的风声中带着一队侍卫疾驰而去。

苏小京听到动静，举着手里的长签子追到后门："那我呢，大人，我能做什么？"

苏大人已然远去。苏小北瞥了苏小京一眼："你？继续烤你的羊排吧。"

"你是说，这瓶中之物失效了？"

咸安侯府某间厢房的内室中，鹤先生接过阮红蕉递来的瓷瓶。

"奴家也不知是怎么回事。"阮红蕉神情有些焦急，"幸亏娘娘提醒过奴家，回去后要试一试药效。方才出门前，奴家拿只鸡试过，竟不起作用，这才急着来找先生。无论如何，可不能误了娘娘的事啊！"

鹤先生打开瓶盖，以手扇风轻嗅了一下，蛇毒特有的腥味几不可闻。他眼底掠过了然之色，淡然道："许是天气有点热，腐坏了。无妨，我再现取现制一份给你，至少能保质到明日。"

他起身走到衣柜旁，搬出一个藤条编制的缣箱，放在桌面。

阮红蕉好奇地挨过去看。

鹤先生微微一笑，没有阻止，开锁掀开了箱盖——

一条色彩鲜艳的蛇盘起身子，朝外咝咝地吐着红芯。这蛇虽不大，外形却颇为狰狞，猩红的蛇身上环绕着一圈圈白纹。看形状，有些像银环蛇，可银环蛇是黑底，这条蛇的底色却是血一样的红，头顶还生着鸡冠似的肉瘤，也不知是天然变异，还是培育出的品种。

阮红蕉惊叫一声："蛇！"当即双腿发软，就往鹤先生身上栽去。

鹤先生扶住她的腰身，含笑道："不必害怕。环儿颇具灵性，有我在，它不会咬你的。"

阮红蕉吓得面色苍白、泪水盈眶，是一树我见犹怜的带雨梨花。她颤声道："奴家幼年险些被毒蛇咬过，真的怕……不行了，奴家受不住，出门去避一避。"

她哆哆嗦嗦地冲到外间，打开房门就要出去。一阵夹杂着水汽的狂风扑面吹来，伴随着电闪雷鸣的巨响。暴雨鞭策着大地，檐下水流如注。

雨水溅得满头满脸，阮红蕉又发出一声惊呼，下意识地关闭房门，背靠在门板上直喘粗气。

"奴家的妆被雨水打花了。"她举袖遮脸,难为情地说,"可不能就这么去办娘娘交代的事……先生这里可有镜子?能否借用一下,容奴家补个妆?"

内间寝室床边的方桌带了一面大镜子,梳头正衣冠用的。

鹤先生温和地说道:"当然可以,姑姑请自便。"

女儿家梳妆打扮乃是闺中私密,非丈夫不便张看。鹤先生很有风度地抱着缥箱来到外间,把地方腾给她。

阮红蕉道过谢,远远地绕开缥箱,进入内室,坐在方桌前,将随身带的妆粉盒子、胭脂罐子等物逐一摆放在桌面。

她望着镜中的自己——面白如纸、目光却浓烈得像火——深深地吸了口气。

外间,鹤先生伸手从箱中捉起了那条蛇,双指在蛇吻两侧轻轻一捏。蛇口大张,弯而尖锐的玉白色钩牙暴露出来,在灯下闪着森然的冷光。

内室里传出细微的声音,像是上妆时瓶瓶罐罐碰撞发出的轻响。鹤先生垂目看蛇,微笑着拿起一支竹管,将蛇牙扣在了蒙着薄皮的管口处。

阮红蕉一面用左手拿着胭脂罐子,不时以大拇指顶动瓷盖,发出脆响;一面蹑手蹑脚地四下搜寻。窗外的大雨与惊雷声掩盖了她发出的微弱动静。

柜子、抽屉、书架、床头床尾的暗格……她动作利索地翻找了几处可能的藏物地,却没有任何发现。

补妆这个理由并不能拖太久,鹤先生萃取完蛇毒,随时都会进来。阮红蕉心急如焚,额角渗出了细密的汗珠。

她再次回身扫视整个寝室,目光忽然停留在琴桌旁的一个匣子上。

那匣子冠冕堂皇地放在那儿,上面压着个香炉,像块垫脚石。可连接上下匣身的黄铜合页却磨得锃亮,显然时常被开启。

灯下黑啊!阮红蕉眼睛一亮,过去搬开香炉,打开了那个并未上锁的匣子。

内中整齐地叠放着不少物件,阮红蕉第一眼就看到卫贵妃送来的鸾凤璎珞与经书画像,再往下翻,还有一张梵文书写的血经、一份誊抄的《祭先妣文》。

阮红蕉没空去想,为何鹤先生会留着太子殿下所写的祭文。她匆匆翻到匣子的底层,抽出了一块奇怪的铁片。

铁片两侧向下弯曲,呈覆瓦状,长约一尺出头,宽约五六寸,面上镶嵌着一列工整的用端楷书写的金字。许是因为年份久远,金漆已有所剥落,但字迹仍依稀可辨。

阮红蕉将这铁片移近灯火,仔细辨析着字眼:

从龙定鼎,于国有功。卿恕九死,子孙三死……

这是什么？

"这是金书铁券。"耳畔有个声音幽然说道。

阮红蕉大惊之下，铁片失手掉落。

鹤先生在它落地前及时接住，放回阮红蕉手中："无妨，姑姑继续看。"

望着缠在鹤先生手腕上咝咝吐芯的赤冠银环蛇，阮红蕉呼吸急促，汗湿重衣。

鹤先生握住她的手指，在铁券上移动，耐心解释："看这里……真空教教主闻香，铁券是颁赐给他的……还有这里，说的是他的功绩，率教众拥立太祖皇帝为乱世明王，而后随军征讨不义的前朝，立下了从龙定鼎的功劳。'卿恕九死，子孙三死'，说的是免除他本人九次、子孙三次死刑。但免刑后革爵革薪，不再保留任何封赏，仅是以券换命。

"这便是百姓口中所言的——免死金牌。"鹤先生的声音轻柔，灯光笼罩下的白丝衣仿佛散发着圣洁的微光，将那张年轻清俊的脸也衬得有如天人。

可他说出的话，却充斥着陈年的血腥味："金口玉言，太祖皇帝不好收回，便临时想了个法子——大军围剿抓住闻香教主后，下令先割他九刀，每一刀都不在要害处，算作各抵一次死。最后第十刀，方才割断他的咽喉，结束了这与碟刑无异的'恩典'。"

阮红蕉泛起一身寒栗，涩声问："你是……"

"嘘。"鹤先生将手指抵在她嘴唇前，"我保存了这块铁券许多年，不想让它被朝廷发现，因为一旦发现，它就会被销毁，内中的国仇家恨、恩怨纠葛也就再也无人知晓了。"

蛇吻近在鼻端，阮红蕉几乎透不过气，但仍顽强开口："你和真空教是什么关系？"

"我是前任教主的关门弟子，"鹤先生慢慢说道，"唯一的一个。"

阮红蕉不知真空教与朝廷有何纠葛，只听说太祖皇帝在建国初年就取缔了此教，于是她又问："你是现任教主？真空教祸国殃民，是为了报复朝廷？"

鹤先生笑了："世人误我良多，看来你也不例外……不过无妨，等你体会到生死无常的真理，自然就通透了。"

生死无常，如何体会……死了，就通透了？阮红蕉骇然摇头。

鹤先生将铁券放回匣子，将手探入她的衣襟。

阮红蕉的双眼于绝望中放出厉光，转身搂住鹤先生的脖子，媚声道："奴家不愿通透，宁可浑浑噩噩，及时行乐——"

"空色不异，色即是空，诸法实相，其性本空。"鹤先生以一种谆谆教导的口吻说道，同时，从阮红蕉胸口钩出一个贴身带的香囊。

他扯断系带，从香囊中掏出一卷小字条，展开扫视后，轻笑："人皆以娼妓为低贱，可以钱帛轻易货之。苏清河却比寻常人高明得多，他货的不是钱，而是情。如此一来，才能使你死心塌地，愿为他上刀山下火海……他可真是个妙人啊！我越发想同他多下几局棋了。"

苏大人不是你说的那样，不要以己度人！阮红蕉很想大声驳斥，但又忽然生出一股不屑。她知道今日自己不能善了，惊惧的心反倒平静下来，从鹤先生手中取走字条，重又装回香囊内，紧紧攥在手心。

"你动手吧。"她冷冷道。

鹤先生用欣赏的眼神看她，颔首道："我会为你诵经超度，让你早日回归真空家乡。"

他动了动手指。赤冠银环蛇昂首，张口龇出了蛇牙。

屋顶骤然破裂，瓦片纷落之间，两道寒光从天而降，一道直取鹤先生，一道射向阮红蕉面前的毒蛇。

阮红蕉惊惶地向后倒去，那寒光擦着她的面门而过，削掉了赤冠银环蛇的头。

蛇断头而不死。蛇身蜷曲着掉落，蛇头依然凭着惯性朝前扑去，尖牙狠狠扎进了阮红蕉的脸侧。

阮红蕉尖叫起来，攥住蛇头往外猛拽，皮肉却被蛇牙钩住，瞬间脱出不得。那道寒光紧随其后卷来，削去了那层皮肉，连同蛇头一齐被甩飞出去。

顿时血流如注，阮红蕉捂着缺了块皮肉的左下颌，死死咬住牙根，不再发出痛呼。她疼得头皮炸裂，泪水布满了双眼，只见两个人影在屋内翻飞，寒光与鹤先生的白衣搅作一团。

眼前光与影的轮廓越发模糊，她忽然想到什么，染血的手在桌角摸索，好不容易摸到了那个匣子，紧紧抱在怀中。漆黑最终吞没了一切，她再难支撑，晕厥在地。

深夜街巷的寂静被一阵阵密而急的马蹄声踩碎。

苏晏率一队缇骑，携着雷雨撞进了义善局的院门，高声喝道："我乃大理寺右少卿苏晏，求见太子殿下！"

东宫的侍卫们原在廊下避雨，被这突来的变故吓了一跳，正手持兵器围攻过来，闻声顿时愣住。为首那人认得苏晏，抹着满脸的水在雨帘中仔细辨识，叫道："的确是苏大人！大人为何雨夜率队而来，如此着急要见小爷？"

苏晏翻身下马，雨水沿着斗篷风帽的帽檐滴落。他大步上前："魏统领，我有急事要见小爷，烦请通报。"

魏统领道："无须通报。小爷早就吩咐了，若是苏大人求见，随时随地可以领进来。"

"小爷眼下何在？"

"在后院的文书库房，查阅赈灾粮调包案的相关文书。"

"快，带我去！"苏晏边催促，边快步冲上了台阶。

文书库房内，几盏油灯照亮了一方书桌与旁边成排的书架。

太子朱贺霖独自坐在桌前,解开卷宗的系带,仔细查阅,手边还堆放着不少已经看过的卷宗与账目。

紧闭的门窗外风雨交加。室内无风,油灯的灯焰忽然扑闪了几下,逐渐变成了一种诡异的幽绿色……

"啪嗒。"

"啪嗒,啪嗒……"

仿佛雨水滴落在木地板上的声音,在这密闭的安静室内响起。

朱贺霖心下一凛,四下顾盼,只见木箱堆满墙角,书架蛰伏在黑暗中,室内空无一人。

"啪嗒!"

这一声响在身侧,格外清晰。他转头看座椅旁,地板上不知何时出现了暗红黏稠的团团血迹。他猛地抬首,房梁亦是空荡荡的,鲜血从何而来?

"什么人装神弄鬼?出来!"朱贺霖当即纵身跃起,腰间佩剑出鞘。

他的动作带起了一股轻风,灯焰摇曳得更厉害了。

耳边"扑通"一声响,像沉闷的炸雷,紧接着是水花哗然、人在水中奋力扑打的声音……

明明是室内无人,为何会有诸般异声异象?朱贺霖呼吸有点急促,高声喝道:"来人!"

一部分东宫侍卫就守在文书库房的门口,按理说,听见他的叫声便会立刻破门而入。可他这一声令下,门外的侍卫却没有丝毫反应。

"冤啊!太子殿下逼杀我,我冤啊……"男子鬼哭狼嚎般的声音隐隐在室内飘浮,伴随着越发激烈的水花声与咕嘟咕嘟的冒泡声。

朱贺霖忽地想起那个投井自尽的义善局官员。

这算什么,阴魂不散还缠上他?朱贺霖反倒镇定了。他从小胆气壮,对待鬼神之事的态度,不像常人那般惊疑惧怕,也不像豫王那般因为分毫不信而嗤之以鼻,而是一种"来便来,小爷统统都给收拾了"的悍然血勇。

他用剑尖敲击了两下地面,沉声道:"要么现身,给小爷把话说清楚;要么劈你个烟消云散,连投胎都省了,自己选!"

话音方落,室内突然安静下来,万籁俱寂,再无声响。

孬种!朱贺霖一声嘀咕还未出口,灯焰陡然熄灭。浓墨似的黑暗中浮现出一双又一双猩红如血的眼睛……

苏晏赶到文书库房时,见守在门外的侍卫横七竖八倒了一地。

随同而来的魏统领心惊大喝:"出事了,快护驾!"

一群手持兵器的东宫侍卫踹开房门,冲入室内。

苏晏也想跟着冲进去，被身后的豫王府侍卫拦住。那侍卫说："王爷有令，让卑职务必保护苏大人安全，里面情况未明，还请大人留在此处，护驾之事交给东宫侍卫。"

苏晏此刻担心焦急，顾不上豫王的好意，用力掰开那侍卫阻拦的手："太子的安全比我重要！你们别只顾着我，赶紧进去帮忙。"

侍卫坚持道："豫王殿下的命令就是军令，军令如山，还望大人见谅。"

苏晏急得想跳脚："那你们分一半人手保护我，另一半进去帮忙，总行吧？"

说话间，屋内传出魏统领的高喝："有刺客！拿下他们，保护小爷！"

"快去！"苏晏催促，"万一小爷出了事，你们豫王殿下担上护驾不力的罪名，也是吃不了兜着走！"

这话触动了豫王府的侍卫，头领略一犹豫后，服从了苏晏的命令，带一半人手入内支援。

剩下的豫王府侍卫想护着苏晏撤走，苏晏不肯离开，听着屋内乒乒乓乓的打斗声，紧张得手指直揪斗篷。

轰然响声中，窗户突然破裂，几个人影从屋内撞飞出来，在满是泥浆的地面上滚了几滚，爬起来继续打斗。

借着照亮天际的闪电，苏晏瞥见其中一个黑衣人，蒙面黑巾上方露出猩红的眼睛，当即高声提醒："是七杀营的血瞳刺客，不要同他们对视，小心迷魂术！"

豫王府的那名侍卫头领冲出房门，对苏晏道："大人怎么还在这里？快走！"

苏晏抓着他问："小爷怎样了？"

头领答："卑职进去时，东宫侍卫已和那些黑衣刺客打成一团。小爷也拿着剑厮杀，只是瞧着有些不对劲，不分敌我见人就砍，砍伤了好几个侍卫，疯了似的。"

苏晏大惊道："这是中了血瞳刺客的魔魅之术，意识陷入迷魂境。小爷有危险，不仅要防着他伤人，还要防他自伤，你能不能想办法……打晕他，对，打晕，再绑起来。"

"卑职试试。"

头领正要转身进屋，一道剑光破门而出，将整排四扇的隔扇门都击个粉碎，木屑四溅。

苏晏举袖遮挡，脚下后退了几步，不慎在台阶边沿踩空，惊呼一声失衡向后跌倒。簇拥着的侍卫当即拽住了他，没让他滚下台阶去。

碎裂的隔扇门前，朱贺霖手持一把染血长剑，满面狂暴之色像被这声惊呼撼动，眼神茫然地望向苏晏的方向。

苏晏抓着侍卫的胳膊站稳，喘口气，叫道："小爷！"

朱贺霖张了张嘴，似乎想回应，但又发不出声音。

"小爷！"

犹如一声惊雷在耳边炸响，猛然的撞击让朱贺霖趔趄了几步，握剑的手被人死死攥住。

他像从极深重、极压抑的噩梦中被拽出来,满头大汗,喘息不定地睁开双眼。

面前是苏晏被雨水打湿的、年轻透润的脸。

朱贺霖不假思索地叫起来:"清河我错了,我真的错了,你千万不要想不开,我以后什么都听你的,你信我!"唯恐被打断似的,他一股脑地往外喷吐心里话,直至声嘶力竭。

苏晏:"……"

这孩子是不是傻?

周围一干侍卫:"……"我们什么都没听见。

苏晏干咳一声:"小爷,你还好吧?"

朱贺霖愣怔半晌:"我怎么了?"

苏晏用手背碰了碰他的额头,又仔细端详他的脸色,见他的眼神逐渐变得清明,松了口气:"没事了。方才你应该是中了魇魅之术,陷入迷魂境。迷魂境光怪陆离,仿佛是另一段扭曲错乱的人生,若意识深陷其中,便会伤人与自伤。"

"迷魂境?"

苏晏颔首:"旁人帮不上忙。须得自己勘破,意识方能挣脱。"

朱贺霖有些迷茫,皱眉沉思,然后笃定地道:"是清河把我拽出来的。"

苏晏道:"是谁都没关系,小爷没事就好。"

朱贺霖把剑一扔,曲臂环住了他的肩膀。

惊雷再度划破雨夜,照亮了厮杀打斗中的黑衣刺客与侍卫,朱贺霖的视线掠过苏晏的鬓角,看见围墙顶上不知何时站着一个戴着面具的红袍人。

他在苏晏耳边低声说:"我看见了七杀营营主。"

苏晏抓紧了他的胳膊,微微抽口气:"那厮武功了得,连阿追都打不过他。只怕在场所有侍卫加起来,都不是他的对手。"

有这么厉害?小爷这便要会一会他!话音在出口前咽了回去,朱贺霖拉着苏晏转到廊柱后面,对魏统领下令道:"把所有侍卫都集中起来,不要单打独斗,以免中了贼人的妖术。另外派几个轻功与骑术好的侍卫突围出去,拿我的令牌去就近的京卫军红铺,调一支弓弩队与一支火器队过来。"

苏晏见太子进退有据、调度得宜,短短几个月成长许多,感到了老父亲般的欣慰,补充道:"臣来此之前,也让人通知了沈柒,想必锦衣卫很快就会赶到。"

朱贺霖撇了撇嘴角:"通知沈柒作甚?小爷自己就能搞定。"

太子的成熟仿佛昙花一现,苏晏又感到了老父亲般的担忧,不禁皱起眉:"说的什么赌气话。大敌当前,援手自然是越多越好。"

朱贺霖不高兴归不高兴,倒也没反驳苏晏的话。

魏统领传完太子的指令,转回来道:"那些血瞳刺客凶暴如兽,此地太过危险,不如卑职命人先护送太子殿下与苏大人离开,其余人等殿后掩护?"

苏晏转头探出廊柱看了一眼,说:"来不及了。"

红袍人轻飘飘地跃下墙头,在大雨中一步步迈近。他仿佛被一面无形的屏障阻隔,雨水甚至无法打湿他身上的衣袍。

苏晏与荆红追相处久了,耳濡目染也了解了一点武学理论,知道此为真气外放所致,这也说明对方内力浑厚,且操纵入微。

红袍人越是逼近,身上的真气越盛,习武者如魏统领因为感应到境界上的压制而全身紧绷,而像苏晏这样的普通人,则产生了一种身处深水般的压迫与窒息感。

"拿下凶徒,保护太子!"魏统领大喝一声,带领着侍卫向红袍人冲去。

红袍人几乎是漫不经心地挥舞袍袖,带动的真气便将围攻而来的侍卫击飞出去。他似乎完全没把这些侍卫看在眼里,一步一步地向廊柱后方的两人逼近。

朱贺霖拾起之前落地的佩剑,将苏晏护在身后,厉声道:"七杀营与真空教狼狈为奸,犯君刺驾,荼毒百姓,必为国法所诛!"

红袍人停下脚步,面具后的视线盯着他,开口道:"太子勇气过人,可堪一战。"

朱贺霖一抖剑尖,就要向对方攻去,被苏晏死死拽住胳膊。"别去送死,想法子拖延点时间。"苏晏对他附耳道。

红袍人似乎听见了他们的密语:"在等援兵?可惜,援兵到时,你们的尸体都冷了。"

他从腰后缓缓抽出一对形状狰狞的断肠钩,擎在手上。寒意彻骨的杀气弥漫开来,朱贺霖脸色作变,将苏晏猛推到一旁,对豫王府的侍卫喝道:"带他走!"

侍卫们围过来拉扯苏晏,苏晏抱着柱子不撒手,一副要与太子同生共死的架势,看得朱贺霖又感动又心痛。

头领急声劝道:"苏大人,你留在此处也帮不上什么忙,不如早点脱险,也让小爷没有后顾之忧。"

苏晏死命摇头:"侍卫力量薄弱,不能再分兵了,你们先护着小爷。小爷没事,我们才能脱险;小爷出事,我们都难逃一死!"

"今夜你们谁也走不脱,全都得葬身此地,何必排个先后?"刃光扫过,血花飞溅,七杀营营主震开一个个奋勇应战的侍卫,继续逼近。

护驾的侍卫们要么被疯狂进攻的血瞳刺客缠住,要么几招之下就毙命于营主手中,人数越来越少。

朱贺霖忍无可忍地挥剑迎击,也只堪堪抵挡了十几回合,剑刃便被对方的左手钩锁住。眼见右手钩当胸削来,朱贺霖绝望地闭眼。

一道寒光自远处激射而来，竟比划破夜空的雷电更加迅猛、更加灿烂，带着无与伦比的精准与力度，撞击在营主的钩刃上，几乎使它脱手飞出。

　　双钩被这流星似的一箭震开，朱贺霖死里逃生，当即抽回剑刃，回身后撤。

　　营主虎口发麻，心知这是个劲敌，却想不出京城还潜藏着哪位高手，能有这等功力。他顺着箭矢射来的方向望去，看见了雨幕中立于屋檐斗角上、一身玄色曳撒的高大男子。

　　"豫王。"营主藏在面具后方的眉头不禁皱了皱。

　　豫王行伍出身，武艺过人，这一点他早听浮音禀报过。可没有料到的是，这个"过人"，实在是过得有点多，也不知是浮音之前看走眼低估了，还是豫王有意藏锋不露。

　　豫王见对方转头望着自己，隔着面具似乎也能感觉到那股诧异，哂笑一声，把手中的硬弓丢了，唤道："槊！"

　　旁边的侍卫立刻将马槊抛过去。

　　豫王足尖一挑，将槊身握在手中，槊尖遥遥指向营主，做了个邀战的动作。

　　营主如临大敌，将双钩横在胸前，周身真气愈发强烈。

　　豫王脚下一蹬檐角，人与槊合而为一，如同从天际倒卷下来的一道黑色飞瀑，向他侵掠而去。

　　高朔抱着昏迷不醒的花魁，在雨夜中策马狂奔。

　　他奉苏晏之命，带着两名锦衣卫密探，潜入咸安侯府寻找阮红蕉的下落，摸到了鹤先生所住的厢房。出于探子的谨慎，他没有立刻破门而入，而是先躲在屋顶，在瓦片间掏出一条缝隙，向下窥看。

　　刚巧看见阮红蕉搂住鹤先生的脖颈，娇媚求欢的一幕，不由得腹诽：听苏大人说得急切，什么性命之虞，还以为形势有多紧迫，却原来在这里偷情。

　　一名探子打手势问：下去，挟了人就走？

　　高朔以手势回道：情况未明，先观望。

　　三人继续看，未料屋内情势陡转，男方举止温柔却暗藏杀机，女方曲意逢迎竟慨然赴死。

　　高朔暗叫一声：不好！

　　当即撞破屋顶，一刀将那条毒蛇削为两截。可惜蛇不比其他畜生，断了头依然能继续攻击，咬中了阮红蕉的脸。

　　人命要紧，高朔不假思索地削掉了被毒蛇咬到的那块皮肉，希望能阻止蛇毒的进一步蔓延。另外两名锦衣卫则与鹤先生缠斗起来。

　　鹤先生看着年轻，却身负上乘内功，高朔原本以为这会是一场九死一生的恶战。打着打着，倒让他发现了古怪之处——

原来这鹤先生空有一身内功，境界超绝，可是不通招式。

几名锦衣卫探子虽然没有高明的内功，却是刀尖舐血的行家，一招一式皆是在生死关头磨砺出来的。

一方仰仗内功，一方依靠招式，倒也打得短时分不出胜负。

打斗声惊动侯府守卫，高朔见阮红蕉昏迷，担心她扛不住失血与蛇毒，忙招呼两个同伴殿后，自己带着人突出了重围。

救走阮红蕉时，高朔见她哪怕不省人事也死死抱着一个匣子，猜测此物紧要，便连人带匣一同带走了。

追兵被远远甩开，怀中女子的鲜血将他半身衣襟都染红了，高朔这下意识到——他削了人家姑娘脸上一块皮肉，十有八九让这国色天香的花魁毁容了！

高朔一边纵马疾驰，一边低头看胸前糊满了血污的脸，心中说不出是遗憾、懊悔还是歉疚，很有一种焚琴煮鹤的罪恶感。

"阮姑娘？"高朔叫了几声，没有回应，又空出一只手摸了摸她的颈侧脉搏，不由得皱眉。脉搏细弱，再这样失血下去，恐怕到不了苏府，人就要咽气。这可不行，苏大人的命令是要将人安全地带回来，他得赶紧先给找个大夫。

高朔想起了常来给沈大人治伤的外科大夫陈实毓，便掉转马头，朝陈大夫的医庐去。

刚巧昨日验尸误事的陈大夫为了逃避自家夫人的数落，借口夜深雨大回不了家，在医庐中躲清净。高朔敲门而入时，陈实毓刚刚睡下，见阮红蕉伤情严重，连忙给她止血。

"多漂亮的姑娘，可惜了……"陈实毓感慨。

高朔越发愧疚，讷讷道："她被毒蛇咬了脸，我也是不得已。"

"毒蛇？什么蛇？怎么不早说！"陈实毓瞪眼道，"你这一刀要不了她的命，蛇毒要命！"

高朔只记得是条红底白环的蛇，但说不清什么品种，一急之下，又冒险返回侯府，把断成两截的蛇尸给找回来了。两名锦衣卫探子早已脱身，他却为了蛇尸挨了守卫的一支冷箭。

他带着插在后背的箭回到医庐。陈实毓头疼地说："一个伤患变成了两个……趴那儿，趴那儿别动，老夫这会儿没空处理你的箭伤。"

高朔自觉没伤到要害，箭头这么插一会儿也无妨，疼可以忍，于是道："我不急，大夫你先紧着救她。"

陈实毓检查完蛇尸，说道："这是人为培育的变种银环，毒性更甚原种。所幸这条蛇在咬人之前，已被取过几次毒液，体内毒囊余毒不多，你又出手得及时，否则老夫还真救不了这姑娘了。"

高朔终于松口气，连连说："那就好，那就好，能活下来就好。"

陈实毓配了解毒丸，给昏迷的阮红蕉喂进去。

高朔趴在隔壁病床上，看她几乎包扎成了白粽子的侧脸，看得出了神。

"老夫包扎手法有问题？"陈实毓问。

高朔魂不守舍地点头，忽然意识过来，连忙摇头："当然不是。我只是有点感慨，一个青楼女子，在机巧之外竟还有这等骨气与勇气，实在令天底下那些软骨头的男子汗颜。"

陈实毓捋须呵呵笑道："莫轻风尘，自古以来不乏侠妓，红拂、李娃之流皆如是。梁红玉甚至能披甲挂帅，实是巾帼不让须眉。"

高朔若有所思地点头："再美貌的女子，总有人老珠黄的一日，但襟怀与风骨，却是一辈子的光彩。"

"就是这个理。"陈实毓道，"你看拙荆，有什么容貌可言？可老夫与之相守终身，正是因为始终记得初见之时，她拼着自己风寒未愈的身体，也要下河去救落水的娃娃，那股子胆义之气，至今仍熠熠生辉。"

高朔不再说话，继续趴着看阮红蕉昏迷的侧脸。以前听阮红蕉唱曲，觉得她生得美、声音好听，可貌美的姑娘多的是，当时看着赏心悦目，也颇有云雨一番的心思，回头却不见得多挂念。如今她这般狼狈模样，怎么反倒更叫人上心了呢？

高朔没想明白，就使劲想，就连陈实毓在他背上挖走了那枚箭头，也没顾得上吭一声。

陈实毓调侃道："又给老夫省了一碗曼陀罗汤。多几个这种病人，医庐的成本就能多降低几分。"

高朔有些不好意思，问："之前还有谁？"

豫王殿下。老夫给他缝了七十二针，他一口麻醉汤没喝，边缝针边看着坐在旁边的苏大人，还能笑得出来。

陈实毓嘴里却答："病患的私人信息，恕老夫不便透露。"

高朔也只是随口一问。他更关心的是阮红蕉什么时候醒。

陈实毓道："血止住了，余毒也清得差不多，估摸睡上四五个时辰就会醒。不过，这张脸怕是无法恢复如初，被削的皮肉哪怕再长出来，也是凹凸不平的息肉与疤痕。"

高朔沉默许久，说："恐怕以后青楼也没有她的容身之处。她该何去何从……还望大夫尽力救治，挽回她的容貌。"

陈实毓叹道："尽人事，听天命。"

七杀营营主曾见过龙吸水。

天色骤变的午后，如墨浓云沉沉地压向江面，云中似乎涌动着一条盘旋的飞龙，卷出接天垂地的巨大水柱，那种搅碎苍穹、饮尽江河的气势，令观者无不骇然变色。

如今，他仿佛再次感受到了这种气势——竟是从空中雷腾云奔般袭来的一人一槊中。

人影与槊身都是漆黑，却并未被黑夜吞没。相反，槊尖长刃挑出的寒光，是龙的怒睛与獠牙，带着风激电骇的迅猛，乃至卷起漫天雨幕翻旋成气浪，排荡而来！

这般引动玄象的一招，避之则气泄，只能挡。营主大喝一声，双钩封门，将全身真气灌注其间，迎击而上！

以二人为中心，雨水向四面八方炸开，如万珠齐射，气浪将周围众人掀倒在地。苏晏这个抱着柱子的尾生，更是没能逃脱真气的冲击，双手一松就朝后方碎裂的门框飞去。

门框上满是尖锐的断木，犬牙交错。朱贺霖大惊之下，急捉苏晏的袍袖，猛地往回拽。两人撞在一起，抱成团从台阶上滚了下去。

苏晏摔了个七荤八素，还把嘴给磕了。他舔了一下破皮流血的嘴唇，咝咝地抽气，痛苦地说道："你的脑门跟我有仇？怎么每次都专往我嘴上磕……"

朱贺霖的脑门也疼，但和撞在台阶边上的疼相比，还算是轻的了，想起苏晏险些被戳在断木上，更是后怕。

他搀扶着苏晏起身，迁怒道："都怪四王叔，打归打，就不能留点神？"

刚才那一击，双方都不遗余力，高手对决，胜负只在一瞬，哪里还会分心他顾。苏晏虽不会武功，也知道这个道理，所以并没有怨言，反而庆幸与感激豫王及时赶到，救了太子和他的性命。

豫王与营主的打斗仍在继续，场中风雷激荡，无论刺客还是侍卫，境界压制下都没有插手的余地。

面对强敌，营主自知短时分不出胜负，趁钩身绞缠住槊尖时，从袖底甩出一支铁哨子，遇风疾响，鸣声尖锐刺耳。血瞳刺客听见这哨声，仿佛接收到某个指令，齐齐转头望向朱贺霖与苏晏，随即狂暴地挥剑扑来。

几名东宫侍卫从地上爬起，忙不迭地过来护住太子殿下。

朱贺霖把苏晏往侍卫身上一推："带他走！谁不听命，小爷砍了他的脑袋！"

苏晏被侍卫们七手八脚抓住，忽然从雨中听见了由远而近的马蹄声。马蹄声如江潮，向着他们所在院落涌来，俨然是支大军。

队伍的前锋如箭矢撞进了义善局的大门，为首的男子身穿藏青色飞鱼服，外覆硬革肩甲、臂甲，手中绣春刀映出一片冰雪色，峻声喝道："锦衣卫听令——左哨护送太子殿下回宫，右哨拿下所有血瞳刺客，如遇反抗就地格杀！"

缇骑们应声如雷："得令！"

是沈柒，还带了援军！苏晏惊喜不已，心中石头落了地。

营主见大势已去，知道今夜无论如何也杀不了朱贺霖了，再不撤只怕被大军围困难以脱身，便将系在手腕的细铁链一抖，那只铁哨子随之剧烈震颤，吹出了令人耳鼓刺痛的凄厉声响。众人不堪忍受地伸手捂耳，唯独血瞳刺客齐齐发出了啸叫，与尖锐的哨声相应和。

豫王也被这声音刺得气血翻涌，后退几步，以槊拄地。他咽下一口逆气，高声示警："这些刺客身上真气混乱膨胀，当心他们自爆！"

马上的沈柒面色作变，大喝道："全都后退！快退！"

说着他弯腰一把捞起苏晏，带到自己的马背上。苏晏还抓着朱贺霖的手腕，但因湿漉漉的滑不溜手，一下子就滑脱了。好在另有锦衣卫缇骑冲上前，把太子提上马背就往外撤。

此起彼伏的砰然声响中，刺客们引爆了体内真气，顿时血雾弥漫。那血肉离体时也不知在衣物中沾染了什么，竟带着剧毒，溅在来不及躲避的侍卫头脸上，眨眼间皮肉就被腐蚀了一层，中招者惨叫连连。

"哪里走！"豫王将长槊往地面用力一扎，整个人借势弹起，追着疾掠而逃的七杀营营主去了。

等到血雾彻底散去，现场只留下百来具不成人形的尸体，与数十名不慎中招的侍卫。

"快去打些井水来给他们冲洗。"朱贺霖吩咐道，"冲洗完立刻送去就医。"

把太子托付给锦衣卫后，魏统领奉命去料理伤者。

沈柒扶着苏晏下了马，关切地问："有没有事？"

苏晏摇头，望向营主与豫王消失的方向，皱眉道："七杀营营主武功高强，又兼狡诈狠毒，豫王他会不会……"

"放心。你当豫王是直肠子？'兵以诈立，以利动'，他可是深谙其中之道，吃不了亏。"

苏晏稍微放了心，又去顾着太子："小爷没事吧，方才从台阶滚下，可有受伤？"

朱贺霖后背一抽一抽地疼，却摆出不以为意的模样："小爷结实得很，区区几级台阶能伤得了我？"

苏晏叹口气道："今夜真是惊险。多亏阮红蕉及时传信，我才知道七杀营与真空教打算对小爷下手……对了，高朔回来没有？"

沈柒问锦衣卫暗探头目，头目道："未曾见到。"

苏晏有些担心："我让他带几个人潜入咸安侯府救阮红蕉，至今未回，莫不是遇到麻烦了？不行，得派人去接应他们。"

哪怕他不说，沈柒也不会放着心腹遇险不管，正在吩咐之际，见两名探子策马飞奔过来，抱拳禀告："大人，卑职们撤离侯府时与高总旗失散，遍寻不着，只得先回来复命。"

苏晏问明他们在侯府的所见所为，十分担心阮红蕉的安危，想了想，说："许是伤势恶化，高朔带她去就医。麻烦你们去那附近的医庐或药铺打探打探，看能不能找到人。"

探子们领命离去。

没过多久，豫王回来了。苏晏下意识地打量他，见其全须全尾的没受伤，松口气，拱手道：“多谢王爷只身据敌、力战营主，否则太子危矣，下官亦不得活。”

"太子遇险，本王身为叔父，自然有救护之责，否则何以回报皇恩。"——如果是恪守臣礼的亲王，大概会回以这般谦辞。

"太子能脱险，全靠本王拼力救护，不知打算如何谢我？"——如果是飞扬跋扈的亲王，大概会借机骄夸邀功。

谁知豫王是一朵不走寻常路的"奇葩"，以至于苏晏完全错估了他的反应。他连个多余的眼神都没给太子侄儿，只朝苏晏问道："方才我打得如何？"

苏晏道："哈？"

豫王问："你没看见？那么有气势的一招，你没看见？"

苏晏回道："呃，看见了，很厉害，很帅。"

"'很帅'是何意？"

"就是很……漂亮，精彩，了不起。"

豫王得意扬扬地笑了。朱贺霖气得跳脚："帅个屁！他打起架来谁都不顾，险些把你掀到木条上穿几个洞，你这么快就忘了？！"

苏晏讷讷答："那不是没穿洞吗？"

朱贺霖怒道："是因为小爷拽住了你！滚下台阶时小爷还给你当垫背，脑门都磕肿了！你怎么不说小爷帅？！"

沈柒沉下了脸："下官带伤驰援，既未与敌相搏，又无垫背可当，莫非就入不了苏大人的法眼？"

苏晏饱受"三面夹击"，头大如斗，只得含糊答："都帅、都帅。我……我嘴疼，我要去敷药。"

他走出去几丈，又折返回来，问豫王："营主呢，是死是活？"

豫王道："没死，负伤逃了，可惜伤得不重。"他自己也受了点伤，但并不想让苏晏知道，以免"很帅"打了折扣。

苏晏屈指蹭着下巴，忖道："七杀营营主与鹤先生显然是一伙儿的。他受了伤，鹤先生那边又走脱了重要人证，两人必然要碰头商定对策……你们说，营主会不会逃进了咸安侯府？"

"有这个可能。"沈柒道。

苏晏叹气："上次在朝会上，我本想找个借口搜查侯府，可惜被对方抓住了阿追这条小辫子。皇爷也下旨意，两不追究。如今若要再提请搜查侯府，须得有新的理由，或是更有力的证据才行。"

朱贺霖一拍栏杆："小爷遇刺险些丧命，这个理由还不够充分？"

苏晏反问："可谁能证明刺杀小爷的七杀营营主与咸安侯府有关？豫王殿下亲眼见到营主逃入侯府了吗？"

豫王摇头。

"所以说，我们还欠缺一个核心的人证或物证。"

苏晏想来想去，突然打了个大喷嚏。仲春虽气温有所回暖，但被雨淋透的衣物贴在身上久了，寒气与湿气侵体，也让人受不了。加之在地上滚过，泥浆与木屑粘满头发，他此刻的样子狼狈得很。

苏晏说："我先去洗个热水澡、换身衣服，回头再讨论。"

雨势渐渐小了，高朔站在走廊，忍着后背新包扎的箭伤处传来的疼痛。他见一众贵人从屋内走出，正要下跪行礼，被苏晏及时扶起。

苏晏关切地问："我听那两名探子说，你们和鹤先生交手了，你有没有受伤？"

高朔感激道："些微皮肉伤不碍事，多谢大人关心。"

苏晏又问："阮姐姐呢，她伤势严重吗？"

高朔面露愧疚："性命无碍，但伤在……伤在脸上，卑职出了应虚先生的医庐时，她还昏睡未醒。"

苏晏抽了口凉气："脸上！她一个姑娘家……我得去看看。"

"大人等等，"高朔将胳膊下夹的匣子递过去，"阮姑娘昏迷前，将这匣子死死抱在怀中，被卑职一块带出来了。卑职打开看过，里面的东西像是极为紧要，便立即给送了过来。"

"匣子？莫非是阮姐姐从鹤先生房中拿到的？"苏晏接过来，打开匣盖，沈柒、豫王与太子都凑过来看。

侍卫搬来一张木桌，铺上干净白布。苏晏将匣中之物一样样取出，放在桌面。

东西五花八门，有断掉的箭头、疑似人骨的一截枯指、写着真空教教义的宝卷……

"这不是小爷送去延福寺供养的血经？怎么落在鹤先生手里？还有小爷写的祭文，他誊抄这个做什么？！"对亡母的思念被亵渎了似的，朱贺霖十分不爽。

豫王用指尖钩起一串鸾凤璎珞，挑眉道："本王看这璎珞有点眼熟啊，像是宫中女子佩戴之物。"

沈柒则抽出了一块瓦片形状的铁片，快速扫视，面色微变："这是太祖皇帝颁赐的金书铁券，看文字，是颁给当年的真空教主闻香的！"

朱贺霖当即反驳："真空教乃是太祖皇帝钦定的邪教，怎么可能会把如此珍贵的金书铁券赐给教主？一定是伪造的赝品。"

豫王放下璎珞，接过铁片翻来覆去看了片刻，鉴定道："是正品。"

朱贺霖诧然："这……我得去问问父皇，看究竟是怎么回事。"

"这个匣子，确定是从咸安侯府中拿出来的？"苏晏问高朔。

高朔笃定点头："就从鹤先生的房内，应该是他的私物，被阮姑娘发现了。阮姑娘知道这匣子的重要性，所以就连昏迷了也紧抱不放。"

"这些东西，足以证明鹤先生与真空教的关系，他十有八九就是现任的真空教教主。如此一来，卫家就脱不了干系了！多亏鹤先生有收集战利品的癖好，才让这最确凿的物证落在了我们手上。"苏晏一拊掌，"我这便入宫面圣，说服皇爷下旨搜查咸安侯府与奉安侯府，把鹤先生和七杀营营主直接拿下！"

朱贺霖："这个时辰宫门早已关闭，只有小爷能叩得开，小爷陪你同去。"

沈柒："来不及！只怕你们还没要到圣旨，那两人就已经闻风而逃。"

豫王："本王也有此担心，他们既与卫家勾结，恐怕宫中也少不了通风报信的耳目。"

苏晏想了想，说："那就只有先斩后奏这一条路了。可这种事从来都是大忌，莫说尚方剑早已归还给皇爷，哪怕尚在我手中，擅自带兵去国戚府上查抄缉拿，也超出了皇爷给我的权限，必然被人扣上专权僭越的罪名。"

众人知道他顾虑得在理。高朔问："那怎么办？"

沈柒沉声道："兵分两路！我带锦衣卫找个由头先将两个侯府围住，跟他们周旋，清河那边尽快拿到圣旨。"

苏晏摇头反对："如此一来，压力都在你身上，无论卫家有没有罪，事后你必遭朝臣疯狂弹劾。"

"可目前只有这个办法了。"沈柒坚持道，"反正我北镇抚司素来气焰嚣张，凶名赫赫，人所共知。"

苏晏还是反对："这罪名太大，恐怕太后也不会坐视不管，不行，不能让你一个人背锅。要不我与你同去，分担一下炮火，证物就麻烦小爷独自送进宫给皇爷。"

豫王开了口："一个个的，都没把本王放在眼里？只要本王在，卫家就会有所顾忌。那些朝臣若是想弹劾尽管来，本王什么弹劾没吃过，虱子多了不咬，债多了不愁。"

苏晏意外地问："所以王爷的意思是……可以与沈柒一同去围侯府？"

"不是有两个侯府？他围他的，我围我的，看谁镇不住场子！"豫王哈哈大笑，掠下台阶，翻身上马，招呼王府侍卫们，"走，去找卫家的晦气。"

"放心，我和小爷一定会拿到圣旨，及时给你们送去。"苏晏说着，一把拉住朱贺霖，"事不宜迟，快走。"

第十四章

接应者沈柒

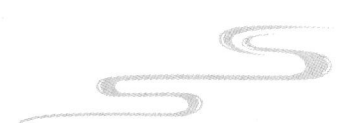

深夜,宫门紧锁,一队队羽林卫手执火把巡逻皇城,不敢有丝毫懈怠。

马蹄声在巷中阵阵回响,一支数十人的侍卫队伍疾驰而来。守门羽林卫远远见到骑士们身上的甲衣,扬声问:"可是小爷回来了?"

为首的红鬃马似乎比他的话音还快,眨眼已至面前,火光映亮了朱贺霖那张年轻且英气勃勃的脸。"正是小爷,快开门。"他亲自应答。

不多时宫门打开。朱贺霖一抖缰绳要继续策马,守卫头领抱拳:"小爷,入禁门须下马。"

朱贺霖道:"我有十万火急之事要见父皇,下不为例。"

守卫坚持:"宫规难违,求小爷体谅。"

朱贺霖怒道:"我说了有要事,一刻都耽搁不得,回头父皇责怪下来,我自己担着!"说着一鞭抽在马臀,强行冲进了禁门。苏晏的坐骑也跟着冲了进去。

后面的东宫侍卫不敢跟着造次,老实下马,快步追赶。

守卫无奈地目视太子绝尘而去。

直至养心殿外的宫门,朱贺霖方才下马。苏晏有些愧疚地说道:"今夜闯宫,要连累小爷挨骂了。"

朱贺霖道:"你是说那些朝臣?小爷才不在乎。以前贪玩厌学,挨骂也便罢了,如今小爷办正事,谁敢骂我,我就抽谁。你说,小爷做得对不对?"

苏晏失笑:"对,这叫事急从权,谁骂你,我帮你喷……弹劾他。"

说话间两人穿过广场，快步走上台阶。苏晏认得殿门外守夜的内侍正是多桂儿，便叫道："多公公，劳你向皇爷通报一声，太子殿下与微臣苏晏求见。"

养心殿内，景隆帝正在翻阅从大潼边镇传来的最新战报，听闻二人求见，头也不抬地说道："太子会胡闹，苏晏却不会跟着瞎搅和，深夜谒见，想必真有急事，让他们进来吧。"

多桂儿诺了一声，躬身退下去传旨。皇帝忽然又改变了主意，对蓝喜道："你去，只领苏晏进来，让太子在外面候着。"

殿门外，蓝喜传了皇帝的口谕。朱贺霖既恼火又委屈，苏晏拍了拍他的胳膊，只说了句："少安毋躁。"

明明只是句寻常的话，不知为何，朱贺霖的心却一下子冷静下来，点头道："你放心。"

苏晏抱着匣子随蓝喜走进殿门。"亥时了，皇爷还未入睡，近来圣躬安否？"他小声问蓝喜。

蓝喜笑着甩甩拂尘："苏少卿何不亲自一问？"将苏晏带到内殿，他很知趣地退下，还示意其他宫人也一并退走了。

"叩见吾皇万岁。臣自知深夜闯宫乃是大罪，但因有急要之事……"苏晏言简意赅地把事情前后交代了一番，随后说道，"故而臣自作主张，打算先围了两个侯府，以免鹤先生与七杀营营主走脱，同时进宫来向皇爷讨一份圣旨。"

皇帝放下手中的军报，神色从容："你想查抄卫家？"

"皇爷言重了，只是缉拿逃入侯府的钦犯而已。当然，钦犯落网后经过审讯，会供出哪些同谋，那就另说了。"苏晏狡黠地笑了笑。

皇帝略一沉吟："把那块金书铁券给朕瞧瞧。"

苏晏上前，将手中匣子小心地放在御案上，打开盒盖，取出一块瓦片形状的铁券。

皇帝接过铁券，对着灯光仔细看："的确是太祖所赐之物，看来这鹤先生即便不是现任真空教教主，也与之关系匪浅。"

"可太祖皇帝把金书铁券赐给闻香后，又为何要杀他？"

"此事说来话长，以后有空再告诉你。"皇帝把铁券放到一旁，又检视了匣子里的其他物件，目光陡然停留在一串金红色的鸾凤璎珞上。

皇帝眯起了眼，脸色忽然变得有些阴沉。他把匣中之物往桌面一倒，从中拣出一卷非宫中不可用的高丽贡纸。

纸卷展开，上面是一幅精美的明王、明妃合体双修图，神情动作栩栩如生。

这下连苏晏都愣住了。之前走得急，他没空将匣中所有物件仔细验看，鬼知道鹤先生还收集小黄图？他就这么大大咧咧地呈给皇帝，算不算有污圣目？

画像下方还有两行字：

《大日经疏九》曰:"复次若男女交会因缘种子托于胎藏而不失坏,即是相加持义。"是为何意,万望先生赐教。

　　"这是谁在向鹤先生求教经文释义?可我怎么感觉怪怪的……"苏晏嘀咕道。

　　皇帝似乎有一瞬间想用力揉碎这张纸,手指抽搐了一下,嫌恶至极地将它连同那串璎珞扫到了地上,发出一声脆响。

　　苏晏有些吃惊,连忙后退两步,躬身低头。他从皇帝陡然激烈的动作与沉重压抑的呼吸中,感受到了对方深藏于体内的愤怒。

　　"皇爷?"他小声问。

　　皇帝深呼吸,松了力道,漠然道:"这是卫氏的笔迹。"

　　苏晏顿时明白过来。这卫贵妃不知是不是鬼迷心窍,不但送小黄图求欢,还留言要给人生孩子,且对方还是个祸国殃民的邪教头目、被朝廷通缉的罪犯……有妾如此,无论对她上不上心,可不是男人的奇耻大辱?何况这个男人还是万人之上的天子。

　　苏晏觉得皇帝此刻应该是愤怒的,可愤怒的源头却似乎又不在这一点上,故而从语调中透出一股鄙夷不屑的冷漠。

　　这种情况要安慰对方些什么?要想生活过得去……不是……大丈夫何患无……也不是。苏晏绞尽脑汁地想,平日的伶牙俐齿全都失灵,急得鼻尖渗出一点细汗。

　　皇帝此刻却完全冷静下来,说:"此事朕自会处置。你来为朕研墨。"

　　苏晏老老实实地去拿砚台与墨条。

　　皇帝在彩帛上亲书谕旨,完毕后用了玺,交给苏晏:"除了锦衣卫,朕再派一千腾骧卫,由你带队,拿下鹤先生与七杀营营主,押入诏狱。卫家谁敢阻拦,以抗旨论处。"

　　苏晏有些意外:"臣带队?"

　　"捉拿本案钦犯,理应你这个专案组组长出马。"顿了顿,皇帝又道,"不过,朕是叫你后方指挥,可不是让你冲锋陷阵,记住了!"

　　苏晏自嘲:"臣就算想冲锋,也没那个本事呀。"

　　他把圣旨卷好小心揣进怀里,又问:"皇爷这是打算放手收拾卫家,不养祸了?"

　　皇帝略一沉吟,没有正面回答,只说:"你尽管拿你的案犯,朕来善后。其实朕根本没把卫家放在眼里,真正值得忌惮的是……"

　　苏晏大着胆子问:"太后?"

　　皇帝看了他一眼,目光中似有嗔意。

　　他连忙闭嘴,以为皇帝不会继续这个敏感话题,不料对方没有避讳,虽然答得有些模棱两可:"是,也不是。此事容后再计议,你去吧,走之前把殿门外的太子叫进来。"

　　苏晏意识到,皇帝不想让太子参与到此事中。

也对，太子带兵搜查二皇子的母族，不仅有挟私报复之意，更有残害手足之嫌，说不清楚。

出了殿门，等得不耐烦的朱贺霖当即迎上来："如何，父皇的意思……"

不等对方话说完，苏晏一巴掌摁在他后背，将他推进殿门："你爹叫你，快去吧。"

"那你呢？"朱贺霖还想拉上他。

苏晏已经快步走下台阶，甩下一句："奉旨办案，臣告退。"

咸安侯府。

今夜，高朔等三个锦衣卫暗探为了救阮红蕉，出手与鹤先生打斗，已经惊动了侯府守卫。之后高朔带了人先撤，另两名探子缠斗过后也寻隙逃脱。守卫们纵马追击的追击，鸣锣示警的示警，把整个咸安侯府弄得鸡飞狗跳，连相隔一条街的奉安侯府都听见了动静。

七杀营营主不得不多费了些工夫，才避开守卫的耳目，潜入鹤先生所在的客房。

鹤先生刚拒绝了管事替他请大夫的好意，借口受惊，闭门不出。

营主从屋顶上那个砸穿的洞掠进来时，鹤先生正解了衣衫，对着镜子看后肩处的刀伤。伤势并不严重，七八寸长的一道血口，刀刃上没有淬毒，普通金疮药就能对付。"劳烦连兄，把架子上左数第二个药瓶递给我。"他头也不抬地说。

营主从袍袖内伸出一只戴着黑皮革套的手，指尖一拨，药瓶就凌空飞向了鹤先生的后脑勺。

鹤先生伸出手，五指旋如花开，真气化为引力将药瓶吸在掌心。

营主用非男非女的伪声嘲道："如此高明境界，竟伤在宵小之辈手上，真是虎落平阳。"

鹤先生把手探到后肩，将瓶内药粉撒在伤口上，淡淡道："余空有一身真气，而身体孱弱不善于招式，君早已知晓，眼下又何必出言讥讽？"

营主问："袭击你的是什么人？"

鹤先生答："从刀法路数看，应是锦衣卫。"

营主藏在面具后方的眉头皱起："锦衣卫摸到了咸安侯府内？此地不宜久留，该转移了。"

撒完药粉，鹤先生拈起桌面布条，一圈圈斜缠于肩背伤口上："还有一件不太顺心的事。我识破了阮红蕉的奸细身份，将她灭口之际，被那几个锦衣卫搅黄，还把我的匣子偷走了。"

……这叫不太顺心？根本就是糟糕透顶好吗！营主听着他云淡风轻的语调就来气，再想到他什么七七八八的玩意儿都往匣子里收，动不动还要拿出来陶醉一番的德行，油然生出一钩削了他脑袋，再回去向主上谢罪的冲动。

鹤先生包扎完伤口，起身穿衣系带，双目扫过营主宽大的红袍，似乎看穿了什么，嘴角噙着笑意："受了内伤？整个京城能让你受伤的，屈指可数。看来今夜注定不好过了，怕是一波未平，一波又起。"

营主藏在袖子下的拳头握了又握,压低嗓音:"那你还不立刻撤离,在这儿等人堵门呢?"

鹤先生在铜盆里洗手,从容道:"我在等一个接应者。"

"围……围围……"

"喂什么喂,要叫'管事大人'!一点规矩没有,新来的?"

新来的守门仆役连连点头,喘气道:"不是,管事大人,是围……围住了!"他伸手一指大门方向,"外面一大群兵丁,把咱侯府给围啦,说是锦……锦衣卫!"

咸安侯府的卫管事先是一愣,而后冷笑:"哪里来的丘八,吃了熊心豹子胆,敢来侯府门口撒野!我们侯爷乃是太后的妹夫、圣上的老丈人,顶尖儿的国戚,莫说锦衣卫,就是阁老们亲至也得给几分面子。来人,跟我出去瞧瞧,是哪个有眼无珠的头领带的队?"

侯府大门霍然开启,卫管事带着一队侯府守卫,雄赳赳气昂昂迈步出来,站在高高的台阶上。卫管事揣着手,扫视阶下四周,见乌泱泱一片穿对襟长身甲、戴大帽的锦衣卫,把咸安侯府围了个水泄不通。不只是前后门,还绕着围墙三步一岗五步一哨,箍桶似的。

正对台阶的空地上,摆放着一把宽大的太师椅。太师椅上坐了个身着宝蓝色织金飞鱼曳撒的锦衣卫头领。

卫管事眯起眼,借着火把的光亮细细打量,心里"咯噔"一下:竟是这个太岁!

北镇抚司沈柒,人送诨号"催命七郎",京城响当当的一号人物,专理钦案、要案,连同京师的不轨、亡命、盗奸、机密大事,都在他职责范围内。此人性狠戾、好刑讯,手上人命无数,治下诏狱鬼魂夜哭。

如此凶名鼎鼎,叫卫管事不得不心生几分忌惮,当即从袖中抽手拱了拱,端着一脸假笑,说道:"原来是沈同知沈大人。不知沈大人深夜带兵包围咸安侯府,意欲何为?"

沈柒倚靠椅背,两条长腿往前伸,交叉着架在面前的圆凳上,边拿一把刃薄柄短的解腕尖刀削着频婆果的果皮,边头也不抬地反问:"你谁啊?"

卫管事暗恼于他的傲慢,忍气吞声答:"小人乃是咸安侯府的大管事,幸得侯爷看重,赐了卫姓。"

沈柒把果皮削得薄如纸、长如蛇,蜿蜒地垂到了满是水洼的石板路面上,对他不理不睬。似乎刚才只是随口一问,压根不在乎对方的回答。

卫管事快把后槽牙咬断了,把作揖的手一甩,脸色微变:"沈大人,这里是侯府重地,你带队围困是想要做什么?万一惊扰侯爷,你担得起这个责任吗?!"

沈柒把频婆果送到嘴边,"咔嚓"一口咬下大块,垂目慢慢咀嚼;另一只手挑着尖刀,在指间漫不经心地翻飞。咀嚼声清脆而冷硬,咔嚓、咔嚓、咔嚓……

霎时间卫管事起了一身白毛汗,恍惚以为他嘴里嚼的是人骨头。

卫管事清了清嗓子："沈大人如此蛮横无理，看来是来找事的，小人这便禀报侯爷。到时候，希望沈大人真能承担得起冒犯皇亲国戚的后果！"

沈柒暂停咀嚼，抬起眼皮，瞥了他一眼："冒犯？你哪只眼睛看见我冒犯了？"

卫管事恼火地指着台阶下的兵丁们："你率队夜围侯府，一个个剑拔弩张的，不是冒犯侯爷，难道想替侯府站岗放哨？"

沈柒"哧"了一声，带着浓浓的嘲讽："敢叫天子亲军给你们站岗放哨，咸安侯想造反不成？"

"休要颠倒黑白、血口喷人！"卫管事高声怒喝，就要拂袖而走，回府中找咸安侯告状。

却听沈柒又道："我就奇怪了——我的人，分明都站在街道上，莫说进入侯府了，就连围墙的墙皮都没碰到一下，何来的冒犯？难道咸安侯府不是以围墙为界，而是要把京城所有人来人往的街道，都划入自家地盘？你们这种划法，工部与户部同意吗，皇爷允准了吗？"

"你——"卫管事被他的无赖强盗做派气得手抖，再不与他分辩，转身回府中搬救兵去了。

剩下一排排侯府守卫站在台阶上，手执兵器，如临大敌地与锦衣卫对峙。

沈柒又开始咬起了频婆果，咔嚓，咔嚓。

奉安侯府大门外，管事许庸急匆匆走下台阶，一脸堆笑："哎哟，豫王爷！王爷竟然玉体亲临，真是蓬荜生辉呀，快请进，快请进！我们侯爷虽病体不支，但听到王爷来访的消息，那叫一个人逢喜事精神爽，已经在客厅候您大驾啦。"

他亲自来给豫王牵马笼头，态度极尽谦逊与殷勤。

豫王却稳坐马背不动，扬声道："不必了，本王并非是来拜访奉安侯的。"

"不是来拜访的？那王爷带着这么多侍卫……"许庸左右扫视那些披坚执锐的王府侍卫，心生不祥预感，怀疑豫王来者不善，是来找碴的。

说起来，咱们侯爷与豫王还有一段过节——去年在灵光寺设埋伏抓刺客时，不慎弄伤了豫王的手。可那是个误会呀！咱们侯爷礼也赔了、罪也谢了，还送上不少金银财物。都过去这么久了，再怎么着，这事也该过去了呀！

他正在惊疑不定，却见豫王哂笑起来："本王也不是来找事的。"

"那就好，那就好，"许庸松了口气，"小人斗胆一问，王爷此行所为何事？"

豫王拍了拍手掌。登时有四名侍卫抬着一张方形矮榻过来，摆在正对着侯府大门的空地上。这矮榻足足有一丈见方，铺锦叠绣，中间安置着宽大的几案，上方还竖了根高高的伞盖，仿如凉亭一般。

豫王从马背上一蹬而起，飘掠到了凉亭矮榻上。侍卫们便过来给他脱靴、整理软垫，往几案上摆放了一壶酒、四个杯盏并一副白描水浒叶子牌。

豫王惬意地斜倚在软垫上，用马鞭敲了敲几案："来三个技术好的，陪本王打牌。"

于是便有三个文人士子打扮的俊秀少年奉命上了矮榻，恭敬地跪坐在几案周围。豫王笑道："本王坐庄。哪个输了，罚酒三杯。"

许庸愕然道："王……王爷，这是侯府大门口……您要是想打牌，何不随小的进门，让府中美婢好好款待？您看这地方，黑灯瞎火、满地雨水的，它……它不是个消遣的地儿呀！"

"本王就相中这块地皮了，怎么，不行？"

"不是不行，而是……这就把大门口给堵了呀！还有您这些侍卫，就这么绕着墙根一圈一圈地站着，刀丛枪林的，不明所以的人看了，还以为我们侯府被重兵包围了呢……"

"混账！这是指控本王擅动刀兵、围堵官邸？本王觉得此地风水好，就乐意在这儿消遣。"豫王含怒挑眉，把马鞭往许庸身上一甩，"莫非本王想在哪儿打牌，还需奉安侯的批准？"

"绝无此意，绝无此意！"许庸明知豫王刻意为难，却又无可奈何，只能苦着一张脸告罪，"王爷尽管打牌，想打多久打多久。小人告退。"

他灰溜溜地返回侯府，把大门一闭，去找奉安侯诉苦。

奉安侯卫浚自从去年胳膊被削，病伤元气，又挨了皇帝申饬，气伤心脉，将养大半年还是个缠绵床榻的药罐子，听闻此事气得山羊胡抖个不停，一口痰堵在喉中险些背过气去。

他口齿含糊地问："除了围着，还有呢？"

"没了，就围着，没冲进来，也不肯走。"许庸答。

"来者不善……"卫浚风箱般喘气，又问，"我兄长那边可有什么异状？"

"这个，容小人去查看一番。好在咸安侯府只隔一条街，小人去去就回。"

许庸出了主屋，自己懒得爬高，就叫来两个仆役，吩咐他们爬到屋顶上，去眺望咸安侯府的情况。不多时，仆役回话，说咸安侯府也被一堆兵丁给包围了。

卫浚听了回禀，捶着床板道："分明在针对我卫家……不行，这事透着诡异，我得见见兄长，商议商议。你去把大侯爷请过来。"

许庸应了声，转身就走。卫浚在他背后又道："走地道，别给外头的看见。"

咸安侯府与奉安侯府因为距离很近，中间便挖了条地道相互贯通，以备不时之需。

许庸走地道，很快到了咸安侯府，见卫演正在大发雷霆："区区一个锦衣卫同知，如此嚣张跋扈，敢在老虎头上拔毛。集中全府守卫，随本侯出去，把这些泼皮全都打散了！"

管事卫奴劝道："侯爷，那些锦衣卫个个身手了得，我们府上守卫恐非其对手。依小人之见，他们既然只围不动，围就围吧，待到天明上朝，向皇爷与太后狠狠告他一状，叫这沈柒吃个挟势弄权、凌辱国戚的大罪，再令言官弹劾，他就算不人头落地，也官职难保。"

卫演觉得有道理，抬须颔首。

此时，许庸进门行礼："大侯爷，我们侯爷也被围啦，不过围堵的不是锦衣卫，而是豫王。二侯爷觉得此事蹊跷，请大侯爷过府一叙。"

卫演不耐烦跟一句三喘的弟弟说话。卫浚未出事前，兄弟俩的感情也还算亲厚，可如今卫浚成了残疾之身，不仅丧失了在朝堂中的话语权，还渐渐成了卫家的拖累。一开始，卫演夫妻还颇心疼与怜悯对方，但日子久了，他们也越发懒得应付，连话也说不上几句了。

所谓"久卧床前无孝子"，兄弟姐妹也是同理。

卫演摆了摆手，正想找个借口把许庸打发掉，一旁的秦夫人忽然醍醐灌顶，想到了这事的要害——

她说："不对，哪怕有旧怨，沈柒和豫王也不会这般古怪地突然发难——尤其是沈柒。豫王行事浪荡，随心所欲，故意找碴还说得过去。可那沈柒是什么人，不见兔子不撒鹰的主，这么公然得罪卫家，对他有什么好处？其中必有蹊跷！"

卫演不知想到了什么，脸色微微一白，望向夫人："莫非……我们请鹤先生出谋划策，对付东宫之事暴露了？今夜围堵，是太子在背后指使？"

秦夫人当即道："有可能太子受迫不过，狗急跳墙；也有可能风声走漏，太子想上门拿人，故而先行围住侯府。不行，得赶紧把鹤先生转走，以防万一！"

管事卫奴提议："小人瞧着，锦衣卫人多，把咱这儿围得跟铁桶似的。豫王的侍卫人少，那边不一定能围全了。要不，先把鹤先生通过地道转移去奉安侯府，再觑个空隙送去别院暂避风头？"

许庸一听，大侯爷没请来，倒请了个烫手山芋，忙道："二侯爷还病着，恐照顾不了鹤先生。"

卫演道："他哪天不生病，跟这有什么关系。我只借他府中一间房，暂时寄住一下客卿，怎么，这都做不到？"

许庸无奈，只得替主人答应了。

片刻后，鹤先生白衣翩翩地从长廊过来，朝卫演夫妻拱手道："余不才，尚未替侯爷分忧解难，就不得不暂别。"

"好说，好说。"卫演始终对他信重有加，"先生为我筹谋几多，如今且暂避锋芒，待到风平浪静，再迎先生回府。"

鹤先生又揖了一揖，大袖当风地走了。许庸领着鹤先生通过地道，回到了奉安侯府。他先把人安顿在厢房，转头就找卫浚禀报此事。

卫浚气恼："兄长不商议就自行作主，是不把我这弟弟放在眼里了！"

许庸劝道："侯爷莫恼，要解决门外那尊瘟神，还得靠大侯爷明日上朝。"

卫浚想到朝堂上再无自己立足之地，更是气得咯血。好容易缓过气来，他说："此事若是太子与豫王、沈柒联手所为，与那苏晏也脱不了干系。他迟迟不露面，只叫沈柒和豫王打头阵，是何意？"

许庸这大管事也不是白当的，略一思索，惊道："他还有后招？说不定早已摸清了鹤先生的底细，还有我们与真空教合作，谋害太子的内情。"

卫浚怵然道："不行，这鹤先生是个随时会炸的雷火弹，得立刻送出府去……不，送出京去！"

"可外面被豫王府的侍卫围着，如何送出去？"许庸问。

咸安侯府，卫演也在问秦夫人："可二弟侯府外面被豫王的侍卫围着，如何送出去？"

秦夫人思索片刻，拍板道："一时送不出去，就先藏起来。二叔书房内不是有密室？先藏一藏。待明日天亮，你上朝闹起来，我去慈宁宫找太后做主，逼他们撤兵，再收拾掉沈柒。"

柿子挑软的捏，豫王是太后心头肉，收拾不了他，不如先趁机把沈柒搞倒，也算削了对方羽翼。秦夫人如此打算。

奉安侯府的厢房内，鹤先生摆下一盘棋，左手与右手对弈。

从地道尾随而来的七杀营营主又鬼魅般冒了出来，说道："苏晏刚刚率领一队腾骧卫冲入咸安侯府大门，手持圣旨，说要搜查侯府、缉拿钦犯。"

鹤先生左手落一白子，淡然道："又是圣旨又是腾骧卫，看来皇帝出手了。余之教主身份暴露，京城已成死地。"

"那你打算如何死里逃生，那个接应者究竟是谁？"营主追问。

鹤先生右手落一黑子："急什么，该出现的时候，他自然会出现。"

营主冷笑："你再不走，我可要走了。"

鹤先生笑了，拈子的手指朝外一扬："那你走啊，大门在那儿，翻墙也行。王府侍卫人少，但豫王武功极高，一人就能把你拦住；沈柒剑伤未愈，你应该打得过，可他旗下锦衣卫一拥而上，你双拳难敌千手。"

营主冷冷道："那你我还束手就擒不成？！"

鹤先生收回手指，又落下一子，说："你要是信我，就与我一起静待时机。要是不信，不妨自去试试。"

营主咬着牙，想来想去，觉得除了再信一次这个"神棍"，目前也没更好的对策，便冷哼一声，身影消失在窗外。

"圣旨在此，侯爷可要亲眼一见？"

卫演面色铁青，一把扯过圣旨瞪大了眼睛看，似乎不敢相信皇帝竟然会下这么一道旨意，把他这个老丈人的脸皮按在地上碾。

可惜他没听错也没看错，五彩龙纹的帛书上墨字遒劲圆熟，分明是御笔亲书，连同所盖的玉玺，也是方方正正的"皇帝之宝"。

卫演咬牙切齿，表情扭曲："既然苏御史认定了本侯窝藏钦犯，那就尽管搜！如若搜不出，本侯便去奉天门跪门极谏，不铲除你这个谗言惑主的佞幸小儿，我卫演誓不为人！"

苏晏从他手中夺回圣旨，往怀里一揣，泰然道："咸安侯这话说的，有谤君之嫌啊。"

"本侯分明是骂你！休得满口胡言，捏造罪名！"

"你骂我谗言惑主，可不就暗指皇爷是个会被谗言所蒙蔽的昏君？这不是谤君是什么？"

卫演噎了一下，旁边秦夫人面色倒还冷静，声音尖锐地说："苏十二伶牙俐齿众所周知，就不必在此炫耀了。既然你有圣旨护身，尽可以在我这侯府挖地三尺，看能不能找到你所谓的钦犯，请吧！"她一指后方宽阔的院落。

千名腾骧卫，把整座咸安侯府来回耙了几遍，也没有找到鹤先生与七杀营营主的踪迹。就连两名锦衣卫暗探所指认的、鹤先生曾经住过的厢房，也只剩下被火烧过的废墟，当然按卫家管事的说法，是"下人不慎打翻灯笼"所致。

卫演坐在堂上喝茶，对苏晏露出一个恶意十足的冷笑：明早朝会上，有你好看。

苏晏没理他，径自出了府门。沈柒正好巡完一圈回来，朝苏晏摇摇头，表示自己在包围侯府期间，不曾见有人离开过。

苏晏也相信，以沈柒的本事，就算单打独斗拿不下营主，也不会叫他轻而易举地遁走。而且在场这么多锦衣卫死死盯着，哪怕对方轻功再高，也不可能瞒过所有人的眼睛。

所以鹤先生与营主很有可能还在此处。

"还有奉安侯府，我带人过去搜，这边就劳烦七郎继续盯着。"

奉安侯府距离咸安侯府不过一箭之地，眨眼便至。苏晏带队抵达侯府门口时，豫王的牌局已闻风而散，不知把三个陪玩的小书生撵去了哪里，连带华盖的矮榻也撤去，只得他一人一檠，器宇轩昂地站在台阶前。

"多谢王爷助力。"苏晏下马拱手，诚心致谢，"我要进去搜查，外头还要劳烦王爷继续盯着，以免对方趁乱逃脱。"

豫王颔首："交给我，保证一只苍蝇也飞不出来。"

奉安侯病体支离，其夫人又性情羸弱，苏晏对付他们比对付卫演还轻松，指使一群如狼似虎的天子亲卫，把奉安侯府也搜了个底朝天。可依然没有找到鹤先生与营主的行踪。

"没出去，找又找不着，会遁地术？不能啊……"苏晏皱眉思忖，忽然灵光一闪，想到了另一个可能——侯府内有密室或密道，人藏在里面，等风头过后再转移。

于是他吩咐腾骧卫翻查每一个角落，务必做到挖地三尺。找着找着，竟被他自己发现了蹊跷之处——

卫浚的书房，从外面看的感觉，似乎比从里面看更为宽敞些。只是这面积差别被建筑设计给巧妙遮盖了，寻常人很难察觉到。

他叫来几名腾骧卫，沿着外墙用步数丈量面积，又进入室内再丈量一次，很快就发现问题出在摆放书架的那堵墙。

墙后应该还有一个不大的空间。说不大，估摸也有八尺见方，藏两个人绰绰有余。

苏晏命管事许庸打开机关。许庸却装傻充愣，直到腾骧卫拿了火药打算炸开墙面，他才变了颜色，迫于无奈打开机关。

暗门缓缓开启，腾骧卫警惕地将苏晏护在身后。密室内摇曳着昏黄的烛光，苏晏的视线穿过人群，看见了一个踟趺而坐的身影。烛光隐约照亮那人的侧脸，还有面前几案上的棋盘。那人手拈棋子，正在凝神沉思，仿佛对自己被围捕的局面视若无睹。

腾骧卫们从未见过如此淡定的罪犯，不禁有点错愕。在一片沉静中，那人终于落下一子，发出"啪嗒"一声微响。

这声轻响似乎打破了什么幻境，那人抬起半掩在长发下的脸，朝苏晏微微一笑："久仰了，苏大人。"

素未谋面，但苏晏知道，这人便是鹤先生。正如鹤先生也能从人群中一眼认出他来。

于是苏晏拱手："久仰了，鹤先生。"

"同余对弈一局，如何？"鹤先生温声发出邀请。

苏晏站在密室门口，不进不退："你已无子可下，何不弃子认输？"

鹤先生起身整了整衣衫，向他走来。腾骧卫们如临大敌地举起武器，将苏晏护在身后。

"争一子一局输赢之人，未必能赢到最后。"鹤先生道。

苏晏笑了笑："这话，不如你去诏狱里说。"

藏身暗处的七杀营营主见腾骧卫押着鹤先生从书房出来，发出无声冷笑：接应人何在？如今被擒，看你还如何故弄玄虚！可惜主上大业未竟，又得换一个合作者了。

他知道自己也未必安全。只要他尚未落网，侯府内的搜捕就不会结束。

营主想到了连通两个侯府间的地道。

他决定通过地道，再次返回咸安侯府。毕竟那边已经耙过一轮，锦衣卫们的警惕性应该会有所松弛，他更容易寻隙逃脱。

与豫王打斗造成的内伤隐隐发作起来，营主吞下一颗药丸，但没有时间化开药力运功疗伤。他忍着经脉内的刺痛，将身法催发到极限，躲过无处不在的腾骧卫，进入了隐蔽的地道入口。

地道不长，只有百余丈，他很快走出通道，在出口附近静听片刻，确定附近没人后，才掠出地道出口。暗门关闭的同时，一张镔铁织成的大网从天而降，兜头向他罩来！

营主反应极快，双钩出手，一钩带着劲力掷向半空，顶起铁网旋转如巨伞，另一钩随人影飞出，直取对方项上人头。

那人以绣春刀格挡，连连后退几步，稳住了身形。

——是锦衣卫沈柒！营主面上杀气腾腾，二话不说翻手转动断肠钩，身形起伏之间，钩刃游走如浪里蛟龙，再度削向对方的腰腹。

这一招奇快而诡谲，沈柒自知若是没有受伤……不，若是处在连"梳洗"的刑伤都未曾受过的鼎盛时期，或许能挡住并反击。但以他如今的功力，恐难力敌。

刃尖未至而真气砭肤，沈柒猛地向后下腰，用一个与地面齐平的"铁板桥"姿势，堪堪躲过了钩刃。

见主官遇险，锦衣卫们结了刀阵，齐齐朝营主扑去。

沈柒收缩腹肌，上身矫健地弹了回来，低头看着曳撒上一道长长的裂口，内中隐隐闪着暗金光泽。倘若不是事先穿了金丝软甲，这一钩很可能已将他开膛破肚。这般武功高强、出手诡毒的角色，难怪连荆红追都不是他的对手。

沈柒回想起那天荆红追被营主的断肠钩、吹笛人的迷魂飞音联手压制，以致走火入魔的情形，不得不承认换作是自己，未必能比他撑得更久。

那个江湖草莽……也并非一无是处。沈柒把这个闪念瞬间抛到脑后，从怀中摸出一支带哨响的烟火，点燃了射向夜空。

奉安侯府大门外，豫王闻声转头，见到了一团飞天的赤红色火光。

他知道这是锦衣卫的专用通信烟火，在临花阁准备对付浮音时，沈柒也给过他一支，至今还留着没用上。

他飞身上马，一手持槊，一手扯动缰绳，掉头而走。

新任的王府侍卫统领华翎连忙问："王爷去哪里，可要吾等跟随？"

豫王答："你们坚守原位，不得叫嫌犯走脱，一应调遣听从苏大人的安排。本王去接应一下锦衣卫，那边怕是出了什么棘手事。"

他一抖缰绳，身下黑骐矫如游龙地蹿了出去。

眨眼便至咸安侯府，豫王连人带马冲上台阶，撞进大门，听见后院传来的兵戈之声。

他蹬鞍纵身，提着马槊飞掠过层层屋脊、内墙，看见了正在与锦衣卫缠斗的七杀营营主。

沈柒抬眼看他："此人武功高强，锦衣卫用车轮战术哪怕最终能拿得下，也是损失惨重，还请豫王殿下援手。"

豫王挑眉，诮笑道："你求我？"

沈柒面色阴沉："请殿下弄清楚，是你主动请缨要参与围捕，眼下是畏战也好、挟功也罢，总之一句话——不打就走，少废话。"

豫王笑里藏怒,一掌拍在他腰腹尚未完全愈合的剑伤处,将他整个人向后震出两三丈远:"以下犯上的狗东西,等拿下了七杀营营主,本王再来收拾你!"

　　沈柒踉跄后退后,稳住脚步,用手背抹去嘴边丝缕猩红。他没有抬头,只一对眼珠向上翻,狼似的森冷,盯着与营主大打出手的豫王的背影,瞳孔漆黑得照不进一点光。

　　这么盯了几息,他放下沾染血迹的手,紧握绣春刀,转身离开。

　　另一边,鹤先生被镔铁链子锁住手脚,塞进了囚车里。一大队锦衣卫押解着囚车,前往北镇抚司的诏狱。

　　苏晏一时找不着沈柒,问他的心腹千户石檐霜:"你们沈大人呢?"

　　石檐霜答:"同知大人带着一队缇骑,去前方开路了。毕竟这里离北镇抚司有一段路程,不想节外生枝。"

　　苏晏点点头:"也对,还是七郎心细。"

　　抓住了鹤先生,苏晏的心也算放下一半,便牵挂起另一边,和负隅顽抗的七杀营营主打得激烈的豫王。

　　房屋一片片倒塌、柱子一根根折断,那动静就跟地震似的——幸亏祸害的是咸安侯府,苏晏不心疼房子。他吩咐腾骧卫:"弓弩手和火器手都各自就位,一旦那红袍人占了上风或是想要脱逃,就狠狠射他!"想了想,又补充一句,"小心点,别误伤了豫王。"

　　幽暗的街巷,缇骑们手中的火把勉强照亮周围巷子,以及两侧探出墙头的茂密树冠,再往外就是浓重的黑暗。

　　被两队缇骑夹在中间的囚车,车轮碾过石板、泥水与凋谢的残花,骨碌碌地往前行驶。空气中隐隐有暗香浮动。一阵夜风,把沾着雨水的落花吹进了石檐霜的后衣领。他缩了缩脖子,忽然打个激灵,嘀咕道:"怎么有种不祥的预感……"

　　话音刚落,他身边的一名缇骑摇晃了两下身子,陡然坠落马背,摔在地面发出"扑通"的一声闷响。

　　扑通。

　　扑通……扑通……扑通、扑通、扑通……

　　声响如饺子下锅,越发密集。石檐霜骇然回望,只看见一片空荡荡的马背,以及满地横七竖八、寂然不动的锦衣卫。

　　有敌袭?

　　可敌在何处,用的又是什么手段?

　　巷子里有埋伏?

　　可这条路线是同知大人带队亲自查探过的,不应该有埋伏啊……纷飞的念头如蚊蚋嗡嗡,石檐霜的脑子越来越昏沉,很快也丧失了意识,向马背旁边栽下去——

扑通。

数十名穿夜行衣的蒙面人从黑暗中浮现出来,包围了囚车。他们剑劈刀砍,想要削断锁住车门的粗大铁链,直砍得火星四溅,铿然有声,却只在铁链上留下道道浅痕。

铁铸的车厢内,空间逼仄,几乎不能转身。鹤先生盘腿打坐,闭着双眼,手腕被粗大镣铐衬托得格外清瘦。他的手指不停微动,仔细看去,原来左手指尖拈着一枚白子,右手指尖拈着一枚黑子,二子相互敲击,其声泠泠如泉。

他似乎在苦苦忍耐,又似乎在泰然等待。突然,从车窗透气的细缝中,投进来两柄形状奇异的钥匙。钥匙一大一小,落在他腿间的衣袍上。

来了!鹤先生将两枚棋子扣在左手掌心,右手捏紧小钥匙,摸索着打开镣铐。他挪到车门边,将大钥匙从门缝里推了出去。

铁锁终于被打开,车门开启,为首的黑衣蒙面人低头抱拳:"教主无恙否?"

鹤先生浅笑颔首,扫视在场教众。这些都是从朝廷对真空教的清洗中存活下来的精锐,但鹤先生并没有多关注他们,目光掠过众人,直投向前方街巷拐角处的黑暗中。他一步一步走近,直到能看清隐在黑暗中的那个人影。

"沈同知果然守信,不负余之厚望。"鹤先生说着,将那两枚钥匙递过去,"物归原主。"

沈柒双臂抱着绣春刀,冷冷道:"你不是算准了我会出现?何必装腔作势。"

鹤先生道:"从那两个投名状身上,我就感受到了你的诚意。只是还不能确定,这诚意究竟有多深,能不能深到与天子之刃的身份彻底划清界限。庆幸的是,你是个俊杰。"

识时务者为俊杰。沈柒讽刺地扯了扯嘴角:"我想问你几个问题。"

"请问。"

"冯去恶原本是不是信王的人?"

"是。"

"信王死后,来联络冯去恶继续为之效命的,是不是宁王?"

"不是。"

"那又是谁?"

鹤先生笑道:"你为何想要知道他是谁?"

沈柒道:"如此大的一盘棋,这般煞费苦心的布局与招数,我想知道背后的弈者是什么人,值不值得我投靠,能不能让我得到我想要的。"

鹤先生反问:"你想要什么?"

沈柒沉默片刻,说:"权势与地位。足以护住想护之人,不受任何欺压的权势与地位。"

鹤先生了然地笑了笑:"沈大人很有意思。我敢断言,将来你会得到他的重用。"

"他——究竟是谁？"沈柒追问，"我不为一个看不见的影子效命。"

鹤先生说："时机成熟，你自然会见到他。现在你该回到景隆帝的朝堂上，继续当你的锦衣卫同知，等待下一个'守门人'的联系。"

沈柒冷笑着问："空口无凭，何以为信物？"

鹤先生想了想，答："回头你再去摊子上吃一碗馄饨吧。"

咸安侯府。在腾骧卫组成的包围圈外，苏晏一面叹为观止地看着豫王与七杀营营主的打斗，一面感慨：这水平算是古武巅峰了吧；一面忍不住地担心，惊险处总为豫王捏把冷汗。

百余回合后，营主渐渐焦躁起来——虽说自己还不至于落败，但一个人的体力不可能用之不竭。一旦拖久了，且不说与豫王之间谁更棋高一招，光是腾骧卫的人海战术都能把他硬生生拖垮——必须及早脱身。

余光瞥见人群后方的苏晏，营主心生一计，暗中运足真气，右手钩绞锁住马槊前段的长刃，左钩骤然脱手，飞旋着朝苏晏激射而去。

这一记飞击威力惊人，钩刃如天际弯月骤然坠地，呼啸风声拖曳着残影，所过之处众人皆被劲气掀向两侧。

豫王知道苏晏身边的腾骧卫无人能挡住这一钩，脸色乍变，大喝一声："趴下！"

与此同时，他用强劲的腕力抖动槊杆，连带最前段的刃尖也以一种极高的频率震动，瞬间从断肠钩的箍锁中挣脱出来。随后他将长槊猛地向苏晏投掷而去。

苏晏看见了先后向他飞来的两柄武器，也知道不躲开就会没命，但身体反应跟不上大脑运转的速度，幸亏旁边一名腾骧卫眼明手快，将他往自己身边猛地一拽。长槊追上了飞刃，精钢撞击之间火花迸射，双双改变方向，堪堪与苏晏擦身而过。

"死"到临头拐了个弯，心弦在极度紧绷之后猝然一松，苏晏浑身冷汗浆出，腿都软了。

豫王朝他疾掠过来，急切地问："没事吧？"

营主声东击西，等的就是这一刻，他立刻将轻功施展到极限，向外突围。

"拦住他！"苏晏嘶声大叫。

弓弩手与火器手纷纷朝营主射击。但时下的火器射程短、威力小，准头也差了许多，营主身形如鬼影般连连闪动，避开了数十枚流弹。偶有箭矢精准射来，也被他用断肠钩拨开了。

发射过一轮后，火器必须再次装填弹药，营主趁机杀死了挡路的几名射手，继续逃向侯府围墙外。

苏晏不甘地咬牙，从旁边的腾骧卫统领身上抽出一支火铳，就着这个跌坐在地的姿势，瞄准了营主的背影。

豫王飞掠到他身边，见他安然无恙，便转而去捡拾钉在地面上的马槊，同时提醒道："这是十分少见的掣电铳，没有受过专门训练的人根本操作不了，反而会把脸给炸了。你千万别动！"

苏晏当然知道。他曾研究过，这玩意儿用的不是火绳点火法，而是更先进的燧石点火。母铳之外配备六个子铳，铳管里已经预先装填了一个子铳，可以直接发射。

掣电铳比普通的火绳枪射击精准度更高，且弹药后装的方式提高了发射速度。但这种原始的后装火器有个很大的缺陷——容易漏气。所谓漏气，并不是像气球漏气那样简单。火药发射时漏出的气体会炸开盖板式枪栓，把射手的脸炸个稀巴烂。

苏晏谨慎地与盖板处保持距离，借助铳管前端的准星与照门，在短暂地屏息瞄准后，将子铳中的弹药果断地发射出去。

砰然巨响，火舌喷吐，火药味浓烈刺鼻。更难以忍受的是，六尺铳身、五斤重量，后坐力险些把他的手腕给震脱臼了！

苏晏失手将火铳摔在了地上，捂着剧痛的腕骨"嗷"的一声叫。

这一声痛呼，硬把已经掠出去的豫王又拽了回来。豫王猛然转身："没把自己给炸了吧？跟你说了别动，别动！"

疼痛感渐退，苏晏强笑着，朝他露出得意之色："射中了。"

豫王惊诧地转头望去，只见一袭红袍在屋脊上翻滚，最后从屋檐处摔落下来。

豫王："……"

豫王："端午节时你连箭都射不清楚，这才过多久，会用火铳了？我怎么觉得这是'瞎猫碰上了死耗子'。"

苏晏："呵呵。"

这声"呵呵"含义丰富，但豫王没空辨识，纵身掠到营主身边去探看动静。

营主还活着，火药和弹丸把他的后腰打成了筛子。虽然对内力深厚的武功高手而言，这并非致命伤，但受损的腰椎已经使他丧失了施展轻功脱身的机会。

他痛苦又不甘地匍匐着，犹自去够掉落一旁的断肠钩。

豫王一脚踩在他血肉模糊的后腰上："穷途末路的困兽，还不束手就擒？"

营主自知逃脱无望，面具下的声音如夜枭般凄厉又沙哑："除了一堆臭肉，尔等什么也休想得到！"

豫王以为他要服毒，忙伸手扣住他的咽喉，准备将入喉的异物挤压出来。

谁料营主趁机一巴掌覆在脸上，真气喷吐之下，连面具带脸骨被自己捏个粉碎！

接连不断的骨碎声令人毛骨悚然，豫王当即卸了他的双手关节，但仍来不及阻止，眼看着碎裂的青铜与血肉、骨头乃至脑浆混成一处，整张脸已不成形状。

从后方赶上来的苏晏见此一幕，倒吸了口凉气。

豫王起身，用自身挡住营主仍在抽搐的濒死之躯，沉声道："他活不得了。"

苏晏喉中堵着涩重的一团浊气，好不容易才吐出去，脸色有些阴郁："故意毁了自己的脸，让我们查不出身份。看来这七杀营营主也是个死士，只不知他效忠的对象是鹤先生，还是其他什么人。"

此时此刻，鹤先生坐在一辆普普通通的马车上，即将离开京城。

一名女教徒在旁陪侍，用清水给他擦洗手脸。

"教主，"女教徒忍不住问，"我们不等连营主了？"

鹤先生缓缓睁眼，神情平淡："我之前告诉过他有接应者，但他不信。他若是肯信我，与我同去密室、同上囚车，这会儿就能坐在离京的马车上了。"

"那么营主现下如何，可要我等回去支援？"女教徒柔声问。

鹤先生微笑："良言难劝该死的鬼，他自寻死路，与我何干？再说，他不过是一枚被派来与我合作、同时也监视我的棋子。一子之存亡，无足轻重，我猜用不了多久，'那人'又会再派出一枚棋子来与我接头。我只希望下一个能比他好相处。"

女教徒不明所以地点头："教主英明，我等唯教主法旨是从。"

鹤先生挑起车帘，望着越来越近的城门。城门下，两名守夜的兵卒正等待着为他们狂热的信仰奉献一切。

"我终究还是败了，败在了一个初出茅庐的少年身上。"鹤先生轻叹，"如今京城已无我教容身之处，但好在天大地大，以这万里江山为棋盘、各股势力为星位的棋局，远远未到收官的时候。

"苏晏，下一回合，我们再论输赢。"

豫王吩咐侍卫收拾营主的尸体，见苏晏在廊下蹙眉沉思，便走过去宽慰道："不必太过失望。虽然七杀营营主死了，但鹤先生被我们抓住，人证物证俱全，该伏法的一个都跑不了。"

苏晏点点头："带上营主的尸体，一同去北镇抚司会合。先看看能不能从鹤先生口中套出些什么，再进宫向皇爷禀报。"

豫王道："还有，留一部分腾骧卫在两个侯府，封锁卫家，以免咸安侯等人狗急跳墙去朝堂上乱吠，或者去慈宁宫打扰我母后。这颗毒瘤，再怎么与皇家沾亲带故，也到了该割除的时候了，母后那边若是想不通，我与她说去。"

苏晏感激地看了他一眼："有劳王爷了。"

"这是本王自己想做的事。"豫王不以为意地摆摆手，"侍卫那边差不多收拾妥当了，我们这便出发，赶在明日早朝前，把这事钉死。"

说话间，一个人影急匆匆赶来，隔着两三丈远就高声叫："苏大人！豫王殿下！"

苏晏转头，见是高朔，招手示意他过来："你身上还有伤，怎不回去休息？有什么事？"

高朔脸色阴沉："押送囚车的锦衣卫出事了，囚车里的犯人被劫！"

苏晏惊道："鹤先生逃了？七郎如何，有没有事？"

高朔道："沈大人无事，他带着前队开路，都快到北镇抚司了，见石千户他们迟迟不见踪影，便带队折返回去找。最后在一条小巷里找到，所有锦衣卫统统被药倒，包括领队的石千户，泼了冷水才醒过来。"

苏晏问："石千户怎么说？"

"说只闻到一股暗香。因为两侧围墙内俱是花树，便没太在意，不知不觉就晕了。"

"囚车呢？什么样子？"

"铁锁上有很多锐器砍过的痕迹，可见劫囚车的人为数不少，沈大人猜测是真空教余孽来营救他们教主，当即下令贼人未落网之前不开城门，以防钦犯出逃。"

"要封城大索吗？"

高朔摇头："城门守军属于五城兵马司治下，隶属兵部。没有圣旨，只锦衣卫这边传令过去，他们未必肯听。就算听了，再到执行，中间又有一段时间，到那时黄花菜都凉了。"

苏晏皱眉，一边思忖一边道："真空教长年隐身暗处，教徒众多，难以一网打击，会来劫囚车也不算太意外。但他们会赶来得这么及时，想必鹤先生之前已经做了布置……此人可真是，走一步算三步，不好对付啊！一旦逃出京城，天高海阔，再想抓他可就没那么容易了。"

高朔默默点头。

豫王拍了拍苏晏的肩膀，说道："手下败将，何惮之有？通缉令下发各州县，再抓一次就是了，不必太过烦恼。"

苏晏叹道："我担心的是沈柒。犯人毕竟是在锦衣卫押解时逃脱，他这个主官怕是免不了要担责。"

"他抓捕有功，失职有过，功过相抵。按我皇兄的性子，顶多训诫几句，不赏不罚罢了。"

苏晏微松口气，问高朔："七郎在哪里？我先与他碰个头再进宫。皇爷怕是又一夜未眠，等着我去复命呢。"

高朔道："沈大人去和兵马司交涉，还未回来。不过留言说了，让苏大人自行其是，不必等他。"

苏晏点头："按惯例，城门明早晨钟敲响时才会开。我试着向皇爷讨一份旨意，看能不能赶在开城门前，下令封城。"

他想了想，又苦笑着补充了一句："不过，我觉得可能性不大。大索扰民，如海中捞粟，未必能捞得着；且城内外流通涉及万户生计，就算真封城，也封不了多久。"

豫王道："清河所虑颇有道理，也许不等明早开城门，那鸟先生就已经跑了。试想一个走一步、算三步的人，又怎么会被城门拦住？"

苏晏想来想去没辙，干脆先搁在一旁，说："我这便进宫，先把卫家告倒再说。鹤先生与七杀营营主都是从侯府里搜出来的，人还藏在家主专用的密室里，他们再怎么狡辩，也难逃干系。更何况，卫贵妃——"

他蓦然住嘴，不说了。

豫王颔首："本王与你一同进宫。"

苏晏远远就看见养心殿内通明的灯火，皇上果然是彻夜未熄。

他上了台阶，见蓝喜背对着殿门站在屋檐下，似乎正暗自琢磨着什么，手上拂尘不安地甩来甩去。他叫了两声"蓝公公"，对方才反应过来。蓝喜脸上挂笑："世侄来得正好，皇爷之前吩咐了，今夜若你来复命的话，不用通传可以直接进去。"

苏晏跟蓝喜的关系一直都有些微妙：说香火情嘛，有一点，但也仅有那么一点，所谓"世叔"更多是出于必要时拉近距离用的套路。说"道不同"嘛也是必然，因为苏晏很清晰地认识到，这个大太监就是个利己主义者，哪怕有时帮他一手，也完全是为了自家利益的考量。

这份虚假的叔侄情，双方都心中有数，故而能用则用。没到真正有利益冲突的时候，谁也不会率先撕破脸皮。于是苏晏也笑眯眯地道："有劳世叔了。不知小爷可还在殿内？"

蓝喜道："小爷刚回的东宫。"

苏晏问："这都过了两个时辰，小爷才走？父子俩有这么多话聊？"

"咳，哪儿啊，连十句话都没说上，也不让离开，就给拘着。"蓝喜叹口气，"刚刚小爷走的时候，脸都是黑的。咱家送他出了殿门，就站在这儿琢磨，究竟是个什么情况。"

也许是担心太子年少冲动，怕他也赶去卫家凑热闹，既弄险也不利于形势吧，苏晏如此猜测。他朝蓝喜拱拱手："那小侄便入内复命了。"

景隆帝却不在殿内。小内侍上前道："皇爷去莲池赏景了，苏大人请随奴婢来。"

苏晏有些奇怪：这才二月底，别说荷花了，荷叶都还没冒尖，半夜三更这是去赏的哪门子景？奇怪归奇怪，苏晏还是跟着移步穿过曲折的长廊，到了莲池畔的亭子。

夜风微凉，皇帝果然坐在亭子里的圆桌旁，在四柱明亮的宫灯下翻看鹤先生匣子里的那块金书铁券。

苏晏走过去行了面圣之礼。皇帝示意他落座，并朝侍立在亭子外的两个内侍挥了挥手。

内侍们退远了些，但也不算太远，是仔细聆听能听见亭中的些许说话声，但听不清具体内容的距离。

"搜出来了？"皇帝端详着苏晏的脸色。

苏晏眼底露出遗憾："搜出来了，抓到了，可惜死了一个、逃了一个。"

他将今夜所发生之事细细道来。

皇帝听完沉声道："狼子野心！"

"鹤先生是在奉安侯的私人密室里找到的，又是咸安侯的门客；七杀营营主今夜行刺太子失败，逃入侯府，最后也是在卫家私挖的地道出口落网的。

"从万鑫的证词开始，所有的人证、物证汇集起来已经能组成完整的证据链，两位侯爷勾结邪教与江湖刺客、谋害东宫的罪名是跑不了了。臣请皇爷痛下决断，拿卫演、卫浚二人问罪，以正国法。"苏晏拱手道。

皇帝沉吟片刻，忽然问："豫王也进宫了？"

苏晏微怔，点头道："是。"

"大半夜去慈宁宫，他这是料准了母后睡不着觉啊。"皇帝意有所指。

苏晏犹豫了一下，试探性地道："臣知道太后与卫家关系亲厚，但国有国法。再说太子也是她的亲孙儿，这手背的肉伤了，也会觉得疼吧……"

一丝近乎嘲讽的冷笑从皇帝眼底掠过。他仿佛酝酿了许久，又仿佛只是在这一瞬间拿定了主意："传朕的谕令给腾骧卫，拿下卫演和卫浚，押入诏狱。着北镇抚司，将他们所犯之事桩桩件件查个清楚！"

苏晏当即领旨，随后又担心地问："太后那边，皇爷打算……"

皇帝朝他笑了笑。苏晏看着这抹浅笑，忽然就觉得没什么可担心的——有皇爷在呢，就算闹得再大，天也塌不下来。

"明日早朝，你先请假。对外的说辞……就说你在七杀营营主今夜行刺太子时，因为护驾受了伤。"

护驾？苏晏回忆了一下，似乎是朱贺霖在护着他吧，毕竟他是现场敌我双方几百号人中唯一不会武功的那个。至于受伤就更不值一提了，嘴唇上磕破点皮算吗？

皇帝似乎听见了他内心所想，瞥了一眼他结痂的嘴唇，补充道："是内伤。"

苏晏忍笑："对，对，臣被刺客掌风扫到胸口，受了内伤，至少两三天都动弹不得。"

他也想到了，太子于义善局再次遇刺、险些丧命，随后卫家二侯被连夜围府、捉拿下狱。这一浪紧接着一浪，必然在朝堂掀起轩然大波，他苏晏就是立于风口浪尖的那一个。

明日朝会是个什么"群魔乱舞"的景象，见识过大铭朝堂彪悍风格的苏晏完全可以想象。皇帝让他装伤不上朝，便是为了避开最开始的这一轮东西南北风，待到风势稍微平息再出面，起到一锤定音的效果。

"臣还有一个问题，但事关先帝，臣不敢问。"

又来这套。皇帝微嘲："怎么又不敢说了，一个印不够，还想朕再赐一个？"

苏晏哪儿敢再要一个,之前那枚"景隆"私印还被他牢牢锁在盒子里,藏在柜子最上层,生怕丢了呢。

——实际上,倘若他有空打开盒子再瞧一瞧,就会发现白玉印已赫然变作鹅卵石了。

此刻的他"狗胆包天"地继续问:"这块金书铁券,皇爷打算如何处置?"

皇帝知道他同时也是在问太祖与真空教的往事。

事虽隐秘,但此刻也不妨对苏晏稍微透露一些,于是皇帝长话短说:"太祖皇帝起事时,时任真空教教主的闻香前来投靠,军中也确有不少人信教,将暴虐的前朝视为必须破除的黑暗,因此奉太祖为'大光明王'。他们打着'光明普照'的旗号,吸纳了更多义军队伍,得以发展壮大。

"这是因为在乱世争雄时,真空教的教义与混乱的局势不谋而合,关键就落在'斗'字上——佛与魔斗、光明与黑暗斗、我之力量与彼之力量斗。"

苏晏琢磨过味儿来了:"当本朝建立,局势逐渐稳定,就应该以发展生产,以保障民生为首要。可真空教依然要'斗'?"

皇帝道:"闻香要求太祖赐封真空教为国教,使国内人人信教,谁若不信便是异端。"

闻香想要统一的不是国土,而是人的思想。他相信只有极度坚定与狂热的信仰,才能使一个帝国固若金汤,所有人从肉体到意志都坚不可摧。

苏晏感概道:"太祖皇帝并不想像曾经的北成那样,建立一个政教合一的国家,于是两人产生了矛盾。当双方矛盾越来越尖锐的时候,只有一方灭亡才能彻底解决,所以太祖最终背弃了当初的承诺,对闻香下手。"

皇帝颔首:"其实太祖皇帝当年下手时,心中未必没有愧意。但他是帝王,江山社稷为重,这股愧意不能流露,甚至不能让它产生。于是太祖皇帝变本加厉地压制了它,用'九杀十死'的方法,抵消了金书铁券的免死次数,最终诛杀闻香,取缔了真空教。"

苏晏叹道:"这才是能在乱世中一统天下的男人。"

景隆帝审视他:"如此看来,你更为敬仰那样的帝王?"

来了,久违的"景隆式"送命题!但苏晏这回不发怵了,甚至还有点想笑。他干咳几声,方才慢悠悠答:"太祖皇帝丰功伟业,人人敬仰,臣自然也不例外。"

望着皇帝越发深沉的脸色,苏晏话锋一转:"可若能择主而事,臣还是想选择像皇爷这样的帝王。"

"为何?"

"因为……更有人情味。"

"人情味?"这个答案十分朴实,不像苏晏的日常风格,令皇帝有些意外。

"臣词不达意,皇爷恕罪。"

景隆帝板下脸:"你觉得与太祖皇帝比起来,朕缺乏魄力与铁血手腕,不够狠心?"

不、不、不,亏得你不够狠心,否则我坟头小树已经亭亭如盖矣!苏晏忙不迭地拍马屁:"皇爷这样好,再宽仁一分则过柔,再峻刻一分则过狠,不多不少刚刚好!臣就敬仰皇爷这样的。"

皇帝脸色还是严厉的,却忍不住眼中泄露笑意,摇头道:"假话。"

"真的!比珍珠还真!"

皇帝轻嗤一声,忽然扬手将那块金书铁券远远扔进了莲池中,溅起大团水花。

苏晏微怔,却听皇帝陡然提高了声量:"你去向沈柒传个口谕,替朕严厉地申饬他一通,告诉他,朕要治他办事不力、致使要犯走脱之罪!"

这般突来的怒意,几乎可以算是疾言厉色了,苏晏自觉氛围好好的,没理由引得皇帝发怒,那么这一句没前情的话,又是说给谁听的?

他脑子飞转,眼角余光瞥见亭外不远处躬着身的两个内侍。皇帝与他在亭中谈议机密事,却没勒令随驾内侍退出园子,就那么让他们不远不近地候着。

皇爷这是什么意思?故意让他们看见、听见,却看不分明、听不清楚。这两人……是不是有什么问题?

苏晏当即警觉起来,决定顺着竿爬,替沈柒向皇帝请罪与求情。

果然,皇帝更生气了,丢下一句"你要说情,就与他一同受罚",随即拂袖而去。

苏晏在亭中跪了片刻,见皇帝没有折返,便爬起来拍膝盖处的尘土。那两名内侍,一个追着皇帝去了,另一个鼻梁处有颗小黑痣的,好心过来扶他起身。

"苏大人不必太过惶恐,皇爷仁慈,必不会因一言不合就惩罚你。"那名内侍说道。

苏晏脸色还有些发白:"但愿如此。可沈柒那边,不知还有没有转圜的余地……请问这位公公如何称呼?"

那人道:"大人唤奴婢'永年'即可。"

"多谢永年公公宽慰。"

永年摸了摸鼻梁边的小痣,笑道:"苏大人客气了。大人许是忘了奴婢,但奴婢还记得在司经局搬书时笨手笨脚被掌事责罚,是大人开口求的情。奴婢一直想着该怎么报答大人呢。"

苏晏刚入仕时确实在司经局待过一阵,但对方所说的事太小,他没什么印象。此刻他似乎心绪另有所系,神思不属地拱手告辞后走了。

他边走边想:这个永年,是谁的人?

翌日一早,苏晏先是吩咐苏小京替他去吏部提请了工伤假——暂定两天,后面看恢复情况再说。

接着又叫苏小北去北镇抚司打听：昨夜沈柒带队去追逃走的鹤先生，现下是什么情况，人回来了没有？

他自己则偷得浮生半日闲，在院中老桃树下摆了把醉翁椅，往上面舒舒服服地一躺，边喝茶边看闲书，简直不能再惬意。

一个时辰后，北镇抚司那边的消息还没来，太子倒先来了。

朱贺霖身穿便服，只带几名侍卫和医官骑马来的，因为赶路赶得急，额角细汗在树冠漏下的碎阳里微微闪光。

"听说你受了内伤？伤势如何？给我瞧瞧！"太子人未近前，声音先行而至。

"没事，没事——小心台阶！哎哟，我的小爷——"这一膝盖磕的，看着都替他疼。苏晏捂了捂脸，"我真没事，也就是磕破点嘴皮子，就是避风头，找借口歇两天。"

朱贺霖忍痛走到他身边，上下左右端详完，才定了心："没事就好。你说你就不能提前知会小爷一声？"

"是我疏忽了，害小爷担心。"苏晏将桌面茶壶递过去。

朱贺霖劈手拿来，对着壶嘴咕嘟咕嘟一通灌，然后往旁边的青石条凳一坐，喘了口气："父皇扣着不让出宫，小爷听说昨夜俩侯府阵仗那个大呀，担心了一晚上！早朝时见不着你，散朝后小爷亲自去吏部打听，才知道原来请了伤假。"

苏晏心中感动，笑道："小爷放心，那么多锦衣卫和腾骧卫，还有豫王压阵，臣出不了事。"旋即叹了口气，"可惜美中不足，唯独跑了个鹤先生。人都抓进囚车了，结果还是被劫了。"

朱贺霖道："真空教在京城暗中经营多年，其势力短时难以扫尽，难免会有余孽翻起几片浪花，不必太过遗憾。只须继续全国通缉，他在大铭便无立足之地，迟早要落网。"

苏晏心里隐隐有些疑窦：石檐霜身为掌刑千户，是沈柒手下得力干将，押送囚车的锦衣卫也是训练有素的精锐缇骑，何以轻易着了真空教余孽的道？还有，对方劫囚车时并未对昏迷的锦衣卫下死手，就不担心他们提前醒来？

疑窦归疑窦，他并未在太子面前说出，心想还是等沈柒回来，先问明情况。

朱贺霖见他默然不语，以为他仍在介意逃走的鹤先生，便拿朝堂上的事转移注意力："还好今日朝会你没来。父皇下旨收押咸安侯和奉安侯，简直是往水塘里丢了一块大石头，朝堂上吵翻了天。有率队群攻的、有捉对厮杀的、有隔空点火的，真叫一个群魔乱舞。"

这与苏晏估计的情况也差不离。毕竟他在第一天殿试时，就见识过当堂撸袖子对殴的首辅与国戚，本朝臣子之彪悍可见一斑。

"小爷我是从小就见识文臣口才的，知道他们爱骂、会骂，可没想这么能骂，一个脏字没有,把对方祖宗十八代都问候过了。"

苏晏心道:呃,自己仿佛也是这些"会骂"的文臣中的一员?

"刚开始还能就事论事,主要争论点在于卫家意图谋害东宫是否证据确凿,你这个专案组长是为国除奸还是挟私报复。后来就逐渐跑偏,不少人夹带私货,想把异见者拉下水。于是官员们趁机互相弹劾,这个说那个是卫家的爪牙,必须一并处置;那个说这个谄媚东宫,必有不臣之心。于是大家翻旧账的翻旧账、扯虎皮的扯虎皮,这个旋涡就越卷越大,弄得好像人人都有劣迹,个个居心不良……"

苏晏默默扶额:光听太子这一番形容,就能想象那时的乱象。

本朝文臣地位高、话语权大,更有风骨与傲骨,当然也更会操纵国政。遇到不爱管事的皇帝,哪怕一辈子甩手掌柜,只需要提拔一套强有力的内阁班子,就能让国家平稳运行几十年。

问题是咱们这位皇爷是管事的,且外宽内严,又颇有掌控欲,如此日复一日面对这群不省油的"灯",估计挺糟心的。也难怪他要使帝王心术、用制衡手段,甚至不惜顶着文官们长年的谏言,也要保留锦衣卫机构,给予宦官一部分政治权限,就是为了给皇权增加筹码。

"吵成这样,皇爷没制止?"苏晏问。

朱贺霖道:"没有啊。小爷也有些奇怪,按说大臣们太过放肆的时候,父皇总会压一压,处置几个带头的,这样就能消停一阵子。连李首辅都坐过几天大牢呢,更何况其他臣子。但今日父皇却不管不顾,只叫我仔细看着、听着。"

苏晏又问:"那么小爷看出了什么,又听明白了什么?"

朱贺霖一怔,挑眉抿嘴地琢磨了片刻,说:"朝臣中拉帮结派现象严重?"

"自信点,不要用疑问语气。"苏晏循循善诱,"还有呢?"

"朝臣之间势力博弈,常结成派系,以壮其势。圣人说,'君子群而不党',可小爷看朝臣们中不少人党同伐异、互相攻击,为的是争权夺势,不是真正为国为民。"

派斗与党争,抓住核心词了——我就说这孩子有前途吧?天生慧根啊!苏晏控制自己别露出老父亲般的欣慰笑容,继续问:"还有呢?"

所以你将来当了皇帝,打算如何整顿这股乌烟瘴气的朝堂风气?是像你父皇那样借力打力,还是另有手段?说吧,尽管说。

"还有……"朱贺霖苦苦思索,忽然眼睛一亮,"对了!小爷发现,朝臣中同出一乡的最爱抱团,还爱给外地人起诨号以作嘲讽。管蜀地出身的官员叫'川老鼠';管楚人叫'干鱼';还有珊西籍的,就叫人家'腊鸡',因为他们年节送礼总爱送腊鸡,还给父皇进贡过。说来小爷有点担心,会不会有人也这么对付你,管你叫'春饼'或是'佛跳墙'什么的……"

苏晏:"……"

关注点跑偏了好吗，小爷？虽然我不想被人叫春饼和佛跳墙，但重点根本不在这里啊！苏晏扶额深深叹了口气。

朱贺霖却大笑起来："小爷逗你玩的。"他倾身凑过去，沉声道，"就算卫家倒了台，朝堂上也不会清净。想要政治清明，要整顿的从来不是一个两个贪官与骄戚，而是积弊已久的吏治。"

苏晏出乎意外地怔了怔，而后微微颔首："小爷看明白也听明白了。但整顿吏治非朝夕能竟之功，皇爷尚且投鼠忌器，小爷身为储君更不可轻动。一步一步来，先把卫家彻底扳倒再说。"

朱贺霖也点头："出宫前，我听说卫贵妃去跪宫门，替她父亲请罪求赦了。"

"跪宫门？"

"是啊，就是养心殿外面的遵义门。卫贵妃洗了脂粉、披着发，就穿一身白色中衣，跪在宫门口。"朱贺霖看了看日头，"到这会儿得跪一个多时辰了吧。"

"那么皇爷……"

朱贺霖露出一丝快意的笑："父皇没召见，让内侍打发她回永宁宫，她也不听。父皇便放话说——她爱跪，随她跪去。"

卫贵妃边跪宫门、边哭着念念有词，一会儿追忆新婚时的温馨时光，一会儿哀求皇帝看在往日功劳与情分上，宽恕卫家。

她直哭得梨花带雨，死去活来。可景隆帝这回却像是铁了心，她的一哭二闹三上吊再也不管用了。宫女再三劝解未果，倒让她又想出了一招，让人把二皇子抱来。

二皇子快满一周岁了，因为先会说话、后会走路，被认为是"大贵之相"，太后又请大师们给他占卜，说"紫微照命"云云，于是对他加倍喜爱。

卫贵妃对这个独子也极为看重，唯恐被谁谋害了去，安排了五个奶娘还不放心，干脆日夜带在身边看护，也算打发深宫寂寞。故而二皇子黏母亲黏得很，一时半会不见就要找。

这会儿半天不见，一见之下委屈得不行，二皇子抱着卫贵妃不撒手，唧唧哝哝哭。卫贵妃把儿子的团花小外袍也抓了，还偷偷掐了他一把，唧唧哝哝哭顿时变成号啕大哭。

母子俩你抱着我、我抱着你，脸贴着脸哭，那般孤苦无依的模样、倾倒长城的哭声，真是闻者伤心，听者落泪。

这下太后坐不住了。本来昨夜豫王进宫，与太后促膝长谈了一个多时辰，好歹以"卫家跋扈，不给他们些苦头吃，将来恐不敬天威，挟持圣意"为由，说服太后不要干涉此事，也免得与皇帝母子离心。

太后虽然护着卫家，但心里也有顾虑：

第一，担心过犹不及。将来二皇子当了太子，卫家更是如日中天，恐其生出操纵君王的野心。

第二，也是担心母子离心。上次她借病向皇帝施压，皇帝虽然退让了，也没什么不满之色，但自己的儿子自己清楚。她这个儿子心思内藏，情绪也内敛，内心未必就如面上那般波澜不惊。万一因此生隙，对她也没有好处。

太后思来想去，觉得的确要把握一个度——在有限的范围内敲打敲打，让卫家不至于伤筋动骨，同时又能长个记性。

豫王这两点都说到她心坎上，所以太后忍住了，只让贴身大宫女琼姑出面，将来求援的卫家人打发了回去。

卫贵妃跪宫门痛哭，太后倒也不一定多心疼。但得知小孙子顶着日头也跟着一起跪、一起哭，太后顿时心疼得不行，彻底坐不住了。

她起了凤辇，亲自去养心殿，要把小孙儿接回来，顺道提醒皇帝一句适可而止。在她看来，什么谋害太子，那是真空教与江湖门派所为，卫家也是受了蒙蔽，误纳奸人为门客，有不查之罪，把两个侯爵关一阵子，给个处罚、降个俸禄就得了。反正那个章氏（先皇后）的儿子不也好端端的，人还在东宫吗？

结果与景隆帝一碰面，才发现情况比她想得严重得多——

皇帝这回竟是存心要杀卫演与卫浚，时过境迁，之前对她的应承，作不得数了！

太后大失所望之余，觉得尊严受损，同时心底深藏的一缕狐疑浮出水面：皇帝如此容不得卫家，莫不是想杀鸡儆猴？她身在后宫，有些前朝之事不便直接插手，便有意拿卫家当朝堂代言人。而卫家又拉拢了不少官员，她的影响力无形中也就逐渐扩大，难道皇帝对此心怀忌惮，要借此打压她？

他们可是亲生母子啊！孝道便是天道，身为亲儿尚且不遵从母命，还如何指望他能一辈子孝顺自己？太后又失望又心寒，认定这不再是卫家一个家族的问题了，这是忤逆、是不孝，是把她这个亲娘当作了必须防备与打压的政敌。

她没有与皇帝当面争执，转身起驾回宫，顺道抱走了二皇子。至于卫贵妃，见姨母不管她还把她的命根子带走，直接哭晕过去，被抬回了永宁宫。

后面这些事，身在苏府的朱贺霖并不知晓。他看望完苏晏，还要赶去给赈灾粮调包案的调查做个收尾。

于是就在当日下午，苏晏收到一份懿旨，太后传召他。

说是传召，并不由得他自己动身，与传旨太监同来的侍卫已经蓄势待发，硬是把人拽上马车带走了。

接到懿旨的那一刻，苏晏脑中警铃大作。

他知道自己与卫家已结下不死不休的大仇，连带也狠狠得罪了卫家背后的靠山——太后，所以一直都挺注意自身安全。

从回京至今三个月，他没事都不出去闲逛，也尽量避免单独外出。他预想过卫家的很多报复手段，包括且不限于毁容、暗杀、栽赃、设套，等等，却没想到，太后会纡尊降贵地亲自动手。

这种节骨眼上，太后突然传召他当然用意不善，总不会只是拉拉家常？

苏晏脑中千回百转，面上却淡定，对传旨太监道："家居便服，不宜入宫觐见，容我更换四品常服。"说着就要进屋。

慈宁宫侍卫伸手一拦："不必。太后吩咐了，立即召见，请苏大人随我等上车。"

苏晏又道："那容我和家中小厮交代一声，让他们备好晚饭。"

侍卫不为所动："不必。太后吩咐了，一刻不得耽搁，请。"

苏晏没辙了，几乎是被挟持着上了马车，暗叹：阿追跑了，七郎出城追敌，要是趴屋顶的高朔还在就好了。

可惜就连高朔，也因背上的箭伤回家休息去了。沈柒知道苏晏不喜欢被人监视，故而也没再派探子盯着。

马车行驶了没多久，苏晏感觉方向不对，往车窗外一探，发现并未从午门进宫，而是在六科直房外拐个弯，去太庙了。

太后是什么意思？怕进了宫，有人向皇帝通风报信？苏晏越发有种不祥的预感，然而形势迫人，只能走一步看一步，被侍卫押送着进入戟门。

太子朱贺霖曾在太庙中殿跪过神牌，苏晏也作陪过。但这次他连进入正殿的资格都没有。就在离戟门不远的前配殿外，宫人撑起凤纹华盖，设下宽大的椅榻，扶着太后入座。

广场周围是一圈圈戒备森严的侍卫把守。苏晏跪在凤驾前的石板地，行了无可挑剔的叩见之礼。

太后没叫他起身，命道："把脸抬起来。"

苏晏皱了皱眉，抬起脸，平静地望向凤座。

太后盯着他的眼睛看了一会儿，忽然轻笑一声："苏晏？"

苏晏拱手："臣在。"

太后说："我久在深宫，不太关心前朝之事，但'苏十二'的大名，见天儿地在我耳边转啊转的。听说你才刚摸到奉天殿门槛的第一天，殿试时就一鸣惊人！真是好手段。"

苏晏道："那是个误会，是臣一时耳背，听错了题，实则并无抨击之意。满殿文武，臣那时还一个都不认得呢。"

"那么午门外敲登闻鼓，扳倒了锦衣卫指挥使冯去恶，也是误会？"

"这倒不是,臣蓄意的。一方面为师雪冤、为国除奸,另一方面也是为了自保。"

太后颇有些意外,扯了扯殷红的嘴角:"你倒是个爽快人,也好,这样说话不费事。我真是烦透了那些个面上装得温柔娴静,实则满腹心机之人。"

我有理由怀疑你在影射先帝的那位跟你争宠的莫侧妃,以及太子的生母先皇后章氏。苏晏暗暗揣测。

但他很快就没有这个心思了。因为太后接着道:"我还听闻,你昨夜因为保护太子,被贼人打成内伤。护驾是大功一件,怎么皇帝连个太医都不给你派呢?来人,给苏少卿好好诊治诊治。"

登时就有两名太医上前,一左一右拉住苏晏的手腕,望神、察色、诊脉、摸骨,片刻后对太后禀道:"苏少卿并无内伤,身体一切正常。"

太后冷笑:"好,好个欺君冒赏的爽快人。"

苏晏暗自叫苦不迭。昨夜景隆帝叫他装伤避风头,如今倒成了他表里不一的证明,可当着太后与这么多宫人、侍卫的面,他总不能把皇爷给卖了吧?就算卖了,也没人相信啊!他只能咬牙把这个黑锅背了。

"回太后,臣被前来行刺的七杀营营主的劲气波及,与太子一同摔下台阶,当即就咯了血,在场东宫侍卫与锦衣卫都亲眼所见,臣并没有撒谎欺君。因为身体不适,臣只想请两天假稍事休息,并无任何请功之举,即便皇爷与小爷要赏赐臣,臣也是无功不受禄,万万不敢领受的。"

摔下台阶时他磕到嘴,流了些血,要说成内伤咯血也不是凭空捏造,但愿能糊弄过去。另外,他的确没有上报请功,也没从皇帝与太子那里接到赏赐,这不是假话吧?

太后却不接受这个解释:"你明明身体无恙,却假伤请休,说明骨子里就是个投机取巧的奸猾小人。你说不受赏赐,这不赏赐还没下吗?皇帝若要赏你,你会拒绝?"

是啊,尚未发生之事,那你怎么就断言我不会拒绝?再说,我休假两天怎么了,之前带病上岗全月无休,你们也没给我增俸呀!当然这些话也只能咽在肚子里。"君要臣死,臣不得不死",给皇家卖命叫尽忠,不卖命叫叛臣贼子,哪里去说理?

与那些偷摸旷朝的官员比,我这假伤请休,算是小事还是大事?还不都是你用来拿捏我的借口!既然有意整治,我服软有用吗,求饶有用吗?

于是苏晏不卑不亢道:"臣体弱,确是感到身体不适才请休的。太后若是觉得臣彻夜追贼、雨中摔伤也不得请假,那便下旨让吏部按律处罚吧。"

下旨?堂堂太后,正儿八经下个懿旨,就为了惩罚一个办差后请假两天、疑似偷懒的官员,这不是笑话吗?就算别人猜测是太后借机整治臣子,那也得挑个像样的理由,用这么个微不足道的由头来小题大做,丢的是自个儿的脸。

此人不但奸猾刁钻，还敢慢言顶撞，实在是可恨！卫兰之前说他奸佞，我还存了几分疑，如今看这性子，八九不离十了。太后此刻对苏晏的恶感简直到了极致，皱眉唤道："琼姑！"

大宫女琼姑当即上前，往苏晏面前一站，慢条斯理地责问："苏晏，你可知罪？"

苏晏道："臣为官做事，自问无愧于心，不知罪从何来。"

琼姑稍稍提高了声量："你以下犯上诬告国戚，以致帝妃失和，是为罪一；勾结隐剑门余孽，蓄养死士，是为罪二；半夜带兵围攻侯府，僭越弄权，是为罪三；怂恿太子不务正业，暗藏祸心，是为罪四；肆意弹劾官员，排除异己，是为罪五。此五条，条条都是重罪，你还敢狡赖吗！"

苏晏朗声应道："第一，臣不仅是大理寺右少卿，更是都察院监察御史，纠察百司百官、左右言路乃是本职。言官有风闻奏事之权，更何况臣每次弹劾都证据确凿，何罪之有？

"第二，臣收留侍卫时，并不知其过往身份，也从未指使他做过不法之举。区区一名匹夫，顶多只能做护身、赶车之用，何曾见蓄养死士只养一个的？再说，臣还欠他半年工钱没给，导致他愤而辞职。就臣这样，连一份饷银都掏不起的，哪里有余钱蓄养什么死士？

"第三，兵围侯府搜查钦犯，臣是奉圣旨行事，否则臣如何指挥得了腾骧卫？圣旨就在怀中，还请太后验看。

"第四，太子的正业是什么？论读书，他的课业并未中断，有时未去文华殿，也是得到了皇爷的允准。若无故旷课，李首辅身为太子师，第一个饶不过他。可近来臣只听说首辅夸太子学业有长进，并无任何微词。若说他最近时常出宫，也是奉旨办事查案，更谈不上不务正业。既然太子无失误之处，臣自然也谈不上'怂恿'之罪。

"第五，道理同于第一。

"如此五条不实之罪名，恕臣不能领受！"

太后一拍扶手，猛地起身："放肆！谁容你这么同国母说话的？简直大逆不道，狂妄至极！"

苏晏拱手："臣并非狂妄，而是据理力争。既然是国母，更应以理服人、以法律人，而不是以势压人。容臣提醒一句——太后私下召见外臣，于礼不合，还望太后三思。"

太后冷笑道："早料到你这利齿猁狲在这里等我。你看看这是什么地方？"

"太庙。"

"你再看看，太庙中供奉的这是什么？"

一名侍卫上前，手中托盘上摆着一根方不方、圆不圆的柱状钝器，金灿灿的，看着还挺沉。

苏晏歪头左看右看，不太确定地答："托塔李天王……手里托的塔？"

太后只当他故意装蒜嘲讽，大怒道："这是先帝留下的金锏！持此金锏，上打昏君，下打谗臣，我今日便以此铜打你，与礼合是不合？"

苏晏脑子里"嗡"的一声，心道：我以为八贤王那金铜是评书中瞎编的，天知道还真有这玩意儿！难怪要把我弄太庙来，在这里用先帝遗留的金铜打人，那可不叫动用私刑了，是冠冕堂皇地惩罚。按太后的说法，就算是皇帝和宗室，她看不惯了，照打不误。

——先帝是不是驾崩前病糊涂了，才把金铜留给这么个不明事理的太后？

苏晏无语的同时，再看那根金铜，又粗、又硬、又长，简直是个天底下最贵重的凶器！这可比廷杖的木头杖子硬多了，一铜下去，还不得粉碎性骨折？

吾命休矣……快来人啊，给本座护驾！苏晏在灵魂深处疯狂咆哮，面上却输人不输阵似的，摆出一副凛然无惧的神色。他起身，整了整衣衫、冠帽，朝西北奉天殿所在的方向端正拱手，肃然道："我要借诗了——浩气还太虚，丹心照千古。"

旁边候立的慈宁宫侍卫慨然变色，默默道：这是个有骨气、有操守的文官，可惜了。

"仗势杀我者，今夜就入土。"

侍卫语塞：前面的谬赞能不能收回？

太后手捂胸口，觉得自己心疾之症快要发作了。旁边宫女当即扶她坐下，为她揉胸顺气，送水送药。

"请……金铜。"太后喘着气。

"请金铜！"侍卫们齐齐喝道。

一个孔武有力的大汉大步上前，从盘中请出金铜，紧握在手。

"犯官跪下受铜！"

苏晏咬牙道："未犯一罪，何来'犯官'？太后倒行逆施，损害的是天家的声誉、皇爷的清名。今日我苏晏折在此处，明日朝堂上文官人人自危，盖因今后再无律令、再无礼法，单凭太后一句话就能定文臣武将的生死，还要天子何用？"

事情到了这一步，已经是势在必行，这个苏晏非死不可，绝不能留了！太后心意已决，厉声道："铜九下！"

九是极数，这是务必打死之意。侍卫当即高举金铜，朝苏晏后背猛砸下去——

苏晏听见脑后风起，下意识地往前扑，双手撑地一个标准的侧滚翻，避开了这一记当背铜击。

执铜的侍卫抽了个空，有点错愕：前一刻这位苏少卿还吟着诗岸然挺立，分明是个威武不能屈的好汉，怎么后一刻就使出这般粗野路数，斯文扫地了呢？

苏晏才不管斯文扫不扫地。就他这小身板，一铜下去脊椎都要打断，咬牙硬扛才是傻，能躲开一下是一下。有道是匹夫之怒血溅五步，把他逼急了，鱼死网破的事也做得出——太后离他不过几级台阶的距离，将这老娘儿们挟作人质，拖到解围的来为止。大不了官也不当了,中原也不待了,咱扎个舢板过海峡,琉球群岛开荒去。

苏晏一骨碌爬起来,拎着袍角往台阶上冲。太后还在顺气,周围三四个宫女簇拥着,唯独琼姑因为传话站在阶下,见状以为他为了逃避鞭打慌不择路,高声喝道:"左右还不速速拿下,当心冲撞了太后!"

侍卫们从错愕中反应过来,一窝蜂地朝苏晏扑去。其中一个手长,抢先抓住了他的腿脚往下拽。苏晏双手抱头滚下台阶,又朝戟门方向跑。

此时持锏的侍卫刚好冲到苏晏身后,飞起一脚踹在他后心窝,把人直接踹趴在地,手里金锏劈头抽下去。

苏晏在生死关头爆发出了超乎自己想象的速度与力量。可惜这具身体实在潜能有限,这会儿差不多也消耗殆尽了。背心这一脚带着劲气,踹得他心肺震动,猛地喷出了口血,石板地面顿时红痕斑驳。

风声灌耳,但他无力再躲开这一锏,绝望之下只得瞑目承受。

突然又一道呼啸的风声从前方疾射而来,带着音爆似的锐响,仿佛就从脑袋上方擦过,激得他头皮发麻。

他还来不及睁眼,只听身后侍卫痛呼一声,随即是金锏砸落地面的铿响。

苏晏忍着胸中疼痛,急促地呼吸着。嘴里血沫呛进气管,他剧烈地咳嗽起来,一边咳嗽,一边顽强地起身,哪怕连滚带爬也要继续往门外冲——直至撞上了一个坚实的胸膛。

"苏清河!"

……是豫王!苏晏听见耳畔熟悉的声音,心弦骤然一松,揪住对方衣襟想要说话,张嘴又咳出口血沫。

豫王见苏晏袍服后背上的脚印,脸色黑沉,抬腿就往持锏侍卫胸口也踹了一脚,几乎把人踢飞出去。

"滚开!"豫王朝惊疑不定的慈宁宫侍卫们厉喝,转身将苏晏交给身后赶来的豫王府侍卫。

他拾起金锏,大步走向凤驾,潦草地见了个礼,单刀直入地问:"母后这是在做什么?竟然动用金锏,殴打一个有功无过的臣子,以泄私愤?"

太后面色一阵红一阵白,怒道:"放肆,有你这么跟母后说话的?给我滚回你的王府去!"

豫王寸步不让:"母后若是因为卫家获罪而恼火,这是皇兄的旨意,又何必迁怒一个奉旨办事的无辜臣子?这事传出去,人道太后与皇帝母子失和,不仅有损天家颜面,也必使朝臣们心怀顾虑,将来不知该奉谁的旨意。万望母后三思。"

太后深呼吸,压住心底那股恶气,把声音放缓了些:"城儿,此事与卫家无关。母后今日要惩戒的,是这个巧言令色的佞臣。苏晏此人伪作公义,实则无赖,此人一日不除,对皇帝、对朝廷早晚都是个祸害!"

豫王反感地皱眉:"母后何出此言!可知他为官还不到一年,功绩却远胜过那些个庸庸碌碌半辈子的老大人!以文弱之躯,瘁匮济之志,惩治奸臣酷吏、整顿锦衣卫、创办天工院、屡破阴谋解邦交危机、革弊鼎新督理马政、铲除邪教安定京城——这样一个少年栋梁,你说他是佞臣?"

苏晏止住咳,胸口闷痛感好了些,闻言有些吃惊地望向豫王:他都知道?不但知道,且一样一样记得清楚。

原来在豫王心目中,我苏清河并不只是个谈风论月的消遣,自己的志向与抱负、辛劳与付出,都被豫王看在眼里,并得到了他真心的认可。

"闭嘴!"太后用力拍着扶手,"你给我滚出太庙!否则我亲自用这金锏让你吃一吃教训!"

豫王将衣袍下摆一掀,手捧金锏,跪在太后面前:"儿臣愿领母后教诲。至于苏晏,他连侍卫的一脚都受不住,更别提金锏了。母后若非要杀他,那就休怪儿臣不孝抗命了!"

太后气得脑仁疼,咬牙道:"你向来我行我素,今日却由不得你。来人,送豫王去中殿,让他去跪先帝神牌!"

豫王笑道:"儿臣跪也跪得,挨打也挨得,不过临走前必须让王府侍卫带走苏晏。得罪了,母后。"

太后被这混账儿子气到眼前发黑,劈手夺过金锏,一下抽在豫王肩头。豫王面不改色地受了一记,忍痛仍在笑:"母后教训得好。儿臣已痛改前非,还请母后也做儿臣楷模,秉公正己,以杜天下悠悠之口。"

这一锏没打在自己身上,苏晏却有如感同身受,疼痛地抽了口气。

"此事与豫王殿下无关,太后要责罚的是臣——"他试图上前,豫王转头瞪一眼,豫王府的侍卫们立刻又将他拖了回来。

太后见豫王死活要护着苏晏,还想再打却下不了手,于是放下金锏,狠狠抽了豫王一巴掌。

琼姑见太后眼眶赤红,嘴唇颤抖,是极难过、难堪又愤怒的模样,连忙朝场下喝道:"你们这些王府侍卫一个个都想造反不成!是听从太后的懿旨,还是豫王的命令,这都想不明白?"

豫王府侍卫们眼望豫王,犹豫不定。却听一个尖而亮的声音传来:"那么请琼姑姑不妨自己先说说,是听从太后的懿旨,还是皇上的圣旨?"

蓝喜的声音……皇爷来了?!苏晏闻声转头,果然见景隆帝带着一干内侍与锦衣卫,从戟门外快步走入。

皇帝没有乘坐肩舆,许是从宫中策马赶来的,一贯从容儒雅的步态也显得格外匆促。路过苏晏身旁时,他只快速瞥了一眼,在看到苏晏衣襟上的点点血迹时眉头微皱,便走过去了。

"母后万安。"皇帝独自拾级而上,向太后行礼。

太后深吸口气:"皇帝也是来指责我的?"

"儿臣不敢。是有事想禀明母后,"皇帝朝她身后的配殿做了个手势,"还请母后随朕入殿详谈。"

太后可以在众人面前教训豫王,却不想与皇帝起冲突,便起身离开榻椅,在琼姑的搀扶下走向殿门。

殿门在两人身后关闭,将私下交谈的一对母子阻隔在薄暮余晖之外。

豫王趁机起身,匆匆下了台阶走到苏晏身边,问道:"伤得厉害吗?"

苏晏的胸膛从刚才锤击般的剧痛,到现在反胃欲呕的闷痛,已经好转许多,勉强笑了笑:"还好。"

豫王左右顾盼,见两个太医唯恐引火烧身似的悄悄躲在廊下,便招呼他们过来诊治。

被亲王点了名,两位太医只好过来,又给苏晏检查了一番。

"这回是真受内伤了。"其中一名太医无奈地道,"背心上那一脚,劲气震动脏腑,心脉激荡之下导致咯血。"看了看豫王脸色,他连忙补充一句,"好在伤势不算严重,待臣二人合计合计,开个方子外散瘀血、内养脏腑,养几日慢慢会好。"

太医自去开方子。豫王叫人搬来一张椅子,让苏晏先坐下缓口气。

苏晏漱掉满嘴血腥味,又喝了点热茶,感觉好了许多,问道:"王爷是怎么得知消息,赶过来的?"

豫王道:"亏得你家小厮机灵。猜到母后传召用意不善,你一走,他们便出门找人求助。"

沈柒未归,皇宫他们不敢去,唯独能找的也就剩豫王了。而且王府所在的澄清坊离他们住的黄华坊比较近,苏小北又曾奉他的命给豫王府送过补血药材,与王府看门的也算混了个脸熟,故而很快就联系上了豫王。

豫王策马疾驰赶到太庙,刚好见到苏晏被踹倒的一幕,情急之下将灌注了真气的马鞭投掷出去,击落了执刑侍卫手中的金锏。

苏晏十分感激:"幸亏王爷及时赶到,出手相救,否则下官的小命今天就交待在这里了。"

豫王叹口气:"我没想到母后……罢了,多说无益,且看皇兄如何处理吧。"

配殿内,皇帝亲自扶着太后落了座。

太后坐下后,拂开他的手,冷淡道:"说吧,是要为那苏十二求情,还是也学着你弟弟忤逆、冲撞我?"

"母后言重了。朕请母后入殿,并非为苏晏,而是另一件事。"皇帝从怀中掏出一卷帛纸,递了过去,"请母后过目。"

太后带着疑惑接过来,刚展开纸张,从纸卷中间掉下一串飞天鸾凤璎珞。这璎珞看长度,是女子压裙幅的随身饰物;看制式,非后宫妃嫔不得用。太后越看越觉得眼熟,忽然想起来:"我记得卫兰生辰那日,西域刚好进贡了一批璎珞首饰,她喜欢凤凰,自己挑了这一串。皇帝这是何意?"

景隆帝示意她继续看那张明王明妃图:"这两件东西,都是从咸安侯府的门客,真空教鹤先生的卧房中搜出来的。"

太后一看之下,先是茫然,继而震惊,最后转为了怒不可遏——

她猛地将帛纸揉成一团,掷在了地上,面色铁青,嘴唇颤抖。

皇帝抚着她的后背,劝道:"母后息怒,保重凤体。"

太后鲜红的嘴唇失控般抽动着,好几次扭曲成凄烈的弧度,只说不出话。

过了许久,她颓然地向后跌坐在椅面,长而痛楚地"哎"了一口气:"这个贱人……我这般厚待她,她却拿刀割我的肉、剖我的心!"

"卫氏失贞失德,朕怒过之后,心寒如冰,此后再不想见她。若不是看在昭儿的分上——"

太后陡然抓住了皇帝的手背,有些骇然:"昭儿该不会是……"她连连摇头,"应该不至于……不至于。"

皇帝道:"朕本想将她的罪行公告天下,但考虑到昭儿,怕他将来遭人闲话,故而隐忍不提。下旨让苏晏去搜查卫家两个侯府,果然抓到了七杀营营主与鹤先生。七杀营营主被豫王出手困住,突围失败,畏罪自尽;鹤先生被押上囚车后又被其党羽劫走,锦衣卫眼下正在追击。"

太后吸气道:"昨夜竟这般惊险?那么多侍卫,城儿何必亲自出手,万一被伤到可怎么得了!"

"豫王艺高人胆大。反倒是苏晏,手无缚鸡之力的文士也敢率兵对敌,指挥若定,倒让朕颇为意外。"皇帝嘴里说着"意外",心下却是微微一笑。

太后一听皇帝提起苏晏,余怒还在翻涌,但与犯了通奸罪的卫贵妃比起来,这股愤怒显然已被冲淡。她脸色忽青忽白,最后咬牙道:"赐死卫兰!卫演、卫浚教女无方,引狼入室,理应下狱!"

直到现在,太后所有的愤怒都因卫贵妃的通奸不忠而起,惩罚卫家也是这个原因,丝毫没有提及卫家那些蛀国害民的恶行。皇帝意识到这一点,心里冷意又多了几分,淡淡道:"昭儿还不满一岁。"

太后斟酌后改口:"那就先打入冷宫。"

皇帝颔首:"永宁宫从即日起封宫。昭儿先送去淑妃处,由她代为管教。"

太后想把心爱的小孙儿抱回慈宁宫,想起他生母所犯之罪,心里又有点硌硬,最后不作声,算是默许了。

皇帝叹道:"此事若是传扬出去,朕面上亦无光。"

太后体恤地说道:"就说卫氏因为违逆圣意、欺压后宫而被废除贵妃之位。"

"至于卫演与卫浚如何处置……关系重大,再议吧。"她长长叹口气,仿佛片刻间老去了十岁,从华艳的妆扮下显露出几分寥落与乏力的疲态。

皇帝见火候差不多了,说道:"苏晏此人颇有才智,也不乏胆量。朕如今用着顺手,特向母后讨个恩典。"

太后受了极大打击,疲惫地摆摆手:"我也懒得取他狗命了,但他对我出言不逊,该给的惩罚要给。打发出京,去边远之地任个小官,别再出现在我面前。"

皇帝沉默片刻,说:"朕打发他走,母后放心。"

太后起身,与皇帝一同打开殿门走出去,吩咐琼姑:"回慈宁宫。"

琼姑惊疑地看了她一眼,立刻垂目称是。以她对太后的了解,太后爱憎两极分明,行事向来只凭喜恶,骨子里固执又强势,一旦认定的事很难改变主意,此番竟放过了彻底激怒她的苏晏,实在匪夷所思。但她入宫多年,知道多嘴是取祸之道,只默默搀扶着太后登上凤辇,在侍卫们的护送下离开太庙。

豫王凑到皇帝身旁,问:"皇兄说了什么,何以母后忽然偃旗息鼓了?"

皇帝瞥了他一眼:"说苏晏给你下了毒,他活着一日,你就有一日的解药续命。"

豫王:"……"

皇兄居然也会讲笑话,着实令人震惊!

豫王:"不如说他是女扮男装的祝英台,怀了臣弟的孩子,请母后看在未出世的孙儿分上——"

皇帝一把摁住豫王的后颈,将他从台阶上推下去:"滚!"

豫王身手矫健,几级台阶自然摔不着他,倒把苏晏吓了一跳,以为他又怀恨故意去挑衅皇帝了,忙迎上去行礼道:"皇爷宽容,赦臣对太后不敬之罪,臣感激不尽。"

皇帝神情平淡,眼睛却像月下的湖水,闪着纷郁而又无法言说的清光,末了只留下一句"回去好好养伤",便也起驾回宫了。

苏晏还在琢磨皇帝看似冷淡的态度中又藏着什么玄机。豫王趁机搭住他的肩膀,半扶着一同出了太庙,边走边问:"我可许多年没见我母后气成这样了,你说了什么不敬之词,也让我听听?"

苏晏白了他一眼："我以为自己马上要死了，什么话不敢说？倒是你，这也要八卦，是不是太后亲生的？"

豫王哈哈大笑。

苏大人弄假成真，这回是真受了内伤。后背一大块脚印形状的瘀青不说，还胸口钝痛，每一下呼吸都扯动肺管似的，说话都提不起气。

豫王把他扶上马车后，自己也坐了上去。

苏晏道："太医说了，伤势不严重，喝几剂汤药就好。王爷不必亲自护送，下官自己能回去。"

豫王担心太后杀个回马枪，要把人送回府上才肯走。

"母后那边，不知皇兄是怎么劝解的，眼下看着是放过你了，万一日后再找你麻烦……要不你暂时去我王府住一阵子？"

苏晏摇头："名不正言不顺，平白引人非议，无论是说我攀附宗室，还是说王爷笼络朝臣，都不好。"

"倒也不用那么紧张。我看太后临走前虽有怒容，却不像针对我，想是皇爷用什么理由说服了她。"苏晏笑道，"再说，我要是天天都担心会被太后收拾，那还当什么官，赶紧挂冠回老家吧。"

豫王欣赏他的洒脱，便也笑道："行，你心里有数就好。我留一拨侍卫在你府上，万一有什么事拿来挡一挡，也能及时知会我。"

考虑到伤患要多休息，豫王也不叨扰了，起身告辞。

不多时，苏小北进来禀道："大人，沈同知率队回城了。听说，并未抓到逃走的鹤先生。"

苏晏说："安全回来就行，没抓到就没抓到吧，他人呢？"

苏小北："去了北镇抚司。"

苏晏琢磨着，忽然一拍床板："他这是心虚！要不然，肯定得先到我这儿来看看。小北，你帮我跑一趟，就跟他说……皇爷命我申饬他办事不力，叫他马上过来挨骂。"

苏小北掩笑走了。

两个小厮走后，苏晏想了很多事，有卫家与太后、有皇爷与小爷，还有藏头露尾的"弈者"与这盘尚未下完的棋。他还想到了昨夜负伤的阮红蕉，也不知伤势如何，打算等明日自己稍微能动弹了，跑一趟应虚先生的医庐去探望。

薄暮时分，沈柒来了，拎着一兜频婆果。他坐在床前，用小刀仔细削着果皮，低头敛目仿佛是个好人家的老实后生。削完皮后，他又切出大小合适的果肉，放在盘子里递过去。

苏晏没接，盯着沈柒问："石千户怎样了？"

"药力退后人已经清醒，身体无碍，但他没看见来劫囚车的人。其他缇骑也一样。"沈柒耐心地举着果盘。

苏晏略一犹豫，说道："幸亏那些真空教余孽良知未泯，只劫囚车，没伤害押车的锦衣卫，否则石千户他们性命堪忧。"

沈柒的手停在半空中，神情有些阴郁："有什么疑虑，尽管直接问，我们之间何至于要到旁敲侧击的地步。"

苏晏被他这么一说，顿觉过意不去，接过盘子用竹签扎果肉吃。

等苏晏吃完，沈柒又切了一块，这回用刀尖在果肉外层切出个锋矢形，像两个尖长的耳朵，这块频婆果变成一只小兔子。

兔子频婆果，形状有点可爱，却被锋利的刀刃戳进肚皮，是温情与暴戾交织的冰火两重天。

苏晏无声地叹口气，直截了当地问道："真空教余孽对锦衣卫恨得入骨，哪有什么未泯的良心，劫囚车时，何以独留下石千户等人的性命，就不怕他们提前醒来，坏了大事？"

"问得好。"沈柒说，"换作是我，必逐一补刀之后才能放心救人——除非时间来不及。"

苏晏思索起来。沈柒接着道："我率队前方开路，离押解囚车的队伍不算远，随时都有可能折返回去查看。这种情况下，对方自然是要速战速决，赶紧打开囚车，接到鹤先生后立刻转移出城，哪里还能把时间浪费在杀人上。"

这个推测倒是合乎常理。苏晏默默点头，又问："重犯囚车乃是北镇抚司特制，从门锁到镣铐全部由镔铁打造，他们又是如何打开锁链的？"

沈柒道："我查过锁链，有许多劈砍后造成的小缺口，说明劫囚车的人一开始使用蛮力，但没有奏效。可锁依然打开了，我检查过锁孔，发现有锐器刮擦的细小痕迹，说明他们之中有撬锁高手。锦衣卫中亦有擅长开各种锁的高手，将锁头拿去给他看后，证实了我的推测。"

苏晏觉得这个推测有理有据，于是颔首道："我先问过你一遍，回头皇爷再盘问起来，以免你措辞仓促。当然，如果你的解释连我都无法信服，皇爷就更不会相信了。"

沈柒手上动作一顿，又开始切"兔子"耳朵："那你信不信我？"

苏晏微笑起来："我若连你都不信，这天底下还能信谁？"

沈柒走了。当夜苏晏因为胸痛难以入睡，翻来覆去许久终于睡着。

他似乎做了个束缚胶着的、难以挣脱的梦，醒后却忘记了梦的内容，有种茫茫然的空虚感。

坐在床头发了好一会儿的呆，他想到，要先写一份《劾卫氏十二罪疏》，将之前在朝会上的弹劾整理成文字，正式提交给皇帝。

这份上疏不仅包括了所揭发的卫家所有罪行，也包括相关案子的审理结果，以及对朝廷

"祛蠹除奸、匡正纲纪"的疾呼。

他知道这份奏疏一旦刊登在邸报，公布于天下，所掀起的惊天波澜，将远远胜过扳倒冯去恶的那一次。

从此以后，他将真正站在朝堂的风口浪尖，迎接一切来自盟友与政敌、亲者与仇者、理解与不理解之人的注目。

他想牢牢地站在那里，庇护该庇护的，抗击该抗击的，回报该回报的，最终成就心中的盛世河山。

第十五章

黄金王子阿勒坦

"昭儿呢？看到昭儿了吗？"卫贵妃从昏迷中醒来，头未梳脸未洗，肿着一双核桃眼，只管拉住服侍宫女要她的儿子。

宫女惴惴道："娘娘忘了，二皇子殿下在太后宫里，这会儿还没回来……"

"去把昭儿抱回来！去呀！"卫贵妃用力推搡她。

宫女匍匐请罪。卫贵妃气不过踹她，宫女挨打也不敢动，只用惊恐的语气连连道："娘娘饶了奴婢吧！"

"好，好，你们都不去，本宫自己去！"一怒之下，卫贵妃提着裙摆直奔宫门，却见几名眼生的侍卫，正将永宁宫的大门关闭，挂上沉重的封门锁。

卫贵妃大惊失色地叫："你们这些狗奴才要做什么？！"

侍卫冷冷道："奉圣旨，封门闭宫。皇爷命娘娘好好修身养性，不必再出这道门，也不必挂念二皇子殿下。"

"这是……这是要把我打入冷宫？我不信，皇爷不会这么对我的，我不信！"卫贵妃嘶吼起来，使劲扒住门缝往旁边拉，"我要见皇爷！让我出去！"

"皇爷不会再见娘娘了。还请娘娘松手，以免被误伤。"

卫贵妃望着侍卫石雕般冷漠的脸，眼泪夺眶而出："皇爷不肯见我，让我看看昭儿总可以吧？那可是我的亲儿啊！我辛辛苦苦十月怀胎，临产受惊险些丧命才换来的亲儿啊！你们把昭儿还给我，还给我！"

侍卫面无表情地推开她，继续关门。其中一名侍卫嘀咕："谁不是亲娘十月怀胎生出的？你随意处死犯错的宫人时，也没见得心疼别人的亲儿。"

另一名侍卫头领瞥了他一眼："少废话。"

卫贵妃惊怒伤心，绝望到了极点，把为了入宫所习得的一切礼仪都抛掉不要了，直接瘫坐在门槛上，拍着大腿边哭边骂，涕泪横流："亲妈呀，你当初是瞎了眼还是缺了心，非把我送进宫，上赶着来遭这老罪！平日吃尽冷落不说，眼下连出个门，也要被人横扒拉竖死死拦着……我就只剩昭儿这么一个念想，你们还要抢走他，我不活了……"

"别号了！"头领忍无可忍地转头，对其他侍卫叫道，"还不赶紧把娘娘送回去！"

两名侍卫当即上前，一左一右架起卫贵妃的胳膊，就往门里面拖。

卫贵妃正扑腾，却听钳制着她的侍卫声音低沉而冰冷地说："别人唯剩的一个念想，不也被你烧了？天道好轮回而已，怪谁呢？"

卫贵妃愣住，用指甲用力抠他，咬牙切齿："是太子，是不是？都是那小瘪犊子在背后使坏……我要见太后！给我放手！"

那名侍卫将她掼在院中地面，冷笑道："小爷让卑职送娘娘一句话——好好活着，来日方长。"

宫门轰然关闭。卫贵妃一动不动地坐着，神情呆滞。

门外铁锁链哗啦啦的响声，忽然将她从失神中唤醒。她用袖子抹去满脸涕泪，从两点鸦黑瞳孔中迸出毒恨的锐光："那就比比，谁的来日更长！"

慈宁宫内，太后从太庙回来的第一件事，就是吩咐宫女把二皇子抱过来。

朱贺昭平日极得太后宠爱，一见她就伸手撒娇："阿婆抱，抱抱！"

太后沉默地后退一步，慢慢半蹲下来，仔仔细细地打量小孙儿，目光中凌厉的审视之意令人心惊。

朱贺昭去搂她的脖子，被她用两只手捧住头脸制止了。她就这么捧着朱贺昭的小脸蛋，利刃似的目光从对方的眉眼鼻口一一刮过，半晌后方才微微松了口气，低声道："像。"

太后撒手起身。朱贺昭依稀感觉受了委屈，抱着皇祖母的腿哭闹。太后一时没了抱他的心情，吩咐宫女："把他哄好了。另外，告诉皇帝，昭儿还是放在慈宁宫养。淑妃自己一双女儿，没几年也该议亲了，忙不过来。"

宫女领命，抱走了二皇子。

太后坐回罗汉榻上，任由琼姑给她捏颈捶肩，重重叹气："不争气！"

琼姑想着从前朝听到的一些风声，轻声问："太后……真的不救卫家？"

太后斜倚软垫，双目微合："怎么救？把柄落在敌手，人证物证俱全，还给堵在家门口拿住了钦犯——你说怎么救？"

琼姑想了想，提议："釜底抽薪？"

太后知道她说的是苏晏。此子年岁不大，却极会造势作妖，不是个安分守己的臣子……无奈皇帝太宠信他。非要收拾他，就是跟皇帝硬碰硬，乃是不智之举。还是把人远远撵走，眼不见为净吧。

太后摆了摆手，不置可否。

琼姑又问："太后是否考虑过，换一个扶植的对象？"

太后叹道："满朝文武，唯独卫家于我有天然的优势，既是我妹妹的夫家，又是二皇子的母族。这么多年来，卫家对我唯命是从，毕竟他们也是奔着让昭儿成为储君去的。只要有昭儿这条命脉在，卫家就绝不会背叛我。其他那些个臣子，嘴里说着'愿为太后效犬马之劳'，可哪有这般忠心可靠呢？"

"奴婢瞧着，阁老中的焦大人与王大人对太后也是忠心耿耿的。"

说的是次辅焦阳与王千禾。

"他们？"太后嗤笑一声，"李乘风日渐老迈，首辅之位迟早是要空出来的。他们的目标是这个位子，因为不得皇帝的看重，便来我这里另辟蹊径，我如何不知他们的心思！"

琼姑提醒她："还有不少老臣，虽然表面上不哼不哈，其实也念着太后的旧情。"

"你说那群老伙计啊。"太后感慨道，"皇帝初登基时，一些尾大不掉的重臣欺他年纪尚轻，便倚老卖老，总想着左右朝政。我才不得不亲自下场，联络了先帝的那群旧臣僚，帮助皇帝压制与清理掉不服管的，这才取得了话语权。

"眼见十几年过去，皇帝的威望日重，对我这母后的不满与限制却也更明显了。我多召见几次大师，他说是妖僧邪道；想提拔几个自己人，他说品行能力不足以为官；就连各道各府进贡几株琼花哄我开心，他都有意见。"

太后越说语气越重，最后拍着扶手隔空质问皇帝："你可还记得登基前一夜，心神不宁来找我时说过什么？说自己不愿意当孤家寡人；说每当遇到艰难险阻，想要后退一步时，就希望有只手能坚定地搭在你背上，对你说一句'前路再崎岖，我陪你走到底'。

"这些年，我这个当母后的哪一次没支持你？

"你要抬先帝庙号，你坚持不肯裁撤锦衣卫，你订立新的官员考成制度，那些老臣利益受损来找我哭诉，我始终没有替他们说话。就连你非要立我极为不喜的章氏为后，最终我也点头了！你自己说说，我这个当母后的，哪一点对不起你？

"可你倒好，明知我有心结，明知你三弟死得凄惨，明知大师们占卜的结果——说章氏就是莫氏的转世，说她儿子是来找我索命讨债的，你却还是要立朱贺霖为太子！

"你子嗣单薄，前十四年只有这么一个皇子，我也就忍了。如今有了昭儿，将来还会有更多的皇子，你却不肯听我的劝，非得把眼睛盯在一个歪瓜裂枣上！"

太后长长地喘了口气,仍无法平复激动的情绪,悻悻道:"再不济,阿骛也比他合适!"

琼姑惊道:"太后,那是亲王之子,并非正朔。"

太后微微冷笑:"当初我若是推城儿上去当皇帝,不就是正朔了吗?大儿子、小儿子有何区别,哪个孝顺我这个当娘的,哪个才是我的好儿子!"

——太后说的是气话。琼姑心里知道,但不好在气头上劝她,只得说:"皇爷虽不似豫王殿下会哄太后开心,但也是极为孝顺的。太后忘了,有一次您风寒严重,皇爷忍着头疼,还彻夜在床前侍疾,每碗汤药都是亲口尝过,才奉给太后。"

太后沉默片刻,似乎有所触动,最后道:"他就想把我当个泥塑供在那里。泥塑是不能开口,也不能插手的,可我却不甘心做一尊天底下最尊贵的泥塑。"

苏晏把写好的弹劾奏疏,交给了来探望他伤情的御史楚丘,托他帮忙上呈朝廷。

楚丘感动万分,拱手道:"君以要事相托付,愚必不负信任。道义在前,为国为民惩奸除恶,万死莫辞。"

这才是真正的言官风骨啊!苏晏回礼:"拜托灵川兄了。"

且不提在次日朝会上,楚丘带着一批都察院御史如何炮轰卫家,还力主将这份奏疏印在邸报上,刊行天下。也不提"倒卫派"因此而团结在苏十二这面旗帜下,朝堂上东风逐渐压倒西风。

单说北镇抚司的诏狱,深夜进来一个探监之人。

狱卒喝止道:"前方乃是重要犯牢房,探监者不得入内!"

探监之人掀开斗篷的风帽,露出满头珠翠与一张肖似太后的脸:"我乃秦夫人。"

京城无人不知,秦夫人是太后十分看重的亲妹妹。就连她的娘家姓氏"秦",也在太后的特批下保留了下来,故而嫁人后不称"卫夫人"。太后说,秦夫人是为先帝立过大功的。

恰巧先帝登基前封号"秦王",这个"秦"姓便格外尊贵了几分,秦夫人以此为荣。

此时,卫贵妃口中"病重的母亲",虽脸色有些苍白憔悴,却并无明显的病容,带着一提食盒独自来到不见天日的锦衣卫诏狱。当着狱卒的面,秦夫人亮出了太后亲赐的腰牌。

"我不为难你,只是探望一下夫君与小叔,这是人之常情,就连陛下也会理解与同意的。还请行个方便。"她温婉地说完,递过来一大包宝钞。

狱卒犹豫片刻,将宝钞收入怀中,点头道:"一炷香时间,说完话就走。东西要检查。"

秦夫人同意了,把食盒递给他。

狱卒翻看后,确定只是酒菜,没有其他夹带,也无毒性,便放她进了牢房。

丈夫的牢房在前,秦夫人却先去探望了小叔。

奉安侯卫浚见到她,一脸激动,说诏狱实在不是人待的地方,请求她向太后说情,立刻把自己和兄长放出去。

秦夫人没有理会这个请求，反而说了句："你儿子病了。"

卫浚只一个独子，是京城一霸，被宠得无法无天。他闻言大惊："什么病？可曾找大夫看过？大夫怎么说？"

秦夫人道："找大夫没用，这病只有你这个亲爹能治。"

"我能治？究竟是什么病？"

"你不替整个卫家扛下责任，他就会死的病。"

卫浚愕然半晌，震惊又愤怒："你们想让我一个人顶缸？这么大的罪名，我一个人怎么扛得住？！"

"扛不住也得扛！"秦夫人不为所动，"你扛住了，你儿子活着，卫家其他人都活着；你不肯扛，所有人都要完蛋。你说该怎么选？"

"卫家其他人……不就是你们夫妻俩吗？"卫浚气急攻心，大声咳喘起来。

秦夫人道："反正你也只剩半条命了，拿来保自己的儿子和哥嫂，有什么亏的？你放心，我们今后一定把侄儿当作亲生儿子看待，我家阙儿有什么，他也绝不会少一毫。"

卫浚惊过、气过之后，思来想去，没找到第二条出路，又不甘心地问："太后不能出面救卫家？"

秦夫人傲然道："我的意思，就是太后的意思。"

卫浚这下彻底无路可走。为了儿子，为了自己的血脉不至于断绝，他最后痛下决心，应道："我扛！"

秦夫人朝他福了一福："我替夫君，替卫家全家上下，谢过小叔。"

卫浚露出比哭还难看的苦笑："你是替你们夫妻自己。"

秦夫人补充了一句："也是替你儿子。"

卫浚喘得像个风箱，瞑目待死般挥了挥手："你走吧。善待我儿，否则做鬼也不放过你们夫妻！"

秦夫人离开卫浚的牢房，又去了卫演处，交代了一番。

狱卒来催促。秦夫人将风帽重新拉起来，盖住头脸，悄然离开了诏狱。

那名狱卒在她走后，摸了摸怀中鼓鼓囊囊的宝钞，两条腿突然发起抖来，满背寒栗一片一片泛起，怎么也消不下去。他想起了主官沈同知。想到自己今日之举若是被"催命七郎"知晓，会是何等悲惨下场！

他一边打哆嗦，一边紧紧握着到手的重金，心中发狠似的默念：人为财死，鸟为食亡。

"你说什么？"

苏晏内伤有所好转，正绕着院中老桃树慢慢溜达，沈柒赶来见他，说了一件他始料未及的事。

他很吃惊："卫浚把所有的罪责都揽在自己身上？他可不是什么重情重义之人，这种牺牲小我、成全大家的事，我相信他打死也做不出来。我还以为他们两兄弟会在会审时互咬，争着把对方拖下地狱。"

沈柒也同意他的看法，但这事的的确确发生了。

"卫浚还写了一份极为详尽的认罪书，基本上将卫演摘得干干净净，顶多就是有治家不力、管教不严的过失。卫演也自称对那些指控并不知情。两人的供词竟然十分吻合。"沈柒说。

苏晏皱眉问："这两人是不是串供了？"

"分开关押的，就是怕串供。"沈柒说，"刑部、锦衣卫、都察院三司会审，拿到卫浚的认罪书后，刑部当即上报，整个朝堂都知道了。"

苏晏沉思片刻，摇头道："有人在力保卫家，不愿意见它彻底覆灭……皇爷什么意思？"

"没有当场定夺。但我听人说，内阁在拟旨了——由次辅焦阳执笔，准备上呈御前审阅。"

这事八成是沈柒埋在内阁文笔吏中的眼线告诉他的。苏晏看破不说破，又问："李首辅呢？"

"李乘风前两日摔了一跤，有些小中风，连口齿都不太清晰了。"沈柒道。

苏晏叹道："内阁的首辅之争已经开始了。"

沈柒冷不丁问："你要不要也去争一争？"

苏晏心绪重重之下，依然失笑："我？去争首辅？七郎你开什么玩笑，我才多大年纪，有什么资历去争那个一人之下、万人之上，近乎宰相的位子！"

沈柒笃定地道："年纪总会长的，资历也总会有的。"

苏晏摇头："不扯那些没影子的事了，就说眼下卫浚这事，皇爷打算怎么处理？"

沈柒没有回答，也没法回答。他回到北镇抚司之后，将当日看守诏狱的狱卒全都拎出来，一个一个亲审。很快抓到了那个受贿重金，放秦夫人进去的狱卒。

那名狱卒还没等他发落，就已吓得魂飞魄散，只说秦夫人是奉太后懿旨来的，他一个微末小吏，根本无法抗命。

沈柒淡淡地问："秦夫人是当场抉了你的舌头，使你连向我报个信都办不到了？"

那名狱卒痛哭流涕，连连磕头求饶，说自己财迷心窍，下次绝不再犯。

"既然舌头没用，还留着作甚？"沈柒将手中把玩的刑锥扎进了他的口腔，随后用绣春刀斩断了他的双手，"回头你就用收受的宝钞打造一双金手，抱着过下半辈子吧。"

"旨意下来了。是内阁拟旨，皇爷看过后让司礼监用了印。

"奉安侯卫浚十恶不赦，本该判凌迟，但念其父有护国之功，改为斩立决。

"咸安侯卫演身为族长，治下无方，纵容其弟与舍人犯法害民，念其为二皇子的外祖，削去侯爵之位，降为咸安伯，且不再世袭罔替，降食禄三等。其子长宁伯卫阙削去伯爵之位，降食禄二等。

"卫家九成的庄园、田地收归朝廷，掠夺的民产尽数清查返还，家中资财用以赔偿所害之民，其余收归国库。

"卫贵妃违逆圣意、欺压后宫，褫夺贵妃之位，降为昭妃，勒令其闭门思过。"

苏晏一边听，一边在心里默默地清算名单：卫浚死定了。目标达成。

卫贵妃被降了位分变成昭妃，位列宫妃之末，且被锁进冷宫，一辈子大概也就这么凄风冷雨地过了。目标达成。

卫家侵占的土地被没收、民产退还原主，大部分家财拿出来做受害者赔偿金和充入国库。对此可以高歌一曲"吃了我的给我吐出来，拿了我的给我还回来"。目标达成。

卫演没死，被剥夺了世袭爵位，他儿子今后无法承袭爵位了，以后孙子就是个白身。这估计是太后下力气为他减罪降刑，为了二皇子的前程，毕竟卫演是二皇子的亲外祖父。目标……达成一半。

这么一算，还是勉强可以接受的。当然，卫演不死，就是斩草不除根，搞不好日后春风吹又生。不能掉以轻心，自己迟早要将这剩下的草根也锄了。

苏晏把心里的小算盘拨来拨去，那厢来报喜的御史楚丘意气风发："此役扳倒了祸国奸戚，贤弟功不可没。我听说《劾卫氏十二疏》已经交由邸报刊载发行，贤弟很快就要名扬天下了！"

苏晏诚恳地谢过他的鼎力相助。两人又寒暄几句，楚丘告辞离去。

人人都觉得苏晏在朝堂上打了个胜仗，他自己却高兴不起来。

——哪里不高兴，他却又说不清，只是情绪低落，胸口堵着一大团棉絮似的，虽不重，但撕扯不清。

苏晏无声地叹口气，决定自请监斩官的差事，做个送卫浚上路的黑白无常，把早已得罪的人得罪到底。

阿追，我替你的姐姐报仇了……所以你能不能回来看看，一起给你姐姐烧炷香？苏晏站在院中的老桃树底下，仰头看枝头盛放的碧桃花，眼眶有些湿润。

他眨了眨眼，咽下酸楚感，决定去一趟应虚先生的医庐，去探望阮红蕉。

来到医庐时，陈实毓不在，据他徒弟说是去出诊了。

苏晏放下礼物，轻车熟路地走进后院，进入收治重症病人的大屋。药童说阮红蕉在最后一间,苏晏刚靠近门帘,就听见里面的说话声。

是高朔。

高朔吭哧吭哧说上十句,阮红蕉才不冷不热地回答一句。

按说对方如此冷淡,就算是圣人也没有交谈的兴趣了。但高朔却把那十分之一的回话当作奖赏似的,继续吭哧吭哧地说,平日里那股利索精悍的谍探气质也不知丢去了哪里。

苏晏站在门帘外,大约听了几句,听出了其中三昧:阮红蕉知道自己的容貌受损,有些心痛沮丧,但并不因此悲戚绝望。她并没有怨恨高朔毁了她的容,反倒有感激之意。同时,她觉得高朔对她的怜悯与讨好是一种瞧不起,就像那些认为女子应该注重容貌修饰、女子天生该被怜香惜玉的男子,同样也是一种根深蒂固的瞧不起,故而也不太想搭理他。

可怜高朔一个不知女儿心的光棍,愣头青似的越是蓄意献殷勤,越是让对方退避三舍。路漫漫其修远兮,继续努力吧,小高!苏晏暗中给高朔打了气,决定先不打扰两人,把水果、药膳连同写给阮红蕉的字条一并放在门口,转身离开了屋子。

路过院子角落时,他听见树荫下的两名捣药童子正在有一搭没一搭地聊天。

药童甲狐疑:"真的假的?怎么可能嘛!那可是皇上,天上神龙似的,哦,半夜三更微服来我们医庐,就为了和师父聊天?扯淡吧你,说大话闪舌头。"

药童乙有点急了:"千真万确!你看我这双招子,亮不亮?对嘛,我亲眼所见,还有给屋里送茶时,亲耳听见师父叫他'皇爷'。皇上还带了两个侍卫,跟寺庙里的金刚似的,往门两侧那么一杵。那侍卫的脸啊,你根本没法仔细看……为什么?眼神里有杀气啊,看你一眼,就像刀子刮你一层脸皮,肯定是绝顶高手!"

药童甲羡慕:"噢,那真的是皇上了,你这是什么运气,竟然能就近瞻仰天颜,祖坟该冒青烟了吧?"

药童乙得意:"一股不够,冒成三花聚顶。我还偷偷听了几句他们的对话呢。"

药童甲好奇:"听到什么了,快说,快说!"

"我听到——对了,你是我最好的朋友我才告诉你的,你听了可别乱传啊!师父叮嘱过我们,那天夜里的事绝不能泄露。"

"知道啦,放心好啦,出你口入我耳,再没有第三个人了。快说,快说!"

事关皇帝,苏晏也十分好奇,便将自己藏身在大树后方,驻足细听。

谁知听到的第一句,就是石破天惊的一件事——

"皇上头疾恶化,怕是影响到双目视力,要失明了……"

小药童不知轻重,把当天夜里偷听到的只言片语,再根据自己的想象,添枝加叶地进行了补充。他越说越严重,仿佛皇帝是患了见不到明日太阳的绝症一般,把苏晏听得那叫一个心惊胆战。

苏晏扶着树干,仍觉得脚软。他深深吸气,勒令自己冷静下来,切不能听风就是雨,得向应虚先生求证过才行。

可是在医庐里又等了半个时辰,陈实毓仍未回来,苏晏实在等不下去了,趁着天色未晚,决定进宫面圣,向皇帝一问究竟。

苏晏离开医庐,匆忙上了马车,吩咐苏小北就近从东华门入宫。

东宫就在东华门内,太子给的腰牌可以让他不受阻拦地从东华门进入皇宫前廷,但再往内的禁门必须圣谕传唤才能进去。

苏晏在禁门外通报完名姓,等待传话公公的回复,又过了小半时辰,才等来一句"蓝公公吩咐了,皇爷已经歇下,谁也不见"。

此刻才申时末,日头西斜欲坠,莫说凤兴夜寐的皇帝了,普通百姓也不会在此时就寝,除非身体不适。苏晏更是焦心,不由得猜测皇帝是不是头疾又犯了。他恳求传话的内侍再通报一趟,把他手书的字条带给蓝喜,但那内侍显然不想辛苦跑腿,找个借口溜走了。

苏晏只能望门兴叹,几番踌躇后,沮丧地坐车回家。

刚跨进自家小院,便见苏小京像只受惊的鹌鹑一样,傻呆呆地坐在门房内,见到他后好似猛然清醒过来,弹起身冲过来,手遮着嘴凑近苏晏的耳旁说:"大人……又来了!"

"谁又来了,沈柒?豫王?"

"不是……皇上又来了!"

苏晏恍然想起,皇帝曾经私访过他的宅院。那次他因为地道爆炸导致脑震荡,在家中休养,皇帝前来探病,末了还赏脸与他共进了晚膳。苏小京是见过景隆帝的,并且对皇帝有种近乎幼鹿见到老虎般的天然畏惧,所以才在接驾后躲到门房,苦等自家大人回来。

"在哪一屋?"苏晏赶忙问。

苏小京说:"在主屋。"

苏晏整了整衣冠,大步向院子第二进的主屋走去。

主屋外果然有十几名御前侍卫把守,见到他后纷纷行礼,说:"皇爷在屋里等大人。"

苏晏点点头,大步流星走过去,推开门,穿过花厅时从快走变成了小跑,边跑边唤:"皇爷!皇爷!"

景隆帝从窗边转身:"出了什么事?朕在这里。"

朕在这里,你放心。

朕是擎天之柱,有朕在,天塌不下来。

——可是皇爷,又有谁能做你的支柱,让你偶尔能脱身重任与负荷,好好地歇一歇呢?苏晏喉中梗塞,只怔怔地望着皇帝,说不出话。

"怎么了,是对卫家的处置结果另有想法,觉得不够解气?"

"没有，臣知道皇爷这个旨意必须兼顾方方面面，已是目前所能做到的最好程度。"

皇帝轻叹："你能理解就好。"

苏晏努力清了清嗓子："近来圣躬安否，头疾可还发作？"

皇帝道："用了你献的方子，比从前发作得少了。"

"皇爷没骗臣？"苏晏大胆直视他的眼睛。

皇帝双目狭长，乌瞳如墨，外眼角向斜上方略微挑伸出去，很显清贵，看人时又有一股不怒自威的凛然，正应诗中所言"石墨一研为凤尾，寒泉半勺是龙睛"，是相书中品格极贵重的凤尾龙睛。

苏晏看了一会儿，忽然伸出两根指头："这是几？"

"这是玩的什么花样？"皇帝失笑，"朕今日微服出宫来见你，是有件事与你商议——"

苏晏破天荒无礼地打断了他的话："皇爷前几日可曾深夜私访应虚先生的医庐？所为何事？"

皇帝微怔，皱眉反问："陈实毓对你说了什么？"

"不关应虚先生的事，臣自己了解到的。"苏晏垂头丧气地后退一步，"皇爷刻意隐瞒，是信不过臣？臣能理解皇爷为了朝野内外局势稳定，不愿被人知晓此事，可是连臣都要瞒着……"

"你啊！"皇帝无奈地苦笑了一下，示意他坐下说话，"好，朕告诉你。近来头疾发作的确有些频繁，许是政务忙碌，有点累过头，以后多歇息。至于视力……朕老啦，自然不比年轻人耳聪目明，有些翳障之症也是难免，不必太过忧心。"

苏晏一听，不高兴了。

"哪儿老啦！"苏晏从椅面跳了起来，直白的口吻堪称犯上，"头发比我还乌黑浓密，眼角一根皱纹都没有，算什么老！"

无论这话是发自真心还是拍马屁，都让人十分受用，皇帝故意又道："不服老不行，朕有时真看不清东西了。"

苏晏嘟嘟囔囔："什么翳障，是哪个庸医在胡扯！这么亮的眼睛，怎么可能是白内障？我看就是飞蚊症，平时字儿看多了，眼疲劳而已。少用眼，去东西两苑或是哪处园林住一阵子，每天多看看花草树木，自然就好了。"

皇帝淡淡一笑："不错，眼疲劳而已，看把你慌成什么样。皇帝不急太监急。"

"臣可不是太监！"苏晏小声顶撞，同时暗自松了口气，想是那两个药童没听清医嘱，或是添油加醋得厉害，"皇爷方才说来与臣商议什么事？"

"今日是三月初一。再过两日，三月初三，你就动身去闪锡。"

闪锡新政未稳，尚需他这个创革者进一步夯实。三月出发，等到整个局势尘埃落定，朝廷派出专门的马政督理御史接管,他再回京。

这是年前就商议好的。可眼下忽然意识到离别在即,苏晏被一股深深的失落笼罩。

"此行仓促还有一个原因,朕不说,你也该知道。"

苏晏知道他指的是太后,于是点了点头:"皇爷爱护,臣感激不尽。"

"边防近来大小战事频发,你不要靠近长城一带。"

"臣知道了。"

"西北民风剽悍,马贼为患,要注意人身安全。褚渊等人你若用得顺手,继续带去用,另外腾骧卫那一千人马也借给你当护卫。"

"臣……谢恩。"

"去年那份圣旨你还留着吧,今年依然有效。尚方宝剑你之前还回来,朕没让人收进库中,如今仍在养心殿,回头让侍卫给你送过来。"

"臣……遵旨……"

"两日后,你整队出发,朕不便再送行。"

不是不想,而是不便。苏晏眼眶湿润:"皇爷……"

景隆帝起身走近,神色沉凝地拍了拍他的肩膀,叹道:"朕不如太祖皇帝啊!"

太祖披荆斩棘开国,铁血手腕、杀伐决断,岂容任何人掣肘?朕却要顾忌方方面面,平衡朝堂势力,甚至连一个骄戚的生死、一个能臣的去留都不能尽如朕意。朕不如太祖皇帝啊!

苏晏仿佛听见了他的心声,断然道:"开国之君与守成之君,本就各有各的难处,也各有各的解决之道。太祖皇帝若是处在皇爷的位置上,也未必能做到更好!"

景隆帝像被他的话震住一般,定定地站了片刻,随后回到首位椅子坐下,再次开口时,语气恢复了往日的从容和大势在握:"苏晏,朕要赏你。想要什么,说吧。"

苏晏心念一转,诙谐地道:"官多不压身,臣想再讨个官儿当当。"

皇帝失笑:"你看六部尚书哪个合适,内阁辅臣想要第几,再不济还有蓝喜这个位置,内官第一人,就看你舍不舍得那话儿。"

老天,皇爷他会说笑话,还沾点荤!苏晏笑得直拍案,笑够了以后说:"臣想当卫浚的监斩官。"

皇帝想了想,应道:"好。把刑期提前到明日,不耽误你的行程。"

养心殿前,景隆帝下了肩舆。蓝喜边迎着他上台阶,边轻声道:"小爷前来叩见皇爷,等了有半个多时辰了。"

皇帝走上台阶,在殿门口看见了太子。

太子朱贺霖垂着手,站在殿门旁等候,宽肩长腿,腰杆提拔,像一棵新长成的白杨。

皇帝一时有些恍惚，仿佛看见幼年的贺霖嬉笑奔跑、没规没矩的模样，莫说养心殿了，就连百官议政的奉天殿，也曾是他满地撒欢之处。

以前贺霖来找他，见他不在，便坐在殿中吃茶点、啃果子，跷着二郎腿等，被礼官看到，好一通规谏。如今这孩子却仿佛一下子长大了似的，规矩多了，沉稳多了，也……生分多了。

太子远远地就朝他行礼："恭迎父皇。儿臣是来向父皇请安的。"

景隆帝走到他面前，仔细端详——的确如蓝喜前些日所言，太子瘦了、晒黑了，但精神还是饱满的，面上骄纵飞扬的意气淡去，仿佛将锋锐藏在了匣中。

皇帝短暂地出了神。太子感到异样，唤了声："父皇？"

皇帝回神，淡淡道："行了，朕好着呢，你回东宫吧。"

太子憋屈得很，但没有发作，问道："父皇不问问儿臣，赈粮调包案查得如何了？"

皇帝漫不经心地点点头，往殿内走去，在桌旁端起新沏的普洱，眼皮抬也不抬："坐下说。"

太子极力平复情绪，清了清嗓子，开始回禀他所查实的情况。把白纸坊救灾的赈粮从下拨的哪一层开始短斤少两，哪些经手官员参与盗粮冒销，赈粮到了义善局后所剩无几，那名投井的义善局官吏如何受人胁迫，将霉变陈米充作赈粮，导致灾民中毒……诸般内情逐一讲述明白。

太子总结道："此案一方面是因为户部的部分官吏，不顾国法与民生，不顾父皇的再三提命，冒赈侵贪；另一方面，儿臣认为另有势力利用了官员的贪污行为，设局胁迫，目的并非毒害灾民，而是要借儿臣之手，引出井中那根石柱。"

景隆帝问："你认为这'另有势力'，是什么势力？"

太子坦然答："儿臣有证据，怀疑是真空教的阴谋。"

皇帝没问他要证据，反问："你可知真空教在京城已被连根拔起，现任教主落网后逃亡？"

太子坚持："但这并不妨碍他在身份败露之前的设计布局。"

皇帝继续逼问："为的是什么？就为了让你挖出一根石柱，让百姓看到柱子上那几句胡言乱语？"

太子深吸口气，直视天子不怒自威的面容，铿然道："为的是陷害儿臣，挑拨父皇与儿臣的父子之情！为的是伪造谶谣、散播流言，让天下人陷入大劫将至的恐慌中，动摇我朝民心根基！"

皇帝闭目沉吟，须臾睁眼又问："京城的石柱流言，你是如何处理的？"

"杀一儆百。儿臣命暗探便衣深入市井，抓到不少带头造谣、故意传播者，拷问之下发现其真空教徒的身份，张榜公告揭露其造反阴谋，然后将他们斩首示众。首级与榜文公示数日之后，流言遂绝。"太子年轻的脸上，隐隐浮现出洞察透晰与杀伐果决交织成的锐意。

皇帝悠悠地喝了口茶，又问道："若你在朕的位置上，如何处理户部涉案官员？"

太子明显地迟疑了一下。按他的想法，所有涉案官员，犯法的一律夺职下狱，包庇的一律严查到底，但又觉得有些棘手。因为就连户部尚书徐瑞麒，也担心此案牵涉甚广，不愿他再深查下去，各种敷衍推托。户部那些个资历颇深的老臣，甚至想出各种各样硌硬人的法子来消磨他的锐气。更重要的是，天生灵敏的直觉告诉他，这道题不该这么回答。

心念数转之后，太子拱手道："官员不法，唯帝王方能处置。儿臣不在其位不谋其政，但听命于父皇的旨意行事。"

皇帝嘴角似乎勾起了一丝似有似无的笑意，放下茶杯说道："此案朕另行处置，后续你不必再跟进，回东宫去吧。"

太子起身告退，走了几步，又驻足转身。明知这个问题不该问，但还是问出了口："父皇准备让苏晏再去闪锡？"

皇帝倒也不瞒着他，回答道："不错。去年年底他回京禀报新政时，朕便与他商定了此事。"

太子追问："官牧新政的框架已定，还须他夯实多久，才能另派人接手？"

"你希望他去多久？"皇帝淡淡地反问。

不能再触线了！到此为止，还来得及。太子咬了咬后槽牙，理智上知道必须告退了，情感上最终还是问出了那句心里话："西北边境不稳，或将牵连闪锡，他为何就不能留在京城？"

皇帝的语气愈发冷淡："因为这是朕的旨意。你有何不满与异议，可以关起门来发牢骚，不必来朕面前说。"

太子在袍袖中攥紧了拳头，满腔愤怒与失望，化成脸上受了点惊吓的神情。太子像幼年犯错时撒娇讨饶那般吐了吐舌头，说道："才没有什么不满，只是舍不得他才回京两个多月又要离开而已。不过既然父皇让他去，那就去吧，儿臣得空去送个行就是了。"

皇帝的语气缓和了一些，吩咐道："苏晏身兼大理寺少卿与监察御史二职，就不必再挂名东宫侍读了。你若是要新侍读，从翰林院另挑一个。至于送行倒也不必，你是储君他是臣子，抬举太过有失体面。你且好好在东宫收心读书吧！"

说完，皇帝挥挥手，示意他离开。

太子告退，脚步匆匆地出了养心殿，坐舆也不乘、宫人也不带，独自沿着长廊快步走了许久，突然一拳砸在旁边的朱漆木柱上——

柱面的朱漆与木皮绽开裂纹，凹进去一个坑。他拳上的皮肉也破了，登时渗出鲜血。

太子急促地喘着气，盯着柱子上的裂纹与拳印，任由鲜血染袖。

"请殿下以大局为重。

"小爷，你现在没有选择的权力，更没有退路。有些话，不等你登到峰顶一览众山小的时候，就绝不能说出口，明白吗？！"

苏晏平日里的规劝，言犹在耳。

太子逐渐冷静下来，从衣摆撕下一条绸布，包扎在流血的手上，昂着头，大步向东宫走去。

三月初二，午时。

西四牌楼旁的刑场，搭起了崭新的席棚，乃是西城兵马司为了讨好圣上亲自任命的监斩官，拆旧建新。

斩首台经过再三冲洗，依然洗不去经年的血腥味，就连旁边立起的高高的木柱，也因为时常悬首示众而被染成斑驳褐色。

按照惯例，西市问斩的罪犯于午时三刻行刑，身首异处后，头颅悬挂于木柱顶端，以震慑世人不得犯法。

对京城百姓而言，"看杀头"也是平淡生活中不可多得的"娱乐项目"，每次行刑都举家出来围观，把刑场包围得里三层外三层。

而这次被正法的，竟是个臭名昭著的国戚——奉安侯卫浚，那些深受其害的民众激动得奔走相告，行刑这日更是万人空巷。

卫浚身穿缟素囚衣，乱发蓬蓬，后衣领中插着犯由牌，五花大绑被押入刑场。他失了一臂，病体枯槁，跟跟跄跄被兵卒拖着一路走来。

"老狗贼，还我妻子命来！"

"苍天有眼，苍天有眼啊，我那一双可怜的女儿，今日终于能瞑目了！"

"打死他！剥他的皮，吃他的肉！"

周围许多百姓一边高声怒骂，一边朝卫浚扔瓦片石子，把他砸得满脸是血。要不是维持秩序的兵卒拦着，卫浚怕是还没走到斩首台上，就被民众打死了。

法场另一侧，官轿落地。苏晏下了轿子，一身大理寺少卿的四品绯袍，头戴乌纱帽，在侍卫的簇拥下走入席棚，在铺着桌幔的法案后就座。

卫浚本一脸麻木地跪在台上，看清监斩官的模样后，忽然面色狰狞地挣扎着要冲过来，旁边的兵卒赶紧将他牢牢按住。卫浚如濒死野兽般，凄厉嘶哑地叫起来："苏十二！你害我卫氏满门，我咒你不得好死，化成厉鬼也要——"

嘴被破布堵上，他从喉咙里发出不甘心的"嗯嗯"声。

陪同监斩的刑部官员尴尬地说："临死前的胡言乱语而已，苏大人不必介意……"

苏晏神情平静而庄严，抬手阻止对方继续说。"什么时辰了？"他问。

官员掏出怀表看了看,答:"马上就到午时三刻了。"

苏晏招呼侍卫上前,让他将手中捧的物件拿过去,出示给卫浚看。

那名侍卫走到卫浚面前,扯掉了盖在物件上的布,原来是一块灵牌。

卫浚眯眼看,上面用不甚规整的字迹刻着——"先姊荆红桃之神位"。

他露出了迷茫之色,似乎并不记得这个"荆红桃"是谁——死在他手中的女子实在太多,到头来他一个名字都没记住。

苏晏齿冷不已,扬声道:"你不必想起她是谁,只须用你的血与头颅来还她一个公道就够了!"

卫浚挣扎着想撞飞灵牌,侍卫眼明手快地收起来,又回到苏晏身边,将灵牌放在公案上。

苏晏轻抚了一下灵牌,低声道:"桃姐姐,今日我替阿追,为你报仇。"

"时辰到——"报时的兵卒高喝。

苏晏面无表情地抽出令签,投掷于地,铿然道:"斩!"

刽子手手起刀落,鲜血喷溅中,一颗人头随之飞出丈远,落在台沿骨碌碌地滚动。

观刑的百姓无不大声拍手欢呼,鼓舞称庆。

苏晏心中有快意,但更多的是沉重。目光扫过围观民众,他忽然脸色一变,猛地站起身来——

他快步冲出席棚,急急地朝着某个方向而去。

陪同监斩的刑部官员惊愕过后,在身后叫:"苏大人?出什么事了,苏大人?!"

侍卫们赶紧跟了上去。

苏晏一身官袍十分扎眼,所到之处无须奋力排开人群,民众便纷纷退向两侧,交头接耳:"他就是苏大人!"

"是那个苏十二吗?"

"你是不是个傻子?要叫苏大人!"

"就是他,以前锦衣卫那个姓冯的活阎王是他给办的,如今连草菅人命的国戚都扳倒了……"

"这可是真正的青天大老爷呀!"

有民众下跪,向苏晏叩谢恩德,感染了更多的人,纷纷在黄土中跪拜不止。

苏晏此刻顾不得安抚民众。他的心脏怦怦狂跳,眼中只有一个熟悉的背影,好不容易追上那人,一把拽住胳膊,叫道:"阿追——"

那人猛一回头,看见他身上官袍,露出畏惧之色,当即跪倒在地:"大老爷,小人没犯事啊,大老爷……"

苏晏怔住,不知不觉松开了手。

不是阿追，只是背影肖似而已……不！他不会看错的，刚才分明透过人群缝隙，看到了荆红追的脸！阿追没有走，他还在京城！

是了，杀姐仇人问斩的日子，他怎么可能错过，一定会来现场告慰姐姐在天之灵。苏晏放眼四周，继续寻找荆红追的身影，片刻后眼睛一亮，再次追了过去。侍卫们这次放机灵了，赶在他亲自出手之前，拦下了那人。

那人受惊转身，一边比画手势，一边"啊啊啊"地叫着，原来是个陌生的哑巴。

苏晏狠狠咬着牙，鼻腔涌起一股酸涩。他能肯定荆红追就在附近，可是在哪儿？为什么要躲着他？

他环视周围——熙熙攘攘、挨挨挤挤的都是人，都是人，唯独不见了他的贴身侍卫，他的阿追！

"阿追，"苏晏喃喃道，"你现在回来，老爷不打爆你的狗头。你听见了没有？只给你最后一次机会，老爷我数到三——"

"一……二……二、二……"

苏晏数了十几声"二"，眼中光亮终于渐渐熄灭，用疲倦而微弱的声音，吐出了一个："三。"

"大人是在找人？是否需要卑职通知五城兵马司，封锁城门，挨家挨户逐一搜查？"侍卫问。

苏晏缓缓摇头："不必了。他不愿见我，搜不到的……就算搜出来了又能怎样？人心，是最不能强求的东西。"

他茫然地辨认了一下方向，朝东走。

侍卫牵过来一匹马："大人不坐官轿，就骑马吧。"

苏晏上了马，魂不守舍地想：我要去哪儿？

回家，对，回家。他扬起马鞭一抽，马儿嘶鸣着疾驰起来，带着他回家。

苏府门外，苏晏翻身下马，朝院中那棵老桃树飞奔而去——他记起来了，在灵州清水营，荆红追曾经说过自己出京前，偷偷地把姐姐的骨灰坛埋在苏府的桃树底下。

他们回到京城后本想给姐姐建坟立碑，但荆红追改变了主意，说姐姐生前最爱桃花，一定会喜欢这院中风景。就让自己多陪陪姐姐，等大仇得报，再选一处山清水秀的地方建坟不迟。

"大人？"苏小北和苏小京闻声迎上来。

苏晏气喘吁吁道："锄头，给我锄头！"

苏小北立刻从苗圃里找了把长柄锄头递给他。苏晏认准了老桃树下的一块空地，挥锄刨土。土壤似乎被人翻松过，他很快就掏出了个大坑——下面是空的，什么也没有。

荆红追连姐姐的骨灰坛都带走了……

与君了无恩怨，此生不复相见。

苏晏拄着锄柄，额上汗珠细密，眼眶赤红。沉默许久后，他心灰意冷似的，发出一声长长的叹息。

城门外，一名戴斗笠的布衣青年，怀中揣着个白瓷小坛，走在通往京畿的官道上。他的脚步有些蹒跚，脸色苍白，嘴唇起了皮，仿佛已经很久没有好好休息过，唯独一双眼睛，依然透出冷煞而锐利的光。

他在地摊前停住了脚步，对小贩说："给我酒。"

"好嘞，客官要几葫？"小贩指了指摆在地上的酒葫芦。

"都要了。"青年抛出一锭碎银，提起三个酒葫芦挂在腰间，继续蹒跚地往前走。

装满酒的葫芦坠得腰间沉甸甸的。曾经这点重量对他而言轻于毫毛，可如今却觉得被拖拽进了尘土中。

他不知要去哪里，摸着怀中的骨灰坛问："姐姐？"

姐姐喜欢苏府院子里的那棵老桃树。

青年被刺痛般抿了抿嘴角，低声恳求："姐姐……"

他没有得到任何回应——正如一颗空荡荡的心，在吹过旷野的春风中枯寂无声。

"明日就要启程？"苏府院中的桃树下，沈柒皱眉问。

他知道苏晏还得再去一趟闪锡，出发时间大约就在三月，但无论有了多少心理准备，当离别时刻真真切切地到来时，总让人觉得难以接受。

苏晏点头："不用担忧，我估计这次去的时间不会比上一次久，少则三五个月，多则半年也就回来了。"

沈柒陷入沉默。苏晏觉得气氛沉闷，便开玩笑道："要不你辞职不干了，来给我当保镖？"

沈柒一按刀柄便要起身，苏晏问："去哪里？"

沈柒答："书房，写辞呈。"

苏晏吓一跳，连忙拽住他的胳膊："我开玩笑的，这怎么可能？你好不容易到了这个位置——"

"那又如何？"沈柒反问。

苏晏变得严肃："七郎，你我都知道，不能这么做。"

沈柒当然知道。现在弃官，固然不再受职责束缚与上位者的压迫，但回京之后呢？苏晏还有那么长的仕途要走，若他没有足够的地位，将来又如何能与清河在朝堂的风刀霜剑中相互扶持？

苏晏考虑的则是:"你这一路千辛万苦走来,办了多少大案,得罪了多少人,一旦失势,恐报复者闻风而来,你后半生再无宁日。

"更何况,锦衣卫北镇抚司在你的坐镇下,比之前干净了许多,即使审讯理刑有时失之于严峻,也没有黑白颠倒、弄出什么冤假错案来。你若是辞官了,再换个冯去恶那样的,受苦的还是百姓与官员。"

沈柒垂目思忖片刻,随后说:"如今形势,你我二人都退不得——所谓急流勇退,那是因为还能上得了岸。而我们一旦后退,必将被迎面而来的急流冲击得粉身碎骨。"

苏晏感慨:"看来我们只能携手逆流而上了。"

"同患难,共富贵,终生交好,永不离心离德。"沈柒沉声说出当年两人的誓言。

苏晏笑了。

医庐。苏晏走入诊室,陈实毓的一名徒弟正带着个药童,给阮红蕉换脸上的裹帘。

苏晏脚步一停,出于礼貌想要回避。

阮红蕉却叫住了他。"公子!"虚弱中带着急切的语气,她的声音因为疼痛而颤抖,"大夫,劳烦你加快包扎,奴家想和苏大人说说话。"

大夫道:"姑娘尽管说话,回头把脸颊伤口处说破个洞,在下好替姑娘再缝一次,权当练针法了。"

这大夫嘴真毒,蛇口佛心了。苏晏无奈地拱手:"大夫辛苦了,我只与阮姐姐说上几句,会注意伤势的。"

中年大夫拱拱手,带着药童和一托盘染满血迹和药渍的裹帘,走出了屋子。

苏晏制止了阮红蕉想要起身下床的举动,坐在床前的圆凳上,打量她被裹帘包得结结实实的头脸。他憾惜且难过地道:"要不是为了我,阮姐姐也不会受伤,我真是——"

阮红蕉打断了苏晏的话:"奴家可并非只为了公子,而是为了自认为应该做的事。再说,你我既然私下以姐弟相称,就不该如此见外,身为姐姐为弟弟做点事,不是理所当然?"

苏晏十分感动,也更加担心她的将来:"可伤在了脸上,阮姐姐将来如何打算,难道还要再回胭脂巷?"

阮红蕉叹道:"就算奴家肯回去,妈妈也不想要呀。奴家想过了,既然脸上的伤已成定局,不如借此机会脱离烟花生涯,安安静静地过几天小日子。"

"什么叫'过几天'!从此以后,阮姐姐的事就是我苏清河的事。我会向朝廷提议褒奖你的义举,削去贱籍,让你后半生都衣食无忧,再不为命所苦。"

阮红蕉眼中泪花闪动:"多谢公子……"

"还有,你一个孤身女子,离了熟悉的地方,恐不好适应。刚好我前几日拿到了我家隔壁一个大宅子的房契，打扫完毕，至今还空着无人住，不如阮姐姐就搬到那套宅子来住。"

"我乃青楼出身的女子，怎好厚颜住公子的宅子，平白坏了公子的声誉。"

苏晏佯作生气："亏我一口一个姐姐，你却连这点小忙都不愿帮。我即将启程去闪锡，那宅子再空置下去，都要生蛇虫鼠蚁了，你住进去帮我添人气，有什么不好？"

阮红蕉吃惊又失望："公子又要外放了？这才刚回京几日呢！"

苏晏安慰了她一番，好歹说服了她，先搬进那个宅子住着，等他从闪锡回来，再作打算。

医庐的诊室与床位有限，阮红蕉想腾出地方来给其他重伤患者，便取了一堆陈实毓亲自配好的药，付完诊疗金，乘坐苏晏的马车回家。

苏晏为此特地叮嘱了苏小北与苏小京，一个去找老鸨提阮红蕉的赎身事宜，一个联系她的婢女，将她所有私人物品都打包送过来。

这边他在为阮红蕉忙活，那边消息就传到了豫王耳中——

说苏晏用他赌输的宅子金屋藏娇，养的还是个青楼花魁。

豫王一听，拍案而起，策马直奔向苏府，到了隔壁宅子门口一看，苏晏正蹲在院中的小火炉旁，给人煎药呢！豫王大步走过去，问："听说你'又'纳了个妾？本王来讨杯喜酒喝喝。"

苏晏斜他一眼："王爷阴阳怪气瞎说什么！这是我认的义姐。"

这年头义亲可不是随便认的，有些关系密切的义亲，感情与血亲也没什么两样了。豫王笑道："原来是大姨姐，理当拜会。"

"什么叫'大姨姐'！跟你一文钱关系没有，别瞎认亲戚！"苏晏把蒲扇往他胳膊用力一拍，"是阮红蕉，王爷之前听说过吧。"

太子义善局遇刺那一夜，豫王、沈柒与苏晏都在场，从高朔口中知道了事情经过，自然也包括阮红蕉的胆烈之举。豫王得知是她，也有些肃然起敬，抚掌道："是个不让须眉的巾帼。回头我命府里管事送些药材过来，还有医官，也叫他隔天过来看看伤势。"

苏晏叫小厮把煎好的药端进屋去，随后向豫王拱手："下官替义姐谢过王爷了。"

豫王顺势拉着他，往这大院子的后花园去，边走边道："你明日要启程再去闪锡？"

"是。"

"竟也不和本王打声招呼。"

"王爷这不是都知道了？"

"本王从宫里知道，与你亲口告诉本王，能一样？"

苏晏笑了笑："下官的确该亲自向王爷辞行，眼下也不迟。"

豫王板起脸："两个字，'辞行'，就想打发本王？"

苏晏无奈："那王爷意欲如何？"

左右无人，豫王忽然脚步一拐，将他拉进了太湖石建造的空腹大假山中。

苏晏警惕道："做什么？！"

"给你看个宝贝。"

"不看！辣眼睛！我警告你，朱栩竟，别又想搞花花肠子的那一套——"

豫王撩开外袍下摆，从大腿上取下一架造型精巧的小型弓弩。

"我早年在战场上，从几名西夷佣兵手上缴获的奇形弓弩，他们称之为'蝎弩'。"

原来宝贝是武器啊……苏晏见这弓弩弩身拱起，趴在地上的确有点像蝎子。

豫王道："这蝎弩射程远，近距离时亦十分精准，威力不容小觑。不过体型大了些，需得三四个人操纵。后来我琢磨了一阵子，改造了一版手持小蝎弩，单人便可以操纵，威力也不会逊色太多。正好给你带去防身。"

苏晏喜爱热兵器，但对精巧高效的冷兵器也颇为喜欢。不过这东西看着是豫王的爱物，他自觉收了不合适，便摇头谢绝："多谢王爷一片好意。下官连弓都还没学清楚，这弩还是算了，王爷自己留着防身吧。"

豫王被拒绝了也不恼，轻笑一声："你何止不会使弓，刀枪剑戟十八般武器没有一样会的。也就火铳用得还有些准头，不过气力不足，放一枪就险些把自己手腕给弄折了。"

苏晏被拂了脸面，气鼓鼓道："哦，我是个手无缚鸡之力的文弱书生，白吃你家米饭了？"

豫王大笑："你要是真肯来吃就好了！"

苏晏扭头要走，又被他拽了回来。豫王把小蝎弩放在他手中，哄道："你看，不是很重，而且射击技巧比弓简单多了，练练就能找到手感。你准头好，这弩挺适合你用，收下吧。"

苏晏拿着小蝎弩翻来覆去地看，越发喜爱，只拉不下脸面收。

豫王又道："不是白送的。今夜你赏脸来王府用个晚膳，顺道看看阿骛？他特别想你，叫着'干爹'哭好几回了。"

苏晏心道：我信你个鬼！

他嘴上却说："下官买了些礼物，回头就让人送去王府给小世子。晚饭还是免了，我有一件急要的公事要处理。"

豫王嗤道："明早就启程了，今晚能有什么公事？行，那本王就坐在你院里，等你处理完公事回来——你总不会夜不归宿吧？"

苏晏无可奈何道："今夜东市有杂耍表演，跳丸、走索、鱼龙漫衍，都是小孩子爱看的。我带小世子去看杂耍，王爷就不用来凑热闹了，反正让你带个孩子也会带丢。"

苏晏抱着一岁多的小世子，在东市热闹的人群中穿梭。

烟花、杂耍、各种各样的玩具与小吃晃花了阿骛的眼。他极度兴奋，忽而拍手咯咯大笑，忽而搂着苏晏的脖子叫:"干爹!阿骛要吃,干爹买。"

苏晏给他买了许多零食与玩具,大包小包装不下,让身后两名王府侍卫拎着。

至于豫王殿下,本来死皮赖脸非要一起逛,苏晏也拿他没辙。不料马车都停在街口了,宫中来的一通谕令,把他叫了过去。

豫王黑着脸,对传旨内侍道:"不去!就说本王身体不适,请皇兄见谅!"

内侍赔笑:"王爷莫要难为奴婢,奴婢给您磕头。"

豫王没奈何,留下几名侍卫,临走前叮嘱苏晏:"小崽子沉得很,你别抱太久,抱不动就丢给侍卫。"

结果他刚走没多久,阿骛就因为过于兴奋,消耗光了小小身体里的全部精力,眼皮上下挣扎两下,转眼趴在苏晏肩头睡着了,睡得不省人事,无论被摆成什么姿势都醒不了。

苏晏笑着捏捏他肉嘟嘟的脸蛋,把他交给侍卫,连同所买的礼物一并带回王府。

侍卫们想留下两个继续保护,被苏晏拒绝了,说想一个人溜达溜达。

于是他享受着喧嚣集市里小小的孤独感,从东市街头慢慢溜达到街尾。

街尾商铺渐稀,行人也明显少了许多,连路灯都不甚明亮了。再往前走,便是穿东城而过的通惠河。

去年灵光寺一案,导致这条河中浮起婴尸百具,刚过完年,又听说有两名锦衣卫遇刺死在河里,尸骨无存。百姓们因此编了不少离奇故事,越渲染越惊悚,使得这一片地区更是夜夜闭户,无人敢在街头闲逛了。

苏晏见前路越走越黑,正打算掉头离开,忽然看见街角昏暗的灯光下,有一个摊子,挑着个"肉馅馄饨"的旧幌子,支着一口熏得黑乎乎的锅,灶旁站着一个邋里邋遢的老板。沿街摆几张油腻腻的方桌、长凳,食客少到几乎没有。

说是"几乎",因为还有个身穿深蓝色曳撒、头戴大帽的男子,背对着他,坐在桌旁的长凳上。

苏晏远远看,觉得这男子背影十分眼熟,越看越像……七郎?

一刻钟前。

卖馄饨的摊子没有一个食客,老板抄手缩在灶台后面打盹。沈柒走过去,在桌旁长凳上坐下来。老板眼皮也不抬,懒洋洋问:"要什么馄饨,几碗?"

"一碗没有馅的猪肉馄饨,再加一勺葱花、三滴醋。"

老板在听见他的声音时,霍然睁开了眼,在雾气缭绕的灶台后站起,拉直了佝偻的腰身:"沈大人,许久不见。"

沈柒道:"也没多久。七杀营与真空教已像丧家之犬一般被赶出京城,你怎么没夹着尾巴一起跑？"

老板笑了，没回答，开始添柴加火。

"所以你既不是七杀营的人，也不是真空教的人，你这个'守门人'背后，另有主子。"沈柒说道。

老板仍不回答，自顾自地道："其实沈大人可以尝尝猪肉馅的馄饨。'没馅儿馄饨'不过是接头暗语，对上就行了，不必次次委屈自己吃馄饨皮儿。"

沈柒冷笑："你这摊子上的肉馅馄饨我可不敢吃，谁知道是什么肉。"

老板笑眯眯地不作声，煮了一碗馄饨皮，撒上香醋葱花，端过去放在他面前。

沈柒没有吃馄饨，而是用一双筷子点住了老板带着污垢的手腕，看似动作轻巧，只须劲力一吐，筷头便将深深钉入骨中。

老板因这股充满威胁意味的杀气而敛了笑，筷尖下的皮肤泛起一小片寒栗："既然同效命于一个主子，沈大人又何必次次吓唬小人呢？"

沈柒冷冷道："藏头遮脸的那人是你的主子，却不是我的。我与他只是互相利用，各取所需罢了。鹤先生叫我向你要一份信物，日后好联络。"

老板另一只手在怀中慢吞吞地掏来掏去，掏出个儿臂粗、黑黢黢的金属筒子，上面布满凹凹凸凸的复杂纹路。

"这是个机关套筒的半截，寻常打不开，强行撬开便会自爆炸毁。只有与正确的另半截对接后，消息从彼端掉落此端，才能开启筒身，拿到消息。"

沈柒眼底掠过微芒，正要伸手去接，忽然听见身后不远处一声叫唤："七郎？是你吗？"

心下一凛，沈柒在极短的惊愕后，飞快地将半截金属套筒收入袖中。

他警告似的瞪了老板一眼，转头露出点意外之色："清河为何出现在此？"

苏晏走过来，笑道："实在推托不掉，带豫王家的世子去逛夜市。小孩子，精力旺盛也累得快，没一会儿就呼呼大睡，交代侍卫带回王府去了。我顺着东市街巷随便走走，刚巧遇到你。怎么，这家馄饨很好吃？可我瞧着都没什么客人。"

沈柒当即起身，道："我也只是随便试试，谁知偷工减料得很，一碗馄饨尽是皮。走吧，我们另找个摊子。"

他丢出几枚铜板在桌面，漫不经心似的说了句："老板，你再这么坑人，在京城可就待不下去了。"

老板一边一枚枚捡着铜板，一边口齿含糊地道："待不了，待不了，客官下次再来，可就看不到小人这摊子了。"

"做点小生意不容易啊。"苏晏叹道，在桌面又放下一锭碎银，拍了拍沈柒的胳膊，"走吧。"

两人往亮处走，昏暗灯光在身后拉出的长长影子，很快两人就消失在幽暗无人的巷尾。

沈柒一路有些沉默。苏晏觉察出他神思不属,轻声问:"怎么了,有心事?"

"你有没有什么事,瞒过我?"沈柒冷不丁问。

苏晏一怔,笑道:"若是与七郎有关的事,应该没有隐瞒过。还有些事,我不知有没有必要提,倘若你问起,我便也会照实回答。"

沈柒又问:"要是我有什么事……瞒了你呢?"

苏晏停下脚步,仔细看他。

夜市灯光映亮了沈柒的半边脸,另半边脸则隐没于黑暗中,显得神情格外深峻。

"七郎。"苏晏唤道。

沈柒转过脸来看他,目光柔和又凝重。

"我想问你几个问题。"

沈柒点了点头。

"若你有事瞒我,这件事是不是你深思熟虑后的结果?"

"是。"

"'瞒'与'不瞒'的选择,是否出于两害相权取其轻?"

"是。"

"倘若有一日,我知道了你所隐瞒之事,你能否承担起最终的后果?"

这回沈柒沉默了片刻,方才回答:"无论结果如何,我都一力承担。"

苏晏笑了:"那么这就是你心中认定,必须去做的事。对此我是知情还是不知情,又有什么妨碍呢?

"或许将来有一天,你会愿意告诉我。或许那时我会非常生气,但我不会现在就挡住你的路,要求你说——'沈柒,你得听我的。'

"路是每个人自己走的,我们有幸能同行,但终究无法替对方迈步。"

沈柒愣怔许久。

苏晏抬头看一弯残月,说:"明日你别出城送我,免得徒生事端。今夜在这里送行,也是一样的。"

沈柒与他同看京城的一片月色:"山水迢迢,你自己保重。"

养心殿内灯火通明,景隆帝与一应内阁辅臣正在议事,蓝喜悄无声息进来,附耳禀道:"豫王殿下奉召前来,正在殿外候旨。"

景隆帝颔首:"让他进来。"

豫王本来正陪着儿子和儿子的干爹在东市上看杂耍,突然被召进宫,憋了一肚子火,并怀疑皇帝派人盯梢自己,故意搅局。

没想到入了殿，居然看见一众正襟危坐的阁臣，他不禁怔了一下。

皇帝没与他多寒暄，直截了当地道："来了，坐。"

豫王行礼后落座，便听皇帝说："此番传你来，是有件未决之事，想听听你的意见。"

蓝喜送过来几页纸，豫王一见纸页卷起来的痕迹，便意识到这是军中密报，神色也变得严肃起来。他展开密报仔细看完，皱眉问："大潼卫都指挥使耿乐死了？什么时候的事？"

阁臣焦阳答："三日前。消息刚刚传至朝廷。"

在三个月前，就是去岁年尾的时候，达延进犯大潼。

达延太师脱火台亲自领兵，埋伏精锐于大虫岭，又以一百多骑老弱士兵作诱饵，引诱大潼总兵林樾出城。此役，总兵林樾与副总兵中伏战死，全军溃败。

此事在朝堂上引发了不小的震动，豫王也知道。他表面上满不在乎，夜里怀着满腔怨愤，用长矟将演武场的青石地面切出一道深深的裂隙——若是自己还镇守边陲，绝对不会让大潼遭此轻敌之败！

脱火台纵兵杀人掠畜，所幸大军行到雁行关前，被大潼卫都指挥使耿乐率军击溃，最终退回北漠去了。朝廷向大潼派驻了新的总兵与副总兵，因为二将尚须熟悉当地军务，故而让耿乐继续掌军事决议权一段时间。

结果耿乐得意忘形，仗着军功在身，迟迟不将权力交接给新任总兵，与正副两位总兵生出嫌隙。在一次激烈的冲突中，耿乐被新任总兵失手误杀。

如此堪称乌龙的事件，导致大潼两位高级将领一个死于自家人之手，另一个也吃了军法，被降级迁贬。这下好了，朝廷不得不再调派一位新总兵与一位卫都指挥使去镇守大潼。且因为边境动荡，此次任命必须慎之又慎，兵部、吏部与内阁意见不一，至今还没能定下人选。

景隆帝面对臣子们呈上来的拟任名单，上面候选将领们的名字有一些眼熟，有些则陌生得很。但就算眼熟的，他也很难判断每个人综合能力的高下，以及哪个更适合镇守大潼。

毕竟人非完人，能力各有长短，倘若短处正应在了大潼处，岂不又是一个耿乐。

皇帝正踌躇着，忽然想起了豫王。豫王曾镇守大潼，对当地军务极为熟悉，而这些候选的将领多是有戍边经验的老将，也许他这个四弟能看出些门道来。只不知对方肯不肯出力，还是会因此触动心结，又要说些皮里阳秋的话，负气而走。

皇帝抱着姑且一试的心态，召来了豫王。

豫王，朕知你精通兵法，熟知军事……

皇帝心底忽然一动，转瞬抛去套路化的说辞，开口道："老四，大潼需要一位攻守兼备的总兵，你给挑挑，帮忙把把关。"

阁臣们闻言变色——

原以为召豫王来只是问个建议，却不想竟出此言，简直是将决策权主动递过去了一般，依着皇帝的性情，实令人惊诧不已！莫非皇帝仍忌惮豫王曾经的军中身份，故意出言试探？

果然，豫王露出慵懒而凉薄的笑意，把名单往桌面一丢："反正说了也作不得数，臣弟何必浪费唇舌，皇兄自行定夺便是。"

皇帝沉静地看着他，唤了声："槿城。"

豫王敛笑，目光含着挑衅："若真要说，那么臣弟举荐一人，皇兄敢不敢用？"

皇帝似乎知道他话中之意，语气仍是淡淡："朝中诸将，你尽管举荐最合适的——只除了一人。"

你自己。

豫王十分不逊地"哧"了一声，从手边的果盘中拣了颗蜜饯，往桌面一丢。

蜜饯骨碌碌滚动，最后停在名单上，正巧把名字遮掉一个。豫王抚掌道："天意，就是这位仁兄了！叫……"他吹了一下纸页上的糖霜，"李子仰！这便是臣弟举荐的人选，皇兄方才金口玉言，还作不作数？"

皇帝面不改色，两旁阁臣们却坐不住了，就连公认好脾气的"稀泥阁老"谢时燕都忍不住摇头叹息。

焦阳为人固执且大嗓门，霍然起身，驳斥道："军国大事，豫王殿下怎可如此儿戏！"又转而向皇帝拱手，"豫王公然戏弄陛下与臣等，看似离谱，实则是为泄心中怨恨，陛下不可一再宽宥，当治其藐视君主之罪！"

阁臣王千禾与他交好，两人素来统一战线，知道焦阳未必像表现出的这般义愤填膺。盖因其前阵子想向太后靠拢，可惜太后没看上他，始终一副不冷不热的态度。他这是要借着豫王发作发作，好让太后知道他在朝堂中的能耐与对皇帝的影响力，从而改变主意来拉拢他。

于是王千禾也加入了战队，附和道："平日里豫王殿下风月荒唐也便罢了，军务关系社稷安危，岂由得这般存心搅拨？望陛下明鉴。"

豫王瞥了一下他两人，又斜眼看另外两个阁臣："两位大人也打算一起骂？"

谢时燕尴尬地笑了笑，抬手喝茶，茶杯举起来放不下，袖子遮了半边脸。

杨亭皱着眉，一脸不认同之色，但只摇头，没有开口。

首辅李乘风病得厉害，早已请了长假，人不在场。

见四位阁臣骂的骂、反对的反对，豫王转而又问皇帝："皇兄也觉得臣弟行事荒唐？那正好，臣弟还有一场杂耍没看完，这便回去继续看。"

他起身敷衍地拱拱手，就要告退。

李子仰、李子仰……景隆帝反复默念这个名字，灵台隐约闪过微光，可又一时抓不住。眼见豫王要走出殿门，皇帝不知出于何种原因，蓦然开口："回来！"

豫王脚步停顿了一下，继续走。

皇帝沉声道:"叫你回来!"

豫王不甘不愿地转身,走回殿内。

"说说你举荐此人的理由。"皇帝道。

豫王哂笑:"此人与臣弟有旧,臣弟出于私心举荐的他。"

阁臣们闻言更是鄙夷与气愤,唯独杨亭似乎觉察出什么异样,悄悄审视起了豫王的神情。

皇帝盯着豫王看了许久,忽然淡淡一笑:"那行,就他了。"

众阁臣大为震惊后,纷纷离座跪地,劝谏皇帝收回成命,不可由着豫王胡闹。

愕然之色从豫王眼中一闪而过,他直视皇帝,神情有些复杂。

两兄弟一个坐在龙椅,一个站在殿中,就这么隔着苦劝不止的阁臣们,久久对视。半晌后,豫王转头,对着抗议声最大的焦阳道:"李子仰此人,出身将门,骁勇善战自不必说,更难得的是性情沉毅,不骄不躁。其父乃是前任燎东总兵,被血瞳刺客刺杀身亡,他既未沉沦仇恨,也不愿承袭父荫,从低级将领一步步累积战功,又曾在宁遏的玉泉营与鞑子交锋数次,每仗必胜,但从未轻率深入敌境。这样一个进退有度又了解北漠军情的将领,任大潼总兵绰绰有余。

"'朋交几辈成新鬼,犹自谈笑向刀丛'——本王从未见过此人,但识人未必要见面,从其经历、战绩,乃至所著诗文中便可窥其心性。这个解释,诸位大人满意了吗?"

这些话,是给阁臣们的解释,还是说给他这个皇兄听的?景隆帝沉默了。

阁臣们也陷入了短暂的沉默。杨亭拱手道:"此事重大,还请陛下定夺。"

皇帝只问了一句话:"大潼卫都指挥使呢?"

"名单里剩下的,哪个与李子仰合得来,就哪个呗!"豫王哈哈大笑,振袖而去。

豫王的这个举荐,阁臣中两人赞成,两人反对,但内阁的意见只是参考,决定权在皇帝手上。

众臣告退后,蓝喜上前,一边给皇帝揉按太阳穴,一边轻声道:"夜深了,皇爷更衣就寝吧?"

皇帝正闭目养神,对抗一整日思虑带来的隐隐钝痛,闻言那道灵光再次闪过灵台。他蓦然睁眼,失声道:"更衣。"

蓝喜忙招呼内侍过来更衣。

皇帝却挥退了内侍:"说到'更衣',朕想起来了。"

去年六月,苏晏生辰那日,正是在这养心殿,由他亲自举行了三更衣帽的冠礼。那天苏晏被寿酒灌醉,在他进殿时说出了一番离奇的醉话:

"这是在战场上吗?鼓擂得这么紧,想必战况危急……那啥,皇帝不必担心,我帮你发掘人才,戚敬塘、李子仰、王安明……还有于彻之……哦,于彻之已经在兵部了。这些都是满腹文韬武略的名将，肯定能帮上你的忙，领兵驱除北虏，捍卫大铭江山……"

话中提到的，除了已任兵部左侍郎的于彻之以外，其他几个人闻所未闻，是不是苏晏酒后胡言杜撰？

——至少"李子仰"不是！

那么问题来了，一个名不见经传的将领，行伍出身的豫王会知道并不稀奇，可一个埋头苦读圣贤书的少年士子竟也知道，还称之为"人才""满腹文韬武略的名将"，又是怎么回事？

景隆帝思忖片刻，吩咐蓝喜："记下这两个名字——戚敬塘、王安明，让锦衣卫查查究竟是何身份来历。先在军中查。"

蓝喜心里有些奇怪，但没有多问，认真记录下来，着锦衣卫去查。

而皇帝直到更换寝衣上了龙床，忍着头痛仍在默默思索。

蓝喜正要从玉挂钩上取下帷幔，突然愣住，用一种强忍惊惶与紧张的神情，颤声道："皇爷……"

"何事？"皇帝刚说了两个字，鼻下热流涌出，下意识地触碰了一下，满指鲜红。

蓝喜赶紧拿锦帕去堵："皇爷流鼻血了，奴婢去传太医——"

皇帝一把攥住了他的手腕，沉声道："不必。"

"可是——"

"春季风多尘舞，偶尔流鼻血也正常，不必大惊小怪。去打盆温水来清洗。"

蓝喜不放心，但圣意难违，只得打水来给皇帝清洗。所幸鼻血流了片刻后渐渐止住，只是洗帕子染红了整盆清水，看着有些吓人。

皇帝垂目看着一盆淡红，很是平静地吩咐："照应虚先生献的那张'通络散结方'，把药煎了拿来。"

蓝喜诺了声，迟疑着又道："要不，召应虚先生进宫，当面再诊治诊治？"

皇帝没说话，只是瞥了他一眼。

蓝喜从这一眼中感到慑人的寒意，忙告罪："是奴婢逾矩了！奴婢这便差人去煎药。"

皇帝又重新躺回去，将枕头垫高了些，闭目假寐。

他慢慢回忆着，自殿试初见之后，苏晏对他说过的每一句话，像在大片草丛中寻找散落的珍珠。

翌日，苏晏告别了隔壁宅院的阮红蕉，带着两个小厮，乘坐马车前往城门外，与一千腾骧卫会合。

腾骧卫仍由指挥使龙泉率领，褚渊等几位老面孔也在，但此次随行的都是皇帝的御前亲卫，没有北镇抚司的人，高朔自然也没有随行。

皇帝、豫王与沈柒都没有来送行，但苏晏心里无半点不满。

太子也没有来。不过苏晏能想象到，太子非要来送行，却被皇爷勒令不许出宫，气得直跳脚的模样。只是想想他就觉得又好笑，又心疼。

"小爷，保重。"苏晏遥遥祝福。

闪锡巡抚御史苏大人的车队出发了。从高空往下俯瞰，长长的队伍像一支直插西北的箭矢。

西北有大河平川、草场戈壁，再往北，越过雄壮的长城，是一片茫茫的瀚海沙漠与更为广阔无垠的北漠草原。

北漠。

阿尔泰山麓，林野苍茫，色楞格河边，水草丰美，无数宛郁牧民与骑兵的穹庐，拱绕着中央巨大辉煌的金帐王庭。

宛郁铁骑们在领土边缘巡逻，随时准备痛击来犯的敌人——无论对方是蛮荒的野兽群，还是来自其他部落的劫掠者。

有个骑兵手搭帐篷，遥望远方，忽然用宛郁语高声叫起来："那是什么？正在朝我们过来……是敌人？"

骑兵们警惕起来，集合成队，朝那个移动的小点飞驰而去。

小点移近，变成大的人形轮廓，再近一些，赫然是个石堆子般高大的男人，头戴鹰帽，身披无数飘带缀成的羽服，飘带间挂满了金珠、铜镜与各类兽骨。

他左手持一根四尺长的杆铃，顶端簇着许多金铃铛，随着行走发出清脆声响，右手提着一柄弯曲的长刀，腰间别着一面抓鼓。

骑兵们看清了他的装扮，不禁松了口气，又有些激动地叫起来："是萨满！"

"看那神铃与神刀，是大巫！"

"似乎不是我们部落的，为何会在草原上独行？莫非是从其他部族里叛出来的？"

"大巫，要不要来我们宛郁？"

被叫作大巫的男子抬起头，露出隐藏在鹰翅下的一张黝黑面容。

男子的肤色很深，颜色介于茶褐与炭黑之间，皮肤油光发亮，浑然不似草原上任何一个漠民。他五官立体，一双金色的眼睛澄亮浓郁，仿佛万缕阳光凝结而成，隐隐流动着辉彩。

骑兵们像是被他的金眸震慑到似的，一时哑口无声。

男子开了口，声音低沉中充满野性，令人想起刚睡醒的狮虎："汗王虎阔力何在？"

宛郁骑兵顿生戒备，纷纷抽出刀剑、拉开长弓，指向他："你是什么人？敢打听汗王的行踪!"

男子又问:"黑朵萨满还在部族里?"

一名骑兵扬声道:"当然在!如今该叫大长老了,连汗王都对他十分恭敬,你怎敢直呼其名!"

男子发出一声不知是愤怒还是不屑的低笑。

"你究竟是谁?"

男子伸手解开身上重重系带,神袍掉落在草地。他雄壮如天神的身躯,与黑皮肤上血红的刺青一同暴露在天光下。

那是一棵枝叶繁茂的参天大树,树冠从胸膛攀过双肩,虬干与藤蔓盘踞在腹部,扎根到了小腹之下,被下身的长裤遮住。

骑兵们看着这极具视觉冲击力的树形刺青,变色惊呼:"——是神树!"

如此巨大繁浩的神树刺青,普通的宛郁人根本没有资格刺在身上,一旦被发现僭越,就会被处以极刑。更何况,这样的刺青需要许多熟练的刺青师合力完成,所需的人工与时间就连贵族也耗费不起。

只有王族,才有资格与能力承载来自神树的福泽。

男子沉声道:"看着我,认不出我了吗,宛郁的勇士们?"

骑兵们瞪大了眼睛打量他。

"我是汗王虎阔力的长子,神树之子,你们的储君!"

骑兵们陷入诡异的沉寂,突然,一声嘶吼划破了辽阔而宁静的草原——

"阿勒坦!"

紧接着,啸声四起:

"阿勒坦!"

"阿勒坦!"

"我们的黄金王子——回来了!"

番外

莫向棠棣花间

　　景隆二年，甘州城的第一场雪比往年来得都早，时值九月仲秋，夜半的雪霰便已为庭中的石板路覆上了一层薄而均匀的霜白色。

　　二十二岁的年轻天子步履匆匆地穿过庭院，苍色绲边披风的下摆拂过石板路，扬起茸茸的雪。锦衣卫被远远地甩在后面，他拾阶而上时，走廊间候立的内侍跪倒一片。皇帝用微喘的声音急问："醒了？应虚先生可还在里面？"

　　内侍们知道皇帝近日心烦意乱，脾气难免要大一些，于是头也不敢抬，恭声答："回皇爷，殿下刚醒，陈神医也在。"

　　朱槿陞推门进屋，闻着沉郁的药味往寝室快步走去。陈实毓正捧着一个铜盆出来，朱槿陞抬手阻止他行礼，瞥了一眼盆中沾满药膏与血污的里衣，不由担忧地皱眉："朕知槿城伤势凶险，命悬一线，幸得应虚先生妙手，方才死里逃生。他昏迷三日夜，如今终于转醒，伤情当趋于稳定才是，为何依旧血流不止？"

　　陈实毓将铜盆交于跪在一旁的药童，示意其退下，低声回答："四殿下胸口的贯穿伤虽万幸避开心脉，但也割断了肺管，被老朽细细地缝合回去，应是会逐渐长好。较之更严重的是殿下的左肺坍塌了约三寸长、两指宽的一角，这是不可愈合的损伤——"

　　朱槿陞发出了抽气声，似乎脚底也趔趄了一下，伸手扶住桌沿。又听陈实毓继续说道："但好在诸多脏腑中，肺是有一寸便能用一寸的，哪怕切了部分，于身体也无大碍，顶多是在功用上有所降低。"他铁青的脸色方才稍稍回暖了些。

陈实毓有所犹豫,似乎怕伤情的血腥气污了尊耳。朱槿隉却道:"还有什么凶险处,你一并说,朕不忌听这些。"

"术后两三天,伤口渗血、渗液本属正常,但老朽担心的是,倘若一直渗血不止,再兼发起高热,只怕要转为疡痈之症,那可就真的是九死一生,唯有老天爷才能救得回了!"

朱槿隉紧紧闭了一下眼,再次睁开后,沉痛神色已被压在一片冷静之下,犹如冰层封住了深渊。他朝陈实毓颔首:"还请应虚先生竭尽全力,需要任何人手、药材尽管说,哪怕翻遍全国朕也会找来给你。只要槿城能活下来,朕——"

后半句戛然而止,他抿紧嘴角走到床边,撩起垂幔俯身探看。朱槿城脸色苍白地仰躺着,几日间似乎消瘦不少,两腮与眼窝开始凹陷,颧骨便从皮下支棱了出来,仿佛体内的生气每时每刻都在流失。这种灰败感,朱槿隉从未在这张俊美的脸上见过,哪怕是在对方十二岁初阵,不休不眠地鏖战后彻底脱力,被战马驮回来时,也不曾有如此憔悴之色。

他情不自禁地伸手,掌心覆住了朱槿城冰凉的前额。

"二哥……"朱槿城没有睁眼,声音嘶哑而虚弱,"我还活着?"

朱槿隉道:"活得好好的。"

"活不得也无妨,"朱槿城轻吁了口气,"且放手,不必强留。"

朱槿隉把手移到他腕上,用力握住:"二哥倾一国之力,定能留住你。你既能醒,便是天意。静下心好好养伤,很快便能痊愈了。"

朱槿城缓缓睁眼,一双黑白分明的眼珠转了半轮过来望向他的兄长,在此刻似乎才有一点十五岁少年该有的顽皮模样。"君无戏言。二哥这么努力地不想我死,那我便也努力地活一活。"他扯动嘴角试图一笑,裹在胸口的纱布又被渗出的血水染成斑斓的红黄色,"万一将来二哥又不想我活了……我也不死,我就赖活着,天天硌硬你,等着你后悔的那天。"

朱槿隉失笑:"去了几年军营,混得一身痞气,没个亲王样。也罢,朕陪着你恣肆一把。"他俯身,在朱槿城耳畔道,"朕打算在甘州驻跸一个月,等你伤势好转了再动身回京。"

朱槿城感到意外,不赞同地摇头:"国不可一日无君。"

"普天之下皆王土,在哪里朕都是君。"

"可是朝廷政务……"

朱槿隉轻拍他的手背:"与你的安危相比,那些不急。目前最紧要的,是你要撑过术后最凶险的这几日,尽快止血,切莫发热,该吃的药、该施的针都要听应虚先生的,可别要性子不当回事,朕会盯着你的。"

之后,皇帝果然日日来看他,解衣衣之,推食食之,呵护备至的模样倒叫朱槿城有些不自在起来,也让"天子厚德友弟"的赞誉在民间广为流传,甚至有小道消息称:代王以命救驾,得圣上亲口允诺"天下共治",将来必然要封为一字并肩王,与天子平起平坐。

朱槿城听得眉头皱出了川字纹。他已在床上躺了半个月，万幸伤口不再渗血，人也没有发热，仗着强健的身体、深厚的武功与流水般送来的名贵药材，眼见伤势逐渐好转。只是缺了一角的肺到底落下些后遗症，偶尔气促、气短，前胸后背的疤痕也狰狞得很。但他并不以为意，认为自己还年轻，身体可以再锻炼，武功也可以再精进，今后将剩下的肺练得比原本完整的更强就好。这一点隐患甚至比不上流言更让他烦恼。

大好男儿，谁不想建功立业，但这个"功业"于他而言究竟是什么？是战场杀敌，是保家卫国，是开疆辟土，还是……治国平天下？十五岁的朱槿城有些不敢深想。

他可以不深究自己的心思，却不能忽视皇兄对他的态度，在朱槿陞又一次亲手给他端来药汤，看着他一饮而尽后，他终于忍不住问道："二哥何时起驾回京？"

朱槿陞顺势坐在他的床沿，伸着手掌等待接碗，笑微微地反问："四弟厌烦了，想赶朕走？"

朱槿城无奈地把碗放回兄长手里："不是臣弟不识好歹，是怕皇恩太重了受不住。"他想了想，压低声音说道，"二哥难道没有听见京城那边的风声，关于信王朱檀礼？"

朱槿陞不出意外地看了他一眼，转身把碗放在托盘上，示意屋内近侍全部退下。就连身在病床上的朱槿城都能听见的风声，他自然早有耳闻。

信王朱檀礼是他们的父亲与侧妃所生之子，天潢玉牒上以"皇长子"记录之。但在朱槿城看来，他的兄长只有两个，那就是二哥朱槿陞和早夭的三哥朱槿轩。而信王朱檀礼及其胞弟宁王朱檀绦，于他而言只是两个徒有兄弟名分而无兄弟情分的外人，甚至因为当年双方母亲的宿怨，更添了几分冷淡与戒备。

眼下一室之内唯胞亲兄弟二人，朱槿城也肆无忌惮起来，直视着兄长说道："我可是听说，信王见你滞留甘州，开始蠢蠢欲动。他亦是镇边亲王之一，与辽王共同节制东北军事，麾下五万兵马，边外归降的三个羁縻卫也受其节制。二哥不可不防，更要小心京城空悬，肘腋生变。"

朱槿陞却问他："良药苦不苦口？"

朱槿城："……"

朱槿城怒道："和你谈正事呢！你还管我药苦不苦！"

朱槿陞笑笑，从桌面取来一个青釉瓷罐，打开盖子，用勺子舀出几枚腌制过的小红果子，放在碟子里递给他："这是郁李，腌制后酸甜可口，能润喉开胃。"

朱槿城拈起一枚郁李果子，使性子扔他。朱槿陞头一偏避让过去，佯怒道："犯君袭驾可是死罪。"朱槿城撇撇嘴，又拈了一枚，往空中扔完张嘴接住，边嚼边说，"皇帝不急，将军急。你到底回不回京？不想回也行，我这便披挂上阵，率靖北军把信王老窝抄了，不信抄不出几件图谋不轨的证据。"

朱槿隧看他在嘴里嚼得咯嘣脆，不自觉也拈了一枚郁李放进嘴里，仔细吃完吐出个小核在掌心，方才说道："急什么。鱼才开始触饵，还没咬实呢，急着拉线容易脱钩。"

这句话算是把天子心思在朱槿城这里做实了。他心道：果然是二哥，所谓兄友弟恭全是附带的添头，想钓大鱼才是真正目的所在。既然嘘寒问暖皆手段，皇恩再盛我有什么受不得的？

于是他又躺回高床软枕之上，抱着果碟懒洋洋地说道："这罐郁李果子，臣弟收下了，谢皇兄赏赐。待吃完再找皇兄讨要。"

朱槿隧笑道："你若喜欢吃，明年开春朕命人移植一片郁李林子，在你封地王府内，待到秋来便能结果。此物性亲和、好融洽，还可嫁接至桃、杏、梅树，长出的果子又是别一番风味。"

朱槿城不屑地嘀咕："忒没节操，跟谁都行。"说归说，不到几日就把一罐郁李果吃光了。

圣驾在甘州驻跸三十二日，信王借迎回圣驾之名，率兵离开封地，向西南方向进发。途经京师时，忽然宣称先帝有遗诏留于他手，涉及宗室，欲奉与太后。太后一贯对这些亲王、郡王心存戒备，尤其是对信王俩兄弟。她本打算下旨逐其回封地，当夜接到来自甘州的密信，便假意中计，宣信王入城觐见。

一边是趁隙逼宫，一边是暗布罗网。朱槿隧将全副御驾留在甘州引人耳目，自身只带一队锦衣卫连夜疾驰返回京城，调动京军三大营围剿驻扎在城外的信王军队，又让密探传令京城内的腾骧、武骧四卫骤然出动，将皇城包抄得水泄不通，来了个瓮中捉鳖。

信王见事败露，仍率亲兵负隅顽抗，最后被锦衣卫擒获于断虹桥北的十八槐。

是夜大雪，古韵深幽的十八棵槐树早已绿叶凋落，无数虬龙般的枯褐色枝杈直指苍穹，雪无声而纷纷扬扬地下着，枝条白霜尽覆，叛军的血将雪地染成片片猩红。

大势已去，信王不得不掷剑投降，说自己担心甘州兵变前来迎驾是真，以先帝遗诏奉太后也是真，带卫队入宫完全是一时糊涂的耀武扬威之举，被围剿时慌乱抵抗只求脱身，说自己纵有无礼之举，实无谋逆之心，乞求皇帝看在手足之情上饶他一命。他愿交出兵权，也愿战死沙场，戴罪立功。

这话连小孩都不会信，当时用绣春刀指着他的锦衣卫同知辛振海几乎要听笑了。但又转念想到，若非皇爷早有预判，万一被信王持伪诏、挟太后以令天下，同时密派精兵前往甘州刺驾，甘州兵乱初平，代王又重伤濒死，皇爷忧心如焚疏于防备，搞不好还真叫他得手了也说不定！

辛振海一念之下出了满背冷汗，望向火光中的年轻天子，希望这位有口皆碑的仁君此刻千万不要心软，宁可在史书上留下一笔屠戮手足的记载，也要斩草除根，彻底剪除后患。

皇帝训斥过信王后，下令将他全家发往凤阳高墙，终生不得出。在辛振海看来，这个惩戒已经算是仁慈的了,而信王却有如天塌地陷,像是要被投入火坑虿盆一般,脸色剧变。

高墙对于宗室们而言,是个暗无天日、全然绝望的存在,而有时绝望比死亡本身更令人恐惧,恐惧到瞬间失去理智。信王指着皇帝的鼻子破口大骂,说太后身为秦王妃时就淫乱王府,以野种冒充龙嗣窃国,他身为正朔拨乱反正,奈何苍天无眼,大铭要亡……

辛振海听到前两句就彻底傻在原地,心知大事不好,身体却一时反应不得。幸亏周围几名锦衣卫机灵,立刻扑上去,割下信王的袍袖塞住了他的嘴。

皇帝面无表情,仿佛什么也没听见,但越是一脉沉静,就越叫在场的众人胆寒。"朱檀礼逼宫谋反,十恶不赦,当抄家灭族。信王一脉男丁无论老幼均处极刑,女眷发配岭南,劳役终身。"

信王在锦衣卫的钳制中奋力扑腾起来,发出呜呜的喉音。皇帝上前几步,弯腰亲手捡起信王的佩剑,扔在他袍裾上:"看在同是先帝血脉的分上,朕给你最后的颜面。"

信王还在挣扎,旁边的一名锦衣卫道:"你可想清楚了,待明日上了刑场,百姓人人唾骂,等着看你这颗尊贵的人头落地,在尘泥里骨碌碌地滚成个鞠……"

挣扎停止了,信王发出枭鸟夜啼一样凄厉的叫声。

皇帝背过身去,向前缓缓走出几步,听见身后重物扑倒的声音,在雪地上听起来十分沉闷。

"辛振海。"皇帝唤道。

辛振海心一颤,连忙上前:"微臣在,请皇爷吩咐。"

"在场锦衣卫多少人?"

"连同微臣……六十三人。"

"有功当赏,每人赐黄金百两。今后他们都是你的直属部下,由你负责管治。"

辛振海知道皇帝的言下之意——在场的锦衣卫的确是功臣,却也是犯忌之臣。他们得把今夜的一切烂在肚子里,倘若说了不该说的话,不仅自家倒霉,也会牵连到他这个上司。

他怀着满腔敬畏,深深低头,应道:"臣遵旨。"

朱槿城听闻信王的下场时,已是身在封地大潼,收到了皇兄写来的一封信。信中说道:"朱檀礼咎由自取,罪有应得。朕已撤其藩地,收其兵权,褫其王爵封号。从此以后,大铭再无信王。"

指头摩挲着信纸,朱槿城陷入沉思,隐隐感觉到,这只是皇兄登基后迈出的第一步。

果然,在之后的三年内,镇边塞王们的势力逐一被剪除。辽王、卫王、谷王、宁王……皇帝一个一个地削去他们的兵权,圈禁在藩地,锦衣玉食地豢养着。最后只剩下硕果仅存的一个代王,还能率领靖北军驰骋在疆场。

但朱槿城知道,属于他的自在日子也不多了。

知道归知道，他又能做些什么呢？

于公，皇兄向他坦然出示了先帝的真正遗诏，上面清清楚楚地写着："若诸王中有拥兵不臣者，当废除藩王镇边制，收拢诸王兵权归于朝廷。"就连父皇，也不相信他们这些手握兵权的儿子会全心全意地辅佐自己的君主兄弟。"藩王镇边制"被废除，也就意味着皇权与兵权的高度统一，意味着大铭在奠定了开国基业之后，曾经立下战功的藩王们，如今已成为皇权的威胁者。他的皇兄为了江山社稷的稳固，选择奉诏削藩，似乎并没有错。

于私，在他带伤返回封地后，来年开春，皇兄派人移植过来的郁李送到了。精挑细选的茁壮植株，细致地包裹好树根放在大桶里，连同燎东的黑色沃土一起运来，浩浩荡荡几十车，把他位于怀仁县的代王府后院变成了一片果林。另有一辆车，装着七坛腌好的郁李果子，附上了皇兄的亲笔手书："郁李五月花开，蕾如宝石，花如繁云，八九月结果，果如赤珠玲珑可爱。此树耐寒、耐旱、耐瘠薄，沙壤中亦可生存，可与长城月、大漠雪同为边塞一景。"

赐林成景。由此看来，皇兄还是信任他，同意让他继续领兵守边的不是吗？十八岁的朱槿城自嘲地一笑。

靖北军已从六万扩充到十万之众，装备精良，训练有素，铁骑如天际滚雷飞驰在草原上，令北漠诸部闻风丧胆。而靖北将军朱槿城也成了边民们口中的战神，威名赫赫，无以复加。

不安的流言也开始在军中隐秘地传播。

"皇爷下旨命将军回京，为太后侍疾。要说太后这场病啊，也真够凑巧的。"

"朝廷正谋划着，要裁撤靖北军。"

"皇上怀疑代王殿下有不臣之心，便以侍疾为由诓他回京。殿下若是回去，信王的前车之鉴就摆在那里。"

"京城里都说靖北将军功高震主，必然要遭清算，届时整个靖北军都会被当作附逆，无人可以幸免。"

"覆巢之下无完卵，何不先下手为强？"

"反正都要被逼反，不如真反！"

其时，朱槿城正在奉旨回京的路上，听闻军营亲卫赶来禀报的军情，吓出一身冷汗。

主帅离营，流言四起，不少将领打着为主帅鸣不平的旗号，险些酿成一场军队哗变！这要是没及时制止，十万靖北军举旗造反，战火燃烧，社稷动荡，他这个主帅难辞其咎。

朱槿城当即折返回去镇抚，好说歹说，总算是暂时平息了将领们的不安与愤怒，一切等他从京城回来再做打算。

可他没有想到，这一去就是十年。

整整十年，从风华正茂的十八岁，到年齿渐长的二十八岁，他再也没能回返魂牵梦萦的边关与沙场。

回京之前，他是代王朱槿城，一身转战三千里，一槊曾当百万师。

回京之后，他成了豫王朱栩竟，闲散浪荡，嬉靡好色。

世人皆道"豫王不恭，而帝甚友之"。

只有朱槿城自己知道，这十年间他忍受着什么，失去了什么，心如死灰地放弃了什么，又死不瞑目地期待着什么。

京城的豫王府后院，种着一大片郁李林，是皇帝亲自吩咐栽下的，说是豫王喜欢。

花开的时候，朱槿城真的喜欢。一树纷繁如云的郁李花，花瓣白里透粉，吐着嫩黄的细长蕊，两朵三朵簇在一起，花朵微微垂着，像头凑着头的兄弟，在谈论诗文，在研究兵器。

他想起郁李还有一个别称，叫常棣，或棠棣。

他还想起了《诗经·小雅》，"常棣之华，鄂不韡韡。凡今之人，莫如兄弟。"

他向着满树繁花举起酒杯，嘲谑地笑着，大声吟诵着祝词："皇兄千秋万载，天下长治久安。"

这一年是景隆十五年，不知为何，豫王府的郁李花开得特别早，仲春三月就开始陆续冒出花蕾。

礼部为新科进士们举办了恩荣宴，景隆帝让内侍来请豫王朱栩竟赴宴。豫王前夜与一众士子在郁李林下喝酒唱曲，通宵达旦。此刻刚入睡，本不耐烦去，又听说今年的进士们都是品貌双全的才子，于是打起精神去了。出府前还被侍卫统领韩奔调侃了一通。

在这场宴会上，他用似醉非醉的目光扫过芸芸众生，看见了一个很特别的人。

那人叫苏晏，苏清河。

当时的他并不知道，自己后半生的命运，乃至整个大铭的国运，都将因为这个人而改变。

【未完待续……】

下期预告：

真空教主鹤先生被苏晏逼得逃离京城，与暗中的弈者酝酿着新一轮的阴谋与杀局。

景隆帝与苏晏商议驱虎吞狼之计，意图挑起宛郁和达延的争斗。性情大变的阿勒坦回到宛郁部落，发现大巫黑朵已经用秘药控制了他的父汗，在宛郁与达延两汗会盟的关键时刻，他的弯刀染上了至亲的鲜血。旧王庭陨落，一个更强大的新王在北漠崛起。

太子朱贺霖被贬至陪都主持冬祭大典，却不料引发了一场震惊全国的终山白鹿案，以亵渎皇陵之罪被调查与问责。苏晏一边设法洗清太子罪名，揭露案中案的真相；一边还要阻止伪装成锦衣卫的不明势力对太子的追杀。

沈柒千里驰援，荆红追涅槃回归，苏晏一行人拼死护送朱贺霖回京，而此刻的京城已是一片惊涛怒浪。生死未卜的景隆帝、意图挟稚子摄政的太后、心思叵测的豫王、真假存疑的遗诏、摇摆不定的大臣们……太子朱贺霖能否顺利登基？景隆帝的棺椁里藏着什么秘密？沈柒被告发欺君叛国，一对生死兄弟在雨夜决裂之后，又将各自奔赴怎样的命运？

敬请期待《海晏河清 4·便从麟阁上螭头》。